料敌塔下

张锁军——著

花山文艺出版社

河北·石家庄

图书在版编目（CIP）数据

料敌塔下 / 张锁军著. -- 石家庄 ：花山文艺出版
社，2023.4
ISBN 978-7-5511-6140-4

Ⅰ．①料… Ⅱ．①张… Ⅲ．①长篇小说－中国－当代
Ⅳ．①I247.5

中国版本图书馆CIP数据核字（2022）第060587号

书　　名：**料敌塔下**
　　　　　liaodita Xia
著　　者：张锁军
责任编辑：于怀新
责任校对：李　伟
美术编辑：王爱芹
出版发行：花山文艺出版社（邮政编码：050061）
　　　　　（河北省石家庄市友谊北大街330号）
销售热线：0311-88643299/96/17/34
传　　真：0311-88643235
印　　刷：北京一鑫印务有限责任公司
经　　销：新华书店
开　　本：700毫米×1000毫米　1/16
印　　张：34.75
字　　数：464千字
版　　次：2023年4月第1版
　　　　　2023年4月第1次印刷
书　　号：ISBN 978-7-5511-6140-4
定　　价：98.00元

序

抗日战争时期，晋察冀抗日根据地的巩固和发展，对坚持华北敌后抗战和全国持久抗战起到了"坚强堡垒"作用。根据地军民在对敌斗争中，逐渐积累了极为丰富的宝贵经验，联合一切可以联合的力量，英勇战斗，取得一个又一个胜利，被中共中央誉为"敌后模范抗日根据地及统一战线模范区"。

长篇小说《料敌塔下》正是基于这样的背景，以"讴歌中国共产党领导下的晋察冀抗日军民不怕牺牲、一往无前的英雄气魄和大无畏革命精神，塑造党的优秀儿女英雄群像"为指导思想，以"家国情怀、永葆傲骨、顽强抗争"为主题词进行创作的。

小说是在整合大量原型素材基础上写成的。笔者利用五年的时间，对家乡三百多个村镇街道抗战史实进行了搜集、归纳、整理，获得了诸多抗战素材。可以说，书里的人物及故事大多能在华北平原抗战史册里找到其原型。记下的每一个故事都让人感喟万分，写进书里的大多情节均为含泪写就。故事在文学艺术加工基础上，保留了其真实性，着力体现了抗日战士的成长过程。

小说是在华北平原抗日根据地的定县展开的，以抗日英雄"三山"为人物原型，设立了三条主线，写出了三个抗日自卫队，在党领导下，联合各地血性男儿，在料敌塔下的沙河、唐河两岸，英勇善战，誓死保家园的可歌可泣事迹。在沉痛记写日军对人民生命戕害的同时，还写出了侵略者对占领区的文化侵略、文物掠夺及精神摧残。从而，提醒和激励人民要重视文化遗产的保护，不容任何损害。只有这样，民族文化才能一脉传承，人民的主心骨才能屹立不倒。

小说在描写人民自发对敌斗争的同时，还突出了中国共产党的引领和指导作用。各地纷纷成立起来的党小组、党支部，及时把散乱的武装聚合在一起，采用支持、联合、培训等方式，使当地的抗日武装逐步成长为有组织、守纪律的抗日队伍，最后归入晋察冀抗日游击队，表明了只有跟党走，才能取得巨大胜利的鲜明主题。

小说可以说是对华北平原地区抗战文化的抢救性挖掘。许多故事都是听当年亲临战场的爷爷奶奶讲述的，他们这代人正在逐渐离我们远去，他们每一次声泪俱下的讲述，都是刻骨铭心的记忆，都是珍贵的史料。我们只有牢记那段悲惨的历史，才能知道幸福生活来之不易，才能发愤图强，为中华民族伟大复兴而努力奋斗。

小说从细微处着手，着意进行环境描写，力求让人物在典型环境熏陶中，逐渐完善自身形象，以期达到故事情节的自然与和谐。能让读者感到，书中许多抗日故事似曾相识，又别出心裁，读来令人回味无穷。

小说共二十四回，采用传统十六字标题，眉目清晰，通俗明白。

主人公之一赵金山，早年为救爹爹自愿为甄家扛长工。后杀掉村里一个欺人太甚的恶霸地主，带妻子甄续男躲避追杀，误闯敌占区齐齐哈尔，参加东北自卫军。被日军打散后，回家乡建立抗日游击武装。送情报，撬铁路，炸火车，大闹县城，拔电线杆儿，炸毁唐河大桥，夺回定瓷文物，奇袭日军联队部，抢夺日伪军枪支弹药，等等。经过一系列艰苦卓绝的斗争，逐渐成为一名合格的共产党员，成长为晋察冀军分区八路军游击大队大队长，成为晋察冀军区著名的抗日英雄。

赵银山是赵金山胞弟，曾在县立中学学习，多次聆听平民教育家晏阳初讲座。后加入国民党二十九军，参加了南苑阻击日军的激烈战斗。后在不抵抗政策驱使下的撤军途中弃暗投明，回家乡成立抗日自卫队，在定南县委的组织领导下，抗日队伍逐渐成长壮大，巧挖地道，水淹炮楼，组织保家乡阵地战、沙河阻击战等。他指挥有方，英勇善战，密切团结家乡人民，建立了牢固的抗日根据地。充分显示了一个抗日领导者的成长过程和英雄本色。

赵铁山是赵老三在回老家途中收留的一个孩子。后遭遇土匪袭击，失散在唐河套一带，被一位退伍老兵收养。抗战爆发后，他有了强烈的参军意愿。后巧遇哥哥赵金山和赵银山部队，得到了熏陶培养，坚定了抗日斗志。组建起唐河抗日自卫队，招兵马、造地雷、修工事、挖敌特、搞巷战、炸碉堡，与日军展开了顽强战斗。

赵老三是小说中"三山"的爹爹，早年丧妻，学过武功。回老家后与邻居小翠再婚。婚礼上的吹歌队、八大碗等传统民俗，写出了抗战前夕偏僻乡村那种祥和无忧幸福生活。他在支持自卫队组建、争取土匪赵奎抗日及与侵略者斗争中做出巨大贡献，后因与日军大部队遭遇，战斗中重伤而死。

总之，小说故事情节集中且脉络清晰，由于故事是在大量原型素材基础上写成，真实性及感人效果强烈。

在写作过程中，笔者深深感悟到：晋察冀抗日根据地军民之所以能够取得伟大胜利，做出重大贡献，是因为党的正确理论、路线和政策为广大抗日军民提供了具体的指导和支持，这是抗日斗争胜利的决定性因素。还因为，晋察冀地区共产党组织和广大人民群众有长期对敌斗争的丰富经验，这是抗日战士的力量之源。还有，料敌塔下的人民子弟兵有为人民服务、密切联系群众的优良传统，有保家卫国的御敌精神和团结作战的勇气。

时常被英雄精神和人民精神感动而写作，年逾老矣，但笔力尚劲，当不遗余力，努力写出人民喜闻乐见的作品。是为序。

张锁军

2022 年 5 月 8 日

目 录

第 1 回

赵老三携儿归故里　嘉山上眺望料敌塔

如血的残阳隐匿在西山坳。最后一缕余晖散尽时，光秃秃的太行山山路上，一辆敞篷马车在夜幕里缓缓前行。

赶车人赵老三是一个长须飘飘的中年汉子，他回头望望身后，笑了。车篷里挤拥着的两个宝贝儿子，正像守窝小老虎似的，忽闪着大眼睛，看着他。

转过一道山梁，眼前是一条还算平坦的下坡路。风忽然从山坡下钻出来，哗啦啦地吹打着车篷。赵老三紧了紧木手刹，车轱辘发出"咕噜噜"叩击石路的山响。那防滑链子登时与山石擦出蓝色耀眼的火花。就见到峡谷中，鬼形魅影一般。

"爹爹，离三姑奶奶家还有多远啊?"十八岁的大山子从布车篷里钻出个光头来，拉了拉爹的衣角问。

赵老三把长胡子往一旁捋了捋："还早着呢，下了嘉山，过了唐河就是一片广阔的土地，就见到华北平原了。到了那一马平川，再过两次沙河才能到家，至少还有二百多里路呢。你照顾好弟弟，把稳了，要下坡了……嘚儿驾!"

驾辕黑骡子的大屁股往后蹭着，双鼻孔呼哧着粗气。赵老三摸了摸黑骡子的屁股，紧绷得硬邦邦的，汗涔涔的沾手，光溜的如用了多年的石碌碡。这时的黑骡子正扛着车子，蹭着屁股，往坡下缓行。

"哥哥，我想撒尿!"二山子憋不住了，扭动着已经露出来的屁股。

"就你事多!"大山子轻拍了一下弟弟的屁股。

"你个小东西,打他干啥?活人不能让尿憋死,等找到能停车的地方,咱唰啦个够!"赵老三大嗓门吼着。其实,他自己也憋了好半天了。

正好,前面有个山窝子,赵老三急忙吆喝了牲口,拉了手刹。

跳下马车,他立刻蹲下身来摸索这自制的手刹——也就是用两根粗铁链子拉着悬挂在车轱辘后的一根木头。想刹车了,拉紧两根链子,大木头与车轱辘产生摩擦,进而起到减速的作用。这样,走山路才不至于溜坡。大木头虽然磨出了一道糙沟,但还是拉紧了,黑骡子戳住了脚步。赵老三起身扶着黑骡子慢慢踱进山窝子里,把缰绳拴在一块凸起的大石头上。还没等两个孩子下车,他就解开黑粗布裤腰带子,边撒边吼:"孩子们,看准了啊,往车轱辘上尿!"

顷刻间,三股大小不一的水流射向了车轱辘,车轱辘上升腾出一股带臊味儿的白烟。

"爹,为什么往车轱辘上撒啊?"撒完尿的二山子哆嗦着身子,绾着裤腰带,急着问。

赵老三狠劲儿地勒紧粗布腰带,哆嗦一下身子,支支吾吾地说:"哦……哦,哈哈,问你哥哥,他一定知道。"

"其实这事,你自己就能想明白,你想想,撒尿后车轱辘上冒白烟说明什么?"大山子问弟弟。

"说明车轱辘热了呗!"

"这不就得了,车轱辘热了就说明刹车木头和轱辘摩擦的时间长了,摩擦的时间长了,就说明车轱辘光光了,光光了就不好抓地了,撒尿就能增加摩擦抓牢地,明白了吗?"

"明白了!"二山子若有所悟地说。

"别啰嗦了,大山子,给你弟弟找点儿吃的,吃完我们点上马灯赶夜路。"赵老三背着手,望着远方越来越模糊的山头,心事重重。

大山子从布袋里掏出一张面饼分作三份儿，又掏出三片咸豆腐干儿。他先递给爹爹，爹爹不吃，只管照看骡子，为它擦汗梳毛。

大山子和弟弟吃起来，吃得是津津有味。吃完了，就在山窝子里嬉笑打闹起来，山谷里回荡着两个孩子稚气的笑声。

赵老三从吊在车辕下的黑色口袋里舀出一瓢熟黑豆，送到骡子的嘴边。骡子给了一个感激的眼神，随即欢快地把一粒粒豆子卷进嘴里，有滋有味儿地咀嚼起来。他把瓢放在地上，搬了几块小石头固定好，满意地笑笑，长舒了一口气，自顾自地坐在山窝子口的大石头上，在旱烟袋儿里拧了一锅子烟末儿，用火镰打着了火绒，揉在烟锅子口。然后，急急"吧嗒"两口，燃着了，眯起眼睛，悠悠地一口一口抽起来。火光一闪一闪地，照亮了他微微颤动的胡须，照红了他滴溜闪光的眼球，也照彻了他归家求福的心……

大山子手托出一块饼："爹，你也吃点儿吧。"

"你们多吃，你们吃要紧。"赵老三说着，忙着喷了几口烟，烟雾便笼罩了他的周身。烟锅子剩下灰烬了，再抽一口，发出"嗞嗞"的声响。

赵老三吐了吐吸进嘴里的烟灰末子，磕掉了烟斗里的残余烟灰，望着静静的远山，清了清嗓子，"咿咿呀呀"了一会儿，竟然哼出个山西味儿的评弹小调来：

民国二十年哪，

哎呀呀，赵老三哪！

命儿啊苦啊，苦得那个大无边哪。

山神啊不佑我，

老天也不助俺。

山崩啊，毁了俺的窝和田；

血崩啊，让孩儿他娘命丧黄泉。

好在，哎！有两个虎儿啊！

3

有儿不愁吃呀。

有儿不愁那个穿。

有儿啊，走到哪里，哪里是俺家园！

千里那个迢迢啊去找……找啊！

找俺的三姑呀！

把孩儿们命啊……命呀，来保全。

哈哈哈，哈哈，哈！

　　赵老三哼唱的声音虽然不大，吐字不清，还一会儿唱腔一会儿独白的。但是，在这空旷孤寂的大山里，显得是那么清晰。结尾"哈哈"声大了，引来了大山深处嘈乱的回音，很瘆人的。

　　赵老三的爹爹赵尚武，早年崇尚武术，座右铭"尚武，是人类的本性；习武，是人生的修行"。受一个武林朋友的邀请，变卖了家乡赵庄村的所有家产去五台山办习武学堂。

　　五台山南五十公里的一个山脚下，有一个四千余人的大村，村里赵姓占了九成以上，人称赵氏村。村里人对投奔来的人很友好，不拒不嫌，坦诚相待，对赵姓人家更是厚待三分。所以，上百年来，这里人兴族旺。

　　远近闻名的"尚武堂"就建在山脚下。紧挨着山体开辟了一块平地，建了一个小四合院儿。一条弯弯曲曲的羊肠小道从这里出发直通山巅，这是徒弟们跑山练功踏成的，时间久了，山石就被磨得白白的，远远看去，小山路像一条白色丝带在山峰峡谷间时隐时现地"飘荡"着。

　　起初这"尚武堂"在朋友的资助和乡亲们的看重下，还算兴隆，弟子多时达上百人。每天，习武呐喊之声响彻山谷。赵尚武的弟子们闲时练武护村，忙时帮村民干活儿，赢得了不少的赞誉。

　　赵尚武和妻子婚后三年生了俩孩儿，都是"带把儿"的，但都没满月就夭折了。后来，按照赵尚武的话说，那叫"只见耕种不见收

4

获"。再后来，人都快四十了，老妻肚子终于有了动静，而且，一天天滚瓜溜圆起来。

夫妻俩很高兴，合计着，这算是第三个孩子了，那就给没出生的孩子起名为赵老三吧。

但是，也该着赵尚武倒霉，妻子生老三时，难产出血。接生婆问，是保大人还是保孩子，赵尚武的妻子执意保孩子，接生婆也没有两全的办法，硬着头皮接生，结果，孩子活了，大人死了。赵尚武经常念叨死去的妻子，妻子这好那好挂在嘴边，所以，再未续弦。

这老三算是父亲带大的独子。赵尚武很溺爱赵老三，从四岁开始就教他简单的武功套路。可是，赵老三不刻苦，很难上道儿，终未领略武术之精髓。但，比起一般学员来，还算是高手。所以，父亲也让他在尚武堂教徒弟们学基本功，徒弟们愿意跟随年轻力壮的他，有时也偷偷叫他师傅，他就经常带着比他小不了多少的徒弟去山上玩儿。看他不用心，还捣乱，父亲干脆就在他十五岁时张罗着为他娶妻，让他做起了延续后代的事情。

起初，赵老三对父亲包办的这桩婚姻不甚满意，只说有女的看上了自己，竟放弃武功学习，赶着家里的几只羊到山里玩，结果被父亲痛打了一顿。赵老三只好依从父命，草草结婚。赵老三的妻子不甚漂亮，倒是很能生，连续生了两个男娃。乐得赵尚武天天合不拢嘴，每天吃两碗肉喝两碗酒。说是一碗为大孙子祈福，一碗为二孙子祈福。待到老三妻生第三个时，爹爹赵尚武在堂屋闻听又是个带把儿的孙子，高兴地大笑三声，气绝而死。一代武道之人，落得个如张飞般笑断肠的下场。

可惜，后来，这乐死爷爷的第三个孙子得天花而死。村里有个婆婆说是他爷爷喜欢孩儿，带走了他。赵老三也就信了，经常时不时地念叨这个死去的小儿子。

村子里给孩子取名喜欢带上金属名称，以祈求将来金贵。赵老三就把老大叫赵金山，老二叫赵银山。为怀念死去的三儿子，赵老三也给他起了个名字，叫赵铁山。

以后的日子，赵老三看着两个小老虎一样的儿子渐渐长大，总是偷着乐。

十几年来，赵老三家的生活还算安定，他是个既聪明又爱好广泛的人。早年，他除了习武还瞒着爹爹偷学过山西大鼓书。虽然学得不精，但他的妻子很喜欢听赵老三敲着老瓢哑着嗓子为她一个人说书，一听就是大半夜。

日子安闲了，好过了，黑夜漫漫无事做，两人就琢磨着再生一个孩子。妻子说，生出来后还让他叫死去的老三的名字赵铁山，赵老三答应妻子"就按你说的干"。

没有想到，这是个要人命的决定。

民国二十年，是赵老三家最倒霉的一年。妻子在生四儿时又遭遇和她婆婆一样的祸事——难产血崩。孩子大人双双死在血泊里……

不久，屋舍及赖以生存的几亩地毁于罕见的山崩（山体滑坡），一家三口只好住在临时搭建的窝棚里，家破人亡的赵家沉浸在一片苦痛之中。

正当赵老三不知所措之时，天无绝人之路，他收到了远在故乡的三姑来信。说，在奉系军阀部队里做大官的三姑父死于军阀混战，没有留下一儿半女。三姑年迈，很需要人照顾，看能不能把家里的老大过继给她做孙儿。这样，一是三姑晚年能有个人照顾，二是偌大的家业也有了人继承。赵老三也知道三姑父是军阀张作霖统领的中路军一个副官，家境殷实。得知三姑这种情况，又正值自家遭难，赵老三断然决定变卖家里能卖的东西，举家回归故乡。于是，他把卖家产的钱，买了一驾马车，准备带上两个儿子，投奔三姑家。

过了年，天变暖，树发芽，山顶上飞来了归巢的乌鸦。

赵老三坐在半山腰，有一种莫名思绪在心头蹿腾。想着要离开这生活三十多年的热土了，赵老三心里有点儿七上八下，他总觉得心头有什么东西像滚落的石子一样，跌进谷底。为了不使自己改变主意，赵老三在一个月明风高的晚上，祭了祖，拆了棚。面对自家的废墟磕了四个响头，告别左邻右舍，接过初恋赵小敏大妹子送来的一副帆布车篷。带着十八岁的大儿子赵金山，十六岁的二儿子赵银山，投奔远在五百里开外的三姑家。

匆匆上路，翻山越岭，涉水过河，走了五天五夜，这才翻过险峻的太行十八盘山路……

今夜路黑坡陡，赵老三下车帮扶着骡子一起往山下走，他借着马灯发出的弱光发现骡子的腿在打哆嗦。他小声嘟哝了一句："畜生也害怕走夜路啊……走夜路啊走夜路。"嘟哝完，为了安全，赵老三决定不再走这危险的夜路。于是，找了一个山坳停了下来。把骡子卸了，拴在车后帮子上，父子三人挤在车篷里睡觉……

天刚放亮，赵老三就被冻醒了，他打了个喷嚏，摇醒两个还在熟睡的孩子，套上马车。

他手搭凉棚看到，远处是一座酷似奶头的山，那奶头挡住了大地娩出的红日，红日像一个红彤彤的婴孩儿在忙着找奶吮吸。他感觉到了故乡的亲切，他似乎听到了三姑站在房顶上的呼唤；也似乎看到了一马平川的田野，一群孩子在互相追逐着。

他挪开车子，让孩子们在山坳里拉撒完毕，然后套上车，吆喝着骡子赶路。车子载着父子三人沿着坑洼不平的山路艰难而上。

来到半山腰，停在树荫里，已是晌午。

赵老三正要停下车子让两个孩子吃点儿东西，忽见太阳没了，黑风瞬间刮起来。风携云来，一时间，山、树、路、人，恍惚陷入十八层地狱。山响、树摇、鬼哭狼嚎……

山风裹挟着腐气忽然压下，黑蝙蝠们被压得慌张地乱飞乱撞，有一只蝙蝠忽然拍在山石上，鲜血淋漓而死。山风猎猎，古树摇摇，飞沙走石，那山头似乎要被狂风平削下来似的，骇人魂魄。

不一会儿，狂风将一个个大块的雪团从山脊上刮下来。山里成长的赵老三和他的孩儿们，从来没有见过四月风是这么刮的，更没有见过初春雪是这么下的。

孩子们觉得，天公好像攒了很多的雪球与他们打雪仗，他们好奇地伸出小手接。赵老三急忙拍掉孩子们手上的雪球，嘱咐孩子们抓紧车上的扶手，匆忙把牲口靠山停了。他努力使自己气运丹田，把整个身子趴伏在骡子身上，任凭风雪拍打，我自岿然不动。他心里默念着：即使自己死，也不能让骡子倒下。

突然，一块山石滚落在车旁。骡子本来又累又怕，受到这突发的惊吓，嘶鸣一声，眼球瞪得几乎要弹出来，前腿跳起作狂奔状。赵老三急忙拉了缰绳想使骡子安静下来，但骡子似乎得到了什么鬼指令似的，一下子蹿了出去，紧接着扭转了车子，往山下狂奔。赵老三死死抓着缰绳跟着车子奔跑，他清楚地知道，车上还有他的孩儿们呢。他一边跑，一边吆喝："大山子，快和二山子往下跳。"

赵老三说完，拼尽了力气蹿着屁股把骡子的头硬生生拉转过来。看到车子慢一些，两个孩子还算机灵，一个个跳下车来，双手抱头，蹲在斜坡路上。

看到孩子们安全下来了，赵老三也没了力气，脚下一滑，他放开了手。失去羁绊的骡子猛地蹿出三丈多远，朝着风雪迷蒙的山路狂奔而去。赵老三知道，前面就是一处急转弯，寻思着骡子看到悬崖也许能停下来。

是啊，骡子想停下来，但是，它怎么能停得住啊！父子仨眼睁睁地看着他们的"移动客栈"呼啦啦地往悬崖下飘去了。

那上面载着暖暖的被褥、甜甜的饼子。有赵老三擦得锃亮的黄铜烟袋锅子，还有大山子的一根三节棍，二山子的一个榆木弹弓……待他们反应过来，冒着风雪奔过去看时，只看到挂在树杈儿上的一副马鞍子在风雪中飘摇着。

不一会儿，风雪似乎小一些了，山里一下子安静了许多。赵老三望着眼前的悬崖绝壁，突然拍打着山石号哭起来。一边哭，一边唱念着自己的命苦。两个孩子也惊恐而又绝望地抽泣着。但是，赵老三只哭了三声就戛然而止，自己还带着两个小孩子啊，遇大事，为父的先哭起来算是怎么回事？眼下最为关键的是马上下山去，离开这个魔鬼般的山路。

他鼓励孩子们："行了，算咱爷儿们命苦，可再怎么苦咱也要想活的办法。活着走到你三姑奶奶的四合院里，咱就能大碗大碗地吃肉、吃杂烩菜、吃肉焖子、吃炸果子……"

赵老三刚说完就干咳起来，咳得一声连一声。一会儿工夫，脸憋红了，嘴唇憋紫了。老大赵金山立马给爹爹拍后背抚前胸。爹爹的身子在哆嗦，脖颈上的血管也一根根鼓胀起来。他知道，爹爹是急火攻心，犯了已经稳定了三年的痨病。果不其然，赵老三干咳了几声，竟咳出几口鲜血来，整个人也就瘫软下来。两个孩子急忙把爹爹搀扶到放羊人凿制的一处小山窝子里。这里虽然有羊粪球球散发出来的臊气，但能遮风避雨还算暖和。

赵老三在大山子的怀里昏沉沉地睡了。

"爹爹这是怎么了？"银山抽泣着问大哥金山。

"没事儿，爹爹一时着急，痨病犯了。"

"痨病是什么啊，爹爹会死吗？"银山焦急地问。

"不会的，放心，爹爹很有力气。听娘说，爹爹的肺痨病是年轻的时候'逞能'落下的。"赵金山说完，急忙从身上的挎袋里掏出一个瓶子来，拧开塞子给爹爹喂了口红糖水。

看爹爹出气匀了，银山抱手求哥哥："给我讲讲爹爹的事儿呗。"

哥哥金山看了看弟弟，慢慢讲起了爹的当年："娘说，二十岁的时候，爹和几个人打赌，要搬起村东头一块大石头。这石头有二百来斤，好几个壮小伙儿搬了，都纹丝不动。有一个号称大力士的李蛮壮伯伯只搬离了地面。可爹爹却把石头搬到了胸口位置。一个大财主家的坏孩子在一旁使坏说，只要坚持数到五十就算获胜。结果，他们几个人数着数儿，刚到四十的时候，那个地主家的坏儿子用手挠了挠爹爹的肚皮。你知道吗，运气负重人最怕别人捣乱撒气。爹爹忽受叨扰没有坚持住，把大石头扔了出去，一句话不说就走了。走到一个没有人的地方，喷了一口鲜血。后来听人说，爹爹是真气耗尽，使坏了身子。由此就落下了肺痨病，每年冬天遇冷气就狂咳不止，病得厉害时还大口咳血。"

⋯⋯⋯⋯⋯

恶劣天气大概过了半个小时的时间，一切恢复如初，太阳出来了，天空的颜色像极了家乡的山下那片净潭水，瓦蓝得没有一点儿杂色。

赵老三睁开眼睛，从孩子们怀里爬起来，活动活动筋骨，擦了擦快要流到嘴边的鼻涕："没事，老毛病，咱走！"说完抹了一把嘴角带血的涎水，自顾自向山梁上走去。

三天三夜，风餐露宿。他们父子三人一边赶路，一边讨饭为生，落魄至极。曾遇到几个陌生的好心人，他们劝说赵老三卖一个孩子度过饥荒，赵老三均婉言谢绝。

过了一个山岗，地面平坦了许多。下了一个缓坡，看到一位打柴的老人。赵老三急忙上前打听，这才知道已到了曲阳县，距离定县城还有四十余里。

这天，春日暖得人懒洋洋的，赵老三和两个孩子忍着饥渴慢慢地赶路。走着走着，前面出现了一座小山。听人说此山叫嘉山，过了嘉山不远就是定县城了，只要看到一个高高的料敌塔就算到了城里。

三人兴奋地爬上山顶，向东眺望，没有看到什么，只看到漫山荒秃秃的乱石。二山子问："爹爹，怎么这山没有我们那里的山好看呀？"

"听说，这山很早以前也是有许多树木的，后来修高塔的时候需用木材，把这里的树砍光了。"赵老三说完示意孩子们下山。

又走了半晌，哥儿俩登上一个土山岗，终于看到了爹爹说了不知道有多少次的——漂亮的高塔。

一座灰白色的塔，高高矗立着，塔尖藏在白云里，飘忽飘忽的，煞是好看，像仙境一般。

他们都觉得，一定是到了评书故事里说的最享福的仙境了，以后就有好吃的、好玩的了，就可以无忧无虑地过太平日子了。

也许是由于突然放松，赵老三下山后走了不远，又晕倒了。大儿子赵金山担当起照顾爹爹和弟弟的重任，可就是没有办法搞到吃的。几块银圆早随车子摔到山崖下了。其实，他们即使有钱也买不到食物了，这里刚刚遭遇土匪与军阀的混战，过路军队像蝗虫一样疯狂掠夺老百姓的粮食，当地人还没有吃的呢。

他们看到，路旁的榆树都被人捋光了叶子，树皮也被饥饿的人们扒了下来，树干白森森地裸露着，像被猛兽啃食了肉身、只剩骨头的人，一个个倔强地站立在路旁。

路过一个死寂破败的小村，大山子想头前去为爹爹讨口水喝，但走了好多人家，各家都大门紧闭。试着敲了几家的门，没有人来开，这个村子像是个无人村。

走了几步，好不容易敲开了一家虚掩的门，一个蓬头垢面的女人开门后却颓然坐在了地上，翕动着干裂的嘴唇。定睛看时，见她脖子里长了一个大脓包，破了，流着黄色脓水。见赵金山搀扶她，伸开了颤抖着的手，似乎是拒绝，又像是求救。赵金山看到屋前有个破水缸，水缸里有半缸泛着绿沫的水，他不管不顾地舀了一瓢水喝了，又喂给女人。女人不喝，手无力地指向自家屋门口。

赵金山望去，只见一个十几岁的小男孩儿靠着门框哆嗦着。

女人强打起精神，凑近赵金山，耳语道："小弟弟……你行行好，带我家山子走吧……他也病了……我……我要死了。"

"他爹爹呢？"

"在东北，被……被鬼子杀死了……立柜！"女人说完，还想说什么，但最终没有说出来，只是手指着屋子方向，努力地看了看赵金山，无力地闭上了眼。

"大婶儿，大婶儿！"金山哭喊声声。

一会儿，这个女人艰难地睁开眼，翕动了一下嘴唇，发出断断续续的声音："锅里有……粥，你……他……吃！立柜里的匣子……带走……卖了……养他……"女人说完指着小男孩儿，不舍地闭上了眼睛。

赵金山喊了几声，见没了动静，给大婶儿盖了一块破布片儿，飞奔出村。爹爹和二山子正卧在一个土坡上，焦急地等着。二山子见哥哥空手来了，有气无力地问："哥……没找到吃的吧，你歇会儿，我再去找。"

"有吃的了，可是做饭的婶婶刚刚死了！走，带爹爹去她家吧。"

赵老三这时清醒过来，拉过金山："人死了，咱还去人家吃什么饭呀，赶路吧。"

"他家孩子病了，他家没有别人了！"赵金山几乎是哭着说出话的。

"那……快走！你小子就爱说半截儿话儿。"赵老三强打着精神站起来。

两人搀扶着爹爹往女人家走。这时，不知从哪儿走过来一个老太太，瞪着惊恐的眼睛，挡住了他们的去路："你们别往前走了！前头那家得的是狼疮，娘儿俩都得了。你们去了也会染上。快走吧，快走吧！这家要绝户了。"

老太太说完，逃跑似的，踮着粽子似的小裹脚，走远了。

"儿子们，怎么办？"赵老三说完看着两个儿子。

"不能看着这家小孩子死啊，先救人要紧。"赵金山大声说。

"这就对了，这才是我的儿！"

三人走进破败的小院儿，只见女人躺在门口，一个孩子在她身旁，孩子的腿干瘦得像一根朽木棍儿。

一股腥臭味儿扑鼻而来。赵老三马上撕下自己的袖筒子，扯成三块儿，分别递给两个孩子："快，缠上你们的鼻子。"说完，自己先缠着做起了示范。

两个孩子学着爹爹，缠了三层。

见孩子们缠好了鼻子，赵老三说："你们把那个孩子搋到一边去，我先把他妈妈葬了。"

赵老三说完，抱起女人的尸体就走，刚要出院儿，看到这家有一个小后院儿，后院儿里有一个山药井（冬季盛放红薯的地窖），赵老三走过去，看是已经荒废多年的了，有一人多深，于是，整理了整理女人的衣衫，低声说："对不起了，没有什么可以安葬你的。生在乱世，委屈你了，你去那边过好日子吧！"说完，轻轻地把尸体系入了井里，盖了一块破麻布。然后，找了一把破铁锹，开始填土。赵老三小心地填着，一锹一锹的，好像怕惊动了女人升腾出躯体的魂灵。

赵金山也过来帮忙，他挥动着铁锹，铲得很急。铲着铲着，土里"咔嚓"一声，竟铲出一堆陶瓷片来。赵金山拿起一块碗底儿让爹爹看。赵老三看了看说："这白瓷烧造得很好，上面刻的是'官'字。怎么碎了这么多？哦，对了，想起来了，这里也许就是过去的定瓷窑烧造地。"

赵金山扔了瓷片，拼命地铲土添坟。不一会儿，后院儿里就起了个小小的新坟。赵老三为女人的坟头竖上了一块破木板，权作无字墓碑。

这时，女人的孩子苏醒了，哭喊着打着软腿走到坟旁，手刨着刚刚覆盖上去的新土。

"你娘死了！"赵金山马上拉开他。

这个孩子一边挣脱，一边呼吸急促地叫喊："没有死……没死！你们刨出来……刨出来！快刨出来啊！"

说完，咬着牙挣脱了赵金山，瞪着大眼睛，退后几步，突然顺手甩出一撮子针来。

"梅花针！趴下！"赵老三飞身按住了这个孩子。

多亏赵金山闪得快，躲过了这暗器。他气愤地爬起来对着这个孩子吼道："你小子疯了，俺们帮你，你还甩暗器杀俺！"

赵老三倒是兴奋起来，放开手问："嘿嘿，你小子，跟谁学的这一招，甩的还挺带劲儿的!"

没有听到回答，大家发现，这孩子昏了过去。他们看到，孩子稚嫩的脸上有两个大大的一戳即破的脓包。

赵老三习惯性地摸了摸上衣兜，他要找到大烟斗抽上几口，赵金山会意，马上说:"爹爹，烟斗摔到山崖下了。"赵老三一阵儿干咳，捂着胸口，气喘吁吁地嘱咐两个孩子:"你们先打扫院子，我去打扫屋子……咱们得给这孩子治病……要不，他也会死的。"

赵老三把昏睡的孩子抱进屋，放在床上。然后，把屋子打扫了一遍，地上泼了些水，把炉膛里的灰均匀地撒在了房间的地上。这才摘下鼻子上权作口罩的布，对屋子外面的孩子们说:"大山，带弟弟去后院儿，把墙根儿那片干草拔下来。"

"拔草干什么?"大山问。

"那草叫茵陈，去火消肿的，熬汤给这孩子喝。"

两个孩子不一会儿拔了一大抱茵陈草来了，一进屋就闻到浓浓的小米饭香。原来，他们光顾着为女人下葬了，忘记了饥饿，忘记了锅里还有女人为自己孩子做的最后的小米饭。掀开锅盖看时，见米饭已经成锅巴了。

赵老三把锅里的饭盛在他包头的手巾里说:"你们先吃点儿，给这孩子留点儿。我先熬药汤，早点儿治也许能活过来。"说着，端起刷锅的水自己一口气喝了，又舀了几瓢水，把茵陈草掰断了放进锅里，开始熬药。

大山子和二山子吃了几口"小米锅巴"，不吃了，看着爹爹。赵老三笑了笑说:"我已经吃了，锅底下留得米粒儿很多。"

"你吃一块，我们才吃。"金山托起包有锅巴的手巾。

"好，我吃!"赵老三拿起一小块，嚼起来。两个孩子这才狼吞虎咽地吃起来。

"好了，给咱的病弟弟多留一些吧!"金山提醒弟弟。

两人要去看小弟弟，赵老三马上说:"鼻子缠上布，再去里屋。"

两人重新缠上布，去里屋看病弟，发现他呼吸平稳了一些。

一会儿，药水就熬好了，满屋子浓浓的草药味儿，像极了村里中药铺的味道。赵老三刷了刷他家的破碗，又在锅里涮了一下，然后盛了一碗药汤子，放在锅台上凉着。

"这能治病吗？"大山子怀疑地问爹爹。

"能，咱们山里有的是这种草，我也是听你爷爷说的，能治疗疮什么的。"赵老三说着捂上了自己的鼻子，去里屋看孩子。

这时，孩子醒了，赵老三乐了："嘿嘿，你小子命大。大山子，快端汤药来。"

药端来了，孩子就是不喝，忽闪着眼睛躲闪着。

"喝了吧，小弟弟，喝了跟我们看塔去。"金山过来劝。

"是啊，喝了我们带你去玩儿！我教你弹弓，你教我梅花针。"银山比画着说。

这话也许顶了事，这个孩子开始张嘴。赵老三扶起孩子，把碗递到他的嘴边。孩子尝了一口药汤子，皱了皱眉头，继而大口地喝起来。

一碗汤药喝完，孩子气色好了一些，慢慢睁圆了眼睛，问："你们是哪里的？"

大山子主动上前说："小弟弟，我们是从西边很远的地方来，路过你家，想讨口水喝。我来的时候，你妈就不行了，临走的时候，你妈妈托我照顾你，你也叫什么'山'吧？我叫赵金山！"

"我叫赵志山，你们走吧，我的病和我娘的病一样，治不好，还传人。"孩子说完露出绝望的眼神。

赵老三为孩子裹了裹被角："遇到了你，算是咱们的缘分，我们不会丢下你不管的。我会治病，你的病能好，刚才就是给你喝的土方汤药。"赵老三说完又干咳起来。

赵金山一边给爹爹捶背一边问孩子："你饿了吧，外屋还有你娘给你做的最后一顿饭，我们给你留着呢，你吃些好吗？"

孩子点点头。

赵银山给孩子拿来一块软一点儿的米饭，递到他嘴边："你多吃点儿。"

孩子吃了几口，突然又吐出来，脸涨得通红。

"弟弟吐了，先不要给他吃了吧？等一会儿好一些吧！看他难受的。"银山说。

"呵呵，我看他脸色红润起来了，这是好现象。"赵老三高兴地全然忘记了自己的病。

说着，天就黑了下来。这个村子一片死寂，连狗叫声也没有。

金山拉起弟弟就往外走："趁着还不太黑，咱俩出去透透气儿。"

银山一边跟哥走，一边仰起头问："哥，咱们今晚就住这里呀！"

金山抚摸了一下弟弟的头，说："看来，不住这里也不行了，你看这个孩子还没有好，我们不能丢下他不管，对吧？"

"那是……其实，他很乖的，还浓眉大眼的。"

"所以，咱们得看着他把病养好。他也够可怜的，爸爸在东北被鬼子杀死了，妈妈又刚死。我看他的年龄，一定比你还小。"赵金山说完往怀里搂了搂弟弟。

"可，这里刚死了人，你不怕？"

"怕什么？死的人是孩子的娘。看咱们照顾她家孩子，估计她的魂儿也不会出来吓唬咱了。"赵金山又往后院子里走了走说，"看，天上那么多星星眨眼睛呢！"

"咱回屋吧，哥！"

"你小子，还是怕吧？哈！"

这时，屋子里传出爹爹的声音："大山子啊，快，给弟弟弄吃的！"

"他又想吃了啊？"金山急忙端了小米饭走进屋。

"把小米饭倒点热水，就不太干了。"

"没有热水啊！"

"那个药水也可以，用不了多少。"

赵金山回身，把药水拌米饭重新端进屋。他看到小孩子正坐起来等着呢。见饭来了，他自己端起碗，狼吞虎咽地吃起来，吃得满脸是汗。

吃完饭也不说话，倒头就睡起来。三人看到，这孩子神色平静多了。

"孩子们，咱们也累了，就在他家歇了吧。我们救人救到底，黑灯瞎火的，咱也算是沾人家点儿光。你们先睡，我看他一会儿。"赵老三说着用一把破笤帚扫炕。

"爹，要不，你先睡，我看着吧。"赵金山俯卧下说。

可是，还没有等赵老三回话，赵金山已经歪在炕上打起了呼噜。

"看，你哥哥睡了，你也快快睡。"

"那，爹爹，你一会儿把门闩插上啊！"

"放心睡吧，有爹在，你就别害怕了。"

两个孩子睡了，赵老三下炕插了门，自己倒头便睡。

睡梦中，一个披头散发的女人从外面飘来，对他耳语："谢谢您，谢谢您救了我的孩子，您会有好报的！"

赵老三猛然惊醒了，却怎么也睡不着了，翻来覆去地想刚才那个梦。赵老三觉得，一定是那个女人的魂儿还不舍得走，在小院儿里溜达呢。

他想起了什么，急忙下了炕，借着月光在屋子角落里寻了几张烧纸，去了后院儿。来到坟头处，赵老三烧起纸来，看见纸燃得很旺，赵老三说："妹子啊，你就放心地走吧，刚才我只顾着救你儿子了，忘记给你烧送魂儿纸了。你可不要怪我啊，等你孩子好了，我们就走，绝不叨扰你啊！"

他刚说完，火焰卷着未燃尽的残纸片，升腾起来，很快在空中焚化。

"嘿嘿！走吧！走吧！走了就享福了。"赵老三一边说着，一边头也不回地急忙走进屋里。

半夜里，赵老三把女人家的孩子叫醒，又给他喝了一碗汤药。

早上，阳光透过窗上的破洞，缓缓地照进屋来。也许是半夜里的风，把几片没有燃尽的纸屑刮上了窗棂，呼啦啦地闪动，终究不肯飞去。

赵老三第一个醒的，看到三个孩子还在睡觉。他出溜下炕，揉了揉眼睛，伸了伸懒腰。

赵老三看看大山子，看看二山子，又看看这个孩子，他笑了，笑得心里很舒坦。

他急忙走到外间屋，四处找寻起来。他是想看看这家还有没有粮食，给孩子做碗粥，哪怕一点儿也行啊！

但是，翻遍了所有的角落，他也没有找到一粒粮食。他怀疑孩子的妈妈是用最后一点儿米做了最后一顿晚餐。

没有办法，他去了后院儿，只见菜畦上有几点绿。赵老三双手扒开浮土，原来是几棵返青的过冬小葱。赵老三找来埋女人的那把破铁锹挖出几棵来，看到葱白胖胖的像小人参似的，赵老三布满皱纹的脸上霎时堆满了舒爽的笑。

煮熟了葱白，孩子们都醒了。病孩儿吵着要吃东西，赵老三盛了满满一碗带葱根儿的"葱饭"，端给孩子。孩子怔了一下，囫囵吞枣地吃了下去。刚吃完，还没有说话，他倒头又睡起来。直到晌午他才醒，醒来又要吃的。

这次赵金山还是给他端来一碗葱饭。孩子接过碗，皱眉噘嘴地放在一边说："又是煮葱啊！"

"没有其他的，附近也没有人家，只能吃点儿这个了。"赵金山摊开双手示意。

孩子看了看，忍着吃了，他想说什么，终是欲言又止。

下午，孩子没有睡觉，赵老三给他洗了洗脸，他顿时显得精神了许多。听两个大哥哥在外间屋玩儿，他想爬起来下床。可是，身上的疮被压疼了，他"哎呀"一声。在一旁眯着眼瞌睡的赵老三听见了，急忙问："怎么了，身上疼吧，来，我看看。"

掀开孩子的衣服片儿，赵老三看到孩子的疮并不严重，更不像狼疮，背上的十几个疮全都有了干皮儿，四肢上的好像也缩小了。

"哈哈，对症了，孩子，一会儿再多喝汤啊，你很快就会好了。"

其实，赵老三算是用对了，这茵陈草配过冬的葱白起了杀毒消肿的重要作用。

"谢谢大伯，我好了后，你们会丢下我走吗？"孩子忽闪着大眼睛问。

赵老三笑了笑，回答了这个可爱的孩子："不会的，孩子。"

赵老三说完，心想，不对，不走怎么行呢？走了，孩子一个人又怎么办呢？

也就是一瞬间，他心头有了一个两全其美的想法：带孩子走。

他摸了摸孩子红扑扑的小脸儿："孩子，你家里没有其他人了，你愿意跟我们走吗？"

"你们走得远吗？那，我走了，想我娘了怎么办？"孩子瞪着噙满泪水的眼睛问。

赵老三听了孩子这话，心头一酸，这孩子真懂事。他抚摸着孩子的头："孩子，等你好了再说吧。再说，怎么也得等你妈妈过了'头七'才能走。"

小孩子不说话了，赵老三以为他睡着了，看了看他，发现他正忽闪着大眼专心地想事儿。看大伯看自己，孩子说："大伯，你们是好人，要是你们带我走，咱们就把我娘藏的那袋子小米吃了吧！"

"你家有粮食？"

"有，我娘看自个儿不行了，怕别人抢了那袋子小米，就藏到衣柜里了。拿出来吧，咱们不吃葱饭了。"

赵老三急忙开了柜门，翻开一块破板子，出现一个底夹层。里面有个黑色的布袋，拽出来解开口儿，里面是黄澄澄的小米儿，有三四升。

"这就行了，这下咱们都有救了。"赵老三说完，眼里噙满了泪花儿。

"俺跟你走，你要了俺?"孩子仰起头，一副认真的表情。

"孩子，以后，你就是俺的儿，他们两个就是你的亲哥哥了。"赵老三边说边轻轻地亲了亲孩子的额头。

金山和银山进屋来，听到了爹爹这些话，两人高兴地上炕来与孩子一起玩儿。三人商定了规则，有说有笑地玩起了别木棍儿。

赵老三"呵呵呵"地笑着，提起米袋子去做饭……

就这样，六天里，三个孩子玩得很投缘。大家能按顿吃饭，赵老三也感觉身上有了劲儿。

第七天的早晨，赵老三拉着孩子给他娘去烧纸，点着了最后的一张纸，赵老三说："孩子，给你娘磕个响头。告诉你娘，等以后咱还回来看她。"

孩子照着赵老三说的话做了，完了，孩子抬起头凝视着面前这个慈祥的大汉，深情地问："大伯，我能叫你一声爹吗?"

"苦命的孩子——你可真懂事。好，想叫，就叫吧、叫吧——以后你就是俺的三山子。"赵老三一边抹着眼泪一边说。

"那俺也不起来了，爹，爹——三山子给您老磕头了。"小孩子五体投地地给赵老三磕了三个响头。

赵金山拉起弟弟："好了，你可真是个懂事的弟弟。这样吧，以后你就是俺的亲弟弟了。我叫赵金山，你二哥叫赵银山。俺原来有个弟弟叫铁山……没了，你就叫了他的名字，叫赵铁山吧。就把你的名字改了一个字，咱弟兄三个就排在一起了，好吗?"

"好啊，大哥，俺喜欢你给俺起的这个名字。"孩子说完抱住了大哥。

当天上午，要走了，孩子看了看屋内，感觉没有什么可带走的。临走，孩子没有忘记带上自己的梅花针小盒子。赵金山忽然想起孩子妈妈临死前说了个"立柜"，里面也许有什么值钱的东西。他马上往柜子里翻看，只见夹层下还有一个蓝色粗布小包袱，包着个方方正正的东西。

赵金山取下来，觉得分量不重，拉过孩子问："三山子，你知道这里包的什么吗？"

三山子忽闪着大眼睛回话："我不知道，很早就有这个，我娘就没有打开过。"

"打开看看，不就知道是什么了。"二山子说着就要动手。

赵老三马上制止："既然人家三山子的娘都没有打开过，一定是很珍贵的东西。还是不打开的好。让三山子带着，愿意打开时再打开吧！"

赵老三说完，把小包袱斜套上三山子的肩，四个人一起出了门。

来到大门口，孩子边给自己的家上锁边说："门锁门锁好门锁，好好把门门不破。屋里有俺亲爹的魂，屋外可有俺亲亲的啵（'啵'为地方方言，即'娘'）。"说完又抽噎着哭起来。

大山子和二山子马上拉起三山子好言相劝，三山子才一步三回头地上路。路上，大哥金山忍不住问三弟："小弟啊，你的小飞针是跟谁学的？要不是俺有点儿功夫，你差点儿要了大哥我的命。"

"我爹爹，他的功夫比我好多了，一根针甩出去，能穿进大鹅蛋。"三山子说完，脸上满是自豪的神情。

…………

距离县城越来越近了，人马也多起来。可是赵金山感觉，以后的日子也许越来越艰难了，仅有的一点儿小米干饭也吃完了，爹爹又犯了病。

一天，来到一片小树林边，赵金山说："林子那边有一户人家冒烟呢，我去讨要点儿吃的，你们等一下啊！"

"大哥，我也去！"赵银山说着早已跨前一步。

三弟赵铁山挡在两位哥哥面前："大哥二哥，也带我去吧。"

"你还是不要去了，和爹爹在一起吧，一会儿我们就回来了。"金山说完，拉起银山就走。

见两位哥哥走了，铁山不再争着去，乖乖地退回去，背着包袱依偎在爹爹身旁。

很快，哥儿俩来到小树林对面。只见两间茅草房，一扇黑漆门。敲门喊过"爷爷奶奶"后，开门的是一位笑嘻嘻的老奶奶，老奶奶看是两个乖孩子讨要吃的，很快去屋里拿了两个金黄的玉米饼子给了他们，还给了几块萝卜咸菜。

他们谢过老奶奶，高兴地蹦跳着往回走。

走过小树林，赵金山猛然发现有一堆人围在一起，扒开人群一看，只有爹爹，没了小弟。只见爹爹昏迷过去，嘴角流着血，哥儿俩抱着爹爹喊起来。赵金山从人们七嘴八舌的议论中，得知小弟弟铁山刚刚被一帮骑马的恶人抢走了，连他身上的包袱也没有留下，还打伤了爹爹。赵金山急得狠狠地擂了自己的胸口几下，向人们问清了马跑的方向，狂奔着追去。

追了不到千步，他就喘不上气来了，眼冒金星，颓然坐在地上。他知道，自己无论如何是追不回铁山弟弟了。他站起来，狂喊着弟弟的名字往回跑，回来看到围观的人们大多散去，爹爹正满嘴血水地呼喊着"铁山"。

赵金山搀扶起爹爹，父子三人抱在一起无声地掉泪。弟兄俩合作着让爹爹喝了一口水，吃了几口玉米饼子，爹爹才勉强站起来。

一位好心的大爷用一个黑粗瓷碗端来了沫沫粥，三人每人喝了几口。赵老三几番询问，好心的大爷才说出恶人们的去向："这帮恶人住在县城西北的一片树林里，欺男霸女，无恶不作。抢个孩子，他们不会怎么样，也就贱卖了，换几斤粮吃。"

赵老三谢过，让两个孩子记住了，等安顿好了，一定要找到这个好弟弟。而后，三人互相搀扶着艰难上路。

一路上赵老三总是叨念着小铁山的好，说对不住他刚死去的妈妈，像得了癔病似的，咳血更频繁了。

刚到县城西，赵老三怎么也走不动了，赵金山只好背起爹爹，背上十几步就歇一会儿。由于吃不上食物，昔日习武的赵金山也变得虚弱无力了。

走着走着，眼前出现了一个集市，集市上卖东西的不多，卖人的不少。有的女人自卖自身，寻来一根稻草插在脖子里就算是自卖了。

赵金山不知道，这样的集市在这里很早就有。插稻草作为物品买卖的标志，是一种约定俗成，久而久之，延传为饥荒之年卖儿卖女卖老婆也这样做标志。

一个马夫见浓眉大眼的赵金山走过来，急忙迎上前问："你愿意跟我去做长工吗？要是愿意，这袋子红薯干儿和一块银圆就是你的了。"

赵金山对马车夫拱了拱手："大叔，你送我们去老家赵庄村，送到后我们给你五块大洋怎么样？"

车夫把脸扭向一边说："你走吧，俺是替主人来雇长工的，不是拉脚的。"

赵金山听他这么一说，凑过去和他耳语几句，马车夫"嘿嘿"笑了两声，就把马车赶了过来。大山搀扶着爹爹上了车，二山子一个鱼跃也上了车。

走了不到一里地，赵老三努力地睁开眼问："大山子啊，这是要去哪儿啊？"

"爹爹，这个人是朱古村的，我答应为他甄姓的主人做一年的长工，还给工钱。他答应送你们去我三姑奶奶家。路上，你们还可以吃他车上的红薯干儿。"赵金山说完眼泪盈盈。

赵老三明白是怎么回事了，他痛苦地摇摇头，眼巴巴地握住儿子的手不放，可是，他一句话也说不上来。他想，自己眼前自身难保，儿子才想出这招数，也是无奈之举。这荒乱的时代，再遇上土匪，这两个孩子也难保命。先回三姑家，拿了银子，再来赎大山子和三山子是上策。

"按我说的办吧，爹爹。不就是一年的事吗？在这里我还可以找找铁山弟弟。一年后我带弟弟去找你们。"

赵老三看二儿子银山已经很香甜地吃着红薯干儿了，就紧盯着大山子的脸看了看，泪眼蒙眬地点了点头。

太阳慵懒地躲进了西山，满是火烧云的天际掠过一只单飞的大雁，夜色笼上了每个人的脸。落日拉长了车马的影子，马车夫把车赶得飞快，马蹄的"嗒嗒"声，车轮的"吱扭"声，交杂在一起，此时，赵老三干咳几声，吐向车后。仰头合眼，他感觉那颗苦痛的心要从口腔里吐出来似的。

车到了一处还算讲究的四合院儿。马夫把马拴在门前一个残损的石马桩上，快步跨上几层石台阶，推开了那扇厚重的大门，去告知主人。主人甄老庄是个唯利是图的小财主，他同意了马夫的主意，马上起草雇工协议。很快，赵老三在雇工协议书上按了手印，还没有忘记给甄老庄讨要个烟锅子。财主同意，麻利地把自己抽着的烟锅子磕掉，给他重新拧了一锅子旱烟，点上。随后，把自己手里的那羊皮烟袋掂了掂，按在了赵老三的大手掌里，然后，"哈哈"大笑着踱进门里。赵老三抽了一口，又看了赵金山一眼，含泪和二山子坐上马车，慢慢消失在黑夜里。

赵金山的爹爹刚走，主人甄老庄就拿着一盏煤油灯凑到赵金山面前细瞧。发现这小伙子人虽然瘦弱了一些，但一脸的正气，长得五官端正，眉清目秀。虽然还是孩子样儿，但只要能吃上饭，将来一定是一个膀大腰圆的大汉。甄老庄"哈哈"大笑几声，自顾自地走了。

不一会儿，一个书童模样的孩子手托枣木托盘过来，赵金山看到，盘上有一碗炒干萝卜条、一小盆粥、六个白面馒头。赵金山不管三七二十一，狼吞虎咽地把这些吃了个精光。打了个饱嗝儿，才觉得身上有了点儿暖和气儿。书童看着这个大哥哥的吃相，自言自语："这得多少天没吃饭啊！"说完，拾掇了碗筷，微笑着走了。

后来也就是从这个书童那里，赵金山了解到，其实自己是稀里糊涂地把自个儿给卖了，画押的协议也就是卖身契，怪谁呢？谁让自己识字不多呢。

赵金山不后悔，无论怎样，爹爹和二弟能安全到三姑奶奶家就行，其他的事情，过后再说。

其实，这个甄家有四个女儿，生得都很羸弱。甄家为了能有个男娃续后，才要买个男孩儿的。后来赵金山知道了事儿的缘由，就天天消极怠工。为此，也招来许多打骂。

这个甄家虽然是地主，但家境也不是很好，只是有祖辈传下来的五十几亩薄田而已。十八岁的金山和两个短工一起干活儿，很累。有时，主人甄老庄也下地干活儿，日子过得还算有吃有喝。但是，金山多次私下对书童说，我得守诺，"干完一年"就走。

…………

一年里，天天不是地里就是家里，除了干活儿就不让他去单独干别的，他被看管得很紧。他思念爹爹和二弟，挂念被抢走了的三弟赵铁山。他三次不辞而别去找三弟，都被追回。每次追回来的时候，甄财主都是连续两顿不给饭吃。可是，每当这时，财主家的大女儿甄续男就偷偷地给他送饭，含情脉脉地看着他把所有的饭菜吃完。

第 2 回

吹歌迎娶老三成婚　抗战来临山子参军

再说赵金山的爹爹赵老三。

马车载着他们爷儿俩一夜狂奔，于次日凌晨就来到了三姑家。三姑喜出望外，给了赶车人一些吃的，打发人走了。当看到只有一个孩子来，又听说了路上的遭遇时，三姑心疼得眼泪哗哗流。她劝侄子赵老三说，要赶快花钱雇人找回两个孩子，这样就团团圆圆了。可赵老三说，老大要遵守做长活儿的契约，一年后才能回；三山子是被抢走的，去哪里找啊！

三姑生气地念叨："不好找也要找，哪怕多花费一些，也要找回孩子们。尤其是啊……赶快找回三山子。要不，对不住人家死去的娘。"

一年后，赵老三在三姑的督促下先去找大儿子金山，可赵老三看到的是一片废墟，说是这家遇到了家破人亡的事儿，全家去讨饭了。后来又去找了一次，听人说他家孩子犯了事，逃跑了。赵老三怕连累了三姑家，就打消了当下找金山的心思。

他一门心思要找回这个苦命的三儿子赵铁山，给她死去的娘一个交代。但是，找东找西，还找到了埋葬铁山娘的那个院落，唯见荒草萋萋没个人影。赵老三沿着唐河找了几个村子，遇到的都是摇头人，一点儿音信也没有。赵老三也就失去了找儿的信心，念叨着"儿孙自有儿孙福"回了家。

后来，赵老三要娶妻，忙开了自己的喜事，也就搁置了找儿一事。

赵老三要娶的妻子是邻居家的女儿。祖辈做铸造生意的刘姓大户人家就这一个女儿，名叫刘晓翠，十六岁嫁到了外村，后来，死了丈夫，被婆婆休回了娘家。刘晓翠回来后，父母为此着急上火，不久就双双得天花病死了。刘晓翠生有三个女儿，回老家后刘晓翠就将三个女儿的李姓改为刘姓，分别是刘春花、刘夏花和刘冬花。

赵老三来到姑姑家的当天，刘晓翠就带着三个闺女来凑热闹，赵老三顺便问了闺女们的年龄，然后说："刘妹，你家的三个女儿和我家的三个儿子年龄差不多啊！哈哈，真巧。"刘晓翠当时没有说话，只是抿嘴笑笑，弄得赵老三有点儿尴尬。

第二年，经人撮合，赵老三娶刘晓翠为妻。

虽均为二婚，但是两家都算是有钱人家，婚礼也是骑马坐轿请吹歌，闹得不亦乐乎！

说是骑马其实是骑驴，这是赵老三的主意，因为这驴是一头叫驴，不但生着通体油亮的黑毛，还晓人性。老三从小养成这么壮的，他很是喜欢。结婚的前一晚，赵老三提了半斗的煮黑豆，开心地喂驴。一边让驴在手心里吃半生不熟的黑豆，一边念叨："俺的驴啊，明天你就要驮着俺去娶媳妇了，你可要改改你的臭毛病，一不要拉稀，二莫要放屁啊！听懂了吗？"

这驴当时是"呃啊，呃啊！"地叫了几声，喜得赵老三抱着驴头亲了个够。

可是驴子没有信守承诺，早晨，当戴着大红花的大块头赵老三骑上驴背的一刹那，驴几乎被压趴，赵老三急忙一提缰绳才稳住驴身。倒是没有拉稀，意外的是，驴突然当着看热闹的众人，放了一个响亮亮的、长长的驴屁，臭得巷子里看热闹的人们掩鼻逃散。

看热闹的孩子们一边躲闪着一边唱起了顺口溜：

赵老三，赵老三！
娶妻骑驴驴遭难

27

驴屁声声炮儿连

臭！臭！臭！

臭得新娘子合上眼。

臭得新娘子——合上眼！

　　再说，轿子上的新娘子刘晓翠，也是个爱笑的人。她听到了驴屁声和孩子们的顺口溜后，本想笑，可还是忍了忍。心想，这毕竟是结婚啊，让人们听见自己为屁傻笑，岂不是羞死人啦！

　　驴是吃多了黑豆，喝多了凉水，肚子发胀，里面有气就要排出来，这是自然的，屁乃食物之气嘛，只怪这赵老三不懂得平原上驴的习性，也怪这驴"不识时务"。这屁放一个还不行，豆子在肚子里持续生发着气体，一定要找到口儿出来的。这后面抬轿子的轿夫可就倒了邪霉。驴走一步就从肥厚的屁股里挤出一个屁来，臭气熏天，臭味儿萦绕在轿子左右。前轿手赵七，管赵老三叫大哥的，他可就开逗了："大哥啊，你喂驴生豆子了吧，怎这么多大驴屁啊！俺们没有事，把新娘子崩开了花儿了，可就不能用了。"说完，抬轿子的几个跟着起哄，哈哈大笑。

　　好在这时，吹歌声起，盖过了驴屁声。

　　欢快的婚礼进行曲响起来，吹歌《小放驴》灌满了整条街，轿子也就在轿夫们的"嘿哟"声中出了村。

　　按照婚俗和合算的婚礼程序，说邻居配婚，轿子要往远里抬抬才好。最好的路线是出了本村村南走出五里地，看到沙河后，从河里灌一瓶水放进轿子里，再喊着："有吃有喝有娃生，回家转了！"然后，往西北回返，绕到村北进家，不走重复路。下轿点儿掐算的是午时一刻。

　　这样，婚礼就需要大半天儿的时间。时间充裕，抬轿的轿夫们可就想玩玩热闹了。由于领受了驴屁而恼火，轿夫们故意把轿子抬得晃晃悠悠、颠来颠去的。赵七这坏水一挤咕眼儿，大家就明白，这是要把新娘子颠出"水儿"来的暗示。

于是，大家可就起了欢儿，一边晃轿子，一边改唱着出发时孩子们唱的顺口溜。

我说那个，赵老三呀！

哎嗨哟呀！

娶媳妇骑上驴儿呀，

哎嗨哟啊！

骑驴那个驴遭难哪，

哎嗨哟呀！

驴屁赛礼炮呀，

哎嗨哎嗨哟呀！

臭坏了新娘的眼呃，

哎哎哎哎，哎嗨哟呀！

臭坏了新娘眼。

嗨哟！

臭坏了上眼哪

哎嗨，哟呀！

臭下——眼哪，

嗨哟！哈哈！

嗨哟哟呀！

哎哎哎哎，哎嗨哟呀！

嗨——哟——哟——

每"嗨哟"一次，轿夫们就把轿杆子晃悠得几乎脱手。

轿子里的刘晓翠闷了近乎一上午了，可就憋不住了。出了村，二婚的她也没有觉得怎么个羞涩的。随着轿夫们唱，她可就大笑起来，笑得是喜泪涟涟，呢喃阵阵。

由于是生过三个孩子的女人，笑得厉害了，又遭遇这上下颠簸，时间长了，这三急之一的尿可就憋不住了，越想憋住吧越是往下滴答，实在憋不住了，她喊："停——停一下——!"可轿夫们只管自己唱了，哪里听到轿子里新娘子喊什么呀！再说，新娘子也没有中途下轿踏土的理儿啊！这刘晓翠的尿啊，可就由滴答变作哗啦了。

起初轿夫们以为是雨点儿，可看看天上阳光闪闪刺人眼，路上尘土呼呼随风扬。哪里有雨啊？后来以为是汗，抹了一把，舔舔嘴唇，才品出个臊味儿来。

轿夫们哪里受到过这样的"礼遇"呀，抬轿子，挣个仨瓜俩枣的喜钱，就是图个喜庆。本来想逗新娘子开心玩儿，没承想还遇上个爱在轿子里撒尿的新娘子，都觉得吃了大亏似的。

几个人把轿子平放了，瞬间，一挤咕眼儿，又将整个轿子反扣在沙滩上。

这梅开二度的刘晓翠可就惨了，整个人像被扣人模儿一样地扣出来。她撩袍子赤脚地顺着轿杆儿爬出来时，嫩胸子、白屁股可就露了出来。轿夫看呆了，闹着，笑着，荤话不断。

刘晓翠呢，始终是大笑不止，还大声笑骂道："好儿子们，真孝顺啊，还知道老娘有了三急。怎么样，味道不错吧，嘻嘻!"

抬轿的骂不过她，自知吃了亏，闹着对赵老三说："让你老婆臊气俺们，这回，不给烟酒就不往家抬了！不抬了!"轿夫们随即躲在庄稼地里处理自己的"三急"，甩手不管这婆媳妇的事了。

地里干活儿的人过来看热闹，围了一圈儿。看人多了，吹歌队的可就起了兴。

这吹歌队是冀中平原享有盛誉的吹歌之乡的，婆媳妇请吹歌演奏，是这里世代相传的一种礼数，也是很有品位的，因为吹歌这种特有的民间艺术，在这儿已有三百多年的历史了。

今天吹歌传人小丁把他们的家伙什儿全带来了，双唢呐双喇叭双笙不说，单是尽情地展示技艺，吹的是莺歌、燕闹、麻雀跳，就足以吸引人的了。

地里种庄稼的老农们也不怕耽误农活儿了，都笑呵呵地奔了过来。人们围了个里三层外三层。见人多了，吹歌手吹得更欢了。

但见，管子乐器——唢呐、笙、笛，开始了主奏；紧接着打击乐——锣、鼓、镲齐上，热闹得雀儿飞、燕儿忙、孩儿跳。

孩子们不懂得这乐调儿，但是，都知道这调儿表现的是快乐，是欢喜。一群孩子起哄地在人群里跑来跑去。这里的老人们可是大多懂乐调儿的，他们都能听出个子丑寅卯来，还能叫出曲子的名儿来。

他们看到，今天吹歌队是由著名的吹歌手丁小歌带队的，他是队里的大拿，会的曲儿非常多，他以唢呐为领起乐，带着十六名乐手一一演奏他拿手的曲子。老人们知道，刚才的是《大绣鞋》《八仙庆寿》；这会儿的是《摘棉花》《小放驴》。在人们的叫好声里，还吹奏了欢快的《打枣》等。

这赵老三一会儿打赏几个铜子儿，这些名曲儿，也就吹了一遍又一遍。看碎银子红包包上来了，吹歌乐手们登时兴起，还用他们的乐器演奏了梆子、评剧、京剧等戏曲名段。见红礼包又上来，他们的吹奏开始模仿人声，仿得真真儿的。末了还吹奏了"卡戏"片段。

片刻间，吹歌演奏推向了高潮，群众掌声阵阵，有的还不由自主地随着扭秧歌，一时间，尘土飞扬，人马欢畅。

将要曲终，丁小歌兴致勃勃地将两支唢呐哨儿插入鼻孔演奏，顿时双音奏响，婉转悠扬，热闹非凡。

吹得乡亲们兴奋不已，吹得新娘子刘晓翠迷离欲睡，吹得赵老三心急火燎，吹得轿夫们坏话连篇……

这时候，回家取烟酒的人回来了，给轿夫们发烟酒，给吹歌队的发烟酒，给看热闹的人们撒喜糖。这样，告一段落后，曲终人散，轿子才晃悠悠地往回走。

刘晓翠被重新启动的轿子晃清醒了，感觉轿子晃悠的幅度小了，平稳多了。刚要说话，驴子却嗷嗷地叫起来，压过了吹歌声。闹得四位唢呐手停下来，在笙的合奏声里，他们以为是谁吹跑了调儿。等闹明白怎么回事，大家都不约而同地开怀大笑起来。

笑着，闹着，轿子可就进了村。

刚进院子，轿子还没有放稳当，新娘子刘晓翠急不可耐地跳下了轿子："嘻嘻！他娘的，憋死我了！"说完，急忙向茅房跑去。人们看到新娘子大红旗袍后襟儿湿了一大片，大婶子、大嫂子们可就说起了坏话。

新娘子刘晓翠刚出茅房，她的三个穿红戴绿的女儿就一起朝着她跑来，抱着、拥着、搂着往屋子里走。

主事的人说，不能进洞房，还没有拜天地呢！

"免了免了，这么老了还拜什么天地啊！一会儿给娘磕个头得了。"刘晓翠嬉笑着跑进洞房。

闹洞房的人大都是大嫂、大婶子辈儿的，有爱热闹的喊起来："新娘子这么着急啊！到天黑还早着呢！"

开宴席了，十六岁的赵银山和十五岁的刘夏花在一个桌上吃菜，两人互相夹菜给对方，开心地嬉闹着，吃着。

这里的传统婚宴更是讲究，参加富户的婚礼，乡亲们不必随多少礼，抑或随礼几个馒头，就可以从中午吃到晚上。

饭菜间杂着，一个接一个地上。先是每人上一碗饺子垫底儿，说是一碗，其实就三四个在碗里晃悠着。

赵银山和刘夏花抢着就吃完了。

然后是四个凉菜，两素两荤：酸辣豆嘴儿白菜，葱丝夹菜，凉拌猪肝，姜汁猪头肉。

赵银山他们这桌有十个小孩子，孩子们不喝酒，都抢着吃菜，吃着，闹着，不一会儿就只剩下空空如也的小碟子了，有一个孩子还忙着舔盘子里的肉末子。

喝酒的男人们开始划拳行酒令，不会划拳的开始喊"老虎杠子虫儿鸡儿"，用筷子敲着桌子比输赢，吵闹声、嬉笑声此起彼伏。

接着来了一小碗糊汤面，虽然漂着好看的鸡蛋花儿，但是，孩子们有的躲在一旁不吃，有的慢慢地挑起一根根面，站起来，吸溜着长面条玩儿。

大管事的像高级指挥官，站在小土堆上，吆喝着安排饭事。紧接着又上来四个热菜：素炒豆角，醋炒西葫，尖椒肉片，胡萝卜炖牛肉块。

孩子们只拣着上面的肉吃了一点儿。

再接着是四个素碗：粉丸子碗，甜丸子碗，粉蒸夹菜碗，五色米碗。

然后是四个荤碗：条子肉，方子肉，鸡肉蘑菇，酱排骨。

接下来就是鱼盘，跟着是四喜丸子盘。

后来又上了几个菜，孩子们吃不下了，纷纷跑到后院绕着几棵低矮的石榴树，玩起了捉迷藏。

太阳已经在西天泛红了，树影、人影斑驳陆离。院子里有点儿昏暗了，大人们开始招呼自家的孩子回去吃最后一道杂烩菜。

这里的杂烩菜也是很讲究的，里面有猪肉改刀成肥瘦片后与山蘑菇、肉丸子、黄花菜、宽海带、豆腐泡儿、蛋黄片儿、红薯粉条儿等同烩在一起，名为杂烩菜。

人们吃完杂烩菜就结束了，纷纷离去，只剩下了一些好事的后生等着天黑闹洞房。

闹洞房是必要的程序。老人们说，如果没有闹洞房的，将来生的孩子没有屁眼儿。当然，这是吓唬人的，没有科学道理，但家家遇喜事还希望这么做。总之，后生们闹洞房是合乎俗理的，闹得越欢越好。

按照当地的习俗，赵老三的三姑早就为他们准备了红枣、花生、鸡蛋等，偷偷放进洞房炕头的被柜抽屉里，意在早生贵子。

人们逐渐散去，闹洞房的也隐藏了行迹，等待夜深人静后偷看好戏。

赵老三和刘晓翠看看孩子们都在厢房睡下了，才会意一笑，拥入洞房。

过了一会儿，六个鬼鬼祟祟的身影来到了窗下。一个高个子小子用舌头轻轻舔湿了贴着大红剪纸的窗户纸，用手轻轻戳破了，眯着眼睛偷看。只见两人点着油灯，平躺在大炕上，不动不闹地说着家常话。说猪说鸡说羊，说桌子板凳粮仓，似乎把家里的东西说个遍，说了有好几个时辰了，也不见有什么新花样，两人平躺着，连个翻身也没有。

后半夜了，听洞房的六个小后生有三个熬不住，走了。剩下的三个也趴在窗台上昏昏欲睡起来。只听新娘子说话声音大了一些："俺才三十四岁，还能给你生个儿子呢。"男人说："俺就比你大八岁，你我是如狼似虎的年龄，俺看能行，再生个闺女也行啊！"

"不行，俺要给你生出个儿子来，生不出来不罢休！"

"好啊，那就开始吧！"

赵老三说完，身子往刘晓翠的身上压过去……屋子里灭了灯。

外面听洞房的后生可就急了眼，虽然看的是朦朦胧胧的，但听得真真的。他们都想看到故事的高潮，都知道好戏要开场了。三个人的脑袋争着往窗纸洞口处挤，里面黑洞洞的什么也看不到，结果还弄倒了脚底下垫着的青砖块。

"哗啦！"一声——在安静祥和的夜里，这个声音很响。

刘晓翠突然把赵老三推下身来："那些人还在窗外，让人看见了不好。"

"这坏小子们，好说，俺出去，给他们点儿甜头尝尝，也许就走了。"

赵老三说完，穿了大马褂儿。从抽屉里提了一袋花生，一袋红枣，又拿了两瓶山药干子酒，向屋外走去。

"臭小子们，老头子老婆子干事儿，有什么好看的，回家看你爹去。哈哈，拿着，你们几个去喝酒吧，别搅了老子的好事。嘿嘿，明天你们尽可以来喝酒吃肉。"赵老三说完，把酒和花生、枣子按在他们怀里，仨半大孩子谢过，爬上西墙，走了。

偌大的院落恢复了往日的宁静，赵老三望了望天上安静游走的朗朗明月，看了看牲口棚里呼噜大睡的驴子，笑了笑，回屋，插上了门。

不一会儿，新房里传出了新娘子刘晓翠的连喘带咳的喃喃声……

东头屋子里睡不着觉的三姑听到这声音，会心地笑了。她知道，明年，家里就又有添人进丁的好事了。

早晨，太阳早已经照进屋来，两人才睁开惺忪的眼。赵老三听到三姑在院子里"咕咕"地叫鸡出窝。他急忙撩开媳妇的被子，看到晓翠一丝不挂，又匆匆盖上，捏着她红扑扑的脸蛋儿："翠儿，快起来，当新媳妇的第一个早晨，是要给老人磕头问安的！"

翠儿麻利地起身，边穿红肚兜边说："老头子，看你夜来黑介那闹劲儿，怎么那么有精神啊？害得勤快的俺也不能早起了。俺可没有这么晚起过。"

赵老三也不说什么，只是像吃了顿饱餐似的，揉着腰杆子傻笑。

两人一起出门请安，翠儿嘴很甜："娘，您老早就起了？看俺们，真丢人，俺给您老磕头了。"

三姑见翠儿甜甜地叫娘，早高兴地咧开了嘴，哪管起得早晚啊！急忙拉起翠儿笑着端详，看看左脸看右脸，完了又摸摸肚子，直闹得翠儿脸红到了耳根。

这时，二儿子赵银山和翠儿家的三个女儿都起来了，院子里立刻燕语莺声起来。

刘夏花追赶着赵银山让他背着去摘槐花，赵银山蹲下来，刘夏花骑在他的脖子上，指示着，让二哥哥去屋后那棵歪槐树下。小妹刘冬花蹦蹦跳跳地跟着，刘春花看了几眼，笑了笑，安静地坐在一个小凳子上牙咬着卡子梳头。三姑看刘夏花和赵银山这俩孩子很投缘，会心地笑了。

这赵老三以后的日子过得那是有滋有味儿。

赵金山在甄家的日子，眼看就快一年了，他以爹爹有病为由，又一次提出看望爹爹的要求。甄老庄算是勉强同意，说等收了麦就让他去看爹爹。可是，麦子还没有收，赵金山却遇到了一件改变他一生命运的大事。

这天晚上，堂屋里堆放了很多柴草，甄老庄让赵金山烧洗澡水。水烧上了，甄老庄又派赵金山和短工们去村西地里浇刚插好的山药苗，甄老庄也陪同他们一起去。

等回来时，他们惊恐地发现家里已经是火光冲天，房子全烧着了，所有的门窗都在蹿火苗，几个邻居正帮着灭火。甄老庄急忙冲进屋内，赵金山也紧跟着把女孩儿们一个个拉出来，又冲进火海去找甄婆婆。

赵金山在黑暗中找到甄婆婆时，发现她已经昏倒在堂屋里。他连拖带扛地将甄婆婆救出来，刚放下，就看到身后的正房在大火中轰然坍塌。赵金山四处寻找，却不见了甄老庄。等前来帮忙灭火的人七手八脚挪开横七竖八的房梁木时，甄老庄已经全身烧得焦煳不堪。只有出气儿，没有了进气儿，不一会儿就断了气儿。装殓的人们发现，甄老庄手里还攥着赵金山的卖身文契。原来，他是为了找到文契，才在火中送命的。

甄婆婆、甄家大女儿、二女儿也都烧伤了。

突然有了这样的变故。一人需要安葬，三人需要治烧伤。赵金山和另外两个长工经得甄婆婆同意，变卖了家里所有带庄稼的土地，一边请大夫为她们娘仨疗伤，一边处理好了甄老庄的后事。

这样，就在赵金山来到甄家一周年的春天里，甄家就变得一无所有了。有个长工说甄家欠他两年的工资，将能拿走的也拿走了。

曾三次逃跑的赵金山，这时候却没了要走的打算。他觉得一定是因为自己的疏忽，导致烧火时火炭出来，点燃了堂屋堆放的柴火。自己失误导致甄家家破人亡，在这个时候离开，那不就是没有良心吗？没有吃的，他就和甄婆婆一起带全家人出外乞讨。在一次乞讨中，他失足掉进了泥水塘里，双脚被水草缠住，是甄婆婆冒着生命危险跪着递给他一截干树枝，拼命把他拉上了岸的。为了报答救命之恩，从那天起，赵金山开始叫甄婆婆娘。后来，他和娘及妹妹们一起在原来的废墟上搭建了两间简易的土屋,一家几口才算有了个安身的居所。再后来,没有吃的,赵金山就带着几个妹妹去要饭。

有一天,他们走到了县城,看到满街筒子的人正在举行"反帝大游行",赵金山也不懂得是怎么回事,就跟着喊起了口号,感觉口号里喊的都是为受苦人好的。他和几个妹妹跟着喊了一天,一个好心的大娘给了几个山药面饼子。几个人香甜地吃了,就继续往城北走。

走到了唐河以北的清风村,看到有六七百人在迎接一辆灵车,说这人七十岁时还跟着冯玉祥的察哈尔抗日同盟军打日本鬼子,所以,人们才这么敬佩他的。

赵金山虽不知道日本是什么样的鬼,但是,他知道是有外国人来欺负中国人了。

他领着妹妹们随着灵车一路往东走,他看到,灵车走几步就被人们截住了。很多人参与路祭,不远的路,灵车整整走了一天才到家。赵金山发现车队后面还拉着一马车的书,他知道这人一定识字很多。他不知道这人就是被冯玉祥将军称为"中国第一流清官"的王瑚,又名王铁珊。后来,冯玉祥把王瑚的藏书分为经、史、子、集、新书、艺术等六大类,拉回定县,在城内倡办了铁珊图书馆,这是后话。

听人们说了一些王瑚感人的事儿,又领着妹妹们在支合村吃了一天的"济民饭"。赵金山的心灵似乎有所触动,甚至是深深感动。他觉得,做人就要做这样的人,活时那么有奔头,死了还有那么多人记挂着。

由于家境贫困,营养不良。不久,二妹妹甄见男、三妹妹甄生男相继生病而死。

赵金山也几次想去找爹爹要点儿钱救济这里的亲人,但是,娘一直病着,可爱的大妹甄续男、四妹甄是男也身体虚弱。他怕自己走了妹妹们会生病死去。所以,他还是选择了继续在本村一个地主家打短工,勉强维持家里的生活。

二十岁那年,赵金山在娘的提议下,娶了大妹甄续男。那年,甄续男才十五岁，什么都不懂。结婚的当晚，当赵金山脱光了衣服时，甄续男捂着脸夺门而出，哭着去找娘告状，说哥哥要欺负她。闹得娘只好把甄续男抱回新房，锁上了门，任女儿拼命地哭闹……

第二天、第三天，甄续男不哭了……一个月后她怀孕了。

在这样困难的环境下，妻子怀孕，赵金山是既欢喜又觉得重任在肩。他再次去求地主家，要求扛长活。但是，挣得的粮食仍然不够养活全家。

春天，家里青黄不接，娘想给怀孕的续男做点儿好吃的，就领着甄是男去村口沙岗子上捋柳树叶，可刚捋了一把，孙姓地主就说捋了他家的树叶。踩碎了篮子，撒飞了叶子，打破了娘的额头。要不是金山及时赶来，地主差点儿把甄是男小妹掳走。这事发生不到半月，娘连气带饿就病死了。临死，娘努力地睁开泪眼，说让金山和续男照顾好小妹，赵金山含泪点头答应。

葬了岳母，赵金山心里难受得要死，他越想越气愤，发誓要报仇。

终于在一天晚上，他潜入地主家。一气之下，一把火烧了地主家的十多间厢房和马棚。地主派家丁捉拿他，他带着妻子和妻妹逃到了西关火车站。他们躲进一辆冒白烟的车旁，地主家丁没有找到他们。

家丁走了，白烟散了，露出了一列要启动的火车来。三个人趁着夜色偷偷上了这辆北去的火车……

赵银山和刘夏花好得不得了，这街坊四邻都能看出来。怕人说闲话，三姑干脆就托人选了一个吉日，撮合着给两人定了娃娃亲。定亲后，两个人更是心心相印。刘夏花手把手教赵银山识字，赵银山托着刘夏花的小腹教她学游泳。后来两人又一起去私塾里学习《百家姓》《千字文》《论语》《对子歌》……两人在迅速成长。

时光一眨眼就是四年，四年里，刘晓翠倒是怀上过孩子，但都流产了。翠儿家的大女儿刘春花已经出嫁到村西十二里远的李顾村，村里有一个做皮革生意的张家，人称皮货张，他家有个儿子叫张志雄，是一个会武懂礼的血性男儿，性格耿直，说到做到。

　　一次，刘春花去李顾村集上卖自家铸造的铜器，张志雄在摊子前转来转去，看上了一个精致的铜质刀剑坠儿，同时，也看上了美丽的刘春花，几番托媒人说亲，后终成好事。婚后，会做买卖的刘春花经常和丈夫张志雄跑东北弄回兽皮，然后加工成皮衣皮帽，去辛集镇出售。

　　四年里，赵银山已经长成了一个大小伙子，刘夏花也出落得亭亭玉立。虽然赵老三和刘晓翠催促他们成婚，但是，两人还是决定推迟婚期，去城里继续学习。

　　这天早晨，银山给爹爹拱手请安，然后拉爹爹坐在大磨盘上说："爹爹，我想和妹子去城里上学，行不行啊？"

　　"去城里太远，我早就给你们打听过了，王褥村有一个叫志远的人办了一个贫农学校，离咱们这儿很近，去那里上学吧。"赵老三说完，看着嘴上有了淡淡胡子的儿子，脸上露出自豪的神情。

　　"也行，那爹您就赶快给我们联系吧！"

　　后来的几天，赵老三让银山的姐夫张志雄联系上学的事。回信儿说，志远老师去了城里，那里有很多学校，最有名的是"职业学校"。

　　孩子学习本事，大人自然很高兴，赵老三加紧和城里熟人联系，很快就联系好了上学的事。

　　这天，赵老三和刘晓翠为两个孩子准备了盘缠，准备送孩子去县城职业学校读书，刚要上马车，看到女婿张志雄带着女儿刘春花赶马车急匆匆地过来，知道一定是有急事，一家人急忙回屋。

　　来到屋里，张志雄说："哎呀，大事不好了，我们去东北进货，看到很多的难民从关外拥进了关内。一打听才知道，日本人占领了咱东北三省。还在松花江一带征集大量民工修建了水电站，建成后把技工全杀了。日本人要长期占领中国，也许很快就会打到咱们这里。难民们说，这些日本兵根本不是人，就是鬼，什么坏事也能做出来。所以，人们都管这些日本兵叫日本鬼子。"

三姑掀开里屋的门帘，嘟嘟囔囔："我说你姑父的抚恤金怎么没人寄来了，原来是打仗了啊！打仗要花很多钱吧？那要是这样，打跑了鬼子咱再要抚恤金也不迟！"

"哎呀，都什么时候了，三姑，你就不要提那点儿抚恤金了。这外国的鬼子要是打过来了，大炮一轰炸，家没有了，人也没有了，还要钱干什么呀！"赵老三劝说着三姑。

听爹一说，刘夏花摇着张志雄的胳膊问："姐夫，那鬼子什么时候打到咱这里？"

"谁知道呢，我来就是告诉你们一个消息。我想，你们还是不要管打鬼子这事，自有军人去作战。你们去城里学习要紧，学好了，做什么都成。"张志雄表情很严肃。

"你姐夫说得对，你们学你们的。咱们国那么多军队也不是吃素的，说不定很快就把日本鬼子赶跑了！"赵老三很乐观。

"行，我们去城里学习，顺便找找弟弟和哥哥，找齐了，咱们一家子成立个抗日小分队。扛着枪打鬼子，那才英武过瘾呢。"赵银山很兴奋。

"你们学你们的去吧，鬼子还是不来的好。我会烧香，让大神儿把小鬼儿抓走，咱们好过太平日子。我还想见重孙子呢。"银山三姑奶奶说着很无奈地忙着去堂屋准备香案纸钱。

等三姑奶奶走进屋子，张志雄凑到岳父跟前："爹爹，还有一个好消息，我村的王老六去东北遇到一个人。按照他说的情况，我想，说不定他遇到的那个人，就是我金山哥。"

"什么什么，你哥哥金山？来来来，坐！"

志雄坐下来吩咐："银山，你去给姐夫我烧口水喝。"

银山和夏花去外面烧水去了。赵老三急忙问："你详细说说，到底怎么回事？"

张志雄小声说："我们村的王老六前天回来说，他在东北被日本兵俘虏了，强迫让他扛大个儿，哎呀！也就是帮日本兵扛死人。与他一起扛大个儿的一个人知道他是定县的后，像遇到亲人一般，还向他打听是不是知道赵庄村一个叫赵老三的，你说不是我金山哥是谁?"

"嘿嘿，一定是我那儿，你的大哥啊! 我就知道我儿不会死，可他怎么会去东北了呢? 国家这么大，他偏去有鬼子的东北干吗?"

"我也这么问王老六了，他说，在外面不敢多说话，有鬼子监视着，怕杀头，也没有多问什么。他还说，趁着鬼子不防备，他们杀了两个鬼子。两人一起跑了出来，鬼子发现后就追，他们分头跑，子弹嗖嗖地在头顶飞。老六说，也许那人被打死了，也许跑出来了。"

张志雄说了很多，赵老三可就坐不住了。他听懂了，大儿子金山不是死就是活，各占一半儿。

赵老三抹了把眼泪:"听你这么说，我还是赶着我的驴车去东北找找你大哥吧，死要见尸活要见人啊，我可怜的大山儿啊!"赵老三干咳着，扑簌簌地掉眼泪。

"你看，我把银山弟支走，就怕他一时兴起，去东北找金山大哥。你想啊，东北被日本人占领了，还能去吗? 还赶着驴车去，猴年马月才能到啊! 再说，这日本人正缺劳工，去了就给逮住了。还是不要去，我早已托东北贩皮子的朋友打听去了，有信儿的话，我们再想办法一起去，好不好?"张志雄说完，推了推正在发怔的岳父。

"行，就按你说的办吧，这事还真不能让银山知道。"

"这样吧，我送银山、夏花他们一起去城里读书，先打听打听消息，回来再给您老说，您可好好在家待着啊!"

"行，那你们吃了饭再走。翠儿，快给孩子们做饭。"赵老三很着急地催促着正在做饭的妻子。

"好了，不要催娘了，我们带上几张烙饼几棵葱就行，边吃边走，说不定日落西山就到城里了。"张志雄刚说完，赵银山和夏花已经把沏好的茶端了出来。

"行了，银山弟，我和爹爹说好了，我们带上几张饼，我和你大姐陪你们快快去城里。等帮你们安顿好了，我们再回来。"张志雄说完就往屋外走。

张志雄有备而来，车就在外面。大家上了车，说笑着，急速往城里赶。

掌灯时分，赵银山他们才来到城里，南城门盘查得很严，他们出示了介绍信才让通过。

赵银山去职业学校报到，刘夏花去第二师范女子培训班报到。张志雄和刘春花陪着他们安顿好了才一起去料敌塔下的朋友家借宿。

在朋友家，张志雄听朋友说整个东北沦陷，日本鬼子已经打到了山海关。蒋介石采取了不抵抗政策，军队溃散，民不聊生，男人做了劳工，妇女惨遭蹂躏。朋友劝张志雄还是打消去东北找大哥赵金山的念头。

张志雄听朋友这样一说，只好暂时打消了去东北的念头，和妻子刘春花一起回到了村里。

赵银山和刘夏花来城里读书的第二天，师范院内有晏阳初先生的讲座，他们津津有味地听了。晏阳初讲的内容大多与平民学文化的重要性有关。有一句话，他们记住了，那就是"只有有了文化才能消除愚昧，强民富国"，两人听后心里感觉亮堂堂的。

虽然银山和夏花不是一个学校，但是能经常在一起听演讲，一起听抗日前线回来的人讲二十九军抗日的故事。

有一天，赵银山在一个小报上读了一段让他心头一振的话，这段话是：振奋国人的喜峰口战役，二十九军血战日军铃木旅团，一战成名。二十九军士兵以大刀和手榴弹对抗日军的先进武器，歼敌五千，喜峰口防线经历多次激战始终屹立不倒。日本《朝日新闻》评论道："明治大帝造兵以来，皇军名誉尽丧于喜峰口外，而遭受六十年来未有之侮辱。"战后宋哲元、张自忠、冯治安、赵登禹、刘汝明等人被授予"青天白日"勋章。

赵银山和同学们一起把这段文字印发成传单，一起走上街头宣传抗日。由于表现积极，半年后，赵银山就被吸收进"平教会乡村教育部"，任宣传员。

1936 年冬，日本华北驻屯军举行军事大演习，以北平、丰台为假想目标，向中国政府示威。二十九军军长宋哲元立即决定针锋相对，举行大演习。日军演习部队为一万余人，二十九军演习部队为五万多人。这次演习狠杀了日军的嚣张气焰，延缓了日军的侵略步伐，二十九军兵强马壮的军势，让军长宋哲元的底气足了许多。

也就是在军演期间，晏阳初和平教总会在战争威胁下离开定县，到南方继续开展平民教育工作。

有一天，赵银山在一次上街抗日游行时，被补员扩军的人招为二十九军的一员。临上前线，赵银山和刘夏花见面，两人相约在城内十字街路北的炸酱面馆吃了一顿炸酱面。吃面前，夏花妹妹把在南大街买的一个榆木弹弓给了银山，并嘱咐他不要丢了百发百中的本事，不忙时练练，也许用得上。吃面时，夏花妹妹是含泪一根一根默默吃进嘴的。

赵银山望着夏花妹妹一副欲言又止、欲说还休的样子，很是爱怜，更是不舍。但是，军情在身，他不能不走。他一把搂过夏花妹妹抱在怀里，低声说："等着我，等赶跑了日军，我们就结婚。像爹娘一样，还找吹打班，喜事办得风风光光的。"

刘夏花含着泪花，羞笑着，轻轻给了赵银山一拳。

集合号响了，城里集合起一支穿崭新军服的整齐队伍。队伍要走了，夏花望着走在前面的英姿飒爽的银山哥深情地喊了一声："哥，俺等你回来！"送行的很多女孩子和女人们也突然醒悟似的，一起学着喊："哥——俺等你回来——"整个县城十字街涌动着军民告别的大海般的深情。

1937 年春，晏阳初接到湖南省政府省主席何键的邀请前去讲学，何主席希望他协助动员普通民众参与抗日，组织有知识有能力的人搞活动。有人联系赵银山，想介绍他参与这个组织。赵银山回信说，已经参加了二十九军，奔赴了抗日前线。

赵银山参军后，由于有文化，被安排在第九先锋连连部做了文职秘书。他觉得很是不爽，天天写文件、传达文件的，连摸枪的机会都很少，不像是个军人。这时候正值"停战协定"期间，他就随二十九军的弟兄们成天练兵、学习。吃了练，练了吃，学了这又学那。

　　也就在此时，野心勃勃的日军占据了各个战略要地。鬼子的阵地和二十九军阵地对峙着，练兵的号子声彼此都能听得到，战争大有一触即发之势。由于有蒋介石的停战命令，二十九军只得眼睁睁地看着日军在停战协定的掩护下，频繁调动兵力，占据有利的攻击位置。军部天天接到战情通告，什么"昨天日军调来了二十辆坦克"，什么"今天又布置了一个炮兵阵地"，等等，让人心惶惶不知所从。

　　一直到 6 月中旬，军长宋哲元依然对局势没有清醒认识。中央军倒是调动着增援部队，但是，行动迟缓，直到 7 月才路过定县开到保北一带。

　　这天，赵银山奉命回定县给中央军送文件，他快马加鞭，顺利地完成了任务。他腾出时间与夏花妹见了一面，由于穿着军服带着小队人马不方便，赵银山在村北小树林安顿了人马，他独自一人约夏花在炸酱面馆吃面。这有情人的相见，纵有千言万语，却不知从何说起了。两人对望了一会儿，赵银山突然想起了带给夏花的礼物。他让夏花背过身去，眯上眼。他这个军中汉子，麻利地给夏花戴上了自己从京城买来的一条大红围巾。夏花抚摸着围巾的一角，高兴得热泪盈眶。银山又送给了夏花一个用铜子弹壳堆成的帆船模型。刘夏花很高兴，看四外没人，她快速地给了银山哥一个吻。

　　带着夏花暖暖的情，两人说笑着吃了面。赵银山告别夏花，与战友连夜策马往部队赶。第二天下午回到部队，连长召开了紧急会议。赵银山做笔录，连长略带愤懑地说："咱们宋军长也许是担心中央军抢他的地盘，他在给蒋的一封信中说'刻下拟请钧座千忍万忍，暂时委曲求全，将北上各部队稍为后退，以便缓和目前，俾得完成准备'。你们大家说说，战事吃紧，哪还有拒绝增援的啊?"

赵银山听了这话，对这个军长大为不解，深为不满，天天郁闷得很。

…………

七七卢沟桥事变爆发，中国进入全面抗战时期。

7月底，日军已经陆续从国内和东北增调第五、第六、第十、第二十师团和独立混成第一旅团、第十一旅团到平津地区。外加上原来的天津驻屯军，总兵力达到十余万人。26日晚，日军司令官香月清司向宋哲元发出最后通牒，限二十九军于27日正午以前撤出北平，被宋哲元严词拒绝。宋哲元这时才明白战争已经不可避免，27日，宋哲元召开军事会议，准备在8月1日发动全面进攻，三十七师会同一三二师主力攻丰台，张自忠带三十八师攻天津海光寺。

日军却先发制人，于7月28日凌晨发动全线进攻。南苑、北苑、西苑、通县等地均发生激战，二十九军仓促应战。赵银山所在的先锋连在西苑与日军展开激战，战斗打得很是惨烈，敌我双方均伤亡很大。

送信的战友，那个经常与赵银山一个被窝睡的小明子，也在送信途中被掷弹筒炮弹炸得粉身碎骨。只找到赵银山给他削的那个被烧的半块黑的风老婆（木陀螺）。

赵银山听说，日军突入中国军队的阵地后，残存的学兵们宁死不屈，与日军展开白刃战，在佟麟阁率教导团赶来增援之前，几百名学兵死于此役，伤亡十倍于日军。这些死在肉搏战中的学兵，都是北平各大学、中学的学生，多是"一二·九"运动的积极分子，后来投笔从戎的，大多不懂得枪械的使用，他们是以十条命换一条命的代价和日军拼了刺刀。

赵银山悲愤至极，几次请求上前线杀鬼子，均被连长制止。这时，噩耗不断传来，说南苑的二十九军军部遭到日军主力攻击，副军长佟麟阁、师长赵登禹阵亡，军部直属部队和一三二师寡不敌众，均被击溃。南苑丢失，二十九军的军事防线被拦腰切断，危在旦夕。

先锋连接到军部指令，让火速增援南苑。

赵银山在连长的命令下，带着精挑细选的四十几个弟兄，配备十支德式伯格曼冲锋枪、一挺捷克式机枪、二十九支"水连珠"步枪，枪榴弹两支，抄小路去支援。当时，一个排才配备两支德式伯格曼冲锋枪，也不知道连长从哪里弄来的这十支。但是，他想，这么点儿人，武器再好也不行，只有出奇兵方能取胜。所以，来不及商量，他冲在最前列，趁着夜色带领弟兄们悄悄绕到南苑日军的背后给予痛击。日军被这突袭小部队的巨大火力打乱了阵脚，以为是主力部队，来不及还手，仓皇而逃。他们乘胜追击，日军的尸体一片片倒下，眼看就要将日军击退了，却接到了"不再追击，马上撤退"的命令。

说是蒋介石发来了电令，让宋哲元带领所有人马，撤到保定待命。

军令如山，29 日凌晨，二十九军除留下四个团维持治安以外，全部撤走。

赵银山望着静静的北平城，流下痛心的眼泪。

赵银山所在的先锋连先于大部队往南作侦察性行军，另外的任务是押着几辆运送弹药的马车，据说是一批精良德式武器。听连长说，是哪个团长刚托人搞来的，还没有来得及拆封。

他们行军路线是保定、定县、石家庄，最终驻军邯郸待命。

路过保定，行军匆匆，尘烟四起，路遇的行人纷纷远远躲闪。官兵士气萎靡，狼狈不堪，就有的人开始骂这些兵了。说他们是软蛋，是卖国贼，说党国白养了这些白眼狼。还用土坷垃、烂苹果、烂土豆子砸向队伍，闹得士兵伤痕累累。

赵银山是带着一腔抗日热情参军的，没承想成了这押送武器的逃兵。他觉得在这个部队可真丢人，作为军人，在外敌入侵之际，怎会不抵抗了？怎会放弃美丽的北平任由鬼魅蹂躏呢？二十九军真的是软蛋？是卖国贼？他很是郁闷，成天有酒就喝，有烟就抽。

望着一车车自己押运的，还没有启封的德式枪炮，他想，这么多枪炮还没有启封，就跑了，真憋气。

一个阳光明媚的清晨，大部队来到唐河边。只见这里水域浩渺，水势荡荡，岸上杨柳排排，水面鱼鹰翻飞。

部队接近河岸，沿着河堤去往唐河大桥的时候，只见堤坝已经年久失修，到处杂草丛生，浅滩乱泥，运送枪械弹药的车子在泥沙里艰难前行。

见车陷进了泥滩，当地的老百姓自动跑来，一起喊着号子帮着推。后听说是撤下来的二十九军，他们啐一口唾沫，转身就跑，一会儿就消失得无影无踪了。每到一处，都会遇上这种事。赵银山感觉，人们像躲避瘟疫似的躲避着他们，很是羞恼。

日落西山了，他还亲自推着车子艰难地走着。士兵们两顿没有吃饭了，饥渴难耐，疲乏无力。马车绕离了难走的大路，越过一道大堤，突然前面有几个大坑挡住了去路。一看才知道是当地人打坯留下的土坑。望着这些土坑，他立刻想出了一个主意，他要将这些笨重而又暂时无用的家伙埋藏起来。这样既减少了行军负担，又不算丢弃枪械。什么时候想用，回来取出就可以。

想到这里，他觉得应该跟连长商量商量，于是他跑去对连长说明此意，连长也觉得放下辎重，轻松行军是上策。怎么也是撤退吧，丢盔卸甲是常事。再说了，德式装备暂时用不着，以后有的是机会。于是，他同意了赵银山的建议，嘱咐他一定藏严实，不要让追来的日军发现，捡了便宜。

得令后，赵银山对士兵们大声说："弟兄们，咱们不能让这死沉的家伙把活人累死。再说，日军说话就撵上咱们了，咱们不能要财不要命。这莫名其妙的撤退，不让打鬼子了，拉着这些也没有用，咱们还是先把这些武器藏起来吧。"

"是连长的意思吗？"有个士兵问。

"我的主意，连长同意了。"

这样，士兵们高兴了，一致赞同。说真的，谁不想图个轻便啊。谁也清楚，日本鬼子的汽车比人跑得快，带着这些东西逃跑，不倒霉才怪呢！

大家七手八脚卸了马，把三车枪械，两车的子弹推进了深坑，蒙上了军用油帆布，填实了土，上面还掩盖了杂草。看伪装得严实了，赵银山望了望四周的地形，心理暗记了标志，与战士们唱着小曲儿轻松上路了。

随大部队刚到城里，赵银山就想去看看夏花妹，但是深更半夜的，觉得去女子学校不方便。

他希望部队行走慢一些，好在天亮去看妹妹。可是得到消息说，日本人有一个骑兵侦察中队正向南进发，部队要急行军撤离，让先锋连的战士快速跑向前去查看情况。

这样，部队开始急速行军。快跑到深泽县界了，突然又有人传信来，让先锋连换上库存的德式装备断后，如果遭遇追上的敌军就给予迎头截击。

这下可急坏了连长，德式装备埋在唐河河套里了呀，连长急忙问赵银山怎么办。

赵银山问连长："你知道大部队到哪里了？"

"应该到了唐河。"

"那可坏了，咱们总不能回去取吧，那不让大部队发现了？"

"那不取，我们怎么交代？咋也不能说我们已经把德式装备埋了呀！现在去取，已经过了六七十里，怎么可能！这事啊，我们算是摊上大事了，这可是枪毙之罪呀。"连长说完开始"这、那"地埋怨起赵银山来。

赵银山果断地说："这样吧，连长，你也不用再埋怨是我的主意了。反正怎么也是个枪毙，我不能连累你，我就带几个弟兄回去取枪械。见到营长，你就说我们失踪了。过后营长忘记了这事，我们再带着那些新枪械追赶你们。"

"也只有这样了。你小子，歪法儿真多。你不能死，更不能把枪械卖了呀！要是卖了，到时候，我可就真让营长军法从事了。"连长说完抹了一把脑门子上的汗。

"放心吧，连长，我还抗日呢，死什么啊！枪械这么有用，卖什么枪械啊！"赵银山说完就开始整理自己的装备。

连长给了赵银山二十个银圆，嘱咐他照顾好二十个弟兄。先锋连的其他战士也依依不舍地为他们送别。然后，连长就带着部队急行军走了。

第 3 回

因逃难误闯大东北　为雪仇加入自卫军

乱世出英雄，再说赵银山的哥哥赵金山。

他烧了地主家的房子，地主家联合乡绅武装派人捉拿他，他带着妻子甄续男和妹妹甄是男逃到了火车站，摸上了一辆北去的火车。在黑洞洞的车厢里，也不知道过了多少天，三个人都快饿死了。赵金山把仅有的一块饼给怀孕五个月的妻子吃了，三个人相拥着取暖。忍受着饥渴又在车上"咣当"了一天，车停到了一个漆黑寒冷的地方。摸黑儿下车，借着冷冷的灯光，识几个字的甄续男才看清站牌上写着归绥。

听妻子说是归绥市，赵金山愣怔了一下。他清楚地知道，他们逃出是非之地又来到了魔窟鬼域。他想，这里一定驻着很多日本兵。他急忙猫着腰拉着妻子和妻妹往外走，刚走出来，不出所料，他们惊恐地看到铁路两旁全是日本兵，个个荷枪实弹。他急忙示意姐俩藏到了火车底下。

刚刚钻进车底下，一个日本军官牵着一条恶狗走了过来。狗很快发现了她们，汪汪地叫着追过来。

很快，车底下的姐妹俩被日本兵抓了出来。

一个军官模样的日本兵一看是两个漂亮姑娘，就淫心大发，喊着"花姑娘花姑娘"地拉扯甄续男和妹妹甄是男。赵金山哪里受得了这个，大吼一声："回你老家，玩你奶奶的花姑娘去！"说完，飞起一脚踢翻了一个鬼子小队长，拉起妻子和妻妹就跑。

片刻，一队鬼子围了上来，齐刷刷地用刺刀逼住了赵金山。七手八脚地把他五花大绑了，连同甄续男、甄是男一起系成了一串儿。

被踢翻的那个鬼子小队长，端着三八大盖就要朝赵金山的头上开枪。妻子甄续男一看，急忙匍匐在鬼子小队长面前说："不要打死他，我跟你们走，我跟你们走。"

鬼子住手了，大笑着押他们回驻地。

当晚，夜漆黑。小黑屋里，赵金山攥着拳头在门口等着鬼子兵进来，他发誓，一旦鬼子对妻子和妻妹下手，他就与鬼子拼了。

这时，一阵狗叫夹杂着激烈的枪炮声响起。

后来才知道，是一队东北军残兵，大概二十人，夜袭了这个车站，战斗打到了后半夜，快天明的时候枪声才停止。早晨，赵金山被鬼子小队长带出关押的屋子去和另一个劳工扛大个儿。先扛日军尸体，赵金山偷偷数了，有四十九具。把这些散发着恶臭的尸体扛到距离车站很远的一个土坡上，扔在柴火上，交叉着码放，他看到活鬼子在死鬼子身上浇上了汽油。

鬼子又开始驱赶他们去扛东北军的尸体，一个健壮的小伙子扛起一个东北军战士的尸体追上了赵金山，仔细看了看赵金山的脸说："俺怎么没有见过你，你是列老黑介（昨天晚上）被逮过来的吧?"

"你是沙河南的人吧，是俺的老乡?"赵金山兴奋地问。

"啊，你怎么知道? 俺是沙河南李顾村的，你是?"那个老乡很惊讶。

"俺是朱古村的，听你的口音就知道是沙河南的，听说你们李顾村距离赵庄村不远，给你打听一个叫赵老三的你认识吗?"赵金山很是喜出望外。

"俺不认识。老乡，不要多说话了，咱们一会儿抽冷子跑吧。要不，咱这命就撂在这儿了。"这个老乡说完扛着尸体快步走了。

赵金山急忙扛着尸体跟上问："哎，老乡，俺地形不熟，你跑的时候带着俺，行不？"

老乡也不说话，把尸体轻轻放进坑里，整理了一下死者的衣服，喃喃地说："大哥，你是好样的，累了就好好睡一觉，安息吧！"说完，转身就走。赵金山也学着他的样儿，把士兵的尸体整理一番，排放好。

快扛完尸体了，老乡又凑过来对赵金山小声说："这会儿日本兵为死去的同类送魂儿去了，俺发现，现在站岗的鬼子不多了。东北军二十一个弟兄的尸体俺们也安放好了，咱抽冷子逃跑吧。你看，坑沿上有两个鬼子站岗，你解决一个俺解决一个，然后，俺们就开始往树林里跑，你往南跑，俺往北跑，跑进树林再说，你能行吗？"

"行，就按你说的办。"赵金山高兴得忘乎所以。

两人扛着最后两具东北军战士的尸体来到坑边，分别把尸体码放入坑。整理了一下死者的头发，赵金山直起腰来，看到两个日本兵聚精会神地看着远方同类尸体上冒出的浓烟抹眼泪。说时迟那时快，好个赵金山，率先蹿出坑，用高大的身躯猛然撞倒了一个鬼子。第一次麻利地使用了从尚武堂学来的锁喉致命爪。只听"咔嚓"一声，鬼子登时毙命。老乡也不含糊，也几乎在同时，他快速地抱住鬼子，与鬼子一起滚进死人坑，双手死死地掐住了鬼子的脖子。小鬼子蹬腿翻白眼儿好多时了，他还死死地掐着。赵金山出溜下坑，看了看，示意他，鬼子已经死了，他才松手，而后，长出了一口气。两人就这么顺利地解决了鬼子，从鬼子身上拔下匕首别在自己腰里，撒丫子就跑。赵金山看到，不一会儿，那个老乡就跑得没了踪影。

赵金山跑了几步，猛拍了一下自己的脑门儿，突然想起还有妻子和妻妹呢。于是，转身向关押他们的小屋跑去。小屋前没有了值勤兵，鬼子们都去为他们的同类送葬去了。远处，熊熊的大火烧起来了，焦肉刺鼻的腥臭味儿也"呼呼"扑了过来。

赵金山掩着鼻子撬开小屋的门。突然，一个木棒子闪过眼前。赵金山急忙躲开，才发现是自己的妻子怒目圆睁地举着木棒子。

赵金山忙说："是我，干吗打我？快叫是男妹妹起来，咱们快跑。"妻子也不说话，定睛看了看，扑过来，趴在赵金山怀里哭起来。走近了，借着灯光，赵金山这才发现妻妹甄是男衣冠不整，头破血流，脸色蜡黄。

"这是怎么了？快说！"赵金山托起是男的尸体问。

"这帮禽兽当着我的面糟蹋了是男……禽兽走了……是男……她就哭，突然撞墙，死了。"妻子甄续男抽噎得说不成话。

"这帮狗娘养的，迟早找他们算账！不说了，我们快跑。"赵金山说完擦了擦妻子脸上的泪水，抱起妻妹的尸体，拉起妻子就跑。

续男虽然怀孕在身，但是为了逃命也紧跟着玩命似的跑了出去。

跑得很远了，还能听到远处高坡上鬼子叽里呱啦的叫丧声，像是鬼魂开会似的。他们头也不回，径直往树林方向跑，刚到了林子的边沿，身后就响起了清脆密集的枪声。

甄续男吓得趴在地上，赵金山急忙拉她："快起来，听声音，是鬼子放追魂炮，估计还没有发现咱们。"

甄续男爬起来继续跟着赵金山跑，跑了不知有多长时间，已经感觉大汗淋漓。转过一个小山坡，一股山风吹来，甄续男坐在了地上，大口地喘气，突然捂着肚子喊起"疼"来，赵金山这才停下了脚步，放下甄是男的尸体。

甄续男休息了一会儿，抽噎着忍着肚子疼为妹妹整理好衣衫，又脱下自己身上的一件外衣为妹妹裹上。然后，为妹妹的尸身覆盖了厚厚的树叶。当他们要用手挖土掩埋时，才知道这里依然是冻土。两人只好找来一些石块为妹妹砌了一个石头的坟茔。借着微光，甄续男看着妹妹的脸一点点被石头砌到冰冷阴暗的坟茔里，哭得瘫软了身子。

"好妹妹，你就在这里歇息吧，我赵金山一定会为你报仇的。告诉你，我已经杀了一个鬼子了，以后还要为你多杀小鬼子。"赵金山一边砌石头一边说。

掩埋好是男妹的尸体，妻子甄续男才感觉肚子疼得更厉害了。赵金山抱起妻子就走，想找个隐身的地方。刚抱起来，他就看到妻子的裤腿处，有鲜血流了出来。

"续男，你怎么了，负伤了?"赵金山声音里满是惊恐。

"没有事，不是伤。也许是刚才跑得急，破了羊水……没有事，我还能坚持。咱还是赶快离开这个鬼地方吧，要不，小鬼子追来，咱就没命了。"甄续男说着坚强地站起来，扶着赵金山就走。

越走林子越密，头顶枝丫繁茂，几乎看不到天；脚下叶厚如毯，看不到一点儿地皮。走了大概一天了，他们饿得头晕目眩。

两人刚靠在一个向阳的坡上休息，突然一条黄影从他们眼前蹿了出来。赵金山定睛一看，是一只小獐子，赵金山一个鲤鱼打挺起身，捡起半截木棍追了出去。追了不到五十步，用手里的棍子一个箭射，学过三节棍的赵金山，把半截木棍用得恰到好处，木棍准确地击在了小獐子的头上，小獐子登时一头栽倒，七窍流血，双腿踢腾几下，死了。

赵金山用从鬼子那里得来的匕首在獐子脖子处拉了个口子，用一个大树叶子将血接了，劝妻子喝。甄续男甫说喝了，看了一眼就吐了，呕吐不止，吐的全是黄水。

赵金山看着妻子的痛苦样，把盛满獐子血的树叶包端过来："你看，你把苦胆都吐出来了。再不吃点儿东西，不但孩子不能保命，连你也不能陪俺到白头了。快，忍着喝下去吧！一会儿，我们吃烤肉，我们要活，有了力气，我们才能回家。"

听他这么一说，妻子还真的一口气儿喝了。休息了一会儿，赵金山看到，妻子的脸色红润起来。赵金山麻利地剥了獐子皮，用棍子架起獐子。从上衣内兜里掏出火镰，点着了树叶。见冒烟多，火苗不旺，他又找了很多的干树枝，烤獐子肉就开始了。

不一会儿，肉上噼噼啪啪地掉起了油，香喷喷的烤肉味儿就飘出来了。赵金山仍趴在地上吹炭火。还说，这獐子肉火大点儿好吃，特香。

甄续男看着丈夫那老到熟练的认真样儿，又看看丈夫满脸灰黑的老包相，她的脸上才微微有了些笑意。继而又掉起泪来，默默地用袖子擦。

赵金山割下一块泛着黄油的狍子肉，用刀挑着给妻子："不要哭了，快吃吧，吃饱了，我们找一个藏身的地方睡一会儿。昨晚就没有睡，你又惊又吓又伤心，还这么猛跑，肚子里的孩子一定受不了，你需要快快歇着。"

两人吃完了烤狍子肉，赵金山立刻来了精气神儿，抱起妻子就走。

仰望着胡子拉碴的丈夫，甄续男打趣地说："你这是往哪儿走啊？你想带俺走到天边还是地府？"

"走得越远越安全！鬼子肯定找咱们呢，你知道吗？俺和那个老乡，一人杀了一个鬼子。"

"哎呀，这么说，你真杀人了？刚才我还以为你故意说给妹妹的。"甄续男惊恐地说。

"东北军真是好样的，二十一个兄弟，杀了四十九个日本兵，个个好样的。可我背了十多个，一个人的姓名也不知道。他们的长相也好像一个样，个个都是咬着钢牙，瞪着大眼死的。"赵金山说得带有了哭腔。

"金山哥，要是以后遇到一帮人，专门打鬼子，你去参加吗？"甄续男头埋在丈夫的臂弯，仰着小脸儿。

"那还用说，那是一定的。"

"那，俺也跟你去当兵，当一个杀鬼子的女兵，为妹妹报仇。俺记住了那帮欺负妹妹的禽兽的样子。当时，我就暗暗发誓，要是能活下去，一定练好身板，见一个鬼子就杀一个。"甄续男说完哆嗦了一下。

正说着，前面是一个深深的山坳。顺着山坡往下走，树密林深，气候温暖潮湿起来。又走了一会儿，突然地域开阔，一条小河泛着热气哗啦啦地流过。他们在小河里洗了洗，感觉浅浅的河水热热的。蹚过水，来到一片蒸腾着香味儿的林子。嗅着香味儿，他们走啊走……走过树林又是一个深深的山坳。在一个山窝子旁，他们看到，刚才还毛茸茸的小毛草，在这里变得油亮鲜嫩且长得半人多高。

赵金山看了看，放下妻子说："草后面一定有一个山洞，而且洞很深。"

"你怎么知道？"

"你看其他地方草很弱小，只有这个山窝子草深，说明'山洞潮气润草长'，这是跟着爹爹采草药时知道的。说不定这里还能有人参呢，哈哈！"

赵金山说完拔腿就往深草里走。刚走几步，一块尖尖的石头划破了他的小腿，鲜血流了出来，他麻利地用刀割下一截袖头布缠上伤口。然后，一边用匕首划拉草，一边往里走。甄续男看这样，发着颤音劝丈夫："别，别往里走了，有山洞我也不在这里睡觉，吓人。"

"没有事儿，有我你怕什么？"

甄续男追赶上虎背熊腰往前跑的丈夫："金山哥，这个春天里，怎么会在这里有这么高的草啊，还这么热气腾腾的？"

"这里一定有地热，也就是曾有过火山喷发，热气在这个山窝窝里蒸发，就把这个山窝窝弄成了热带气候！"

走了几步，果真见一个黑黝黝的山洞出现在眼前，山洞的四周斜生着很多不知名的大叶子树，有几棵大树就竖在洞口，天然形成了一道木门。

"你看，这山洞多么像一个大木头房子，还有木门。"赵金山拉着妻子让她看这奇观。

甄续男刚站定，一股冷气从洞口喷出，一条暗影从洞里射了出来，一个凉凉的软东西瞬间缠上了赵金山的腰。

"蛇！蛇！"赵金山听到了倒在一旁的妻子惊恐而沙哑的叫喊。

他刚要转身跑，这条巨蟒可就缠上了身，很快绕了几道。赵金山感觉，像一个大力士在环抱着自己，都要喘不过气儿来了，蛇还在不停地蠕动着，疾速地收拢着全身的肌肉。

事发突然，起初赵金山蒙了。继而清醒起来，他知道自己遭遇了猎人说的最为危险的蛇缠身。老人说过，遇到蟒蛇缠身后要很快行动，必须找到它的七寸处，给它痛击，使蛇很快丧失攻击力。

这时，蛇已缠过他的胸，缠向他的脖子。说时迟那时快，赵金山哪管什么七寸八寸。他唯一能做的是快速抽出胳膊，用匕首在蛇身上猛刺。刀光过处，蛇身立刻出现一道道翻起来的白肉，瞬而就是一道道深深的血口。但是，蛇不但没有停止缠动，反而更紧了。

赵金山开始干咳起来，眼冒金星。甄续男也反应过来，抓起一个树枝拍打着蛇尾巴。树枝是干燥腐朽的，刚拍上去就折断成几节。她惊恐地看到丈夫只有一个大脑袋和两条胳膊露在一堆蛇肉上。

好个赵金山，这时已经找到了蛇的七寸，使出吃奶的力气用手中的匕首向那里戳去。只听"噗"的一声，血柱从蛇的七寸处喷涌而出。赵金山拼命地按着刀往下走，硬生生把蛇的头割了下来。

紧紧缠裹的蛇身瘫软下来，瞬间成了一条直棍儿式的尸体，蛇的肉身还在微微颤动着。赵金山在蛇的尸体旁坐着，大口大口地喘着粗气，好像要把整个森林里的空气全吸进肚里去似的。

这时，林间鳞隙透来的一抹阳光照上了他的脸，他脸上立刻罩满了得胜后的自豪。

甄续男看的都惊呆了，与丈夫对望了许久才哭着跑向了丈夫。熊抱着，拍打着，搬正了丈夫的头，详细地端看，只见滴血的头上藏着一张苦笑的脸。

过了一会儿，赵金山和妻子看了看蟒蛇的尸体，妻子顿然吓得全身颤抖地说："我的那个娘啊，怎么有这么大的蛇啊！"

这条蟒蛇长有丈二，粗似男人的胳膊，整个身子鳞片闪闪。

赵金山哈哈大笑着，一把抓起蛇甩到了山崖下。看蛇翻滚着没有了踪影，赵金山安慰还在全身哆嗦的妻子："行了，这里安全了，按照老人们的经验，有大蟒蛇出没的地方就没有其他的野兽了。"

甄续男颤颤巍巍地跟着丈夫走进山洞，山石光滑得很，两人同时感觉出清凉宜人的香气。再往里走，洞壁四周奇怪的石头上，随处都挂着如透明羽衣一样的蛇皮，随风摆动。又像是挂着帷帐的新房，暖暖的，静静的。有一石臼处还铺着毛茸茸的干草，打理得很规整，又像是温馨的产床。

他们在草上躺下来，甄续男心有余悸地四外观看。赵金山把妻子搂过来："听我的话，大蛇一般是独居，这里安全了。"甄续男点点头，不一会儿就睡着了。

赵金山睁开眼时，阳光已经透过洞口的"树门"，斜射进来。他突然发现妻子满头大汗地坐着，疼得龇牙咧嘴。

"怎么了，肚子又疼了？"

甄续男咬着牙点点头。

不一会儿，血水顺着续男的裤管儿流了出来。

赵金山急得猴子似的走来走去："这怎么办，是不是要生了，这怎么办？"

"我也不知道怎么办，好像……好像要出来了。你快去找点儿浮土烂树叶儿，下面太扎了，孩子嫩，不能让咱孩子生在这上头啊。"甄续男咬着牙忍着疼安排着。

还没有等赵金山回来，孩子就出来了。赵金山一看，是个死胎，小小的一个男孩儿表情痛苦地蜷缩着。夫妻俩悲痛至极，赵金山捧着血淋淋的儿子不放，流着泪，喃喃地对着孩子说着话，只怪自己对不住孩子，怪自己没有照顾好妻子。

甄续男擦了擦眼泪，声音虚弱地对丈夫说："行了……我们不哭了。这孩子来的不是时候。你想啊，逃难人吃不上喝不上的，能带个孩子吗？算了，以后咱有的是孩子，俺还给你生。"还倒是甄续男劝说起丈夫来了。

赵金山说："这里很暖和，你在这里歇息一会儿，我去看这里还有什么可吃的东西没有。"

"行，你可不要走远了啊，我害怕。"

还没有等妻子说完，赵金山猴子一样一跃，消失在浓密的树丛里。

58

过了半晌，甄续男已经等得焦虑万分的时候，赵金山喜滋滋地回来了。手里竟捧回一个白胖胖的、长得如小男孩子身子似的物儿来。

"来，快过来，这里宝贝可真多，这一定就是大补的老山参了。我费了好大的劲儿才挖它出来，差点儿让它跑了。哈哈，他妈的，我们来到仙境了，什么都有。"

说完，把山参的腿儿摆弄直了，让妻子看，"你看他多像一个小男孩子啊。"

"真好看！你说，这仙物儿能吃？我可舍不得吃它。"

"吃吧，什么舍得舍不得，就当吃水果。"赵金山说完掰了一半递给妻子。

"嗯，真甜。"甄续男咬了一口咀嚼着说。

"还有点儿香味儿，说不定，还没有吃完咱俩就成仙了。哈哈，他妈的小日本。"

"是啊，成仙了就不被小日本儿欺负了。"甄续男说着又掉眼泪。

"吃吧，等咱养好了身子，就出林子，寻鬼子，给咱妹妹报仇去。"赵金山眼里似乎要喷出火来。

望着没有边际的林海，甄续男担忧地说："那咱还是往回走吧，不能往深处走了啊！要是走不出去了，还怎么杀鬼子？"

"好，咱们往左面绕，也许就是往回走。"

两人说完急忙转身回走，走了不远，天就黑下来。山路平坦了一些，又摸黑往北走了半宿，突然出现了一条宽宽的路，好像有车走过。赵金山蹲下来，仔细查看车辙。鸡蛋大的石头都陷进沙土里，显然是重车碾过的痕迹。在路旁还有一张狗皮和一顶用狗皮做的翻皮帽。赵金山捡起帽子，给妻子戴上，又塞了塞妻子的秀发："戴上这帽子，你就成男人了。来，这里可能会遇到人，俺给你把脸抹黑了。"

用路旁的草木灰抹黑了妻子的脸，他正要领着妻子躲开这条路，一辆大开着灯的卡车轰鸣着马达开过来。赵金山拉起妻子就往山上跑，这时候，车上跳下几个日本兵，口里喊着"八嘎呀路，八嘎呀路"追了上来，边追边开枪，子弹嗖嗖地在头上飞。

赵金山把妻子拉到身边："真他妈的倒霉，咱又遇到小鬼子了，不能再跑了，再跑就没命了，看情况再说。""怎么什么地方都有这些王八羔子啊！我怕，你可不要离开我。"

"行，举手吧，这样他们就不开枪了！"

赵金山说完，蹲下身子举起双手，甄续男也学着举起手来。

说话间，两个日本兵已追到跟前。随后，汽车上又下来四个日本兵紧跟着过来了。日本兵粗野地把他俩的胳膊反绑了，推搡着拽上了汽车。

汽车沿着宽敞的路一直往里开，天将明了才到。他们被赶下车来。

赵金山和甄续男看到，这里是一片开阔地。远处是奇怪的山峰，没有树，满山嫩嫩的青草，黄色小花这儿一片那一片地开着。翠绿秀美的山峰被炸开了一个大口子，光秃秃、白森森的山石裸露着，像炸开膛了的大山尸体。

他俩被驱赶到山脚下，山脚下有一群面黄肌瘦的劳工，在搬运着一块块大小不一的石头。一个个大机器吃人似的张着大口在粉碎着石头，机器的另一端尘土飞扬，遮天蔽日。

他俩怔怔看时，一条皮鞭迎头打来，赵金山只觉得疼入骨髓。

"快去搬石头，看什么看！"原来是个会说中国话的黄皮狗腿子在狂叫。

他俩只好走到料场搬起石头往机器处走。甄续男虽然个儿不小，但她毕竟是个女人，还刚流产，没有力气，只好搬了一块小的石头跟着丈夫往前走。

"他妈的，你属羊的啊，软蛋一个?"说话人仍然是那个黄皮狗。黄皮狗说完，突然给甄续男放上了一大块石头。甄续男差点儿失手，也不敢说话，怕被发现自己是女的，只好搬着重重的石头一步一步地往前挪。

赵金山停下来，把妻子的石头搬过一块放自己的石头上面，一口气搬到了机器前。

也不知道搬了几个时辰，快晌午了，甄续男实在吃不消了，几乎要晕了，想坐下来休息一会儿。这时一个工头儿过来，在甄续男旁边的土地上打了一鞭子，然后低声说："你不想活了？快吃饭了，坚持一会儿吧。"

甄续男在尘烟中努力地爬起来，咬着牙继续搬石头。太阳西斜，树影和人影都拉得长长的了，才开饭。每人一个黑玉米饼子一碗白菜汤子。

甄续男狂吞一口黑饼子，觉得有一股浓浓的霉味儿直冲嗓子眼儿。她吐出一口，小声嘟哝："驴粪蛋子似的，还有霉味儿，这怎么吃啊?!"

"忍着吃点儿吧，有力气了，哥带你跑。"赵金山拍拍妻子的背。

接下来的几天里，他们重复着这样的劳动。赵金山从别人口中知道，这是一座金山，搬的都是矿洞里拉出来的金矿石，粉碎后水冲淘金，淘金作坊那里都是日本人。

赵金山听人骂道："这些吃人肉不吐骨头的日本鬼子，挖我们的金子，还不让吃饱。"

每天晚上，赵金山和妻子与男工友们一起挤在大炕上。为了不使妻子暴露，一天晚上，赵金山在被窝里，偷偷用刀一点点剃掉了妻子的秀发。虽然剃成了斑马头，但还算是有点儿男人特征了。

随着劳工越来越多，工地上的简易住房已经挤不下一个人。

一天，日本鬼子让赵金山带一部分人用废弃的大石头搭建石头房。人们从很远的地方搬来一块块青色大石头，赵金山和工友们用泥土把这些石头垒起来。又砍伐了一些大树做房梁和椽子。砍树的时候，有人想把一棵歪脖树砍下来。赵金山说："砍好的，带洞的木头容易断裂，可不能砸坏了咱兄弟们。"

等砍一大堆了，一辆卡车过来运木头。车装好了，赵金山坐在车顶上。他看到那棵歪脖树孤零零地站立在光秃秃的山头上，像是一只失去了羊群的领头羊在咩咩叫。赵金山想，那里面要是藏着一树的炸药就好了，把"炸药树"拉回去，引燃了，炸死那些吃人血的小鬼子，再抢了他们的金子带回家卖了盖房……

简易房屋盖了三大间，新来的工友们就挤在这里睡觉，没有褥垫就铺了一些树叶杂草。好在这里距离火山口不远，山上终年暖暖的，连石头都是暖的。

后来的几天里，发生了件怪事。民工们的手上、胳膊上都起了很多的燎泡，红红的。甄续男身上也痒得很，一抓就起水疱。赵金山连夜询问了工友们，工友们说，山上开采出一种发红的软石头，人们摸了后手洗不干净，不小心抓了皮肤，就会这样。当地人见到软红石头就马上扔得远远的。

白天，赵金山在一个工友的带领下，在一块灰土状的大石头旁找到了这种石头。他一看，这种石头有的地方红如鸡冠，竖纹清晰。除了颜色与矿石不一样外，其质地和矿石没有什么区别。

正端详石头的时候，工头喊赵金山，说有要事找他。他就把这块湿漉漉的红石头放在一块大石头上，想晒干后再拿回去研究。

回去的路上，他听到了一声枪响。问工头怎么了，工头肯定地告诉金山："这帮小鬼子一定是把生病的工友老余给枪毙了。"

工头说完把赵金山仔细端详了一番，说："好小伙子啊，通过建房一事，皇军觉得你忠诚老实又能干，大大的良民。我想给你一份重要的工作，从今天开始，你专门负责供水系统的维护。"工头说完，指了指前面弯弯曲曲的一条白色帆布水带，"看到了吗，那是从山上引下来的一条水带，你只要看好这条水带，不让它漏水就可以。每天你必须山上山下巡查四个来回，知道吗？"

赵金山手搭凉棚向山上望去：半山腰上建有一个高高的碉堡，上面那些密密麻麻的瞭望孔和枪眼儿清晰可见。荷枪实弹的日本兵四步一岗之字队形很明显，队形最终消失在金山顶。一条白白的水带也如巨蛇一样蜿蜒到目光尽头。

赵金山答应了这个差事，开始了每天的巡查。

　　起初，这条水带也没有漏过水，赵金山巡查虽然比搬石头轻闲一点儿，但是也是累得每天晚上腿疼腰酸。一天早上，赵金山在巡查时，看到一水柱从水带上喷出。仔细查看才发现水带上有牙齿撕咬过的痕迹，赵金山觉得也许是某种小动物嗅到了水的味道，想喝水，才咬破的。他急忙用铁丝把破口缠住，然后想去找找这个捣乱的小动物。

　　赵金山在附近一块平整的大石头上看到了一个湿湿的爪子印。循着爪子印，他很快找到了这个黑毛的家伙。原来是一条野狗，它趴在一块大石头旁一动不动。赵金山向它投了一小块石头，它没有动。等他小心翼翼地走过去，才看到狗已经龇牙咧嘴地死了，尸体都僵硬了。

　　仔细察看，赵金山发现了一个惊人的秘密。原来，在他前几天晾晒的红石头上出现了很多毛茸茸的黑色狗毛，周围有狗的爪子印，他料定是狗舔了这块石头才死的。

　　赵金山不知道，这红石头就是雄黄矿石。雄黄是一种中药，经过太阳光长时间照射后会生成一种有剧毒的砷化物。狗也许是不小心舔舐了这砷化物，就丧命了。

　　赵金山为了更进一步证实是否有毒，他在鸟窝里抓了一只小麻雀，喂食了米粒大小的一块白色颗粒，麻雀咽下后摇摇头，立刻蹬腿毙命。了解到这东西有剧毒后，他心里立刻产生了一个复仇计划，为了很好地实施这个计划，他天天找来这样的石头摆在这里晾晒，然后把生出来的白色粉末收集起来。他要找时机，让鬼子尝尝这东西。他就不信了，这东西连狗都能毒死，就毒不死这些猪狗不如的小鬼子。

　　大概收集了半帽盔了，就要实施自己的计划了，他暗自欣喜。他没有把自己的计划告诉任何人，甚至他的妻子。他怕妻子担心，他只是提醒工友们不要碰红色的毒石头。在一次巡查水带的过程中他想找到鬼子做饭的厨房。但是，据说厨房在淘金工厂里，日军看守严密，中国人是不允许进的。

　　他还了解到，鬼子不是炼金，还是用早先的笨法子。粉碎金矿石，然后粗过滤，日本淘金工每天用机器把金沙砾从石沙里分离个大概后，开始由日本兵自己用尖底儿淘盆手工提纯金子。然后，用赵金山看护的那山泉水反复淘洗，直至提纯为黄灿灿的颗粒金砂才封装运回日本本土。

赵金山就是每天维护着为他们提供清水的帆布水带的。

一天，赵金山巡查了几遍，累了，躺在山石上晒太阳。看着一动一动的输水水带，他心里很疼很疼，他觉得这水带就像是在哗哗地抽中国人鲜血似的。

他觉得应该阻止这种掠夺行为，他突然想到了一个不知道能不能成的笨法子。他要把这能毒死狗的白色东西放进水带里，他想，万一日本兵渴了喝上一口不就像野狗一样玩完了。

他为自己想到的法子而心跳不止。

说做就做，他从石缝里拽出帽盔，弄出白色粉末。但是，他不知道怎样才能把白色粉末注入正在流水的水带子里。

他想啊想……他突然看到了一截竹筒。他把白色粉末满满地装入竹筒，用匕首把帆布带子戳了个洞，先用手捏住，然后将小竹筒突然塞入输送带里，再迅速封上破口。

可刚塞进去他就后悔了，他想到了民工吃饭问题，他想，如果民工用这水做饭，自己岂不害死了妻子和那些苦命的弟兄？

想到这里，他急忙去民工食堂，来到民工食堂，他劈头就问做饭的师傅："大哥，我们吃饭用的是哪儿的水？"

"就是你们砍伐树木的树林里的溪水呀。你看，桶里还有呢，你想喝？"

赵金山舀起一瓢水闻了闻，觉得有股臭味儿。

"他妈的，这帮狗娘养的，我们吃的水还不如他们淘金水干净。不过，师傅你以后可千万不要吃淘金用的水啊。"赵金山担忧地说。

"你想吃，想吃就等着死吧。只有小鬼子才能喝上你看管的清水。你想喝自己鼓捣个口儿喝个够，到我们这里来干吗？你快走吧，这里不能随便来，让小鬼子看见了，就没有你的好果子吃了。"做饭的师傅一边切菜，一边操着浓重的东北口音说话，转身要赶走赵金山时，才发现赵金山已经走到半山腰了。

赵金山那个兴奋啊，他似乎看见到处是肚子疼发作的鬼子。所有的鬼子逃离了这个地方，他们自由了。大家抱着大块的金子，在山顶上欢呼着。

一天过去了，两天过去了，一个月过去了，没有发生赵金山想象的情景。

他想，也许是水太多，药量太小了。他于是更注意每天搜集红石白粉了。

这天，他弄了一破钢盔药粉，装在一个长竹筒里，他塞住了竹筒的另一端，把开口插入水带子里。一会儿，一竹筒子白色粉末就随水流了下去，他坚持每天这么做。

看护水带的当儿，赵金山没有忘记练功，他在山峰峡谷间翻转腾挪地蹦跳着察看情况。有时候还惹得站岗的日军大笑，都说，就这个人适合做这样的工作。

很多天后的一天清晨，他看到有许多小鬼子列队站在空地上，手上脸上全是红水泡。他们紧急集合上了汽车，汽车轰鸣着把他们拉走了。赵金山向山上望了望，发现岗哨也少了许多，大老远才站一个蔫头耷脑的小鬼子。

赵金山心中暗喜，觉得也许是自己的白色粉末起了作用，他继续着自己的事儿。

过了两天，淘金工厂轰鸣着的机器似乎停了，外面粉碎了的石头面子堆成了小山。又过了几天，这里来了一车车穿着崭新服装的鬼子，还有穿白大褂的大夫模样的人跳下车。

赵金山不知道，这是日本的生物专家来这里调查日军生病原因的。

赵金山更不知道，他投放的那点儿砷化物在大量的水里是不起什么作用的。但是，正是因为小鬼子的贪婪，才使得他成功了。鬼子怕黄金碎粒随水流走，一般是放一池子水，重复使用一个星期，沉淀后再使用。这样金子沉淀了，赵金山投放的砷化物也就浓缩在这池水里。鬼子用尖底儿盆，需要用手反复淘洗金沙，有时候还要跳进池子用身子搅动水使金子再次沉淀。所以砷化物才由皮肤慢慢渗透毒素，进而让鬼子中毒的。

赵金山还不知道鬼子是不喝暴露水的，他们有自己的深水井。虽然没有毒死鬼子，却让鬼子皮肤吸收性中毒，失去了战斗力。这样，来一车鬼子，过不了几天就得病送走。鬼子所谓的专家医生也是庸医，根本闹不清怎么回事。他们也不怀疑民工，因为民工也有全身起燎泡的，只是少一些。

这样，赵金山也就更是得意，反复地使用此法，闹得鬼子几乎要放弃这座诱人的金矿了。但是只见有病人，却不见鬼子死人。他着急得很，心想，就这么在这里耗着，怎能实现消灭鬼子的愿望啊！真想抢了鬼子的枪，扫射一番，鬼子倒下一大片，那才过瘾呢。

看淘金的日军一批批来，一批批地带病走。日军的队长催促军医，限定十天里弄清缘由。军医说什么也想不到是砷化物慢性中毒导致的怪病，查找几天都没有闹明白。胡乱拟写了一个调查报告，说是发现吃的菜有农药毒素。于是，天天派人去山外蔬菜基地拉新鲜的蔬菜。鬼子挑了几个柔弱的人去拉菜，赵金山的妻子甄续男被选上，天天随车出山去拉菜。

赵金山有一次夜间小便，看带篷子的拉菜汽车停在厕所旁，他猫腰过去，仔细查看了汽车，发现车下有一个大杠子。他偷偷爬入车下，仰身抱住，发现还真能在这里藏身随车逃跑。他把这个新发现告诉了妻子，并说自己准备藏在车下和她一起逃跑。妻子哆嗦了一下身子，小声说："这能行吗？要是鬼子发现了，我们不就没命了？"

"不要紧，反正怎么也是个死。我听说，鬼子不会让一个淘金人活着出去的。所以，在这里迟早会被鬼子枪毙。这样的话，我们还不如逃出去打鬼子。"赵金山说得很坚定。

"行，哥！俺听你的，你说怎么办就怎么办吧。"

"明天早上汽车开出两个时辰时，你就假装上厕所拉屎，让汽车慢下来，最好是能停下来，我就可以出来，不是就三个日本兵吗？我能对付他们。等杀了日本兵，我们就逃跑。"赵金山看了看妻子惊恐的眼神继续说，"就看你敢不敢以拉屎为由让鬼子停车了。我想，鬼子是不会让你把屎拉在运菜车上的。"

"那不行，当着日本人，我怎么拉屎。"

赵金山看妻子甄续男为难起来，用中指点了点妻子的前额："你傻啊，是假装，可不要真脱裤子。脱了裤子，不但露馅儿，你也没有时间跑了。"

"行，我一定行。你什么时候去车下？"

"我这就去，你上车前把枕头放我被窝。要是有人问，就说我病了，蒙头发汗呢！"

一宿平安无事。第二天，天还没有亮，三个小鬼子就押着三个柔弱的劳工上了车，有一个小鬼子钻进了副驾驶，车厢里就剩下两个日本兵端着枪，看管着他们三人上路。

车在颠簸的路上缓慢地行驶着，过小土坡子时，赵金山差点儿从车下剐蹭下来，背也蹭破了一层皮。

车刚到一片小树林，甄续男突然捂着肚子喊疼。说要拉屎，说着就蹲下来。其他两个劳工向日本兵求情，让车停下来，让"他"去拉屎。

两个鬼子已有很多次和这三个人在一起出山拉菜，也算是熟人了。其中一个日本兵懂些中国话，看甄续男难受得要命，就用手拍了拍驾驶室的后窗，叽里咕噜地说了一通话，车就停下来了。

车还没有停稳，赵金山突然从后面翻上后车厢，三下五除二就解决了这两个日本鬼子。赵金山示意车上三人不要出声，不要动。然后匍匐在车槽子上静等着司机下车。

这时，听驾驶室里的鬼子叽里咕噜说了几句，其中一个鬼子下车冲着车轱辘就小便。赵金山看准时机，一个大鹏展翅，冲下车来，将带血的匕首由上而下刺进鬼子的脖腔。赵金山才看清楚，这死了的是司机。

待副驾驶上的鬼子反应过来，他已经被赵金山抓住了腿，一下子就拉下车来。小鬼子叽里咕噜跪下求饶，这时，车上的甄续男也下来了，借着车灯光亮定睛一看，她立刻哭喊起来："哥！杀了他！他就是欺负妹妹的禽兽。"

赵金山把哆嗦的、如待宰小鸡子似的小鬼子提到甄续男面前。甄续男刚开始还哆嗦着手，待看到小鬼子狰狞的脸，她立刻高举起手中的刀，闭着眼睛，狠狠地刺进了小鬼子的胸膛。

赵金山从车上拉两个还在颤抖的劳工："快下来，跑吧！"

两个人下来，"扑通"给赵金山跪了，其中一个说："赵大哥，带我们跑吧，在这远离村庄的大山里，没有你，我们一样活不成。"

赵金山转着圈儿看了看两个面黄肌瘦的劳工，然后开始吩咐："那……好吧，你们去车上取下鬼子的三八大盖和子弹袋，我去搜搜驾驶室还有什么其他的武器。"

赵金山搜到两颗手雷，五块银圆，揣在怀里。

好个赵金山，扒下鬼子的衣服，打开汽车的油箱盖儿，沾了汽油，覆盖在油箱上。点燃了一节柴草扔了上去，随着"嘭"的一声，汽车燃烧起来。赵金山笑了笑，然后和妻子还有两个劳工往树林深处玩命似的跑。

翻过一个山头，他们听到大路上一声剧烈的爆炸，一片火光照彻了黎明前的星空。

他们跑啊跑，跑了个昏天黑地，跑了个气喘吁吁、大汗淋漓。

转过一个山坳，跑在前面的一个劳工兄弟停下来喘着粗气问："赵大哥，咱是想往大山深处跑呢，还是……还是往大山外跑？"

"对了，你是齐齐哈尔人吧？那，你说说往山外跑是什么地方……往深山跑我们又能到什么地方？"赵金山坐在一块大石头上，大口喘着气反问。

"往右跑就是山外……山外有铁路，上了火车就……就随车走了，爱上哪儿上哪儿，可铁路被日本人管理着，不好弄……"当地人哆嗦着说。

"那往深山里跑呢?"

"没有人烟，也许能遇到猛兽……也许能遇到土匪。"当地人忽闪着眼睛回答。

"你这小子，蛮机灵的!"

"大哥，他叫梁满仓。很好的一个小弟。"甄续男说。

"对，俺叫梁满仓，他是孙跑尔。我们俩遇到大哥你，算是这辈子的福分，你说上哪儿，咱就上哪儿。"说完，梁满仓征求孙跑尔的意见，"你说呢……跑尔?"

"俺爹娘和小妹早就被日本鬼子的飞机炸死了，我天天都想报仇。我觉得咱们……咱们怎么他妈的也不能当土匪，还是去参加抗日的一个什么军队去打鬼子，死了也过瘾，你说呢，赵大哥?"

赵金山看到这个孙跑尔虽然长得很柔弱，但是，说话时眼珠子要瞪出来似的，眼神里好像喷发着一种复仇的火焰。

"好，你们听好了! 既然你们愿意跟着俺，俺就是你们的大哥，她是你俩的嫂子。我们出山去打鬼子。"

"嫂子? 嫂子?"梁满仓和孙跑尔不约而同地睁大了惊奇的眼。

"对，她是我的老婆，怕鬼子欺负才女扮男装的。这狗日的日本鬼子让人活得跟鬼差不多了。你们俩看看，俺老婆成什么样儿了。"赵金山说完一下子把妻子头上的狗皮帽扯了下来，露出妻子的和尚头。

甄续男抓过帽子戴在头上，然后，扶着丈夫的胳膊对两个出生入死的兄弟说："还是戴上好，以后嫂子给你们做好吃的，我们四个就是一家人了。"

梁满仓看到这样，马上调皮地说："嫂子，既然是一家人了，你给俺缝缝这裤子呗。"说完撅起了屁股。

甄续男看到，他的屁股上破了一个大洞，露着一块黑不溜秋的肉。

"跑出林子，安生了，让你嫂子给你做条新裤子不就得了!"赵金山说着拍了梁满仓的屁股一下。

嬉笑着歇了会儿，四人每人扛着一杆枪，站成一排，说笑着，往山外快走。赵金山看了看两个背着三八大盖咧嘴偷笑的神气小兄弟，问："你们俩会打枪吗?"

"一学就会，俺是打猎的。""俺也会!"两个人抢着说。

四个人没有歇脚地走了一天一夜。次日早晨，忽然感觉前面空旷了许多，原来，他们已经走出了密林。

前面出现了一块空地，远远地看到一道篱笆墙，墙里是用大木头堆成的三间木屋。篱笆周围站着许多背枪的士兵。赵金山仔细观看，发现他们有的背着土枪，有的背着猎枪，也有背三八大盖的。枪虽然杂，但是，士兵们清一色的灰粗布制服，还戴着灰帽子。每个人的胳膊上都缠着一条红布带子，带子随风飘动，很是英武。

这时，集合的号角响了，士兵们纷纷出了屋子。赵金山远远看到，这支队伍有近百人，有的没有枪，但背后别着明晃晃的大片刀。

赵金山马上示意三人趴下，然后小声说："赶快猫着腰躲到山坳子里再做打算。"

跑到山坳子里，梁满仓说："这应该是我们的马家屯一带。我被抓到金山矿做劳工的前一天，听说这一带出了一个抗日队伍，队长叫老宏，难道是他的队伍?"

"看着不像是土匪，土匪衣服没有这么整齐;不像国军，国军枪械没有这么杂乱。更不像是鬼子，那就一定是打鬼子的队伍了。这样吧，你们先把子弹和枪掩埋好了，我出去看看，要是土匪我就抽冷子跑。要是抗日的队伍，我再带他们接你们。"

赵金山说完，看了看妻子，毅然跃出山坳。干咳了一声，高举着双手，向喊着号子的地方走去。

他刚跃出身子，外围站岗的士兵就发现了他，马上一个个喊话:

"站住，站住，再不站住就开枪了！"

这"站住"两字赵金山听了很是舒服，他断定这喊中国话的一定不是鬼子。

一声声"站住"喊到了木屋里，这就算是转送外面的情况了。

几个兵端着枪出来，领头的一个小官喊："喂，来人报上名来。"

"草民赵金山，请问你们是什么人。"赵金山大着胆子说。

"别管我们是什么，知道你自己是我们的俘虏，就——就行了，带他过来！"

赵金山疑惑地走过去，一个小官带着他走进木屋。

木屋里有一个壮实的汉子在喝茶。听人说抓到了一个汉子，他兴奋地站了起来说："好汉什么来头？为什么大早晨闯入我的领地？"

"你的领地？哪里写着，你学日本鬼子啊，想占领哪里就占哪里？"

"呵！你小子还挺横，知道我们是干什么的吗？我们就是打鬼子的，我们是想从鬼子手里夺回我们的地盘，你小子算是说错了！"壮汉喝了口茶，笑嘻嘻地看着赵金山。

这时一个小兵过来报告说："报告宏队长，昨日俘虏的那个鬼子剖腹自尽了。"

"自尽自尽了吧，省了我们的口粮。去，去！抬得远远的，埋了，别臭了咱们的领地。"

"你们真的……真的是抗日队伍？"赵金山兴奋起来。

"是啊，来人！给这人一碗地瓜干儿，让他吃了走人，我还有事。"这个被人称为队长的人吹着碗里浮茶说。

"别……别，我能参加你们的队伍吗？"赵金山祈求着。

"不行，谁知道你什么来头，我们这些人都是自家弟兄。马上要出去打大仗了，小子，想参加队伍，弄鬼子一支枪，做见面礼，改日再来！"队长不耐烦了。

"队长！对，宏队长，我真的想打鬼子啊。对了，昨天你听到爆炸声了吗？那就是俺炸了鬼子运送鲜菜的大汽车。"赵金山两眼放光地说完将了将蓬乱的头发。

"你小子发烧了吧，就凭你？一个人，能消灭一车的鬼子？还炸他妈的鬼子汽车，鬼才相信。我们还不敢呢，你小子莫不是鬼子派来的探子吧？来人，把这个爱吹大话的家伙赶走!"听口气，这宏队长真的不相信他了。

几个人上来，把他赶出了篱笆院儿。还举着枪喊："快走，再不走就枪毙你。"

赵金山边走边想：老宏队长一定是见俺空手而来，看不起俺。等取出枪给他看，他也许就相信鬼子的汽车是俺炸的了，也许就收留俺了。

来到三人隐藏的地方，赵金山对他们说明了刚才的情况。说自己还不了解这支队伍，所以隐瞒了还有三个人的实情，更没有说还有四杆三八大盖枪和两颗手雷的事。

"大哥做得对，我们看这帮人不是鬼子，也不是土匪。要是的话，你早没有命了，他们还能放你回来?"梁满仓站起身拍了拍身上的土。

"他不相信我，我还不相信他们呢，部队还能拒绝来当兵的人？不过，我还是想去试试。这次，我带上一支三八大盖。他们要真的是义勇军，咱们算是找着了，可以痛快地跟着他们杀鬼子了。"

赵金山拽出一支枪和一个子弹袋儿，再回宏队长部队的驻地。他说自己炸鬼子汽车的时候，抢了一支枪，并杀了鬼子。

这次宏队长却哈哈大笑了一阵。什么也不说，扣下了他的枪和子弹，又照样命人轰他出木屋。

赵金山觉得这个队长也许嫌枪少，于是小跑着来到藏身的地方，把枪弹和手雷全取出来。三人背着枪，雄赳赳气昂昂地在卫兵的跟随中来到宏队长的小木屋。

宏队长接了赵金山递过来的一杆枪，反复查看后，大笑几声就开了话匣子："哈哈，原来真是你小子干的啊！昨天望风的人就来报告这事，还真是的。我就知道，要真是你干的，你能炸车，怎么就不抢了他们的枪？怎么会只抢了一支枪呢？按道理，鬼子押车的至少有四个人，哈哈。昨晚听说这事，我们还以为东北军余部干的呢！你小子可真行，车上至少有四个鬼子吧？我说得没错吧？你们是怎么夺了枪，干掉鬼子，又炸了车的？说说？来来，大家都过来听听。"

"是我哥自己干的，我们就没有动手，我哥亲手杀了车上的四个鬼子。"甄续男尖着嗓子说。

"哈哈，还有个女的，这就更不可思议了。那你说吧，你哥是怎么一个人杀鬼子炸汽车的？"宏队长说完端着一杯茶走过来，递到甄续男手中。

甄续男喝着水，慢条斯理地、一五一十地讲了金山哥是如何策划，如何躲进汽车，如何英勇地杀掉鬼子，讲着话，还像大将军样儿地在队伍里巡视了一番，闹得士兵们目光追随着她的人仔细地听。

妻子讲完，看大家还想听，赵金山又补充讲如何拿了枪，炸了车，并带他们逃跑，讲得绘声绘色。讲完了，现场很静很静。人们还等着谁继续说下去，甄续男看了看大家说："我们讲完了！"

在场的人几乎同时鼓起掌来。

宏队长拿起一支三八大盖："你们看，这金矿上的鬼子，装备是最新的。这三八式步枪，也叫'三八大盖'，是改造后的，也是鬼子占领咱东北六年后，第一次进行了枪支改造，为日军进一步侵略全中国做准备。"

宏队长说着一边拆解枪，一边又继续讲解："你们看这枪分解开来只有枪栓、抽壳钩、机尾、击针和击针簧五个零部件。而过去的三八大盖枪机的零件，至少在六个以上。这枪还在原来的基础上去掉了碍事的'金钩'，把这个机尾改成了一个滚花的扁圆柱体。这样，既不会钩挂服装、装具，又便于射手操作，特别是便于在严寒气候条件之下戴手套打枪。"

宏队长说完看了看大家，见大家认真地看着他，他开始重新组装枪支。一边摆弄枪支，一边讲保险的使用："你们看这种枪向前按压机尾并向右旋转到定位，就成了保险状态；向前按压机尾并向左旋转到定位，就成了待击状态。"宏队长来回鼓捣了两遍，娴熟得很。

操作完后他继续摆弄着说："大家看，机匣上方和右侧各有一道纵向沟槽，用来安装和规整其独特的'大盖子'，这就是防尘盖儿，在盖儿的后端，这个供拉机柄穿过的方圆形孔很有用。当枪机拉开时，防尘盖随枪机一同向后滑动，让开了机匣的装弹、抛壳口和弹夹导槽，以供射手向弹仓内填压枪弹及完成抽、抛弹壳动作；当推枪机时，防尘盖又随枪机一同向前滑动，直到完全封闭机匣的装弹、抛壳口和弹夹导槽。这样设计，目的是可以完全阻止泥沙、尘土进入步枪的核心部位。这一点，小鬼子做得很绝啊，他们的技术很先进啊！你们看，其实这小日本在侵略中国前就野心勃勃，制造出这样便于杀人的武器。这样，敌我武器相差悬殊，我们的抗日就更困难了。"

宏队长战前在东北陆军学校上学，学了很多知识。大家深为宏队长对枪的一番解剖理论而折服。虽然有很多人听不懂，但是大家一致认为，赵金山缴获的是最新的日军武器，是宝贝。

当晚，宏队长为赵金山一行举行了欢迎宴会，宴会上全是野味儿和烈酒，也就算正式批准他们参加了义勇军。

此后，这支部队又招募了一些志同道合、忧国忧民、满腔义愤的青年，组成了一支有近五百人的队伍，活跃在山林里。

有一天深夜，这支部队的七连在连长赵金山的带领下，偷袭了金矿，抢了一部分金沙。赵金山还抢回一部分鬼子提纯好了的雄黄，并和当地的土炮作坊一起研制了几门威力极大的火药炮，制作出了土地雷。甄续男也学会了打枪。在与日本鬼子打游击的过程中，她自己说，共打死了十四个日本鬼子。这支队伍令驻金矿区的日军联队大为恼火，出动了整个联队兵力"扫荡"金矿周边地区的自卫队、义勇军。

有一天，义勇军与鬼子的一个中队遭遇，战斗很激烈。后来，义勇军被日军一千多人包围在一个很大的山坳里，日军调用了吉林总部的飞机大队前来轰炸。义勇军奋力突围，终因无后续支援，在弹尽粮绝的情况下，他们退到齐齐哈尔市郝家村一带，士兵们顽强作战，很快被日军强大的攻势打散，宏队长也不知去向。

赵金山带领几个人一起突围，最后，只有梁满仓和孙跑尔跟着他夫妻俩一同跑了出来。赵金山见大势已去，给了两位出生入死、一起过来的弟兄一些银圆，让他们逃命去了。赵金山带着妻子赶着一辆马车，经热河、察哈尔、张家口辗转往家乡赶。

刚过北京，车就切了轴，他们就贱卖了车，把一些贵重的东西分作几个褡裢放在马背上，牵着马徒步连夜赶路。

历时月余，方才回到家乡。

第 4 回

夫妻俩回返古县城　兄弟仨初战小鬼子

这天，赵金山同妻子甄续男来到县城，想买几个缸炉烧饼和一床被褥回家。卖烧饼的老汉接过钱说："这是俺最后打的一炉烧饼了。"

赵金山问："为啥？"

"前天，国民党兵路过县城，说日本鬼子要打过来了。"

见赵金山露出不相信的神情，就压低声音，把嘴巴凑到赵金山的耳朵口说："听说那个姓贾的县长带着老婆孩子跑了。连公安局长也跑了……"说着一边把缸炉盖子放到地上，一边提高了声音，"你说，到时候，满街的鬼子，我他娘的把烧饼卖给谁？唉，我都卖了三十年了……多给你一个吧。"

老汉说着多给了赵金山一个酥脆的烧饼，开始收摊。老汉一边收摊，一边嘴里嘟嘟哝哝地骂个不停，随即掉下了几滴浑浊的眼泪。

看到这，赵金山劝说大伯："老人家，不要害怕，只要我们大家——尤其是我们这些年轻人组织起来一起跟鬼子干，一定能赶跑鬼子。用不了几年，你还能在这里卖烧饼。"

"好啊，你真是好后生啊！大家都像你一样，我们的国家就有救了。走喽！"说完拿起家什，丢下带着余温的缸炉和部分冒烟的黑炭，颤巍巍地走了。

望着老伯远去的身影，又望望无人看管的还在冒烟儿的缸炉，赵金山把手里的烧饼捏了个粉碎。

夫妻俩匆匆往回赶。刚走上正街，二十几个国民党兵与他们擦肩而过，背着一样的"水连珠"步枪。他俩正要躲避，领头儿的喊住了他们。

"站住，干什么的，鬼鬼祟祟的？"

赵金山斜眼看了一眼这个看似英武的汉子说："干什么的，老子刚从东北打鬼子回来。你们这帮兵不去前线打鬼子，躲在这里瞎威风什么？"

"哎——遇到个刺儿头。你他妈的怎么知道我们没有打鬼子？说出我们的番号，吓死你。"赵银山旁边的一个小个子兵拍着胸脯说。

"去去，轮不到你废话！等等，哎，好汉你是——"汉子推开士兵，眯着眼睛细瞧。

赵金山牵着的高头大马见到生人，鼻子"噗"一下，喷出了鼻气。汉子退后一步，身子哆嗦了一下。

"东北抗日义勇军队副赵金山，听说过吧？哎哎——你是？"赵金山也觉得眼前这个人眼熟。

"哎呀！大哥，我是银山啊——二山子啊。大哥……呵呵……大哥，俺可找到你了。"赵银山说着纵身熊抱了金山大哥。

"二山子啊，哥想你啊！让哥看看，高了，也胖了。你怎么……参军了？"赵金山羡慕地抚摸着弟弟的军服和腰里的二十响驳壳枪。这种枪赵金山只在东北见过一次，还是在一个老农家。老农说是东北军撤退时留下的，枪套是木盒子。有人说叫匣子枪，可惜没有子弹。记得，当时，几个人轮流看了看就重新放回老农家的炕洞里了。

"是啊，我响应抗日号召，参加了二十九军，进了先锋连。先是接到上峰的命令要向南撤退的。本来已经过了深泽，又让回来执行任务。嘿嘿，正好，不回来还见不到你呢，大哥。"赵银山压低调子说着，突然又想起哥哥说的抗日义勇军，于是，马上好奇地问，"你参加东北义勇军了，那可苦了哥哥你了，一定打得很惨吧？听说日本人动用几十架飞机狂炸一个小小的义勇军阵地，是你们吗？"

"就是我们，他奶奶的，这次，我们的弟兄死惨了。我和队长也失散了，鬼子还四处搜捕我们。这不，我就和你嫂子回老家来了。不过弟弟，哥虽然回来了，但还是要打鬼子去的。"赵金山说着轻轻给了弟弟一拳。

"这位是……"赵银山问。

"你嫂子。"金山指了指甄续男，又指了指银山，"我给你说过的二弟银山。"

"哈哈，见过嫂嫂。"银山说完给嫂嫂敬礼。

"好小伙子啊！金山，这是你常念叨的亲弟弟二山子呀，这是不是叫威武？金山哥，那咱是不是又找到队伍了？"甄续男不由自主地站到银山的队伍旁。

"是啊，人家是正规军，吃国家饭的。"金山严肃地说。

银山接过话茬儿："什么吃国家饭的，鬼子来了，谁也吃不上饭了。能打鬼子，哪个部队也是对的。"

"那，山子弟，你现在去干什么？"金山疑惑地问。

"找回我们藏的枪和子弹，发给弟兄们，打鬼子啊！你没有听说鬼子来咱这里了吗？走吧，大哥，不要回家了。鬼子要来了，什么家不家的，咱们一起走吧。再说，哥哥，我们还不知道能不能找到藏枪的地方呢，我们正缺向导呢，你在这一带住的时间长，就算帮弟弟一把呗！"赵银山拉着哥哥的手说。

"行，找到了你们的枪，给俺一支盒子炮，俺的被飞机炸坏了。俺在义勇军里也算是神枪手了，还会用双枪呢。"赵金山两眼放光，很是自豪。

"可以啊！枪还不好说嘛。大哥，先把俺的这支枪给你用。这总行了吧，嘿嘿！"银山说着摘下自己的驳壳枪给哥哥挎肩上，然后拉过嫂子问，"嫂子，看俺哥哥威武不？"

"威武，威武！哈哈，看把你哥乐的。咱快走吧，挖出枪来也给俺一支，俺要给妹妹报仇，俺在义勇军小队作战打死了十多个鬼子！俺还和你们一起打鬼子，要俺这个女人不？"甄续男说完，用手指头梳了梳蓬乱的头发，把小辫子往后一甩。

"要啊！要啊！"赵银山说完，把嫂子手里的马缰绳交给一个战士，就拉着哥嫂进入了他们的队伍。

就这样，兄弟团聚。赵金山跟着弟弟的先锋队来到唐河岸找枪。

到唐河岸，他们惊讶地发现，这里不知道什么时候已经漫上了河水，到处白茫茫的一片，一个接一个的浪头逃命似的挤涌着向东流去。

租了老乡的一艘破船，十几个人分两批过了唐河。

河水漫漫，他们只好顺着唐河大堤茫无目的地找寻着。

金山问弟弟："你没有记下什么标记吗？"

"记下了，记得北面有三棵被水冲得一边倒的歪柳树。"赵银山说着登上一个高坡眺望。

金山跟上来，问弟弟："往哪边倒，是东边吧？"

"是啊，你看，那不是吗？"银山指着前面的三棵歪柳树。

"哎呀，不是吧，我们藏枪时，三棵树在岸上啊，怎么树进水里了。"一个士兵说。

"你傻啊，涨水了，水就漫进小树林了。"赵银山又转身对大家说，"喂！谁下去摸摸，看还有我们藏的车子吗？估计车子重得很，水冲不走。"

没有人应声下河。

"都是旱鸭子啊，谁也不会水？还得队长我亲自下去啊。"赵银山说着就脱衣服。

"算了吧，你那水性，我教你的，哪里有我好，还是我下去吧！"赵金山推开弟弟，麻利地脱了外衣，下河蹚水而去。

赵银山调皮地伸了伸舌头，对嫂嫂说："你看啊，大嫂，哥教我游泳还留了一手。"

甄续男笑了笑，也不说话，聚精会神地看着丈夫走出的每一步。

蹚水过了三棵树，又过了大概二十步，水可就淹没了金山的脖子，他的头漂浮在水面上一拱一拱地往前游动。银山知道，哥哥在立浮游动。这时只听哥哥喊道："二山子，是这里吗?"

"是了! 大哥，你小心了。"赵银山大声地喊。

大家远远看到，队长的大哥将身子猛然跃起，屁股撅起来，头就扎了下去。

这样鲤鱼打挺似的一跃一扎几个来回，金山快速游回来，一边游一边喊："摸遍了亩大的地盘，没有发现车子!"

"大哥——先上来歇歇!"

金山游上了岸，喘着粗气问弟弟："你再想想，是不是记错位置了。"

"好，你们几个也帮着想，看是不是这里。"银山对士兵们说完四外看了看，又转身拉过哥哥，"你穿上衣服吧，哥，一会儿着凉了。"

士兵们观察着，讨论着。银山从一个士兵的帆布袋子里拿出一盒牛肉罐头，用匕首剖开了，又拿出几块压缩饼干一起递给哥嫂："这是我们缴获的日军军需品，你们一定饿了，给……给，吃吧。"

赵金山和甄续男真的是饿了，刚才只顾找枪，也没有觉得怎么饿，看有喷香的牛肉罐头和饼干，两人也就没有了吃相。

看着哥嫂吃得有滋有味儿，银山的脸上绽开了幸福的笑容。

吃完牛肉、饼干，金山顿觉全身有了劲儿，他把嘴角的残渣抹进了嘴里，然后，拉起银山往河堤上走，让他边走边观察地形。金山边走边问弟弟："咱爹爹和小弟怎么样了?"

"爹爹和邻居刘妈成了亲，过得有滋有味儿的。弟弟还是不知去向，据说他不服原来的人家管，被卖到了——对，好像是这一带，也不知道是哪个村。"

两人瞪大眼睛找寻三棵一边倒的歪柳树。他们发现，有很多三棵一组的树匍匐在水里，它们坚强地抗拒着西来的水流，也许是时间长了，都往东向歪着。是哪三棵，谁也拿不准了。

银山猛然喜出望外地说："对了，哥哥，我们埋枪的时候，发现河岸上有一家的烟囱在冒烟。"

"是做晚饭时间，这一带就这一家冒烟，对不？"

"记得是！"

"那，等着吧，过一个时辰就是晚上了。运气好的话，也许那家烟囱还能再冒烟。"说着赵金山用手指戳了弟弟的头一下，"你从小就不细心，这战争期间，不动点儿脑子可是会要命的啊！"

"是啊，哥哥，要是咱们能一起打鬼子就好了。"银山深情地望着哥哥。

"俺也这么想，可惜我一个义勇军，算是散兵游勇，连个番号也没有。怎么能和你一起打仗啊，你们部队能相信我这个从敌占区回来的人吗？我可不能给你添麻烦。"赵金山不无担忧地说。

"都是打鬼子呗，考虑那么多干吗？有什么不行的，你要是愿意，我给我们连长说。"

"先找你的枪吧，找不到也许你连兵都当不成了。"金山替弟弟担忧起来。

夕阳落山，万物朦胧起来。

大家瞪大眼珠子观察着村庄，不一会儿，果真在左前方不远，一家土坯房上炊烟袅袅升起，似战地报信儿的狼烟，清晰可见。银山孩子似的喊："对，就是那里，你看哥哥，那儿也有三棵歪柳树！"

金山马上奔过去，按照弟弟所指的位置，再次下河摸了一个时辰，终于摸到了早已被水冲出坑了的三架木板车，车子上的箱子还捆得牢牢的。

赵金山很兴奋，想让弟弟的士兵马上将车子打捞出来。

这时，天色暗下来，可以看到安静而平和的夜幕里，沿岸各村里发出的微弱灯光，还可以听到此起彼伏的几声狗叫。

"大哥，咱们还是明天再弄出这些笨重的东西吧，黑灯瞎火的怎么弄？今晚就先找个地方休息，咱哥俩还可以多说说话。"

"在什么地方休息？你还有这帮弟兄呢。"

"找老乡呗，咱就去找冒烟的那家，也许咱和这家有缘分。"银山说。

金山劝说弟弟："深更半夜的，这么多扛枪的兵，还是不要打搅老百姓的好。"

"没有事，我们多给他几块银圆，说不定还算救济了他家呢，走吧，哥哥。"

赵银山说完也不管哥哥是否同意，转身对战士们说："弟兄们，咱们去岸上冒烟的那户老乡家休息一晚，明天再捞枪支。"二十几个兵早就困乏了，呼啦排成长队，跟着赵银山就走。

"我可把丑话说前头了，这是俺的家乡。大家都放规矩了，谁要是随便骚扰老百姓，可别怪俺不客气。听到了吗？"赵银山目光巡视着，等着士兵回答。

"听到了！"大家齐声回答。

他们蹑手蹑脚地来到老乡家门前，一个战士上前轻轻敲门。这声音在安静的夜里响得很。

一个高高的、瘦骨嶙峋的、戴圆圆小眼镜的老大爷出来开门，他先正了正头上的瓜皮毡帽盔，定睛看是一队兵，老人"啊"了一声，立马关了门。

赵金山忙上前小声说："大爷，俺是城南边朱谷村的，想和这些抗日的弟兄在你家院里休息一晚，明早我们就走。"

"你们，你们不是来抓人当兵的？深更半夜的，俺老伴儿病了……"

"俺们不抓人，俺们是借宿一晚，明早就走。"

老大爷开了门，闪身一边让战士们先进，然后，小心翼翼地跟着战士们边走边说："你们要是借宿啊，我倒有的是睡觉地儿。到屋子里睡吧，东屋是个大炕，挤着能睡十几个人。北房东屋和小内屋，你们不能来，是俺和老伴儿的屋子。西屋还有一个大炕，能睡六七个。俺给你们烧水去。"

赵金山忙说："这就不错了，大爷，你去睡觉吧，我去给他们烧水。银山，你去安排弟兄们睡觉。"

银山安排四个士兵分两组在门口轮流站岗，安排两个在房顶放哨，其他的在东屋睡。等一切安排妥当了，他对大嫂说："你还是和大哥一起在北屋睡吧，你们一定也没有睡过囫囵觉了。有我们这些人，你就放心睡去吧，嫂子！"

赵银山和嫂子来到堂屋，见哥哥和老大爷正在高兴地烧水聊天，也就蹲下来帮忙添柴。水一会儿就开了，老大爷拿出了一大摞碗递给银山："去，给士兵们喝吧，我家还有点儿米，要是饿了就做粥喝啊？"

"不用了，老大爷，我们自带着干粮。"银山说完喊来一个士兵，给大家分水喝。

大家喝着水，吃了自带的压缩饼干和罐头，倒头就睡了。

等金山和银山也要睡的时候，老大爷拉住金山的手悄悄问："你们真是抗日队伍？"

"是啊，怎么了，老大爷？"赵银山纳闷儿地问。

"我有个儿子，在小内屋子关着哩，本想给他成个亲，俺也好有个后。可这些天来，他天天嚷着去当兵打鬼子。俺听说鬼子要打过来了，把他留家里俺也不放心。能不能让他跟你们去当兵？也好暂时留条活命。"老大爷说着，眼里滴下几滴泪来。

"关着他干什么，让他出来啊！俺看看，是个孩子吗？"赵金山对老人说。

"不小了，俺这就去叫他。"老大爷说着，去小屋叫孩子，不一会儿，一个高个子小伙子戴着一顶压住眼睛的一把揪帽子，脚步腾腾地走出来，站到赵银山跟前。

老大爷拿着一盏油灯出来，照着金山和银山："儿啊，你看看，这就是你想找的打鬼子的部队。爹爹就应了你的心愿，明早就跟着他们走吧，走吧！"老大爷说完，老泪纵横。

"来来来，小伙子，你说，你为什么要当兵？"赵银山拽着小伙子的胳膊说。

"打鬼子啊，我们村的男孩子大部分去当兵了，我爹爹就是不让我出门。"小伙子带着哭腔说。

"那你说说，你都会些什么功夫，你会打枪吗?"赵金山歪着头问小伙子。

"打枪俺可以学，俺现在会甩梅花针。一手出去，能扎瞎很多鬼子的眼。"小伙子说着掏出一排针来，把身子往左一扭，就想甩出。

"等等! 啊……啊，你叫什么名字?"金山、银山异口同声地问。

"俺现名叫潘续尔。小名叫三山子。"三山子扭捏着身子说。

赵金山一下子揪掉这小伙子的帽子，双手捧着他的头急着问："三山子? 你是赵铁山? 你就是小弟吗?"

左看右看，他看出来了，这个站在面前比自己不矮的小伙子就是当年那个失散多年的弟弟、三山子赵铁山啊!

"是啊，你们怎么知道俺的小名，你们是——哦，呵呵! 哥哥……哥哥——"三山子往后躲着，拿过爹爹的油灯，观察着俩哥哥。他分明也认出来了，站在面前的这两个威武的汉子就是自己朝思暮想的救过自己命的两位哥哥啊!

见两位哥哥愣愣地瞧着自己不说话，三山子又苦笑着说："你们真是哥哥! 哈哈，大哥——二哥——"三山子一会儿扑在大哥金山怀里，一会儿又扑向了二哥赵银山，不知怎么才好。离别七年，三个患难兄弟相认，弟兄三人激动地抱在了一起，酸甜苦辣各有不同，眼里都噙满了泪水。

老大爷一听是孩子和两个哥哥相认，也感动得走来走去，自顾自地嘟哝："这就更好了，我不担心了，有你哥哥们照顾，俺放心了，放心了!"说完躲在一边抹眼角上的泪。

赵金山听到了老人的话，快步走过去："感谢老伯这么多年对弟弟的照顾抚养，我们兄弟二人给您磕头了。"金山说完就拉银山跪。

"起来，起来，有你们这两个威武的哥哥，我儿续尔就安全了。让他跟着你们走吧，俺只盼着你们以后抽空儿来看看俺老俩就行。"老汉说着又流眼泪。

铁山抱着爹爹也是眼泪啪嗒啪嗒地掉个不停："爹爹，俺今晚就陪你老俩一起睡，像我刚来时一样，你们一边一个。明天，我就走了，打鬼子去！"

"行，行！你们也歇着吧，明儿还行军呢。要是想过河，老汉我在秫秸后还藏着一条小船呢。明天吧，明天再走吧！"老汉说着拉起三山子就走。

望着这一老一少的背影，金山和银山同时擦了把眼泪，会意地笑了。

刚睡下一会儿，站岗的就拍着屋门喊开了："快起来，快起来！有情况。"

金山、银山哥俩在第一时间跑出了屋子。不一会儿，弟兄们陆陆续续出来，个个披挂整齐了。身上的枪锃亮，鼓鼓的子弹袋昭示着二十九军先锋连强大的作战实力。

"战士们背的枪很整齐呀！"哥哥赵金山赞美道。

"这是俄国造，订了五万多支装备了我们。枪声清脆，有如水珠溅落，因此也叫'水连珠'。"赵银山说完，见一战士过来，马上问："什么情况?"

"河岸上来了一队骑兵，大概有二十多人！"战士很有把握地说。

赵金山和弟弟麻利地上了屋顶，果真看到人影绰绰的一帮人在河岸上集结。还能听到马匹相互打闹的声音。从隐隐约约传来的说话声判断是日军无疑。

"不会吧，怎么这么快就过来了?"赵银山说。

"不会是大部队，一定是侦察兵。不管他们是什么，咱们先干掉他们，你觉得能行吗?"赵金山看看弟弟说。

"正面开火不行，不知道他们什么来头和作战实力，还是分两路包抄。"银山琢磨着说。

"怎么包抄？前面是水，只有一面啊！"赵金山说。

这时，远处飘来一团雾气，他们眼前模糊起来。

"我先派两个人趁着这团雾气没有散，去侦察一下再说。"赵银山的沉着是跟着首长们学的。

赵银山派两个最机灵的人去侦察。一个时辰，他们回来报告："日军有二十几个人，都骑着高头大马。我们蹚水到近处，才看清，他们除了配备一挺歪把子轻机枪外，其余都是三八大盖。现在正卸了马鞍子整齐地坐在河堤上背对着河水吃东西呢，距河堤不远有两个哨兵。"

"这就好办了。"赵银山转身对战友们说，"弟兄们，今天是个好日子，我们要打一个漂亮仗，小鬼子怎么也想不到，在这里有一支'老虎队'在等着他们这帮小兔崽子。大家都听好了啊，我和我哥哥潜水，绕到敌人背面先行发起攻击。你们二十个弟兄由李兵副队长带着，匍匐到敌人对面那家破墙后，分配好了，每个人瞄准一个鬼子。我们的枪一响，你们就开枪。注意，一定是点射，我们有那边河堤做掩体，不用怕伤着我们。我们走了，大概一袋烟工夫，我们就能到。"

这时，三山子过来："二哥，给我一支枪，我也去打鬼子。"

"你不行，你在家为我们做饭，等哥哥教会你打枪后，有的是鬼子让你打。快回去。"赵银山说着看嫂子也站在一旁，又对嫂子说，"嫂子，你也回去，和三山子一起给大家做饭，等我们胜利归来吧。"赵银山说完，就去检查给哥哥的驳壳枪，为哥哥压满了子弹。简单介绍了枪的性能，自己从士兵手中接过早准备好的新驳壳枪，两人又分别在腰里别了把匕首。看一切准备好了，赵银山挥手示意，两人猫着腰从西面绕下河堤下了河。

士兵们也悄悄地绕过几家房子，正对着日本兵趴在破墙的后面，李副队长为大家一人分了一个鬼子，然后吩咐大家瞄准了，听对面枪声一响就开打。

村子里偶尔有一两声狗叫，接下来就是死一样的安静。

大概过了一袋烟的工夫，只听"啊！啊！"两声，往河里撒尿的两个鬼子应声栽进了河里。紧接着枪声响起，鬼子队伍里立马倒下几个。马嘶鸣着，高高地跳起，拉直了的缰绳牵动着歪柳树。岸上，李副队长指挥士兵瞄准了打；水里，两兄弟借着河堤掩护搞点射。有秩序的噼噼啪啪声响过，岸上就恢复了平静，只偶尔有马的嘶鸣。

赵金山和弟弟银山一同爬上了岸，士兵们也过来清点鬼子尸体，整整是二十四人。吃着饭的日军没有来得及放一枪就全部被歼灭，有的鬼子口里还叼着半块饼干。

亲身经历这么一场迅速的战斗，看着东一个西一个倒在地上的鬼子，大家都欢呼起来。河水也忽地汹涌澎湃，波涛拍岸声乍起。

可正当人们沉浸在胜利喜悦之中时，意想不到的事儿发生了。当一个小个子士兵把最后一支三八大盖从鬼子身上摘下的时候，还没有死的小鬼子突然在枪托上磕响了手里的手雷。随着轰隆一声巨响，鬼子的尸体飞上了天，小战士也抱着喷血的半截胳膊翻滚着哭。

赵银山和战士们跑过去看时，发现这个小弟弟的胳膊已经完全炸飞，断肢上的大血管大张着口子喷血。

赵金山马上解下自己腿上的裹腿带子，为小战士绑紧了断肢口。血暂时止住了，他解下身上的一个袋子，一摸哗啦啦地响，他知道这个袋子里是在东北舍命挣下的银圆军饷。他又解下腰带上一个鼓鼓的小袋子，倒了一包从金牛眼药店带来的冰片为小战士敷上。缠裹好了，小战士这才平静下来。

他安慰小战士："好了兄弟，不要哭了，你命算大的。上了好药，一会儿就不疼了。"

其他士兵看着队长的哥哥包扎伤口的麻利样，每个人脸上都露出佩服的神情。

"谁他妈的战后侦察的，没有看到鬼子身上有手雷吗？"赵银山带着哭腔发火。

"都怨俺，天黑，手雷在鬼子腰下压着，没有看清。"侦察的一个士兵跪在受伤的小战士面前，一边为他认真包扎一边说着。

"那，谁他妈的分的这个鬼子，怎么打的？死成这样！"赵银山瞪着眼珠子巡查着战士们的表情。

"行了，不要责怪弟兄们了，怨你我考虑不周。以后要想不再出这事儿，先给死鬼子补一枪，再清理战场。死蛇也伤人啊！"赵金山看着没有了左臂的小战士，气愤地说。

两个小战士，在一旁为缴获的马编号，一会儿，他们上前报告："报告赵连长，一匹马被炸死了，三匹马跑了，剩下二十二匹。"

赵银山一听，马上吩咐："大家分头去找找，要是能找来一两匹马，咱们可就是骑兵了，哈哈！真他娘的过瘾。"其实啊，不去找，也够二十二匹马了，他是想给哥哥还有三弟也配上战马。他打心眼儿里觉得哥嫂还有弟弟会跟他走的。他吩咐战士们速速处理鬼子的尸体。

大家刚掩埋完鬼子的尸体，大嫂就带着老大伯和三山子"丁零当啷"地走来了，赵银山看三山子弟弟担着一大筐的烙饼和一大桶鸡蛋姜汤，嫂子担着勺子、筷子和一摞碗来了。

战士们痛快地吃了喝了，天也就泛亮了。

赵银山求哥哥赵金山："哥，还得让你帮忙，咱们得把那三车枪弄出来啊。"

"这好办，只要是打鬼子的事儿哥哥都喜欢干。"赵金山说着就往藏枪的三棵柳树那里走。

刚走到昨天勘察好的地方，一个送信的骑兵就赶来了。下马后，打了个立正，气喘吁吁地说："赵队长，大部队已经从曲阳绕道赶上了我们的连队。可靠消息说，鬼子的大部队已经到了保定南，连长让你火速赶上部队。"

"藏的枪还没有取呢！"赵银山大声嚷。

"连长说，找不到就不要找了。枪有的是，等我们打回来时再取也不迟。"士兵说着就要掉转马头。

"好，等一下，我们一起走。"赵银山转身对哥哥说，"军情紧急，我们需要马上赶上大部队。你就跟我们一起走吧！"

"我不走，要走你走吧。你们这是逃跑啊，被鬼子撵的？时间不长这里就是敌占区了吧？你也不想想，唐河距离沙河才多远？唐河有三山子的养父母，朱古村有我家的草房子，沙河圈儿还有咱的爹娘啊！你们就这么撤走了？咱的这些家不就一个个被鬼子占领了吗？你们能走，我可不舍得走！"赵金山急得满脸通红。

　　"可是，哥，军人以服从命令为天职，我不能违抗军令啊，是要被枪毙的啊！"赵银山也着急得眼泪在眼眶里转。

　　"那只有这样了，你走你的，不要管我们了，留下几支枪，我和三山子还有你嫂子为你打阻击战。只要你们平安就行，不要管我们老百姓！"赵金山说完把自己身上的枪撂到地下。

　　"三山子，你跟大哥还是跟我？"赵银山转身对弟弟赵铁山说。

　　"二哥，你还是留下来吧。我想，北边有鬼子，南边鬼子还没有到呢。你们着急去南边干什么，你看，你和大哥配合得多好。打死了二十四个鬼子，就只有一个战士负伤。你们真棒，要是你们俩合起来打鬼子一定能行。"三山子劝说着二哥。他的态度明显在大哥这边，他相信金山大哥的能力和他说出的话。

　　银山把铁山的态度看得真真的："这么说你不参军了，那好，跟大哥混也行。"赵银山转身对大哥说，"大哥，我也没有办法，相信弟弟我，到什么地方也不是孬种。这样吧，我把刚缴获的这二十四支三八大盖，还有地上这支盒子炮留给你，再留给你一些子弹和手雷。你要是想打鬼子的话，在咱们家乡组织一支义勇军吧！要是用得着，过一段时间，你们也可把河里的枪捞出来用，听说是德式的黄油封着，我们也没有打开过。走了，大哥！后会有期！"赵银山说完带着他的二十个士兵含泪甩鞭，策马绝尘而去。

第 5 回

毙疤瘌赵金山雪恨　组队伍唐河套开战

　　赵金山在三山子的养父家找了一些破布，把枪捆绑在马背上，就要带三山子走。他留下三块银圆以报答老伯对三弟的养育之恩，但老人却拿出了五块崭新的银圆来说："不要你们的，我有钱花。这五块大洋你们也带上，不要亏待了我的儿。"

　　赵金山和甄续男一起去里屋，把自己包袱里的一个棉袄盖在瘫痪在床的三山子养母身上，含泪告别了眼泪汪汪的老伯、大娘。然后，三个人一起骑马过河。

　　刚涉水过河来，他们还在整理着湿透的衣衫，这时，只听人喊马叫，沙土飞扬。迎面跑来一队持枪握刀的人，很快包围了他们三人。看这情况，这些人好像早就等着他们上岸来束手就擒似的。

　　三山子一眼就看出，为首的人就是绑走他的那个贼人，没错儿，他记得最清楚。三山子悄悄扯了扯哥哥的衣服："哥哥，我看出来了，这帮人是土匪，那年就是领头儿的那个把我抢走的，我记得死死的。他右腮帮子上有一个深深的桃子样大疤瘌，别人叫他孙疤瘌。"

　　"好，你趴下，看大哥我怎么收拾他，今天就是他的忌日。"赵金山说完，麻利地抄起驳壳枪，只一枪，那个孙疤瘌就一头栽倒在泥沙里。

　　嫂子甄续男也举起了手里的手雷，大声喊："我们是抗日义勇军，识相的，把你们的破刀破枪扔了，举手投降，想死的你就过来试试！"

这帮混混儿看到领头的孙疤瘌已经死了，自己手里的破家伙又一下子摆弄不响，又看对方武器精良，还有手雷。自知不敌，纷纷撒下手里的家伙，跪地举手投降。

赵金山端着枪来到这帮人面前，看到一个个膘肥体壮地举着手，就大声说："你们这帮土匪，都什么时候了还坑害百姓。眼看日本鬼子就要欺负你们兄弟姐妹了，你们不知道组织起来打鬼子，还在这里打家劫舍瞎折腾。"

"好汉饶命，好汉饶命。我们上有老，下有小，这年月也就是跟着孙疤瘌混口饭吃，我们没有杀过人啊！"一个长得高粱秆似的家伙摇着小脑袋说话。

"放屁，你们说没有杀过人，可你们抢男霸女，逼得许多人家破人亡，算不算杀人？"

"算，算，算，好汉饶命！"几个家伙对着金山磕响头。

"现在有两条路：一是让我代表那些受你们祸害的人枪毙你们，扔在河里喂王八；一是跟着我去打鬼子，我保证你们有吃的有喝的。"赵金山说完掂了掂手中的枪，只一枪，天空飞着的一只麻雀应声落下。

土匪们惊呆了，忙说："我们跟着你干，跟着你干！打鬼子！打鬼子！！"二十多个土匪纷纷表示愿意跟着赵金山打鬼子。

"那好，起来，把你们的孙老大就地埋了，也算咱爷们儿对得住他。"赵金山很义气地说。

几个土匪七手八脚地把孙疤瘌放进一个沙坑里埋了。然后，整齐地站在一旁。

"好了，既然想打鬼子，从今天开始咱们就是弟兄了，咱们队伍的名字吧，就叫'双河抗日义勇军'，听好了，咱们不随哪个军管，咱们就只管自己，就在唐河和沙河一带活动。军饷呢，我给你们发，咱这里有的是！"赵金山拍拍自己胸前鼓鼓的袋子，袋子里哗啦作响。

这帮土匪虽然干了不少祸害百姓的事，但一听赵金山说组织他们打鬼子，有吃的有喝的，还有军饷，人人高兴地鼓起了掌。

"好，停下吧！你们都听好了啊！本人姓赵，愿意跟着我干的，称呼我一声赵大哥，就可以到我这里领枪，一色儿的三八大盖，不愿意跟着我干的，你立马滚蛋！我赵金山不拦着你。"赵金山巡视着大家。

所有的人都欢天喜地地一边叫着"赵大哥"一边领了枪。但，赵金山没有发给他们子弹。赵金山见一个家伙迟疑着，不来领枪，还有想跑的意思。

"你小子，不愿意打鬼子？想跑？"赵金山上前一步问。

这小子低着头不说话，斜着眼偷看威武的赵金山，腿打起了哆嗦。

这时，一个人走过来说："赵大哥，这小子是我们孙队长……不对，是哪个该死的孙疤痢的侄子。"

"哦，俺知道了。你他娘的记恨我，你不想打鬼子，俺还不想要你呢。你看，这是我弟弟，他就是被你叔叔孙疤痢抢走卖掉的，就因这事，闹得我们家破人亡。七年了，我们兄弟都快认不出来了。你说他妈的这孙子该死吗？"赵金山发了火。

一个小胡子背着枪过来，笑着说："孙小二，你叔叔也不是什么好人。呵呵，你忘记去年夏天，孙疤痢还欺负你媳妇了？"大家哄堂大笑起来。

"我跟你，赵大哥，俺不记恨你，俺怕俺多知道后打我。我跟你去打鬼子，也给我发支枪吧！"孙小二给赵金山跪了。

赵金山从甄续男手里拿过一支枪递给孙小二："你放心，只要跟着俺打鬼子，就是俺的亲弟兄。有我赵金山吃的就有弟兄们吃的。这唐河水可以作证，俺要是亏待了弟兄们，俺就被这唐河水淹死！"

"誓死跟着赵大哥！"

"打鬼子，打鬼子！"

二十几个人同时呼喊得山响，响声震飞了翠柳上的小鸟。

一队大雁出现在蔚蓝的天空，成"人"字形飞过。

马队过了河，有秩序地走着。赵金山拉过弟弟的马，悄悄地问："弟弟，你还记得那年你被孙疤痢抢走的时候，背着的那个小包袱吗?"

"记得啊,他们到一个山坳就打开了。我一看也不是什么金银财宝,就是个瓷小孩儿趴着,背上平平的可当枕头的那种。"三山子若有所思地说。

"那东西一定有什么用处,你娘临死前就做了两个动作,一是指了指你,二是指了指柜子。你知道这个瓷小孩儿的下落吗?"

三山子想了想说:"我不知道,孙疤瘌的侄子一定知道。"

赵金山把孙疤瘌的侄子叫过来,悄悄地问小包袱的下落。

孙疤瘌的侄子想了想说:"哦,我记得,可也真怪,我们抢来的第二天,就有个东洋商人上门要买这个东西,我叔叔要了十块大洋。我亲眼见的,人家走的时候还得了便宜卖乖地说我们要的少了。"

"具体说说,这东西是什么?"赵金山追问。

孙疤瘌的侄子歪着头抓着头皮说:"好像,叫什么孩儿枕头,过去产的瓷器,给皇上用的。"

"我以为是一箱子银圆呢,原来是瓷枕头啊!"赵金山说。

孙疤瘌的侄子不再说话,悄悄地拉马,耷拉着脑袋退回队伍里。

赵金山从此带着二十几个转变过来的土匪躲在唐河套密树林里练枪法。由于伙食很好,又暂时没有战事,这帮人也就没有闹着要走的。

后来,赵金山用带来的银圆又招募了一些人马。从河里捞出了弟弟赵银山留下的枪械,擦干了,配发给新战士。剩下的一部分黄油抹了,又重新藏在太行山山脚下的一个山洞里。

1937 年 9 月,日军沿平汉铁路长驱南下,定县国民党贾县长闻风而逃。

中共定县县委根据紧张的形势,召开了"宿家佐会议",李书记分析了当前的抗日形势,他指出:国民党在共产党的全面抗战思想面前,只好答应国共合作,但是他们表面上主张团结抗日,背后又反共,并摧残进步势力。中国共产党以既联合又斗争的政策来对待它。提出了"坚持抗战、反对投降，坚持团结、反对分裂，坚持进步、反对倒退"的口号，在同顽固派的斗争中坚持有理、有利、有节的原则，形成了国共合作、共同抗日的局面。会上，在李书记的组织下，大家积极讨论，确定了斗争方略。定南县、定北县的党组织也纷纷召开会议，决心扯起抗日大旗，号召人民积极加入抗日军队。

9月23日，抗日义勇军八支队在赵庄村一个小河滩的树林里成立，队长是小王路村的马斗。

邵村连就是第八支队下辖的一个连，自成立之日起就在唐朴支队长的统一领导下，发出"同敌人战斗到底"的口号，开展了轰轰烈烈的抗日活动。也就在这时，定县中共地下党员也毅然站出来，秘密召开抗日工作会议，确定了今后的行动方向。

与此相反，自从1937年10月3日县城沦陷后，一些软骨头包含原警察局局长、商会会长、原国民党东区区长、县保卫团团长在内的军政要员打出了投降主义的旗帜，带头到车站欢迎日军，还在城内和一些大的村镇成立了维持会，全县处于混乱状态。

国民党驻定县的一些军队，更是大难临头各自飞，当官的携眷拐款、当兵的携枪抢钱，成群搭伙的、单个的，纷纷往南逃窜，他们不敢走平汉铁路，就从定县到深泽的大路上南逃。

这些人逃到了邵村渡口，渡口上立刻热闹起来，车马喧腾、人声鼎沸。这里只有两只小小的渡船，一船最多装下十几个人，往返一次至少得用两个小时。可是，逃兵却越聚越多，吵闹声、打骂声、争抢声、锅碗盆勺的撞击声响成一片。

邵村的王凯憋屈在家，他是第八支队唐队长的学生，他家距离大路很近，不堪其扰，准备把老人们送到远离大路的亲戚家躲难。这时，响起了敲门声，问清来人是自己的同学——共产党人马斗后，王凯开了门。

马斗进来就说："凯子，看到渡口的情景了吧？咱们得想办法弄一些枪支弹药。要不，日本鬼子来了，咱怎么保护村里的父老乡亲啊！"

王凯拧了一锅子烟，点着了递给马斗："这可不好办！"说完，自己卷了一个漏斗状烟卷儿，点了，自顾自地抽起来。

两人默默地闷抽了一会儿，立刻浓烟满屋，马斗干咳了一声，磕掉了烟灰，拔下了王凯的半截子烟揉在地上说："怎么不好办啊，你们也不是没有干过，谁不知道你们还劫过奉军的枪啊！"

"那次就十几个人，这次成百上千的，可怎么截呢？弄不好要掉脑袋的。"

"想办法，一定能成。"

"那好，咱们去找我堂弟王昌达商量商量。"

两人猫着腰，沿着村寨墙根，借着柳影月光来到了堂弟王昌达在河岸边的家。

家里没有堂弟，弟媳妇说："出去一会儿了，也许在大堤上，你们去看看吧。"

两人来到堤坝上，果真，堂弟王昌达魁梧的身子匍匐在沙滩上，闷倒驴似的，定睛朝着渡口看。

"是你们俩啊？找我？有什么事？该不是为打兔子的事吧？"

"就是打兔子，这回是忙着渡河的'兔子'。"

"打国民党逃兵，我可不敢。人家手里可都是真家伙，你们没有看到，高坡上那个家伙扛着一挺机枪哩，多么威武啊！突突突，咱们就玩儿完。"

"那，你在这儿躲着看人家过河的光屁股干什么，该不是又琢磨人家的枪吧？"

"嘿嘿，还是马斗哥厉害。怎么一下子就猜出俺的心思了呢，你们说，怎么弄枪吧？"

三个人用柳树枝子在沙子上划拉着，头对着头商量了一番，不约而同地笑起来。

第二天，渡口多了几个年轻人，他们是主动帮船工渡船来了。

马斗和王凯，分别上了两只小船。不一会儿，小小船舱就挤满了

95

逃兵。两船同时出发，一下子就过去了四十多人，一个当官的竖起了大拇指。

渡第二船的时候，每个船上都挤了二十五人，撑船的马斗看了看这些狼狈的士兵说："你们这样背着枪，这么挤，万一过一会儿起了浪，可就麻烦了，还不如把这没用的枪捆在一起放船舱里，你们就能腾出手来抓住船板了。"

这船士兵们纷纷解下枪照着做了，王凯的那船也照着做了，两船悠悠地出发。

刚到河中间，风刮起来，河水开始起浪，不一会儿，浑浊的浪夹杂着枯枝败叶互相推搡着滚滚东流。到河中流了，撑船的两个小伙子同时把船篙微微一撑，两只船可就翻了。翻了的船如一片叶子，荡了几下就斜着船身随着浪头沉了下去。两船的士兵可就像下了锅的饺子，在翻腾的水里扑腾起来。

岸上的很多小伙子看到这样，马上下水救人。不一会儿，人都救了上来。这时，天上乌云翻滚，豆大的雨点掉了下来，被救上来的士兵磕头谢恩，以逃命的姿态纷纷往南面的村子里跑去，也不要枪支了。

夜晚，王凯、王昌达和马斗组织村里的小伙子，偷偷潜入水下，把两捆子枪从河里捞出来，埋到了王昌达家的地窖里。

第二天，渡口没有了船，满河岸的士兵像极了无头苍蝇。

王昌达他们就组织会游泳的几个壮小伙儿，帮助士兵过河。他们开始了讲条件，有的是直接背过去，背两个人，可以换一支枪和二十发子弹；有的就是领着过河，到河中间就带往深水坑，这些人大多不会水，只好把枪丢到了河里；有几个孩子用玉米面饼子换子弹，一个饼子可以换两发子弹。饥饿的士兵找到了救命稻草似的争抢着换玉米饼子。一个叫高丢的小伙子光是负责给士兵背枪过河的，背一支五个铜子儿，快晌午了，他一下子背了十支枪，到河中间了，他一个猛子钻入了水底，在水下洄渡到树林子里去。别人也就大喊"救命救命"，他家人也喊，让人们救人。其实，高丢不会丢，他会憋气，能在水下自如行走。他把这枪就这么运到了下游的小树林里藏了。

当天晚上，天黑得对面难见人。一队士兵在坟地里靠着枪过夜，马斗他们就组织人装神弄鬼地游走，吓得士兵们丢盔卸甲，四散逃窜。这晚，他们捡拾了二十支枪，二百多发子弹。

就这样，通过各种方法，在溃军南下的这几天里，共获得了一百多支枪和上千发的子弹。

过了几天，在马斗的号召下，邵村成立了近二百人的邵村连，还与游击队八支队取得了联系。后来，他们又带动了王路村的抗日武装。

王路村是定南县的一个村庄，距离县城二十五公里。1931 年九一八事变后，为了唤起民众抗日救国，上级党组织派志远同志以兴办学校教书为掩护，在这里开展党建工作。

志远同志就在 1931 年 12 月来到了王路村一带。他首先兴办了贫农学校，在冬天农闲季节，找一个热炕头，组织一帮子人来此处学习，讲穷人为什么穷，我们国家为什么被小日本欺负，他还编了歌曲让大家唱，其中的一首大人小孩儿都会唱，歌词是：

> 生存竞争难
>
> 战争日增多，
>
> 虎豹爪牙磨。
>
> 我辈不杀人，
>
> 人岂不杀我，
>
> 想想应该怎么做，怎么做！

他很快在这里建立了党支部，召开党支部会议，党组织还领导人民开展了庙会宣传、扫盐、抢麦、抢秋等活动，贫民们受益很大。

各村的党员们，开展了反对国民党不抵抗政策活动，组织了"抗日后援会"，同各村的"维持会"做斗争。

第八支队的马斗队长常来这里组织活动。1937 年 10 月，王路村在马斗的带领下，正式成立了抗日游击队。但是，这个队伍没有枪支，只有大刀红缨枪。过了几天，冀中军区派来了一个连长协助工作。在连长的带领下，游击队首先砸了地主盐霸的粮店盐店，收缴了他们的枪支，又联合"邵村连"开展了一系列的活动。他们去李顾村、高朋村、赵庄村等地解散地主武装，宣传救国救民思想。群众纷纷响应，很快发展到了六百多人，有了三百多支枪。

11月底，为了壮大队伍，冀中军区决定调这支部队到曲阳的灵山开展整训。后来，这支队伍与赵金山的队伍会合，这是后话。

1937年农历十一月初七凌晨，在汉奸的带领下，驻定县的日军大江部队的五百名鬼子兵，分乘二十八辆汽车从县城西的驻地出发，长途奔袭王路、小王路和董庄村。

天刚蒙蒙亮，包围这几个村的日军和汉奸们同时开火，村子立刻淹没在一片硝烟火海之中。

在王路村东北角，首先遇难的是那些勤劳的农民。他们有的赶早往地里送粪施肥，有的去拉沙子，有的背着筐子捡拾牲口粪。

一个叫孙学的村民，一早去地里送粪。看到鬼子来了，他赶起小驴车就跑，边跑边喊："鬼子来了！鬼子来了！"鬼子的枪可就响了，他和他的小毛驴被打成了筛子，血洒小巷子口。

村西北口这时也枪声大作。人们听到枪声，纷纷往村东跑。于是，村东的地里、大堤上，满是逃跑的村民。

鬼子在远处发现快速聚集的人流，轻重机枪一齐扫射。

顿时，枪声、叫骂声、哭声、呼爹叫娘声响成一片。村民一个个倒下。倒下的人堆里，有的人受了伤在挣扎。鬼子就用刺刀一一把他们刺死。

疯狗一样的鬼子，杀死了跑到村外的人，就开始到村子里抢东西，烧房子。

一个汉奸把一队鬼子领到了老孙家，说孙老汉家的儿子是锄奸队队长。敌人把孙老汉和他的老伴儿从屋子里拉出来，让他们看着，一间间点燃了他们刚居住了一年的新房。等房子大火燃起来后，鬼子把两位老人一一扔进火中。孙老汉，站在火堆里大骂鬼子汉奸，最后说："你们等着，八路军和我儿子一定会给我们报仇，会找你们算账的!"

鬼子还不算完，又来到孙老汉的堂兄家。他们家的孩子连连和套尔都参加了八路军，这天正赶上小儿子套尔的媳妇生孩子，套尔告假回来，和姐姐一起给媳妇接生。孩子刚生下来，鬼子就进了院子。逃跑是来不及了，套尔想稳住敌人，救下妻子和新出生的儿子。他想好了，实在不行，拼了命也要保护他们。

他刚出了屋子，还没有等他说话，鬼子冲着他放了一枪，又上来几个鬼子，捅了他几刀。可怜，刚当上爹的套尔就这样惨死了。他的姐姐看弟弟死了，急得拿起剪子冲出来，要跟鬼子拼命，刚出屋子就被鬼子乱枪打死。

鬼子冲进屋子里，把躺在床上的套尔媳妇当场刺死，又把刚落地的婴儿用刺刀挑起，甩出了屋子。随即点着了这家所有的房舍，还把套尔和他姐姐的尸体，扔进了火中。

鬼子的疯狂杀戮还在继续，他们到了不分男女老少，见人就杀的地步。住在村南头的崔家媳妇，听到枪声，抱着自己未满两周岁的儿子逃命，跑到村东有鬼子，跑到村西有鬼子，正当她跑得没有力气时，被一队鬼子撞见，一个小队长一刀砍倒了她，她倒在血泊里，倒下的一刹那，她没有忘记把自己的孩子护在身下，幸运的是小孩子没有被伤着。这时，张秀秀等几个怀孕的妇女跑过来，看到孩子吓得不敢哭，安静地摸着母亲的肠子吃奶。她们想抱起孩子跑。这时，鬼子追上来，她们就往远处跑。几个鬼子撵上她们，戏弄羞辱一番后，残忍地将她们一个个挑开肚子。

这一幕被藏在秫秸堆里的边大娘看见，边大娘气得咬破了嘴唇。鬼子走后，边大娘含泪抱起了崔家还在吃奶的孩子，孩子满脸是血，抓着妈妈的奶不放。孩子也许吓傻了，自始至终没有哭一声。

王路村的屠杀到中午时分随着鬼子集合号响起才告一段落。但是，苦难的人们想不到的是，当鬼子在村西沙河堤上集合完毕后，一场更大的屠杀又开始了。

村子的十二个人，打着小旗子，端着好吃的去支应鬼子，祈求他们放下屠刀。但是，没有想到，没有人性的汉奸鬼子，让他们跪成一排，用重机枪扫射。这十二个人中一个叫奎儿的人机灵命大，他在敌人开始放枪的前几秒钟就先行倒下，没有被击中，假装死去，幸存下来。

在小王路村，鬼子采用了另一种捕杀方法，他们重点捕杀十七岁至四十五岁的人。

然而，这部分人不是好惹的，他们正值身强力壮，血气方刚。针对来势汹汹的日军，他们采取了激烈的抵抗。陈家三父子，不跟着鬼子走，赤手空拳与鬼子对打。结果，鬼子制服他们后，残忍地将他们开膛破肚，他们三人是慢慢失血而死的。

十九岁的福儿，躲藏在大缸后面，被汉奸发现，拽着耳朵出来，他出来就给了汉奸一脚。鬼子用枪逼着他走，他就是不走，鬼子后退几步刺了他一刀。他咬紧牙关，怒目圆睁，带着刺刀逼向鬼子，鬼子的刺刀洞穿了他的胸膛。他推着鬼子跑向了墙角，直到鬼子的身子重重撞击在墙上后，他才含恨死去，死后眼睛还睁得大大的。

鬼子在村里抓了六十七名青壮年，把他们带到沙滩上。这些人正商量着怎样与鬼子拼命并如何逃跑时，鬼子的屠杀就开始了。鬼子先是强迫这些人集体跪在沙滩上。这些人佯装跪下后，一个人喊了一声，大家集体奋起而战，有十几个人抱住了鬼子，拳打脚踢嘴咬。这时，大批的敌人拥过来，打散了这些手无寸铁的群众，他们只好硬着头皮逃跑。片刻，罪恶的子弹穿透了他们的头颅和胸膛，然后，敌人把他们的尸体抛入河中，鲜血登时把河水染成了红色。

敌人在这个村，还找到了八支队马队长的家，他家的五间房也烧得只剩下灰烬。

鬼子还逼着人们交出武器。扬言，要是不交，杀掉所有的人。过去办"少连会"教拳脚的张师傅以为交了就没有事了，于是把自己家的一捆大刀红缨枪交了出来。他交了后，转身就走，可是鬼子却狼狗似的叫了一声，他一回头，两个鬼子端着刺刀刺向了他。他强忍着疼痛，大拳头砸向一个鬼子。又上来几个鬼子，刺着他的身子，推着他顶上了土墙。可怜这位诚实的老人，刺刀洞穿了他的胸膛并和土墙连在了一起，他大睁着眼睛死去。直到后来，回村的人们收殓乡亲们残缺不全的尸体时，还发现张师傅靠墙站着，还在大睁着眼睛。

董庄紧邻王路村，是一个只有四十来户的小村庄，鬼子几乎烧光了所有的房子。村民不是被刺死就是被烧死。

边小庆当时二十五岁，是个膀大腰圆的小伙子，他从家跑出来时，鬼子已经包围了村子。他跑进一个小胡同，几个鬼子就追他进了小胡同。一个鬼子挺刀刺来，他顺手一挡，刺刀刺中了他的左胳膊窝，鲜血喷出来。他急了，夺了一个鬼子的枪就和几个鬼子搏斗起来。来了几个鬼子把他打倒在地，在他身上放上了一大堆柴草点燃。看大火熊熊而起，人也不动了，鬼子就走了。在燃烧的柴草下他咬牙忍着，见鬼子走远了，他立马钻出来，连续十八滚，灭掉了身上的明火。虽然受了伤，但命算是保住了。

鬼子一天在这三个村共杀害二百二十名无辜群众，重伤五十多人，烧毁房屋二百多间，有七户被杀绝。一桩桩血债，记在了人民群众滴血的心里！

鬼子走后，在曲阳灵山一带整训的抗日义勇军第八支队指战员，把部队带回村里，掩埋了群众的尸体，找回了幸存的村民，帮助群众重整家园。

马斗带领的八支队遇到赵金山带领的自卫军。赵金山带领他的四十多个自卫队员，帮助掩埋无辜群众尸体，也同八支队一起参与到村民重建家园事宜中。他让队员们记住这一切，练好本领，为父老乡亲报仇雪恨。

1938 年初，各地抗日武装纷纷成立。抗日义勇军由西部大山向东部平原地区挺进，赵金山不再是孤立作战。抗日义勇军第二路、冀西总指挥部在阜平县成立，王平任总指挥，张毅忱任政委，朱仰兴任参谋长。同年11月，改编为晋察冀军区三分区，以一一五师骑兵营为主组建，大多是经过长征的红军骨干，辖第十、第十一、第十二大队（团级）。三分区活动范围包括阜平、曲阳、定县、唐县、新乐、完县、望都等七个县，称为冀西中部地区。

这天，从阜平来的一个义勇军队员回定北县办理丧事，被赵金山的卫兵误以为是叛徒抓获。得知他是从正规抗日部队回来的，赵金山让伙房给他弄了一盘子牛肉，还温了壶酒，让他边喝酒吃肉，边介绍大部队情况。

老乡叫朱承儿，很健谈，喝了几杯就说："有一个人也姓朱，叫朱仰兴，他任我们十一大队大队长。懂很多大道理，也很能打仗。"

"好，等过年后，我去拜他为师，到时候你可给俺介绍介绍啊！"赵金山说着端起酒杯敬朱老弟。

朱承儿满口答应。吃了饭，赵金山派人护送他回了老家。

1938年初，定南、定北全县各村都被日军占领。日本侵略者为了在平汉铁路两侧制造"无人区"，在沿铁路线最近的沟村进行了大屠杀。

农历正月十二日这天，沟村人正在欢度旧历年，一台大戏正在上演。演的秧歌剧《苏东坡在定州》。

苏东坡曾于1093—1094年间在定州做过知州，为这里的人民做了很多的好事，还创立了新剧种"大秧歌"。台上演得精彩，台下看得津津有味。

这是四场歌剧。幕启，出现一画板，上面是定县黑龙泉景象。黑龙泉泉水喷涌而出，周边水域辽阔。荷叶摇曳，翠柳飘拂，一派令人神清气爽的乡村美景。

一位衣冠整洁的官人开心地眺望着，其家眷朝云也在身旁啧啧称赞。这个官人就是一个当地的学士扮演的苏大人，苏大人上来就唱：

好一派边陲风光清凉地，

叹长水滚滚漾漾人未知。

虽不比西湖潋滟水波绿，

也好似人间胜景水域奇。

望远方天蓝水阔心神怡，

立河畔双学士不再憋屈。

苏大人沉思片刻，接着唱：

国之根本乃稷民，

食要果腹啊，

咿呀哎。

衣能遮体呀，

咿呀咳！

定国安邦稳民心。

誓为民生多尽力，

与民同乐享天年。

正唱得起兴。这时，村口响起了汽车汽笛声，随即响起奇怪的"隆隆"声。紧接着就是清脆的枪声，沉浸在欢乐气氛的群众一时没有反应过来，以为是谁家放喜庆炮呢。这时，只听有人大喊："小鬼子来了！"

人们稍微沉静了一下，开始蜂拥着四散逃去。

这天，上午10时左右，侵占定县西关的日本新美二郎部队及日军铁路部队分乘两辆铁甲车进犯沟村。

荷枪实弹的日军跳下车，即把村子重重包围，见人就杀，见房就烧。光天化日之下，强奸妇女，残杀儿童，无恶不作。刚才演戏的演员没有来得及卸装就被杀死在广场上。另一年轻的女演员也被拉进了一辆车里。

这帮恶鬼在沟村实施了极其残忍的杀人手段，令人发指。

事后，根据沟村村长上报给县委的情况，县委总结了鬼子的六大罪状，写成了材料，如下：

日军沟村施暴情况上报材料

民国二十六年一月十二日，禽兽来袭，沟村大难，大火冲天，民不聊生。暴尸街头者众，绝户者众，荼毒残害十一日离去。日军有六大罪状，简记如下，望有血有肉国人牢记于心。

残忍碎尸：日军进村后，遇五十二岁刘洛希，即刻绑于椿树桩之上，刺刀顺序割其双耳、鼻子和四肢，均是一块块、一段段地慢慢割下喂狗，鲜活五脏并六腑抛的遍地皆是。

火烧婴幼：张姓家三个孩子，最大者五岁，最小者仅九十天，均用刺刀一一挑起，扔大火焚烧，焦煳肉味儿，全村弥漫。

刺刀扎挑：三十六岁刘山计被日军数十把刺刀同时连刺，大声怒骂不止，即刻全身窟窿喷血，倒地身亡。日军公然辱尸，对尸体刺刀乱戳，尸体顷刻成一团肉泥；刘山计一家其他三个亲人全被刺刀开膛破肚而死。

乱棍打死：二十一岁的穆秋保，被日军用木棍猛击头顶，脑浆迸裂，惨死在乱棍之下。

大火烧死：众多无辜群众，投进大火，活活烧死，火中蹦跳着大骂日军。盲人刘耿氏，六十余岁，听闻惨叫声，拄杖门外探问，突被刺倒，大叫"老天爷，怎么扎我这瞎子呀!"，随即哼咳怪叫不止。鬼子并未可怜她，扔入火坑。她怒睁瞎眼，火中乱抓乱扒，痛苦折腾，后唯剩骷髅在大火中滚动。

强奸妇女：妇女多蒙羞蒙难，横遭日军奸污，三岁女童，六十多岁老妇，均无一幸免。光天化日，肆意蹂躏妇女，众鬼子大笑羞辱。几名妇女被多个日军轮奸后杀害。有的面色苍白，不能走路。妇女受辱后投井者有之，咬舌而死者有之，上吊而死者众。六十五岁老妇王园尔被日军轮奸四小时之久，后致瘫痪。十九岁的吴小丫被日本兵轮奸了三四个小时，毒打数小时，后其卧床半月不能下地。十九岁的刘秀坤不肯忍受日军的污辱，纵身投井，七个日本兵见其尚未淹死，则搬石投井。见女孩头骨碎裂致死，七禽兽狂笑扬长而去。

十一天的沟村大屠杀，一百一十八名无辜村民被害，一百二十人受重伤，八户被杀绝；房屋全部被烧，粮食财产损失殆尽。罪行滔天，万民痛恨，日本禽兽不得好死。

沟村全体幸存群众

民国二十六年一月二十五日

晋察冀军区三军分区司令员陈漫远看到了这些上报材料。他当即命令大队长朱仰兴带领八路军晋察冀军区十一大队下山，决心给侵略者以沉痛打击。其他大队也得到命令，分别在平汉、正太、同蒲铁路沿线同时活动，破坏敌占区的电信、桥梁、铁路等设施，大大阻止了日军南下的步伐。

这天黄昏，十一大队的一、二营分别从驻地出发，同县游击大队一起奔袭新乐站、新乐县城和定县沙河铁路大桥。

十一大队的三个营从大堤出发，在群众的帮助下破道路、割电线、袭车站。在半夜分别与鬼子在车站西的宣村、赵村、白土村遭遇。顿时，枪声、手榴弹声连成一片。朱仰兴临时在野外搭了作战帐篷，让通信兵过二十分钟报告情况，他运筹帷幄，沉着应战。在他的指挥下，各营都与日军激战数小时，第二天清晨，战斗胜利结束。一夜间，共击毙日军一百余名，缴获枪支六十余支，炸毁铁路机车、汽车各一辆，破坏铁路十多公里，收割电线七百五十公斤。

三天后，朱仰兴领导的十一大队，与第十、第十二大队会合，在陈漫远司令员和王平政委的指挥下，先后三次主动出击新乐经定县至保定段和沿线部分城镇，先后攻占定县、望都、新乐三县城，并袭击了保定，攻占了火车站，破坏了日伪军的交通运输和通信网点。采取围点打援、伏击等多种战法消灭敌人，共毙伤日伪军一千多人，缴获大批枪支弹药，拆毁五十多公里铁路，收缴电线数万斤。炸毁两辆机车，焚毁定县、清风店、新乐等六处火车站，使平汉铁路北段交通一度瘫痪中断。

他们的举动，深深鼓舞了定县军民，赵金山也通过朱承儿介绍和朱仰兴见了一面，听取了他的游击战理论和作战思想，他决心向朱仰兴学习，在唐河一带阻击和消灭鬼子。

1938 年农历正月十三深夜，赵金山带领义勇军队员在平汉铁路不落岗村一带破坏了共计二百余步的铁道。正月十四凌晨，鬼子的一列火车出了轨。不落岗村村长当时在房上站岗，发现此情况后，也没有引起警觉，也就没有惊动继续过年的村民们。大人们聚在家里包饺子，孩子们兴高采烈地放过年剩余的一些鞭炮。

他们不知道一场屠杀就要来临。

平汉线上的列车第一次在不落岗村村北出轨。这让驻守在定县城的鬼子大队的大队长很恼火。他们出动了一辆铁甲车，调动了八十多名全副武装的日本鬼子，向不落岗村开来。鬼子见到男人就抓，有逃跑的就开枪射杀。

鬼子一进村，先遇到了马家老四，一刀挑死了，老四死前还在骂鬼子。鬼子到他家里，把家里五个男人杀光了。鬼子走后，村民们把他们几个埋到一起，也没有用棺材，村西堆起了"肉丘坟"。

鬼子在不落岗村杀死四十多人，打伤四人，烧毁民房五百多间。

赵金山听说不落岗村惨案后，大喊了一声，跑到村口朝着村子磕了四个响头，他说，是自己的队伍破坏铁路引发的，只想到破坏铁路，没有想到保护好村民。这是教训，一定会让鬼子偿还血债。

1938 年的初秋，又一股日军长驱直入，打到了唐河边。滚滚的唐河水，阻断了他们前进的路。他们不知道，河上原是有一座木桥的。赵金山听说日军大部队要通过，便带领双河义勇军连夜毁掉了木桥。

　　但是，日军川崎联队的龟一胜男少佐，还是带领他的第二中队抢夺民船渡过了河，进驻县城。

　　一天夜晚，赵金山在唐河大堤上凭着弟弟银山留下的武器与一小股日军展开阻击战，五十来个人和日军打了一夜，日军使用了迫击炮，赵金山的弟兄们死伤惨重。孙小二也顽强作战，在被几个日军包围的情况下，他磕响了手雷，壮烈牺牲。

　　第二晚，赵金山又组织了一次偷袭，义勇军不幸被日军包围。他们顽强战斗，终因寡不敌众，赵金山只好带着剩下的十多个弟兄分散突围，在突围中，弟弟赵铁山与他夫妻俩失散。

　　赵金山带着妻子甄续男一路小跑，逃进了唐县的大山里。

　　很巧，在唐县的一个交通沟里，赵金山遇到了甄家过去的书童甄蕃尔。甄蕃尔说，他跟了共产党。

　　赵金山在甄蕃尔的帮助下见到了定北县委孙书记。孙书记早就听说赵金山东北抗日的事，又得知他们回乡抗日的一些情况，热烈欢迎他夫妻俩的到来。

　　此后的几个月里，在书童甄蕃尔和孙书记的帮助下，赵金山和妻子在县委举办的识字班学到了很多新知识和新思想。赵金山也被党组织发展为中国共产党预备党员。

　　这天，孙书记把赵金山和甄续男叫到办公室，什么也不说，就是冲着他们两口子笑。

　　笑得赵金山受不了了，于是问："怎么了，孙书记？"

　　"金山，你多大了？"

　　"问这干吗？"

　　"问你你就答，问那么多干什么？"

　　"大概是二十五岁了！"

孙书记听了皱了皱眉头，自己嘟囔着："大概？我看差不多，也该有个孩子了。"

甄续男红着脸接过话茬儿："看你，孙书记，我刚想问你呢，你说出了这个，羞死人了。"

"啊，哈哈，哈哈……"孙书记开怀大笑。

天天在一起吃饭，学文化，本来严肃的孙书记也和他们开起了玩笑。

"真的是啊，按照咱们这里的习俗，俺这个年龄也该当爹了。"赵金山说完又调皮地对着孙书记打了个标准的敬礼，"报告孙书记，我们两口子商量好了，等赶跑了日本鬼子，我们立马生几个孩子。"

"喂！可不要这么说，抗日是持久战。行了，严肃起来吧，给你们说个正经事儿。"

这时，甄续男才搬了小板凳，坐在孙书记面前，说："请孙书记……那叫什么，对……作指示！"

"还是生孩子，这是组织的决定。"孙书记大笑起来。

"看，孙书记，人家正经问事呢，你还来！"甄续男搓着手红着脸说。

"来，过来，坐下，我说的也是正事。"

赵金山和妻子围坐在孙书记身旁，孙书记说话严肃起来："日本鬼子占领了县城，每天都在扩大势力范围，抗战进入了关键时期。党组织决定，派遣你们俩以夫妻的名义在城里开一个小铺子。"说完，见赵金山夫妇不说话，又笑了笑说，"嘿嘿！一边开铺子，一边不要忘记生出一个小英雄来。"

赵金山一听，站起来说："我们是从东北抗日前线过来的，回来就是想跟日本鬼子真刀真枪干的，怎么让我们做买卖，这，我们可不会，也不干！"

"再说，我们也没有钱做买卖啊！还有，领导啊，这个兵荒马乱的日子还生什么孩子啊！"甄续男补充道。

"先听我说，做买卖用的钱，组织为你们筹备，也就是卖金牛眼药，以做小买卖为掩护，为党组织传送情报、散发传单、张贴标语，这也是为打鬼子在战斗，任务也很艰巨的。"

"这和生孩子沾什么边儿？"甄续男还想着这个问题。

"生孩子才算是正常夫妻啊，这样，更能保护你们自己。不但能很好地配合党组织完成情报任务，还能延续革命后代！"孙书记站起来。

赵金山也站起来说："好，我懂了，保证完成党组织交给的任务，一年后生出个孩子来，嘿嘿！"

"你坏，看我怎么打你。"甄续男说完，追着赵金山跑向了屋外。

孙书记看着这两个年轻人的亲密举动，开心地笑了。

第二天，城内十字街。一个小小的店铺前幡旗摇动，上面篆体写着：金牛眼药。甄续男在门口向人们介绍着："金牛眼药是一种知名中药，用于暴发火眼、眼眩赤烂、砂眼、迎风流泪及宿翳等眼病。"

赵金山则笑脸迎接着进入店铺的客人。

傍晚，两口子核算着账目，感觉开张的一天收入还算可以。他们不知道，有好多来店里买药的人都是孙书记派来的。一是可以用生意兴隆的气势掩人耳目，再就是让交通员们熟悉这个新交通站的位置。

店铺要打烊了，一个漂亮的女学生眼睛红肿地挤进店铺说："有治东北红眼病的药吗？"

赵金山看了看她，觉得这个女孩子很慈善，于是答话："正好，我是从东北来的，带了点儿，有的，我给你找找。"

赵金山边找边自言自语："红药一剂除狼毒。"

这个漂亮女生低下头慢慢对道："绿叶三片疗眼伤。"

甄续男听到这里，马上拉起女学生："姑娘，快快进屋，我给你敷药。"

"大嫂，不用敷药了。我这是抹了点儿胭脂，回去一洗就行了。这是我带来的。"姑娘跟着甄续男来到里屋，把一个白色信封交给甄续男。

其实，这个姑娘就是赵金山的弟弟赵银山的未婚妻刘夏花。

他们两口子没有见过刘夏花，自然不知道是弟妹，只知道她是党派来的交通员。

赵金山当天就把信送到了定北县委。

孙书记拆开信封，见是一份《抗敌报》，里面夹着一封信。孙书记看了报又看了信，沉重地说："好人啊，可惜了，可惜了!"

赵金山问怎么了，孙书记也不说话，赵金山抽了三锅子烟了，孙书记才缓缓站起身，吩咐要开会。

孙书记召集了一个小会，通报了一个令人沉痛的消息。

原来，8月12日，日军与新乐、望都的伪军集结进犯八路军三分区机关，扑空后，在根据地进行烧杀抢掠。朱仰兴率领十一大队，按照分区首长的指示一路急行军，迂回到定县与曲阳交界的孟家庄小沙湾一带出其不意，伏击当日下午回返的日军。小沙湾是孟家庄附近的壕坑，所在区域方圆十几里是沙丘和枣树林子，地形复杂，朱仰兴带领大队所属三个营的干部察看地形后，就把指挥所设在史家坟的枣树林里，居高临下，也便于隐蔽。当气焰嚣张、旁若无人的日军进入小沙湾的包围圈时，突然，枪声四起，手榴弹横飞，一下子就把敌人打蒙了，日军像无头苍蝇一样乱窜。

很快，日军醒过神来，开始组织兵力反扑。他们有一个迫击炮班，一个手雷班，一个机枪排。

当时八路军的装备很差，大多枪支打一会儿就拉不开枪栓了。敌人的反攻逐渐占了优势，凶恶的日伪军凭借优良的武器对八路军十一大队展开反击，战斗相当惨烈，眼见战士们相继倒在血泊中，朱仰兴也急眼了，命令各营速战速决，不要硬抗，战士们也就边打边退。

朱仰兴明白，县城距离孟家庄仅十公里路程，战场又紧邻公路，战斗如果不迅速结束，城里的敌人很快就会赶过来增援。在这万分危急的关头，朱仰兴跃上了枣红马，赤膊挥刀，大吼一声"机枪掩护，杀呀——"，他左手持枪，右手挥刀亲自率领骑兵连冲出史家坟，只见刀光闪烁，血肉横飞，鬼子兵一个个倒下。在强大的攻势面前鬼子胆怯了，纷纷向村里溃退，想依靠房屋进行顽抗。就在这时，朱仰兴大声喊："快追呀，不能让鬼子进村啊！"他迅速调转马头想率众追击，就在这时，一颗罪恶的子弹击中他的胸部，朱仰兴一头栽下了马背，不幸壮烈牺牲。战士们看大队长倒下了，都急了，拼命地往前冲，仇恨的子弹射向了鬼子，鬼子丢盔卸甲地逃跑了。

这次战斗共击毙日伪军一百余人，击伤二百余人，缴炮两门，枪械一百余支。

孙书记讲完了朱队长的战斗事迹，接着念了军分区的通报：朱仰兴领导的十一大队，在冀西中部地区反"扫荡"中，主动出击，打击日寇，扩大了共产党八路军的影响，鼓舞了军民的斗志，为中华民族的独立做出了重大贡献。

孙书记念完通报，接着说："朱仰兴同志，二十四岁就牺牲了。晋察冀军区所有指战员悲痛万分，聂荣臻司令员亲自主持了追悼会，军区还在这《抗敌报》上整版发专文予以悼念。真是英烈震乾坤啊！"

赵金山深深被朱仰兴的英雄事迹所感染，他回想起与朱大哥见面的情形，朱大哥的音容笑貌在眼前闪动。他当即要求回部队，去前线，打鬼子为朱大哥报仇。

"获取情报也是打鬼子，也是很重要的事。在没有找到合适人选的时候，你就给我老老实实地完成这项特殊的任务吧！"孙书记带着信任的目光对赵金山说。

赵金山回城里后，多次在晚间深入鬼子中队部所在地了解情况，发展内线，为军部提供第一手情报。

八月十五这天晚上，见刘夏花没有在预定时间把情报送到店铺来，赵金山决定去学校取。

赵金山乔装打扮一番，来到第二女子师范。这里古木遮天，虬枝盘曲，树枝慢摇，月影婆娑。

赵金山见有个男生和几个女生坐在石凳上聊天，一片安静而祥和的景象。赵金山今天也一副学生模样，在第一个牌楼下，他选了一个大大的石凳坐定，等刘夏花到来。

不一会儿，刘夏花含笑慢步走来。赵金山马上站起来。刘夏花摆摆手："不要站起来了，大哥，免得让同学们看见。你看，我一个老乡过来了。"

"刘夏花，在这儿玩儿呀？班长说一会儿让咱们去开会。"那个同学说完，很快走了过去。

赵金山见这个同学走远了，小声说："你这个老乡说话真和你一样，对了，还不知道你是哪里的呢。"

"沙河南，有一个赵庄村，知道吗？"

"哈哈，知道啊，你是赵庄村的啊？快给俺说说，你认识一个人不？"赵金山兴奋异常。

"你说，大哥。"

"赵老三，一个留着胡须的，很有仙风道骨气派的老头儿。"

"哎呀，你算问着了，那是俺的爹爹呀！"

"你爹爹，不对吧？"赵金山想了想继续说，"那，你认识赵银山？"

"哎呀！他……他是俺的未婚夫……"刘夏花说完脸红起来。

赵金山兴奋极了，马上手足无措地站起来搓着手转圈儿，然后回头说："赵银山是俺的弟弟。"说完了，看刘夏花看他，补充道，"亲弟弟！"

"哦，那你就是俺金山大哥了？嘻嘻！俺爹和银山哥经常提起你，想不到在这里见到你了。嘻嘻！太好了，真是，那叫什么来着？革命同志是一家啊！"刘夏花一边说着，一边羞羞地双手来回挽弄自己粗大的辫子。

"想不到你还是个进步青年呢！"赵金山说着竖起了大拇指。

看同学们越来越多，赵金山接过刘夏花递过的信封悄然离开。

回到店里，赵金山把自己的巧遇对妻子说了说，两人高兴，晚上炒了两个小菜，喝了两盅。

一年里，刘夏花给赵金山转来了很多消息，也为唐河支队和定南县大队提供了很多重要情报。

自从鬼子占领县城以后，不知怎的，城里十字大街商铺多了，饭店多了，大烟馆儿多了，春香楼多了。街头还总是出现很多妖冶的日本军妓，有一个日本军妓还来过赵金山的眼药铺子买药。

由于老板和老板娘的热情好客，来赵金山眼药铺的人多了起来，显得热闹非凡，也就不免引起了日伪县治安维持会和日军联队部的注意。

这天，天气炎热得似乎要点燃那面写着"金牛眼药"的幡旗，赵金山用来治腰疼的那贴膏药也软得像没晒好的柿子饼。傍晚，没有一丝风，小小店铺内更是热得人喘不过气来。

赵金山和妻子早早关了店门，想在后院喝茶纳凉。坐下来喝了几杯凉茶，还是热得无奈得很。看到墙角水缸外泛着水珠，赵金山就对甄续男说，真想钻到大水缸里去。

"好吧。你去吧，凉快一会儿，我去做饭。"

赵金山果真拿了个小板凳，蹲进半缸水里纳凉，还让甄续男为自己盖上了盖子。

甄续男刚进旁边的小伙房，外面的门就被敲响了："开门，开门！再不开门就开枪了啊！"

水缸里的赵金山听见声音，要从水缸里跳出来。

甄续男按着盖子："可能是伪军，你就不要动了，我来对付他们。"说完，把一个盛着青菜的菜盆子放在了水缸盖儿上。

刚要去开门，门就被伪军踹开了。十几个荷枪实弹的伪军闯了进来，在小店铺里肆意地翻找。

"老总啊！你们找什么，就这么大的地儿，不要弄坏了药柜子，里面可全是救红眼人的药啊！"甄续男镇定地说。

伪军翻了个底儿朝天，弄得满地是药袋药瓶的。

一个满脸疤瘌的伪军小队长瞪着红眼珠子问："有人反映你们不是良民，皇军让我们来搜查，你家先生呢？"

"去定瓷窑厂进装药的小瓷瓶去了。"甄续男镇定地说。

这时，一个先生模样的人进来了，大声问："赵老板进货还没有回啊，我们的药什么时候来取啊？"

甄续男怔了怔，马上笑着回答说："没有回来呢，估计明天回来，先生明天再来吧。"

伪军小队长把甄续男拉到外面，小声说："我们也是奉命来的。走，你先跟我们走，明天让你丈夫换你。"伪军小队长说完，两个伪军上来把甄续男架起就走。

赵金山想出来救续男。他要翻身跃出的一刹那，突然想起，晚上还要和唐县支队的人联系呢。要是被伪军带走了，怎么完成任务呢？所以，他权衡再三，为了自己今晚的任务，为了不暴露这个接头地点，他只好在水缸中听着，听着妻子翻来覆去"家里什么也不要动啊"的声音渐渐远去。为了得到他们两口子为游击队提供情报的证据，敌人把甄续男毒打了一天一夜，胳膊被打折了。伪军见她昏死在血水中，于是把她扔在了城南的小河沟。好在她命大，被一个老乡救了。在老乡家里躺了一夜才苏醒，挣扎着吃了点儿饭。等到晚上，自己坚持着返回了药店。

党组织得知后，深深为赵金山夫妻二人担心，鉴于这个接头地点可能暴露，定北县委通知赵金山关掉店铺，带妻子外出隐蔽，以免再遭敌人毒手。

这样，赵金山在党的派遣下，远离家乡执行特殊任务。他们被派到敌占区的归绥，仍做地下情报工作，还是靠卖金牛眼药为生。

赵金山在这里一面做生意，一面仍然机智勇敢地完成党组织交给的联络任务。

有一天早上，天还没有亮，赵金山就听到门外"扑通"一声响。

他穿上衣服，打开门看时，见一个人倒在了门口。赵金山马上扶起这个大个子男人，只见他满脸是血。腿上的血已经凝固成了黑色的血饼，和破了口子的裤子粘连到了一起。赵金山仔细观察，见他胸口有一个似曾相识的标志，仔细辨认，赵金山看出来了，这不就是当年"抗日义勇军"的标志吗？

没有多想，赵金山就把这人背进了店铺。

点上灯，赵金山和甄续男惊呆了。一个熟悉的、浓眉大眼的人顿时出现在他们面前。两人同时低声喊："宏队长！"

这正是他们当年在东北金山矿跑出来后，遇到的第一支抗日武装的小队长——宏队长。

赵金山把宏队长背进屋放在床上。甄续男眼含热泪地用热毛巾为宏队长擦了擦脸，宏队长才缓缓地睁了睁眼。赵金山端来一碗水，一勺勺地给宏队长喂下，宏队长这才有了点儿精神。

"宏队长，我是赵金山啊！您看，她就是甄续男。"

"噢，是你们啊，嘿嘿！我说我这人他妈的命大吧，跟小鬼子干了一仗，差点儿死了。跑这么远的地方，又遇到自己人了，嘿嘿！"

"宏队长，你不要动，我给你处理伤口，可能会疼一些。"说着，甄续男用剪刀剪开了宏队长的裤子。

这一剪开，甄续男惊出了一身冷汗。她看到，黑色饼状血块下，隐隐露着一个枣一般大的洞，没有了肉。好像有白色骨头茬子在黑褐色肉芽子里挺着。

甄续男用镊子——把里面的碎肉块夹出来，每夹一块，宏队长都哆嗦一下。甄续男为了分散宏队长的注意力，减少他的痛苦，笑着说："嘻嘻！宏队长，你可真坚强。不过，在我面前，你这是小伤，放心，我是能给你治好的，我们这里有上好的外伤药。"

"谢谢弟妹，我算遇到真人了，你可是甄（真）妹子啊，嘿嘿！"宏队长还没有忘记原先在义勇军队伍里逗甄续男的话。

甄续男也没有立刻回话，迅速为宏队长剪下一块大一点儿的腐肉，看宏队长皱了皱眉头，她于是接着问："宏队长，你还叫俺妹子呢。当年，你只顾带着队伍跑了，咋不管俺两口子了？"

"我哪里是不管啊，我是连我自己都管不了啊！几个战士把我从战壕里抬到一个老乡家，是老乡救了我，那次是断了两根肋骨啊！我醒来已经是三天后的事儿了……噢……疼！"

宏队长用手抹了一下自己额头上的汗珠儿继续说："醒来，我第一个问的就是你们两口子，都说跑散了，不知道你们去了哪里。后来就再没有你们的消息了。"

"宏队长受苦了，续男，你轻点儿！"赵金山嘱咐妻子。

"拿药捻儿来……"

"拿药棉来……"

"拿绷带来……"

赵金山像手术室的护士似的为甄续男递这递那。

不一会儿，宏队长的腿就包扎好了，他再一次虚脱得昏过去。

昏睡了一天一夜，宏队长算是醒了，气色也好多了。甄续男端过一碗小米粥，让宏队长喝了。让赵金山陪宏队长唠嗑，自己去前屋看管眼药铺子。

没承想，两人说着说着就喝上了。赵金山拿出一盘子炒黄豆，两个腌鸡蛋。又从那个定瓷坛里舀了一舀子高粱酒，分作两小碗，两人一边说笑着，一边就喝起来。

正喝得尽兴，甄续男进来了："这天气冷了，没有人得眼病了，半天没有一个人来，关门子算了！"

见两人喝着，她马上夺了宏队长手中的酒碗说："你可不能多喝，伤这么厉害还喝酒，不想活了？"

"没事儿，我们就喝了一碗。行，听你弟妹的，咱不喝了，等你好了，咱们喝个够。"赵金山说着也放下了碗。

甄续男去做饭，宏队长开始问赵金山的情况，赵金山把做买卖的情况一一说了……

正说得起劲儿，甄续男端来一碗疙瘩汤递到宏队长手里："快吃吧，多吃点儿，伤口长得快。"又转身对赵金山说，"走，我们去厨房吃。"

进了厨房，甄续男小声问赵金山："你没有把咱们这次来的真正任务说给他吧？"

"我傻啊，这是党的秘密。按照我的推测，宏队长肯定还不是党员，这事是万万不能给他说的。"赵金山瞪着大眼说。

"嘻嘻！我就知道你不会说的，只是不放心。临来的时候，孙书记说过，万事要小心，在敌占区工作，什么事都会出，一招不慎会掉脑袋的！"说到此处，甄续男瞅瞅赵金山，一只手戳上了他的头，嬉笑着说，"你这大笨葫芦头，掉了就再也长不出来了。"

…………

以后的几天里，宏队长在金山夫妇的照料下，伤口好得很快，说话也开始多了起来。可是，赵金山总感到有什么不对。

这天夜里，金山两口子钻了被窝，好半天，谁都翻来覆去地睡不着。

"金山哥，你也睡不着啊？"

"睡不着。"

"心里有事儿，那就不睡了，我们说说话。"甄续男说着，头抵在金山的胸脯上。

"我怎么觉得宏队长好像有什么事瞒着咱们？"赵金山压低了声音说。

"我也觉得是，刚才我就是为这事想呢。你发现了没有，他总是很关心咱们在这里除了卖眼药还干什么，对吧？"甄续男在被窝里仰起头，又挤了挤身子说。

"对，他问过我多次了，有一次他问，这小日本越来越猖狂，拿过枪的人不去打鬼子，就甘心躲在这里卖眼药？"金山说完，干咳了一声，支起身子，抬头望了望窗口。

"哥是怎么说的？"甄续男调整了一下身子，忽闪着眼睛问。

"我说，从家乡弄了点儿眼药，卖不完不赔本儿了吗？再说，这人生地不熟的地方，没有队伍，一个人怎么打鬼子？"

"哥说得也对啊？那，他是怎么说的？"

"他说，我看这日军要在咱国扎下根儿了，据说日军的松花江小丰满发电站修的那是气派啊！附近的村庄都用上了电，灯头朝下点着，很亮。他还说，这个小日本电站是按使用五十年标准建造的。"赵金山停了停，继续说，"我从他口气里听着，他还很敬佩日本人。"

"昨天他去厕所，我在厨房窗棂子后看到，他好像隔墙和什么人说了几句话，那人就跑了。"甄续男小声地说。

"什么？这事你怎么不早说？"

"我怕你说俺偷看他上茅厕，又看没出什么事，才没有说的。"

"哎呀！都什么时候了，还顾及这个。这里面一定有事，你想啊，他是怎样到这归绥来的？他负伤那么重，还能到这里来？再说，按照他的脾性该给咱们说打仗的经过啊，他怎么一点儿也不提呢？再说，他怎么会认识周围的人呢。还有，按照这里的习惯，谁在茅厕里给人说话呀？"

"这，这咱们可小心了，一年多不见，谁知道他都干了些什么？明天我去告诉交通员，先不要来了。"甄续男说完，哆嗦了一下，然后整个人钻进了赵金山的被窝。

一个肉乎乎的人进来，赵金山有了感觉，似乎唤起了他的兴致，他有了动作。甄续男小声拒绝："我就是冷，可没有那兴趣了，等把宏队长的事弄清楚了再说吧。"

第二天早上，宏队长早早就起了床，慢慢打扫着小院。

赵金山也起来了，上前问好："宏队长起来了？身体感觉怎样？"

"好多了，我今天就要走了，战士们找不到我，一定等急了。"

"多住几天吧，等完全康复了再说呗。"

"不了，我在这里影响你们的生意啊！"

"不会的，我们这小店儿，开门不开门都差不多。"

"这样吧，我快走了，为了感谢你们两口子，我请客，你也可把好兄弟们叫来，咱们中午热闹一场。"宏队长脸上满是诚恳地说。

"哪里有什么好兄弟啊，人生地不熟的，来这里避难，顺便做做生意，凡是来的都是客，买卖东西，也就混口饭吃。"赵金山慢慢地说。

"行，那咱就喝三人酒，我请客。"宏队长说完从身子里摸出一块闪闪发光的银圆来。

"快收起来吧，怎能用你的呢，我这里有。哈哈，续男，你去买菜吧，中午陪宏队长喝酒，一醉方休。"赵金山吩咐着。

中午，一大桌的菜做出来了，可算是色香味儿俱全。

宏队长胡乱地吃了几口菜、喝了几盅才说话："谢谢你们两口子，这样，你们在这里也不容易，有什么难事，找我。当年咱们一起的弟兄有十几个跟着我逃难到这里了，投奔在我一个表姐家。你要是想参加咱的队伍呢，随时都可以去东山林找我。"

赵金山一听这话，心里一怔，甄续男快人快语："宏大哥跑得够远的，还有队伍啊，怎么这几天就没有听你说过呢？"

听了这话，宏队长也一怔，然后笑了笑说："就这么十几个人，哪里值得一提啊！"

"行了，等我们混不下去了，还去找宏队长。其实啊，宏队长，我们只想做个小买卖，生个小崽儿，过平安小日子，不想别的了。"赵金山说完端起了酒杯。

"那，做买卖，在家乡多好啊！到这里来，人生地不熟，又兵荒马乱的。看不行的话，你们还是回去吧。"

"也是觉着这里卖价儿高。行，听宏大哥的，等我们卖了这批药就回老家去。来，不说这个了，喝酒！"

赵金山和宏队长喝了几大碗，宏队长已经晕乎乎的了。

吃罢饭，宏队长向赵金山夫妇俩告辞。

见宏队长走远了，赵金山悄悄跟了上去。

他惊讶地看到，宏队长在一个小巷口，上了一辆人力车。

赵金山马上也叫了一辆人力车，让车夫快速追。

赵金山远远看到，宏队长坐的人力车跑进了当地有名望的姜家大院。

晚上，等卖炒花生的挑着油灯，挎着木箱子，吆喝着过去后，赵金山走进了姜家大院对面的隆丰小餐馆儿。见店小二走来，他要了两个小菜，一小铜壶老酒，一个人喝起来，一边慢慢地品，一边留意着对面的动静。果然，过了不到一个时辰，赵金山看到，姜老先生送出了宏队长，后面还跟着伪军小队长李正兴。

"看！姜富人和日本的狗腿子穿一条裤子了。"右边的一个人小声说。

"你小声点儿，你脑袋不想要了？"

是啊，赵金山心想，这个宏队长一定有事儿，不然不会和伪军混在一起，人们也不会这么议论。

赵金山把这个情况托人捎信儿给定北县委的孙书记。随后，孙书记跟绥远的党组织人员取得了联系，让他们查明宏队长——宏振山的底细。

十天后，赵金山收到了一张小纸条，让他去隆丰餐馆二楼八号包间去见一个手持《绥远日报》的人。

赵金山如约来到包间，果真见一个手拿《绥远日报》的人，蓬松的头发深深地埋在报纸里。

"哦，老乡早，看的绥远报？"赵金山上前问。

这个人翻开报纸，上下打量了赵金山一番说："你是赵老板吧，眼药店开得不错啊。"

"托家乡人的福，金牛眼药店还勉强能维持日常开销。"

"我也姓赵，你就是金山大哥吧？组织让我通知你，由于形势有变，日本侵略者要把归绥市改为'厚和特别市'，加强了特务组织。你务必在三日内收拾东西回老家。"

"具体什么情况，你知道吗？"

"敌人得知了你的身份，让叛变了的宏振山接触你，伺机了解你的底细，然后把这里的共产党交通员一网打尽。"

"宏振山是怎么叛变的呀，当年我们组织东北义勇军，那么艰难，他对得起那么多死去的弟兄吗？"

"当年，你们被打散后，宏振山带伤逃到这里。伤好后，他组织一部分幸存的义勇军，组成了近三十人的游击队在山里练兵。这前一段时间与鬼子遭遇，被抓获。鬼子严刑拷打，他禁不住折磨，防线崩溃，听说你又来这里，他供出了你。"

"这个讨厌的宏振山，我还救了他。他在我那儿养好的伤啊！原来我救的是条毒蛇。"

"这是特务常用的伎俩。狡猾的鬼子把遍体鳞伤的他放你家门口，让你救他，取得你的信任，顺便了解你的情况，然后把和你联系的人一网打尽。"

"啊！敌人真他妈的狡猾，幸亏俺两口子有所防范。"赵金山说完全身哆嗦了一下。

"是啊，所以，党才让你们离开这个是非之地。尽快离开，另有人接替你们的工作。"

"行，按照上级的安排办。"

姓赵的同志说完，迅速起身，走了。

赵金山这才感觉有一口闷气憋在心里。他攥紧拳头，猛然起身，他真想马上见到这个败类。他突然眼冒金星，身体晃荡了几下，站定后，定了定神儿，踉跄着回了眼药店。

回到店里，妻子甄续男见赵金山脸色蜡黄，急忙问缘由。

赵金山说："气死我了，果真如咱们所料，姓宏的叛变了，还咬出了咱们。"

"看，我就感觉要出事，这几天眼皮总跳。那，怎么办？咱们还能在这里吗？"

"当然不能了，组织上让我们马上回老家。刚来这里又遇到这事儿，多么对不住组织的关怀啊！"

"这个家伙，当年我就觉得他像个土匪，那，咱们就这么走了？"

"他想通过咱们找到其他党员同志，估计还不会马上抓咱们。应该尽快地通知和咱们联系的那个同志，不要再来这里了。"

"对，怎么和这人联系呢？平常都是人家找咱们。"

"我自有办法，你收拾好东西，咱们随时就可以走。"

赵金山的办法是，这两天傍晚，在小巷子的门口等，他希望能看到那个熟悉的身影。

当天赵金山一边看两位老者下象棋，一边留意巷子口。然而，快到午夜了，那个身影还没有出现。

第二天，当赵金山在墙角倒垃圾的时候，那个人出现了，急速地接近了赵金山的眼药铺。是他，是那个驼了背的身影。

还没有等赵金山走出来，一声枪响，这个人便栽倒在地。赵金山随声音看去，为首的那个拿枪的人就是姓宏的家伙，一点儿也不错，就是他。

很快，几个特务搜查了这个同志的尸身，搜出一把手枪。他们"嘿嘿"笑着把尸体也抬走了。

赵金山眼睁睁地看着敌人打死了自己的同志，他想跑出来与他们拼了，但理智战胜了冲动。

待敌人走远了，他满眼是泪地回到了眼药店。

"怎么了？怎么了？"甄续男见状急忙问。

"和咱们联系的同志被那个姓宏的打死了。咱们得马上走，姓宏的很快会来找咱们的。"

甄续男别好自己的枪，又将一把大驳壳枪递给金山说："好，什么都准备好了。走！哥，这是你的枪。"

夫妻俩刚要出门，见一个人醉醺醺地唱着小曲儿过来，径直走进了眼药铺。

赵金山定睛一看，来人不是别人，正是宏振山。

赵金山感觉，这个姓宏的，会十八变？这么快就变了一个身份，皮笑肉不笑地来了。他马上笑迎上前："宏队长啊，这么晚来了？"

"是啊，我在前巷口喝酒，听到枪声，就过来了，怕你们有事。"

赵金山一听"嘿嘿"笑了两声："宏大哥关心小弟，我感激不尽哪！"

话音刚落，赵金山就听到屋外有唰唰的走路声，他知道，鬼子正在包围这个小店。

"外面有狗，我关上门吧。"赵金山说完就插上了门闩。

宏振山马上挡住了门子："行了，别耍小聪明了，你跑不掉了，皇军包围了你。我也不瞒你了，是我——带来的。"说完就要拔枪。

就在这时，躲在门后的甄续男抡起手中的石药锤，砸向了宏振山的后脑勺。也几乎是同时，赵金山给他来了个大力锁喉爪，只听"咔嚓"一声，宏振山就瘫软在地，后脑勺的血也流了出来。

赵金山抽出宏振山的枪，拉起早已背起包袱的甄续男向院子里跑去。他们知道，从后院的茅厕里就可以轻松越墙逃走。距离小院墙不远就是一个山岗，跑过山岗子有几条山沟，就安全了。

刚到院墙，赵金山发现有两个鬼子正在邻居家的房顶架设机枪，赵金山甩手一枪，敌人中枪滚下房来。也几乎是同时，甄续男的枪也响了，另一个要举枪的鬼子也同样毙命。

当鬼子拥进院子的时候，赵金山和甄续男已越过矮墙向山岗子上跑去。等敌人发现他们逃跑行踪的时候，他们已经上了山岗，消失在夜色里。

他们一口气跑了十多里。赵金山登上一个山坡，看的确安全了，他躺在山坡上像嗷嗷待哺的羔羊："甄妹，跑得我饿了，想吃东西，怎么办？"

"怎么办，我早想到了，跟着你就是东跑西颠没饭吃。亏我多了个心眼儿，带了两张饼。"甄续男说着，从包袱里掏出了笼布包，伸进手去，撕出一块饼递给赵金山。

"哈哈，哈哈。"赵金山笑着，咬了一口饼。

"笑个屁，深更半夜的，一会儿把饿狼招来了。"

"招来，正好吃狼肉。"

"这狼肉能吃啊，臊气死你。气死我了，躲这么远还有鬼子找来，不想让咱俩活了？真想多打死几个日本鬼子。"甄续男说着找干净的一块石头坐了下去，示意赵金山也过来坐。

赵金山坐下说："是啊，这样也好。早他妈憋死我了，当这联络员真不过瘾。这种买卖真不好做，在咱县城，我们暴露了；在这里，我们又暴露了。你说是小鬼子鬼，还是咱们笨哪？"

说了多半宿话儿，两人起身找了一个山坳，背靠背地眯了一会儿，天就亮了。

他们下山来，遇到一个拉脚的车队，赵金山给了人家一块银圆，搭了个顺风车。到中午才来到一个县城，赵金山一打听，知道这是归化老城。

城里人在游行，很多年轻人举着"反对不抵抗主义""打败小日本"等横幅。他们两人随队伍走了一段路，一起跟着喊。喊累了，甄续男在一个面馆儿坐下，说想吃碗原汤面。赵金山说："是啊，该吃了，太饿了。"

趁着师傅做面条的空儿，赵金山问："师傅，这里天天这么热闹呀？"

"才不呢。你们是远来的吧？这些天听说，河北、河南、山东等地抗日游击队打了胜仗，人们高兴才出来游行的。"

"是吗？打胜仗了？"

"是啊，听说消灭了不少的鬼子兵。"

他们俩听了这话，高兴地每人吃了两大碗炸酱面。

吃完面，赵金山对甄续男说："咱们不能这么走回去，想办法买两匹马才行。"

"是啊，我也着急啊！同意！"

"钱够吗？"

甄续男放下碗，抹了嘴唇："估计够了，不够的话，把俺的镯子当了。"

就这样，他们在炸酱面师傅的介绍下，买了两匹膘肥体壮的蒙古马。两人日夜兼程并驾齐驱策马行，于1939年8月1日清晨，回到了家乡。

他们先去找孙书记，但是，找到了原来的定北县委所在地，已经是静悄悄地没有了声息。附近的老百姓说，早搬走了。

刚走出村外，两只野兔追逐着跑向了河堤口，赵金山给妻子使了个眼色，两人几乎同时甩出一枪，随着枪响，两只野兔应声而倒。

把野兔装进帆布袋子，两人策马慢慢前行。

第 6 回

去油库偷油换军需　到山庙驻军打游击

快到县城了，赵金山与甄续男商量："咱骑着两匹高头大马在大街上走过很是显眼。为了安全起见，咱先回老家，把两匹马交给亲戚们喂养。你觉得怎样?"妻子甄续男点头同意。

回到老家朱古村，甄续男想把两匹马给了表姐夫张业喂养。他听人说，表姐夫张业经常去火车站琢磨鬼子的东西，便和赵金山立刻去了他家里。

看到表妹和妹夫骑着高头大马来到家里，张业高兴地嚷道："快进来，快进来，看你们威武的!"说完接过赵金山的马缰绳，打了个拴马结，把马拴在自家的榆树上。刚要走，又回身扽了扽缰绳，看牢固了，才对自己的老婆说："看咱妹妹像穆桂英似的。"

"比穆桂英还威武哩，穆桂英有盒子炮吗? 你个糊涂蛋。嘻嘻!"甄续男的表姐说。

赵金山拿出刚刚打的两只野兔说："三姐啊，你给我们炖炖，我和姐夫喝两盅儿。"

"行哩，正好有一坛子阜平枣酒。你姐夫早就想喝，我没有让他喝。这心里老是觉得你们要回来似的，果真回来了，嘻嘻!"三姐一边絮絮叨叨地说着一边提着兔子来到院子里，用秤钩子把兔唇钩住，挂在一棵树上。回屋取出把小刀，只在兔子的嘴角划拉了两下子，兔子的头就脱出一圈皮来，三下两下子就褪出一个白光光的裸兔儿来。

赵金山看了这全过程，赞道："三姐真麻利！"

"嘻嘻！拾掇野味儿，你三姐我是撂下的活儿了。我爹是卖跑儿肉的，我学得不好。"

这三姐说着就开膛破肚了，只一刀下去，里面的五脏六腑就整个滚下来，还有点儿热气。她舀了一瓢水，只冲了一下就放在了案板上。

"这就行了啊？"

"是啊，你没有听说过'鸡吃骨头兔吃血'吗？这野兔就是带血煮才好吃啊！"

赵金山佩服了，看来三姐还真是行家里手。赵金山看她把第二只兔子如法褪了皮，就和甄续男一起去外面的小园抱柴火。

"行了，金山甭抱柴了。下厨是他们娘儿们的事。咱们说说话，说说你们是怎么打日本儿的。"

三姐夫拉着金山进了屋，火炕的桌子上已经放了一簸箕大红枣。

赵金山望了一眼外面，说："你还是先把两匹马拴在枣树上吧。要不，一会儿，你的榆树就成白蜡杆儿了。"

张业去把马重新拴好，爱惜地拍拍马屁股，笑着回屋。两人开始一边吃枣，一边说起话来。一会儿小声嘀咕，一会儿"哈哈"大笑，笑得前仰后合。

从姐夫张业那里，赵金山知道，定县火车站存放了许多鬼子油，都是刚刚卸下的。姐夫还说，和拜把子弟兄们偷过两次油。还说，这年头，鬼子的东西不偷白不偷。

赵金山当即就决定，让姐夫邀拜把子弟兄们来喝酒。姐夫也就三十多岁，也算是急性子脾气，听赵金山一说，他立马去找其他七个兄弟。

不一会儿，七个人就到齐了。赵金山看这七个人和姐夫一样，生的是五大三粗，心里暗暗高兴。他让甄续男帮三姐多炒了几个菜，大家边说边笑边喝酒，好不热闹。为了给大家助兴，赵金山还展示了自己的枪法，当得知甄续男也有一支盒子炮，也曾打死过十几个鬼子的时候，大家佩服得很，都表示很想跟着他两口子去打鬼子。

几个人想摸摸枪，赵金山和甄续男分别把子弹取出，交给了他们，他们就像孩子看到了心仪的玩具一样，试着压子弹放空枪，爱不释手。

看火候已到，赵金山给他们每人分了一块兔肉说："吃吧，吃饱喝足再说，要是能跟着我打鬼子，以后每人发给你们一支枪。有了枪咱就牛了，保证大家吃香的喝辣的。你们也知道，鬼子运来的好东西可全了。"看一个人抽着呛人的旱烟叶子，赵金山继续说，"鬼子还有洋烟，洋烟是用金黄的烟丝卷的，老远就能闻到香味儿。那烟卷给你卷得一包包的，只管抽就是了。"

看大家的情绪高涨起来，赵金山当即要求每个人回去再动员几个，于明天晚上趁着夜色去车站偷鬼子油。

这一切都布置好后，赵金山和甄续男高兴得几乎要跳起来。他们不想再过东躲西藏的日子了，他们要带着人明火执仗地与鬼子干了！

又要组织队伍了，甄续男激动地把枪擦拭了好多遍。

第二天，天还没有完全黑下来，人们就来了，聚集在院子里闹哄哄地说笑。赵金山让姐夫数了数，一共是三十六个人。他把这三十六个人编了号，让各人记住个人的号，胳膊上还系了一条红绸条作标记。每人提个能装二十斤的大油桶，腰间自备一把匕首。

甄续男看了看大家，问赵金山："这带匕首打仗能行吗？要不今天咱就把藏的那些枪挖出来用吧？"

"不行，不到万不得已，我不想动用那些枪。再说，这不叫打仗，叫偷油，偷油即使带枪也不敢用，一开火，那油不就全着了？"

甄续男听了，笑着点了点头。他为丈夫大事面前学会了动脑筋而高兴。

看一切准备停当，赵金山和甄续男头前带路，悄悄地出了村。他们一路猫着腰小跑，直奔车站西面的油库而去。

来到油库，钻过围墙西边的那个洞口，躲过敌人的探照灯光，在垄沟里匍匐前进。只见半人多高的油桶整齐排放在一片空地上。大家绕到油桶背光面，麻利地启开盖子，插入了油管。用嘴吸了，抽出油来，灌进自己带来的小桶里。有几个吸得过猛，就吸到了嘴里，捂着嘴吐着、呕着，油就灌满了。然后麻利地把盖子重新盖好，提着油，原路出了油库大院。

照这样，赵金山他们带领乡亲们一夜偷了四次。

第二天，这油就被早联系好的商家买走了。后来，赵金山不要钱了，他托这个商人给他们换了一些枪和子弹。再后来，换了一些大米。有了枪，有了粮，队伍很快发展到五十人，每个人家里都分到了一升大米。为了有个固定标志，赵金山把每个人的口袋上缝上了一个白布条，布条上盖上了自己特制的手章。他还给大家交代，以后就凭这标志领取物品、站队打仗。

有一天晚上，下起了小雨，赵金山带着所有的人去偷油。刚到油库不久，一个老乡不小心被一个大棍子绊倒，跳起来的大棍子敲响了一个空油桶。

本来就有了警觉的鬼子很快发现了他们，探照灯全部覆盖过来，照得油库如同白昼。但是，敌人也不敢轻易开枪，怕引燃油库。等赵金山带领队伍出了油库，敌人的卫兵才"呀呀"着包抄过来。机枪子弹雨点儿般地射来，赵金山马上组织还击。无奈，这些战士偷油经验不少，作战经验不足，哪里打得过敌人啊！他们吓得四散逃跑。赵金山和甄续男一起爬上一个小土坡射击，掩护人们撤退。人们很快就逃到了庄稼地里。

三姐夫张业爬上一段矮墙，刚要举枪射击，敌人就发现了他，他很快从墙上栽下来。赵金山一看姐夫中枪了，急忙跑过去。他看到姐夫的脖子上撕开了一个大口子，血喷涌着。他抱着姐夫嘶哑着嗓子，叫着，喊着。张业很快没有了呼吸，赵金山还是不想放下他，依然在呼唤着姐夫。这时鬼子包抄上来，甄续男一看这样，马上举枪撂倒几个，哭着大喊："哥，姐夫已经死了。鬼子上来了，快走！"

赵金山含泪放下张业的尸体。不管不顾地站直了身，愤怒地向鬼子群里开了几枪，几个鬼子应声倒下，其他的吓得匍匐在地。趁着这个空当儿，赵金山带着妻子跑进了油库外的青纱帐。

这事惊动了城里的川崎大佐，他派龟一胜男少佐调查此事，龟一胜男动用了宪兵队来到油库协查。

鬼子从张业尸体上发现了盖有赵金山手印的白布条标志。

龟一胜男把白布条撕了个粉碎，他气急败坏地说："又是这个赵金山，这个手下败将，真后悔我在唐河岸没有杀死他。"

龟一胜男回去后，通过特务，了解到了赵金山的行踪。于是，派兵捉拿赵金山，捉拿不到他，就把他的旧房子炸毁了。还在院子里挖了个大深坑，坑深得几乎要渗出水来。龟一胜男看着这个深坑大声怪笑。

无家可归的赵金山和妻子一起，找回了鬼子弃置野外的姐夫的尸体并厚葬，安置好姐姐。带着愿意跟随他们的三十余人，逃往西边的山脚。临时聚到一起的战士们风餐露宿，成天靠打野兔、野鸡、采摘野果为食。

过了不久，赵金山在定曲交界地带，带领战士们开始了支农活动，农忙时，帮当地人种庄稼。当地人晓得他们是抗日的队伍，又为人们做好事，都纷纷动员自家的孩子参军，参军时还自带口粮。很快，赵金山的抗日队伍又壮大起来，人员首次达到七十人。

他和甄续男商量，人多了，武器不行也不敢去打鬼子。两人随即决定，再挖出一些弟弟赵银山留下的转移到东山脚下的一部分德式装备，武装所有的人，准备练好枪法后打鬼子。

只用了一车就武装了这近七十人的队伍。原来，长枪是兵工署第十一厂制造的德式毛瑟步枪，有子弹四千发。里面还有一支短枪，是一支转轮手枪，可惜，子弹仅五十发。

赵金山觉得这就够打一仗了。他告诉战士们子弹省着用，练习时只练操作规则，实弹训练一人只能打一颗。

在大山沟里训练了三天，赵金山和甄续男商量着要干一仗了。

一天，赵金山和几个小战士去城里侦察情况。他们发现，太阳刚刚隐去，定县城各城门就"吱呀"着关上了，小鬼子们晚上不是喝酒，就是听曲儿跳舞。赵金山决定，今晚对小鬼子进行武装后的第一次打击，他要率队偷袭南城门。

晚饭过后三个时辰，两个班的战士在赵金山带领下，偷偷靠近了南城门。十分熟悉县城地势的赵金山，先带领三个会潜水的弟兄，顺着护城河潜泳到南城门中间。

赵金山爬上一农家断墙，仔细查看了鬼子布兵情况。他发现，只有内城城门楼上有一个班的鬼子值守。他立刻让弟兄们埋伏在护城河里，看机会行事。不一会儿，城门楼上传出动听的合乐声。他想，也许外城门上的鬼子兵都过来看节目了。因为，他看到城门楼梯口的鬼子卫兵也在集中精力向楼上观望。他大着胆子悄悄靠近，突然拔出匕首，麻利地解决了卫兵，悄悄扛扶着放平卫兵尸体后，他点了几个勇敢的弟兄上了城墙，他们同样用匕首悄悄地解决了城墙上的岗哨。其他十几个人迅速顺着城门旁的梯道上了内城门楼。

来到城门楼，只见正面架有一挺轻机枪对着城门口，机枪手靠着机枪支架看节目。

城门楼上的二十多个鬼子正集中在平台上看随军舞妓跳舞。演的是艳舞迭出，看的是聚精会神。时而秽语连连，时而浪声大笑。他们的枪整齐地靠在城门楼顶的女儿墙上。

赵金山给战士们打了个手势，悄悄接近了靠着枪的那道女儿墙。他想悄悄地，把枪一支支拿了。可等他拿到第十二把的时候，一支枪突然倒在地上，响声惊动了鬼子，几个鬼子"呀呀"着来抢枪。赵金山马上扔出个手雷，手雷在鬼子群中开花，然后他又抬起手枪解决了机枪手。战士们同时向鬼子开火，这毛瑟枪就是不错。虽然士兵们是第一次参加战斗，但是，距离近，敌人多，也是发一枪中一个。火光中，看着鬼子一个个倒下，许多战士没有了害怕，都纷纷数着自己打死鬼子的数儿："俺打死一个……又一个……"

赵金山的妻子甄续男也参加了这次战斗，她一共打死了三个鬼子。

弟兄们只顾着数数了，一个鬼子队长冒着枪林弹雨蹿到了他们跟前，摇动着军刀要拼命，刀几乎砍到一个兄弟的头上。这时，甄续男急了，举起枪结果了这个家伙，子弹从小鬼子的眉心穿过。

小鬼子中枪倒地时还咕哝了一句。他也许至死也闹不明白，这个自占领以后一向安稳的小城，怎么会突然冒出这么厉害的军队呢。

赵金山看到守城门的鬼子都报销了，马上吩咐战士们打扫战场，他自己拿起鬼子小队长的军刀，一一给小鬼子补了刀。一个舞妓没有死，趴在地上哆嗦着，赵金山想给她一刀，甄续男制止了。赵金山看到她惊恐可怜的眼神，也就打消了杀死这个日本女人的念头。

战士们背上缴获的枪械弹药，抬了几个有肉罐头标志的大木箱子，烧了鬼子在城下的三间营房，顺利撤出了南城门。找到隐蔽在护城河岸小树林里的大马车，把缴获的战利品装在车上，赶着车唱着歌儿，很快消失在了庄稼道。

马车沿着小路跑到西关铁路边上了，才听到南城门一带响起了密密麻麻的枪声。他知道城里伪军和军部增援的鬼子已经发现城门失守，在虚张声势地追赶攻打县城的"兵"。

赵金山笑着说："嘿嘿，让这帮龟孙子收尸去吧！"说完端起身旁的机枪，朝着南城门方向佯装着射击。

借着黑黑的夜色，他们又在鬼子运送物资的铁轨上放了两根大木头，才高高兴兴地钻过铁道口，连人带车隐匿在铁路西面的树林子里。

来到树林深处，赵金山让战士们点起了火把，清点战利品：轻机枪一挺，军刀一把，三八大盖枪二十三支，五箱子弹，六木箱食品。

赵金山让大家找个有标志的地方把枪埋好，就开始给大家分吃的。当打开第二个食品木箱时，战士们惊呆了。

原来，箱子里有一个漂亮的小女孩儿，被五花大绑着，露着惊恐的眼神，嘴里还堵着一块破布。

赵金山让弟兄们把小姑娘从箱子里抱出来，解开绳子，拽出破布。

获得自由的小姑娘没说话没哭啼，站起来就想跑，可没跑几步就栽倒了，双手捶打自己的腿。然后，坐在地上，小鸡待宰似的瞪着绝望的大眼看着追来的战士们。一会儿，像想起什么事似的，大声哭闹起来。

赵金山走过去问："腿麻了吧？小姑娘，你是哪里的，是怎么到鬼子营房的？"小姑娘抿着嘴摇着头，一句话都不说。

这时，火车道上响起了枪声，赵金山对大家说："大家不要慌，也许是那两根大木头起了作用。听声音，鬼子这是没有目标的瞎放枪。"

甄续男上前，微笑着问小女孩儿："小妹妹，俺们是打鬼子的义勇军，你不要害怕，是俺救了你，到底怎么回事？"

小姑娘看了看如母亲般慈祥的甄续男，突然抱住了她的腿："救救我，帮我杀鬼子。昨天下午，鬼子进我家，杀了我全家。"

"你能说详细一点儿吗？我们给你报仇。"赵金山抚摸着小姑娘的头。

"他们到我家，看我姐漂亮，几个鬼子当我的面就把我姐糟蹋了。鬼子又要拉我的时候，我姐突然起来和鬼子拼命。鬼子把她的肠子挑出来喂大狗。姐姐大叫，姐姐死得好惨啊。我爸妈为保护我们姐俩，也跟鬼子拼命，都被小鬼子挑死了。是一个带明晃晃军刀的鬼子把我装上三轮摩托拉到兵营，藏到这箱子里的。呜……呜！……谢谢你们救了我。"

"这帮狗娘养的小日本！"

"我们一定给你报仇。"战士们气愤地纷纷说。

"这样吧，先给她一点儿吃的，明天送她回家。"赵金山说。

"我不回家，我家里没人了，我家里到处都是血。我伯伯会埋葬我家人的，我回去也是死。你们杀了鬼子，鬼子会去我家找我的。"小姑娘很聪明，说了一大通话。

"不行啊，小姑娘，我们是战士，随时都会战死的，你们家可就你一个了。"赵金山擦着小姑娘脸上的泪。

"叔叔，你就带上我吧，我会做饭，我给你们做饭，给小姨做伴儿，行吗？小姨？"

"行，行！好可怜的孩子啊！就留下她吧！"甄续男对丈夫说。

赵金山也不说话，领着弟兄们往西走。

"金山，我们这是去哪儿？"甄续男拉起小女孩儿，跟上，一边整理女孩儿的服装一边问。

"西南有一个柏树林，林子里有两个土山包。我想，我们不能总是无家可归吧？咱们能行，小姑娘可不行。我想在两座土山中间搭建几座木屋，就像咱们在东北建屋一样。"赵金山说出了自己的想法。

大家听了，都表示赞同。

这样，在赵金山的设计和指导下，战士们利用两天的时间，挖了地窖，砍了树木，建起半地上半地下的四间土房。房屋很是隐蔽，往坡下走出十步远就看不到屋子了。

以后半年多的日子里，七十多个战士在这里吃住。没有吃的了，就摸黑去抢鬼子运送物资的火车，有什么抢什么。抢鬼子的粮食，光囤积的大米就有百十来袋，都是鬼子从东北运来的当年的新米，很香。

他们隔三岔五的奇袭行动，闹得鬼子胆战心惊、焦头烂额。

半地下房屋在这几个月里修整得很舒适，弟兄们在火车上抢来了木板做成了床，抢了被褥铺成了暖炕。晚上踏实地睡，白天刻苦地练。

深秋了，又有二十多个农家汉子慕名参加了他们的队伍，队伍扩展到九十人。赵金山用缴获来的枪支武装了这支队伍，达到了人人一支枪，二十发子弹。

冬天了，下雪了，战士们进出地窖营地，踏出了很多的脚印。

赵金山得到安插在伪军的一个内线的情报，说日本兵要"围剿"他们，可能就在明天晚上，要派精兵把他们一网打尽。

得知这个情况，赵金山决定先把队伍转移到曲阳嘉山的一个山沟里躲避。

来到曲阳，看这支抗日部队拉着满车的粮食，又有四十来个逃饥荒的年轻人加入了队伍，赵金山一一收留。路过藏枪的那座山，看很多人没有枪，他派人把剩下的枪支全部挖出来，每人发了一支步枪。这样，这支抗日武装，七十多人配备的是毛瑟步枪，六十多人配备的是三八大盖。这在抗战初期算是配备很棒的队伍了。

赵金山看了看身后的队伍，已经是黑压压的一片，个个背的都是硬邦邦的真家伙，精气神儿很足，他笑了。

这天，天微微泛亮的时候，他们来到嘉山脚下。翻过嘉山的一道道山梁，前面出现了一座山神庙。这座山神庙的墙是用石头砌成的，有三间大。建在山沟的一块平地上，有独立的院落。刚下过雪，他们看到，院落里的毛竹上、水井的辘轳上、拜祭用的石香炉上都顶着厚厚的白雪。

来到山神庙前，赵金山乐了："哈哈，很养人的地方啊，感谢山神啊!"说完，指挥大家整理这个新"家"，小庙的院里热闹起来。

战士们依靠着庙墙搭建了几间简易房，先席地铺上了干干的野草，再铺上带来的被褥，兄弟们在地铺上翻起了跟头。

从南城门解救下来的小姑娘苗苗，在甄续男的帮助和调教下，梳洗打扮一番，俏姑娘模样了。她跑前跑后地跟着甄续男，"小姨、小姨"地叫个不停，开始拾柴做饭。

一会儿，一碗碗香喷喷的大米饭端出来了，战士们就着咸菜和从火车上抢来的肉罐头吃得是津津有味儿，兴高采烈。

吃了饭，天就黑下来，这山沟里的冬天出奇地寒冷。弟兄们都冷得睡不着，靠在一起闲聊取暖。

赵金山提议让战士们像他在东北自卫队里一样，每人做一百个俯卧撑，屋子里才热闹起来。做了一会儿，大家就纷纷挤靠着睡着了。由于房间有限，赵金山和战士们挤在三间大屋子里，小姑娘苗苗和甄续男在一个小石房里。

第二天早上，太阳升到山顶时，战士们才纷纷起床。大家起来后，看到赵金山雪雕似的站在山顶上放哨。

战士们不知道，昨晚他睡了一觉就去山顶换下了站岗的哨兵，直到天明，他身上已挂满了霜雪。赵金山是怕第一次来这里出意外啊！自己有什么闪失不要紧，这一百五十来个弟兄关联着一百五十来个家庭呢。

第二天，赵金山和几个战士一起去山外勘察地形，边走边让队伍里的一个秀才名叫程鹏程的人记录着。他要让程秀才把一个个山头按照由远及近的顺序按数字标记在图上。不过，干了一整天，才翻越了四个山头。前面突然出现了一条往北的山路，宽可两辆马车并行通过。这时，忽听马蹄嗒嗒，见一个穿灰布衣服挎盒子炮的骑兵旋风般地越过山梁，转道向这里跑来。赵金山马上让人们隐蔽起来，然后小声说："快，甭管是谁，先把他弄下马再说。来，把绳子拉起来，给他来个绊马索。"

等这人被绊马索勒下来时，赵金山一看，人家胳膊上佩戴着"八路"标志。

来人一个鲤鱼打挺站起来，盒子炮可就握在了手中，正要开枪。定睛一看好像是老乡，于是说："干吗啊老乡，我就是个过路的。也没有招惹你们，为什么给我使绊？"

"过路的带枪，当兵的吧？我，行不更名坐不改姓，赵金山，双河抗日自卫队队长，你是哪个部队的，快报上名来。"

"哦，你就是定北县的赵金山啊，久仰大名，我们聂司令都知道你啊！"

"是聂荣臻司令吗？"

"不是他，还有谁，我是他警卫营的勇士，是来给你们定北县送情报的。"

"你真是吗？还勇士呢。我们一个小绳子就把你下了，就你一个人？该不是探子吧？"一个小战士怀疑地问。

"说什么呢你，我姓勇名士，我就叫勇士，怎么着？我还有任务，不给你们啰嗦了！"小勇士显然不高兴了，说着就要上马。

"哈哈，等等！这样吧，你可以去我们那儿，喝点儿水，歇歇脚。然后我派人护送你去执行任务，这里鬼子很多，让鬼子逮住了，你还怎么执行任务？"赵金山诚恳地说。

"也行，顺便看看你们什么样儿，一一五师部传说的你们神乎其神的。"小战士说完，牵了自己的马和赵金山他们一同来到山神庙。

来到山神庙，小战士哈哈大笑着说："我以为是什么队伍呢，原来就住个小破庙啊。你们有几个排？几个连？"

这句话，把个赵金山弄得丈二和尚摸不着头脑，他小声说："什么排连的，我们也不是正规编制，我们就是能打鬼子的自卫队。"

小战士也不多说话，喝完水就要走。赵金山认为小战士显然是觉得自己的队伍小，瞧不起自己了。

无论如何，赵金山还是派了十个人，让最机灵的战士岳春喜带领着去送小战士。小战士觉得这里人生地不熟的，有人带路也好，没有拒绝。谢过，随岳春喜一起出了山神庙。

来到定北县委，县委副书记赵汉看了看信，大笑着说："哈哈，正好，我和你们连夜回山神庙，带上赵金山，一起去军区开会。"

这样，赵金山可算又和组织联系上了……

其实，赵金山真是很幸运的，这刚刚重建的队伍，就能随着赵副书记一起去阜平，还见到了军区司令员聂荣臻同志。

他拘谨地向聂司令员汇报了自卫队的情况，聂司令员给予了大力表扬和充分肯定，指示赵书记组建好地方抗日组织机构，密切联系自卫武装，发动群众，同鬼子进行不屈不挠的斗争。

赵金山还和赵副书记一起观看了军区的大比武活动。军区的抗日能人们作了打靶、枪支组装、战壕速建、上山下山冲锋队形示范等活动，让赵金山大开眼界。可是，听了各地的游击队事迹汇报后，赵金山觉得很羞愧。

晚上，他翻来覆去睡不着。他想啊想，自己只不过是抗日洪流中的一滴水，粮仓中的一粒米，太微小了。但是，他转而一想，他感到了伟大和自豪，毕竟没有水滴就没有水流，没有米粒儿就没有粮囤啊！有军区这么强大的后盾在，他抗日的信心倍增。

在阜平学习期间他就暗暗下定决心，一定要做出轰轰烈烈的事来，让领导们知道晋察冀抗日大军中还有一个从东北抗日自卫队回来的赵金山，还有一支双河自卫队在。他一定要走出山神庙，建立一个大本营，建立一支让鬼子胆战心惊的抗日武装。

赵副书记也很受启发，他决心重新编制抗日游击队，以抗日支队为主线，辐射定北县、定南县抗日阵线。

回来的第三天，赵金山吃了早饭就去西山头眺望，他要在这里等一个重要的人来。这时，有一个书生模样的人气喘吁吁地爬到了山顶。赵金山按照定北县委赵副书记的指示问口令："来者何人？"

来人答："三里屯儿庄稼人。"

赵金山跨前一步问："来干何事？"

来人高兴地回话："收秋葵花子儿。"

应答相符，两人亲切握手，赵金山一边说着"欢迎欢迎"，一边拉着来人的手，一同来到山神庙驻地。

原来，定北县委赵副书记由于组织调整，现成了书记。他很佩服赵金山，但是，他觉得应该派一个人去指导他们。于是，很快派县委干事李顺同志过来。李顺曾在八路军冀中第七大队做过连指导员，很早就入了党，是很有主见的一个同志。

赵金山领着李顺来到山神庙驻地，看了赵书记的介绍信，他马上招呼弟兄们出来迎接。

很快，院子里站了三路纵队。

李顺把带来的五十块银圆当着大家的面儿交给赵金山："这是县里给咱们部队过冬的费用，以后，咱这支部队就归县委领导了。县里还指示让咱们继续招兵买马，我这里有给咱们的任命书。"

赵金山接过任命书递给甄续男："你给大伙儿念念！"

"这任命书还是我来宣读吧。"李顺严肃地说。

甄续男把任命书交给李顺同志,李顺大声地读起来:

任命书

双河抗日自卫队:

县委对你们前一段时期英勇杀敌给予了通报表彰。现知道你们处境维艰,特派李顺同志给你们送去些许费用,你们要节约开支,顺利过冬。还望接到通知之日起,接受县委整编,部队编号为"冀中抗日义勇军第二支队",赵金山同志为支队长,甄续男同志任副支队长,李顺同志任政委,支队隶属定北县委领导。支队成立后要迅速扩编,在今冬至少招募二百人。你们要团结合作,带领队伍利用冬季时间休整练兵,准备配合县大队执行反"扫荡"任务。

特此任命!

中共定北县工作委员会

民国二十八年十二月六日

甄续男带着笑容听完了县委的来信,高兴地跳起来说:"嘻嘻,金山哥啊,咱这就是正规军了,俺也算是领导?"

"是啊,正规军了,但是不同于银山的军队。好了,欢迎咱们新来的李政委讲话。"赵金山说着把李顺拉到了队伍面前。

见大家鼓掌欢迎,李顺不好意思地红了脸。

李顺从怀中掏出一个怀表看了看,然后干咳了几声说:"纠正一下啊,大家以后叫我老李就行。我是县委派来的,叫李顺,来做政委。我先说说政委是干什么的啊,首先说是为大家服务的,再就是在抗日斗争中,指导大家的思想和行为,不让大家犯错误。还有,就是和队长、副队长一起分析敌情,研究作战方法,以便狠狠地打击日军。"

李政委说了很多新鲜词儿,队伍里大多是一字不识的大老粗,听得也是云里雾里的。

"好了，我跟大家说啊！一句话，咱队伍里除了我大就是李政委大。我可先把丑话说前头，谁要是不听李政委的，就是不听俺的，可别怪俺不客气。"赵金山说完，转身对身后的甄续男说，"快，把李政委拿来的军饷发了，三人一块。不够从屋里去拿。"

甄续男一块块地给大家发军饷。赵金山拉着李顺到山神庙休息。

来到山神庙，李顺急着说："哎呀，赵队长，你怎么把我带来的钱给发了，这可是咱们一冬的口粮啊。"

"哈哈，不要着急，你那点儿太少了。我是想给你树立树立威信，我这里有的是钱，你放心好了，有我吃的，就有老弟你吃的。"赵金山说着拍了李顺的肩膀一下。

"金山同志，这也是不好的，以后注意啊！我听县委赵书记说，你是共产党员了，你以后说话不要'弟兄们、弟兄们'的，更不能说'他妈的'，像是拉杆子的土匪似的。以后，俺帮你登记上同志们的名字，叫谁时，你直接在他的名字后面加'同志'二字叫就行。"李顺着急地说。

"加个'同志'就是咱队伍的称呼了？哎呀，我还是觉得弟兄相称亲切啊！好，你让这么称呼就这么称呼，李政委同志——"赵金山故意把最后的"志"拉长了声音。

闹得李顺政委大笑起来。

"什么事笑得这么开心啊？你们去东屋吃饭吧，俺亲手给你们炒了几盘小菜，还有酒，为欢迎李政委特意准备的。"甄续男说完，把筷子分别塞到李顺和金山手里。

赵金山一转身，李政委看到他腰里别了把转轮手枪，于是马上伸手："让俺先看看你的手枪！"

赵金山拔出转轮手枪交给李政委的时候，他们已经走到屋子里。屋子里摆了一排吃饭用的大木板，木板两侧挤满了人，看着他们到来，大家一起鼓掌欢迎。

李政委拿着这把手枪来到同志们面前说："同志们，知道队长这把手枪叫什么名字吗？这是一把美国产史密斯－韦森 M1917 型 0.45 口径转轮手枪，原来是在第一次世界大战期间，美国陆军为后勤部队配备的，只能装六发子弹。这把手枪虽不大，但是很有威力，在近距离有很大的杀伤力。"

"好！咱们政委同志就是懂得多。这样吧，李政委同志，这把枪从今天开始就是你的了。算我赵金山给你的见面礼，哈哈。"

赵金山很豪爽地把自己心爱的枪送给了李政委。他突然感到，这个政委怎么和在东北遇到的那个叛变了的宏队长似的，当年自己加入他的东北自卫队时，他也是这么讲枪械的呀。转念又一想，这种担心没有必要啊！这个李政委可是党派来的。

"那就心领了。走，大家先去屋外，看看队长送的枪是否好使。"李政委说着拉赵金山走出屋子，战士们也随后纷纷挤出屋子看热闹。

院子里的老榆树枝上，一个干了的小葫芦在迎风摆动。李政委手起枪响，葫芦应声从中间断落，葫芦上面的小球急速摇荡着。大家纷纷鼓掌并山呼"好！好！好！"。

赵金山从政委手里要过还在冒烟的手枪，吹了吹："俺也试试，还真他妈的没有打过这葫芦。"

赵金山故意握着手枪闭眼瞄准，逗得同志们直笑。但见他瞬间一摇手枪，葫芦从蒂部掉落，留下一段连接蒂部的蔓在急速地摆动。

掌声乍起，笑声不断，惊飞了宿山的山雀。

"瞎碰的，瞎碰的。"赵金山谦虚着。

"行了，别显摆你那两下子了，都快晌午了，还吃饭吗？"甄续男过来冲着丈夫嚷。

"好，同志们，先吃饭，吃完饭让队长教大家枪法，大家要多敬队长几杯啊！"李政委高喊着随着同志们去吃饭。

顿时，碰碗声、嬉笑声、酒令声此起彼伏。喝了一阵子，赵金山开始给每位弟兄喝一小杯，这酒可就喝到一斤多了。

正当赵金山还要喝时，妻子甄续男过来把铜酒壶里的酒全倒进一个黑瓷釉碗里，端起碗"咚咚咚"就喝了下去。喝完，拿起大勺子给同志们盛杂烩菜。大家看着这位像男人一样豪爽美丽的大嫂，都惊呆了。过了一会儿才反应过来，都鼓掌拱手表示佩服。

一个扛着铁锅来参军的、名叫李要福的大个子男人醉歪歪地端着个碗走过来，扑通跪在了甄续男的面前："大嫂，你真像俺娘！"

甄续男舀了一勺子菜磕在他碗里："老嫂比母，俺就是你娘！嘻嘻，嘻嘻！"说完笑得捂着肚子半蹲在地上。

大家的哄笑声几乎把东茅草屋的屋顶抬起。

这时，站岗的小同志领着一个人进来。李政委一看，马上迎上前去握住了这个人的手："刘侦察员，辛苦了，欢迎！来，先喝杯酒暖和暖和。"说完又转身面对大家，"这是定北县委侦察员刘笑，在县委时我们俩曾住一个屋。"

刘侦察员接过酒杯一饮而尽："我还得马上赶回去，我的马还在山脚下老乡家呢，我是来送紧急情报的，县委还等我回去给其他地方送信呢。"

说完，把信交到李政委手里，转身就要往外走。刚走出几步，又回来对李政委说："对了，顺便把你的飞刀袋带来了，你也许有用。"

这时，甄续男马上过来，拿一张饼卷了几块肉，送到小刘手中："你要是那么急，嫂子就不留你，你路上边走边吃吧。"

"谢谢嫂子。"刘侦察员拿着饼，一边吃，一边向山路上跑去。

李政委马上打开信仔细看了，皱起了眉头："上级命令我们明天凌晨两点，配合兄弟部队伏击鬼子的火车。我们的任务是，想办法让火车在凌晨两点左右停在西关第一个地道桥附近。车停后就迅速撤离，其他事宜就不用我们管了。"

"就这些？你再看看，还有没有其他要求？"赵金山疑问重重。

李政委又翻来覆去地看了看："没有其他啊，就这些。"

"这叫什么破任务啊！让车停下来这么简单的事，让我们这么多人去干？没有说打鬼子？"赵金山摊开双手，很是不满。

"这叫联合作战，各有分工。让火车停下来，你以为是容易的事啊，你知道是什么样的火车吗？知道火车前是否有装甲车开路？你知道火车上有多少鬼子吗？再说，我们要去的铁路道口有没有站岗的鬼子和伪军呀？"李政委考虑得很全面。

看赵金山瞪着眼睛瞧着自己不说话，李政委继续说："再说啊，前段时间听说你们晚上偷袭了南城门。内线说，城内的川崎大佐后来派人去南城门调查，根据你们留下的子弹壳和日军尸体上的枪伤，鬼子很快知道，偷袭南城门的军队，是使用毛瑟步枪的一支部队。此后，他们加强了防备，重新派了一个中队驻守南城门，增加了重机枪和榴弹炮。他们认为，是国民党正规军的某个加强连藏在定县，伺机来偷袭的。所以啊，这次上级安排我们奇袭火车，让火车停下来，一定是抢夺鬼子的运输物资。这趟火车，川崎一定会很警觉的，我们还是不要轻视的好。来，咱们去北屋商量商量。"

赵金山刚要跟着李政委出屋，左脚迈出门又折回来对战士们嚷："他妈的，有任务了，可不要再喝了啊，晚上，谁要是拉了稀我可饶不了他！"

赵队长和李政委来到北屋，甄续男已经给他们在饭桌上盛好了两碗杂烩菜，放了两张饼。

"谢谢嫂子，还是嫂子想着俺啊，给俺盛了这么多肉！"

"贫嘴，你的那碗是苗苗姑娘给你多盛了几块肉。快吃！吃了还有大事等你们呢！"

甄续男说完看了看苗苗，苗苗羞红着脸偷看了李政委一眼。

赵金山咬了一口饼，吃了一口菜，一边嚼着一边说："李政委，这是咱有名号后县委交给咱的第一次任务吧？我怎么觉得好像县委不相信咱能打似的。让咱拦下火车就行，其他不要管？我算明白了，哦，咱拦了火车，火车上的鬼子让别的支队打了，火车上的物资让别的支队拉走了，那咱弟兄可就真他妈的白干了，那可就真不过瘾了。"

李政委快速吃完碗里的菜，抹了一下嘴巴："哎——哎，你不要一句一个'他妈的'行不行？我早就想说你了，你也是共产党员了，又是党领导下的军队领导，虽然你说得很溜，别人也许听习惯了，但我听着刺耳。"李政委第一次对赵金山说话带把儿（脏字儿）展开批评，看来有点儿忍无可忍的劲头儿。

"行，他——嘿嘿！我以后注意，这是小事。你说咱眼下这大事怎么办吧？"赵金山说完对着甄续男吐了吐舌头，甄副队长给赵金山回了个打脸的手势。

"同志们吃完饭，有毛瑟步枪的九十人先在院子里站队，然后登记姓名，登记完了就开始分班选班长，以后再选个队副。建立起有组织有纪律的军队才能打胜仗。其他人学习训练后再编排。"李政委说得很快。

"哎——行啊！李政委，我总觉得乱糟糟的，就不知道是哪儿的过。行，这事俺听你的。你吃好了吧，吃好了，咱这就开始。"赵金山拔腿就往屋外走，走出门就喊："集合了，集合了！听李政委训话！"

大家听到赵金山的大嗓门儿，开始东倒西歪地走出东屋，有的嘴里还在嚼着饭菜。懒懒散散地在院子里站队。有三路纵队，有四路纵队的，到最后成了一堆推搡着的人。

"听我说！站好了，同志们！各位，虽然你们大多参加过打鬼子，但是你们回头看看，咱这像一支队伍吗？"李政委说完，大家回头看了看，然后自觉地站成了行。

"这样啊，今天，咱们先登记姓名，家庭住址。一是呢，便于发军饷；二是呢，有个什么闪失能通知你家属；三呢，咱们要分班，要建成有建制有纪律的军队！"李政委说着看了看大家，发现大家正交头接耳地嘀咕什么。

"从你开始，过来报姓名。"李政委点了一个人，看这个人站过来，他就从一个帆布袋子里拿出了纸和笔开始了登记。

人们开始一一在李政委那里报姓名和家庭住址。

有两袋烟的工夫才登记完成。然后，甄续男和李政委两人开始按照老少年龄的搭配，十个人分一个班。

分好了班，李政委开始点名，让每班站成一队。站好了队，李政委问赵金山："赵队长，班长怎么产生，你说！"

赵金山于是说："竞选产生吧，咱没有记录过战功。"

"怎样竞选？"

"我看，凭掰腕子加枪法就行。"

李政委想了想说："也只有这样了，先选出大家服气的一个，以后再根据战功选拔。你宣布吧。"

赵金山清了清嗓子："同志们，班分好了，我们每个班还需要选出一个班长。下面，我宣布竞选班长的办法：先是每班轮流举行掰腕子擂台赛，第一名10分，第二名的9分，依次类推；然后是比枪法，一会儿做环形靶子，打到最中心的得10分，依次类推得分。最后两项加起来得分第一的就是班长，大家听明白了吗？"

"听——明——白——了！"同志们拉长声音回答。听洪亮的声音就知道，大家的竞争意识很强，李政委心里暗自高兴。

竞选开始了，院子里热闹得很，不一会儿就产生出了比赛分数。

下一项是枪法比赛，赵金山看到，在家经常打兔子的、一班的高大桥和二班的岳春喜，枪法很准，都是10环，占了第一，赵金山看他们掰腕子的成绩也是第一，心里觉得他俩做班长是板上钉钉了。说真的，他也很佩服这两个人。

李政委起初觉得赵金山提出的法子不怎么好，但是随着各班逐渐产生的班长人选来看，只看外表，也能感觉选出的是英武精明的一类人。

天快黑了，这班长就选成了，李政委拿着写了各班班长的小纸条宣布："冀中抗日义勇军第二支队一号任命书：任命一班高大桥，二班岳春喜，三班杨蛋尔，四班王槐子，五班陈秋粮，六班孙会山，七班刘冬立，八班刘勤兵，九班齐小琪为班长。即日起上任，负责本班的一切事宜，归支队部直接领导。大家对他们的竞选成功表示热烈欢迎！"大家掌声雷动。

掌声平息，李政委又继续说："九个班分成三个排，由赵队长代理一排排长，我代理二排排长，甄副队长代理三排排长。剩余的人为后勤排，负责管理枪支弹药，吃喝拉撒睡，排长以后再选。"宣布完后，李政委还聊天似的补充了一些内容，说，甄大嫂在东北参加过抗日义勇军，算是个老兵了，大家一定要听从她的领导，等等。

赵金山不怕人们不听甄续男的，倒是怕人们不听李政委的。他于是在队伍前来回走了一圈，队伍立刻安静起来。然后，他又严肃地巡视了一圈，一一察看战士们的表情。他满意地笑了笑，他觉得大家还是士气高涨的。

解散后，赵队长和李政委开了第一次领导集体会，班长参加。会上由甄续男为大家作发言记录，苗苗姑娘为大家倒水，后勤组发放弹药。

会上要求各班在天黑前由班长指导着练一次刺杀，搞一次实弹演习。

不一会儿，噼噼啪啪的枪声响彻了山谷，加上回声，闹得跟激战似的。平日寂静的山谷里，这时野兔乱窜，山雀横飞。

晚上，大家早早吃了饭，带好装备，留下甄续男和苗苗，还有三排及后勤排的战士看家。支队的六十多号人就出了山神庙，越过嘉山，向县城方向跑去。

晚上十点钟左右，队伍到达了城西八里地的赵村东口，距离通知上所说的铁路道口还有大概五里。二班班长岳春喜走到赵金山身旁，指着大街上一个店铺："赵队长，这是我家的铺子，让战士们进我家喝点儿热水再走吧。"

赵金山看了看这个有三间大的铺子，对李政委使了个眼色："李政委，时间还早，让战士们进铺子暖和暖和也行。"

李政委看了看四周，说："好吧，告诉战士们不要骚扰周围的百姓。"

岳春喜喊开了自家的门，爹爹披衣服出来，看儿子身后跟着一帮人，吓了一跳，等儿子说明来意，他高兴地迎接战士们进院，和老伴儿一起为战士们烧水做疙瘩汤。

赵金山看着屋子里的大炉子和炉子旁边的大锤小锤问岳班长的父亲："老伯，你家这是铁匠铺?"

"是啊，停了有一年了。我家祖辈儿是打制铁犁杖的，老客户多，生意还算不错。日本鬼子来了后，很多人家只顾东躲西藏，哪里还买犁杖耕地啊！你看，这些买来的原料还没用呢，铺子就停了，赔钱了呀！"老伯说着踢了踢堆了一地的铁杠子。

"哈哈，老伯这是好东西啊，我们今晚打鬼子正好用得上，借我们几根用用好吗?"赵金山拿起一根胳膊粗，有四五尺长的铁杠子端看。

"你们用铁杠子干什么?"

"老伯，我们接到一个任务，要完成这个任务，这很有用啊！"赵金山看着老伯的脸色说。

"行，什么借不借的，只要是打鬼子，你们看什么好用就拿去什么。"老伯很支持。

赵金山吩咐几个弟兄，把铺子里的三个大铁扳子和六七个铁杠子装在春喜家的驴车上。大家又暖暖地吃了碗疙瘩汤，谢过老伯及春喜娘，队伍即刻向城西铁路线方向进发。

赵金山边走边看了看车上那些铁玩意儿，问岳春喜："你说，这能行吗?"

岳春喜紧跟几步，声音洪亮地说："行，一定行，我打过铁，知道怎么用巧劲儿，到时候我负责带人去撬铁轨。"

"你小子真聪明，你怎么知道我想撬铁轨?"

春喜不说话，只是"嘿嘿"地笑。

队伍路过距离铁路不远的王庄村，村西有一处乱坟岗子，高高的坟头没秩序地散布成一大片。赵金山下令，让队员们在这里隐蔽待命。

然后跟李政委商量："我先带两个战士去摸摸情况，你们在这里等着，你看可以吗？"

"你去？还是我去吧，队伍需要你指挥啊！"李政委小声说。

"哎呀——我熟悉地形，队伍没有事，我不在，你说了算。"赵队长说完转身对着队伍小声喊："一班长高大桥！"

高大桥跑过来，小声喊："到！"

"高班长，带上你们班一个能跑的，随我去铁路查看情况。"赵金山拍着高班长宽厚的右肩。

"好嘞！"高班长说完拉过一个瘦小的战士说，"他跑得像兔子似的。"

"不许这么说同志！"李政委批评了一句，然后拔下腰里的手枪递给赵金山，"赵支队长，你还是拿着这把转轮枪方便，给！但是不到万不得已不能开枪，招惹上城里的日伪军，就不好办了。"

赵金山接过枪，别到腰间。然后，与高班长及小战士迅速消失在雾气里。

夜深了，李政委和两排荷枪实弹的战士匍匐在乱坟岗子里，他看了看怀表，正好是十一点。

抬头望望东方，只有一颗星星孤独地闪烁；侧耳听听，茫茫黑夜安静异常。一会儿，隐约传来火车的汽笛声，似乎有一个沙哑鬼在哭似的。一会儿，又没有了一点儿声息。赵队长他们怎么样了？李政委很是焦急。

第 7 回

火车道英雄显本色　深山坳刘夏花思亲

乱坟岗子的初冬，霜雪裹上了柏树枝。猫头鹰及其他借宿的鸟，发现了树下隐藏着的人们，惊恐地扑棱着翅膀攀上更高的枝，大块的霜雪就扑簌簌落了下来，掉得战士们满身都是。虽然穿的是从火车上截获的新棉服，但是，战士们在地上趴久了也是冷得手脚冰凉打哆嗦。

李政委鼓励战士们坚持再坚持，但还是有的战士以抖搂身上的霜雪为由，起身活动麻木了的腿脚。

李政委匍匐着，一一把他们按下身说："现在还不了解敌情，让鬼子发现就没命了，还是趴下来吧！"各班班长也骂骂咧咧地维持秩序，人们才安静下来。

正在这时，远处有了动静，几个人影跑了过来。李政委小声说："有情况，大家不要出声。"

人走近了，大家才看清楚是四个人，原来赵金山他们带回一个捆胳膊塞嘴巴的伪军俘虏。

"怎么个情况？"李政委迎上去，冷得上牙打着下牙地问赵金山。

"西关铁道口有伪军一个班驻守，附近铁路上有鬼子一个班来回巡逻，大概一刻钟路过铁道口一次。远处有探照灯来回晃。"赵金山简略地说。

"那，这个伪军是怎么回事？"李政委拉过伪军问。

"哦！这是我们回来时碰上的，他说他回家办丧事，丧事还没有办完，就接到通知，让他火速赶到西关道口，执行任务。"赵队长说完狠狠拍了这个伪军的帽檐一下，把他口里的破布扯出来。

"军爷饶命，军爷饶命！我是被抓来当差的，我没有杀过老百姓。看在俺娘刚死去的分儿上，饶我这条狗命吧。"伪军说着就下跪了。

"起来，没有骨气的东西，我们没说要杀你，你的罪行以后会给你清算的。现在问什么你如实回答，我们就不会怎么样你，明白?"李政委说话很和气。

"行，一定……一定，你们问吧?"伪军哆嗦着站起身来。

"说说你们是哪个辖区的伪军，有多少人?"李政委不紧不慢地问。

"我们是皇军，不，是鬼子龟一胜男少佐直接领导下的伪军中队，有五十人左右，据说还要招人。"

"你们平时住哪儿，现在执行什么任务?"

"平时驻守西城门一带，住在西城门李家胡同的一个四合院里。我们的任务就是看守西关铁道口。"伪军边说边翻着白眼仁看着紧握手枪的赵金山。

"没了?"赵金山逼近一步问。

"没，没了，就知道这些。"伪军照样翻着白眼仁斜看着赵金山。这时，远处的一束探照灯光扫过了他扭曲的脸。

"翻瞪我干吗? 看来，不他妈的给你点儿颜色，你不说实话!"赵队长说完一把抓住伪军的领口，用枪顶住了伪军的天灵盖。

"队长，这事不用你动手，我这匕首就能让他的脑袋变成没有耳子的尿壶。"一班长高大桥拔出匕首就在伪军的脸上磨蹭。

这配合得恰到好处的举动，让这个伪军吓破了胆。他跪在地上捣蒜样地磕头:"我说，我说，俺也不知是不是真的，我是听来的，所以刚才俺也没有直说。"

"说吧，啰嗦什么?"高班长晃晃匕首。

"我说，前日俺娘没了，我去中队部找我们小队长请假时，中队长正接上边的电话。他一边接一边让人记录，说联队要运一部分枪支弹药过来，在承安铺车站卸车，说是还有其他建炮楼的什么物资。让我们伪军参与铁路的治安保卫任务。俺就知道这些，真的。"伪军说完，哆嗦着手，把高班长的匕首从自己脸上推开。

"再问你最后两个问题，你要快速回答。"李政委端详着伪军。

"问吧！"

"你是哪村的，叫什么，你父亲叫什么？"

"城西白土村，俺叫李大胜，父亲李叫尔。"

"好，我们知道了，记下了，你看啊，李大胜，日本鬼子侵略咱中国了，你不打鬼子，还为鬼子做事。本来今天应该枪毙你，但是看在你为人诚实，还给我们提供了很多情报的分儿上，暂且绕过你。不过，你要配合我们做事，不然，我们可知道你家在哪儿了。"李政委不慌不忙地做起了伪军的思想工作。

"谢谢军爷饶俺这条狗命。军爷让俺做什么俺就做什么。"

"不要再叫军爷，我们是抗日义勇军，叫同志。同志，你还没有顾上吃饭吧，高班长，把你带的好吃的给他点儿。"

高班长不情愿地去取吃的。

"赵队长，来，过来，咱们和各班长一起商量商量。"李政委说着走到一个大大的坟头旁坐下来。

赵金山和班长们也在这个坟头旁坐下。

"同志们，今晚我们要干大事了，如果伪军说的是真的，我们也许是在配合大部队截获敌人的一批军火和建炮楼的物资。看来今晚我们不再是孤立行动。为了很好地完成任务，先听赵支队长介绍介绍铁路上的情况。"李政委像主持会议似的讲话。

赵金山介绍了铁路上鬼子的分布情况和往返巡逻的时间。然后，大家七嘴八舌地商量具体方案。最后，赵金山又一次强调："无论遇到什么情况，凌晨两点左右我们必须让火车停下来。"

一切安排停当，赵金山和李政委带领队伍出发。赵金山亲自押着伪军李大胜走在队伍前面。

夜里一点,大地呼呼地升腾起团团浓雾。高高的铁路路基的基桩时隐时现,像一个个坟头儿似的一直延伸到远方。

一点零五分,冀中抗日义勇军第二支队的六十名战士,准时卧伏在距铁路道口五十米的一片干枯的草棵子中。远处,铁路旁一个黑色大杆子上的探照灯灯光在战士们头顶扫来扫去。

他们匍匐着接近了铁路道口,赵金山用手枪顶着伪军俘虏说:"喊话!"

"弟兄们,我是李大胜,你们在哪里,我来了。"李大胜压低嗓音喊。

过了一会儿,只听一个人说:"你他妈的刚来啊,我们都冻了一宿了,刚要喝点儿酒暖和暖和。你小子还真他妈的有口福,快滚过来吧。"李大胜一听是队长的声音,吐了一口唾沫。

"是我们小队长,他们正在桥洞子里喝酒。你们过去吧!"李大胜压低声音对赵金山说。

赵金山大摇大摆地握着个手雷走了过来,来到洞子里,只见有火把燃着。赵金山一眼就看到伪军的枪都顺着洞壁靠着。伪军们有的在撬罐头,有的在开酒瓶子,没有事干的在一旁眼巴巴地看着流口水。

赵金山纵身,一跃到枪旁,举着手雷:"哈哈,你们他妈的真会享受。都看我!"

几个伪军刚要回骂,一看来人不认识,刚要去拿枪,他们就听到低沉的断喝:"不许动,不许说话!不然,谁也别想活!"

伪军被这突如其来的情况吓呆了,伪军队长刚要反抗就被赵金山一个单手擒拿术弄趴在地上。

这时,机灵的战士们把伪军堵在了铁路下的洞子里。不到两分钟就悄悄解除了九个伪军的武装,把他们五花大绑起来。

岳春喜见状,立刻命令二班的战士们翻上铁路,把撬杠插入铁轨。正要撬的时候,探照灯照了过来,他们机灵地滚下铁路。

赵金山喊："李政委，这探照灯必须搞掉，要不，鬼子很容易发现咱们。机枪一突突，咱们的人就完了。"

"我带几个人去毁掉探照灯，你带人在这里马上组织人撬铁轨。"李政委说着纵身跃出。

不一会儿，李政委带领三个人匍匐到了探照灯下。李政委看到，这探照灯是临时布置的，挂在一根电线杆子上。他们三人喜出望外，过去就要将电线杆子推倒。没有想到，刚接近电线杆子，突然出现一道火光，两个弟兄瞬间被推倒在一旁，龇牙咧嘴地喊难受。只听一个战士痛苦地嚷："什么东西这么大劲儿啊，我全身都麻木了。"

"你们被电着了，鬼子真狡猾。好了，你们不要再接近电线杆了。看我的！"李政委说着前跨一步，从腰间拔出飞刀，"嗖！"地投了出去，随着"啪"的一声，探照灯登时灭了火儿。

地道口处的铁路旁匍匐着的战士们，一看探照灯灭了火儿，立刻翻上铁路。岳春喜让大家把五六个撬杠按照十步一个，插进铁轨下，每个撬杠有一个班十来个人按压。大家一一照办，纷纷把撬杠插入铁轨下，等赵队长喊口令时再一齐用力撬。赵队长一一查看后，轻轻地喊："一、二，起！"

随着喊声，铁轨"嘎巴"了几声就挪了位。

赵金山又喊："把撬杠再插进去，听我口令，往路旁撬着走。"

看大家插入了撬杠，赵队长立刻喊："一、二，走！"

很奏效，一大截铁轨"嘣"的一声脱离了枕木，往铁路下翻滚。依次按照这么干，东面的这根铁轨，很快就有了五十米左右的缺口。正当大家要依照同样的方法撬西半边的铁轨时，远处传来了鬼子"叽里咕噜"的说话声和拉动枪栓的声音。

赵金山马上带领一部分人滚下铁路路基，猫着腰迎着鬼子走了近五十步，隐藏下来，等候命令。其他人由各班班长指挥着继续撬铁轨。

赵金山对埋伏着的战士们说："听声音，鬼子人数不多，如果大部队没有来，我们就等鬼子全进包围圈再打，到时候，就近分段解决他们。"

赵金山布置完毕，看到有三个鬼子走到探照灯前停下了。其中一个鬼子用手提电筒往杆子上照射，发现是杆子上的灯碎了。又"叽里咕噜"说了几句，背上枪，沿着铁轨正步走过来。临到桥洞口，手提电筒的鬼子喊起来："赵队长，坏坏的，死啦死啦的，快快地出来！"

赵金山想蹿出去，伪军李大胜说："他在喊我们队长，我们队长也姓赵。"

"大家听好了啊，鬼子来时，大家一齐蹿出，用匕首解决鬼子，谁也不许弄出大动静。"赵队长说完把身子往上挺了挺。

前面的鬼子提着手提电筒走过来，远远地看到铁轨有了异样，刚要从肩上摘下枪，战士们突然蹿起，很快解决了前面的鬼子。后面的两个鬼子见势不妙，转头就跑，正好被回返的李政委三人截住。好个李政委，飞起一脚正中鬼子下颚，鬼子应声仰倒。一起来的两个上去麻利地结果了他。另一个鬼子刚要举枪，李政委的飞刀就过去了，刺透鬼子的脖腔。鬼子没有来得及叫出声音，就一命呜呼了。

后面的七个鬼子见前面三个没有了动静，以为去伪军赵队长那里喝上了。他们也背着枪小跑着，想过来喝酒取暖，没有想到，迎接他们的是一个个被扑倒。

赵金山看到鬼子都被解决了，吩咐战士们把鬼子的尸体拖到路旁的沟里。看到他们衣服还好，赵金山突发奇想，吩咐让十个战士把鬼子服装扒下来穿上，扛着鬼子的枪继续往北巡逻，一部分人则继续撬铁路。

刚撬掉了西边的那一根，李政委说："够了，不用再撬了，让战士们把撬下来的铁轨覆盖了茅草。这小鬼子修复五十米的铁轨没有几个小时不成。"

正说话间，忽见哨兵带着一个骑马提枪的人过来。赵金山刚要拔出手枪，来人就到了跟前。

站岗的哨兵跑过来说："赵队长，他说他也是义勇军！"

"好汉下马说话。"赵金山的口气像山大王说话似的。

来人下马说:"您是赵队长吧?我是沙河南抗日义勇军第九支队的通信兵赵伟。我们队长让我来告诉您,我们的人可能要延期到来。"赵伟说完,看赵队长瞪得眼睛溜圆,于是补充说,"由于沙河涨水,桥塌了,我们支队现正修桥找船,大队人马过一会儿才能赶到。"

他刚说完,给赵金山支队送过信的定北县委侦察员刘笑带着一个班赶到。

刘笑侦察员问李政委:"怎么,鬼子的火车还没有到?"

李政委接话儿说:"最好是晚点儿到吧!这不,刚才来人说,临时来执行任务的沙河抗日义勇军第九支队一时半会儿到不了。"

"哎——我说刘侦察员,鬼子到底有多少人,还需要调沙河队来啊,这么远让人家来,又赶上沙河水涨桥塌。"赵金山上前说。

"据可靠消息说,火车上押运物资的鬼子至少有四十人,人倒是不多,但也许装备好。消息说,车上运送的歪把子机关枪就有十多挺,是配备给村炮楼的。他们给别人配备机枪,自己能没有吗?"刘侦察员详细地说。

"那,县委给我们支队的任务可是'让火车停下来',没有说让我们在火车停下来的时候打鬼子、抢武器和物资啊!"赵金山话里带了情绪。

"我心急火燎地赶来就是为这事,赵队长也不要有情绪。原来是县委怕你们缺少枪支弹药,让你们破坏铁路,迫使列车停下来后撤退,不要正面与鬼子作战,这也算是保护你们。但是,没有想到,定北县委其他支队临时有了重大作战任务,所以才远借富有作战经验的沙河抗日义勇军第九支队来打鬼子抢物资。"小刘说得额头青筋凸出。

"沙河抗日义勇军第九支队是什么来头,论排位应该比我们成立的晚吧?"赵金山继续追问。

"是成立的晚,但是他们支队中有几个人曾是二十九军的,支队长还曾经是先锋连的,参加过大战斗。所以应该比你们打阵地战、打伏击战有经验。"小刘说着自豪地昂起了头。

"先锋连？那他们队长叫什么名字？"赵金山急忙问。

"叫什么名字俺不知道，唉……好像和你一个姓。"小刘抓着头皮说。

"好了，小刘，你就说，县委让我们干什么吧？"李政委急不可耐地问。

"县委了解到，沙河水冰层厚度不够大，沙河抗日义勇军需要搭设木板支撑才能过河，所以，这第九支队不一定能及时赶到。就让我带县大队几个有战斗经验的人过来，帮你们消灭押运的鬼子，抢夺军备物资。"小刘看着赵金山脸色说。

"县委想对了，果真第九支队不能及时来，这么说我们也有仗可打了？"赵金山顿时来了精神。

"当然，书记说，要是第九支队不能及时赶到，要是鬼子人多，咱就和他打牵制战。要求你们不要苦战，要保存实力，等待沙河支队到来。"小刘说得很仔细。

这时远处隐隐约约有了灯光，在这样的凌晨，强光只能是火车发出的，二班长岳春喜把耳朵贴上铁轨，仔细听听说："火车来了，大概距离我们这儿有二十里样子。队长，我们准备打吧。"

"好，同志们，咱们有仗可打了。这样，各班注意，咱们还是隐藏到路基下的草棵子里去，等鬼子的火车脱轨后大家再一拥而上。我可告诉你们，不能光知道打鬼子，还应该知道怎么保护自己……"赵金山还想详细布置任务，一束光亮映到了他的身上，李政委马上拉他滚到铁路旁，自己也立刻蹲下来。

正当大家匍匐下来，全神贯注地等待着火车到来的时候。突然，伪军小队长挣脱了捆绑的绳子，翻过火车道，向西跑了。看守伪军的五班班长陈秋粮急了，毫不犹豫地给了他一枪，伪军小队长应声栽倒。

这突如其来的情况把赵金山吓了一跳。眼看着火车就到跟前了，出这么一档子事，让鬼子发现怎么办？

赵队长的担心不无道理，火车驾驶室的鬼子也许听到了枪响，也许看到了枪发出的火光。火车带着刺耳的刹车声，在距离断轨大概二十步处喷着大气停了下来。

赵金山看到，假扮鬼子的几个战士瞬间被火车喷出来的蒸汽吞没。

机枪的"嗒嗒"声响起，火车上喷出了火舌。紧接着火车像是一个长蛇状的碉堡四处在响，四外子弹嗖嗖，前后左右都在喷着火舌。赵金山很快确定了敌人的火力点：火车的前、中、后三段，分别有三个大的火力点。除此之外，整列火车上都有零散的火力点。

一时间，旷野被烟火染红，嗖嗖的子弹覆盖了铁路断头处及火车周边，压得赵金山他们抬不起头来。起初，鬼子的火力还绕着扮作日军的战士，后见这"日军"也向他们开了火，火力可就瞬间转过来，有两个战士中弹，滚到了路基下。

赵金山带着队员卧倒之地距离火车头最近，火车头上鬼子机枪手的一只大皮靴瓣里啪啦掉了下来，差点儿砸住卧倒的人们。

好个赵金山，瞅准了火车头上机枪手的脚，一声大喊蹿上去，硬生生地把鬼子机枪手从上面拉了下来。鬼子的头和身子在凹凸不平的机车上磕磕绊绊地往下掉，摔在钢轨上不动弹了，赵金山上去补了一刀。

趁着鬼子火力小点儿的当儿，李政委和刘侦察员也带领一部分人上了火车。

这时，赵金山已经占据了火车头的位置，掉转鬼子的机枪，居高临下地向趴在火车顶上的鬼子开了火，一下子压住了车顶上的敌人火力。后面狡猾的鬼子躲到了两节车厢中间胡乱地向侧面射击。李政委见有一个鬼子正向显眼位置的赵金山瞄准，赵金山处于危险的境地。他大喊一声，麻利地甩手就是一枪，鬼子翻转着身子滚下了火车。赵金山借着火光给了李政委一个"大拇指"赞。

隐藏在前、中、后三个车厢里的暗火力是三挺轻机枪。这三挺机枪如暗堡一样形成了交叉火力，全力向火车的西面扫射，火舌照彻了西边的天空，压得匍匐在铁路西边壕沟里的三十多个战士不敢动弹。

赵金山端着机枪在火车顶上，猛烈地往火车厢连接处射击，可只看到子弹撞击铁板的火星，看不到鬼子被击中。

这时，喊声乍起。沙河第九支队的三十多个队员策马赶到，他们大喊："义勇军同志们，快快闪开，下车！"

等赵金山与其他队员们跳下车来，只看到手榴弹"嗖！嗖！嗖嗖！"投向了火车，紧接着，从前至后的一声声爆炸连成片儿，躲藏在一节节火车厢中间的鬼子被整个炸飞出来。

这时，躲在火车厢里的三挺机枪同时转到了东面，随着"哒哒哒哒"的几声点射，骑在马上的几个沙河队员滚下了马。

正当赵金山他们不知所措的时候，只见一个人从马上飞跳下来。几个闪转腾挪就到了喷射火舌的第一车厢旁，麻利地把一颗手雷投了进去。"轰"的一声爆炸，刹那间，灭了火舌，哑了机枪。紧接着从前至后又两声巨响，三堆火起。小鬼子的三挺机枪不再作声，战场瞬间安静了许多。

赵金山正要寻找刚才那个飞人爆破手时，才发现那个人已经笑着朝自己跑来："大哥，我是银山！"

赵金山几乎乐晕了，他奔向弟弟。但是，他没有忘记命令战士们快速打扫战场。边跑边对着战士们喊："快去，看鬼子有没有活的！"正说着，银山弟已经跑到了跟前，双手相握，银山说："大哥，我看到你站在火车顶上扫射的英武样了。"

"你啥时候回来的呀！太棒了！"赵金山凑近，借着火光打量着弟弟。

"回来好长时间了。"

"行，好样的，以后慢慢给哥我说说。先组织咱们的人员清理现场，然后搬了东西，撤退走人要紧。"

"行，哥看——我的马车队也到了。"赵银山松开哥哥的手。

"同志们，依次传下去，打扫战场，不留活口！"赵金山传令。

"打扫战场，不留活口！"

"打扫战场，不留活口！"的命令从车头传向了车尾。

只听到几声零零散散的枪声，然后，一切都恢复平静。

"哎，哥，你怎么还加个不留活口啊？这可不符合俘虏政策啊！"赵银山警告哥哥。

"就是不留活口，你忘了咱们在唐河岸吃的亏了？那次，你的一个兄弟被鬼子伤兵炸掉了一条胳膊。"赵金山掂了掂手里的枪。

赵银山接过哥哥的话茬儿："忘不了，我那个兄弟后来伤口感染，牺牲了。可定南县刚传达了文件，文件上说杀俘虏是不对的。"

"好了，不讨论这个了，以后咱注意就是。马上转移物资吧，你带来多少辆马车？"赵金山望了望马车队。

赵银山也望了望刚到来的马车队："我们是坚决按照指示调用的马车。如果那匹老马不掉队，就是二十辆。"

"不多啊！先这样吧，我这里还有一辆驴车。走！先看看鬼子给咱们运来了什么好东西吧。"赵金山边走边对火车旁边的士兵们说："十个人负责一个车厢，先查看是什么，要是枪支弹药先搬上马车。"

大家查看了车厢。六节车厢里只有三节装的是枪支弹药，其余的车厢里都是原木、木板、棉被、棉衣还有大头鞋，等等。

等查看清楚了，赵银山说："这鬼子还算聪明，这三节军火车厢都没开窗户。不然，我那几颗手雷扔进去，我们今天算是白忙活了。"

三车厢的枪支弹药，都装在一个个大木箱里，长短不齐的。装上了二十辆马车，满满的了。

战士们把棉衣、棉被披在马车上，马车就成了一个个移动着的小山。木头和木板运不走了，赵银山问大哥怎么办，金山小声地嘟哝："只有烧掉了……只是太可惜了，都是东北落叶松。"

"可惜也没有办法，不能留给鬼子建了炮楼。"李政委把手里的一块小坷垃投向了车厢。

"哎——县委告诉你们了吗？这些武器弹药放到什么地方？"赵金

山大声问弟弟赵银山。

"没有，只是说让藏起来。"

"藏起来，这么多东西藏哪里？让鬼子搜出来咱们岂不白忙活了？"

县委侦察员小刘说："赵支队长，是否让伪军离开咱们再商量这事儿？"

"没有事儿，这些伪军一个也不能走，说吧！"赵金山看了看远处的伪军说。

"赵队长，这样吧，我看离天明还有近四个小时，让马跑起来，天亮前能赶到你们嘉山山神庙，先藏在山里，再做打算。"小刘提出了一个可行性建议。

"这样也行，反正现在不能赶着车回沙河南，天明前到不了会引来鬼子的。我们也跟你们到山里休整。待明日天黑后我们再回返。"银山说。

"好，就这么办，去嘉山。"李政委说完，对四班长说："不要忘记把撬杠还给春喜家啊，再给他家几床棉被。"

"算了，不用还撬杠了，反正我家也没有用了，我们留着方便。"春喜跑过来说。

"不行，常借常还，再借不难。你家也不容易。"

赵金山刚说完，李顺带着担任救护任务的六班班长过来，报告了敌我伤亡情况："报告赵支队长，我们牺牲三人伤一人，沙河队伤四人。日军死亡二十六人，没有一个活口。伪军死一人，俘虏九人。"

"先通知三人的家属吧。"赵金山沙哑着嗓子说。

"好，那我们先调查一下三人的直系亲属。"班长压低声音说。

李顺政委说："后勤组一定找到他们的亲属，派人去发放抚恤金。伤员和我们一起走，走着包扎。"

"那几个伪军怎么办？"五班的班长陈秋粮过来问。

"带他们先走！城外再处理他们。"赵金山说。

这样，这个合在一起的一百五十余人的胜利大军快速向西山撤退。他们身后是熊熊烧起来的大火。

赵金山和赵银山同乘一辆车，亲自押送那十挺机关枪在头前开路。看着身后一车车的装备，他哥俩很兴奋。

六班班长孙会山已经了解到，牺牲的三个战士，有两家家里人都被鬼子祸害死了。有一人家是深山里的，家里有一位年迈的老人。赵金山决定，选择好地形，就地掩埋战士。所有人为死去的战士默哀三分钟，以示悼别。

这一些做完后，刚上路，就听身后响了一枪。

"谁，谁他妈的打枪？"赵金山登上高坡问。

"是五班枪毙了一个想逃跑的伪军俘虏。他说是你让出城就结果伪军的。"二班的队长岳春喜说。

"他妈的，忘记这事儿了。"赵金山说着大声吆喝，"陈班长，过来！"

陈秋粮班长"嘿嘿"笑着过来，边走还边回头恶狠狠地对伪军们说："等死吧你们，让你们当坏蛋。"

赵金山见陈秋粮班长傻笑着走过来，飞起一脚踢倒了他："谁他妈的让你做主枪毙人的？你懂不懂规矩？老子今天就让你知道，傻瓜是怎么死的。"

赵金山说着拔枪对准了陈秋粮的脑袋，陈秋粮吓得跪倒在地。

"行了，哥，先饶他这一次。"赵银山说着按下了哥哥的手枪。

赵金山把枪转对伪军们，点着枪头说："你们这些为日本人卖命的家伙，还想逃跑。今天就该一枪一个送你们回老家，你们的班长不老实死了。刚才一个家伙想跑也死了，你们想死还是想活？"

"军爷饶命，我们想活！"八个伪军齐声说。

"你们这些家伙，知道鬼子是我们打的，火车是我们抢的、烧的。告诉你们，想跑是不可能的了，你们还想参加伪军，也是不可能的。你们没有看护好铁路，回去后，鬼子会放过你们？做梦！摆在你们面前的只有一条路，那就是做个堂堂正正的中国人，跟我们一起打鬼子。行呢，举手，不行，我送你回老家。"赵金山这话，伪军们算是听明白了。于是，都纷纷表示参加义勇军。

"好，念在你们都是中国人，谁也有父母，谁也有兄弟姐妹分儿上，俺收留你们，谁要是他妈的有二心，那就是不要吃饭的脑袋了。"

伪军李大胜大声说："誓死跟着军爷！誓死跟着军爷！"其他伪军也纷纷重复这话，以表明自己的态度。

继续上车，快速行军，赵金山看队伍规整有序了，他干咳了一声，小声问弟弟："你们不是往南逃跑了吗，怎么又回来了？"

"上峰不抵抗，军官们也有消极情绪。拖延军饷发放，吃的供应不上。我们连很多士兵逃跑，连长也因为监管不力，被枪毙了。我还在那儿干吗？我不能等着被枪毙啊！我就带几个人回来了。"赵银山说得很轻松。

"那你的人现住在哪儿呀？爹爹还好吧？"

"爹爹娶了夏花的娘，两家是邻居，院子很大，房子加起来有十多间。平时我们就住家里，乡亲们也很好。鬼子来'扫荡'时，我们惹不起，就躲进沙河套的小树林里，树林里有我们用石头砌好的地窖子，可以住人还可以做暗堡。"赵银山对哥哥说。

"我知道你那个夏花，很不错的交通员，以后给你说说。那你们与鬼子交过火吗？"赵金山问弟弟。

"打过三次，偷袭了鬼子一个小分队；打过一次鬼子过沙河的小船；截了一次鬼子的给养汽车，缴获了一些枪支弹药。嘿嘿！都不如这次过瘾。"赵银山说得很简单。

"你可比俺好，有爹在，有家住，有乡亲们保护。俺到现在还没有敢去看爹爹呢，俺又把铁山给弄丢了。我是想，找到铁山时再和他一起看爹。也不知道铁山去哪里了，一直没有他的消息。"赵金山很沮丧。

"等安顿下来后，咱俩再一起找找铁山吧！"赵银山对哥哥说。

两人沉默了一会儿，不约而同地哼起小调来。

唱着秧歌小调儿，吆喝着牲口走，再关怀弟兄们两句，这近百人的队伍，大家庭似的。

队伍浩浩荡荡，马车咕咕噜噜，一路的碎雪飞飞扬扬。不一会儿雪就大起来，战士们有说有笑地冒雪前行。

果如所料，天还没亮就到了嘉山脚下。赵金山吩咐先把牲口们卸了，然后在山脚下一个士兵的亲戚家简单吃了点儿干粮。不一会儿，留守在家的战士们也过来参与搬运，跑了几个来回，把缴获的枪支弹药和被褥棉服全都搬上了山神庙。

一霎时，物资摆满了山神庙的小院儿。

赵金山看着一堆堆枪支弹药说："这可不行，需要隐藏起来。不能总在院子里摆着啊。"

"队长，我带几个人，看看这周围有山洞什么的没?"岳春喜端详着队长的脸色。

"行，带你们班先去侦察侦察。"

岳春喜带着全班战士去了西山坡，赵金山对正在数箱子的弟弟喊："银山，叫几个人把箱子拆开，看看都是什么武器。"

赵银山喊来几个兄弟，把箱子的盖儿一一掀开了。也几乎是揭盖子的同时，他们惊呆了：这些箱子除了子弹外，大多是一箱箱崭新的二代三八大盖，还有四挺机枪，四尊新式带瞄准镜迫击炮，炮弹二十箱，手雷十箱。王八盒子一小箱，大概有二十把，配有子弹六箱子。

"哈哈，都是好东西啊!"赵金山说着高兴地拿起一把王八盒子，压上了几发子弹说，"咱们的德式装备子弹不多了，也该换成鬼子的了。"

李政委过来，拿起枪："这王八盒子，也叫'大正十四年式手枪'，好用，但是有效射程最多六十米。它不但样子怪，威力也小，与咱八路军广泛使用的自来得手枪就不是同一个层次的东西。所以说，这大正十四年式手枪不是日本造的很成功的手枪。这枪皮套有个圆形的盖子，就叫了个王八盒子。不过装备咱们这支部队，也够用了。"

"李政委有学问啊！你说得对啊，有了这些，鬼子不草鸡才怪呢。"赵银山也高兴地说。

"银山，让你们的士兵先休息休息吧，一会儿还要干活儿呢。"赵金山说完拉着弟弟赵银山就往北屋走去。

"干什么啊，大哥?"

"看看你嫂子啊！看她带伙食班给咱们做什么好吃的！"两人边说边往屋里走。

"嫂子也在？太好了！"赵银山一脚跨进屋，正好和出来倒泔水的苗苗姑娘撞了个满怀。

看泔水洒了赵银山满身，苗苗带了哭腔："对不起，我——"苗苗不知所措，胡乱在赵银山身上扒拉着饭菜沫子。

"没有关系，怪我太冒失了，你是——"赵银山看到的是一个花儿一样的美人儿，他怔怔地看着，不知道说什么好。

见一个英俊的小伙子盯着自己看，苗苗羞得小脸儿粉红。

"看什么看，没有见过美女啊？这是俺的妹妹。哈哈，你个坏弟弟，也参加战斗了？什么时候回来的?"甄续男故意逗这个可爱的小叔子。

"嫂嫂啊，还是那么伶牙俐齿啊。劳烦你了，要不要我再给你派个做杂烩菜的？我们沙河南杂烩菜那是有名儿的香。"赵银山挺着腰板儿说。

苗苗姑娘羞红着脸又拿来毛巾为赵银山擦脏了的衣服。

"行了，苗苗姑娘，他没那么干净。快去帮你姨做饭去吧。"赵金山说完，又对老婆说，"就按银山弟说的，人多，你就做拿手的大米饭炒杂烩菜吧。"

赵金山说完，也不等甄续男说话，拉着弟弟进屋。从一个布袋里舀了一碗炒黄豆："来，先垫补点儿！"说完投进嘴里一颗，咯嘣咯嘣嚼着，率先盘脚坐在暖暖的大炕上，"对了，快说说你和俺离开后的详细情况。"

赵银山随手抄了几个豆子扔进嘴里，大口嚼了一会儿，努力地咽了咽，开始给哥哥讲那次分别后的经历："其实很简单，我们二十九军先锋团撤到邯郸后，很快和追来的鬼子打了一次遭遇战。结果，大哥你想啊，这当官儿的早有不抵抗思想，这仗还能打吗？我们还蒙头打着呢，我们连的一部分人就逃跑了，营长枪毙了连长后也跑得没了影儿。后来上级断了我们的给养，我们八个结拜弟兄还饿死了一个，其他六个弟兄伤透了心，纷纷表示不干了。他们找到我，提议让我带着他们逃命算了。于是，一天，我弄到了一部分精良美式武器，带着弟兄们，骑马跑了回来。我们没有散，互相鼓励着绕道儿跑，边跑边招募了一帮热血男儿参加了义勇军。哥，我们没有想当逃兵，我们是想在咱家，在敌占区打鬼子，保护爹娘和乡亲们。"赵银山说得眼泪在眼眶眶里转。

"部队没有派追兵追你们？我听说国民党对逃兵很不留情的啊！"赵金山担心地看着弟弟。

"追了，可来的一小队追兵被我们俘虏了，在我的说服下也归顺了我们，这是我们营长万万没有想到的。嘿嘿！哥，你看我行吧？"赵银山自豪地拍着胸脯。

"不是行，用鬼子话说，那是大大地行啊！看你蹦跳着炸鬼子的火车，哥就大大地佩服你了！"赵金山说着给了弟弟一拳。

"哈哈！哈哈……哈哈！"弟兄两个同时大笑起来。

笑得苗苗姑娘羞红着脸好奇地伸着脖子偷看他们哥儿俩。

"还是跟着义勇军搞游击战好，我们义勇军能扎根家乡打鬼子。你保护老百姓，老百姓同样也就成了咱的保护神。"赵金山教导弟弟。

赵银山思索了一下，笑着说："嘿嘿！对啊，我回来的主要原因还是我那个未过门的媳妇起了关键的作用，知道你弟妹现在是干什么的吗？"

"她不是在女子师范学习吗？我见过她，很革命、很漂亮的一个姑娘，她还曾经是我和你嫂子的交通员呢。你们打算什么时候结婚？"赵金山关心地问。

"日本鬼子不走，我们能安安生生地结婚吗？先别说我们什么时候结婚，你猜你弟妹现在是干什么的。"赵银山给哥哥卖起了关子。

"我哪里知道现在干什么啊，反正我觉得她是一个很有作为的进步青年。我和你嫂子开眼药铺做交通员，她就给我们送过很多重要的信。"赵金山端详着弟弟的脸色说。

"她在女子师范还未毕业，鬼子就大规模地进了定县城。那个时候我们二十九军正在北京同鬼子作战，哪里顾得上她啊！正当我担心的时候，有人捎信说，她已经去了抗日报社。但是，当时，具体去了哪家报社我不知道。"赵银山眼里露出迷茫的神色。

"到底去哪里了，现在知道了吗？"哥哥着急地看着银山问。

"知道了……也算不知道。前几天她给我捎信，一定要我参加共产党领导的军队。她说她在一个隐蔽的地方，负责编纂印刷世界上最最珍贵的书刊报纸，还给我捎来了毛主席写的那本《论持久战》。"赵银山说完突然停了下来，手托着腮帮子想念自己的恋人刘夏花。

…………

太行山深处有一个具有淳朴民风的阜平县城。县城的南关有一条静谧文明的街叫文娴街。1937 年 12 月 11 日，著名的抗战醒众报纸《抗敌报》在这里创刊。1938 年 4 月，《抗敌报》改为中共晋察冀省委机关报，由邓拓任报社主任兼总编辑。

赵银山的恋人刘夏花，说自己是硝烟笼罩的奇葩园里一朵盛开的小花。她从女子师范被选中，提前毕业，做了报社编辑。来到报社，她秉承了晏阳初爱民思想，积极为救苦救难，为敌后抗日而勤奋工作着。

1938 年 7 月，毛泽东的《论持久战》发表，报社邓主任当即决定用"七七出版社"的名义，出版发行这本书。

刘夏花作为辅助邓主任的编辑，她夜以继日地工作。

秋分这天，她惬意地坐在流水潺潺的小河边，风儿吹动着她天蓝色的绣花旗袍，她捋了一下美丽的秀发，吟诵起自己刚刚写就的一首小情诗来：

> 小河流水叶叶去，
> 一腔柔情波波流。
> 山哥啊，
> 花妹儿想你，
> 想你——
> 想你这个坏坏的人！

吟诵完这几句，夏花把手里的一颗小石子投到水面打水漂，待小石子漂啊漂，漂向对岸的草丛。她想了想，继续半唱半说这即兴而来的脉脉情话：

> 小鸟喳喳扰听真，
> 风吹树摇烦人心。
> 山哥啊，
> 花妹儿什么时候做你的人，
> 做你的人啊——
> 醉你的魂！

说完又投出一枚石子，石子沿着水面滑向了下游。

"好！好啊！好一个多情才女！"邓主任笑呵呵站在她身后说。

随着他的话，一帮小姑娘不知道从哪里飘出来，集体站在夏花的身旁鼓掌，羞得刘夏花脸红如夏桃。她刚要起身逃跑，被一个小姑娘捉住了："姐姐，讲讲你的那个坏坏的人吧，说说，他怎么坏了，说说你怎么醉他的魂的？不说……不说？俺姐几个把你抬小溪里去，让你像石片随波漂飞一样，去找你的心上人。"

"行了，大家不要闹了，咱们还是马上转移吧。夏花同志，快去收拾你的东西，咱们要转移阵地了。"邓主任一脸严肃地上前解围。

"邓主任，为什么要转移啊，这里多美啊!"夏花摊开手，一副不舍的表情。

"机关报报社是党的重要机构，你们编辑同志是党的宝贝儿女，不能在一个地方久留，我们要转移到一个更安全的去处。快去收拾吧，不要迟疑了!"

当天，报社转移到大山深处马兰村的一个村民家的小院儿里。

搬来的一年里，她们不舍昼夜地工作。就在这个小院里她们编纂出版了抗敌报社印的中国第一本《毛泽东选集》，开创了中国共产党出版理论宣传书籍的先河。

…………

第 8 回

为报仇赵银山折翼　因蒙蔽捐资"共荣"塔

赵金山看着弟弟呆呆地想心事，就知道他一定是想夏花妹了。于是慢慢地说："山弟啊，我们要联合起来，组织更多的抗日战士，把鬼子快快赶跑，这样你们才能快快成家啊。"

"哎！打鬼子是一个长久的任务，夏花给我捎来的《论持久战》中，毛主席指出了抗日战争的长期性和艰巨性。同时，也给我们点明了作战的原则和战略方法。"赵银山说着攥起了拳头。

"啊！这小鬼子这么难打啊，持久战？你跟哥说说，什么是持久战吧，要不你以后给俺弄一本来，俺学着看看，看怎么个持久战。"

弟弟赵银山按照自己对《论持久战》的理解，开始为哥哥一一讲起来……

赵金山似懂非懂，但凭借这两年的战斗经验，他还是了解了个大概。

听了一会儿，赵金山转了话题："来，弟弟以后再讲吧。看你膀大腰圆的，再像小时候一样跟哥哥掰个腕子呗？"

"行，你一定掰不过我了。"弟弟赵银山说着伸出了厚实的大手。

两人在大炕上站起来，摆好了阵势。

甄副队长和苗苗姑娘也走进来观看，苗苗姑娘攥着拳头为赵银山使劲儿。

掰腕子开始，双方扭身全力迎战，每个人脸上都青筋绽出。一时间胶着在一起，难分胜负。甄续男左看右看，突然嚷道："哎呀！都劲头儿差不多，不要再争了，留着劲儿打鬼子吧。饭都做好了，外面还有一百多人等着吃呢，快停，停，停下来，吃饭！"说完拉着苗苗去拾掇饭菜。

没有了干扰，两人也不说话，依然拼命地暗自用力。突然，两人一起倒在西墙山上。

没承想，奇迹就在这一倒一撞中出现了，西山墙一下子被他俩撞开了一个黑黑的洞。两人想要平衡身体，哪里能平衡住啊！一头栽进了洞里。两人急忙在砖石尘土中爬起来，定睛看时，豁然发现这里是一个巨大的密室。

赵金山急忙把头伸出洞口喊："续男，续男！快来，把煤油灯拿来。快，快啊！"

甄续男拿着煤油灯进屋来，发现西山墙不知什么时候变出了一个大洞，刚才还在大炕上较劲儿的丈夫和二弟不知去向。

她急忙提着灯进入洞口，灯光照出了一个宽敞的暗室，比一个打麦场还大。三人都呆了，不约而同地"啊——"了一声。

往深处走，他们更是惊奇，这里干净干燥，暖融融的。再往深处走，他们还发现了一个大大的神龛，里面坐着一个人形物，仔细看时，才发觉是一个僧人的服装，完好地挂着，掀开服装，里面裹着一堆白骨。

金山拱手上前："这儿一定是高僧圆寂的地方，我们打扰了他。还是拜上一拜把他葬了吧。"

三人拜了，瞬即用他残破的衣衫裹了尸骨，寻了一个凹处，用山石埋了。

坟茔旁有一个凸凹不平的大石床静静地放着，似乎诉说着一个情节离奇凄切的故事。

赵金山突然兴奋起来："他娘的，天助我也，正好可以存储咱们弄来的枪支弹药啊，嘿嘿！"

赵银山也接过话茬儿："可不是吗，嘿嘿，老天爷就知道咱缺什么。就凭这，这小鬼子一定完蛋。"

赵金山与妻子、弟弟一起钻出洞口，爬上大炕，他翻过身来，用脚把洞口踹了几踹。洞口立刻扩大了两倍。拆掉大炕一角，能容两人并行进洞。

哥俩来到院里，想把这个好消息告诉大家。见院子里的人三五成群地站在一箱箱武器弹药间，有人还坐在大箱子上抽旱烟。

赵金山走过去，劈手夺了他的烟斗撇出院子："你不想活了！屁股底下都是弹药。"

他转怒为喜，顺手抄起一个大箱子对大家说："来，同志们，咱们把武器弹药先储存起来再吃饭啊，一人一箱子跟我进屋。"

李政委一听，马上跑过来："你昏了头了，这屋子能盛几箱？你们两口子想在弹药上睡觉啊？"

"哎哎，不信？你们只管搬着箱子跟我走，准能行。"赵金山又转身对同志们说，"快，听命令，每人一箱，跟我走！"

大家每人搬着一箱，疑惑地跟着赵金山走进屋子，又穿过西屋，个个瞪着大大的眼睛进了圆寂大厅。一百多个战友，搬着一百多个箱子，从院子进屋，一一消失在这个神秘的大洞里。

大厅四周亮起了缴获来的电池灯，在灯的强光下，一箱箱的武器弹药靠着洞内最里面的墙壁整齐地码放起来。

一百多人站在大厅的中间，仰望高高的洞顶，人多不显得挤，声杂不显得吵。

大家你看看我，我看看你。突然哈哈大笑起来，激动地鼓掌庆贺。

有个顽皮的家伙首先打趣地大声说："赵大王，真是神奇，猴孙儿这里有请大王上座训话。"

大家哈哈大笑。

"当当！当当！"洞口想起了铜盆声，"同志们！开饭了，开饭了！"甄大嫂的声音。

大家来到院子里，适才被武器弹药挤得满满的院子，现已空空如也。伙房帮忙的几个人立刻摆好了几张大桌子，香喷喷的饭菜可就上了桌，大家开心地吃起来。

晚上，有几十个战士就住进了圆寂大厅。赵金山和弟弟赵银山睡在一起，赵金山突然有了请求，希望赵银山带弟兄们多住几天，教教战士们枪法。赵银山刚答应，赵金山就立马睡了！看着哥哥熟睡的样儿，赵银山笑了笑，也睡下了。

山庙里立刻呼噜声此起彼伏。

抗日义勇军铁路大战后的当天早晨，城里的鬼子跑步来到了铁路旁，看大火熊熊燃烧着，他们是干着急，无计可施。大火一直烧到上午十时，阻挡住了鬼子三列南下的火车，鬼子增援的工程兵到来时，才把火扑灭。铁路侦察小队到了，他们看到的是还在冒烟的军列和日军横七竖八的尸体。

当天下午，在城内料敌塔下的日军冀中第七联队的军部里，川崎大佐对着押运火车的小队长佐佐藤木拍桌子瞪眼说："你的，大大地良心坏了，帝国军人的脸面让你丧失得荡然无存。大帝国的军队完不成小小押运任务，还谈什么征服。八嘎呀路！"

佐佐藤木"嗨、嗨"地打着立正，赔着不是。其实，他根本没有去押运，而是去保定找日本随军慰安妇玩乐去了。这出了事，他怕大佐追究下去，脑门子上全是汗了。

"你要是还承认自己是帝国军人，就要在三天内，找到这批军火，不然的话——你就自己看着办吧！"川崎大佐说着自己背过身去，佐佐藤木"嗨、嗨"着悻悻而去。

这时，刚组建起来的日伪治安维持会长高然、伪军小队长岳春田也被带了过来，颤颤巍巍地站着。

川崎看了看二位的样子，笑了两声："嘿嘿！高会长，你们这里有个成语叫'姗姗来迟'，你们良心大大地坏了！说，昨晚枪声在西关响了半宿，你们，为什么到现在才来！"

维持会长高然笑着上前："我们定县还有一个成语，大佐也许不知。"

"说说，我早在帝国本土就研究透了，你们什么战国中山国，什么汉代中山国，什么宋代瓷器孩儿枕，上千年的事儿我都知道，还有我不知的？"川崎学生似的走了过来，围着高会长转。

"这个成语就叫'放辟邪侈'，放辟邪侈者于夜晚蝇营狗苟，我们这些文人墨客岂能知否？"高会长拍着屁股，哈哈大笑。

川崎急忙问翻译官："八嘎，他的……是不是在骂人？"

翻译官平静地说："他不是说你斜着放屁，他是借当地两个成语说话，意思是：那些肆意的人不择手段，像苍蝇一样飞来飞去，像狗一样的不知羞耻做坏事，不管铁路安危，他们这些文人又怎么能知道？"

"嘿嘿，不骂人的就好，高会长大大的文人。我的，又学了两个成语。"他说完，又立刻转身对伪军小队长岳春田说："你的，蝇营狗苟的。说，凌晨抢劫皇军物资的是什么人？"

岳春田吞吞吐吐地不知道怎么回答。正在发窘的时候，鬼子的一个侦察员报告说，发现了游击队留下的物证。

川崎大笑了三声，又干咳了三声，说："快，拿进来，让高会长和岳队长看看！"

两个小鬼子抬着一个已经有些弯曲的铁撬杠走进屋子，川崎立刻站起来哆嗦着嚷："这，这，什么武器？"

"一个铁撬杠而已，把你吓成这样。"高会长鄙视地说。

"撬杠的，什么地干活。"

"也许就是用这……撬坏铁路的。"高会长做着手势说。

岳春田这时来了精神，搬起撬杠，端详着，兴奋地自言自语："这他妈的不就是岳铁匠、岳叔家的犁杖料吗？"

川崎听他这样说，立刻竖起耳朵，跳到岳春田面前："你的，你再说，这是谁家的？"

"我，我，我不知道，我是说，这铁撬杠也许是铁匠家的。"

"噼啪！"两个耳光打上了岳春田的脸，川崎气急败坏地说："你对皇军大大地不忠诚，你刚才不是这么说的，你说，到底是谁家的。"

岳春田是岳春喜亲伯伯家的儿子，他和岳春喜一起长大，经常吃喝在岳春喜家。他还和岳春喜一起玩过这样的撬杠呢。他被鬼子抓来做伪军，后又凭着力气大、胆子大、鬼点子多做了小队长。他进来曾发过誓，敷衍做事，不祸害老乡。

他刚才是不由自主说出口的，说出后他就后悔了。他怎么能说这是叔叔家的呢，这可是给叔叔家招灾惹祸的话呀。

这时，川崎的军刀架上了他的脖子，他感觉脖子上凉凉的。但是，片刻，他的下面立刻热热的，他知道自己已经尿了。

但是，他还是咬着牙，闭着眼睛，站着马步说着"不知道"。

他被川崎亲自押进了刑讯室。

来到刑讯室，川崎也不追问，用白晃晃的小刀子在岳春田的眼前晃了晃，在脸上拍了几拍。突然"唰"地片下了岳春田的左耳。

鲜血渗出，岳春田倒地乱滚。但他还是咬着牙不说一个字儿。

南城门守门小队长龟二雄一提着岳春田的脖领子问："你的，快说……不说，你的右耳朵也就割下喂狗了。"

岳春田咬牙坚持着，他想起了叔叔的好，叔叔的慈祥厚道。小时候，叔叔常给买好吃的；他还记得，有一次自己学游泳，在水中扑腾着要沉底儿的时候，是叔叔及时赶来救了自己的命。一系列的往事历历在目，他不能说啊！这时，只觉得右耳一凉，他的右耳朵也齐刷刷地掉在了地上。掉下后还在地上蹦跳着。他满脸是血地、哇哇大哭着双手捧起自己的右耳。右耳却从他手上蹦了下去，他疼得昏死过去。

川崎吩咐医生包扎了他的双耳，把他的头缠得如一个硕大的棉球，只露着鼻子和嘴巴。

一瓢凉水浇上了他的脖子，他被凉醒了。醒来，他双手捂着缠满绷带的头，号啕大哭。

川崎已经走了，龟二雄一还在。见他醒来，满嘴喷着臭气，凑近岳春田滴血的耳朵："岳队长，刚看了你们县自编的成语集，我想用个成语说明我的心意，叫'从井救人'，也就是，川崎大佐说了，等你醒了，就让我杀了你。可咱们共事这么久，我想救你，但这救你就会危及我的性命，也就算我'从井救人'了。我最后一次问你，你到底知道不知道是谁家的铁杠？"说着，龟二雄一将一把小刺刀顶在了岳春田的心口捅了捅。

"我数三，到三你还不说，我就刺进去，从此你与我就再不相见了。你爹和娘也不见你了。"龟二雄一说着把刺刀再往里捅捅，岳春田感觉到了刀尖处的刺痛。

"一……二……"

没有等龟二雄一喊"三"，岳春田就急忙说出了"叔叔"二字。

说完，他痛苦地耷拉下纱布缠裹的大脑袋。

当晚，龟二雄一带着岳春田还有一个小队的鬼子外加十多个伪军，来到了岳春田的叔叔家，也就是岳春喜家。

绑上了岳春喜的奶奶、爹、娘，还有他十七岁如花似玉的妹妹。

龟二雄一把一个大铁棍子扔到他们面前："这是你家的吧，你们抢了皇军的军火，烧了火车，大大的死罪。"

岳春喜的父母一看就知道怎么回事了，但是，二老没有说一句话。

鬼子带人又从铁匠铺里搜出了很多这样的铁棍子。他们放倒了两位老人，把铁棍子全压在了他俩的身上。

岳春喜的爹爹怒目圆睁地看着岳春田，厉声说："你小子出息了啊，敢拿你叔叔开刀？这小鬼子给了你什么好处？"

鬼子要带走所有人，岳春田听了，也不敢说话，趴在地上不停地给叔叔磕头。

岳春田祈求鬼子不要带走奶奶。龟二雄一看了看白发苍苍的老人，颤颤巍巍地走不动，答应了。可他们刚走出屋子，岳春田听到"噗"的一声，他回头一望，奶奶的头撞在了院子打铁用的大砧子上，鲜血喷涌着倒地。

岳春田哭喊着奶奶，要冲过去。岳铁匠一个脚绊子把他绊倒，然后用铁钳般的大手死死卡住了他的脖子。龟二雄一一看，急忙用枪托猛击岳铁匠的后脑勺，岳铁匠登时撒手，昏死过去。

女儿岳春梅一看爹爹也"死"了，疯了似的挣脱了鬼子，匍匐在爹爹身上。一个鬼子色眼眯眯地抱起岳春梅："花姑娘，大大的花姑娘。"说着就乱摸起来。

春梅娘一看，疯狂地哭喊着，去解救自己的女儿，小鬼子就用枪托胡乱地打，一时间，昔日平静祥和的岳家大院成了人间地狱……

春喜的奶奶死了，春喜的爹娘和妹妹春梅被五花大绑着装上三轮摩托，拉到了龟二雄一的刑讯室。

当晚，龟二雄一就把春梅的父母关到了隔壁的房间。然后他把哭喊着的春梅提到了自己的卧室，扒光了这个可怜女孩儿所有衣服，转着圈地羞辱一番后，残暴地强奸了春梅。春梅在龟二雄一行凶时就含羞咬舌自尽。岳铁匠听到了女儿那撕心裂肺的叫喊声，急得抓屋子的墙皮，双手抓得鲜血淋漓。春梅娘急得昏厥过去。

龟二雄一在岳春喜父母那里什么也没得到，他们把二老打得死去活来。二老不吃不喝，一心求死。三天后，二老伤口极度感染，高烧不退，双双心力交瘁而死。

这还不算，鬼子想出了一个灭绝人性的损招，他们想用死人的尸体吸引游击队员，把春喜父母的尸体捆在双人椅子上，放在了西关护城河里的一条船上，还把春梅的尸体裸着放在了船头。船随水摇动，二老的尸体也在椅子上摇摇摆摆。

护城河紧挨着一条交通要道，来往的人很多，人们都看到了这凄惨的一幕。一个老者见了，跳起来大声喊："人死了还不能让灵魂安歇，王八羔子小鬼子，你们没有爹娘啊！你们是石头缝里蹦出来的？"

隐藏在草棵子里的鬼子问翻译官："他说的是什么？"

翻译官也对鬼子做的这缺德事深恶痛绝，于是添油加醋地说："说你们是王八的儿子。"

"嘿嘿，在你们中国，王八不就是神龟嘛。我们就是龟儿子，我们喜欢龟。这中国老头儿，大大的好人，夸赞我们呢?"小鬼子得意地说。

"老头儿还说，你们是孙猴子的后代，是从石头缝里出来的。"看鬼子迷茫没有反应，翻译官补充说，"说你们没爹没娘!"

"八嘎!"鬼子听出了问题，抬手给了翻译官一个耳光。

在岳春喜的一家被带往城内的那晚，岳春田的爹也在隔壁听到了哭闹声，但是，天生胆小怕事的他，就没有敢出门。

还不如他的邻居岳子明呢，岳子趴在自家房顶，把事情的经过，看了个真真切切。

第二天早上，邻居岳子明帮着岳春田的爹埋葬了老娘，把事情的经过给他说了个一清二楚。

岳春田的爹听了后，狠狠地扇了自己两个耳光，说了一些"没有积德，生了这么个败家子儿，有损祖上"一类的气话。

当天，岳春田的爹就踏上了寻找侄子岳春喜的行程。他想通知岳春喜带人去救他的爹爹——自己的亲弟弟。他翻山越岭边走边打听，不停歇地走了两天才打听到了义勇军的大致位置。他找寻着，分辨着山里发出的每一个声音。终于在第三天早上，他听到了枪声和练兵的吆喝声。

他摸索着翻过山顶，看到了山庙和庙里的官兵。

卫兵发现了他，他言明是岳春喜的伯伯，正好卫兵是春喜班的，于是高兴地把他带进了大院。

春喜在院子里，远远就看到来的是伯伯。急忙上前惊奇地问:"伯伯，你怎么来了? 怎么找来的? 这大老远的。"

春田爹也不说话，老泪纵横地"扑通"跪在了侄子岳春喜脚下。

队长赵金山和弟弟赵银山出门来，看到了这一幕。赵金山上前扶起大伯:"老伯，您老这是怎么了，咋地给咱小辈儿人跪啊，你想让他折寿啊。"

"我对不起春喜你啊，春田带着鬼子把你爹娘和妹子带走了，你奶奶撞死了。"说着眼泪扑簌地落。

"到底怎么了啊，大伯?"

"你们把撬杠丢在了铁路上，鬼子也许是从春田那里知道是你家的。反正是春田和鬼子一起绑走了你爹娘和妹妹，气得你奶奶寻了短见。我找你们三天了，也不知道你爹他们的死活，你快去救他们吧。春田要是真做了坏事，你们就替我弄死这个畜生吧!"春喜的伯伯老泪纵横。

岳春喜听大伯讲述经过，怒火就在胸中升腾，他似乎看到了奶奶脑浆迸裂的凄惨，似乎听到了爹娘被折磨的叫喊，他更不敢想妹妹面对虎狼的惊恐。他立刻吹响了口哨，要集合二班全体战士去解救父母和妹妹。

赵金山和赵银山两位队长听完也火冒三丈，赵金山"腾"地起身："他奶奶的，拿老人和女孩子出气，算什么鬼东西! 全体集合!"

李政委一看这情况，马上喊过岳春喜："岳班长，从老伯的话里，我听出了，你家遭难完全是我们考虑不周。丢了一个撬杠，给鬼子留下了破案的物证，这个事我们一定要管到底。但是，我们要先闹清二老关押的具体位置，再做打算才行啊!"

"他老人家是因为我们的事才被鬼子抓走的。眼下最为重要的是商量怎样赶快将二老和小妹救出来才是。"赵银山说着拍了拍腰里的盒子炮。

"行，春喜、老伯、李政委、二山子，咱们进屋吧，商量救人要紧。"赵金山点了几个人进屋。

大家商量的一致意见是，事情已经过了三天多了，需要马上行动，先派赵银山的骑兵队去侦察。侦察队搞清二老关押的位置后，再回来商量营救方案。

赵银山立刻对自己队伍的赵副队长说："马上派骑兵突击班侦察。"

"好，我马上安排!"赵副队长说完喊来赵伟，"赵伟，你带领骑兵突击班以最快的速度赶往县城查看岳春喜一家的情况。只是查看，不能擅自营救。"

赵伟点了人马，马上要出发。一条大黑狗跟在赵伟的马后，其他队员扬鞭要轰走这条狗，赵伟劝阻说："这条狗不知是谁家的，在我来那天就黏上我了，吃我的喝我的，我们就成了好朋友。它还很懂事，也许它以为我要走，你们轰不走它，让它跟着吧。"

狗得到了允许，跟着马队狂奔。

还没有到城里，赵伟就从一个过路的捡粪人那里，了解到二老尸体被绑在护城河船上的消息。

他们到了护城河一带，远远就看到了那令人伤心和愤怒的一幕。

赵伟是个急性子，一看这样，就愤怒地对大家说："小鬼子没有人性，做出这等杀人暴尸的事，咱们拼出性命也要把二老和春喜妹的尸体从船上救下来。"

一个骑兵上前阻止说："鬼子既然这样做，就一定是为了吸引咱们去救。我看，周围必有埋伏。咱们还是先回去汇报情况，通知大家一起来夺回尸体吧。"

"估计没有多少鬼子，我看周围没有什么大的隐蔽物。咱们是骑兵，杀过去夺回尸首就走。"赵伟拉起了马缰绳。

大家一听，也都觉得可以，于是，赵伟一声吆喝，率先快马加鞭冲过去，其他人也吆喝着马往前冲。

埋伏在草丛里一天一夜的鬼子看到了这种情况，如饿狼扑食，同时站起来开火。冲在前面的赵伟首先中枪落马。

后面的士兵立刻反应过来，匆忙举枪还击。可是，马受惊四散逃窜，他们一个个成了单枪匹马，怎敌得过鬼子两挺重机枪交叉扫射啊!再说还有一个排日本兵，不知从哪儿站出来，站成一排，端着三八大盖点射。片刻间，十人七死两伤，只有最后面的刘命儿掉转了马头，落荒而逃。

鬼子想把死去的七个人的头颅斩下来，在城头示众。当要砍赵伟的头时，一条大狗从路旁的深沟里蹿出来，咬下了一个鬼子的耳朵。鬼子要用枪打它时，它蹿到鬼子群里乱咬起来，这样，鬼子队伍里乱作一团。谁也不敢用三八大盖在队伍里打狗，怕伤了人。吓得个个抱头鼠窜。

狗见鬼子跑了，守住赵伟的尸体"呜咽"有声。

鬼子把伤了的那两个自卫队员捆绑起来，押送回城。骑兵王玉强还没有进城就因失血过多死去，鬼子把他的尸体运回挂上了城门。

骑兵牛青山被带到刑讯室，始终没有说一句话，被鬼子割下了舌头，折磨而死，同样挂上城门。鬼子刑讯室又接到川崎的命令，把春梅和父母的尸体运回，也挂上了南城门。并增派重兵看守。

七个头颅，五具尸体在南城门挂着，春梅的尸体一丝不挂。

晚上，许多条野狗在城门外，对着悬挂的尸体叫个不停。

逃回的骑兵刘命儿报告了他们的遭遇。并向春喜说了二老和春梅的情况，春喜一听，蹦跳着号啕大哭起来。

赵银山怪赵伟的自由主义，擅自做主，丢了自己的性命不说，还让其他几个弟兄跟着牺牲。

但赵伟毕竟是自己出生入死多年的战友，他大哭着喊赵伟。当天晚上，赵银山亲自带领骑兵，把好友赵伟和其他战友的尸体抢回来，运到山脚下一农户家的麦场里，蒙盖了白布，派两个战士看护。那条狗仍守在赵伟尸体旁不离不弃。

这当儿，他们又得到了五具尸体悬挂南城门的消息，大家听后义愤填膺，都摩拳擦掌要报仇雪恨。

当晚，李政委召开了紧急会议，他率先做了检讨，说自己没有给骑兵强调一下纪律，没有告诉他们无论什么情况也不准擅自行动，说这是血的教训！

大家讨论如何去抢回尸体，绝不能让亲人们死后暴尸城头，灵魂不得安宁。

但是，大家商量来，商量去，没有一个两全其美的营救办法。

赵金山吩咐各班班长开会，一是讨论擅自做主的血的教训，二是商量营救对策。会上，五班班长陈秋粮报告说，他们班一个入伍前曾做过土匪的战士刘晓英说，他还藏着过去用过的熏香，一根熏香能熏倒二十个人。

赵队长急忙问："熏香藏在哪里？"

陈秋粮班长说："他说在家中的界山墙里，三层油布包裹着。还说，这样存放十年都不失效。"

"他妈的，我说天不灭赵吧，快……快去取！你们班的人一起去完成任务，别他妈的兔子还没有弄到手，先让鹰啄成了瞎眼儿。"赵金山不知道什么时候就爆了粗口。

陈秋粮他们走了，李政委想出了一个周全的方案，大家听了后，都觉得行……

当晚，大雾再一次笼罩了定县城，能见度仅三四米。

借着浓雾弥漫的夜色，四个义勇军精干队员在赵金山的带领下，钻过护城河上铁丝网的破口，再一次潜泳到南城门两门中间的护城河里。

探照灯不停地在水面扫射，他们只好在水下换气潜伏，伺机行动。

探照灯光柱刚刚挪动的一刹那，他们迅猛蹿上来，麻利地沿着河道斜坡猫着腰而上。好个机智勇敢的战士，个个不声不响地，用队长赵金山传授的致命的"脖子转筋"功夫解决了站岗的哨兵。

看周围平静了，赵金山示意带熏香的小战士，去亮着微弱灯光的鬼子休息室燃放熏香。

又示意一个战士搞掉探照灯。

布置完毕，他自己大着胆子向城门上的机枪手摸去。几个闪转腾挪就接近了机枪手，"咔嚓！"机枪手在瞌睡中见了阎王。

熏香的小战士刘晓英是个老手，他自己爆料说曾经用三根熏香熏倒了一百只羊。

这时，他已经摸索到了鬼子的休息室。借着微弱的灯光，他看到大概有二十个鬼子背靠背打瞌睡。他笑了笑，麻利地把熏香放在一根竹管里用火镰绒燃着了，伸到了门下的缝隙口。俯身下来，鼓起嘴巴把烟吹了进去。

不到一个时辰，探照灯已经没有了光亮。熏香的刘晓英同志悄悄下来，摸索到南城门，看到城门已经开了一条缝，赵金山他们迅速把五个人的尸体放到地上。赵金山脱下自己的上衣外套把春喜妹裹上。刘晓英用盛熏香的袋子把七个战士的头颅分别装上。然后，他们喊了一声"走喽，亲人们回家喽"，背起尸体和头颅，向城外跑去，城外的小树林里有他们来时拴好的马。跑到拴马处，他们才听到身后几声狗叫，随后枪声大作。赵金山知道，狗叫惊动了城门下兵营里的鬼子。

刘晓英说："让这些狗日的小鬼子，去为龟儿子们做人工呼吸吧！"

正要走，来了几个赶大车的战士，说七个人的尸身在护城河边的一个小沟里找到，并装上了车。他们把五位亲人的尸体也轻轻放到车上，策马扬鞭，送回了山下。

等候在山脚下的岳春喜看到爹娘和妹妹的尸体，大哭起来。他擦干眼泪，跳着要去城里杀鬼子。还说，要杀了岳春田为父母和妹妹及弟兄们报仇。他这气急后的冲动，被李政委劝止了。

赵银山看着摆在山坳里的九个战士的尸体，悲痛欲绝。从沙河南来的时候他们还生龙活虎的，父母姐妹含泪送别，这么两天就阴阳相隔了，怎么向乡亲们交代啊！

赵银山决定，无论如何得赶快把战士们的尸体运回老家去厚葬，入土为安。他当即决定，连夜回去，让战士们尽快魂归故里。

赵金山表示同意。

赵金山和李政委商量，让县委的侦察员小刘骑马带队回县委，报告这里的情况，顺便请示县委如何分配武器弹药。

不到半晌，小刘带人回到定北县委，孙书记正和其他领导掌灯分析敌情。刘笑侦察员风尘仆仆报到："报告，有急事汇报。"

"小刘，回来了，听说你们打了胜仗，快说说情况。"孙书记和蔼地说。

"算是胜利吧，消灭了三十多个鬼子，缴获了二十车的武器弹药，可我们也牺牲了十多个同志！"小刘生气地坐在长板凳上说道。

"城里的交通员早已经把情况报告给我们，本来袭击火车伤亡不大，但赵银山带来的战士违反了作战纪律，擅自行动，造成了九名战士的牺牲，这是教训啊！一定要做好牺牲战士的丧葬及抚恤工作。再就是，缴获的武器弹药多分给他们一些，也好再补充兵员，给定南县委也应有个交代。毕竟定南县委书记看我的面子，才派人援助咱们的。"孙书记说着狠抽了一口烟，呛得干咳流泪起来。

小刘站起来说："赵支队长派我急忙回来，就是让我请示县委，武器弹药如何分配。"

"给他们一半，我们这里距离火车近，没有了我们再搞嘛！他们搞枪支弹药不容易，快派人回复他们吧。"孙书记果断答复。

按照县委的批示，赵金山分了一半的武器弹药给赵银山。他吩咐战士从暗室里搬出武器弹药箱，翻山越岭搬上马车。又从粮库里搬来五十袋大米，二十床被褥，一同搬上车，赵金山的二十辆大车也就都装了东西。临走的时候赵金山把二十块银圆交给弟弟说："这是俺在东北攒的军饷，给爹爹，算是俺的孝敬吧！告诉爹爹，我有时间一定去看他。"

赵银山接过，刚要走，赵金山说："银山，你人马少了，把我的九班给你吧！"

李政委见赵金山这么说，马上制止："赵队长！"一边制止，一边把他拉了过来。

赵金山红着眼："又怎么了，我的李政委？"

"送粮，送枪，送弹药，哪里还有送人的啊！"李政委表情很是严肃。

赵银山听懂了哥哥的意思，这是要给他补充兵员。于是马上跟过来："哥，人我是不能要的，再说这事你自己不能做主，还得需要报请定北县委批准才行。有了这些枪支弹药，我回去再招兵买马。"

赵金山点点头。

赵银山跟哥哥嫂嫂及李政委一一告别，然后，掉转马头含泪而去。

站在山梁上，望着随烟尘而去的一队人马，望着弟弟英俊的背影，赵金山的眼圈儿也红了。

送走了赵银山，大家回到山神庙，赵金山和李政委带班长们去山洞大厅开会。

甄续男来到卧室，看苗苗姑娘正在抹眼泪，于是小声问："怎么了苗苗姑娘？又想起伤心事了？"

苗苗姑娘歪着身子，羞红着脸，扭捏着身子："没有！"

"那是怎么了，无缘无故地哭，还红了脸？"甄续男扳正苗苗的身子问。

苗苗也不说话，只顾透过窗上的一块玻璃向外眺望。

甄续男苦笑说："我知道了，你是为俺二弟的走才哭吧？"

苗苗的脸更红了。甄续男笑得更厉害了，苗苗的头沉得要掉下来似的。

见苗苗不说话，甄续男把苗苗拉进怀里："我们苗苗长大了，知道喜欢男人了。不过苗苗啊，俺弟弟赵银山，他……他已经是有对象的人了。家里早就给他定了娃娃亲。你可不能难过，以后姨……哎呀，还是改叫大姐吧！以后大姐给你介绍一个更好的，咱队伍里有的是好男人。"

以后的日子里，赵金山在县城西一带招募兵马、积草屯粮，人们一听说是一支能打鬼子的大部队，都纷纷送子女参军。队伍迅速增加了四倍，一个冬天就发展到五百余人。

赵金山和这一带的群众联系密切，尤其是各村的自卫队武装，愿意加入抗日游击队的他欢迎，愿意自己"单干"的他支持。他更喜欢结交勇士。

一天，赵金山正组织游击队员练习枪法，在表彰会上认识的城西韩家庄村人王宗五来找赵金山，离着大老远的就喊："赵支队长，你还认识俺吗?"

赵金山定睛看了看说："嘿嘿! 你不就是在无极与鬼子拼刺刀，杀死一个日本鬼子，缴获一支三八大盖的回民支队队长王宗五吗?"

"嘿嘿! 是啊，小弟正是!"王宗五说完双手抱拳。

这话逗乐了赵金山："哈哈，来来来，到屋里坐! 你离着城里近，给俺说说最近城里的情况。"

两人在土炕上坐定，苗苗为他们端来半瓢炒南瓜子，两人一边吃一边说笑起来。王宗五首先提起了一条爆炸性消息："昨天，我们村的儿童团长去割羊草时，遇到坂村的儿童团长朱清河，朱清河姥姥家是城里料敌塔东边的塔胡同的。他说，城里的乡绅和土豪们合资在塔寺里修了一个什么公园，还立了个'共荣'塔。他说，他姥爷说这就是给日本人舔屁股。"

赵金山一听这话，气愤地把一把瓜子摔进瓢里："他妈的，这些人谷仓多，骨气少了。征粮打鬼子，他直说没钱，这给日本人修什么纪念塔就有钱了?"

"是啊，我想去看看，到底修的是个什么鸟塔。明天东大街集，我肯定看看去。"

"那我和你一起去。"赵金山说，"看塔的我认识，是一个姓王的老人。我在城里卖眼药时，他经常去买。"

第二天，两人都穿上一件灰色大褂儿，瘦小的王宗五还手提着一个柳编药盒子，装作卖药的去东大街赶集。

路过十字街，看人们都往塔胡同走，赵金山问了问，才知道人们要去"小美公园"看热闹。

"小美公园? 我常来塔底下，怎么没有见过这里还有这么个公园?"

"走，去看看才知道。"

刚进塔胡同，迎面遇到了一个患眼病的老人。赵金山因为急着去小美公园，没有注意他，急忙给老人闪开，让他过去。但是，他往左闪老人往左挡，往右闪老人往右挡。赵金山"嘿嘿"笑了一声，然后一把逮住老人："唉——老大爷，我知道你是谁了，左右挡俺，又缺药了吧？"

"是……正是，这两年，你到哪里去了？我的药早用完了。嘿嘿，我眼神儿不好，看到你们的药箱才挡你的。快卖给我几盒吧。眼睛都快瞎了。"老人说完，用油亮的破袖口擦了擦双眼。

"好，难得你还记得俺。这次啊，大爷，不要付钱了，免费给你五瓶吧。"赵金山说完，示意王宗五给老人金牛眼药。

老人接过药，很是感激："好人哪！好人哪！你们这是去小美公园吧？"

"是啊，老大爷，这是什么时候修的？"

"刚修成的。今天趁大集，皇军，呸！小鬼子让老百姓来参观。这样吧，我这个看塔的也帮不上什么忙，正门不好进，我带你们去塔院的侧门进去，你们一定能看清楚。"

"好，那谢大爷了！"

随着大爷一路畅通地走进小美公园侧门，大爷说："你们看吧，我上眼药。看够了，我还领你们出去。"老大爷说完颤巍巍地去一边坐下，扯开了眼皮，上起眼药来。

赵金山和王宗五来到侧面小门处，只见正门广场上聚集着很多看热闹的人。公园正中间有一个石头基座的小塔，几个伪军正在一个小塔下慌乱地张罗着，看样子要蒙上红绸子布。他俩往正面走了走，一个伪军发现了他们，说："你们怎么进来的，通过熟人吧？不要再往前走了啊，再走，小心皇军把你们的脑袋钻个眼儿。"

王宗五听了，瞪眼喘粗气。赵金山拍了拍他的肩膀："咱们先不生气，早晚收拾他们。"

这时，一队穿着奇装异服的兵来到，他们也许是随军文艺兵，手里大多是东洋乐器。十几个人站定，奏响了奇怪的乐曲。

几个伪军小队长簇拥着七八个穿深烟色呢料服的鬼子正步走来。赵金山看装束就知道，走在前头的这个至少是少佐，他们在塔下默念了几分钟，几个乡绅模样的人长袍马褂、亦步亦趋地踱到塔下。乐队响起高调乐曲，随着乐曲，红色绸子缓缓从塔上落下，整个塔就露了出来。

赵金山看到，这个小塔，塔基有三尺来高，上有方形底座；塔身像一个老百姓盖房用的圆柱子大夯，高约有一丈；塔尖像是尖顶草帽，尖尖的。在塔身正面，有石刻大字。赵金山看近处没有日伪军，小声问王宗五："你能看清楚吧，写的什么字?"王宗五也小声回话："大字写的是'建设东亚新秩序纪念塔'，下面写的是'陆军少将小野贤三郎书'。"

"他妈的，真想过去推倒它！狗日的，杀人成性，还他妈的建设新秩序，还纪念，不嫌羞耻!"赵金山说着说着，声音就大起来。

"你小声点儿，让鬼子听见，咱就不好走了。"王宗五提醒着。

这时，有个乡绅模样的人走到塔前，叩拜了几拜，捋了捋灰色杂乱的长胡须，开始大声念碑文："巍乎亚洲，同种同文；道德高尚，世界共闻。天祸中国，侵入赤氛；杀人放火，庐舍俱焚。唇亡齿寒，友邻为虘；赈灾恤邻，大兴义军。新美部队长，在定立勋；黎民乐业，田得耕耘。同心御侮，秩序缤纷；感恩戴德，图报孔殷。共建斯园，志不朽云。"

这念的声音时高时低，口齿不清，王宗五只是听了个大概。

赵金山看到，这个可耻的乡绅模样的人，一边神经病似的高一声低一声地念，一边摇头晃脑做样子，念完了，只听一个翻译官怪声怪气地喊道："好、好、好！大家鼓掌!"

偌大的广场上响起了稀拉拉的鼓掌声。赵金山看到，老百姓群里鼓掌的不多，鼓掌的大多是伪军和现场维持治安的鬼子。

远处的围墙上那几个鬼子机枪手，也离开机枪，站在一边鼓着肚子双手击掌。赵金山小声对王宗五说："我真想上去夺了他的机枪，突突了这帮小鬼子和这帮软骨头们。"

碑文念完了，又换了一个人，开始念侧面捐款建塔的人名单。

趁着伪军们鼓掌的空当儿，赵金山对王宗五说："你记住几个人，过后，咱找他们为咱抗日捐款。"

看了一会儿，赵金山实在看不下去了。他给王宗五示意，两人悄悄撤出这个让他们恶心和闹心的鬼地方。

一路上，赵金山不断地骂骂咧咧，对小公园里的立塔耿耿于怀，他觉得是一种奇耻大辱。

中午，躺在炕上，他辗转反侧。下午，他又派人去了一次城内，找到内线，问明了有关这个塔的其他事。内线说，的确有人捐款修建。传出一张纸来，上面写的是碑文，还有为这个"耻辱塔"捐款人的名单，名单上有几个人的名字下面画了横线。

甄续男看了看："我觉得这个高亲阳不是真名字。"

"为什么？"

"这'亲阳'就是'亲日'的意思，那些有钱的捐款人都是大户人家的，都是有学问的，叫个高耀祖什么的还算是对。叫这个现编的名字就不对了。"

李政委过来，看了看碑文和捐款人的名单，说："我觉得这是侵华日军为了掩饰其侵略罪行，颠倒黑白，混淆是非，在为自己侵略中国的行径强加借口的。日军这是强奸民意，以民众代表的名义写出来，企图以此为自己'树碑立传'而已。"

赵金山一听，从炕上出溜下来："真想去推倒这破塔。"

"推这塔没有什么用，关键是怎么推倒埋藏在民众心中的歪塔，让民众不要再上当，让他们明白鬼子的诡计，让他们挺起身板儿跟鬼子对着干。再说，留着这'共荣'塔和塔上的碑文，将来还可以作为日军侵略中国，蒙骗人民的铁证。"李政委做了详细的分析。

"城里大户捐款的一定多。我想，派人去打探一下，看这画线的是不是真捐款了，他既然能给鬼子捐款，也得让他给打鬼子的人捐款。"赵金山说。

　　"这倒是行，我安排这事儿，也让这些没有血性的软骨头补补钙。"李政委说完"呵呵"笑了两声，出去布置了。

　　…………

　　八路军晋察冀军区司令部得到游击队送来的战报，当即召开司令部研讨会议，决定加强对游击队地方武装的领导和扶持。会上，批准义勇军第二支队改编为县八路军第一游击队，给赵金山送来了筹建经费。赵金山的部队战士们穿上了八路军统一服装，无不欢呼雀跃。

　　十一月，晋察冀三分区成立，游击队受三分区领导。三分区司令员陈漫远和政委王平指示：游击队编为第一游击支队第五大队，赵金山为大队长，甄续男任副队长，李顺为政委。

　　第五大队成立后，李政委查明了给"共荣"塔捐款的乡绅地主，并一一传唤了他们，还为他们办了三天的学习班。迫于高涨的抗日激情和严峻的形势，他们主动为抗日捐献了一部分生活物品和钱款。

第 9 回

回乡路银山遇铁山　阵地战沙河圈亡妹

再说，赵银山带着二十多个战士押送着二十辆大车在小路上默默南行。

刚走了不到十公里，天空就飘起了雪花，纷纷扬扬的，落在人脸上凉凉的，很快化成了水滴。战士们都知道，最后两辆大车上有冰冷的战友尸体，战士们一句话也没有，大都沮丧前行。

不一会儿，雪越下越大，大片大片地往下落。盖白了车上大大小小的箱子，挂上了战士的棉衣，染白了人们的胡子茬儿。冒风雪艰难地走了六七公里，旷野上就白茫茫一片了。车辆在庄稼道上行走，分不清哪是道路，哪是田地。

车夫们凭经验前行，但也是不时有车辆误入庄稼地，卡在沟坎里。有时走着走着实在不能前行了，返回来重新找路走。

少问一句话，多走十里路。赵银山觉得应去附近的村里找一个老农带队，这样，才不至于走冤枉路。

左前方出现一个村落，有稀稀拉拉的灯光闪烁。赵银山马上招呼弟兄们往村庄方向走。刚转过车来没走几步，就听到了枪声。

赵银山身子一激灵，小声地说："停，快把马嘴封住！别让马叫！"

马车停下来，前后十几个弟兄围拢过来。

赵银山说："前面有枪声，也许不是冲咱们来的。不过，咱押送着这么多重要物资，要先隐蔽，再侦察，看时机出击才是上策。我决定，马车隐藏在前面的柳树林里吧。"

"行，按赵队长说的办。"赵刘群副队长说。

"赵副队长，你和张立生一起，带马车去树林。对了，不要忘记给那两个爱叫的马封笼口呀！刘林、老周再带上一个机枪手、一个狙击手跟我去响枪的地方侦察。走!"赵银山说完，把枪挪到胸前，跨上了马。

策马来到村口，赵银山远远发现，交战双方火力不大，但装备很足，听声音有德式毛瑟步枪，有日本的三八大盖。赵银山认定可能是国民党部队和鬼子交上了火。心想，现在是国共合作时期，所以要立马支援才是。

赵银山正要快马加鞭去村口看个仔细，看到有十几个农民打扮的小伙子，突然跑出了村子。他们身后是二十几个鬼子一边追一边开枪射击，前面的小伙子们只是蛇行着跑，边跑边回头还击。

赵银山对几个战士说："鬼子人不多，我们快速从敌人后面包抄。听我口令，大家齐开枪，迅速解决战斗，要是鬼子再有大队人马出来，我们分散着跑，然后去村南集合。"

"明白!"

四个战士随赵银山快马绕到鬼子的后面，五个人同时开枪，鬼子顿时倒下四五个。其余的鬼子分散开来，向着赵银山他们隐藏马车的地方跑去，赵银山一看急了，不能让鬼子发现了马车队啊！他于是高喊着"冲呀"策马狂追，人腿怎么也不如马腿跑得快。马上的他们边跑边点射，很快解决了其余的鬼子。

茫茫大地恢复平静，雪还是静静地簌簌飘落。

几个农民样的战士看到有人解救了他们，马上折返回来，为首的一个喊着说："喂——是哪位朋友救了俺们?"

赵银山一听，这声音好耳熟啊。对了，他听出来了，弟弟铁山就是这样说话。他于是高兴地下马迎着弟弟走去。还远得很，赵银山就

191

看出来了，真的是弟弟赵铁山啊！他高兴地喊："铁山弟吗？我是你二哥啊，哈哈！"

赵铁山跑过来，仔细地看了看马旁的人，果然是二哥。虽然二哥没有穿军服，但是他看出来了，的确是那个在唐河畔威武杀敌的二哥赵银山哪！

银山急忙撒下马缰绳抱住弟弟，铁山也像快乐的小鸟归巢一样扑进哥哥的怀里，抹了几把眼泪，抬起头来："哥啊，刚才我们打得没有子弹了，不然我们是不会跑的。鬼子疯狗一样追我们时，我就想，这下可完了，见不到爹爹也见不到俺的两个哥哥了……"

赵银山打断弟弟的话："昨天我和大哥还提起你了，还打算处理完事务后，联合着去找你呢。哈哈，真好，爹经常念叨你，你就没有打过喷嚏？"赵银山拥着弟弟，转身对其他几个士兵喊："快，清理战场，马上走人！"喊完，又问弟弟："你们是怎么和鬼子遭遇的，这里还有其他鬼子吗？"

"我们尾随着鬼子的'大东亚共荣宣传队'来到这里，想迅速干掉他们，抢下他们的枪。没承想，打起来后才发现，足有一个排的鬼子在这里，要不是你留下的这家伙厉害，我们早就支撑不住了。"赵铁山拍着毛瑟枪说。

"这么说，村里还有鬼子？"

"没有，鬼子一听我们的毛瑟枪响，以为遇到了主力部队，就没有敢打，他们边打边撤，然后，留下十几个人追击我们，其他的都跑了，哈哈！"

赵银山看着弟弟的天真样儿，担心地说："你们也太冒失了，侦察清楚再动手也不迟啊，要不是我们及时赶到，那后果可就……嗨！不说了，快清理战场。"

清理了战场，赵银山领着弟弟和他的十几个人去找大车队。

来到刚才的柳树丛，赵银山惊出了一身的冷汗，这里空空如也，连马车影儿也没有了。

银山急得策马转圈，其他人也跟着喊话，空旷的原野只听到回声。

银山带着哭音儿："坏了，我们一定是中了敌人的调虎离山计，物资被敌人抢走了！"

"哥，你放心，我们在这里转悠三天了，应该没有其他的鬼子，他们一定是去土山岗子里隐藏了。走，我带你们去看看，一定没错儿！"铁山宽慰起哥哥来。

"土山岗子在哪里？"银山着急地问。

"走！哥，让俺也上你的马，俺先带你去。"

还没有等弟弟说完，赵银山一把将弟弟提上了马，弟弟转身对其他人说："你们在后面跟着跑！"两人策马加鞭而去。

还没有到山岗子，赵银山就发现了车辙印儿，他心里才逐渐恢复平静。

果真，二十辆马车在雪地里静默着。马身上和大车上都覆盖了厚厚的白雪，像原野里平添了一队白色的"兵马俑"。

见有人来，哨兵拉着枪栓问："谁？"

"我，赵银山！"说着，他和弟弟铁山就站到了哨兵前，"装备呢？"

"赵队长，不要着急，我们听枪声向小树林方向来，我们就一边走，一边用树枝扫了车辙印，藏到这里来了。"他刚说完，赵刘群副队长跑来说："赵队长，我刚把车马隐蔽好，正要带人去接应你们呢，你们就回来了，是我带他们转移到这儿的。"

"你做得很对，刚才真把我吓坏了，现在心跳还快得很呢！好了，鬼子已经被我们解决了，咱们马上离开这里。"赵银山拍打着马身上的雪说。

这时，弟弟的几个人也跟了上来。赵银山兴奋地把弟弟介绍给众人。

这个队伍又增加了十几个人，浩浩荡荡地向沙河南前进。赵铁山的几个人也上了马车，马车后面绑了树枝，车往前走，车后就没有了痕迹。这茫茫雪天，正适合隐蔽行军。

铁山和哥哥银山同骑一匹马，他抱着哥哥，幸福地冲着哥哥的后背傻笑，几次笑出声音来，赵银山回头慈爱地抚摸弟弟的头。

凌晨四点，来到沙河边，赵银山刚要让战士们试试冰层的厚度，好踏冰过河。河边突然蹿出几个端着火药枪的人。赵银山正要命令战士们开火，为首的一个戴着大破帽子，帽檐压得低低的人，摇着小红旗子喊："喂，老乡——不用试了，人是过不去的，我们每天负责破冰呢。喂！哪部分的人哪！"

"沙河抗日义勇军第九支队，你们是哪部分的？"赵银山高声地问。

"哦！听口音一定是二兄弟，我张志雄啊！"张志雄说着就来到了赵银山面前。

赵银山不解地问："姐夫啊！你们这是唱的哪出戏？"

"姐夫？"铁山忽闪着大眼睛问。

"他是？"张志雄也指着铁山问银山。

赵银山把弟弟拉进怀里说："对了，忘记介绍了，他就是咱们的三弟铁山，三山子啊！"

赵银山说完又拉过姐夫说："这是咱姐夫，回家给你说。"

赵银山不知道怎么解释这个关系，他和张志雄是未来的连襟儿，这一时半会儿给铁山说不清。

赵银山问张志雄："姐夫，你们深更半夜冒雪在这河口干什么呢？"

"村里听说鬼子要来，让我们自卫队在村边巡逻。"张志雄说。

赵银山给了姐夫一拳，问道："你们村也成立了抗日自卫队？你也参加了？"

"全是让这小日本儿逼的，各地人心惶惶的，这买卖做不成了，咱这大小伙子不保卫家乡父老，难道让老娘们儿出来扛枪弄刀啊！"张志雄说得语气铿锵，令赵银山很是佩服。

"太棒了，带你的人加入我们的队伍吧！你看，那马车上都是武器弹药。就你那火药筒，打兔子还行，打起仗来有什么用啊！"赵银山有意显摆他的枪支弹药，是在动员姐夫参军。

"这俺得给村长商量商量，我自己是愿意跟你干啊，你怎么也是受过正规训练的。可眼下，咱先说眼下，银山弟弟，咱们村里有句老话，见面劈一半，俺不要你一半儿，你就给俺一部分枪呗。当年还是俺送你去城里的呢，你可不能忘记啊！"张志雄说了很多的话，意在要枪。

赵银山虽然不愿意把枪给姐夫，但既然姐夫说到这儿了，他也不好意思不给，于是说："姐夫啊，这枪是俺丢了九个弟兄的命从鬼子手里夺来的，到现在，他们的尸身还在车上呢。这枪也算是定北县委分给定南县的。按说，枪的分配办法，我应该请示上级的。但是，我今天还是要给你们几支，你们也算是我们沙河圈的西大门啊！给你们几支先用着，等请示县委后，再多分给你们一些，咋样？"

"行，那给我们多少啊？"张志雄高兴地说。

"五支，一百发子弹，怎么样？"

"十支吧，五支还不够一个班呢！不够一个班！"张志雄极力地强调。

"就给八支，多了，我做不了主。"

"行，八支就八支，子弹可要多给一些，我们还要练练呢！再说了，村长要是能同意，我们就是你队伍里的人了，还什么你们的我们的。"张志雄得寸进尺。

"好，要是你这么说，就给你们十支，二百发子弹。但是现在你们要帮助我们过河。"赵银山也有要求。

"行，不就是搭板子桥嘛。我们破坏大部分的冰面，那是阻止鬼子的。我们早就在河口准备好板子了，埋在沙土里。"张志雄说完，又对他的十几个人说，"弟兄们，我弟弟给了咱们真枪，咱快去给他们刨出板子搭桥啊！"说着率先跑了出去。

不一会儿，张志雄带领他的自卫队员搬来厚厚的木板，很快就在冰面上铺设了一条木板通道。赵银山亲自驾着第一辆马车，顺利通过。返身回来，赵银山在车上搬了一箱子枪，一箱子弹，说："枪十支，子弹二百发，请姐夫笑纳！"

"哈哈，笑纳啥啊，你直接给俺不就得了。嘿嘿！俺们也是有枪的战士了。村长还说，想办法从小鬼子手里夺枪呢，这得来全不费工夫。还是新枪，村长见了，不乐死才怪。"张志雄说着就要开箱。

这时，忽听"咔嚓！扑通！"两声，桥面突然冰裂，过河的一辆马车连车带马跌入冰窟窿里。

他们赶过去才看清楚，一条板子断裂了，冰下的水深不如车高，马的脖子扬着，在冰水里扑腾，一个士兵身上带着冰碴子，水淋淋地趴在马背上哆嗦。

张志雄一看这样，马上跳到水里，卸了牲口，拍着马的屁股，猛提了马的缰绳，马在水中士兵的帮助下，纵身一跃，出来了。然后，他又一次跳上车顶，把车里的武器弹药一箱箱搬上冰面。赵银山立马吩咐战士们接了。等车上的武器弹药带着水全部上岸，张志雄也冻成了冰棍儿。但他还要坚持让人们把车抬出来。赵银山说："好了，车以后再说，你快上来吧！"

张志雄上来后，他的牙已经"咯噔"地出了声音。赵银山扯了一条棉被给他披上，他才好了一些。

赵银山把一辆马车腾了出来，把给他们的枪支弹药放上，又放了几条棉被，两袋子大米，说："我们走了，你回去暖和一会儿，明天好去树林子里练枪啊！但一定要注意侦察清楚，等鬼子不出动的时候再练。"

"知道了，山子弟！"张志雄说完打了一个喷嚏。

回到赵庄村的营地，赵银山吩咐赵刘群副队长让弟兄们先把车卸了，把枪藏到地下室。然后，把战士的尸体停放好，才吩咐人买棺材的买棺材，报丧的报丧，一时间村里哭声四起。

爹爹赵老三过来了，揭开白色被单，一一端详着战士们的遗容。看一个，哭着说一个——这是老陈家的，这是老赵家的……泣不成声。哭喊着，念叨着，突然要跪下给死去的孩子们磕头，被乡亲们搀扶起来。

赵老三扶靠着乡亲哭了，边哭边说："都怨俺银山没照顾好咱的孩子们啊，俺们对不住乡亲父老们啊！以后俺的儿子就是你们的儿子，让他为你们养老啊！"

"爹爹，不哭了，我是铁山，我也打鬼子了！"铁山过来抱住了爹爹。

赵老三一听，怔住了，转而抱着铁山哭起来："我的苦命儿啊，三山子，真的是三山子啊！真的是你啊，想死爹爹了。"

"俺也想你啊，爹爹。大哥二哥他们在唐河打仗时就遇到俺了，俺养父很好，还教俺识字，还支持俺参军打鬼子。"赵铁山简单地说。

赵老三也不说话，只是眼泪婆娑地把三山子搂在怀里，抚摸着他的后背，生怕这个孩儿跑了似的。

这时，九个上好的棺材买来了。战士们把弟兄们的尸体一一装殓入棺，按照村里最高的丧事规格办理丧事。

定南县委的领导们来了，送来了抚恤金，并亲自发到家属手里，一一表示悼念，还送来了一条巨幅挽联，白布黑字悬挂在村口的两棵大杨树上。挽联是这样写的：

九战士为抗日战死疆场名垂千古
众乡亲悼英灵泪流满面义愤填膺

在烈士墓地，全村的人围着墓穴转三圈儿举行悼别仪式。全队的士兵站成一排鸣枪致哀。这阵势，乡亲们还是第一次看到。

丧事办理完后的第二天，赵银山按照定南县委的指示，要招兵买马。他兴奋得很，他要像哥哥赵金山一样建立起一支大队伍。

可赵刘群副队长担忧起来："刚牺牲了九位弟兄，等等吧，谁家愿意让孩儿来咱队伍送死啊？"赵刘群副队长是赵银山从二十九军带来的好兄弟，他遇事能思考，有点子，枪法出奇地好。武功了得，他曾经夺了鬼子的刺刀，在鬼子群里连续刺死了四个而后又全身囫囵地安全逃出。

爹爹赵老三走过来，纠正赵刘群队长的认识："也不全是这样，这几天鬼子三番五次地来村里抓壮丁修炮楼，村民们知道，给小鬼子干活儿，十有八九是回不来的。在家等着鬼子抓，还不如跟着你们打鬼子呢。"

商量来商量去，还是决定明天开始招兵。

赵银山想让赵铁山的十六个人也加入他们的队伍，但是这些人都露出了为难之情。赵铁山知道，他们是舍不得唐河沿上的家，舍不得他们的亲人。

于是，赵铁山跟爹爹和二哥商量："明天，我还是带他们回去吧，他们离不开家啊！"

"他们走，你就不用走了，你们父子好不容易团圆了，娘我喜欢你这个俊小子，你就不要走了吧！"刘晓翠表态说。

"是啊，你娘第一次见你就很喜欢你。你娘说得对，你就不要走了。让你二哥送他们回家。"赵老三也舍不得让三山子走。

"哥，你不要走了，俺跟着你一起打鬼子。"新认识的妹妹刘冬花说。

"说真的，我也不愿意走。但是，你们想过没有，这几个弟兄就是看我有点儿文化，又有这些枪，才跟着我打鬼子的。你说，我不管他们了，这也叫不够义气了！"赵铁山一口气说完，憋得满脸通红。

"爹！铁山说得很对，不能丢下一起出生入死的战士不管啊！战争时期，哪儿能打鬼子，哪儿就是家。没有事，唐河离着大哥那里近，大哥正为再次丢失小弟懊悔呢。回头我给大哥联系一下，让大哥照顾好小弟就行了。"赵银山表明了自己的态度。

"没事，只要有枪和子弹，俺什么都不怕。"赵铁山拍着胸脯说。

"要走，也得住几天再走！"爹爹赵老三说完红着眼圈儿自顾自地走了。

"哥，你就住几天呗，去俺屋坐坐吧，俺给银山哥哥做的鞋，你先试试看能穿不，要是能穿，你先穿了，我再给银山哥做呗！"冬花妹妹高兴地拉着赵铁山就往厢房走。

赵铁山带来的十几个弟兄，在院子里看着他俩进屋去的背影，"嘻嘻"地坏笑。

来到西厢房，冬花拿出一双千层底黑帮布鞋，让赵铁山坐炕上，伸手就给赵铁山脱鞋，赵铁山忙闪躲着："汗脚臭，还是俺自个脱吧！"说完把大窟窿小眼子的棉鞋子脱了下来，屋子里立刻灌满了浓烈的脚臭味儿。

"见过脚臭的，没有见过你这么臭的，你是掏大粪的呀？"冬花用手呼扇着臭气，看铁山就要赤脚穿鞋，忙又喊，"等等，洗洗脚再穿！"

冬花说着立马去堂屋舀了一盆温水，端了过来。刘晓翠看到了，会心地一笑。

洗了脚，穿了鞋子，赵铁山站起身就要走。

"甭走！"冬花嗔怒地看着赵铁山。

"干什么？"赵铁山似乎被冬花的严肃吓住了，小声问。

"嘻嘻，也不说声谢谢就走？"冬花羞羞地摆弄辫子。

"哎呀，吓死我了，真是百变女孩儿脸。"赵铁山说完真的长出了一口气。

"哎——哥，你就给俺说说外面的事呗！"冬花祈求说。

"外面的什么事？"

"什么事也行，俺只要听你说话，你说话城里音儿可好听哩，你说话呗！"

"说什么啊，你看你！"

"说说你们打鬼子呀！"冬花摇着赵铁山的胳膊。

"等我想想啊！"赵铁山说完向外张望。外面，士兵们正在整理枪械，一个个擦拭了，再重新搬进屋子里。

赵铁山回过神儿来，专注地看着冬花，冬花忽闪着大眼睛，摆弄着小辫子等着听故事。她见赵铁山怔怔地看自己，腾地站起来，围着赵铁山转着身子，自我搜寻有什么不对。赵铁山觉得，一股女孩儿特有气息扑面而来，他有了一种异样的感觉。

"看够了吗？没有见过好看闺女啊？"赵冬花戏谑着说。

她的性格随妈妈，说话大大咧咧的。

赵铁山拉下微笑的面容，严肃起来："打鬼子的事，我可不如二哥干得多，你还是问问他吧！"说完抽冷子跑出了院子去看枪支。

冬花眼泪婆娑地回到正屋，刘晓翠看出了问题，关切地问："怎么咧，谁欺负俺的宝贝闺女了？"

"就是小哥哥，穿了我的鞋，还不给我讲故事。"冬花气愤地在炕上摔着笤帚，弄得满床都是黍子皮。

"你个小东西，这么快就喜欢上人家了？你们姐儿俩啊！你和你姐姐夏花一样。"刘晓翠说完去找赵老三。

冬天沙河圈儿（四周绕着沙河，中间是大概二十平方公里的岛状区域，当地人叫沙河圈儿）的上午，阳光慵懒地照耀着雪地，人们三三两两地围在墙根儿聊天。

由于地形复杂，鬼子目前在沙河圈儿建的炮楼还不多，但也是隔三岔五地来骚扰，抢花姑娘，抢粮食，闹得鸡飞狗跳。起初，赵银山就带领二十几个战友与鬼子周旋，炮楼里过几天少一个鬼子，鬼子的尸体往往从河里漂出来。鬼子队长以为是私自下水游泳溺水死的，也就没有想到有个自卫队在。有时，大批鬼子来了，赵银山的二十几个弟兄就躲进刘晓翠他们家为防土匪建的暗室里。等鬼子走出村子，他们又出来练兵。

暗室有两间屋子大小，先建的暗室，再盖的房。很宽敞。几次躲进地道都是平安无事，村民们大多知道这些兵就在刘晓翠家躲着。但是，他们清楚地知道这些兵是保护老百姓的，自从兵们来到村里，睡觉也安稳了许多。鬼子和伪军来村里，问起来，人们都为他们打掩护。

有一天，天还没有亮，战士们还在睡觉，赵银山就醒了。来到前院，赵银山先看了看马棚子，给槽子里加了一些草料。出门向爹爹的大院走去，看爹爹正"哼哧哼哧"地练武。突然，爹爹一个旱地拔葱，人可就跳上了一丈多高的小草房。

赵银山拍手叫好。

这时，姑奶奶从房间出来，大声埋怨赵老三："天还没全亮，你这傻老三就起来了折腾。快回屋里待着吧，让孩子们安生着多睡会儿。"

"三姑起来了？你看，我这像偷鸡婆似的，没有多大动静。"赵老三站在草屋上做着猫步状。

三姑仍然摆手示意让赵老三下来，赵老三一个"猫跳"轻轻地落在地上。

这时，刘晓翠满手是面地走过来，也半笑半嗔怪着说："看看，都多大年纪了，还小孩子似的！也不怕你儿子笑话，什么时候当上爷了，你就安生了！"

正说着，忽听墙外传来"稍息，立正！"的声音。

赵银山和爹爹一听，同时说"铁山"，马上跑了过去。

院子里，赵铁山带来的十六个人，已经整齐地站成两路纵队。铁山见爹爹和二哥过来，立马上前："爹爹，二哥，我们这就走了。好几天了，他们都怕爹娘担心！"

赵银山看着这几个整齐列队的战士，个个灰头土脸的，很可怜的样子。他又转身看了看弟弟，觉得很不放心。他按说还是个孩子呢，就组织起了一帮出生入死的弟兄打鬼子，也算是赵家好汉了。

"走吧，一路小心！愿意回来就回来，还要常给我们捎信来啊！"赵银山说完吩咐战士去给弟弟搬一箱子弹。

看着弟弟和战士们把子弹袋装满了，银山又拿来六颗从火车上缴获来的手雷给战士们分了。看了看，还是觉得有什么不对。急忙进屋，把自己的盒子枪拿来给了弟弟："这个给你，路上要小心！"

赵铁山爱惜地摆弄着盒子枪，别在腰里美得转圈儿。

这时，冬花随母亲一起出来了。母亲提来一篮子刚烙好的大饼，笑着给战士们分了。冬花则穿上了崭新的大红袄，笑嘻嘻地冲着赵铁山笑。

赵老三踱过来，拉住赵铁山的手："铁山啊，昨天晚上，我和你这个娘商量好了，冬花愿意跟着你走就走吧，也应了咱这儿的老理儿'女大不中留，留来留去反成仇'。再说啊，一个小闺女光在家憋屈着也不好。给你们做个饭、洗个衣服什么的，好有个照应，等世道太平了就给你们圆房。"

"爹！俺就是想和铁山哥一起去打鬼子呀！什么圆房不圆房的，看您！"冬花羞得满脸通红。

"放心吧，爹、娘，冬花愿意跟着俺是俺的福气，俺一定好好照顾她。"赵铁山摸了摸冬花的头，爱恋地看着冬花妹妹说。

这时，队员们已经吃完了大饼，刘晓翠给他们端来了温水。

吃了喝了，战士们雄赳赳地走出赵家大院。

赵银山也集合队伍，让战士们穿上从铁路上运回的统一棉服，背着枪挎上子弹袋，荷枪实弹地绕村跑圈。

看战士们站好了，赵银山宣布："弟兄们，咱们只有人多才能打大仗，只有身体好才能打胜仗。今天咱们开始绕村跑圈，一是可以做宣传，显军人威风。二是只有锻炼身体，才能多吃饭，练身板儿。听我口令，向右转，齐步跑！"

可战士们刚跑到村东，就听见村西响起了激烈的枪声。

赵银山马上对赵副队长说："坏了，三弟他们……"

赵银山迅速集合战士向后转，朝着枪响的方向跑去。

刚出村西，远远看到，一队鬼子正在和赵铁山他们对战，各队占据着一个小土岗子对射。鬼子仗着人多武器好，在土岗子上列队射击。

三弟赵铁山明显处于劣势。

看到这种情况，赵银山命令，瞅准了鬼子，给我狠狠地打。只见从二十九军回来的赵青、卢明和薛大伟率先蹿了过去，他们用的都是"水连珠"步枪。只几个点射，鬼子就倒下几个。他们三人跳过一个个老百姓打坏留下的坑，一边打一边敏捷地逼进。逼得鬼子退到了土岗子后面。

正要全面攻击的时候，鬼子的掷弹筒响了，炮弹划破空气的刺耳声一个接一个传来。赵银山的"不好"刚说出口，炮弹就在赵铁山他们的阵地上连续爆炸了。

赵银山急了，急忙命令战士们强势攻上鬼子占领的土岗子。这时才看到，鬼子已经撤退到了距离土岗子有百米远的一处洼地。在那里发射掷弹筒呢。

炮弹还在"日日"地飞来，"咣咣"地在阵地上爆炸，战士们淹没在硝烟里。

看鬼子一时调整不过掷弹筒的射程，赵银山喊："小日本儿——老子有迫击炮，欺负老子没有带来。我命令，所有的战士使足了劲儿，把自己的手雷投出去！神枪手瞄准了射击！够他小鬼子喝一壶的！嘿嘿！"

赵银山话刚说完，手雷就一个个投了过去，由于居高临下，这鬼子可就吃了亏，这手雷比敌人掷弹筒来得迅速，鬼子的阵地上立刻连连爆炸，硝烟弥漫。

等硝烟散开，赵银山看到，鬼子阵地上留下三具尸体，其余的逃到北面的小树林了，远处还可以看到追着他们跑的尘烟。

赵银山回头看了一眼弟弟的阵地，只见人们聚集在一起，哭声隐约传来，一定是有人牺牲了。

他告诉战士们迅速打扫战场，不要追击。然后带领几个战士向弟弟的阵地跑去。

还没有到，就听到了弟弟的哭声，一声声地喊着"冬妹妹"！

赵银山看到有两个战士负伤，在沙地上躺着，有人为他们包扎。另一边，有一堆人围着一具盖上棉衣的尸体。

赵银山揭开棉衣看时，尸体已经面目全非，不能辨认。

"是冬妹？妹妹被炸死了？"赵银山推搡着赵铁山问。

"是啊，是冬花妹妹！可怜的妹妹，小鬼子的第一炮就把妹妹炸死了。王八羔子小鬼子！"赵铁山急得骂起来。其他的队员也跟着，对着鬼子逃跑的方向开骂。

赵银山擦了擦眼泪，冷静地吩咐战士们先不要告诉爹和娘，先去买棺材，等装殓好了再送回村里。又吩咐几个战士把两位伤员送走治疗。一切安排好后，赵银山让人们背对着妹妹的尸体围成圈，让弟弟负责整理妹妹的尸体。

赵铁山刚刚掀开妹妹的尸体，就吐起来，痛哭得死去活来。

赵银山一看，没有办法，自己开始为妹妹整理遗体。

赵银山虽然经历过几次大仗，也抢救过很多的伤员，也曾从鬼子尸体下爬出过。但是，他从来没有见过这样的惨象。妹妹的右臂和左腿被炸得在身子上挂着。脖子上炸开了一个大洞，大张着血口，血早就流干了，脸变得惨白干瘪。小红袄只剩下血染的棉絮遮掩着丰满的胸部。

赵银山一边掉眼泪，一边脱下自己的棉服给妹妹盖上，喃喃地说："妹妹，我的好妹妹，你死得惨啊！哥哥一定为你杀一百个鬼子！你安心地走吧。"

"我们也为妹妹杀一百个鬼子！"围圈的战士们齐声说。

过了一会儿，几个队员拉来了一口巨大的香椿木棺材，这香味儿在旷野随风飘散。赵银山知道，冬花妹妹很喜欢香椿叶味儿的，可惜，这个活泼开朗的漂亮妹妹再也闻不到了。

掀开棺材盖儿，赵银山看到，细心的队员们已经为妹妹买来了装殓的棺椁衣服。

赵银山吩咐战士们把褥子铺在地下，又让几个人小心托着把妹妹冬花的尸身抬了进去，把新寿衣覆盖了才入棺。

这时赵铁山也清醒了，哭着趴在棺材上不让盖棺，赵银山和所有的战士都再次掉下了眼泪。

赵副队长抹了一把眼泪，拉起赵铁山："弟，人死不能复生，我们还要保重自己为妹妹报仇，起来吧！"说着把赵铁山抱住大声说，"弟兄们，盖棺！为妹妹送行！"

正要盖棺，赵银山远远看见，爹爹和刘晓翠妈妈互相搀扶着、大哭着跟跄而来。

原来，早有村里的人把这个噩耗告诉给两位老人了。

爹爹身体壮，连跑带爬地上了土岗子，跟头趔趄地扑在棺材上大哭，边哭边念叨："我苦命的闺女啊，你娘随了你的愿，让你跟着小哥哥走，你怎么这么薄命啊！"

刘妈妈也上不来了，趴在土岗子半腰拍着土坡大哭，飞起的沙土几乎掩埋了她。

赵副队长吩咐两个战士搀扶着冬花的妈妈上来，她上来就要揭开盖头看，赵银山马上阻止："不要看了刘妈妈，我们已经为她整理好了。"说着，让战士们搀开她。

刘晓翠妈妈哭得更厉害了，疯了似的，哑了嗓子嚷："俺就看一眼，要不我这个当娘的怎么放得下啊！就看一眼啊！"说完，掀开了冬花的盖头。

没有想到，她抬手轻轻给了女儿一巴掌，唱哭着说："你……个……不孝……顺的……闺女啊，你……怎么……舍得……丢下娘啊，我苦命的……闺女……啊……"

刘晓翠一边哭，一边为女儿整理衣裳。

她猛地站起，怒目圆睁，眼泪扑簌地瞪着眼哭着喊："小鬼子啊，你个不得好死的！跑到我家祸害人啊！你个王八日的小鬼子啊！"

哭完爬起来，双手捧起一把土，扔进棺材里说："小花儿，走吧，好好地走吧！走吧！"她说完，猛地直起身子，大喊道，"盖棺！"

这时，赵铁山匍匐过来双腿跪在刘妈妈面前："娘啊，是孩儿对不住您啊，没有保护好妹妹，我该死啊！"说完自己给了自己一个响亮的耳光。

"盖棺，让妹妹走好！"赵银山说完，队员们也大声地喊："妹妹——走好！"

"等等！"赵铁山哑着嗓子大声地喊，只见他从怀里掏出自己的梅花针锦囊来，他知道妹妹生前很喜欢爱不释手地摸索这个锦囊。

他把锦囊放在妹妹的身旁："妹妹，带上哥哥的利器锦囊，你就什么鬼也不怕了，走吧！好好走吧！盖——棺——！"

棺材盖儿盖上了，刘晓翠发疯似的哭起来。赵老三搀扶起妻子说："我说孩儿她娘啊！不要光哭啊，咱还是为她选个好地方，让孩子入土为安吧。按照村规，没有结婚的闺女是不能进祖坟的呀！"

"我可怜的……孤苦的……闺女啊！"刘晓翠又哭唱起来。

这时，村长和几个乡亲早带着镐头、木锨来了，村长甩了把鼻涕，说："老三，你说把闺女埋在哪儿就埋在哪儿，孩子是为打鬼子保家乡死的，无论怎样，乡亲们没有话说！"

"谢谢村长，还是不叨扰那些死去的乡亲父老了，就在那柏树林边上立个孤坟吧。"赵老三指着远处土岗子脚下的一处柏树林说。

"好，那我让老奎找个风水好的地方。"村长说完，领着人们走了，这里的人开始钉棺材。人们擦干了眼泪，齐喊着："妹妹躲钉！妹妹躲钉！妹妹躲钉！"

赵银山对战士们说："看到了吧，这就是狗日的日本鬼子做的孽，不消灭鬼子，说不定哪天，说不定谁就会遭殃。同志们，消灭鬼子，为妹妹报仇！"大家也齐声跟着喊。

"先让妹妹入土为安吧，大家齐动手，抬棺！"赵银山下了命令，因为，他知道更加惨烈的战斗也许马上就来。

大家围着棺材站好，抬下土岗。来到平地，大家齐声叫"起"，二十几个人把棺材缓缓举过头顶，大家就这样举着，慢慢地向土岗子南边的柏树林走去。

由于是半沙半土的地方，乡亲们很快把墓穴挖好了。棺材抬来，头南脚北地放下，让刘妈妈哭了一会儿，大家开始为冬花下葬。

无论是男女老少都为冬花围坟转圈，哭声阵阵。

坟头儿堆得老高，没有花圈，没有挽联。有的是战士们鸣枪送魂，列队默哀。

丧礼结束，赵银山让村长和乡亲们随爹爹和刘妈妈回村了。

看爹爹走远，赵银山对弟弟赵铁山说："你现在先不要带战士们走了，万一鬼子在半路的话，就又和你们遭遇了。"

"哥，你放心，这里有鬼子，我们不走，等赶跑了鬼子，我再走也不迟。"赵铁山说完就让他的十六个人列队待命。

赵银山马上召集好了队伍，说："同志们，鬼子死了三个，我想，狗日的小鬼子不会善罢甘休，还会重来的。说不定就在今晚，咱们一定要做好战斗准备！给小鬼子以迎头痛击。"赵银山说完又对赵副队长说："赵副队长，你带领战士们在村北口的麦田里，破土挖出二百步长的掩体，然后用棒子秸遮盖好。在村北的三个村口也要堆出两米高的沙袋掩体。房上也要堆放沙袋，沙袋上先覆盖树枝。一会儿我给村长说，让乡亲们抓紧时间抢挖地道，争取各家都能互通。"

布置完，赵副队长带领战士们走了。赵银山又把赵青、卢明和薛大伟留下，嘱咐他们："三个日军的尸体先不要埋。"

"留着干吗？"赵青问。

"吸引鬼子啊，等咱们把迫击炮架设到土岗子上，小鬼子死的可就不止这三个了！"赵银山很有把握地说。

三个人正要走，赵银山又说："等等，你们回村穿破一点儿，每人带上一把盒子炮，去鬼子逃跑的方向，过河到大路村一带，去打听打听，看是哪一路鬼子来偷袭咱们的。知己知彼，才能百战百胜！明白？"

"明白！"三个战士得令离去。

这三个战士也是赵银山所在的先锋连的，无论是侦察还是作战都是好手。赵银山也有意培养他们。

赵银山带领战士们回村，他把所有的枪支弹药搬出来，要准备打大仗。

这时，村长带着二十多个村民过来了，说他们要参加赵银山的队伍，打鬼子保护乡亲。

"谢谢你啊，刘村长，谢谢乡亲们啊，只有这样，咱们才能把这帮狗日的小鬼子赶回老家去，才能过上太平日子啊！"赵银山一一和村民们握手。

"他们都是自愿来的，我还没有一家家通知，二十岁到三十岁的小伙子，咱村至少有二百多人呢！只要我说话，保管都会来！"村长拍着胸脯说。

"好，刘村长，按照惯例，我觉得今晚小鬼子可能要来，至少他们要抢回尸体啊，我在京城打阻击战的时候就知道活鬼子总是冒死抢回死鬼子。所以啊，要马上组织起一支大队伍来，枪和子弹我这里有的是。铁道上抢来的新式三八大盖，很好用，正愁没机会用呢！"

赵银山一通话，说得村长斗志昂扬。他马上表态："动员所有青壮年参军打鬼子！"但是村长又一皱眉说，"可这些人有一部分人只打过兔子，算是懂得枪法。一部分人连真枪什么样儿都不知道，怎么参加战斗啊！"

"没事儿，不要忘记，晌午的时候，你过来，我们商量训练方法和作战方案，行不行？"

"哪里还有不行的！你就直说，只要是打鬼子，还有什么可说的呀！"村长说完就要走。

这村长姓刘，叫刘程斌，是很有正义感和组织能力的一个村干部。

"等等，带上几袋子大米，先给参军的人每家一升，吃个新鲜。就说，是部队上发的。"赵银山对刘村长说。

"这怎么能行呢，还没有干什么哩，就要东西？"

"就按我说的办，乡亲们能把孩子送到队伍打鬼子，咱用多少东西才能报答乡亲们的信任和支持啊！"

"那好，我这就去办！"

赵银山于是吩咐两个战士在车上装大米，装了三麻袋，赵银山还要装，一个小战士急忙摁住："赵队长，咱们……咱们大米也不多了！"

"没有事儿，我再想办法，饿不着你，装！"

装上五麻袋大米，赵银山和两个战士推着车子随村长向街里走去。

村长让各队的小队长挨家挨户通知，所有青壮年都到十字街开会。不一会儿，村十字街里聚满了人，大家听说鬼子炸死了赵老三家的女儿，还伤了两个战士，都义愤填膺，小伙子们纷纷要求参军打鬼子保家乡。

赵银山站上了碾子，深情感谢众乡亲："乡亲们啊，俺赵银山谢谢大家了，前几天俺们去城里打鬼子，牺牲了九位弟兄，你们没有怨俺，今天又把孩子送来参加队伍，俺向你们鞠躬了！"赵银山说完，给在场的乡亲们鞠躬致意。

这时，刘村长也站上了碾子对大家说："乡亲们，鬼子欺负到咱家门口了，前几天牺牲的几个战士里面有俺的侄子，今天赵老三的闺女又战死了。大家也知道，我没有儿子，就三个闺女，都站在下面。今天我全让她们参军，打鬼子。"

大家集体鼓掌，你一言我一语说："俺们也是来打鬼子的！""俺的两个儿子都来了！"

看到大家都在纷纷议论，刘村长提高声音："乡亲们哪！这鬼子最不讲理了，前一阵子，鬼子'扫荡'了离咱们不远的大路村，进村后烧杀抢掠无恶不作，血流成河啊！很多黄花大闺女都被小鬼子糟蹋后杀害了，死得那个惨啊！乡亲们，咱们只有扛起枪参加赵队长的第九支队，一起打鬼子，才能保护好咱村，才能保护好咱的兄弟姐妹啊！"

刘村长一席话，乡亲们真是听进去了。村长刚说完，大家就争相报名。

不一会儿，赵银山看到报名册就用了一本，他知道这一本至少有三百多人，人们还在争着报名，女孩子挤不上去就在旁边喊村长："村长，给俺写上，俺叫刘大敏！……俺叫赵延弟！……"

赵银山看到这场面，激动得眼泪汪汪的。他叫过村长说："一会儿我让赵副队长领男的们去学打枪，你把我带的大米给大伙分了，再让村妇救会主任马雨敏领着这十几个女孩子学包扎抢救。以后，还要动员大婶大娘们赶着做服装，在我那里拿钱买灰布，咱们要建成穿统一服装的抗战游击队。"

"好啊，我马上让妇救会主任通知村里做服装的好手都参加，给你们做服装和鞋。"村长说完就要走，赵银山拉住村长："不忙，今天的主要任务是教会她们包扎抢救，我估计今晚或者明天凌晨，鬼子要来咱村抢尸体，这仗一定很惨烈。"赵银山说到这里，看村长身子一激灵，忙补充说，"村长不要害怕，我已经派人去侦察了，要是情况属实，我还会汇报给定南县委，让县委派人支援咱们！"

"真是打过大仗的，想得很周到。村里有你，我这个村长放心了！"

刘村长说着握住了赵银山的手。

"我们选择咱村为队伍的驻地也是选对了。你领导的村民真好啊！民心一致，晓事理，人和气，我们以这里为根据地也放心啊！"赵银山握紧了刘村长的手。

这时，村长看四下无人，悄悄地说："我给你说啊，你也许不知道，我家的地道快通到你家了。要是能连起来就好了，有什么事从你家钻过来，从我家就溜走了！"

"哈哈，还是村长想得周到！"

"这事还是保密点儿好。不然谁家也通过来，就不够安全了！"

"对，看来，这地道应该研究研究怎样通连才好，更应该研究出咱这沙河圈里'沙河小岛作战方案'来才好。"赵银山兴奋地说。

"哈哈，你可真行，还方案什么的，俺可不懂！你们研究出来，俺可以配合你们。"村长也很兴奋。

"我还要和定南县委的人一起，研究出一个'沙河抗日作战方案'找人画一个作战地图，建立自己的侦察小队，时刻防备鬼子的偷袭。"赵银山严肃起来。

"很对啊，就这么干，俺代表村里表示支持。村民们虽没你有韬略，可有的是力气！"

这时候，不知什么地方响了一枪。村长紧张起来。

"没事儿，是新兵们学打枪，我能听出来的。"赵银山镇定地说。

"我不怕，走，咱看看我的地道去？"

"行，看了你的地道，咱们就去看村口挖的战壕，看堆的沙包掩体怎么样了。"

"行，好小子，临阵不乱有韬略，大叔我听从你的安排！"村长说着拉起赵银山快步往家里走去。

来到村长家里，只见院子里堆的土成了小山，地道口在猪圈的圈棚里，村长费力地挪开大大的石头猪食槽，槽下是砖砌的洞口，往下看去，黑洞洞的见不着底儿。

村长麻利地蹬着梯子下去，赵银山也跟着下。

"小心！很深，蹬稳梯子，手扶好！"刘村长嘱咐着。

"哈哈，刘叔叔，你可真行！这得费多大工夫啊！"

"晚上没有事，点着油灯就成年累月地挖呗，累了就在洞里躺一会儿，反正冬天也没有什么活儿干。我让村里人家都在这冬闲时赶着挖呢，可他们不如我挖得好。"

赵银山来到洞里，才发现这里面点一盏棉花籽油灯，有半间房子大小，还铺着一张床，床上还有被褥。一个能容人猫着腰通过的洞，黑洞洞地延伸到目光的尽头。赵银山随着队长往里走，里面很自然地分作了上下两层，下层转了弯儿，不知道通到了什么地方。上层比较宽大，村长说，准备通到隔一条街的军队驻地。

赵银山惊呆了，激动地说："你可真是好村长啊，地道挖得这么讲究。还想着我们，这样，我们驻地若被包围了，就可以撤到你家来了？"

"对啊，我丈量了地面，估计再有三人高就到你家墙下了，今天晚上我就能挖通。"村长用手抠着土说。

借着微弱的灯光，赵银山可以看出村长得意的笑容，那是一种胜利的喜悦。

"行，我现在就叫几个战士过来帮你挖，你这个村长可不能累垮了，好多事等你干呢，哈哈！"

"让很多人帮着挖？这可不行，地道是干什么的？藏人的，藏，就不能知道的人太多。这地道就你、我、你婶子还有我那三个女儿，六个人知道，让人知道的多了，一传十、十传百，不安全。"刘村长严肃地说。

"行，就按你说的办，可你这也太辛苦了。"银山心疼地拿起刘村长的手端详。赵银山看到，这是一双糙的不成样子的手，原来厚厚的茧子被磨薄了，裂开一道道刀拉了般的小口子，渗着殷红的血。

"一定很疼吧？"赵银山问。

"你们在里面干吗呢？我给你们做好饭了。"

还没有等刘村长回答，他家的大女儿刘红梅擎着一根红烛，顶着一片红纱巾，钻过来了。红烛照得她的脸通红通红的，像刚过门儿的新娘。

"正和你银山哥查看地道呢，你来打什么岔？"刘村长显然不愿让别人打断对他杰作的参观。

"俺娘煮熟了鸡蛋，让我叫你们去吃呢！给！趁热乎，银山哥！"刘红梅说着把一个热热的熟鸡蛋放到了银山的手里。

"烫、烫，还很烫呢，哈哈！"赵银山说着就往自己怀里放。

"来，我给你拿着！"刘村长满是老茧的手握住了鸡蛋。

刘红梅"嘻嘻"笑着转身走了。赵银山和刘村长也紧跟着出了地道。

　　出了地道，赵银山看着这一堆堆土说："这土需要马上处理，不然敌人一进来就能看出是新土，还不挖地三尺找地道啊?"

　　"那是，那是。早安排了，准备连夜用大车拉出去。"

第 10 回

军民共筑钢铁长城　北沙河痛打落水狗

刚从地道里出来，一个小战士过来报告说侦察兵回来了，有要事商量，让赵队长马上回驻地。

赵银山转身就要跑，刘红梅一看，从爹爹手里夺过鸡蛋塞到银山手里，羞红着脸嗔怪："看你！还怕烫。快，趁热吃啊！"

送信的小兵看到队长手里的鸡蛋，劈手夺了过来，囫囵着放进了嘴里。

"喂，还没有剥皮，讨厌！"刘红梅嗔怪着。

小战士把鸡蛋从嘴里吐出来，笑着说："不愿意让我吃，还给你好了！"

"吃了吧，你个坏小子。一会儿给你们送一篮子去。等着啊，赵队长，哥——"红梅亲切地喊了一声。

赵银山也没有回话，急匆匆地往村外走。她知道，刘红梅后边的话是说给他的。他早就知道，这个姑娘喜欢自己，总是没事找事地到驻地玩儿。

这姑娘长得水灵可人，大眼睛会说话似的，但不能啊，我爱的是刘夏花啊！夏花啊，你在哪里啊？赵银山此时万般思念上心头。但他来不及多想，因为，来到驻地，他分明看到，三个回来的侦察员神色庄重地对赵副队长说着什么。

赵银山走上前来急问："什么情况？"

"来，赵队长，咱们还是进屋说吧！"赵副队长拉起银山就走。

"哎呀！你就说吧，没有什么大不了的事，有什么事俺顶着！"赵银山拍着胸脯说。

赵副队长拉赵银山进屋："让你的老朋友赵青说说吧！"

"快说！有什么情况？"赵银山急了。

"我们三个在大路村联系上了一个在鬼子炮楼做事的交通员，他说袭击咱们的人是从县城东八里店炮楼出发的。"说到这里，赵青擦了一把满头的大汗，"据说，八里店鬼子炮楼也有咱的老乡做内线，这个人你知道是谁吗？"

"定南县委的人知道。赵青，你马上去定南县委，说说我们这里的情况。如果鬼子来抢尸体，一定来人少不了，必要的时候让定南县委速速派人来支援。还是辛苦你们仨吧，你们换三匹马去，快去快回。"

三个战士正要走，赵银山对弟弟赵铁山说："你派一个战士跟他们去看看你的两个伤兵怎样了。"

"还是我跑一趟吧！"

得到允许后，赵铁山在马棚里牵了一匹马，与赵青、卢明和薛大伟一起，四人骑着马一溜烟地跑出了村子。

赵银山和赵副队长、刘村长一起出村视察战士们准备掩体的事。

只见村口堆放了一人高的沙袋子，房顶上掩体也伪装好了。

距离村北口不远的庄稼地里破土挖好了战壕，堆上了一些玉米秸秆儿，隐蔽得很好。

继续往村外走，走上土岗子，上面已经架设好了从铁路上抢来的两门新式迫击炮，但是炮弹不多，只有十箱，每箱五颗；还有两挺轻机枪，子弹倒是不少，十箱子。

赵银山双手捧起一发炮弹对刘村长说："这东西好，看着就厉害，可惜少了点儿，要是咱能造炮弹就好了。"

刘村长也摸着炮弹说："哎——你的刘妈妈家不就是铸造世家吗，看能不能用她家的家什铸造炮弹啊！"

"她家铸造烟袋锅子什么的，小活儿。铸造炮弹，恐怕不行，得需要研究研究。再说去哪里弄火药啊？"赵银山皱着眉头说。

"这我想办法，你也许不知道，我三小姨子家就是世代卖二踢脚的，黑色黄色药都会做。"村长高兴地说。

"嘿！那敢情好了，等打了这一仗，我们一起研究，看能不能做成，要不，咱先留下个样品？"赵银山说。

"行，我抱回家一个。"刘村长说着，抱起一个炮弹掂掂，像抱着自家刚出生的孩子似的。

这时，在山岗子上观察的战士们，看到远处烟尘四起，赵副队长说："一定是赵青他们骑马回来了。"

来到近前，看是十几个人，除了他们四个，还有张志雄和他的自卫队员们。

到土岗子下，来人飞身下马，疾步跑了上来。

刘村长上来和张志雄握手，感谢他及时支援。赵青敬礼报告："定南县刚要派人通知咱，我们就到了，八里店咱们的交通员传来消息说，鬼子有可能明天凌晨偷袭咱赵庄村，具体时间不知道。县大队的李队长命令我们先在今晚毁掉北河上的冰，隐藏小船儿，拖延敌人到来的时间。在河堤上组成第一道防线阻击敌人，等待去山里执行阻击任务的县大队一排、二排回来再来支援我们。如果不行，让咱们退到土山上，占领制高点对抗鬼子。哈哈，来时，我叫上了姐夫张志雄，没有请示你。"

"我们知道这里有战斗，能不来吗？你给我们的枪还没有用过呢。"张志雄停顿了一下继续说，"前几天我去城里办事，听当皇协军的一个老乡说，有一队人马袭击了鬼子宣传队，一水儿的"连珠枪"。鬼子派了侦察小队，四处探察。你说，是不是认定是你们干的，才找过来了啊？"

"袭击鬼子宣传队的，先是弟弟铁山，后来是我。也许，怪我们只顾得办理丧事了，没有顾得上防备敌人的侦察兵。这几天村口就没有设过防。再说，早上我们也是用的水连珠枪和鬼子打的。那鬼子一定知道是我们干的了。"赵银山小声地说。

"行了，没有什么可自责的。咱不是还有小鬼子开火车送来的枪弹吗？九个战士用命换来的枪炮也该用到为他们报仇的战斗中了。"赵副队长说。

"是啊，你算说对了赵副队长，我们要拿十倍百倍鬼子的命，为我们死去的战友偿命。"赵银山怒目圆睁。

"赵队长，你说，让我们老百姓干什么吧，我去组织人。"刘村长着急地问。

"行，那就劳烦村长了，你组织一部分人带上镐头什么的，去毁掉北河渡口的冰层，把沿岸小船及能渡河的用具隐藏好。"

"行，我这就去办！"刘村长猫着腰走了。

"等等，刘村长，这北河堤高不高?"赵银山问。

"去年闹水刚修了的，还行，一人高吧！"

"那行，知道了。你马上带人去渡口凿冰吧！"

看着刘村长抱着炮弹远去的背影，赵副队长赞许地说："真是咱的好村长啊！"

"是啊，有这样的村长，咱打起仗来才没有后顾之忧啊！赵副队长，你让人去买一头猪，今晚给战士们改善改善伙食，吃得饱饱的，明早好有劲儿打鬼子。"

"行，我这就去办，但是不能喝酒！"

赵副队长走了，银山和张志雄想再研究研究御敌方案，赵银山说："走，姐夫，先去家里歇歇脚，咱们再作打算！"

"小六，把你的马让赵队长骑，你和小五骑一个。"张志雄说完把小六的马缰绳递给了赵银山，几个人策马来到驻地。这小六和小五是双胞胎弟兄，两人长得瘦弱矮小，参军时家里让他们带来一匹马，弟兄俩就常骑一匹马这里来那里去的。

刚到驻地，就听到了猪叫的声音，赵银山看到家里浓烟腾起。只见爹爹已经把家里养的那头大肥猪杀了，院子正中间大锅里的水咕嘟着冒白气。

"哈哈，爹，我刚说让赵副队长买猪去，你这里就把咱家的杀了？是让我们吃吗？"

这时，刘妈妈沉着脸走过来："不让你们吃让谁吃？吃饱了给我去杀鬼子，多杀几个为死去的老乡和你妹妹冬花报仇。"

刘妈妈说完，看女婿张志雄也来了就忙着问："春花呢，她怎么没来？"

"娘，告诉你一个好消息啊，她怀孕了，都四个月了。"

"哎呀，那太好了，这么说我快当姥姥了。看这不是时候的，要是没有这小鬼子欺负人，咱们家可多好啊！我早去你家住着伺候月子去了。"刘妈妈说完，眼圈儿又红了。

"娘，你放心，我张志雄这次一定多杀鬼子为妹妹报仇。"

"行了，刘妈妈，我和姐夫去商量事了。一会儿，猪肉熟了别忘了先给我俩弄一盘子拆骨肉啊！"这赵银山叫刘晓翠总是不叫娘，叫刘妈妈。其实啊，刘晓翠很习惯这样的称呼，觉得既洋气又亲切。

赵银山他们正往屋里走，这时，围看杀猪的几个战士们惊叫起来。原来，由于心急，赵老三捅了猪一刀，忘记了放尽血，这猪被战士们七手八脚抬进沸腾的开水里时，居然被烫活了，"腾！"地从开水锅里蹿出来，跑了几步，一个倒栽葱撞在地上。把这些在战场上杀鬼子都不怕的战士们吓得四散而逃。

好个赵老三，一看这样，嘴里念着："猪狗一刀菜，不要错怪俺老三！"念完，突然把二百多斤的大猪前后脚捉住，一扭就重新上了锅，用锅上的木榔头猛击了猪的头部，这猪可就老老实实地进水了。

战士们被这一招惊呆了，随后鼓掌。赵老三露了一小手儿。更麻利的还在后面，他把猪在开水里翻转腾挪，刮刀翻飞，片刻工夫，白白的肥猪就出锅了。只有猪脸上还带着几撮毛，其他地方一毛不挂，干净白皙。

赵老三把猪的后蹄子用钩子钩住，把猪一悠，就挂上了横木杠子。随即把杀猪刀在猪肚子上磨了磨，一刀拉下去，猪肚子可就裂开了，五脏六腑热气腾腾地滚了出来。

赵银山和张志雄看上了劲儿，不进屋了，都一起为爹爹伸出大拇指。赵老三嘿嘿地笑了笑说："去干你们的事儿吧，一会儿就能吃上！"

驻地的院子里，战士们擦枪的擦枪，磨刀的磨刀。听说要打小鬼子了，这些战士都很兴奋，说说笑笑的，全然没有大战来临的紧张感。

刘村长带领破冰的村民们回来了，他们身上挂满了冰凌，铁袄锡裤似的，像从第四季冰川时代而来的冰河战士。

"大家伙儿回去吧，各回各家，换衣服，吃饭睡觉。早晨早点儿起来，参加救护队！"队长嘱咐着，村民们回家换衣服去了。

刘村长来到赵老三家，看老三已经把猪肉切成了大块往大锅里放，就嘿嘿笑着说："赵大哥啊，你可真是咱们的好后勤啊，银山队长呢？"

"在屋子里和志雄说话，你去吧，一会儿肉熟了，弄一盘儿杂拌儿，咱们喝几杯！"

"好啊，好啊！哈哈！"刘村长说完，唱着小曲进屋，"打靶归来我喜洋洋，酒肉飘香我馋得慌。赵老三是个好榜样哪，为战士鼓劲儿打豺狼，打豺狼！"

"哈哈，好！这词儿编得应时啊！"赵银山迎出来握住村长的手。

"嗨！你还不知道吧？村长当年是说唱团的，会说唱大鼓呢，村长那个漂亮媳妇就是被村长的会说迷住的！"刘妈妈说。

"老嫂子啊，俺来看你，你可是咱村的功臣啊！等打跑了鬼子俺给你大唱三天，把你也迷住。"刘村长说着手作击鼓状。

"你不用给俺唱，俺今天也要去打鬼子，谁要是不让俺去，俺就跟谁急！"刘妈妈说着自然地站直了身子。

"哎——快端大盆来，肉快熟了，拆骨肉！"赵老三大声吩咐妻子刘晓翠。

在沙河一带，两口子称呼基本上是不直呼其名，一般就是个"哎——"或者称呼为"孩子他娘""孩子他爹"。更有甚者，要是丈夫喊妻子回家就站上房顶喊女儿的名字，这样当媳妇的就知道是在喊自己回家了；同样，当媳妇的喊丈夫回家就喊儿子的名字。尽管孩子们都在家，大人门也是照喊不误，闹得孩子们莫名其妙。

大块的猪肉炖出来了，香透了小院儿。赵银山立马通知战士们前来吃肉。

几盆骨头肉放在院子中央，几个人开始拆骨头肉。他们把拆下的肉用姜丝葱丝香油醋拌了，装成了一大盘儿一大盘儿的，放在了一张张大桌子上。共计二十六桌，每桌十多个战士，很多是今天刚参军的。每个桌子上四个大盘儿，猪肝、猪肚、猪肠子、猪头脸儿等，红扑扑的肉泛着油花儿。

粉条炖猪肉杂烩菜，每人一碗端上了桌。村长安排的几家下蒸锅的，又端来了蒸好的白面大馒头，院子里酸辣味儿、猪肉香、馒头香阵阵飘来。

村长喊："每人只允许喝一小盅酒啊！等胜利了，我让你们喝个够!"

因为要轮流站岗，十几个战士快速吃完，就背着枪换岗去了，其余的人们都默默吃饭。大战来临，这些新兵有点儿紧张了。

赵银山感觉这样的情绪不行，战前更需要让大家放松放松，于是大声说："哎——哎——大家吃着啊！我给大家唱一首新歌，这新歌呢是咱家乡人写的，现在唱遍了全国，歌名叫……叫《松花江上》。"

村长一听，大嗓门就嚷开了："这首歌俺听过，唱的是东北被小日本儿占领的事。唱到了俺的心上，大家……大家快鼓掌啊!"

掌声震天，大家一边吃着饭一边把头转向赵银山。"俺唱的不好，请大家凑合着听吧。"赵银山说完，清了清嗓子唱起来：

我的家在东北松花江上，

那里有森林煤矿，

还有那满山遍野的大豆高粱。

我的家在东北松花江上，

那里有我的同胞，

还有那衰老的爹娘。

九一八，九一八，

从那个悲惨的时候，

九一八，九一八，

从那个悲惨的时候，

脱离了我的家乡，

抛弃那无尽的宝藏，

流浪！流浪！

整日价在关内，流浪！

哪年，哪月，

才能够回到我那可爱的故乡？

哪年，哪月，

才能够收回我那无尽的宝藏。

爹娘啊，爹娘啊，

什么时候，才能欢聚在一堂？

唱到"九一八"的时候，院子里的几个女孩子就哭了，随后大小伙子们也跟着抹眼泪。

赵银山含泪唱完，赵副队长开始喊口号："打倒日本帝国主义！"战士们也跟着喊起来。

"把日本鬼子赶出中国——"赵副队长接着领喊，人们跟着喊。喊完，一个战士又接着喊："让日本鬼子有来无回——"

赵铁山也带领自己的战士喊："为冬花妹妹报仇，为死去的乡亲报仇！"

很多乡亲来到这个院子里，听着赵银山唱歌，战士们喊口号，乡亲们也跟着喊了，随后还为战士们鼓掌！整个院子里士气高昂，新战士们减弱了紧张情绪。

赵银山说："大家就不要回家了，先到隔壁驻地的柴火堆里背靠背眯一会儿。情报准确的话，到小日本儿来犯还有六七个小时。大家要时刻警惕啊！"

大家各自在班长的带领下在附近找地方休息去了。赵银山和弟弟赵铁山，还有几个队副围坐在一起又开始商量怎样打鬼子。大家都很兴奋，纷纷建言献策。

三姑奶奶颠着小脚出来，把一块怀表交给赵银山："这表是你爷爷留下的，我压在箱底儿多年了，也许对你们有用。"

赵银山接过怀表，上了上发条，表居然"嗒嗒"地走起来。乐得赵银山抱起了姑奶奶。村长拿着表去办私塾的李先生家对了对表，回来交给了赵银山。

这时，月亮已经升上中天。黑色的天空看不到一颗星，苍天显得是那么深不可测。几声有气无力的狗叫声破坏了夜的宁静，饥饿的露宿鸟呼啦着飞得无影无踪。

正当院中围成圈儿的几个炮手，似乎冻成了冰雕，远远看去一动不动的，像是思想者。他们还是为炮弹的不足而发愁。谁也知道这不是一下子就能解决的，可人们还是围绕这个话题说些发愁的话。

赵老三从刚才煮肉的灶膛里弄来炭火放在院子里，又在炭火上加了几块木柴。赵铁山也过来帮着爹爹添柴。这院子里可就有了暖人的篝火，火苗忽闪忽闪的，照得几个人脸上红彤彤的。其实，这炭火，照亮了人们的脸，也照亮了人们的心，要和日本鬼子真刀真枪地干了，大家谁也激动得很。赵老三看看赵银山，看看赵铁山，眯着眼睛笑，他心里虽然有失去冬花闺女的疼，但是看到失散多年的赵铁山也长大了，还组织了自己的队伍，尤其欣慰不已。更让他心明眼亮的是，赵银山给大家讲了和哥哥赵金山一起打鬼子的故事，讲了毛泽东写的《论持久战》，还讲了"敌进我退，敌疲我打"的游击战术。

快零点了，村北口还没有什么动静。赵老三家的狗发出了阵阵狺声，马厩里不知哪匹马着了凉，扑哧扑哧地放臭屁，有的马打着响鼻。

赵银山站起身，抖搂抖搂身上的灰尘，看了看怀表说："还有十来分钟就十二点，十二点一过就是凌晨了。县委的情报说日军凌晨偷袭我村，应马上通知战士们集合，按照咱们研究的方案迅速赶到指定地点。"

大家按照分包的连排，各自悄悄集合队伍，分别赶往村北的战壕、土岗子以及北河大堤。

村长也让担架队出来，一切都悄然有序地进行着。

赵银山和他的三员虎将带着刚命名的一排二排，张志雄带领着三排，共计百余人，前往北河大堤阻击敌人。装备是赵银山带来的水连珠式步枪，子弹每人五十发，手榴弹每人两颗。这一部分人的任务是：等敌人强行过河时，朝着河面，将所有子弹打光，手榴弹扔完。然后不等敌人炮弹射来，就往回跑，跑到土山岗上再填充弹药。打击追来的敌人，那里有足够的弹药。

如果鬼子爬上河岸追到土岗来时，定会遇到更猛烈的打击……

赵副队长带领四、五、六三个排隐蔽在山岗子处，为第二个阻击地点。装备一律是从鬼子火车上抢来的三八大盖，子弹五十箱。同时，架设着两门新式大口径迫击炮，炮弹十箱。两挺轻机枪，形成远近火力，待赵银山有意吸引敌人撤离到这里时，给敌人以迎头痛击。

村口麦地的阻击点和村口的掩体内由赵铁山带着一些人蹲守，他们有一挺轻机枪和手雷两箱。

各路队伍不到二十分钟就到了指定地点。赵银山看了看怀表，指针指向了凌晨一点。

各处都很安静，静得能听到战士们的呼吸声。战士们趴在冰冷的残雪上一动不动。赵银山拨开柳树丛的枝条，看到河面上浮冰不时游动，发出轻微的对撞声。

"怎么回事啊？难道闹错了情报？"赵银山的大脑飞速旋转着，他忽然一激灵，不由自主地说："坏了！"

赵青、卢明和薛大伟三人马上爬过来问："怎么了赵队长？"

"你们马上各带一个班，一个向东，一个向西，一个向村南侦察。遇到情况马上鸣枪报信儿，快！"赵银山命令道。

张志雄上来问："赵队长，你是不是怕敌人不在渡口上岸，到别处迂回过河偷袭呢？"

"你算猜对了，鬼子狡猾着呢。尤其是鬼子的中队长，那大部分都是军校毕业的，有野战经验。"

赵银山的话还没有说完，忽听东边响起激烈的枪声。

"同志们，小鬼子在东边过河了。快！鬼子一定和赵青他们干上了，我们快去支援啊！"

赵银山说完，抬手冲天放一枪，带着队伍沿着河岸向东冲去。

百十来号人尘沙飞扬地跑到一公里远的东河岸，这里已经是战场。赵银山看到赵青带着战士们正趴在河提上阻击敌人。

冰面上，轻机枪"突突"起的火焰照得红通通的。鬼子就像悬浮在镜子上的蚂蚱，在滑溜的冰面东倒西歪地蹦跶。敌人的火力也很猛，子弹嗖嗖地在赵银山他们头顶飞，他马上命令："快趴下！"战士们匍匐着身子往大堤上爬，爬上河堤，有的人紧张得拉不开枪栓，会用枪的老兵就成了战场的即时教练，边教边在河岸上与鬼子对射。

赵银山一看这鬼子先头部队，就像在玻璃路面上打仗，马上计上心来，他大声喊："快，两个手榴弹捆在一起在河面上溜过去。"

战士们马上照办，纷纷解下绑腿的袋子麻利地捆上手榴弹。大家不约而同地交给本班大家公认的大力士。

大力士们就把手榴弹拉了弦儿，投在冰面让它滑过去。瞬间，一捆捆手榴弹像重磅炸弹一样滑向了鬼子伏卧的冰面，冰面在轰隆隆的巨响中崩塌碎裂，鬼子就像盖帘儿上的饺子，一下子掉在水里。

鬼子在水里"扑通"着，战士们瞄准了打。赵银山从机枪手手中抢过机枪，照准了狂扫，这漂着冰凌的河水可就成了红水晶，成了鬼子的坟墓。

正打得痛快呢，只听"日——日——"的几声，炮弹就飞到了头顶。

赵银山马上喊"卧倒"，但为时已晚。大部分战士还没有来得及卧倒，炮弹就炸响了。赵银山眼睁睁地看着一个战士被炸飞了。

赵银山知道，这是敌人的单兵掷弹筒发过来的，随着一声声划破夜空的炮弹声，河这边赵银山阵地可就硝烟四起了。

趴在地上的赵银山，抬头望天，只见炮弹带着火光，发着"日日"的声响越过他们匍匐的阵地，在身后爆炸。赵银山知道，这是鬼子所谓的"掷弹筒追影发射"，一般在晚上使用此方法，他们看不到人，只能根据判断，以为敌方在撤退着往远处跑，这样他们每发一次炮弹就调整一次仰角，如果这个时候你要是跑的话，就恰好中炮了，你要是原处不动就没有事。赵银山于是传令："大家不要动！不要开枪！"晚上，战场上传令，都是一个传一个下去，听到的往后面传。这命令瞬间就送了出去，不一会儿，炮弹停了，赵银山看到身后有了大大小小的弹坑，有的坑沿上还燃着了野草。

炮火刚停，密集的三八大盖枪声响起来，子弹在头顶上"嗖嗖"地飞。

不一会儿，枪声又在西面响起，赵银山知道，对岸上的敌人又组织在西面没有炸塌的冰面上强行过河了。

赵银山命令，所有的人一律向西，猫着腰前进。布置完，身子一跃而出，扛着机枪，带领战士们向西河岸移动，与那里的战士一起阻击敌人。

来到西河岸，赵银山看到，这里的河堤不高，有的是损毁过的，矮矮的河堤勉强挡住人体。

赵银山率先在一个河堤较高的地方架上了轻机枪。架好机枪，赵银山退后，跑到一个高土坡查看情况。这时，敌人的掷弹筒就响了，炮弹准确地炸在轻机枪位置。等赵银山回过神儿来，他看到自己刚才架好的机枪已经四分五裂。

战士纷纷跑过来喊队长，赵银山在土坡上喊："我在这儿呢！大家赶快卧倒！"

战士们刚刚卧倒，炮弹即刻在战士们身边"咣咣"地爆炸。有几个新战士没有见过这阵势，弃枪而逃。赵银山看到这种情况，马上掏出手枪，冲天放了一枪，大声喊："不能当逃兵，战场逃跑就地处死！快，拿起枪，趴在河堤上打鬼子！"

想跑的三个人捡起枪又跑回来，趴在河堤上。赵银山看到，他们虽然趴在堤上了，但许多人只顾着全身哆嗦，吓得忘记了打枪。

赵银山急得站起来，哑着嗓子大喊："同志们，拉开枪栓，瞄准了，打鬼子啊！"

赵银山看到一排火舌向鬼子射去。鬼子立刻在冰面上倒下一片。

这时鬼子调整了掷弹筒的射角，炮弹在阵地上一个接一个地爆炸。赵银山发现，刘村长带领的担架队抬走了三个，负伤的战士疼得在担架上狂喊乱滚。

没有了机枪，只靠着步枪阻击，这在鬼子的炮弹和机枪面前尤其显得敌强我弱。赵银山想，不能这么打，应该撤到土岗子上才行。

他马上喊："同志们，有手榴弹的马上扔出去，然后大家往土岗子上撤，听我口令，一二——扔！"

十几颗手榴弹在冰面上爆炸，水雾带着冰凌腾起两丈多高。

借着爆炸的火光，赵银山看到了对面是三面膏药旗。他大声命令："快撤！"

赵银山一边带领战士们往土山岗子上跑，一边对卢明说："按照旗子的数量，鬼子至少来了一个中队，单兵掷弹筒炮弹配备数量应该不下一百枚。他现在至少剩下五十枚左右的炮弹，我们土山岗上是从铁路上抢来的两门新式迫击炮，也是五十枚炸弹，按照威力足可以与鬼子抗衡，无论如何，一定坚持到黎明，等待县大队增援。"

"赵队长，您说得对极了！让狗日的追吧，一会儿够小鬼子喝一壶的。"卢明说着为赵银山提了一下将要滑落的步枪。

很快，按照预先定好的作战方案，赵银山和他带领的战士跑上了土岗子。大家隐蔽好，麻利地填装了子弹，却不见鬼子追来了。

赵青抹了一把满脸的冷汗问："赵队长，敌人怎么不追了？是不敢过河了？"

"不是，我明明看到鬼子摇着旗子过河了啊！"赵银山很是纳闷儿。他说完趴在地下听声音，听了一会儿，猛然起身说，"不来也得来，这样，大家听我喊口令，一起发一枪，就一枪，啊！"

"一、二——打！"

赵银山喊完，一百多条枪同时响起。

赵银山又吩咐战士在放着鬼子尸体的周围燃起了大火，鬼子的尸体被大火照得清清楚楚。

村民早就听到了枪声，都纷纷让老人和孩子进了刚刚挖好的地洞。没有当兵的青壮年给战士们送来了烫手的熟鸡蛋、馅儿饼和热水。

赵银山刚送走老乡们，鬼子就"哦呀"着冲了过来。

赵银山是想对了，也做对了。是他们熟悉地形，跑得太快，一会儿就没有了影儿。鬼子在烟雾中没有看到他们逃跑的方向，失去了追赶目标，正不知所措的时候，听到枪声，于是，循着声音冲了过来。川崎联队第二中队队长龟一胜男少佐首先看到了火光中三具同类的尸体。

赵银山不知道，这龟一胜男少佐是有战功勋章的家伙，也算是个恶贯满盈的侵略者。那年秋天，他带着这支队伍和哥哥赵金山带领的双河义勇军在唐河大堤遭遇。赵金山带领只有三十来个人（有二十来人是争取过来的孙疤痢手下的土匪）的双河义勇军，在唐河大堤上与龟一胜男带领的第二中队战斗了一天一夜。最后，龟一胜男使用了迫击炮，赵金山的弟兄们死伤惨重，从土匪窝争取过来的贩卖赵铁山的那个孙疤瘌的侄子孙小二，也在战斗中牺牲，龟一胜男带领的第二中队也遭到重创，只剩下三十四人。

那时候，龟一胜男就在川崎面前"嗷嗷"叫着发誓，一定要找到这支使用毛瑟步枪的特殊部队。为了加强城内防务，龟一胜男先在南城门驻守，后来被调到距离城里八里地的八里店炮楼防守城东大门，但他仍没有忘记这支使用毛瑟步枪的抗日游击队给他带来的耻辱。

后来，他从"大东亚共荣"宣传队队长那里了解到，他们遭遇了一支神出鬼没的使用毛瑟步枪的军队，一小队帝国军人玉碎。

龟一胜男于是立刻派出了化装侦察兵，侦察这支部队的行踪，终于侦察到部队活动在赵庄一带。其实他是闹错了，那次让他耻辱的是赵银山的哥哥赵金山。

龟一胜男如获至宝地把这个情报报告给川崎大佐。川崎大佐命令他"配备最好的装备，以最小的代价，消灭这支部队"。所以，为了万无一失，他再次派出一个小队的侦察兵来赵庄村侦察情况。那天和铁山带领的十几个人遭遇的，就是日军的侦察小队。他们走了一晚上，凌晨来到赵庄附近，还没有做什么，就遇到赵铁山带领的十几个回乡战士，又有赵银山带队增援，鬼子侦察兵不敢恋战，丢下三具尸体仓皇逃到了八里店老巢。

龟一胜男气得"哇哇"大叫，立刻召集中队精干力量来赵庄复仇，抢回士兵尸体。

令他万万没有想到的是，这帮使用毛瑟步枪的中国军人居然把大日本帝国士兵的尸体放在火光中露丑，这更是帝国圣战的耻辱。

"那是我的弟弟！有和我一样的妈妈做的腹带！"一个鬼子小队长指着尸体，用尖尖的嗓音说。他的声音很响，在空旷的原野狼叫似的，传得很远。这个鬼子小队长嚎叫着就要带领他的小队往土岗子下的篝火处冲。

"八嘎，等等，土岗一定有埋伏！"龟一胜男提醒。

赵银山问懂日语的赵青："他们在说什么？"

"好像是说什么弟弟。一个说，让他等等，怕有埋伏。这个家伙好像是大官。"

"好，大官？咱权且不带响声地逗他一逗。"赵银山说着，掏出昨天揣在兜里的弹弓，套了一枚从沙河里面捡来的圆圆的小石子儿。对准龟一胜男头部射了过去。没有看到射在哪里，只听见了龟一胜男的惨叫。由于这弹弓操作不带声音，龟一胜男也就不知道是什么方向来的，是什么东西能使他疼而不死。又连续射出几颗，龟一胜男挥刀乱舞乱砍，鬼子们也乱作一团。赵银山压低声音对两个炮手和四个填弹手说："看到那帮黑压压的人群了吗？一会儿，听我命令，给我狠狠地用瞄准镜瞄准了打！"

赵银山说完又对拿话筒的战士说："给我话筒！"

赵银山接过话筒就喊："该死的小日本，你不在你们家好好待着，你到我们这里找死来了？"

不等鬼子回话，赵银山对炮手说："听我口令，放！"

两门迫击炮同时放响，大威力的炮弹带着复仇的火焰，在日军队伍里开了花。

龟一胜男万万没有想到，这支装备精良的队伍，还配有日本产的新式大口径迫击炮。这个武器是天皇刚给日军配备的呀！

是啊，他算想对了。这炮弹的威力比掷弹筒厉害十倍，且配备夜视瞄准镜。本来就是要配备给他的，却让赵金山和赵银山带领的自卫队在铁路上截获了。

遭到这么大的迎头痛击，气势汹汹的龟一胜男立刻泄了气，他陷入了进退两难的境地。想前进怕进入轻机枪的射程，不往前走吧，他的单兵掷弹筒斜着往上打，不够射程。即使是打到了，黑夜里也无法打准目标。再看看那些落水的士兵们，在这腊八天冻得满身冰甲，哆哆嗦嗦地挪动着。随着炮弹一枚枚在阵地上爆炸，士兵们一倒一大片，龟一胜男只好无奈地命令就地"卧倒"，但是，他的命令已为时一晚。借着炮弹爆炸的火光，他看到身后好多的士兵飞上了天。炮弹还在带着声响"咣咣"在阵地上爆炸。日军也许昏了头,鬼哭狼嚎地捂着脑袋、猫着腰,呆呆地蹲在地上。

看到这样,龟一胜男只好下达了撤退的命令。

小鬼子狼狈鼠窜着逃跑了!

赵副队长跑过来说:"赵队长,我们追还是不追?"

"不能追,他们都是打过大仗的,有野战经验。我们大多是刚入伍的兵,只要距离近了,准吃亏。"赵银山说完立刻问迫击炮手:"还能打远一些吗?"

"能!"

"那还不调整好了打,等什么?追着小鬼子的屁股狠狠地打!别省着,把炮弹打完!"

于是,鬼子跑到哪儿,炮弹追到哪儿,打得鬼子抱头鼠窜。

一会儿,鬼子就借着夜色逃得没了影儿。

战斗结束了,大地恢复了宁静,天色好像又黑了许多。战士们要争着去打扫战场。赵银山摆摆手:"再等等!"说完,立刻派赵青他们快马查看情况。

不一会儿,赵青回来报告:"鬼子已经过河,好像带走了几具尸体!"

"你们怎么知道带走了?"

"远处的一片阵地上有鬼子的三八大盖,没有尸体。"赵青说。

"那好,点起火把,我们一起去打扫战场!"赵银山下达了命令。

这时,村子方向响起了密集的枪声,赵银山一听,马上边跑边喊:"是铁山那里!弟兄们,快去支援!"

战士们跑到赵铁山把守的村口,只见这里横七竖八着十多具鬼子的尸体。赵银山马上组织战士们点起马灯查看了这些尸体,都是多枪致死的。

赵银山问:"三弟,这是怎么回事?"

赵铁山立正:"报告队长大哥,俺也不知道怎么回事,感觉你们那里解决了战斗，刚要出掩体，这帮龟孙子就跑来了，叽里咕噜地喊话。你说，我们不打还等什么。"

赵银山乐了："哈哈，打就对了，也许是一小队鬼子被打晕了，把撤退的方向搞乱了呗！好，快快带战士们打扫战场，说不定还有洋落儿呢！"

不到半个小时，战场就打扫完毕，能搜寻到的鬼子的尸体共计三十七具，匕首三十七把，子弹袋儿三十七个。好的坏的掷弹筒各一个，炮弹一箱零两发，轻机枪一挺。三八大盖好坏共计五十支，手雷七十颗，压缩饼干三十盒。长盒子肉罐头二十盒，口琴两把，照片六张。还在一个鬼子上衣里发现未拆开的信一封。

赵银山让各排清点人数，大家汇报，只有四人缺席，有人说是负伤被担架队抬走了。

赵银山吩咐把鬼子尸体在北沙河里寻了一个水冲沙沟一起埋了。埋葬鬼子前，又从鬼子身上扒下了十几套服装鞋帽。赵青捂着鼻子摆弄着衣服："要这晦气的东西干什么？"赵银山说："回去用碱水洗洗，将来有用。"

这一切的事情做完，天已经大亮。安排了岗哨，所有人兴高采烈地列队撤回村里。

刚到村口，赵铁山就噘着小嘴儿撵上来，小声问："哥，你安排的方案叫什么啊，你们那儿打得激烈，可我们待在这里不敢动，只能听声音儿，憋得我难受。幸亏来了几个晕头的鬼子，要不，这一仗我们可就亏大发了！"

"你们是最后一道防线，任务也艰巨得很啊！没事，弟弟，有的是仗等着你打。小鬼子一天不走，咱们就一天不能安生。何况，他不来送死，我们还要去主动找他寻仇呢，到时候，你带先锋连。"

这时，村民们已经拥上街头，夹道欢迎。村长迎上前来，带着大鼓队、秧歌队在队伍前面领着战士们进村。赵银山此时才深深悟到"使命"和"光荣"两个词是什么感觉。

他小声问身边的村长："刘村长，你们救护队统计了吗？是不是四个战士负伤？"

"三个轻伤，一个重伤，重伤的已经送往县医院了，轻伤的在自家养几天就能好。"

"重伤的什么情况？"

"一开始伤的，把左胳膊炸没了，当时我就让救护队给他用绳子缯上了，流的血不算太多。这小子是杨蛋子家的大儿子杨根槐，人皮实，没了一条胳膊，愣没疼晕过去。还咬着牙说要打鬼子报仇呢！"刘村长说得很仔细。

"战士们伤亡不重，我就放心了。你知道吗？咱们打死三十七名日本侵略军……也许更多，因为找到了五十支枪。按照我所经历的，这在抗战以来，我们创造了义勇军零死亡又重创敌军的大胜利！"赵银山说完，"哈哈哈"大笑不止。刘村长也跟着笑，挺着胸脯走在了队伍的前列。

赵银山马上把他拉出队伍，站在一旁说："刘村长啊，你可不要太乐观，小鬼子的报复心太重了，他们这算吃大亏了。我们村要时刻提防鬼子的偷袭啊！"

"好，我让村民们加快挖地道的速度，让猎户们买枪造枪，咱们还要造土炮弹。哈哈，小鬼子敢来的话，咱村就让他有来无回。"

"有村长这句话，我更有战斗信心了。眼下最紧缺的就是弹药啊，迫机炮没有炮弹，那就是废铁一堆。"

"好啊，赵队长！弹药我们共同想办法。你们能保卫咱村，村民们不知道有多高兴呢！早做好了杂烩肉菜，熬好了腊八粥，等着战士们吃呢。哈哈！"刘村长开心地拉着赵银山并排走。

第 11 回

联合战追打丧家犬　定南县武装新战线

赵银山他们来到驻地附近，大老远就听到了这里锅碗瓢盆叮当作响的热闹。

院子里，二百多名战士分坐在二十多张大桌子旁，你一言我一语地说着战斗经过。每张桌子上已经盛好了一大盆大白菜粉条肉菜，每人一大碗稠稠的带大红枣的腊八粥。

看到这样，赵银山大声说："战士们，辛苦了，我都忘记今天是腊八了，还是乡亲们想得周到。还等什么，吃啊！"

听到命令，战士们不说话了，狼吞虎咽起来。

人们正吃着，赵老三回来了，高兴得不知所措，手里握着一把王八盒子手枪，提着一个子弹袋。

赵银山一看，马上迎上前来："爹爹，这是怎么回事？"

"嘿嘿，他娘的，俺杀了一个落单儿的鬼子，这是缴获的枪！"赵老三说得很轻松。

赵银山可火了："你怎么这样，擅自行动，出事怎么办？"

"出啥事啊，俺埋伏在一个坑里，鬼子晃晃悠悠过来了，俺就把他拉进坑里，他还想和俺格斗，三下两下就被俺掐死了。嘿嘿！"

刘村长要来赵老三的手枪："还是一支王八盒子啊，一定是个当官儿的。"

"是啊，至少是个小队长！把枪给村长，交公，吃饭去吧！"赵银山对爹爹说。

"我看这样吧，咱们也不缺这一支枪，你爹不是会打枪吗？这枪就算奖励他的吧，让他有时间也练练枪法，我还想让他教民兵们武功呢，哈哈！"刘村长笑着说。

赵银山也不作声，算是默许。赵老三可喜欢了，也不吃饭，去屋子里找了块儿破布擦拭枪，还用棉花蘸着白酒擦了个遍，说是小鬼子用过的，要消毒。一边擦一边偷着乐，嘴里乐得哈喇子都出来了。直到妻子晓翠端饭进屋来，他还乐得合不拢嘴。

吃过饭，大家分头回家睡觉，有的想把枪交回，赵银山说："带回家吧，鬼子要来报复，我们随时集合作战，再说，还可以抽时间练练瞄准儿。注意保管就是了！"

…………

再说，鬼子中队长龟一胜男骑着一匹马，带着他的残兵败将，跟头趔趄地摸黑踏冰过了北沙河。连续抢了两辆早晨往地里拉粪的马车，打死了两位无辜的赶车人，把五个伤员和十具死尸放在车上，急速往八里店据点逃窜。

刚往西北方向走了不到五公里，没承想"半路里杀出个程咬金"，树林里突然冲出十个骑黑瘦马拿长猎枪的汉子来。每人朝着鬼子的队伍"嗵嗵"放了一枪，然后策马绝尘而去。这个龟一胜男还没有闹清怎么回事，队伍里就倒下了一片，倒下的大多没有死定，只是号叫着满地乱滚。龟一胜男与卫兵三人策马去追，追到一个村口，人突然没了。对着腾起的尘土，打了几枪，觉得无济于事。他急速转马而回，下马看时，只见两个头上中了铁砂子弹，腮帮子汩汩地往外冒血，蹬腿死了。还有六个抱着头的、抱着腿的，都说不清哪里疼，只是往地下滚，跟中了邪似的。龟一胜男那个气啊，夺下机枪手的机枪哇呀着向村子方向空扫。可是，暗夜里只惊起了几只露宿的麻雀，听到的是枪声的回音。

其余的鬼子懊丧地把两个死鬼子和六个伤兵抬上了车子，然后，接过龟一胜男冒烟儿的机枪，搀扶他上马。

一百多活鬼子像鬼魂送葬似的，猫着腰端着枪，跟在龟一胜男的高头大马后往前走。

龟一胜男回头一看士兵的样儿，大声地训斥："你们的，胆小鬼，帝国的脸被你们丢尽，直腰地走路！"

鬼子们这才直起身子走路。

走到号庄一带，只见前面是一片柏树林。走近了才知道柏树林下是一片坟地，坟头上都插着小旗幡，"哗啦啦"地随风摇动，在黑夜里这声音很是瘆人，吓得几个日本兵急忙卧倒。

龟一胜男又大声呵斥他的士兵们："八嘎，飘祭奠纸的声音，胆小鬼！"

胆战心惊地路过了柏树林，走了不到一个时辰。龟一胜男发现，前面是一片牛粪堆，有的牛粪是刚堆到这里的，还冒着热气。

不远处的一处牛棚里"哞哞"地传出几声老牛叫。

龟一胜男"嘿嘿"地笑出了声，立刻下达了抢牛命令："牛肉地干活，快快，赶牛回去，吃牛肉！"

几个士兵端着枪猫着腰冲进牛棚，几声枪响，几声凄厉的喊叫。眨眼的工夫，这几个鬼子就杀了三个打扫牛棚的养牛人，牵出了四头牛。

看着四头肥壮的牛，龟一胜男脸上挤出了狰狞的笑。

但是，他万万没有想到，枪声惊动了刚刚组建起来的回民支队骑兵小队。他们赶着牛走了不到五公里，只听身后传来嘈杂的马蹄声，十几个头戴白手巾、手握大片刀的汉子旋风般地冲了过来。

十几颗手雷在鬼子队伍里爆炸，鬼子还没有明白过来，骏马又折转回来，刀枪钩叉一齐杀来，鬼子有的被刺中，有的被砍杀。有个鬼子的头横着飞了出去，头上的帽子在空中旋转。鬼子吓得鬼哭狼嚎，丢盔卸甲随着龟一胜男往一高坡上跑。跑在前面的架设了掷弹筒，机枪手也架好了机枪，但是一时不敢扫射，因为，这队人马还在队伍里追着砍杀。等分开哪个是日军，哪个是汉子们时，回族骑士们已经分散着朝着东北方向消失得无踪无影。

原来，早晨，回民支队的马二斋队长得到大路村"复仇自卫队"的情报，说鬼子偷袭沙河南的赵庄村，大败而归，朝着号庄方向而来。如果半途骑兵突袭，一定能给鬼子一个措手不及。

这个大路村"复仇自卫队"，也就是用土枪偷袭鬼子的十几个汉子。这是大路、小路、东庄等三村在遭遇鬼子"大扫荡"后，仅存在世的十几个小伙子组合起来的游击小队。他们每家都有被鬼子枪杀的，所以叫"复仇自卫队"。也叫"火枪自卫队"，他们枪里发出的都是小颗粒铁球球。他们在早晨绕村巡逻时遇上了这么一群鬼子，才以最快的速度给了鬼子一下子。

看鬼子继续向北逃窜，自卫队把这消息通知了回民支队。马队长弄清鬼子的情况后，想要带人打阻击战，但是刚组建起来的队伍只有从鬼子手里夺来的八颗手雷、五支三八大盖和有限的子弹，面对强大的鬼子，取胜是不能的。正在左右为难时，听到了三声枪响，站在房顶上站岗的自卫队员发现了鬼子正在抢牛，发现鬼子只有一匹马。士兵把这些情况，报告给了马队长。马队长冷笑一声，吩咐道："弟兄们，鬼子抢了牛，一定走不快，我们骑马追上鬼子，鬼子装备十足，硬碰硬鬼子胜，我们败。我们还是骑兵对步兵，刀砍马踏地突袭一下子为上。"大家一致赞同，于是，马队长果断地带着他的骑兵埋伏在鬼子撤退的必经之路，成功突袭了鬼子。

八颗手雷炸响，鬼子晕头转向的当儿，一场砍杀突袭，让一路惊魂的鬼子又丢下二十一具尸体仓皇往八里店据点逃窜。

骑在马背上的龟一胜男是一个四十岁左右的少佐，战前是日本广岛军事大学的大三学生。懂得不少书本上的军事理论，惊魂之后的他稳定了自己的情绪，汲取两次遭袭的教训，派了前后左右巡回哨兵，队伍成蜈蚣体阵形缓缓行军。他想了很多，他觉得这次偷袭赵庄的情报，一定有人透露给了赵庄自卫队。不然，他们不会准备得那么充分，不会有那么完全与大日本抗衡的武器装备。他一定要将这事弄个水落石出，想完，他急忙吩咐士兵跑步回据点。

八里店鬼子据点里，一个戴眼镜的文人正在绘制着沙河地形图，在他的笔下，一条条公路，一条条河流沟渠，一座座木桥村庄，一条条街道店铺，清清楚楚绘制在一张长条形的布衬宣纸上。

几个刚抓来的伪军和几个年轻的鬼子看到这样一张图绘就，都不约而同地为他鼓掌。

炮楼里取暖升腾起来的浓烟从一楼钻进来，遮挡住了绘图手那讪笑的脸庞。

他就是沙河南贾村著名的秀才杜秋生，一个博学多识的人，从小喜欢看书，自学成才。他的父亲就在城内开了一家书店，父亲得病后，他负责看管这个书店，每次店内新进书后，他是先看后卖。有一次，进来一套绣像本《三国演义》，共六本，刚送货来，他自己就先拆开包装看。正聚精会神看时，有一个人进店来要买，他头也不抬地随口说："不卖，我还没有看完呢？"这个人觉得，哎，这事怪了啊，书店卖书的自己看书，不卖货？我非要较较劲儿不可，于是，他愤愤地说："你这人怪了啊，你开门不卖书，你是想干吗？"

"我开门就非得卖书啊，那……我关了！"说着落下门帘，收了幌旗，关了门。那人悻悻地走了，见人就说开书店的杜老板神经了。

杜秋生关了三天的门，终于把书看完了。

那个要买书的人是城里的绅士，这个绅士每天来书店三次，总是看到歇业的牌子挂在大门上，每次摇摇头就走了。等到第四天，这个绅士过来再买时，杜秋生开门了，他拉过绅士："对不起啊，老师傅，我看完了。那……这书算是旧书了，免费送给你吧！"

于是，没有等来人说话，硬生生地把书包装了，白给了这位绅士。

绅士被这个爱读书的怪人感动，于是逢人就说自己原来看走眼，错识人了，见人就说杜老板的慷慨为人。于是，他经常来店买书，两人成了忘年交。

绅士早年去过日本，有一天绅士急匆匆地过来，神秘地把杜秋生拉到里屋："您知道吗？日本人要打过来了，你这个卖书的应该学点儿日语，保准以后用得着，你要是想学，我教你。"于是，他跟着这个老朋友学了一些简单的日语，老先生还借给他一本日语书让他自学。杜秋生这个人有过目成诵的本事，几个月下来就把日语学得运用自如。他懂得一些绘图知识，喜欢实地绘图。他走路总是迈着均匀的步子，数着步数儿，只要从一个地方走过，他就能将这个地方的街道店铺等记得清清楚楚。而且还能准确地用地图标识出来，县城里的镖局常向他讨要某个地区的地图，有时还雇他实地画图。

他的这点儿真本事，很多识字的人都知道。

去年春天的一天，日军川崎大佐在县城内闲逛，随行的城防伪军中队长王从顺（又名王胖儿）哈巴狗儿似的紧随其后，川崎穿着马靴走着正步来到城内南街，王胖儿上前鞠躬："大佐阁下，前面的书馆有个过目不忘会画地图的神人，你是否愿意去看一看。"

"过目不忘，会画地图？大大地聪明，在哪里？带路带路！"

一行人来到杜秋生的书馆，只见他正襟危坐，摇着头，对着门口"之乎者也"地背诵一本《国学经典佳句集》。伪军中队长王胖儿正要打断他的背诵，没有想到，川崎阻拦了他，并示意其他人不要出声。他们就在门口站着听完了杜秋生的背诵，听了近一个时辰。

杜秋生背诵完毕，长舒了一口气，也不抬眼："来者想要什么书？"

川崎立刻一板一眼地用日语回话："《大日本帝国辞海》三本！"

翻译官凑到杜秋生面前，正要翻译，杜秋生猛然站起身，把他推了一个趔趄，用日语说：

"对不起，莫说三本什么'死海'，一本也没有。俺这中国小书馆，不卖外国大东西。你说的书俺连听也没有听说过！到别处去看看吧！"

杜秋生说完，见川崎不说话，也不走，他就仰起头对着房顶的燕子窝用日语骂道："你听懂俺的话了吗？你个鸟日的！"

"嘿嘿，好啊，骂得好。你的日语说得好，大大的朋友。跟着我去吧，保你有吃的，有穿的，天天过好日子。"

杜秋生听川崎话的意思是让跟着他去混饭吃，当汉奸。于是，他改用中文骂道：

"过好日子？呸！不在你家好好待着，跑到俺们国家来做吃人不吐骨头的坏事。狗可以伺候你，俺不伺候你个狗日的！瞎了你的小王八绿豆眼儿。"

没想到，川崎也能听懂了他的"个性"用语。他气急败坏地拔出军刀搭在杜秋生的脖子上说："八嘎，骂人的不要，侮辱皇军的大大死罪，带走！"

伪军们七手八脚把杜秋生捆了。王胖儿边捆边嘟哝："你个不识抬举的，骂我没事，你怎么就骂起皇军来了？"

"你个狗汉奸，皇军是你爹啊？俺不想跟一个狗说话！"杜秋生说完，气愤地对着王胖儿的脸啐了一口黏黏的唾沫。

"他妈的，敢吐老子？"王胖儿一边擦着脸一边举起枪来。

川崎立刻制止："八嘎，他的……我的朋友！"

这样，日本鬼子就把杜秋生带到了联队部。

川崎对这个杜秋生很是佩服，巧言令色地动员杜秋生跟着他干，杜秋生当然不从。

川崎也算是个"爱才如命"的人，他想了半天，想出了一条毒计，让人把杜秋生的新婚老婆抓来了。抓来后，川崎命令他的翻译官编写了一篇三百字的小短文，让杜秋生在四分钟内把文章一字不落地背诵出来，差一字的话，就把他老婆交给守卫小队，临时做小队十个日本军人的慰安妇。要是背诵过了，就放掉他和他老婆，并给二十块银圆，外加一匹日本印花布，同时杜秋生必须答应在皇军的联队做事。

杜秋生的老婆被五花大绑着站在联队部的门口了，翻译官把写好的三百字的文章按在杜秋生的手上。翻译官是中国人，早年在日本留学，他研究过中国古代汉语，他想卖弄他的学问，写得都是不太通顺的半文半白的文字。杜秋生狠狠地看了翻译官一眼，他想起了这个人。有一天一个青年刚在书店买了一本书出门，迎面与这个翻译官撞了个满怀，把他的眼镜碰到地上摔碎了，就是这个残忍的翻译官向这个青年的胳膊刺了一刀，然后扬长而去。听说，青年因此截掉了一条胳膊。

见翻译官笑眯眯地看着自己，杜秋生飞速看了一眼纸上的字，记住了个大概，但是他的心总是定不下来。他思来想去，他知道，川崎是在考他，两个结果都是他妈的损招。但是，看着他那如花似玉怀孕两个月的老婆，看着她求助的眼神，他努力使自己定下神来，努力让眼神凝聚在那些不太通顺的文字上，他眼心交互地又记了一遍，"扑哧"笑了。他"扑哧"的唾液喷在了蹲下身来近距离端详他的翻译官脸上。鬼子们莫名其妙地看着他，屋子里静得很。一分钟过去，二分钟过去，他开始了背诵，川崎听了听，又拿过纸来看看，一点儿也不对啊。但是，最后的几句他似乎听出了什么，这个杜秋生似乎在羞辱大日本帝国。杜秋生是这样背最后一段的：

"秀水和青山得留，应有何罪认低头，鹰兔如兵遇才秀，祖宗列见愧理有，辱妻等立是狗猪，天皇欠善心，日本无明天，从顺不若生……"

杜秋生背完，川崎可就将明晃晃的日本军刀架在了他的脖子上，气急败坏地："你的，根本背不过，还羞辱大日本天皇，死了死了的！"

杜秋生笑着用日语回话："我背诵的一字不差，不信你让你的翻译官写着，我再背诵给他。杜秋生又背诵了一遍，日本翻译官写了说："根本就不对，啊！——对、对……哈哈，你小子……对了，倒过来念和我写的一样一样地……对得很啊，真乃神人！"

川崎拿过两文比对着看，发现倒过来念，真的和翻译官写的一字不差，他于是把刚才杜秋生背诵的最后这一段倒过来念给大家：

"生若不顺从，天明无本日，心善欠皇天，猪狗是立等妻辱，有理愧见列宗祖，秀才遇兵如兔鹰，头低认罪何有应，留得山青和水秀……"

写得也对啊，都是劝说杜秋生顺从的话。但是，川崎想，怎么倒过来念就有了羞辱天皇诅咒日本的话呢。

看川崎正在纳闷儿，杜秋生眉头一皱，计上心来。他决心让这个翻译官不死也得脱层皮。于是，用日语小声与川崎耳语："皇军大大地聪明，我听人说，你的翻译官是个间谍，你难道不知道？你看他写的文，哪一句不是辱没日本天皇的？倒过来念还有'天皇欠善心，日本无明天'这样的话，这都是对天皇的咒语！他欺负你们不懂中国文化才暗地里诅咒你们天皇的。"

"你的，大大的聪明，我怎么没有看出来？"川崎说着一把拉过翻译官说："八嘎，大大的奸细！"说完，拔出军刀，架在翻译官的脖子上。没有想到，胆小的翻译官身子瘫软地往前一倾，这军刀可就把他的气管儿割断了。顿时鲜血喷涌，翻译官头朝下栽倒在地上，死了。

川崎身子一哆嗦，但瞬间，他又哈哈大笑几声，对杜秋生耳语道："他的不忠诚皇军，该死。你的妻子留住了，但你也须留下。你的店铺皇军派人给你打理，你就是我的翻译官了，从今天开始就跟着我做事，用你们中国话说，你的，吃香的喝辣的。"他看出了杜秋生的惊人奇才，宁可相信杜秋生说的还没有经过证实的话是真的，杀掉为他做事的翻译官，让杜秋生高兴。一石三鸟，他也暗自得意。

杜秋生无可奈何地摇摇头，苦笑了一下，被带走了。但是，后来川崎对杜秋生这么个聪明的中国人在身边总是有些不放心。于是把他派送到八里店炮楼，交给了龟一胜男留用。让龟一胜男监督他绘制县域村落地图。

这天，赵金山通过内线，很快知道了杜秋生的事。一天晚上，他和甄续男一起扮作回娘家的夫妻进了定县城。找到了正在发着脾气整理自己书屋的杜秋生，向他言明了共产党的锄奸政策，动员他凭着聪明才智，做一个活跃在日本军部里的优秀交通员，学透了经典国学的杜秋生知晓大义，爽快地答应了此事。

这次龟一胜男凌晨偷袭赵庄抗日自卫队的情报，就是他送给赵金山的，赵金山一看弟弟要遭难，于是派人把消息送给了定南县工作委员会书记赵光同志。原来的刘书记，由于组织另有他用，调走了，赵书记刚上任几个月。他一看情报，吃惊不小，正要派人去送信，赵银山派的赵青等三人就赶到了。

鬼子偷袭赵庄的那天，定南县大队的一排二排，正配合冀中抗日根据地的宣传队，在城西油村一带，开展抗日宣传活动，三排四排的人员赶往正定解救去石门买治枪伤药的人，他们遭遇伪军的追赶。家里没有其他人能及时赶往赵庄救援，所以赵书记只好做出让赵银山牵制鬼子，周围自卫队配合作战，等待大部队救援的决定。

凌晨四点，正待赵书记连夜组织几个村的民兵自卫队赶往赵庄村增援时，派去的侦察兵回来报告："鬼子被赵银山的迫击炮打跑了，留下多具尸体。"

赵书记很是高兴，但他佯装发怒："好你个赵银山，比县大队都强。都有三门迫击炮了？抢铁路的武器怎么没有交公啊！"赵书记说完，看身边的同志们都不说话，于是接着说，"哈哈，告诉你们啊，这事咱可就不追究了，算是奖励他们吧！"

赵银山所在的赵庄村，这几天热闹得很，附近的东成、湖村、定村、大丁、阜才等村子的人听说赵银山带领的自卫队打死了很多日本鬼子，还缴获了很多武器，保卫了全村老百姓。邻村的大娘大婶大伯大叔们纷纷把孩子送来当兵，不几天，赶来报名参军的就有三百余人。他们大多都是带着吃的来的，小米、棒子面、白面袋子堆了满院子。吹歌队还送了一场精彩绝伦的吹歌表演，算是庆祝抗日战士取得胜利，大家都看到了与敌"斗则取胜"的曙光。

这小院儿驻地算是盛不下这些人了，村长左思右想，想出了一个招儿，村内地主刘财福家，全家人在鬼子来时，已经逃往了四川亲戚家。院子空着，二十多间房子无人居住。

刘村长做通了地主刘财福堂叔的工作，把他家的门打开了，算做临时征用。

这天下午，赵银山他们前来查看新驻地。

这是一套高门阔府的四合院，说是四合院，其实院子还分前后院。院子里用房屋做围墙，东西南北各有十间起脊儿小青瓦大青砖房。中间是一道月亮门，门旁朝阳处有一处透水石假山，假山旁栽种着竹子，旁边还有一口汉白玉栏杆的水井。院子的东北角和西南角各有一个两层黛瓦尖顶小塔楼，算是护院防盗的哨楼。院子从外面看，铜墙铁壁，辉煌气派。从里面看像是高堂府衙，幽静而威严。

刚招来的士兵，赵银山弟兄相称，一一认识见面，问寒问暖。让副队长赵刘群一一登记造册，分成班、排、连。他还笑说，按照编制，自己应该是团长了。

但是，他还是喜欢人们叫他赵队长，其实他是心里没有底儿，这团长能自己封吗？需要上级任命才是。可是，上级还不知道他们招收了这么多兵呢，赵银山马上写了一封汇报信，正要派人去给定南县委的赵书记送信。这时，一个骑兵来送信，说让赵银山和副队长赵刘群马上去定南县委开会。

赵银山让村长带领同志们打扫地主家的院落，又安排好了昼夜轮流值班的岗哨。一切安排妥当后，同赵刘群副队长、赵青一起，扬鞭策马去定南县委开会。

定南县工作委员会办公室里座无虚席，人声鼎沸，旱烟味呛鼻。

赵银山和赵副队长悄悄地坐在临窗的位置，赵银山把窗户开了一条缝，才觉得空气新鲜了一些。四外看时，县委的宣传干事赵铁民在发放大会材料，他才发现来得都是自卫队的头头们。认识的有回民支队的马二斋队长，还有民兵队长，因为他看到，疃村民兵队长李德祥、指导员张文生。还有二十四小学的马汉校长。其他的赵银山就不认识了。

会上，定南县委的赵书记先传达了上级精神，最后他说，鉴于敌占区面积越来越大，日军在冀中平原频繁修筑炮楼，对我抗日根据地实行"铁壁合围"。要求各地游击队采用"敌进我退，敌驻我扰，敌疲我打，敌退我追"的战术打击敌人。赵书记还举了很多战例，说得人们心潮澎湃、心服口服。

会上，定南县青救会主任兼抗联会主任杨轻，还布置了年前的任务。他说，为了让各地群众过个安生年，各地青救会要发挥青年人的带头作用，要加大"围村护民"工程建设。据说鬼子在各地多次吃亏后，调来了一些摩托化机械部队，还有坦克。我们以后的抗日工作会更加艰难，会更残酷。所以，各村要利用冬季农闲季节抢挖地道和交通沟，也就是实行"破路"招数，把入村的大路都挖上横断壕沟，这样便于今后修复和明年的春耕。同时还要注意制造土武器弥补枪弹的不足。

会议的第二个议程就是，让大家针对游击战术开展讨论，可以各抒己见。可是在讨论过程中，定南县抗日完小党支部书记王昌春提出异议说，人家赵队长前天采用了阵地战，不一样把一百多人的鬼子打跑了吗？还缴获了五十支枪。

定南县委敌工部干事王步云接话："阵地战需要有过硬的装备，银山的装备好，他们除了带回的装备外，还抢了一次铁路。所以，大家还是想办法从小鬼子手里夺武器为上策。"

听到这里，赵书记似乎想起了什么，他把赵银山叫出来，小声问："听说你有一个二十人的骑兵小队是吗？"

"是啊，怎么了？"

"咱们县大队与友军的一个骑兵营取得了联系，他们答应帮助咱们建立一个骑兵排。可是，我这里没马，更没骑兵啊！过几天人家就来了，先调用你的骑兵小队用用怎么样？不然显得我这个书记太寒碜了。"赵书记端详着赵银山脸色。

"哎呀，赵书记，你这不是摘俺的心肝吗？这可是我赵家军看家的家当，飞翔的翅膀啊。"赵银山几乎哭了。

"眼下要破坏大路，搞'固村安民'工程，你的马也不好使了，这样，算是县大队买你的，给你十块银圆，总可以了吧，你再去买啊！就这么定了，回头，让你的二十个骑兵骑马来县大队报到。"赵书记老人哄小孩儿似的拍着赵银山的肩膀。

"哦！这么说，人也算卖给你了？不算是借了？"

"废话，你以为我只要马啊！"

"哎呀，你这十块银圆，俺不要了。"

"行了，不要推辞了，给你你就要。对了，你看我把好事忘记了，还有比钱更美的事等着你呢，一会儿你就知道了。哈哈哈哈！"赵书记说完，自己先笑起来了，笑着走进会议室。赵银山懊恼地随后跟进。

赵书记进屋后，拍拍手掌，开始讲话："大家静一静，我们进行会议的第三项内容，就是通报腊八日联合作战情况。表扬赵银山第九支队、大路村复仇自卫队、回民支队。他们联合打击鬼子，使得鬼子八里店中队伤亡过半，创造了七七卢沟桥事变以来，冀中抗日义勇军消灭鬼子人数最多的一项纪录。哦，对了，还是唯一的游击队员零死亡的作战纪录。大家为他们鼓掌！"

掌声尤其热烈，人们的目光找寻着这几个英雄。

"来来来，你们三个站台上来，让大家看看，英雄是何等的威武。我说，你们分别简单说说战斗情况吧，让大家也过过瘾。"赵书记说着坐到了台下。

赵银山首先详细地介绍了战斗经过，客观地肯定了武器是战斗胜利的关键，大家都悄悄为他竖起了大拇指。然后，赵银山把大路村复仇自卫队的孙队长拉起来。孙队长简单介绍了骑马截击鬼子并让两个鬼子丧命的战斗经过。他说完，大家给的掌声比给赵银山还多。

然后是回民支队的马二斋讲话。他干咳了几声，想开口说话，又不知道从哪儿说起，脸憋得通红。孙队长提醒："哎呀，你从牵牛说起吧！"

马队长从头讲起来，虽然有些前言不搭后语，但是人们算是听懂了。马队长是打了敌人一个措手不及，这样的仗打得那叫爽。

他们三个都讲完后赵书记总结说：

"大家知道吗？孙队长和马队长都是接到了县委的情报才准时出动的。县大队的战士在鬼子偷袭赵庄的时候去执行特别任务，没有在，要是在的话，消灭鬼子更多。好在马队长和孙队长又追打了落水狗，这仗也算痛快。晋察冀军区聂总司令看到我们的战报后，也来电表扬了我们。说这腊八日联合抗战，综合起来就是著名的战例。

"赵银山凭着优良的装备，让敌人吃亏不小。他利用沙河冰层，先有效地打了个阻击战，算是痛打落水狗。然后，看到敌人的掷弹筒很厉害，采用了敌进我退策略，占领了制高点。又利用鬼子抢尸诱敌深入，在满身是冰的鬼子接近的时候利用高坡阵地战，居高临下，打得鬼子丢盔卸甲，狼狈逃窜。

"孙队长呢，及时得到了县里送去的鬼子路过他地盘的情报。但是苦于自己没有大的杀伤性武器，于是采用了咬一口就跑的小牧羊犬战法，打得鬼子找不到北。

"马队长的战术呢，先是用手雷在鬼子队伍开花，抓住这个混乱时机，利用他们平时训练好的马上作战本领，大刀长矛一块儿上，杀得敌人抱头鼠窜。

"所以啊，是残酷的战争让你们不得不利用自己的智慧，去聪明地消灭敌人。"

赵书记刚说完这一大通话，孙队长就举手了。赵书记立马问："孙队长，有问题吗？"

孙队长没好气地说："没问题，我举手干什么？"

"哈哈，好你个孙队长，那，你说！"

"赵书记，俺对你说话有意见。"

"有意见当面提，这才是好同志！"

"也没有多大的意见，你看你呀，把我们的战法叫小牧羊犬战法，你还不如干脆说是狗狗战法呢！"

他刚说完，大家立马哄堂大笑。

大家看孙队长时，他一脸的严肃，一点儿也不乐。于是大家又开始笑，笑得有人就岔气了。

会议将要结束了，赵书记宣布："有两个大好事，先说第一个，上级给我们派了三位宣传干事。职务嘛，算是县委派到你们那里的妇救会长。人嘛，当然都是女的。她们三个只能分到二百人以上的队伍，谁要？"

高蓬、子位、邢邑等六七个大队的队长争着要，只有赵银山这个人数最多的队长不说话。

赵书记于是大声地问："赵队长，你不要吗？"

"俺不要！"

"你可不要后悔！"

"不后悔！"赵银山坚决地说。

赵书记拍了一下手："出来吧！"

大家定睛看时，只见会议室里屋的门帘轻轻挑起，三位美丽的女子身着旗袍，粉面桃花，仙女般地列队走出。赵书记带头鼓掌，大家也跟着鼓掌。

"这就是上级派来的人，她们可有学问了，都是晋察冀某报社的编辑。她们来我们这里进行为期半年的体验生活，顺便进行战事记录，准备把你们的事迹宣传到报纸上去。"赵书记说完，又大声地喊："刘夏花！"

"到！"这位美丽的刘夏花，模特一样地往前走了几步，那身子的线条就凸显出来了。

"你到子位大队报到！"

刘夏花笑而无语，赵银山可就坐不住了。马上站起来："报告赵书记，她是俺媳妇，让她跟着俺好吗？"

大家一听，立刻哄堂大笑。

"哎——哎——不要看着人家姑娘长得漂亮就说是自己媳妇嘛！你

不是说你不要吗？你不是说你不后悔吗？哈哈！去子位，就这么定了！"赵书记一脸的严肃。

"求求你了赵书记，她真的是俺媳妇。夏花，快，你说话啊！"

大家笑得更厉害了，赵书记也笑了，夏花羞红了脸，直起身用中指戳了一下赵银山的脑袋："你啊……嘻嘻！你就是个大傻瓜！"大家听了又开始哄笑。

"行了，暂且相信夏花同志是你媳妇吧，那你可以带她走了！"赵书记摆摆手说。

"哎——赵书记，你不是说还有第二件喜事吗？"

"第二件事是上级配备了咱们一部分装备，也就是军区托人在阜平兵工厂搞的枪和子弹。我忘记说了，要了第一，就没有第二了啊！"

大家都兴高采烈地议论开了。

赵银山一看这样，凑近了对赵书记说："那，那……好吧，俺那次打仗回来，缴获的枪支还没有交公呢，这样吧，咱们算两清可以吧？这次的枪支再好俺也不要，全分给他们；子弹再多，俺……俺也不要，全给他们。俺就要俺的夏花，这行了吧？嘿嘿，走喽！"

赵书记麻利地拉住赵银山的胳膊，笑着说："不行，你至少匀出十支新式三八大盖给县大队，让那些班长、排长们也过过瘾。"

"行，明天让我的骑兵，不对，算是你的骑兵了，给你捎来，我这次算是赔大发了。走喽！"

赵银山说着拉起刘夏花就走，也不管赵副队长和赵青了。

赵青急忙赶出来："看看，见色忘义了吧？见了漂亮嫂子连我这个出生入死的兄弟也不管了？"

"自古英雄难过美人关，况且俺还不是英雄呢。"

"行了，你就贫吧你。俺可还没有和你成亲呢，怎么就是你媳妇了。刚才我就没有说你，看把你得意的样儿。"刘夏花说着给了赵银山一记粉拳。

"哦，对了，夏花，我们还要顺便去医院看望伤员，走，一起去？"

赵银山低头看着夏花羞红的脸。

"好啊，我一定去慰问他们，他们才是大英雄!"夏花竖起了大拇指。

四个人来到拴马处，赵银山扶夏花上了马，自己也麻利地紧挨着坐在她的后面。四个人，三匹马旋风似的跑出县委。刚到门口，就看到一部分喜洋洋的游击队员拿着新的汉阳造长枪出来了，一边走还一边爱惜地摆弄。见到赵银山拥着一个美女骑马而来，战士们起哄:"赵队长，什么时候入洞房告诉我们一声啊。我们去听房，省得生了儿子不会撒尿啊!"

赵银山兴奋地嚷着:"行，这就跟俺去吧，入洞房喽!"

刘夏花"啪"地拍了一下银山的肩膀，赵银山接着拍了一下马屁股，知趣的战马嘶鸣着，一溜烟地跑出了村子。

来到李顾村定南县医院，找到负伤的战士们。看到弟弟赵铁山的两个战士已经能下地走路了，医生说再过两天就可以出院了。又看望了自己队伍的伤兵杨根槐，只见他脸色蜡黄地躺在床上，一条胳膊空空的。刘夏花惊叫起来:"哎呀，伤得这么重!"

杨根槐醒了，看到队长带一漂亮女孩儿来看自己，想坐起来，一条胳膊又使不上劲儿。赵银山马上按住他:"不要动了，感觉好些了吗?"

"没有事儿，赵队长，俺炸掉的是左手，俺右手比左手有劲儿，等胳膊伤好了，俺就练习单手打枪，俺学打枪正上瘾呢。"杨根槐很是乐观。

听到这儿，赵银山马上从口袋里掏出一块银圆:"根槐啊，这钱你拿着，让人买点儿好吃的补补，你'大难不死，必有后福'你永远是俺赵银山的好兵。"

"银山哥，俺愿意跟着你打鬼子，喜欢和你一个锅里抡马勺，我要让十个……不，百个鬼子的胳膊，不，是他们的命来赔俺的这条胳膊!"杨根槐说着又想坐起来，但是伤口疼得他龇牙咧嘴。

"歇着吧，不要动了，俺们回去还要开会，等有时间俺还来看你啊!"赵银山急忙退出。

细心的刘夏花看到，她银山哥浓眉下的眼眶里，有亮晶晶的泪光。

第 12 回

定北县召开动员会　县城中斗杀川崎鬼

在定南县委召开会议的同时，定北县委也召开了联席会议。

各抗日义勇军小队的队长们纷纷来到。

当晋察冀三分区第一游击支队第五大队的赵金山队长、李顺政委、甄续男副队长三位同志神气地挎着盒子枪走进会场时，会场上的目光齐刷刷地向他们投来，瞬间掌声四起。当看到自己的座位安排在最前排，甄续男都不好意思了。

大家纷纷坐定后，赵金山看到，他接触过三次的原中共定北县委宣传部部长赵大汉同志，现作为新任县委书记主持会议。赵大汉首先对着赵金山笑了笑，又扫视了会场一周，宣布大会开始。

首先发言的是中共定北县委青年部长、县青救会主任的马明祥同志。他作了题为"开展义勇军小规模游击战，破坏日本鬼子大运输动脉"的报告。他强调说，鬼子近来为了修筑炮楼，增加了车次，频繁运输物资装备和兵员。故此，要求沿铁路干线的各游击队武装、各抗日义勇军小队要坚决打击敌人的嚣张气焰，破坏铁路干线，阻止鬼子加速建设炮楼和驻地设施的计划。

他讲完后，赵书记又传达了中共中央"洛川会议"精神，他说，洛川会议决定把党的工作重心放在战区和敌后。在敌后放手发动群众，开展独立自主的游击战争，开辟敌后战场，建立敌后抗日根据地。还贯彻了《抗日救国十大纲领》，并决定，各地为了改良人民生活，要实行减租减息政策；为了净化抗日环境，要尽快肃清汉奸卖国贼亲日派，巩固我大后方根据地。

赵书记刚讲完，定北县四区公安员大流村的刘至宏举手："赵书记，你刚才讲的《十大纲领》，我们没有记下来，我建议印刷一下每人给一份儿，行吗？"

"行啊，看人家刘公安员就是行，知道哪个精神重要。印了后发给大家，大家多学习学习啊！"

会议结束后，县委赵书记又特别留下赵金山他们三个，并请他们吃炸酱面。

赵书记一边"吸溜"着吃，一边问赵金山："知道大家为什么欢迎你们到会吗？"

赵金山吞了一口香面说："不知道，也许大家看着俺们三个都有盒子炮，羡慕呗！"

"你错了，大家是佩服你们能征善战，让小鬼子闻风丧胆。还有你丁是丁、卯是卯的为人态度。"赵书记说得文绉绉的，让赵金山听得云里雾里的，但是赵金山知道书记在表扬自己。

"俺觉得那个刘至宏很好，让他跟俺干吧。"

"是啊，这个人十七岁就瞒着父母，离家出走找八路军，到唐县石家佐受训一年多，才来到咱定北县四区担任公安员的。这个不能给你。"赵书记说完看着赵金山又补充说，"公安员和你们作战的不一样，是维持治安的能手，作战还是你们行。"

"赵书记，你就直说吧，给俺什么任务？只要是打鬼子，干什么都行。"赵金山听人说，赵书记要是布置任务给你，先夸你，说你这好那好，所以才上赶着这么问的。

"啊！哈哈哈哈，痛快，你真是俺肚子里的蛔虫。错了，你看我，用词不是时候，大家都吃饭呢，哈哈！"

"你说吧，没有事儿。在俺们老家，大家都蹲在猪圈墙上吃饭呢，照样吃得香香的，嘻嘻！"甄续男抹了抹嘴上的油说。

"看你们两口子，都是直脾气。"

"不是一家人，不进一家门。甄副队长打枪还准准的呢！就是俺们赵队长会使双枪都不准，直到现在结婚都好几年了，也没个孩子。"李顺政委说。

"哪壶不开提哪壶啊你！咱这不是顾不上要孩子吗？你个坏顺弟。"不知道什么时候，甄续男把李顺政委称呼为顺弟了。

前段时间甄续男怀孕了，可是在一次军训示范时，摔了一跤流产了。这事李政委不知道。因为忙于事务，赵队长两口子就根本没有提过这事。

"好了，生孩子需要提到议事日程。你们还要往回赶呢，晚了不好。我再说件重要的事。"赵书记若有所思。

"好，说吧！"赵金山接话说。

赵书记喝了一口面汤，慢慢地说道："你们不是有一部分人在曲阳山里住着吗？据说往北七十里左右的太行山山坳里有一帮军阀兵痞来这里做了土匪。国难当头，他们不是怎么琢磨着打鬼子，而是趁乱祸害百姓。据说为首的曾经是阎锡山队伍里的一个连长，名字叫赵奎，懂得作战招数……"

"行了，赵书记，无论他有什么招数，俺都不怕。您就等着俺的好消息吧！"赵银山说着站起来。

"坐下，我还没说完呢！县委的意见不是让你去消灭他们，是让你去争取他们，让他们改邪归正，为我们所用，为抗日而战，让他们把本事用在打鬼子上。"

"啥？让俺去给这帮土匪说好话？俺他妈可干不了这事。"赵金山急得话里又带了脏字。李顺白了他一眼，来的时候李顺跟他说好了的，去县委开会，一定不能说脏字，尤其是"他妈的"这样的话一句都不能说。

"看看，刚才我白表扬你了，你这个人一向是雷厉风行的，怎么这样的事就有畏难情绪了？"赵书记脸色立刻拉了下来。

"我——"赵金山刚要说什么，赵书记接过话来说："我……我什么？这事别人更干不了，唯有你去。有个有利条件你还不知道，这个赵奎的老家就是你赵金山出生的地方，山西的赵家第一村。他有一个和他的土匪习气不匹配的地方，就是他非常孝顺，他的老娘赵小敏还在村里住，他几次想接他老娘上山，他的老娘都不肯，还骂他是土匪。但是，他每年过年都要回家住上几天，到初五才回山里的老窝儿。"

"这……还算是个人。这就好办了，赵队长一定会接这个任务的。赵书记，我问个不该问的事，将来，我们要是争取过来了，人归谁管？不行就归我们吧，要是归我们，那级别可就不对了啊，人家是连长，咱赵队长才是个队长，怎么说啊？嘿嘿！"李顺政委打着哈哈说。

"你们归晋察冀三分区管理，这个编制问题还得陈司令员和王平政委说了算，不过，我可以建议的。"赵书记说完拍了拍李政委的肩膀说，"哈哈，你个李顺啊，真精。你是想当正规的政委了是吧？你们现在的人也不少了，按正规部队的建制，你们该是营级了，就权且按营级建制称呼好了。"

"谢谢赵书记的任命！"赵金山立马反应过来，麻利地敬了个礼。

"你个赵金山，接任务和接官职态度是不一样啊！这称呼等以后我去给你批。"赵书记说完，突然快手拔出赵金山的盒子枪。已经打开保险了，赵金山才反应过来。

"嘿嘿！赵书记好身手啊，这要是在战场上，金山可就吃亏喽！"李政委跷起大拇指说。

"据说，这赵奎是个快枪手，金山啊，你需再练练，配上你的双枪，显得威武。这土匪窝子里，你不镇住他，他就瞧不起你；你不装得富有一点儿，他就更觉得跟着你没有意思。所以，鉴于这种情况，县大队给你调拨了五十块银圆，作为你的经费，不够的话我们再想办法。"赵书记语重心长地说。

"谢谢赵书记为我们想得周到，我赵金山一定完成任务。可是，我只有一把这样的盒子炮还叫什么双枪啊。"

赵书记听完赵金山的话怔了一下，突然"哈哈"大笑，转身就喊："警卫员，过来过来。"

警卫员过来了，赵书记说："先把你的盒子炮交上来，明天给你换个新的。"

"赵书记，我的枪好好的，为什么换新的，我不换。"

"执行命令，把你的枪交给赵队长使用，他有更重要的任务。"赵书记一脸的严肃。

警卫员不情愿地交出了枪，赵金山也没有接，反而觉得不好意思起来："赵书记，你的警卫任务也很艰巨啊，怎么能要你警卫的枪呢！"

赵书记接过枪来，按在赵金山手上："拿着吧，军分区政委王平几次电话交代这事，县委决定让你趁着年关的时候去赵奎的老家，先做他老娘的工作，然后再感化他，争取他。县委还决定，让甄续男跟你去。你们弹药不多了吧，一会儿你走的时候，把县委的三箱子子弹搬走吧！我们再想办法。"

"子弹我们就不要了，你们没有子弹怎么行。我还是去从鬼子手里搞吧。"赵金山说。

"那好，不过，万事想周到了再做，我要你既完成任务，还要你囫囵着给我回来。过年以后我听你直接向我汇报战果。"赵书记有点儿担心地说。

"那一定，小鬼子还没有赶跑，我怎么能光荣呀。再说，不是还有李政委吗？"

"刚才想了想，李政委还不能跟你去，你们支队必须有人守家啊。"

"对，那也没有问题，俺有办法。"

"你有什么办法，说说，让俺心里也有个底儿。"

"也不让甄副队长去，让俺爹和俺一起去，我们在山西赵家第一村的时候，我记得他在村子里人缘很好，说不定他认识赵奎的娘哩！"赵金山关键时刻，想起了自己的爹爹。

"这个办法好，但是，你也要保证他老人家的安全。"赵书记说完让人给赵金山去取五十块银圆。赵金山不客气地接了，敬礼走人。

刚走到城西的铁路旁，天就黑下来了。路也坑洼不平起来，赵金山他们三人下马步行。

刚走了十几步，就看到铁路上有两个鬼子背着枪互相逗笑着溜达。他们于是把马拴在小树林，抚摸了一下马的鼻子，意在告诉马不要出声，让甄续男看着马。然后，两个人猫着腰绕到了铁路旁等着两个鬼子到来，鬼子走近了，赵金山看了看四周，没有发现其他的鬼子，于是，给李顺使了个眼色，两人几乎同时猛地蹿出去，麻利地从鬼子的枪上摘下刺刀，刺向了鬼子的后背。不到两分钟的时间，他们就解决了鬼子，摘下了枪支和子弹袋。快马加鞭离去。快到嘉山山下了，他们才慢下来，看着两支三八大盖和满满的子弹袋，两人几乎是同时大笑起来，笑得李顺的眼泪都出来了。

"抢这么两支破枪就笑成这样啊?"甄续男带着讽刺味儿地说。

两人下马来，李顺边走边对赵金山和甄续男说："不只是抢这两支枪的问题，我们是找到了解决武器弹药缺乏的方法，金山啊，在你走之前咱们要安排几次去铁路扒军列抢枪弹的行动，让你弹药充足了，你去土匪窝子，我心里才能踏实啊!"

"行，回去咱们商量商量!"

回到山神庙驻地，战士们已经吃了饭。听说三位领导还没有吃饭，苗苗姑娘给他们做了荷包鸡蛋面。看着碗里两个嫩白的荷包蛋，李顺对苗苗姑娘说："咱们的苗苗可真行，这么快就学会做好吃的了?"

"你算说错了，苗苗姑娘早就学会了。你想吃什么，她就能做什么，不信，改日你写出一个饭菜单子，看她能不能做。"甄续男夸着苗苗姑娘。

"姐，你一天不在，我就想你了。"就这话，苗苗说红了脸。

"是想姐了吗? 姐看看，是想姐了吗?"甄续男说着扳正苗苗的肩膀仔细地端详苗苗。

苗苗看了姐一眼，又红着脸看了看李顺，吞吞吐吐地说："大姐——俺就是想你呀!"说完，红着脸跑了。

苗苗姑娘跑了，甄续男问李顺："顺弟啊，看来人家苗苗姑娘对你有那么点儿意思了。就你长的这样儿，有个姑娘看上你是你的福气。要不，嫂子给你俩说说?"

"这怎么行，人家还是个小姑娘呢!"李顺强调说。

"就比你小个十来岁，算小吗? 年龄不是问题，关键是你对她是不是有感觉，你要是有，包在我身上。苗苗给你做媳妇，好着哩! 嘻嘻!"甄续男说着拍屁股走了。

"李政委啊，这媳妇的事你也该考虑了。打鬼子不能不娶媳妇，是不是? 要是行，过年就办，咱们这个队伍也该喜庆喜庆了。"赵金山说完，也拍屁股走了。

留下李顺一个人陷入了沉思。是啊! 县委派自己来这里履行政委之职，自己也算是全力以赴，也没有考虑过个人问题。如今苗苗姑娘对我有好感，我怎么能错过这位好姑娘呢。

他正想着，县委派来的交通员突然来到，李顺领着他去北屋见赵金山，交通员进屋报告："据岳春喜同志交到县委的内线可靠情报，城内的鬼子近期要求各村村长送一些棉花进城，说是支援前线的野战军用，县委要你们把握时机对城内的鬼子给予打击。"

交通员走了。赵金山一拍脑门儿："嗨! 有了，他妈的小鬼子，这次让你们好好喝一尿壶!"

李顺政委忙问："有什么了?"

赵金山神秘地对李政委耳语几句，李顺开心地笑了。

两天后的早晨，乌云翻滚，寒风呼啸。一会儿，米粒儿大的雪就打在人的脸上，打得脸痒疼疼痒痒的。

西城门大门紧闭，只有伪军把守。几个伪军佝偻着身子，冻得瑟瑟发抖地在城墙上来回溜达，像忠于职守的看门犬。

这时，十几个老百姓赶着三辆载满棉花的大马车来到了南城门下。城门还没有开，老百姓叫门。好久，里面也没有动静。这时，有几个人赶来，在后面鸣枪追赶。伪军才上了城墙，看这样，十几个"老百姓"马上齐声喊："开门啊，老总，我们是给皇军送棉花的，有人要抢棉花啊！"

六七个伪军马上打开了城门，刚进城门洞，扮作老百姓的游击队员就跳下车来，一拥而上，下了开门伪军们的枪支。又麻利地换上伪军的装束，冲上城门楼，将在侧房里烤火的，还没有反应过来的十几个伪军堵在了屋里，很快也下了他们的枪。这队员中就有化装成老百姓的赵金山。

赵金山小队在成功抢得二十一杆大枪后，迅速撤离，撤离的途中，他们又发现了鬼子的棉花仓库，赵金山一把火点着了棉花。鬼子伪军只顾着灭火，也没顾得上派人追赶他们。

与此同时，赵金山派往其他三个城门的化装成老百姓的游击队员们也以同样的方式夺了伪军的枪，按照事先的约定，捆绑了他们，然后迅速撤离。

这次发生在腊月十一早晨的"四城门联合夺枪战"都是在敌人信以为真的情况下，瞬间实施的，算起来只用了四颗子弹。

这四颗子弹是在西城门打的，本来是说，能不开枪就不开枪的，但是西城门上有四个鬼子在，鬼子看情况不对，先开了枪。李顺一看不开枪不行了，于是先开枪击毙了机枪手，他带的三个神枪手各击毙鬼子一名。鬼子的尸体从城墙上摔下来时，伪军们吓得纷纷举手投降。

这次"四城门联合夺枪战"共夺得五十二支新式三八大盖，缴获子弹近千发。打死鬼子四人。

川崎得知四城门接连失守、遭遇游击队后，捶胸顿足地大闹一通，吐了一口鲜血。他努力定了定神，挣扎着喝了几口水，哆嗦着拿起电话机，他要向时任华北侵华日军冀中司令部的小野贤三郎司令官汇报。

小野贤三郎司令官听到后大发雷霆，狂骂川崎的失职，并要他两日内抓住让四城门同时失守的要犯。到时候，他要再来县城，亲自审讯，然后游街示众，枪毙要犯，杀杀抗日武装的嚣张气焰。

川崎得令后，派他刚刚组建起来的特务队参与四城门丢枪案的调查。特务队副队长是岳春田。这个岳春喜家的仇人，靠着出卖自己的叔叔得以升官，岳春喜的父母和妹妹惨遭杀害。那次之后岳春喜就想去城里杀掉这个家族败类，但是被赵金山劝住了，说以后再等机会逮了他，让人民审判。没有想到，他这个没有耳朵的"葫芦"被川崎重用，出了不少坏点子，作孽多端，成了一个地地道道的大汉奸。

他在城里安插了很多便衣汉奸。夺枪的第二天，曾卖过眼药的刘大麻子汇报说是赵金山带领游击队干的。他说过去曾经和这个赵金山一起进过货。

岳春田马上就把刘大麻子请到了川崎的中队部。按照他的描述，给赵金山画了画像，鬼子绘画专家画完后，让刘大麻子看，问像不像。刘大麻子左看看右看看，说："像，太像了，就是他。"

第二天，满大街就贴出了赵金山的画像。

一天过去了，放出去的特务队没有上交情报。再过一天小野贤三郎中将就来定县城了，画像有了，找不到人怎么办？川崎派岳春田带着特务们满大街地找。哪里找得到啊，岳春田也是个鬼心眼儿、坏心肠多的人。眼看天黑了连赵金山的影儿也没有看到，他于是命令，抓几个长得差不多的过来。

于是特务们抓了三个一看就有点儿像赵金山画像的人带给岳春田，其中一个特务抓起一个人的手："他手上和肩膀上，都是茧子，一定是个扛枪的。"

岳春田仔细看了看，猛然一喊："赵金山！"

"叫俺干什么？你叫得不对，俺叫赵尽善，俺可是赵队长的哥哥。"

"俺还是赵队长的爷爷呢，带走！"

岳春田带着这个人来到川崎的审讯室，刚进门，他就喊："俺是赵

259

尽善，俺是打兔子的。"

川崎"八嘎"一声，随后嚷："都这个时候了还骂皇军，你不想活了？"

但是，尽管川崎看了这个"赵金山"的手和肩，发现上面都是茧子，尽管他在口供上画了押，川崎觉得还是不像赵金山。这样的软骨头，还没有审讯就承认自己是"赵金山"了，怎么能和骁勇善战的英雄相配呢？问他是否指挥和参与了昨天早晨的行动，他说参与了，四个人打死了四只兔子。

川崎听得不耐烦了，他心想，真的吧假的吧，假的也要说成真的，不然明天无法交差，自己的脑袋就不好待住了。他立刻让人把这个"赵金山"拖入了监室，戴上了手铐脚镣，并写了招供书签字画押。一切做好了，专等明天小野贤三郎中将审判后执行枪决，事情就算搞定了。

赵金山当天就接到了侦察员带来的通缉令，他拿给妻子甄续男看，甄续男一看就大笑起来："哈哈！这哪里像你啊，瘦得很。傻大眼有点儿像，可你的鼻梁哪有人家的高，眉毛哪有人家上挑。还有，你哪里如人家年轻啊！长得倒是有点儿像我，也许将来咱们的儿子长大了就这样，嘻嘻！"

"不像我，嘿嘿！这就对了。明天咱给鬼子演一出好戏看，你敢去吗？"

"怎么演戏？俺去干什么？"

"装个日本中将，让鬼子看看，中将出行得带夫人。你要是敢去，就装俺的日本媳妇。"

"俺去？俺没日本和服呀！"

"这好说，今晚让岳春喜偷一身来给你穿。"

"看你说得容易哩，到哪儿偷？去川崎的日本老家啊？"

"你甭管了，你就说敢不敢大白天跟着俺去城里吧！"

"那有什么不敢的。在东北打鬼子的时候，俺不是天天白天黑价地

260

跟着你打仗吗？枪林弹雨的俺就没有怕过！"甄续男说到最后，用拇指反指了指自己。

"那好，你睡觉吧，明天还跟着俺大闹定县城哩。我去跟岳春喜交代一下。"

赵金山出去了，甄续男怎么也睡不着了。她蹑手蹑脚地来到屋外，看丈夫正跟岳春喜说话。近处走走，丈夫的话她没有听到，岳春喜的话，她倒是听了个仔细，岳春喜拍着胸脯保证："放心吧，赵队长，川崎今天晚上一定顾不上回家，我去偷就是了，一定完成任务。"

晚上，天阴沉沉的，夜静悄悄的。岳春喜按照赵队长的安排，带上自己班里的两个战士骑马摸黑去了县城。

把马拴在了城墙豁口处的一个小树林里，让战士小立看着，他就和另一个身手好的战士摸进了城。这个战士叫王祥贵，他的家就在塔胡同里，他家和左右邻居的房屋早在鬼子进城的第二天就被征用了，川崎就住在他家的西邻。可怜王祥贵的父母、妹妹有家难回，只好去明月村姥姥家借住。

躲过日军的巡逻队，绕过探照灯光，来到料敌塔西侧的一条小巷子。岳春喜感觉这里更黑了，好像还有一阵阵变声变调的惨叫，人间地狱一般。于是问王祥贵："贵儿，怎么样，能找到川崎的住处吗？"

"能，放心，捂着眼我也能找到。"

他俩等鬼子一队巡逻兵过去的当儿，悄悄来到巷子尽头，王祥贵麻利地蹿上了房。岳春喜跟上，猫步沿着房檐来到毗邻的川崎住处。岳春喜正要扒着房檐往川崎住的屋子里看，只见光亮处，一个日本妞儿出来，在排水池里倒了盆水，又提着闪亮的铜盆重新放回川崎的屋子里。

王祥贵正要从房顶跃下，岳春喜抓住了他，示意他不要出声，手指东配房房顶。两人看到，上面似乎有人持枪走动。这时，那个日本妞儿又出来了，关门，落锁。然后左右看了看，才又碎步去了东厢房，开门，关门，点灯，不一会儿又脱衣、挂衣，熄灯睡了。

四合院这才真的安静起来，东配房巡逻人也下了房子去了邻舍。

正屋一定是川崎老婆了，灯还亮着。只听她低声唱了一首"叽里呱啦"的日本小夜曲儿，不一会儿，也脱衣、挂衣、熄灯睡了。岳春喜借着远处的探照灯光高高扫过的一刹那，给王祥贵打了一个手势，两人轻身翻上矮墙，然后从矮墙顶跃到院里，蹑手蹑脚地接近了屋子，麻利地开锁，轻推屋门，没承想，屋门却吱呀响了一声。

只听川崎的老婆哇啦了几声日语，瞬间亮起了灯。

岳春喜示意王祥贵守在门口，他迅速来到堂屋门口。刚要进门，听到川崎的老婆醒了，他迅速趴在地上，大气不敢出。好在眼睛能看到门帘儿里屋的情况，可以见机而动。这一趴不要紧，他看到了惊艳的一幕：只见一个美丽的少妇一丝不挂地从床上下来方便，稍后爬上床，灯也懒得关，就又睡起来。

听到了鼾声，岳春喜才想起自己的任务。他四外看看，他发现，这外屋有一个衣橱，岳春喜心里暗喜，也不管三七二十一，用一个大包袱包了几件衣服，溜出了门。接过包袱，刚要出门，王祥贵看到，那个日本小妮子的屋子也亮起灯来，她也许是听到了什么，很快拿着马灯，推开窗户往外照看。王祥贵也没有顾得上给班长岳春喜请示，放下包袱，"嗖"地蹿了过去，推开虚掩的门，麻利地把小妮子的嘴堵了。在捆绑她的手时，王祥贵看到小妮子身旁放着一把王八盒子。王祥贵乐坏了，取了枪插在自己腰里，紧紧地绑了她的手脚，堵了嘴，在她的被子上擦了擦滑腻腻的手。然后，迅速地蹿出门和岳春喜一起跃上了房顶，沿着各家的房沿出了塔胡同。

绕着小巷子出了城，三个人骑马回山神庙驻地。

回到驻地，他们看到赵金山在院子里一个人溜达，嘴里咬着的烟斗一闪一闪的。他们知道队长是担心他们。

当岳春喜把一包袱衣服，王祥贵把王八盒子交给赵金山时，赵金山高兴地同时把他俩抱在一起："哈哈，他娘的，你们还超额完成任务了啊，没有负伤吧?"说完推着他俩左看右看。

岳春喜接过话儿："哈哈，没有，倒是让那个日本娘儿们的骚屁股糟蹋了俺的眼。"

四个男人"哈哈"着回屋睡觉。

第二天，天空像水洗过一样瓦蓝，大街清理了积雪，打扫得干干净净，四处挂着欢迎条幅，南城两道城门大开着。

一位"太君"骑着高头大马耀武扬威地进了城门。后面穿着和服的娇媚媳妇被一顶八抬大轿抬着，轿门大开。随后三十几个荷枪实弹的"日本兵"，也大摇大摆地进了城。守门的日伪军以为来的是司令官，于是，纷纷驻足行礼。这"太君"也不回礼，行至南街，群众们纷纷靠向一边观看。只见这位"太君"不慌不忙地下马走进茶馆，要了一杯铁观音喝了，又威风地穿过南街来到了东大街。通过伪县政府门口时，站岗的日伪军纷纷敬礼，他不搭理。带着队伍以巡视官的姿态来到了东关城门口，只见这里只有一个伪军把守。

"太君"于是对身边的翻译官耳语几句，让他喊话，让守门的日伪军下来集合，站好后，翻译官佯怒地说："大佐说了，你们真真的懈怠。日头都晒你们的王八屁股了，你们还不起来。都把枪给我下了，站成一排，绑了，交由宪兵队处置！"

日伪军乖乖地把枪围靠在一起，成锥形。而后又迅速站成一排，老老实实地让绑了。翻译官吩咐"伪军"把枪装进轿子，然后让他们列队行注目礼，等大佐去城外炮楼巡视一番后，回来再另行处理。

日伪军们早就听说城里要来一个大官，没承想来得这么快。本想睡个懒觉，却被抓了个正着，日伪军哆嗦着站在寒风中，每人都祈祷着不被惩罚。

有人通知了川崎中队长，说小野贤三郎司令官已经到了。正偕夫人在城里巡视呢，估计这时已经到东门了。川崎昨晚开会后，很晚才回到联队部，没有回家，他接到的通知是小野中午才能到。怎么这么快就来了？又听说小野已到了东门，他哆嗦着身子出门，集合了仪仗队、保安队。他也不敢乘车，小跑着随队伍去东门迎接小野贤三郎司令官。

来到这里，川崎没有看到小野，却看到了守城门的日伪军衣冠不整地站成一排，个个瑟瑟发抖。问他们时，他们才说，司令官已经出城多时了。

川崎突感大事不好，他认为小野不会这么对待天皇士兵的。于是赶紧跑回队部给小野贤三郎司令官的司令部挂电话。得到消息说，司令官刚刚出发。

川崎双腿一软，大口大口地喘起气来。冷静了一会儿，川崎让特务队四外打听来的人是谁，均未得到结果。有人说真是皇军，有人说也许是赵金山化装的。

其实，特务们不知道，赵金山比原来胖多了。所以，尽管刘大麻子说像，画的肖像画还是不能准确地描述赵金山本人的真实相貌，所以赵金山这一出，唱得很成功。

赵金山成功了，这个川崎可就倒霉了。小野贤三郎司令官刚出司令部就得到一个惊人的消息，说县城里早就有一个假冒司令官到了，让他急速返回司令部，免得出事。

小野贤三郎司令官一听火冒三丈，但他硬是不回去，他要看看，这个冒充的司令官是哪一个。司令部只好派了摩托化机枪部队前往，以保证小野贤三郎司令官的安全。

三辆军车，三十辆架着机枪的三轮摩托轰隆隆地开往了县城。

川崎硬着头皮出来迎接。

小野贤三郎司令官看到川崎迎出东城门，也不理他，径直开往中队部。川崎大气不敢出的在呛人的尾气中小跑着。

小野贤三郎坐定后，见川崎喘着粗气来到，于是大声说："川崎队长，你的良心坏了坏了的。居然让敌人大摇大摆地穿城而过，你的侦察兵哪里去了？你的特务连哪里去了？你自己干什么去了，难道躺在老婆被窝不出来了吗？"

川崎无言以对，只是"嗨、嗨"连声。

"让你抓的赵金山，他人呢?"

川崎一听，硬着头皮报告："报告司令官，昨天已经抓到了，在监室。"说完马上对龟二雄一说："快去，带赵金山!"

不一会儿，赵尽善被带到。来人畏畏缩缩，哆哆嗦嗦地半蹲在小野贤三郎面前。

学过战地心理学的小野贤三郎看了一眼面前这人，就觉得这人不是一个什么英雄。于是也不审问了，踢了一脚川崎："这就是你抓到的赵金山?"

"是，是!"

小野贤三郎中将手枪"啪"地拍在桌子上，把桌子上的杯儿碗儿的震到了地上，碎片满地都是。

这个赵尽善更是害怕了，竟一把鼻涕一把泪地哭起来。

"赵金山，你为什么哭?"小野贤三郎用中国话突然问。

"俺也不知道，俺是个打兔子的，犯什么法来着，把俺抓来?"说完大声哭起来。

听了这话，把个小野贤三郎气得哇哇大叫，随手拿起枪就给了这个赵尽善三枪。赵尽善一个趔趄倒栽在地上。

这时，伪军小队长赵万明气喘吁吁地赶来了。一看地上的人，突然爬着大哭起来，痛苦地念叨："爹爹啊，你不好好在家待着，你出来干什么啊，你犯了什么法啊?"

他哭了一阵儿忽然拔出枪来疯了似的嚷："谁他妈的打死了我爹，是谁?"

龟二雄一看到这样，马上下了赵万明的枪："赵队长，这是误会，我们会厚葬老人家的。"说完吩咐几个日本兵把尸体抬了出去，又让人搀走了伪军小队长赵万明，赵万明走老远了还骂骂咧咧的。

这事刚完，川崎的老婆衣冠不整地和侍女来了，说昨晚有八路去她的房间偷了很多的衣服，还有一把手枪。

川崎也不说话，过去给了老婆一个耳光，示意卫兵把她们弄走。

人走了，川崎觉得无地自容，各城门丢枪失守不说，单这欺瞒上司就是重罪啊，他想着想着，人就跪了。

小野贤三郎也不理他，气喘吁吁地猛然把放在办公桌刀架上的军刀推倒，收起了自己的枪，带着他的人上车走了……

小野贤三郎还没有回到司令部，就接到快报说川崎剖腹自尽了。小野愣怔了一下，摇摇头，开始大口大口地喝水。

第二天，小野贤三郎就派了司令部内一个叫新美二郎的人来到了县城，代替川崎职位，还派了一个叫保坂虎雄的人来做军事顾问，指导军事事宜，免得再出类似笑话。同时给新美二郎配备了两辆装甲车，二十辆战地摩托，三辆装满子弹和炮弹的军事运输车，十挺重机枪，十门迫击炮，二十个掷弹筒。又从冀中东区调来了一个富有作战经验的步兵小队和一个骑兵小队支援县城的中队。

小野贤三郎要求新美二郎在短时间内找到抗日自卫队和其他抗日武装，然后给予有效打击。

新美二郎请示司令部，问川崎的老婆怎么处理。他得到司令部的指令：川崎的老婆与三名侍女押到野战军前线做随军慰安妇，为大日本赎罪。

新美二郎上任后，首先修补了县城城墙，让城墙成了能让士兵在上面转圈儿跑步的围城。并部署三步一岗五步一哨，还让各村特务队行动，共抓二百人做伪军，充实了兵力。

过了几天，他调来了八里店据点的龟一胜男，做"清剿"小队长。翻译官杜秋生也跟着进了城。杜秋生把这个情况第一时间报告给中共定北县委。

新美二郎还精选了十名会说中国话的日军，组成了一个特务队加强训练。特务队在短期内就摸清了各地抗日武装的大致情况。

按杜秋生所言，新美二郎每天带着他的加强中队"叫嚣乎东西，隳突乎南北"，闹得各地过年也过不安生。

春节过后，他又展开了春季炮楼建设战，在游击队活跃的村落都相继建了炮楼。

唐河、沙河两岸建的炮楼最多，鬼子找来了专家论证：说是沿河岸建设炮楼，地面开阔，利于防御，交通方便。必要时，还可以进行水路短途运输给养。

这样，各地炮楼形成了规模，全县一共新建炮楼近百座。各炮楼按照当地情况的不同，入住日伪军人数及装备也有所不同。

与此同时，新美二郎还加强了伪县公署建设，任命高然为伪县长。还任命了警察队长，伪县政府设警察大队，下设五个警察中队，全县共成立十个分警察所，大多在重点管辖区域设立，比如李顾警察所、赵庄警察所、清风警察所、明月警察所等。

在一个风雨交加的日子，新美二郎接受龟一胜男建议，备齐了兵力和弹药，召集了六百余日伪军，亲自带兵"围剿"赵银山领导的抗日游击队。这次"围剿"声势浩大，他用中国古文言诠释了他的作战原则："不在消灭之，而在震慑之。"他闹的动静很大，前有两辆装甲车，后有两辆运兵车，架着机枪，支着迫击炮，再后面就是黑压压的一队鬼子兵，从八里店出发，向东南方，路过东亭、良庄、号庄、留春，渡过沙河，一路畅通地来到了赵银山驻军的赵庄村。

赵银山早接到了上级的命令："要道布雷，冒雨撤退，迂回袭扰，保护村民。"

新美二郎以龟一胜男带领的一中队为先锋军，先行渡过北沙河，行进过程中只遭遇一颗地雷爆炸，炸伤日军一名，工兵起出没有响的地雷研究。他们看到，这土制雷均都被水淹无法炸响。

赵副队长坚持让大部队转移，赵银山迟迟不下命令，他说："我们走了，让父老乡亲怎么办？"赵副队长说："我也担心乡亲们，但县委命令我们撤退，一定有道理。"

"那县委还说让保护村民呢，我们走了，村民如何保护？"赵银山嘟哝着。

大家沉默了一会儿，赵银山先说话："这样吧，赵副队长，你带乡亲们撤离。我留下一个排，依靠大院打个阵地战；看不行，我们再通过地道，钻出村子与你们会合。咱这样做，一来可以灭灭日军的嚣张气焰，二来可以给撤出村的村民赢得时间。"

看拗不过赵银山，赵副队长只好留下赵青等精干人员带着三十来人组成临时敢死队，守在大院里，以高高的院墙为掩体，阻击日军。

日伪军很快包围了赵庄村，他们没有见到什么人，正要长驱直入时，忽然，猛烈的枪声响起，日军倒了一大片。等他发现一个高墙大院有问题时，却怎么也找不到持枪的自卫队员。

正当他指挥日军破门而入时，门的上方落下几颗手雷，几个日军惨叫着死去。

大院周围的街道狭窄，巷子幽深，坑洼难走。日军的重机枪和迫击炮都在卡车上，一时半会儿不能接近大院。龟一胜男在巷子口指挥先锋军往前冲，一队队日伪军进得巷子来，这巷子就成了人满为患的死路了。

赵银山让战士们瞄准小巷子的日伪军，狠狠地打。一时间，小巷子成了日伪军的坟墓。鬼哭狼嚎声此起彼伏，这些侵略者们，无头苍蝇似的乱跑乱躲着，推搡着，踩踏着，很快，赵银山他们打光了所有的子弹，扔完了所有的手雷。赵青急得要开门去抢弹药，被赵银山制止了。

赵银山给战士们打了一个手势，大家迅速钻入了地道。他带着战士们在地道里迅速左拐右拐，不一会儿就钻到了驻地。他示意战士们躲藏一会儿，他要去看看姑奶奶是否撤退了，他知道姑奶奶的脾气。

姑奶奶一个人在家是因为爹爹和刘妈妈已经走了。赵铁山接到赵金山大哥的口信儿，说让赵铁山回返时，顺路把爹爹和刘妈妈送到部队，赵金山要带着他们老俩去山西出生地赵家村执行一项特殊任务。赵铁山照办，送爹爹和刘妈妈去大哥的部队。送去后，赵金山大哥见了铁山弟很高兴，他又给了弟弟一些枪支弹药，嘱托他们一定要注意

268

保护自己才能发展壮大。赵铁山告别哥哥，带着他的队伍，去唐河沿岸的养父家驻扎。

后来，唐河沿岸出现了一支胸前佩戴白底儿黑字长方形徽章的队伍，专门除汉奸，专门打鬼子的列车，这就是铁山游击队，这是后话。

赵老三和妻子走前，把赵银山叫到跟前，对他说，家里的事儿就交给你了，尤其是一定要照顾好三姑奶奶。

…………

赵银山来到家里，看姑奶奶果真没有撤离，就小声问："姑奶奶，你怎么没有撤离啊？"

"我的孙儿啊，你快走……不要管我，我一个老婆子，他们怎么不了我。我走不动了，跟你添累干什么！快走，俺的好孙子……快走啊！"

赵银山一想，这会儿没有时间给姑奶奶做工作，背起姑奶奶就往地道口走。

老人说什么也不走，还拼命地哭闹，说是不愿离开老宅。赵银山知道，她是怕连累了自己啊！无奈，他只好给姑奶奶交代说，鬼子来了去地窖里躲躲，鬼子抢什么就让他抢。见姑奶奶点点头，就给姑奶奶磕了个头，钻进地道，带着弟兄们走了。

这样，老人就留在了家里。老人家没有想到，鬼子来得这么快，刚藏好了粮食和值钱的东西，小鬼子就进了家。

老太太被鬼子推搡着，她镇静地拿起靠在墙根儿的拐杖，挂着拐杖出了院子。出院后，老太太看到，大街上很多像自己一样的人，都是舍不得离开家，又来不及钻入地道的老人们。

赶着人们来到村东大壕坑旁，鬼子可就露出了狰狞的面目，让村民们说出赵银山游击队员的下落，村民们谁都怒视着鬼子不说话。龟一胜男见一个老太太挂着拐杖在队伍前直直地站着，怒目而视，就先把她拉出队伍，想先拿老人开刀。

龟一胜男拽了拽老人的衣领，亲自问她游击队的下落，老人闭口不说话。这个灭绝人性的家伙恼怒地在老人拄着拐杖的手上砍了一刀，老太太的食指中指被齐刷刷地砍下来，鲜血顺着拐杖流。但老人家仍然坚强地站立着，咬着牙怒目而视，一句话也不说。

龟一胜男又狠狠地在老人右腿上砍了一刀，棉絮混合着白白的肉皮翻出来，血就涌了出来。老人还是坚强地咬牙站立着，突然将一口带血的唾液吐在了龟一胜男的脸上。龟一胜男恼怒地挥刀向老太太的脖子上砍去，老太太倒在血泊中。龟一胜男又一脚把老太太踢下了壕坑，老太太的尸体漂浮在水面上，眼睛大大地瞪着。

乡亲们一看，杀死了赵队长的姑奶奶，杀死了敦厚善良的老人，都愤怒了。几个老头儿和三个小伙子怒视着鬼子，逼上前来，群众们都高声骂着鬼子，往前拥挤。

新美二郎一看，急忙架设了机枪，正要命令扫射时，只听有人大喝一声："住手!"

随着喊声，刘村长不知从哪里跑了出来，威风凛凛地站在鬼子面前："把乡亲们放了，我带你们去找游击队!"

上来几个鬼子把刘村长绑了，推到他们的主子面前。新美二郎皮笑肉不笑地跷着大拇指："你的，大大的良民，说假话的死了死了的。"这时，翻译官上来对新美二郎耳语："他是这个村的村长。"

"放了乡亲们，我带你们去，去晚了游击队可就跑光了。"

新美二郎正拿这些异常愤怒的老人没有办法，见来了村长，还能带着去找游击队，便不管村民，押起刘村长就走。走了一段，看村民们四散而逃，刘村长笑了笑，脚步加快了许多。

刘村长带着鬼子来到村东的大道上，没有发现游击队的踪影。新美二郎正要发怒，他沉稳地说道："这人是活物，哪能只在一个地方待着。"

他三转两拐地走到村南口，刚上村南的大道，看村子里没有动静了，刘村长紧走了几步，靠在一个柴火堆旁，身子突然往下一沉掉了下去。地面上出现一个大洞，鬼子正要往洞口看时，从里面突然扔出两个捆在一起的带着浓烟的手榴弹来。鬼子还没有来得及躲闪，手榴弹就爆炸了，一时间，地动树摇，有两个鬼子被放倒不动了，三个负伤的疼得大呼小叫，其余的抱头逃窜。等烟散去，新美二郎让伪军带路，清理了地道口。进了地道，三转两拐的走了不到百米，洞口居然通到了地面一个村村通的壕沟里。刘村长就是在这里逃走了。

气得新美二郎让伪军在洞口扔了三颗手雷，炸塌了地道口。

气急败坏的日伪军再回村里时，村子里已经找不到人了，只有几只没有人看管的鸡和羊在大街上乱飞乱跑。鬼子们追鸡逐羊地闹腾了一会儿，天就黑了下来，新美二郎怕遭到袭击，只好沮丧地撤走了。

走后三天，鬼子就在大沙河支流的北沙河河口动工修筑炮楼，一个礼拜的时间，一座三层的炮楼就高矗在北河岸。据说，站在炮楼的顶上能看到南沙河，机枪子弹的射程能覆盖全村每个地方。伪军也来了，隔三岔五地来村子里骚扰百姓，搜索地道口，很多地道口被找到、破坏。

赵银山带领的游击支队归入县大队，入住抗日堡垒村瞳村。听说姑奶奶被杀，赵银山和刘夏花立刻召集人马想回村复仇，被县委赵书记劝说下来。赵书记说，这个仇一定要报，不要用自己的肉身来和敌人的机枪坦克较量。

赵银山只好晚上潜回村里和村民一起含泪安葬了姑奶奶。刘村长用袖口擦着眼泪向赵银山讲了姑奶奶的坚强和被残害的经过，赵银山发誓，一定要让小鬼子血债血偿。

从此后，村里改造了地道口，并实行统一管理，有的地道已经和周边村连通。赵银山还与瞳村及周围村民一起开挖地道，修筑工事。在三个月内，地道基本实现了户户通和村村通，暗堡每条街都有。

赵银山带领游击队借地道暗堡与日伪军周旋作战，并成功地组织了几次地道战，打得日伪军晕头转向，赵银山所在的瞳村成了敌人的眼中钉肉中刺。

再说赵金山回山西劝说土匪赵奎一事。走前，赵金山给爹爹交代了回老家的任务。细心的他看到，爹爹一听说土匪赵奎的娘叫赵小敏，老脸就泛红了。一个人蹲在一旁不说话，只是一口接一口地吸烟。

　　赵金山一看，觉得这里面一定有问题，于是小声地说："爹爹，为什么提到赵小敏这个名字，你的脸色就变了啊？哈哈，交代吧，像过去你让我交代一样。"

　　赵老三看刘晓翠做饭去了，于是小声对金山说："你个坏小子，其实也没有什么，她，她……"

　　"哎呀，她什么啊，爹爹，你说话是这样吞吞吐吐的吗？"

　　"嗨！他妈的，催的这个急，没有什么……过去，这个敏儿跟俺好过。"

　　"呵！真的？好到什么程度，那你怎么又娶了俺亲娘？"赵金山追问。

　　"也没有什么，在你亲娘之前，俺俩处过。"

　　"那后来怎么没有成功啊？"

　　"嗨，你个坏小子，成功了还有你啊。不要提了，怨你爷爷，说这个姑娘有克夫的痣长在腮帮子上。其实，也算说对了，果真结婚三年，也许就是这个叫赵奎三岁的时候，小敏的丈夫就让她克死了。"

　　"嗨！我不信这个，也许是赶巧了。你们认识，那更好。看来，为了工作，还是不让刘妈妈去得好，免得她吃醋！对吧？"赵金山严肃起来。

　　"你小子，净这坏招数，听你的。反正是你执行任务，听你的，怎么着就怎么着吧！"

　　"那我让李政委给刘妈妈谈，让她留在队伍里帮厨房做饭。哈哈！"

　　赵金山说完走了，赵老三可就想起了那初恋岁月……

　　那是一个山花烂漫的时节。一天的上午，赵老三一个人在山腰的一处平地儿打拳练武。累了就坐在大石头上大声地喊叫，侧耳听大山的回声。回声消失，他开始对着山下撒尿。突然，从右侧投过一块小石子来，正好打在了赵老三的肩膀上，很疼。抬头看时，一个放羊的女孩子正对着他嬉笑。

"你是谁家的小女孩子，打疼俺了。"赵老三没好气地喊。

"俺不是小孩子了，俺十六岁了。你个坏老三，敢在俺的羊身上撒尿？"

赵老三看时，不知什么时候，一群山羊在下面啃着草。

"对不起啊，谁让你的羊过来，也不通知俺一声呢。"

"倒怨起俺的羊了，谁让你不讲卫生。"

"这大山这么大，撒个尿，我还找个茅房不成？"

女孩子一路唱着小调儿，"嘻嘻"笑着走了。

两人就这么认识了，后来，本来不喜欢练武的赵老三天天去山腰的平台练武，赵小敏也天天赶着羊去那里放牧。熟悉了，两个年轻人就一块儿，共同打发单调的时光。赵小敏喜欢靠着赵老三听他讲故事，虽然有时候感觉赵老三是没话找话胡编的，但是她爱听，有时候赵老三还摘下树枝敲打着石头说唱大鼓书，日子就这么一天天地过下去。赵老三喜欢吃赵小敏为他带来的葱花小油饼。一来二去，两人渐渐坠入了爱河，到了难舍难分的地步。直到他们俩在一个小树林里完成了各自的第一次，才被急急找来的赵老三的爹发现了端倪。

赵老三的爹爹高兴地去给孩子们合婚，算卦的人嘟哝一番，居然说女孩子克夫。无论赵老三如何哭闹，他狠心的爹就是不同意，气得倔强的赵小敏当月就和同村的一个富家小子结了婚。

赵老三听村里人说，赵小敏结婚当天哭闹得很厉害，寻死觅活的，还撕破了花轿。也就是赵小敏结婚的当月赵老三在爹爹的包办下娶了赵金山的娘。第三年，赵小敏的丈夫因外出贩卖烟丝感染瘟疫而死。按照村里迷信人所说，算是应了她克夫相的命。其实明眼人知道，什么克夫不克夫的，都是当时瘟疫泛滥无药可医致死的。

他听说赵小敏的儿子不服管教，经常和人打架。后来赵小敏来找赵老三，说让赵老三教儿子练武，顺便管管。后这事被赵老三的爹得知，极力反对，方才作罢……

赵老三想着这些事，自己竟"嘿嘿"地笑出声来。这时，他的妻子刘晓翠过来，莫名其妙地看着他笑。有一会儿了，赵老三还在回忆那甜蜜的岁月，竟没有发现刘晓翠呆立在身旁。忍不住的刘晓翠嗔怪着："自个儿傻笑什么啊，吃屁了？"

"嘿嘿，没事儿，没事儿——呀！"赵老三说话带了京戏调。说完见刘晓翠不解地打量他，问了个"饭熟了？"算是打了个掩护。

…………

第 13 回

赵老三重回赵家村　为联合匪窝救赵奎

山西的赵家第一村，人们紧张地准备着年货。村口的大碾子那儿排起了长队，人们等着碾碎黍稷，准备做年糕。

这天上午，天空飘雪。赵老三、赵金山和十个英武的游击队员骑马来到这个村子。

到了村口，人们好奇地打量着这些骑高头大马的汉子们，村里的自卫队员立刻报告给了村长。村长刚要带人去看个究竟时，赵老三就来到了村公所。

村长正在纳闷儿，赵老三可就下马快步进了门，呵呵大笑着说："他娘的，你他娘的还认识你这个师傅不？"

村长一看，马上上来迎接："哈哈，师傅啊，你这是从哪个花果山下来的？想死徒儿们了。"说完看了看外面荷枪实弹的威武汉子们说，"你这是拉杆子了，怎么配了这么好的家伙什？"

"什么他娘的拉杆子，你以为我是土匪啊！俺是抗日游击大队。"

这时，赵金山进来。赵老三拉过赵金山自豪地给大家介绍："这是俺的大山，是抗日游击大队的队长，也是营长。"

"这就是大山子啊？都满脸胡子了，走时候还是孩子呢，哈哈。来来，快给大哥说说，你们是怎么打鬼子的？"村长很热情拉着赵金山。

"村长大哥，俺还能想起你当年的模样，你就是赵青河大哥吧。"赵金山握上了村长的手。

"对，好记性，这一晃十年了。"

"村长大哥，俺怎么记不住你啊！你忘记了，当年你把俺的那个用一根草绳子绑住，害得俺撒不出尿了。为此爹爹罚你站桩一天。嘿嘿！"

大家一起笑起来。

赵金山抓住时机说明来意："既然没有外人，俺就实话实说。俺们这次来是领上级之命，来争取小敏姑姑家的孩子赵奎改邪归正打鬼子的。他的土匪队伍距离俺的地盘很近，现在正是抗战的关键时期，小鬼子很猖狂，八路军号召联合一切能联合的力量打鬼子。"赵金山把在县委的会议精神都说了。

赵村长听懂了赵金山的话，马上说："行，需要我们做什么，村里一定尽力帮忙。我们去年曾做过他老娘的工作，但是他老娘总是说，管不了，管不了！不过好在他每年都回乡探母，人多排场大，倒是也没有骚扰过乡亲。"

"这正说明这个赵奎还是有良心的，只要这个人良心不坏就有救，你说呢，村长?"赵金山问。

"是啊，是啊！师傅，您看我们光顾着说话了，怠慢您了。您老坐，我去找人张罗酒菜，咱们今晚喝个一醉方休！"村长说着就要往外走。

"行，多弄一些杂拌儿，俺最想咱家乡的香油蒜杂拌儿了。"赵老三也不客气。

"好，没问题，您老好好等着呗！"

赵青河村长走了，一会儿，村里闻讯赶来赵老三的很多徒弟，他们个个身强力壮。一会儿就在村部折腾开了，烧水的烧水，烧火炕的烧火炕，闹得村公所像娶媳妇似的热闹非凡。有的人家贡献出了新被褥铺在炕上，让战士们歇息。火炕热了，赵村长让人搬来几张桌子；酒菜上来了，大家围桌坐定，这就师傅长师傅短地叫着，边喝酒边唠家常。

赵老三一一跟徒弟们喝过，他没有忘记这次回来的使命，于是清了清嗓子说："村长啊，这次俺们来主要任务就是争取赵大奎，要是争取不下来，俺这么多人可就在你们这里过大年了。"

"我觉得能行，就凭你们俩那关系。过年有你们住着好，有你的人马在，乡亲们过年才踏实呢！"赵村长说的是心里话。

"是啊，师傅，你几年前光教俺们招数了，这次教教俺们打枪吧。这个年头儿，不学打枪可不行。"有一个小伙子大声地嚷嚷。

"学打枪？行啊。你金山哥打枪还是有一套的，不信你们让他试试？"

见赵师傅这么一说，小伙子们可就有了兴致，都纷纷要求金山哥打枪给他们看。

这时一群饥饿的麻雀从院子里"扑棱"飞到了树梢上，黑压压的占满了枝头。赵金山看大家兴致很高，于是说："这好办，大家随我来！"

来到院子，赵金山指着天空："看那群麻雀了吗？我一枪能打下两个。"其实，这时候的赵金山说得冒失。但今天也该他显摆，他拔出双枪，左右开弓两枪，麻雀们扑棱着飞走了，小伙子们正要笑时，竟有四只麻雀掉了下来，蹬腿儿死了。大家欢呼起来，都喊："哇！打下四只，神枪手，神枪手！"

赵金山抓住时机动员大家："这，这小菜一碟儿。想打枪吗？想的话，到咱部队上来，我一定教你们。把我最拿手的打鬼子绝技教给你们，让你们打个痛快。"

"你那打鬼子的游击队要我们这些外乡人不？"有个战士试探着问。

"要啊，只要是打鬼子，在哪里也一样。只有全国都没有了鬼子，我们各地的人才能过上好日子！"

屋外，赵金山做起了村民们的思想工作；屋内，村长也做起了赵老三的工作："师傅啊，其实做小敏姑姑的工作，我想，谁也不用，就你，我看行。徒弟们都没有忘记呀，当年你们还是有感情的。她至今对你还念念不忘。可你当年却撒丫子躲得远远的了!"

"你小子，我不躲走，那不全乱套了呀!国民政府号召一夫一妻制，我能犯法啊?"赵老三一脸的幸福。

"这么办，师傅，都年关了，这事宜早不宜迟，今晚我就把赵小敏姑姑叫来，你给她亲自谈谈，行吗?"赵村长很果断地说出自己的想法。

"怎么选个晚上啊，一个寡妇家家的，让人说闲话。"赵老三显出了为难情绪。

"你看，都什么时候了，很多人为了打鬼子，连生命都搭进去了，你这里还谈什么面子问题，对不对，师傅?"村长是个有文化的人，说得很到位。

"那行，到时候……你可陪着俺做工作。"赵老三再次表现出难为情。

"行，哈哈，我陪着，你这个师傅啊，女人似的，怎么没有当年的勇气了呀!"赵村长说着站起来。

"快去吧，你小子。"赵老三反而催促起来。

村长走了，一向敢作敢当的赵老三反倒六神无主起来。吧嗒着烟，在屋子里走来走去，闹得屋子里乌烟瘴气。

他想起了在小树林里和赵小敏那第一次，他想起了她躺在绿绿的草地上，娇滴滴地眯着眼享受爱抚的可爱样儿……他攥紧了拳头狠狠地在自己的大腿上擂了一拳。他似乎感觉不到疼，他也许是在后悔当年为什么不执意娶了小敏……

正想着，赵小敏扭身进屋来。看赵老三在，也没有说什么，一屁股坐在热炕头上，面对着墙壁，抱着肩膀，成了闷葫芦娃。

赵村长随后进来说:"哎——我说小敏姑姑，都什么年代了还记仇啊?噘着个嘴，人家赵师傅是办正事来了，打鬼子的正事，可不是跟你怄气来了啊!再说，人家走了这么多年了，没有念想也有个乡亲情分不是？"

"他，忘恩负义的家伙，还能办打鬼子的正事？"赵小敏终于开口了，说完干咳了几下，转身示意赵老三把烟斗磕了。

赵老三会意地在床沿上磕起了烟斗，烟斗里很快翻出了一股子火星，掉在地上呼呼复燃。

赵村长一看接上火儿了，自己抽冷子躲了出来。

"哎——你倒是说说，俺怎么忘恩负义了？那年，要不是你闹着先结了婚，俺也不会娶他娘。"赵老三也觉得委屈，眼眶立刻潮红起来。

"俺不结婚，咳！你是管杀不管埋，给你说了吧，俺和你那事以后……嘿！后来那个月就没有见红。俺给俺娘说了这事，俺娘才急着让俺结婚的，你个傻蛋！"赵小敏说着嘤嘤地哭起来。

"什么没有见红……你倒是说清楚。"

赵小敏也不说话，瞥了赵老三一眼，开始低头抽泣，那个伤心啊，比当年得知不能嫁给赵老三还伤心至极。

"你倒是说说啊，什么红不红的。"赵老三纳闷地摸着头问。

"你是真傻啊，还是装的？问你娘去！"

"你看看，都这把年纪了还跟小时候一样，俺娘俺就没有见过。"

"问你老婆！"

"俺老婆不是没有在身边吗？嘿嘿！你就是俺最早……"赵老三说着就要扳正赵小敏扭着的身子为她擦眼泪。

赵小敏轻轻拨开他的手，脸上不知道什么时候多云转晴，脸颊泛红，泪眼含羞，幸福地说："嘻嘻！俺就知道你会来找俺的，不看在俺的面子上，应该看在你的儿面子上啊！"

"看什么？俺的儿？你怎么越说俺越糊涂啊！"

"你真是老糊涂了，俺的儿……赵奎是你的种儿。"

如晴天打了个响雷，赵老三惊得从炕沿儿上出溜下来，头重重地磕在炕沿板上。赵老三只觉得眼冒金星，双耳嗡嗡响。他摇摇头定定神儿，看了看四周，觉得屋子的后山墙也有些歪斜了。"儿子?!"他觉得自己也许听错了，急忙问："你说什么？你再说一遍。"

"我的儿赵奎，是你的种儿，也是你的儿，就那么一次，俺就怀上了，你可真准。俺是带着你的种儿出嫁的。你不娶俺，俺一个大姑娘家家的，不能生在家里啊！你个挨千刀的啊！可怜俺那个早死鬼，到死还不知道儿子不是他的。"赵小敏说完，低头看看地上的赵老三，又开始断线珍珠似的掉眼泪，泪珠掉在了赵老三的脸上。

赵老三觉得这时候她的眼泪，就像当年从她汗涔涔的身体上下来时掉的眼泪一样，都是顺利地滚着出来的，都是神圣之物，当时他是吻干了小敏的泪水的。他想，也不知道现在的泪是否还像当年的一样——还是那么香甜。赵老三仰头接着，想再尝一尝。没想到，赵小敏却不哭了。

其实，赵老三听了个真真的。孩子到底是哪个男人的种，只有女人能说得清。他也不从地上起来了，只顾把头埋得低低的，恨不得缩进自己的胸腔里去，他闻到了自己身上的汗臭。他觉得对不住面前这个女人啊！这么多年来，她是怎样一个人默默地保守秘密，把这个孩子抚养成人的呀！

看赵老三这样，赵小敏也不哭了。她挪下炕来，抱住了赵老三的头，让他蓬乱的头，静静地埋进自己热热的怀里。赵小敏感觉到了胡子茬拱进肉里的疼，但她喜欢这样的疼。他俩就这么温存着，不知道过了多长时间。

等两人怦怦跳的心都平静下来，赵小敏缓缓地搀扶起身下的赵老三，为他拍打着屁股上凉凉的尘土。她轻轻地拍打着，好像拍打着尘封了近三十年的一个老账本。

两人挪到了热炕头，重新坐定，赵小敏斜躺在赵老三怀里，絮絮叨叨地轻拍着赵老三的腿，把个陈年老账翻了个透。她回忆最多的还是恋爱时期的细枝末节，如赵老三的悬崖亮翅，胡编故事，温柔拥抱，站山头撒尿，等等。而赵老三几次谈到她家饼的味道，翻来覆去地说饼，似乎饼里带着女人味儿、带着女儿情、带着男儿梦……

士兵们都挤在西屋睡了，赵小敏还没有走意，村长要带着赵金山去他家睡觉去。赵金山有些急了："这怎么行，他们还没有说完呢。"

村长哄小孩子似的劝说道："这么多年的事能一下子说清吗？管大人的事干什么，他们也不是小孩子。出不了事，走吧，睡觉去。"

他俩走了，院子里安静得出奇。只有两位昔日的老情人，还没完没了地说着两人共同演绎的故事。赵老三说到动情处没有忘记自己的使命："敏儿，咱儿赵奎的事，咱必须救他，得让他走正道。你说，他能跟着俺去打鬼子吗？"

"你的儿和你的犟脾气一样，这事成不成就看你的本事了，拿出你当年猴急地撕扯俺衣服的勇气，我看能成。按说，你就得有个爹样儿，给他露两手，把他唬住，他才服气你，你才能把你想说的话说进去啊。"赵小敏对儿子很是了解。

"那他什么时候回来？"

"按照往年的算，明天也许就回来了，他知道我身体不怎么好，一定不会拖日子的。"赵小敏说得蛮有把握。

赵老三陷入了沉思……

过了一会儿，赵小敏从赵老三怀里轻轻挣脱出来，担忧地嘱咐："你一开始千万不要说是他爹，他会一枪崩了你的。"

"那什么时候说？"

赵小敏怔了一会儿，自言自语："我给他说吧！反正他也想不起他爹的模样。他三岁时，他那个没福享受的爹就死了。"

"哎——那，他问过他爹哪里去了吗？"

"问过。"

"你咋说的？"

"我就说死了呗。"

"这样吧，你就说我没有死。说因为我离开了你，才说了气话，如今我回来了。"赵老三扳过小敏的脸说，"嘿嘿！你看看，他长得像俺吗？"

"整个人就像比着你扣出来的人模儿！回来你看看就知道了。"我早知道，村子里说闲话的很多。俺也不怕，说去呗，反正他爹也死了。你奶奶的，俺也算是为你守着活寡啊！"赵小敏一边说着一边轻拍了赵老三的胖脸一下，完了，又掉眼泪。

赵老三马上拥紧了她。赵小敏也没有拒绝，双手箍抱着，怕赵老三跑了似的。赵老三小声说着话，说得最多的还是打鬼子的故事，听得赵小敏眼泪扑簌的……

天明了，战士们纷纷起来了，在院子里活动身体。

赵小敏要从暖暖的被窝里钻出来，却被大手拉了回来。她看了看赵老三，这个要了自己第一次的男人，这个赵奎的亲爹，这时候了，脸上才露出猴急的神色。这怎么行啊？感觉这双大手在解她的棉袄扣子，赵小敏马上指了指窗外，急忙撩开了被子。两人对视了一会儿，赵小敏顿然醒悟似的，不好意思地站起身，提了提花布棉裤腰子，告别走了。

赵老三望着赵小敏的背影，瞪着猩红的大眼珠子喘粗气。

战士们大眼瞪小眼儿地看着这个大清早走出男人屋子的女人。看着这个还保留着部分韵姿的女人，披头散发地摇着屁股走出了村公所的大院，都窃窃私语起来。赵老三弯腰弓背地走出屋来，干咳了一声，吓得战士们忙着躲闪。他急忙去厕所撒尿，完事，绾了裤腰子，回屋爬上带着赵小敏体温的暖炕。一会儿，屋子里就传出了鼾声。战士们似乎明白了什么，大家互相笑了笑，各干各的一份事去。

这天是腊月二十八，也算是小年。

这赵家村还没有鬼子的炮楼，所以，日子过得还算安泰，家家开始张灯结彩，贴对联挂灯笼，忙着过年。

早饭刚过，街上突然传来三声枪响。赵村长把饭碗一推，从炕上坐起来，对赵金山说："赵奎回来了。"

赵金山边整理衣服边问："他一般带多少人？"

"一般就是二十来个，不多带，但武器很足，都是盒子炮手榴弹什么的。骑着马，在街上溜一圈，兵器叮当作响，尘土飞扬，很威风。"赵村长带着羡慕的口气说完紧张地溜下炕来。

"威风个啥，一个土匪，俺去会会他！"赵金山说着也跟着下炕，双手按着手枪套子就要走。

"我说大山子啊，还是问问你爹是怎么给他娘谈的吧。一定要多方联手，说通了他，他才能诚心诚意去打鬼子。"

"行，那咱们走。"

两人来到村公所，走进赵老三屋里，只见他一个人四仰八叉地在土炕上呼呼大睡。赵金山摇摇头要喊爹时，赵村长劝道："等一会儿吧，不着急，他可能一宿没睡。"说着神秘地笑笑，闹了赵金山一个大红脸。

赵村长把赵金山拉到另一间屋子坐下，说："你给俺再讲讲你们打铁道的事吧，俺这里鬼子就来过一次，看道路不通畅，沟连着沟山连着山的就不来了。所以，我们这里才不像山外村子里成天鸡飞狗跳的，落得个安静。"

赵金山就自豪地给赵村长讲撬铁轨炸火车的亲身经历，赵村长听得津津有味儿，也被日军的恶行气得咬牙切齿。

快到晌午了，赵老三才醒来，见赵村长看着自己笑，他嘟哝着自言自语："这娘儿们，真他娘的能说，说了一个晚上的话，说得我要困死了！"

赵村长也不搭话儿，只是看着师傅笑。

"你他娘的笑个啥？"

"土匪赵奎回来了，刚才放的枪那么响，你就一声没听见？"

"回来了？回来好……回来好……我去看看他。"赵老三显得有点儿不自然。

"你可不能去，还是俺去，不行的话就吓唬吓唬他！"赵金山说。

"还是俺去，他不能把俺怎么样，给我弄点儿饭，饿了！"

"你一定是饿了，快晌午了！"村长说。

赵老三吃了饭，更有精气神儿了，唱着小戏儿去了赵小敏家，到门口看守门的土匪不让他进，他就大喊："小敏妹子——"

嚷了一声，一个壮壮的汉子出门来："谁……谁……谁啊你，你是谁啊！敢喊俺娘的名字？"

说话的正是赵奎。只见赵奎两支盒子炮斜插在腰里，一脸土匪的霸气。

赵小敏早就听出是赵老三在大门口喊自己，故意让儿子出去看看是谁。

她随后出来，偷看了一眼赵老三："我当是谁呢，这不是赵三儿吗？什么风儿把你吹到俺这破院儿了？"

"你这儿还破啊，三进三出的，还有条穿衣裳的守门狗。"赵老三故意把后面的话说得声音很大。

还没有等赵奎说话，他守门的兵一步就跨了进来："说谁是狗？"

"说你呢，怎么着，好狗不挡道！"

听赵老三这么一说，这个平时霸道惯了的土匪小队长哪里受得住，一个扫堂腿就过来了。

好个赵老三，一个旱地拔葱，"嗖"地腾身而起，人可就上了院墙，捡起墙上的一个枣儿大小的小坷垃打在了这个人的脑门儿上，他的脑门儿上立刻起了一个豆大的小血包，疼得龇金牙咧歪嘴的，抬枪就要瞄准赵老三打。赵老三飞也似的从墙上下来，劈手夺了他的枪。一扣扳机，天上飞的一只灰喜鹊掉在了赵奎的面前。赵奎捡起来一看，这灰喜鹊死得惨，子弹从灰喜鹊小脑袋的左边进去，从右边出来，几乎把个小脑袋打碎。

土匪们听枪声都来看热闹，也看到了这一幕，都情不自禁地叫好。

赵奎不服气，劈手夺过枪来，随便一甩，树的顶枝掉了下来。大家捡起树枝看时，树枝上一个枣大的螳螂卵巢掉了半边儿，里面的黄卵籽簌簌掉落。

土匪们惊呼，这在旁人看也看不到的东西，老大居然能射穿，真的是奇迹。

赵老三更不含糊，从赵奎手里讨来了枪，瞄准房檐处背着枪侧身站岗的士兵。看他这样，赵奎大喊一声："小心!"话刚出口，士兵的枪从身上掉了下来，哗啦落到了房下面的草垛上，众人跑过去看时，枪的背带已经断开。分明是刚才那一枪打的，一个小土匪惊叫道："哎呀！是子弹打断的绳……是这老头儿打断的。"

赵奎一手夺下了赵老三手里的枪，一手拉住了赵老三的左胳膊，问："你是什么人？敢在老子家里卖弄破枪法!"土匪们看老大恼了，都杀气腾腾地凑过来围了一圈儿。

赵小敏小步跑过来，一个老鹰抓小鸡，下了儿子的枪："干什么，他是俺的客人！他才是你老子。"

守门的那个土匪一听是老太太的客人，马上赔上了笑脸，溜走了。

赵小敏亲切地拉着赵老三的手进了屋，屋子里已经备好了四个菜，一坛子杏花村老酒。

"来，奎儿，你过来，关上门，娘给你说说，娘今天就给你说说谁是谁的老子!"

"娘，我不管他是谁，你说是您的客人就是俺的客人。大叔在上，刚才多有得罪，请原谅!"赵奎拱手施礼道歉，站立一旁。

"哎呀，也没有什么。习武的人，爱卖弄罢了，坐吧。"赵老三也把话儿拿了回来。

"好，坐，喝酒!"赵奎也算是孝顺，娘说是客人他也不敢怠慢，先敬客人。

赵奎"咚咚咚"连倒三杯杏花村酒："先喝为敬!"自己先麻利地把三杯一一喝了。然后给赵老三倒，赵老三把三杯倒在一个碗里，一口气干了。

赵奎也不说话，上了两个大碗分别倒满了，自己先端起了，赵老三端起来先喝了！这三杯加一碗酒下肚，两个人的兴致可就来了。

吃了几口菜，赵老三双手抓起绘有"牧童遥指"的瓷坛子，大口对小口地喝起来，只一会儿工夫这剩下的半坛子杏花村老酒就被他俩喝了个精光。

赵奎看得是目瞪口呆，看着这老头儿的吃喝相，他算服了。他红着眼，打着饱嗝儿，竖着大拇指，连说了三个"好"！他万万想不到，和自己较劲儿的男人就是他亲爹啊！

这时，赵小敏端着一盘子鹿肉走了进来，放下说："光顾着喊好了，你知道他是干什么的吗？他就是打鬼子的八路军，哪里像你这个败家子儿，鬼子都快到你老娘头上撒尿了，你他奶奶的还占山为王当土匪，小乌龟似的憋屈在深山里。"

"什么，你是八路？"赵奎猛然从炕上出溜下来，拔出了枪，对着赵老三的脑袋。

"你还是男人吗？怎么一说八路就掏枪啊？八路欺负你娘了？"赵小敏先一步挡在中间说。

赵奎一下子推开娘："娘你闪开，俺跟八路有仇！"转身对身旁的赵老三说："我知道，你花言巧语地哄骗俺娘，你是来要俺命的。你他娘的有来无回，今天无论你有多大本事，你就是俺的枪下鬼了。"赵奎说着扣动了扳机，只听砰的一声枪响，子弹打在了房顶上，土哗啦啦地往下掉。赵小敏看时，赵老三早就用筷子支起了赵奎手里的枪。

两个人扭打在一起。屋子里有了一个大炕，空间小，赵老三空有一身武功使不上劲儿，两人抱在地下磨蹭。

赵小敏一看，哇哇哭了两声："我的老天爷啊！不要打了，不要打了！你个没良心的，他是你的亲爹啊！"

赵奎身子一哆嗦，松开赵老三的胳膊，站起来嚷："什么？娘，你疯了？什么亲爹，俺爹不是早死了吗？"

赵小敏也不说话，从自己屋里拿来一面镜子递给儿子："你在镜子里看看你俩的脸。"

赵奎抢过镜子，扳过赵老三的大脑袋看了一眼，突然把镜子摔在床上："这到底是怎么回事啊？娘——我的亲娘啊！"

"儿啊，娘对不起你啊，娘骗了你，他真是你的亲爹啊！当年娘说他死了是恨他，恨他娶了别人，骗你才这么说的。"

赵奎怔在一旁，也不说话，只是用手撕扯自己的头发，头发乱得跟要下蛋的母鸡毛似的。

"赵奎啊，很对不住你们娘俩啊，当年我就是听了你爷爷还有巫婆的话才没有娶你娘的。其实我对你娘才是真情的，可那个时候不听爹娘的话就会天打五雷轰啊！"赵老三没有办法，搬出了孝道理论和雷神。

赵奎也不说什么，扭身出去了！出去就冲着天空打完了整整一梭子的子弹。闹得土匪们莫名其妙地聚集到了院子里，怔怔地看着。

赵老三看着赵小敏不知所措，赵小敏拉了赵老三一把："你先回去吧，我再给他说说！"

除夕夜，爆竹声声震山谷。赵奎娘赵小敏做了两桌丰盛的菜让来家的土匪们吃喝，大家吃得有滋有味儿，喝得也是兴奋异常。

可赵奎却吃得没滋没味儿，他心里百味杂陈，士兵们敬酒，他就应付一下，全然没有了过去的豪气。

"奎儿，过来！"赵小敏叫赵奎。

赵奎过来，赵小敏一边把赵奎的耳封子交给他一边吩咐："去把你爹叫来，娘想他。"

赵奎冒着寒风来到村公所，"咣当"推开屋门，对着烤火的赵老三说："俺娘让你过去！"

说完，也不管赵老三去还是不去，径直走了。

赵老三站起来要走，村长附耳对赵金山说："哈哈哈！有门儿，还是旧情复燃烈火旺啊！赵师傅，当心你的大褂儿！"

"大褂儿怎么了？"

"当心被复燃的情火烤焦煳了啊！"

"你小子，没有正经话！"赵老三说着别上了自己的枪，屁颠儿屁颠儿地走了。

287

赵奎家的菜摆满了桌子，赵老三陪大家喝了几碗酒，就喝得土匪们东倒西歪了。

　　赵小敏抓住时机："赵大哥，你给他们讲讲打鬼子的事吧！"

　　土匪们欢迎起来。

　　赵老三把自己亲身经历的事讲了一件又一件。

　　他讲到小鬼子欺男霸女时，土匪们都气得摩拳擦掌。赵老三自豪地说："俺带来的赵金山就是冀中游击大队独立团的赵团长，他准备过年趁着鬼子松懈狠狠地打一仗。我们的地雷也造好了，大炮也准备好了，就是人手不够。我说弟兄们哪，要是让你们帮助俺们打鬼子，你们敢去吗？"

　　"去，俺们一定去！老大，咱们去吗？"一个土匪大胆地问。

　　赵奎也不说话，呆呆地站着。这时赵小敏过来，用食指点了一下儿子的头："你倒是说啊，当着你爹的面，你表个态，也算是你抗日英雄爹的种。"

　　土匪们一听都纳闷了："怎么半道儿杀出个爹来？"

　　看大家大眼瞪小眼，赵小敏先发话："这就是你们头儿的爹，游击队打鬼子的赵大队长。年轻时走的，现在回来了。"

　　大家一听纷纷跪地喊"爹"，都说不知情，原谅刚才怠慢。

　　这时赵小敏看大家都跪下了，就喝令赵奎："你也跪下认爹。"

　　赵奎呆立着不动。

　　"你跪不跪？"赵小敏推搡着儿子。

　　"哎呀——娘！"赵奎拨拉着娘的胳膊，还是不跪。

　　"你不跪，娘给你跪下了！"

　　"哎呀——娘！儿子跪！"

　　"叫爹！"赵小敏激动地说。

　　"爹——"赵奎跪下喊。

　　"哎——"赵老三心里也不是滋味。这既成事实的事，儿子赵金山还一点儿也不知道呢。

赵小敏反而冷静得很，这是将爱和恨积淀多年后的冷静，是幸福到来时的冷静，是一种大义在前的冷静。她知道，这抗日就拉近了他们父子间的关系，给了儿子赵奎重新做人的机会。

这时，只听赵老三说："起来吧，孩子们，其实你们都有爹娘，都是疼爱爹娘的孩子。日本鬼子占领了咱们的家，欺负咱们的兄弟姐妹，有血性的男儿能不气愤吗？我这次来，就是劝你们走出大山去打鬼子的。"

"打鬼子，打鬼子！"大家欢呼着。

赵小敏拉过赵奎："儿啊，去叫你赵金山弟弟和村长来吧。"

"让别人去吧！"赵奎为难地说。

"不行，娘让你去！快去！"

赵奎走了，不一会儿把村长和赵金山叫了过来。

来到赵奎家，村长偷偷给赵老三和赵小敏竖起个大拇指。

赵金山什么也不说，只是弟兄长弟兄短地和大家轮流喝酒，和赵奎连喝了三大碗，赵奎就醉醺醺地睡去了。看赵小敏还在和赵老三唠嗑，赵金山才被村长强拉出屋，一起去他家睡觉。

躺在热炕上，赵金山反而精神了，问村长："赵村长，你给俺说说，怎么又冒出个亲弟弟来，你说说呀！"

赵村长一五一十地把赵老三和赵小敏的事说了个透彻，赵金山听得个仔细。听完哈哈大笑了几声，坦然睡去。

早晨，冬日的阳光普照了每个山坳。春节，家家晚辈们开始串门拜年。今年的拜年形式独特，赵金山带领着自己的抗日游击队员挨门挨户地上门拜年，宣传抗日政策，宣传共产党的好，顺便招收队员。村子里热闹起来。

人们好奇地看着这队穿灰制服的士兵们。

可是，不一会儿，来了一队穿黄衣服的士兵，前面是赵小敏，后面是赵奎。他们给各家送去了一块银圆，乡亲们夸赞赵奎的出息，赵小敏见人就说："刚才是他弟弟和爸领着的队伍，过年后他就和他爸一起去打鬼子了。"乡亲们都夸赞赵奎，都说小敏养了个好儿子。

赵奎觉得自己像没有见过阳光的小苗遇到了暖阳暖风，心情格外舒畅，他见人就笑。

大年初二，赵金山和爹爹与赵奎、赵奎娘吃了顿年饭。赵金山亲自给赵奎讲了八路军的作战故事，讲了日本侵略军的暴行，传达了军分区招赵奎入伍的指示。赵奎也表明打日本鬼子的决心。两人边说边喝，喝了个痛痛快快。

大年初三，赵金山就要冒雪往部队赶。赵奎说："老弟，还是等过了初五咱们一起走吧！"

赵金山拉住赵奎哥的胳膊："奎哥，我们那里还有五百多兄弟呢，我们在敌占区，随时都有可能去战斗，我必须回去。"

"那我们也走，放心吧，老弟，回去我就给副队长和弟兄们说说，去投奔你们打鬼子。"赵奎很是坚定。

"好啊，你们有多少人？"

"不到四百人，有一部分人没有枪，只有大刀长矛。"

"枪好说，我那里有的是。你去后，我报请县委，让你也带抗日的队伍。给你的士兵们说，我们还有军饷。"赵金山看了一眼比自己矮一点儿的哥哥，哥哥也在专注地看着金山弟。

"好，那咱们集合队伍，出发？"

"出发！"

暖融融的村公所里，赵老三对赵小敏有说不完的话："跟着俺走吧，你可以跟着你儿子。我和翠儿回老家！俺想你了就去看你！"

"俺认你是为教育儿子走正道，这么大把年纪了，俺可不想破坏你的家庭。你要是还有良心，你就每年回来看俺一回，行吗？"赵小敏说着又开始掉泪。

"听你的，可你自己在这里，不觉得苦吗？"

"不苦，比起你们舍命打鬼子来，俺这叫什么？走吧，去带着你的四个儿子打鬼子吧！"赵小敏脸上露出了幸福的微笑。

临走，村里有二十多个小伙子自愿跟着师傅去打鬼子。赵老三也一并带上，让他们分别上了几辆马车向驻地进发。

回到驻地，赵金山立刻派人向定北县委汇报了不费一枪一弹劝说土匪赵奎投诚打鬼子一事，县委对赵金山和赵老三进行了通报表扬，赵老三留在部队里，天天教人们习武练功。

第二天，赵金山就带人建起了简易房，等待赵奎带兵来住。

但是第三天，天快黑了，也没有赵奎的消息。赵金山心里正七上八下打鼓时，赵奎派来的一个士兵到了，气喘吁吁地报告情况："不好了，赵团长，我们回去时，山上的人兵变。队副领着人固守山寨，不让我们进寨。他娘的，还动用机枪扫射我们，老大带领我们几次冲锋都没有攻下来，还死伤了几个弟兄，老大问能不能带着你们的小钢炮增援一下。"

"什么能不能的，一定能！"赵金山坚决地说。

"好，你们这里到我们山寨有一条近路，我带你们去，就是不能骑马。"说完，见赵金山怀疑地看着他，于是又补充说，"嘿嘿！早先老大带我们几个侦察过你们的驻地。"

"好家伙，偷偷地来过啊！好了，一排、二排跟我去，李政委和甄副队长在家。"

赵金山说完就召集队伍，带好装备，火速赶往赵奎的山寨。

其实这次兵变，赵奎早就应该看出来。他每年过年回老家，都不带着他的两个老婆。大雪封山，寂寞难耐。他的两个老婆天天和副队长胡大麻子混在一起打麻将。在胡大麻子的挑唆引诱下，赵奎的两个老婆都成了他被窝里的尤物。赵奎在家住几天，她们就跟着胡大麻子淫乐几天。这一切赵奎都蒙在鼓里。

这天晚上，赵奎小老婆、昔日春香楼花魁，柔柔地躺在胡大麻子怀里哭着埋怨："明天俺就不能来伺候你了，你个屄包，你就不会自己当队长啊？"就这一句话，把个头脑简单、四肢发达的胡大麻子搅得情乱神迷起来。

胡大麻子看着怀里白嫩多情的小女人，怜惜如命。他立刻动了造反的邪念，他要为了怀里的女人把老大灭掉，独占山头。

胡大麻子心狠手辣，大家都惧怕他。再加上他有意造反后，总是给弟兄们一些小恩小惠。这样，这等欺上霸妻之事从来就没有人给赵奎透露过，所以赵奎才落得如此的下场。

来到山下，赵金山见赵奎的人已经弹尽粮绝，死伤过半，山上的土匪正要往下冲锋，还喊着"活捉赵奎"的话。

赵金山麻利地和赵奎握了握手："老哥你歇着吧，看我的。他奶奶的，让你的这帮人知道知道咱八路军游击队的厉害。"说着让炮手架好了两门迫击炮。

"调整好角度，听我喊口令后一齐开炮！"赵金山下达了命令。

两个炮手目测了射程和角度，抱着炮弹等着赵金山下令。

等赵金山"放"声刚落，两颗炸弹呼啸着连续在山寨口炸响，土匪的一个机枪手就翻上了天，其余的人吓得抱头鼠窜。

接着又在土匪撤退的队伍附近连放了两颗炮弹，赵金山开始命令冲锋。边带队跑边提醒战士们说："吓唬为主，不要全干死了。"

机枪和三八大盖齐响，压得土匪们抬不起头来。很快把土匪们压进山寨后的西山坳里，赵金山的游击队员迅速对这帮土匪形成了包围圈。这才看到，这帮土匪有一半儿持枪，一半儿的大刀红缨枪。看到威武的荷枪实弹的游击队员们围上来，这些土匪立刻缩成了一堆儿，大概四百人，全抱着头蹲着。只有胡大麻子昂首站在队伍边沿不知所措，见赵奎手持双枪过来，胡大麻子"扑通"跪了："大哥饶命，大哥饶命，都是他们几个闹的。"赵奎一把揪起胡大麻子，狠狠地给了他几个耳光："你他妈的就是喂不乖的狗，丧了良心的东西，你不配活在这个山头上。"赵奎说完举枪就打，子弹穿透胡大麻子护着头的手，打爆了他的头。这时，有个小队长和他耳语几句，他飞身进屋，把自己的两个老婆提溜出来放在悬崖边儿上。赵奎红着眼，也没有征求别人的意见，一人给了一枪，两个女人滚下了山崖。赵金山想上前要阻止，但为时已晚。

赵奎又疯了似的枪毙了几个小队长，红着眼睛，哑着嗓子对战战兢兢的士兵们喊："谁他妈的打老子了？谁他妈的开枪打老子了？"

大家缩着头，大气儿不敢出。

赵金山大声喊道："弟兄们，你们是赵奎领导下的队伍，应该听他的，不能听那个背信弃义、欺男霸女的小人的。胡大麻子都霸占了你们老大的女人了，难道没有一个坚持正义的出来制止？他反叛了老大，你们还帮着他打老大，你们忘记吃谁的喝谁的了？"

赵奎气得哆嗦着冲士兵们发脾气："他妈的，要不是说让你们这帮兔崽子去打鬼子，老子今天都杀了你们，一个也不留！你看看你们那个尿样儿，不知好歹的东西！"

土匪们都低头不敢看赵奎。

赵金山接着讲话："弟兄们，你们也许不知道，日本鬼子占领了你们的家乡，杀了你们的亲人，糟蹋了你们的姐妹，你们还躲在这里胡闹。俺们是抗日的队伍，今天解救你们，不杀你们，是希望你们重新做人，拿起枪来打鬼子，做个抗日英雄。"赵金山说完，看到大家都抬起了头。

"弟兄们，站起来，要是愿意跟着你们老大去打鬼子的，咱们还是好兄弟。有吃的有喝的，有好枪让你们用，还发军饷。有愿意的，就地放下武器，站到上面来！"赵金山大声地做起了思想工作。

人们迫于正义的力量，都站上来，赵金山带头喊："打鬼子，打鬼子！"所有的人都跟着喊起来。

当天下午赵奎就让大家在山上吃了饭，他想把山寨一把火点了，再也不回来了，赵金山制止："留着吧，留着也许有用，派三两个人看守打理着就行了。"

赵奎照办了，然后，集合队伍连夜往赵金山的驻地走。路上，有几个人趁着夜色逃跑了，赵奎想带人追他们，被赵金山制止了。

当晚，回到驻地，甄续男带着苗苗的伙食队已经准备好了饭菜，大家吃喝后，有的去石洞里打地铺，盖上从火车上缴获的新棉被睡了，有的挤上暖暖的炕睡了。到中午了，大家才睡醒，这山神小庙及四周可就热闹起来了，赵金山和李政委看着这过千人的队伍，不约而同地笑起来。李顺政委清了清嗓子对赵金山说："既然赵书记说你可以是营长，那我们就按营级建制，设三个加强连，一个骑兵排，可以吧，骑兵排归营部管。"

"好，李政委你去找几个有文化的人策划策划，写下来，晚上咱们开个会研究研究，报请县委批准。"

第 14 回

祭养母孝顺儿励志　战鬼子铁山创奇迹

再说赵铁山。他带着战士们回到老家，发现门框上多了一条黑布。养父见赵铁山回来，悲喜交加，眼泪扑簌簌地无声落下："你走后，你娘觉得你就回不来了，很伤心，病就重了。小鬼子三天两头来村子里骚扰祸害百姓。有一天小鬼子抢了咱家养的五只鸡和两只羊。她气得说不出话来，只知道流眼泪。后来，病一天比一天重，前一阵儿过世了。"

"那怎么不给俺信儿啊，养儿防老，俺这当儿的不孝啊！俺也该为她老人家送终啊！"赵铁山带了哭声。

"兵荒马乱的，送个信儿都难啊！人没了就没了，还影响你们打鬼子干吗？"赵铁山的养父说完擦干了眼泪去张罗饭菜。

赵铁山带人去新坟为养母烧香磕头，回来的路上被几个后生截住了，说是要参加他们的队伍，打鬼子。赵铁山干脆就在村子的十字街开始宣传抗日。不一会儿，有很多老百姓过来围观，一个老人先开始说话："铁山子啊，你们早就该回来啊，这小鬼子来了好几趟了，要抓人当伪军，家家的孩子整天在地窖子里躲着啊！张书儿家的孩子在地窖子里躲了一个多月，上厕所都不敢出来，连胡子都憋白了啊！青年人宁可为打日本战死也不想窝囊死，更不想给小鬼子当差做汉奸。"大家你一言我一语，抗日的情绪十分高涨。

当天晚上，赵铁山派人在街上贴了标语。第二天，识字的人们给群众念标语、喊口号。听到标语口号的小伙子们抗日的劲头就更大了。赵铁山在街里摆下了三张桌子，请村里有学问的成大爷帮忙登记，不一会儿就招收了七八十人。

养父来叫大家吃饭，战士们忙得顾不上吃，先让铁山队长回去陪陪养父。回到家里，铁山看老人做了好吃的饭，他便埋头吃起来。只默默地吃，也不和养父说话。养父看他这样，知道他在想心事，于是问："续尔啊，你心里有事吧？给爹爹说说，看爹能不能帮上忙？"

赵铁山小声嘟哝："招了这么多小伙子，吃什么喝什么啊！"

"嘿嘿，你小子，我就知道你为这事发愁。小子，没有事，你等着。"养父说着颤悠悠地去了内屋。不一会儿，抱出一个沉甸甸的带潮乎土儿的黑色瓷釉大肚坛子来。

赵铁山急忙过去接了，很重，轻轻放到地上。只见养父双手颤抖着掀开坛子口，伸手进去，抓出一把银圆来。他抚摸着银圆喃喃自语："这是俺早年在军阀部队当文书时攒下的，本来想养老用，这小鬼子不让咱安生还谈什么养老啊！拿去吧，拿去打鬼子吧。"

赵铁山听爹爹说在军阀部队当文书，立刻来了兴致。还从来没有听爹爹说过这话。他拉过爹爹问："爹爹，你当过兵啊？给俺说说，这是怎么回事，怎么没听你提起过呢？"

"提那干什么，算不上光彩的事，俺隶属阎锡山的晋绥军。"爹爹说得很简单，但这更激起了赵铁山想闹个明白的欲望。

"再说说吧，俺喜欢听爹爹讲过去的故事。"

"其实也没有什么，我是没有福分啊！当时我在军部做文书，也就是草拟文件的文官……"

看孩子着意听，养父滔滔不绝地讲起来，赵铁山听了个清清楚楚。

原来，铁山养父在军中生活了近二十年，由于有文化，枪法好，就被提拔到晋军军部做文书工作。1935年，红军在陕北建立了革命根据地，阎锡山就开始了"思想防共，民众防共，政治防共，武力防共"，扬言要用"九分政治一分军事来防共，七分政治三分军事来剿共"。其实，那时候，由于铁山的养父接触的文件多，有介绍国民党的，也有介绍共产党的。偷着看了一些有关共产党的文件，他心里就有了个比较，就觉得共产党是一个有主见、有前途，是为劳苦大众着想的党。

有一次，他所在的军部在山西实行土地"村公有"，作为防共的根本办法。还设立"防共保卫团"，并让他连夜起草文件，他由于有思想情绪，借故有病，没有及时起草文件，影响了第二天的会议。有人报告给了阎锡山，阎于是派人调查此事。这时，正赶上日本侵略军炮制"华北事变"。红军渡河东征，晋军惨败，阎锡山告急，他也就忘记了调查"文书不起草文件"一事。后来，部队里的几个朋友怕阎锡山再过问此事，给他凑了一些钱，他就偷偷回乡了。

赵铁山望着爹爹皮包骨样的手，眼里立刻滚下了泪水。他急忙攥住爹爹捧着银圆的手说："爹爹，你一定要留下一些，以后还过日子呢!"

"都拿去用吧，我还能干活，有点儿粮就饿不死!"说完哗啦把银圆放进了坛子里。

随后，爹爹又拿出两个油纸包，拆开其中一个，剥开一层层的油纸，里面是一支乌黑发亮的驳壳枪。赵铁山一看，是可以连续装十发子弹的大驳壳枪。爹爹打开的另一个油布包里是五个弹夹，都是满满的子弹，赵铁山惊呆了，只见爹爹抚摸了一下手枪，熟练地打开保险拉了拉："这是当年我的配枪，因为逃命，走的时候为了防身才带回家来的。你拿去吧，也许子弹还能用。"

关键时刻老人把自己珍藏的钱和心爱的武器都拿了出来，赵铁山很是感动，他摇了摇手中的枪："谢谢爹，还不知道您老做过高级军官呢。这个关键时刻，您也算为打鬼子出了份力，将来军功册上一定写上您老的名字。您老放心，我会用它杀很多鬼子的!"

当天，赵铁山就派人连夜骑马去容城一带的一个衣服店，买来二百件灰色上衣，为了有个标志，还让当地的裁缝在上衣前襟缝上了白底儿黑字的"抗日义勇军"标志。

后来，赵铁山又托村长的女婿去山里的一个兵工厂，买了二百支汉阳造。人家厂长一看是新成立的打鬼子的队伍，就免费配送了几箱子子弹。

可是问题出来了，招募一个战士，发一支枪。枪很快就发完了。有十几个新来的战士还是两手空空的，羡慕地在一旁看着别人兴高采烈地鼓捣枪。这几个人就有点儿不高兴了。赵铁山忙向大家保证："枪有的是，只要大家愿意跟着俺赵铁山打鬼子，保准你有枪。没有枪的先去炊事班吧！"

有了枪，有了人，住的地方发了愁，临时把家里全支上了铺，才住下了一百五十来个人。赵铁山于是决定外村的在这里住，本村的各回各家睡觉，每天早晨趁着夜色来这里集合，在河滩上练枪法。

人多了，不能天天回家吃饭吧，所以，这吃的也就不够了。

赵铁山晚上和几个人一起琢磨粮食的问题，有人提议说村东的财主陈成贵家有一个大粮仓，每年青黄不接时，他就卖高价粮，连城里的财主也来买他家的粮。

赵铁山说："有了，国家有难，匹夫有责，他也应该为抗战出力。明天我带几个人去他家借粮。"

第二天，天刚蒙蒙亮。赵铁山带着一个班的战士，叩响了陈成贵家的带大铆钉的厚重大红门。

戴着圆形小眼镜的瘦高个子管家把门开了一条缝，慢条斯理地问："军爷啊，有何公干？"

赵铁山严肃地问："你家主人呢，我们找他，说说抗日捐粮的事。"

管家眨了眨小眼睛："我家主人出去了，明天才能回来。回来再谈行吗？"

"不对吧，昨天晚上还有人看见他在家，你敢欺骗义勇军？"

"没有欺骗军爷，真的！"

"你就不说实话吧你，欺骗我们的人，他是不想活了！"最早跟着铁山打游击的队员马宁急了，端着枪走上前。

"哎——你怎么骂人啊！"管家也冷眉冷眼地说。

"骂你？谁骂你了？我去看看，要是你家财主在家，我不光骂你，我就按照破坏抗日罪枪毙你！"马宁推开他就往院子里闯。

这时，一条黄狗突然从院中间的墙洞里钻出来，汪汪叫着向队员们扑来。赵铁山手疾眼快，掏出随身携带的梅花针甩了出去，黄狗立刻满眼是血地在地上翻滚起来。

"是谁弄……弄……弄瞎了我家的狗？"陈成贵在几个家丁的簇拥下，端着烟斗走了出来。

"你他妈的不是说，没有在家吗？"马宁拧住了管家的领口子，管家吓得抖着身子赔不是。

"马宁，不许无礼！"赵铁山提醒马宁注意态度，然后回头对财主说："实在对不起，不过，先是你的狗袭击了我们。你说，俺们要是不伤你的狗，你的狗就伤了俺这些抗日游击队员。伤了队员俺们还怎么打鬼子呢，你怎么也得为抗日队员们着想吧？"赵铁山不紧不慢地说。

"这个小战士说的倒是在理儿。"财主说着狠狠地磕掉了烟斗里的灰，随即在挂着的鼻烟壶里磕出点儿粉，深吸进鼻腔里，连续打了几个嚏喷，鼻涕出来了，他顺手抹了一下，然后又抹在新布鞋千层底上。完了斜眼看着来的人们。

"这是我们抗日游击队的赵队长，什么小战士！"马宁上前一步说。

"哦！是军爷呀！恕我身体不健，有失远迎，请厅堂落座。"陈成贵躬身表示欢迎。

赵铁山和马宁一同进屋，其他人分两排持枪在院子里站定。

陈成贵走了几步，借着系鞋带的当儿，回头看了看身后。他发现有两排穿戴整齐、神态威武的义勇军战士分列在甬路两旁，家院好像公堂似的，他暗暗告诫自己，要谨慎处之，不然，这一不小心就被公判了。吓得他身子一抖，差点儿坐在地上。

进屋后，赵铁山看到财主家的正屋里贴着岳飞像，他知道，这里的人们逢年过节都贴岳飞像，意在驱邪赶鬼。

"哈哈，都贴上驱邪赶鬼岳飞像了啊，忙着过年呢?"赵铁山打着哈哈说。

陈财主偷看了一眼赵铁山："是啊，在这个兵荒马乱的年月，我们这百姓人家，还是祈求平安吧!"

"论街坊辈分俺该叫你大叔了。大叔，你只知道岳飞驱邪赶鬼，你还知道他精忠报国吗?"赵铁山和气地问。

"请军爷明讲，有什么话说吧，我陈某虽然读过几年书，但是早就着菜粥喝光了。我还是个直性子人，军爷想让俺做什么，明说好了!"陈成贵说着站起身弓腰施礼。

"嘿! 爽快，请大叔坐下谈!"

陈成贵翻着白眼重新坐下，歪着脖子，显然他有点儿不耐烦了。

"当年，岳飞为了保家卫国，舍下了身家性命英勇杀敌，落得个世代敬仰的美名。如今国难当头，日军入侵，村人争相报名参军打鬼子，这说明国还有望，家还能宁。陈大叔，听说您老是知书达理之人，敢问您老想为打鬼子做些什么贡献呢?"赵铁山说得很温婉。

"你看，赵队长啊! 按说，俺们算是村里的富裕户，但是，你也知道，家大业大，开销也大。这不，前几天王省长亲自送俺'谷秀才匾额'，表扬俺是种谷子的能手。俺得这么个殊荣破费了一百银圆。再加上这几年人们都是东躲西藏的，哪里有时间和心思种地啊! 这租子也好几年交不全了。不过，赵队长别急，俺还是能为抗战出一些力的。这样吧，俺出五十斗麦子，五十斗棒子，可以吧?"

"谢谢您的好意，但未免太少了吧? 你是谷秀才，怎么没有米啊? 你是不是想留着让鬼子吃啊，陈大叔——"赵铁山说着就变了脸色。

"你可不要乱说啊，俺可没有招惹过日本鬼子!"

"你不招惹他，他还招惹你呢，有人报告你藏粮万担。到底为抗日捐献多少钱粮，你自己看着办吧! 一会儿抗日游击队在村十字街设立捐献处，你到那里捐献好了，在全村乡亲面前，也算给足你面子，自然会有人给你如实登记在册。走，咱们走！"赵铁山拍屁股起身要走人。

"赵队长……赵队长，吃了饭再走吧！"陈成贵边说边哆哆嗦嗦跟着跑出来。

"就这样吧。俺也不和你啰嗦了，俺的二百多人还饿着肚子练枪法呢。"赵铁山头也不回地走出了大门口。

门口旁边大黄狗瞎着眼还趴在那里呻吟着。赵铁山骂狗："黄狗儿啊，不是俺残忍，是你不识抬举，不知道俺是干什么的。"

"是，是，你不识好人心，活该！"陈财主随着赵铁山的话说完，抬腿给了瞎狗一脚。他分明知道赵铁山话里有话。

走到大门口，一只蝙蝠惊飞了出来，赵铁山顺手甩出梅花针，蝙蝠啪嗒摔了下来。鲜血从它身体四处往外冒，红红的脚抽动着，惊得陈成贵目瞪口呆。

当天，陈成贵派人捐献了白面、棒子糁、小米各一百担，银圆五百块。赵铁山给他发了一块"积极抗日"的旗子。陈成贵自豪地站在土坡上当着众人晃了晃旗子，人们给了他热烈的掌声。当天，几个富裕户也捐献了不少的粮食、布匹等。三里五乡的人赶来参军的不少，带粮食的也不少，队伍一下子增加到四百余人。

人有了，粮食足了。赵铁山开始安排事。他首先安排一部分战士帮助村民沿唐河岸连接村子挖了地道，共有四个相距一百米的地道通向了唐河大堤，大堤上的地道口用干树枝遮挡了。四个地道口长期布设暗哨监视河面。还派人在村子的四周修筑了单兵带掩体岗哨，远远地看就像一个个附着在房墙上的固墙柱子。

利用一礼拜的时间，挖了壕沟。壕沟阻断了进村的一个个通道。还以靠近村外的房子做掩体，增加了暗哨和射击孔。又派人去山里的兵工厂买来了一挺改造型轻机枪，二百支步枪和一部分手榴弹。他们趁着过年炮药好找，购买了一些横药和竖药，请来一个炮弹专家造出了许多形态各异的土地雷。所有的地雷壳子，都是村里一个铸铁锅的人设计模子铸造的。造好后，实验改进了几次。成型的地雷威力很大，一个大圆饼子雷能掀翻大碾子，瞬间让碾盘四分五裂。

看着义勇军在村子里一天天地壮大，陈成贵很不是滋味儿，他不认为义勇军是保护他的。他是迫于赵铁山威胁才假装笑脸捐钱捐粮的。捐献那么多钱物，他心疼得接连好几天睡不着觉。

正在这时，在城里当伪军保安队副队长的侄子陈四傻来到了他家。对他耳语道："现在，皇军在全世界战场上都取得了决定性胜利，不久的将来，世界就是日本人说了算了。你没看那么远，你还没有看到咱们县吗？每个大村子里都有了炮楼，距离咱村不远的赵村建了伪警察所。你知道是干什么的吗？那就是日本人的政府部门，很快各个地方都是日本人统治了。"

听了侄子的一席话，陈成贵动了心，他皮笑肉不笑地忙着问："嘿嘿！那，你说我现在怎么办？"

"带着一些金银财宝和粮食去城里讨好日本人，让日本人派人来村里暗暗保护你，弄好了给你一官半职的，什么也就有了。"

"这可不行，村子里到处都是义勇军的眼线，让他们知道了也一样活不成。"

陈四傻小心地看了看院子里，小声说："叔叔，你是被义勇军吓傻了吧，这点儿人，皇军来一个小队就给收拾了，你这里不就安全了？"

"嗨！我怎么没有想到借日本人消灭这帮讨厌的穷鬼们呢？那你给叔想个两全其美的法子，搭个线儿，既让义勇军说好，还让鬼子说好，事成后俺给你一百两银票。"陈财主拍着他肥厚的胸脯子。

"咱叔侄俩还什么钱不钱的，到时候俺立了功，提成大官了，钱、女人、房产，他妈的，要多少有多少。老子有了钱找个日本娘儿们玩玩！"陈四傻说完傻呵呵地笑起来，边笑边流鼻涕。

陈成贵从抽屉里拿出十块银圆，递给侄子："行了，不要笑了，这点儿钱也够你抽几口的。不过，你也该戒戒了。你帮俺把这帮什么义勇军的、游击队的赶走，俺再给你九十块银圆。"

陈四傻接过银圆吹了吹，又放在耳边听了听，一边往怀里揣，一边"嘿嘿"傻笑着说："烟泡儿日军小队长龟二雄一给俺好多次了，只要俺这里有点儿情报，他就给，这您就甭管了。要不，您老再给点儿，今晚我想去找个东洋娘儿们玩玩！嘿嘿。让你侄子也开个洋荤。"

陈成贵又给了他五块银圆。陈四傻接过拱手："叔，侄子谢过，等好吧，走人！"

陈四傻走后的当天晚上，他就笑呵呵地找到了龟二雄一，说发现了一个刚成立起来的义勇军。

第四天，也就是正月初五，龟二雄一带三百余日军，前往赵铁山的驻地"扫荡"。

赵铁山在城里的眼线，有一处距离鬼子驻地不远的住所，有一天，有一把匕首射在房门上，上带一张纸条儿，纸条上写着"今日村里闹鬼，小心为盼"。眼线报告给赵铁山，赵铁山明白纸条上的含义，很快做好了唐河岸阻击战的准备。他没有把重心放在唐河岸边，因为，他知道鬼子迫击炮的厉害，他不想让自己的战士成为活靶子。

赵铁山把重点阵地安排在村南的大小公路上。他派刚学成归来的布雷手，在村南条条大路上埋设了地雷。还间隔二十步埋设了特制的滚地雷、饼子雷，还有刚刚研发成功的斜筒子雷炮。

正村口的夯土掩体内架设了唯一的一挺轻机枪，在临大街的房屋射击孔里安排了神枪手用三八大盖打点射。其他义勇军战士有的在壕沟，有的在房上，有的在环村暗哨端枪瞄准等待敌人进伏击圈。

早饭刚过，龟二雄一带着一个小队，傲气十足地来到了唐河边。他们分坐三条船，船头架设了机枪和掷弹筒，意想强行过河。

满载日军的渡船没有受到截击，龟二雄一很得意。船刚停在北岸，龟二雄一还在缩头缩脑地张望的时候，赵铁山就下令干掉了船头的机枪手。河堤上四个射击孔里的点射很成功，三个机枪手死掉两个，这下马威，让龟二雄一吃惊不小，龟二雄一一时手忙脚乱。等他发现是哪里放枪并用迫击炮炸塌射击口的时候，四个枪手已经按照事先安排撤到了巷子里。

这样，日伪军"扫荡"小队浩浩荡荡地上了唐河岸。虽然死了两个机枪手，但龟二雄一根本没有把赵铁山这支刚组建起来的游击队放在眼里。因为他们接到的情报是"一小股"义勇军。这样，指挥官懈怠，整个队伍懒懒散散地往前行进。机枪手莫名其妙地被狙击，新换的机枪手也缩头缩脑，士气低落起来。

龟二雄一回头看了看平静无声的唐河岸，看了看前面破败的小村落，笑了。他很得意地对他身边的部下说："义勇军的枪缺少子弹。其他的都是小土枪，装备显然是不行不行的。"没有人答话，他按着军刀"嘿嘿"笑了起来，笑得人毛骨悚然。

在房顶上指挥作战的赵铁山，通过望远镜看到鬼子大摇大摆地走上了村南公路，如入无人之境。他还观测到有三分之一的鬼子背着枪慢慢地进入了地雷阵，他心里默念着：再近一些，再近一些。

这时，庄稼地的排水沟里呼啦飞出一群麻雀，鬼子先锋兵吓得整体卧倒。龟二雄一也跟着卧了，观察片刻却没有什么情况。龟二雄一不好意思地爬起来，踢了身边卫兵一脚："八嘎，小鸟飞过的声音。你们的，胆小如鼠！"

鬼子站起来继续谨慎前行。等全队鬼子都进入了布雷区后，赵铁山率先拉响了第一颗雷，随着"轰隆"一声巨响，赵铁山看到，一个鬼子就被气浪掀了起来。所有的鬼子都卧倒了，但是，他们不知道，他们的噩运才刚刚开始，埋伏在路两侧地道里的战士拉响了所有路上和路旁的地雷。这三百多鬼子可就陷入了一片火海，一时间，鬼哭狼嚎。

但是，细心的赵铁山听到，这地雷爆炸声有的是闷响，有的是脆响，爆炸声过后，浓烟消失。赵铁山发现，很多鬼子又晃晃悠悠地站起来了。他们满脸熏得像黑鬼，有的还在嚎叫着扑打身上的明火。原来，这地雷动静不小，威力不大。

龟二雄一从浮土里拱出来，拍着身上的沙土，揉着被尘土迷了的眼。继而又歪着脑袋倒耳朵里的尘土。这时，他看到了所有士兵的灰头土脸，听到了受伤士兵的叫喊。他气得哇呀呀地挥刀对空乱砍。

　　赵铁山马上命令拉响特制滚筒子雷，随着扑通一声，两头冒着烟的一个个铁筒子从公路边上旋转出来，瞬间旋向了惊魂未定的日军队伍。还没有等鬼子转过神来，这旋转的筒子突然爆炸。随后，这样的旋转雷，一个个旋出，一个个炸响，这威力可就大了，炸得鬼子不知所措，喊爹叫娘。一时间，缺胳膊断腿的鬼子在地上翻滚起来。龟二雄一狂喊起来，赵铁山听得声音很清楚，但不知道他喊的是什么，听口气好像意在稳定军心。

　　很快，日军在龟二雄一的指挥下调整了队形，前面是一字推进的扫雷工兵，在他们的身后，日军就站成了"A"字队形，端着枪猫着腰漫无目的地边开枪边向村子里推进。

　　一个个奇形怪状的土制地雷被工兵挖出，工兵小心地放在公路边，一排一排地放着。赵铁山知道，这是麻痹雷，没有装炸药，他知道，好戏还在后头。正当他们挖得起劲的时候，土下突然出现了一个大大的铁盘子，七八个工兵聚集过来研究是什么，他们商议后，开始一点点按顺序从内而外找寻铁盘子的边缘，越挖铁盘子越大，足有磨盘大小了还不见边沿。突然一个工兵触动了边沿处的触发装置，一股烟冒了出来，他们还没有来得及滚向一旁，大铁盘子轰隆就爆炸了。地动山摇，中心升腾起一股浓烟，外围的土跟着耸起为圆锥形，路中间被炸开了一个大坑。小鬼子跟着稀里哗啦飞上了天，又噼啪落下。

　　赵铁山在房顶上看了个真切，嗨的一声，把拳头擂上了房顶。他觉得这土制的特大号千斤盘子雷真是很管用，真过瘾。

　　等爆炸的烟雾散去，在现场的龟二雄一看到，他带来的十个工兵，只剩下两人了。

　　龟二雄一见士兵几乎还没有开枪，只享用"爆炸"了，也看不见自卫队战士。这全然不见敌方士兵的战法，他没有学过，当前的困境让他很沮丧。虽然距离村子不过二百来米，这点儿路程他走得很艰难，他显得没有了信心。但天生喜爱异想天开的他马上做了个决定，撇开大路，走庄稼道。

这时，一小队伪军赶来，他立马让伪军开路走庄稼地。可是，这个决定，他又错了，他轰赶着失魂落魄的日伪军拥上了庄稼地，万万没有想到，日军刚踩泥涉水挤上窄窄的庄稼小道，一个炮筒子雷就被他们触发了，无人操纵的装满炸药和铁砂子混合物的炮筒子雷在队伍里顺向开了炮。这种土制的自动发射装置一般埋设在小路上，配合地雷使用。其原理是用三角支架架起了一个大大的装满火药和铁砂子的铁铸炮筒子，成20度仰角埋设在土里，四周土地里布满了拉线，无论是哪个方向绊了拉线，拉线就能触动机关点燃炮捻儿并引燃火炮里的弹药，炮筒子就成了无人操纵的大炮。

这种土炮不但能杀伤敌人，更重要的是能给敌人的心理产生巨大的震慑。遇到这种土炮的敌人还以为地下埋伏着重兵呢，吓得是仓皇逃窜。

龟二雄一等炮响过后，走过去一看，不过是一个还冒着烟的空炮筒子，他恼羞成怒，一刀砍去，铸铁的炮筒子上冒出了火星。

迫击炮手走过来，与龟二雄一耳语几句。龟二雄一立刻恼怒地说："你的，大大的笨蛋，用小钢炮扫雷的不行。这小炮炸的一小坑，威力不大。况且，我们带的炮不多，是炸人的不是炸地雷的。你的，不聪明!"

他立刻挑选了几个机灵的，组成了临时敢死队，扬言非拿下这个让皇军蒙受耻辱的村子不可。

十几个脱了上衣，光着膀子，头系红色带子的日军，重回大路，开始用自己的肉身滚地雷。阴差阳错，正值这一带埋的都是触发雷。这样，随着日军敢死队排成一字形的滚动，土地雷一个个爆炸，鬼子由于是滚动的，再加上土地雷一般是往上的炸力，滚动的鬼子除一人死亡外，大多挂点儿轻伤。

很快，日军就接近了村南口。

距离村南口壕沟有一百米左右的时候，赵铁山下令轻机枪开火，这真正的阵地战才开始。龟二雄一带来的这部分鬼子是从外地转调来的，具有很强的野战能力。他们听到枪响，迅速卧倒，很快挖好了适合自己作战的掩体，支上了迫击炮。

虽然赵铁山命令轻机枪开火，无奈，射程还是不够，不能命中目标。

日军只发了一炮就炸哑了义勇军唯一的这挺轻机枪，机枪手负重伤。

虽然义勇军战士有一百多人用步枪还击，但是，这些拿枪的都是新兵，有的还不会远距离瞄准，杀伤力不大。在鬼子的轻重机枪和新式三八大盖发出的枪声里似乎听不到了汉阳造步枪的声音。

虽然民房射击孔里的枪手瞄准了鬼子打，但是很快就被鬼子发现，龟二雄一仍然使用了他的迫击炮。这新式六零口径迫击炮击发方式先进，还可以调整发射，控制射程。

赵铁山没有想到，这迫击炮威力这么大，很快，士兵们当作临时掩体的房屋被炸塌了，村口的防御体系宣告瓦解。

眼看小鬼子拥向了村里，赵铁山按照第三方案，立即组织战士们打巷战。但是这些战士大多首次参战，遇到这么多鬼子，都吓坏了，听着子弹在头顶飞，有的只顾撤退了。不一会儿，赵铁山身边的新兵就剩下不多了，留下的大多是他刚起兵时的伙伴。他只好带着留下来的三十来人边打边撤到了村西的树林子里。

不一会儿，战士们三三两两地撤下来了，赵铁山于是组织人继续往树林深处撤离。刚跑了没有五十步，赵铁山看到身后有很多的群众也逃了出来。鬼子在后边追着，一边追一边跪下瞄准了人打，不时有倒下的。赵铁山看到这样，气愤地说："他娘的，欺负人。走！凡是好汉都跟俺回去，与鬼子拼了！"

几个枪法好的战士跟着赵铁山回去解救群众，后面追着的十几个鬼子很快被他们干掉,鬼子暂缓追击。赵铁山这才领着一部分群众撤退到了村西的土岗子后面。

鬼子迅速包围了村庄,进入村子的鬼子开始了烧杀抢掠。一个小孩子跑着,大喊着"鬼,鬼来了"跑到了小巷深处,一个鬼子追上去就刺刀挑了,还背上肩大笑着显示能耐。日本兵真的成了恶鬼,红着眼睛疯了似的找寻游击队员,见年轻的小伙子和大姑娘就绑了带走,稍有不从就刺刀捅。

敌人开始实施烧光行径了,全村陷入一片火海,哭声此起彼伏。

来不及跑的村民被赶到村中十字街。几个伪军敲着锣在街头巷尾高喊:"村民们,快快到十字街集合,皇军要问话,家里不许留人,留一个杀一个,留两个杀一双!"伪军们叫嚣着在村子里喊了几个来回。赵铁山的养父也混杂在人群中,这个老人把拳头攥得紧紧的。

鬼子让小伙子们站前边,大姑娘站中间,老人小孩子站最后。全村一千多人挤在了十字街,挤得一个贴一个,小孩子被吓得哭闹不止,姑娘们吓得低声啼哭。

龟二雄一用半句子中国话扯着嗓子嚷了几声,狗叫似的。这小孩子们听到了这样的狗叫,哭得更厉害了。龟二雄一只好又让一个大嗓门儿的伪军喊:"老人孩子去十字街东北角的那个大院儿!"老人孩子们被带走了。

龟二雄一带着坏笑点了七十多个年轻的女人和六十多个小伙子,然后带到了西南角大院。这个大院是一个富户家的院落,有房屋十间,从半截玻璃窗就可以看出这家的富有。

其实,这里的小伙子们大多是没有来得及转移的义勇军战士,他们好多都是外村的,不太熟悉这个村的街道,所以才在撤退过程中,误入了敌人的包围圈。

龟二雄一让伪军小队长喊话。伪军小队长挥着手中的枪,耀武扬威喊道:"喂——父老乡亲们,是我——皇军知道,这里面一定有义勇军,识相的自己出来,皇军不杀俘虏,不识抬举的一旦查出,格杀勿论!"

　　喊了几遍了，龟二雄一见人群里没有一个站出来的，他又想了一个极为恶毒的主意——让女人把自己家的男人领回家去。他是想，没有人领的就一定是外村的，外村的就有可能是游击队员。

　　这可难坏了这些女人们，因为这里面女人的丈夫真的不多。只有一个女人站出来领了男人站到一旁。其他的都没有动。妇救会长王玲霞看大家都不动，于是站出来大声说："这有什么不好意思的，领咱的男人回家吧!"说完拽了一个大个子游击队员就往院子外走。被伪军拦住了，伪军说："等皇军命令，一起走!"

　　"一起走就一起走，姐妹们，快去领你们男人回家啊! 羞什么啊，人命关天的，你们不想要自家男人了?"王玲霞着急地嚷起来，一边嚷一边暗暗地给几个好姐妹使眼色。

　　又有五六个女人分别拉了一个游击队员站到一旁，不一会儿人们纷纷领着"自己"的男人站到了一边。只剩下最后一个小伙子了，姑娘队伍里剩下的都是十六七岁的小女孩子了。小女孩子们扭扭捏捏的，没有人再站出来。这时，人们看到，老齐叔家的小姑娘大胆前去，羞红着脸拉起最后的小伙子就走。龟二雄一似乎看出了什么，觉得不大对劲儿。看到这么个小姑娘拉走一个大小伙子，他立刻恼怒了："八嘎，良心的大大地坏了，他的真是你的男人，你的丈夫?"

　　小姑娘双眼含泪地点点头。

　　龟二雄一端详着小姑娘的脸又问："他真的是你的丈夫?"

　　小姑娘又点点头。

　　龟二雄一嘿嘿笑了一声，他想出了一个坏主意。他立刻跟伪军小队长耳语几句，伪军小队长喊话："皇军说了，既然你们都是夫妻，那你们就去屋子里脱光了钻一个被窝试试，敢吗? 快去，不去的话立刻枪毙!"

　　伪军小队长说完，三下五除二就把小伙子的上衣脱了。

　　龟二雄一使了个眼色，上来几个日本兵又要脱小姑娘的衣服，身旁的小伙子立刻上来阻止。几个小鬼子端着刺刀向他刺来，他快速夺过临近一个小鬼子带刺刀的枪。反手捅进了他的腹部，随即一甩把这个小鬼子摔到了地上，小鬼子嗷嗷叫了几声，蹬腿死了。其他的鬼子这时才反应过来，几个鬼子成包围状端着明晃晃的刺刀再次刺来，他毫无畏惧地朝着刺刀丛冲去，就在鬼子的刺刀捅入他胸膛的一刹那，他照准其中一个鬼子的心口刺了进去。也就在同时，几把刺刀从不同角度，同时刺入了他的胸膛。他努力地瞪大眼睛站了一会儿，终于和被他刺中的鬼子一起倒在了地下。

这个让鬼子胆战心惊的英雄倒下了，是眼睛睁得大大的倒下的，龟二雄一看到这样的情况，吓得面如死灰。

这个游击队员的名字叫赵英尔。

赵英尔的英雄气概震撼了人心，大家推搡着伪军往前拥去，要与鬼子拼命。王玲霞慢慢走过去，用手轻轻地合上了赵英尔的眼，蹲在他身旁为他整理衣裳，边整理边说："好兄弟，你走吧！我们不会放过这些王八羔子。"

日军机枪手立刻嗷嗷叫着瞄准。

惊魂未定的日军正要放肆行凶时，村外响起了密集的枪声。老人和孩子那边也乱起来。日伪军吓得趴在地上，龟二雄一冲天放了几枪，马上组织日伪军集合。这时枪声越来越近，其中还夹杂了迫击炮声。龟二雄一怕被游击队主力包围，只好仓皇撤退。

日军刚撤退到村南口，就被喷着火舌的一挺轻机枪挡住了去路。龟二雄一马上组织小钢炮还击，还没有架设好，对方的小钢炮就响了，咣咣地在日军队伍里爆炸。由于村口狭窄，龟二雄一来不及疏散他的人，小钢炮的威力可就大了许多。刹那间，人翻墙倒，惨叫声声。匆匆赶来接应的陈四傻也在这次爆炸中一命呜呼，他带来的伪军们见队长死了，立刻扔了枪四散逃离。

龟二雄一不敢在小巷恋战，他迅速组织起队伍，向村东逃窜。

给日军迎头痛击的是赵奎，他现在是唐河套水上抗日先锋连连长。

他今天是和副连长岳春喜一起带新组建的水上先锋连队员，到唐河训练水上作战项目的，以水上作战时小钢炮调整射击角度训练为主。其他队员训练水上划船、水上快速行进、水上瞄准等。岳春喜带人在小船上架设迫击炮，测试着炮击仰角。刚训练得起劲儿，就听到了地雷的爆炸声和枪炮声，赵奎一听乐了，哈哈大笑说："嘿！这里有真仗可打了！"

于是，他迅速组织人们上岸，往爆炸的方向跑，跑了不到一袋烟的工夫，就遇到了撤退下来的赵铁山。听岳副连长说这是赵金山团长的弟弟赵铁山，赵奎嘿嘿一声说："也是俺的弟弟，弟弟闪开，看哥哥的，让他奶奶的喝一壶。"说完，马上组织人马在赵铁山的引领下，去解救村里被围困的人。刚进村就遇到几个追着母鸡四处跑的鬼子，赵奎和岳副连长连开几枪，登时要了这几个想"吃鸡"侵略者的命。

远远看到日军撤出村子，赵奎带的两门小钢炮可就开始了实战。两发炮弹准确地在村口的敌阵里开花。日军作鸟兽散，他就组织人马开始追击，亡命似的日军很快在简易桥上过了河。赵奎知道河那边有炮楼据点，于是，下令停止追击，义勇军战士很快撤回村里，参与打扫战场，安抚村民的战后事宜。

这次战斗，日军死伤不下二十人，义勇军战士共死伤六人。

大多村民聚集在十字街，还没有敢回家里去。

赵铁山对赵奎说："应该安抚一下村民的情绪。"

"安抚个啥啊，让他们给咱们去做饭不就得了！"赵奎大着嗓子说。

"你看你，你没有听赵团长说要像对待父母一样对待村民吗？村民受了惊吓，我们应该给他们做饭才是！"岳春喜说。

"春喜哥说得对，这个村里的老百姓对我们像对待自己亲人似的。他们一定受到了惊吓，必须给他们说说。"赵铁山很坚决。

赵铁山登上石碾子对大家说："父老乡亲们，你们受苦了，刚才是我们县水上抗日先锋连的赵连长解救了乡亲们，大家不要害怕了，鬼子走了!"

几个女孩子哭起来。

这时，王玲霞走过来："赵队长，救义勇军战士的还有村子里这些妇女和女孩子们!"她简单地把事情的经过向赵铁山诉说了，赵铁山的眼里充满了泪花。

他立刻表扬了妇救会主任王玲霞和那些掩护义勇军战士的妇女们。

当天，人们按照当地的习俗为英勇牺牲的战士举行了隆重丧葬仪式。

这个晚上，疲惫不堪的赵铁山带着赵奎的人来到家里，想让弟兄们在家里休息休息。养父提醒赵铁山："这次日伪军"扫荡"，一定是有人通风报信了，不然，你们成立时间这么短，城里的鬼子怎么就知道了？陈成贵今天为什么没有来集合，他怎么会有特权？我看这事八成与他有关。"

"这事先不要对别人说，等调查清楚了再修理他不迟。"

赵铁山想把赵奎的队伍留在村里。一是防止鬼子再次来袭；二是商量队伍如何发展，让赵奎和岳春喜帮忙出出主意。

晚上，会议在赵铁山家举行，妇救会主任王玲霞也列席参加。

会议开始前，在赵铁山的要求下，王玲霞同志激动地讲了姐妹们保护义勇军队员的感人事迹，完了她补充说："我一个大老娘们儿没有本事，只要能把游击队员的命保住，我豁出去了。挨千刀的小鬼子!我就佩服那些大姑娘们，你说说，这老齐叔家的小姑娘才十六岁就敢把赵英尔拉到自个儿怀里，说是自个儿的男人。这赵英尔也算真爷们儿，为了保护这个小姑娘，还能在鬼子的刺刀丛中，连续杀死两个日本鬼子，壮烈牺牲，也算是够本了。我看，你们游击队员真牛!等打跑了鬼子，一定要在俺村为他立碑纪念!"

赵铁山听了她的叙述，叹一声："唉!我们以后还是不在村子里驻军了，要找一个能藏身的地方才是，不然老百姓跟着俺们受苦啊!"

312

王玲霞一听急了："说什么呢你，没有事………没有事，老百姓才不这么想呢，他们觉得有你们在村子里，晚上睡觉踏实。"

"这次战斗我们发现了一些问题，我们的土地雷还是需要改进的，有的只是冒烟转圈儿，没有多大的威力。"

"三弟，让你们聘请来的炮弹专家看一看，到底是哪里出了问题，这炮弹可不能造假啊。这是会害死自己人的。"赵奎说。

"假倒是不假。不过，专家帮我们造的炮筒子雷还是起了关键作用，要不是那个雷，鬼子早就进村了。我有一个想法，炮弹专家来了后，把这种炮筒子雷改造改造，看能不能改制成像你们小钢炮那样威力的大土炮。"赵铁山兴奋地说起来。

"我们的小钢炮也有不足的地方，炮弹是从鬼子那儿抢来的，我看家里的炮弹也不多了。要是咱们自己能造这种炮弹，那可就够小鬼子受得了。"赵奎也有了话题。

"赵奎哥，那咱们就先抢后造呗！"

"抢也不是那么容易的，你想啊，鬼子的炮弹很宝贝，他们能不派精锐部队押送吗？金山说，这需要出奇兵，不按正规出牌，鬼子就没辙了。"赵奎其实也很想学着赵金山在鬼子手里抢夺枪炮。

最后赵奎对王玲霞说："大姐啊，我觉得最了不起的是你啊，你头带得好。想起我当他妈的土匪的时候，不管老百姓的死活，还抢人家的东西，真是做了不少不是人的事！"

"呵呵，小兄弟啊，只要能打鬼子，为了咱老百姓能过上安生日子，你就是好样儿的。你们今天也算是救了俺们这些女人们啊！我今天就想，不要命了也要保护好这些游击队员，好让他们去打鬼子为姑娘们报仇。"

"大姐，你们村漂亮姑娘多吗？"赵奎小声地问。

"干什么？想让大姐给你介绍老婆啊？行啊，没有问题，回头俺把全村最漂亮的一个介绍给你。你们也算救了妇女们一命。"

"嘿嘿，谢谢大姐！"

"美得你，给俺说个吧，俺也没有对象呢！"岳春喜打岔说。

"行，大让小，你比俺小，俺让给你！"赵奎哈哈大笑几声，起身去茅房了。

看赵奎出去了，王玲霞问赵铁山："赵队长，他真当过土匪？"

"是啊，是我大哥不久前从山寨上解救下来的，弃暗投明后表现得很好啊！"

"那，俺也不把齐叔家的小美姑娘介绍给他，那就介绍给你吧！"王玲霞说完吐吐舌头。

"好了，王大姐，我心里想着地主陈成贵的事呢，我爹爹说，今天就没有发现他出来。"半天不说话的赵铁山心事重重地说。

"是啊，我怎么就没有注意这事呢。这事一定有问题，按说他也是村民，他必须出来的。"王玲霞紧张起来。

"王大姐，你是村子里的大能人，群众基础好，你负责调查这事怎样？"赵铁山倒了杯水递给王玲霞说。

"行啊，只要是为打小鬼子，俺什么任务都接受，这个年头小鬼子都不让咱好好活了，还他娘的怕啥？"

"是啊，王大姐带头救队员，不然，我这几个义勇军战士就光荣在这里了。"

"这事打到谁头上，谁也会做的，不能眼看着义勇军战士们送死啊！这小鬼子想出的坏主意还能难倒你大姐吗？"王玲霞说完，双手往后捋了一下遮住眼睛的刘海儿。

"听说，村里要选村长，你来当吧！"赵铁山看着赵姐的眼睛说。

"一个女人当村长？不行不行。"

正说着，赵奎回来了，他说："我们还是回去吧，不然赵团长会担心的。我建议你们在主要公路埋设地雷，派人看守。然后在村外五公里处、三公里处和一公里处分别安排岗哨，密切监视鬼子的动向，我觉得今晚鬼子不会再来了，但多加小心不吃亏。"

"行，按照赵大哥说的做，我们这次是大意了，以后不会再出这样的事情了。"赵铁山说着拍了一下自己的脸。

"要不，我回去给你大哥说说，你并入大部队得了，彼此好有个照顾，队伍大了敌人就会更害怕了。"赵奎说。

"大哥，你说得也不对，前几天我看了一份报纸，上面有《论游击战》的一些解读文章，说抗日游击战要化整为零，处处开花，让鬼子觉得哪里都有游击队在行动。"

"哦，还有研究这个的啊！"

"那当然，最早提出的就是共产党的领导人之一毛泽东。"赵铁山说着，自然竖起大拇指。

"真好！那行，我们走了啊！"赵奎说完就和岳春喜一起集合队伍摸黑出发了。

赵奎刚走，一个义勇军战士报告说，陈成贵死了，他家漂亮的大闺女也死了，是躲在炕洞里的二闺女报告的，她躲在炕洞里，听到了事情的整个经过。

原来，陈成贵得到了侄子陈四傻给他的特别通行证，小鬼子召集人们去十字街时，他和两个闺女放心地在家吃饭。正在这时，四个小鬼子破门而入，陈成贵就先把二闺女藏了起来。大闺女还没有来得及躲藏，小鬼子就进屋了，进屋就"花姑娘，花姑娘"地开始拉拽大闺女。陈成贵出示了特别通行证，但小鬼子连看也不看，疯狂地撕扯闺女的衣裳，陈成贵一看，马上上前制止，鬼子一枪就打在了他的胸口上，他胸口流着血，看着小鬼子轮奸并杀死了大女儿。走的时候，看陈成贵没有死，小鬼子又补了一枪。陈成贵家的二女儿在炕洞里哆嗦着，大气儿不敢出，等鬼子走了，她才跑出来。遇到义勇军战士后，她说了这些。她还说想参加村里的游击队，还说，把自己家的粮食全交出来打鬼子。

赵铁山吸收陈成贵家的二女儿加入自卫队。她解雇了家里的用人，贡献出家里的所有财产。

以后的几天里，在群众们的帮助下，赵铁山率领自卫队员加固了夯土碉堡，重新研制了地雷，还造了杀伤力极大的土炮，增加了射程。附近的日军一时不敢轻易来村里，天天躲在炮楼里吃喝玩乐。赵铁山把指挥部搬到了陈成贵家，村子里隔几家住一个小队。村民们觉得这村子安全了，都能睡个囫囵觉了。有四个姑娘还真的嫁给了游击队员，村子里喜事连连。

第 15 回

逛县城赵金山夺枪　掏地洞水淹毁炮楼

赵奎和岳春喜回驻地后就下半夜了。赵奎急忙把靠在院子里半睡半醒的赵金山摇醒。赵金山打了个哈欠说："怎么这么晚了才回来？想把人急死啊！"

"我们救了铁山弟！"

"他怎么了？快说说。"

赵奎把事情的经过说了一番。赵金山听后很是着急："看来，我们应该去城里搞一些枪了，没有好武器就被鬼子欺负。"

"多搞一些也给弟弟分些，他们的武器也太孬了。可是，这枪攥在鬼子手里，怎么搞？"

"明天你我骑自行车进趟城，再带上个机灵鬼儿也行，你看我怎么搞。"赵金山胸有成竹地说。

第二天，天刚麻麻亮，赵金山带上赵奎及曾做过镖局保镖的卫兵马胡，扮成伪军巡查大队的人，骑车去了县城。

西城门守门伪军一看这三人，人高马大，身穿黄色呢子服，胯下是日本产二八自行车，每人腰间斜插两支驳壳枪，威风凛凛。不晓得是哪路的军爷，为了不惹事，伪军急忙喊："军爷有请！"随后开启了城门。

赵金山也不说话，甩手给了站岗的伪军一包日本产香烟。然后，招呼二人，大摇大摆地骑车进城而去。

穿街走巷来到西城北街，看到有两个日本兵斜背着三八大盖在十字街巡逻，一边走一边毫无警惕性地嘻嘻哈哈说着什么。赵金山目光专注在三八大盖上，他知道，这日本兵背着的是新式三八大盖，这种三八大盖改造了步兵瞄准器，改变了枪托的形状，去掉了碍事的背带钩子。

这十字街驻守一个五十四人的日军小队，平常不出城作战，只负责西关一带的守卫事宜，保障联队的安全。也算是城内日军联队部的直属驻防部队，所以有什么先进的装备，除了队部驻地卫兵先配备外，就首先配备他们。

小队长是一个叫佐藤浩二的俊美男子，侵华之前在日本一所不知名的大学学习，研究过中国汉语言文学史，喜欢背诵唐诗宋词。侵华前还强化学习了一年的中国文物知识。接受过一项特殊任务，那就是发现华北有价值的文物并"收纳"回国。他的父亲是天皇皇城的一个守卫官，也鼓励他多学习中国文化，将来建立"大东亚共荣"时有所作为。所以，他除了要求士兵每天背诵一首唐诗外，还四处探察并抢夺地方文物，他对定瓷尤其感兴趣。

佐藤浩二被征兵后，他的父亲给负责华北野战的一个将军写了封信，将军又把信转交给了驻华北的陆军第五十九师团第五十三旅团少将旅团长上坂胜，上坂胜给他安排了个闲差事，他才得以在军联部养尊处优背唐诗。他的父亲来信说，一定要寻得一个宋代定瓷文物，送给将军。

这更引发了佐藤浩二研究定瓷的兴趣，他收藏了几件抢来的定瓷文物，他是越研究越知道宋代定瓷的可贵之处。

中国的宋代有五大官窑：钧窑、汝窑、官窑、定窑、哥窑，其中白瓷定窑最为有名。

他知道，定窑原为民窑，有名的窑址都散布在距离这里不远的涧滋村、野北村及东西燕村一带。自北宋中后期，定窑开始烧造宫廷用瓷。定瓷不仅供给朝廷御用，还通过丝绸之路远渡重洋，出口到非洲的埃及、中东的波斯、南亚的印度、东亚的日本。

他探察到，定曲交界处一赵姓人家世传有宋代定瓷孩儿枕，价值连城。后来，刚要前去抢夺，得到特务来报，说此村正闹传染病。他才将这事暂时搁置下来。过了几天又有探子来报，说此物前几年连同他家的孩子，被一帮土匪所抢。

他马上派人去了解情况，多方打探，最终如愿以偿，以十块银圆的价格，从土匪手里买得这个价值连城的宝物。

当打开匣子的一刹那，他惊呆了。但见这用作"枕"的孩儿，全身伏卧于榻，以背做枕面，两臂环抱并垫起光头。右胖手持一绣球，两足交叉后跷。内着长衫，外套坎肩，衫上印有团花纹，衣纹雕刻自然。胖孩容颜逼真，额头开阔，双目炯炯有神，鼻翼丰满，神态安详。细细端详，佐藤浩二还发现，孩儿的光头两侧各有一绺孩儿发，显示出天真可爱的顽童神情。下身着长裤，足蹬软靴。榻的周边印有螭龙、垂云、卷枝等中国传统纹饰。

这定瓷孩儿枕的雕塑手法也是细腻入微，孩童的体态神情生动，可见匠心独运。

他把此物仔细包裹，想择机奉献给将军。他还想，如果有机会，他再寻一此物，自己世代收藏。

正在他得意忘形的时候，新美二郎不知道从哪里得到情报，说佐藤浩二得宝物定瓷孩儿枕。新美二郎这个对收藏文物痴迷如狂的家伙可就坐不住了，连夜来到佐藤浩二连部，将定瓷孩儿枕索要了去。还为佐藤浩二加了个知情不报的罪名，减去部分军饷。佐藤浩二像被剜去心似的，对新美二郎很是不满，但也不敢造次。

单说这时，赵金山和赵奎、马胡已走到一家编制苇席的院前。见两个日本兵背诵着唐诗走了过来："白日依山尽……"刚背了一句，抬头发现了赵金山他们。因为这个胡同没有其他的岔道，所以，遭遇是不可避免的，好在赵金山他们穿着一身的黄狗子军服，鬼子以为是巡逻伪军，才没有把他们当回事。这时，赵金山若无其事地下车来，故意弄掉了车链子，喊两人过来帮忙修车链子。小鬼子背着枪，骂骂咧咧地路过他们身旁。赵金山瞄准时机，大喊一声"上"，话音未落，身子像箭一样射了出去，白光一闪的同时，一个小鬼子喉咙可就被割断了。赵奎和马胡也一起扑向了另一个鬼子，马胡刚扭住鬼子的胳膊，赵奎已经把尖刀插入了鬼子的胸膛。三人麻利地把死鬼子拖进了一家的通街猪圈，用玉米秸覆盖了，把枪用半块儿苇席子裹了，捆在自行车上，扬长而去。

来到城门口，守门的伪军还认识给了烟卷儿的赵金山，笑着大声地打招呼："大哥！买了苇席啊！"赵金山也不回答他，随手甩给他早备好的一包花生。这个伪军麻利地接过，哈哈大笑着放下了城门的吊桥……

当天晚上，佐藤浩二得到报告，少了两个士兵。他疯了似的组织人马搜查士兵的下落，按照两人的巡逻路线，很快就找到了猪圈里脏兮兮的尸体。他检查了尸体，发现都是一刀毙命的。他料定是游击队干的，于是报告给了新美二郎中将。新美二郎把佐藤浩二臭骂了一顿，马上叫军事顾问保坂虎雄来联队部分析案情。保坂虎雄不愧为军事顾问，他立刻传讯了当天守城的士兵，一个个分别询问情况。见死了两个皇军，西城当天值班的伪军只好交代了三个高大的"伪军"进城一事。

保坂虎雄按照伪军的描述，很快给三个人画像，让守门的伪军看，伪军只认出一个，就是赵金山，因为他浓眉大眼，一字胡须，虎背熊腰的特征太明显了。

新美二郎也看出是赵金山的画像，伸着大拇指表扬保坂虎雄："你真能干，大大的画师！"

第二天，赵金山的画像张贴得满街都是，还贴到了附近的乡下，画像下写着：提供此人线索者赏银圆一百块。但是过了一个多月都没得到什么消息，画像上的赵金山像失踪了似的。

其实，赵金山是被定北县委派到晋察冀军区学习去了。一是文化学习，二是向各分区的领导学习游击战作战经验。

近段时间来，日军加快了炮楼建设的速度，距定县县城北十五公里左右的清风炮楼、城南三十公里的李顾炮楼都是重要的据点。其特点都是规模宏大，据点距离河套较近。北唐河、南沙河水量比较丰富，形成东西向的水上交通格局。日军也不傻，沿着由西向东的河套修建了大大小小的据点。除了水上连成一体之外，还在定无路的朱古村、叮咛店、杨村、齐堡等均修筑了小型炮楼。炮楼成了日伪军的重要据点，大大阻断了定南县通往城里的道路。

这样，日军就以炮楼为据点对全县形成了点状化网格式的统治。

炮楼据点的日军，伪公安所的伪军，再加上特务巡逻队、宪兵队、便衣队等交叉出动，各显神通。各据点还配备了先进的武器装备和训练有素的警犬。别说游击队的大规模行动，就是农民赶集上庙都受到了限制和盘查，抗战暂时陷入了困难阶段。

日军嚣张，人民遭殃。鬼子们为了补充给养，经常让各村的村长负责收粮，哪个村收不来粮食就要抓人当伪军，抓花姑娘做"慰安妇"，闹得民不聊生。

沙河自卫队队长张志雄所在的李顾村，沙河环绕，柳树成林，滔滔的沙河水从村西北而来，绕村向东南流去，过水河面宽约三百米，能行船的水面也有百米左右。村南是灌溉渠，与河道相通，偌大的村子几乎就是个四面环水的小岛，有得天独厚的自卫条件。沿河人家大多有小型船只供打鱼渡河使用。多少年来人民安居乐业，其乐融融。

自从日军在村北修建了炮楼后，人们不但出行受到了限制，还经常隔三岔五地受到日伪军骚扰。

定南县委距离炮楼只是一河之隔，也不敢大规模组织活动，有的会议在地道里举行。

日军起初还算和当地互不来往，有事情只是让伪军通知村民。后来，炮楼上的日军憋闷得不行了，就出来肆意妄为，骚扰百姓。

这天早晨，村北沙河岸李小兰家十六岁女儿小琴，与邻居合作碾了一篮子捻捻转儿（六月份，青黄不接时，人们往往把带麦芒的一种叫大麦的麦穗儿在石碾子上去皮，然后在石头磨子上磨成圆面条状的食品），高兴地独自一人往家里走。她头戴白色纱巾，身穿绿色旗袍，手提白色柳编小篮子，边扭边唱着小曲儿。刚转过村口，还有五十米就到家了。突然，一小队鬼子走了过来，为首的小队长首先发现了这位天仙般的清纯美少女。大叫着"吆西，吆西""花姑娘大大地漂亮"追上来，急不可耐地抓住了小琴的胳膊。小琴大叫一声，刚要喊救命，鬼子小队长就捂住了她的嘴。随后，几个鬼子上来抬起小琴就裹进队伍里，很快消失在柳树丛子里。

早上拾粪的孙老伯躲在石碾子后面看到了这事，马上告诉了小琴的妈妈李小兰。李小兰疯了似的追到了炮楼下，大声地喊叫女儿的名字，喊了半个上午，鬼子炮楼里愣是没人出来。

李小兰心急火燎地找到了李村长。李村长是李小兰的堂叔，听了小兰的哭诉后，他大着胆子忙去炮楼问，里面的鬼子只是摇头，装作听不懂话。村长嚷着要见小队长，不一会儿鬼子小队长衣冠不整地从卧室出来了，哈气连天地说："李村长，大大的良民，什么的干活？"

李村长赔着小心："我侄女家的女儿是不是在你这里啊？"

"八嘎，我大日本帝国的皇军是不干这扰民事的，我们还要建立大东亚共荣新秩序！你的，不要没事找事，走吧！"说完，转身进屋，村长跟进。

这时，小队长的里屋传来了"嘤嘤"哭声。村长手指着屋子示意，是否人在屋里。

小队长火了，从办公桌上"嗖"地拔出军刀指着李村长："你的，事多，走！走！"

面对鬼子的刺刀，李村长只好把脚一跺，气愤地出了这地狱一样的房间。还没有出炮楼，身后又传出女孩子"啊"的一声。听到这声音村长的脸都气白了。自己天天辛辛苦苦地为鬼子办事，没有想到，他妈的小鬼子欺负到自己头上了。想到这里，他一阵眩晕。他不敢硬闯鬼子卧室去救孩子啊！他知道，鬼子什么事也能做得出啊！可，他分明知道，孩子在遭鬼子折磨啊！没有要回来，怎么给侄女交代啊！他更清楚，要是给侄女实话实说的话，脾气不好的侄女一定去炮楼要人，侄女家就遭殃了。鬼子一定会杀了侄女的，还有可能会牵连到自己啊！村长想到这些，决定把这耻辱的事隐瞒下来。不让任何人知道，他祈祷着孙女过一天能被放回来。

李村长心急火燎地来到侄女家，侄女问炮楼里有没有孩子，他摇摇头："见了小队长，他说不做扰民的事，也不会让士兵们做。"

"可明明孙老伯看到了啊，他们抬着一个大闺女，脚踢腾着走的。"侄女说到这里，自己扇了自己几个耳光，又继续喃喃地哭着说，"都怨我啊，是我让她去磨捻捻转儿的呀！"

"你不要哭了，也许孙老伯看花了眼。你也不要急，我再去问问孙老伯。"

李村长边说边逃命似的抽身出来了，他怔怔地望着鬼子炮楼，他多想这时老天响个大雷，把炮楼劈开啊！他心疼胸闷得很，抹了一把老泪，双手捂着胸回了家。

回到家里，村长就病了。烧得全身红肿，说着胡话。他的妻子觉得早晨出门时，这人还好好的，怎么去了一次鬼子的炮楼就这样了？她觉得也许是炮楼那一片子是百家坟，大清早遇到鬼了。

于是，村长媳妇请本村有能耐的巫婆来家里，开始为村长做驱鬼法事。

巫婆在李村长家掐算了一下说："真的如你所说，遇到厉鬼了，需要驱鬼，你去卖十炷香，一刀纸。我免费给村长驱鬼吧，谁让他是我们的大村长呢，净做好事！"

按照巫婆的吩咐，村长媳妇买来了香和纸，巫婆开始驱鬼。

"天灵灵地灵灵，千万保住好人命。保住好人命，给你进大贡，要什么都行！"巫婆重复着这句话，把香点了，插在装满小米儿的碗里。又点了纸，拿着纸满屋子转，闹得整个屋子烟雾缭绕。折腾了一天，也不见村长有所好转。

巫婆吃了晚饭，手摸了摸村长的脸，马上缩回手问村长媳妇："你在哪里买的香？你看看，一天了还没有燃完两炷，这香一定是榆树枝条做的，根本就没有掺和一点儿榆树皮。假香在我这里可不顶事儿。"

"这个王疤瘌，不得好死，卖假香？那，哪里有真的香啊？"

"我那里还有点儿，是我从五台山托人买来的。明天要给我姨用的，先用你这儿吧，谁让他是我们的村长啊！"

"那好，我给你拿钱，多少钱？我给你双倍的。"

"五块银圆买的。算了吧，算我给村长救命了。"

"那，我给你十块，我这儿只有六块，先给你，明天我去借。"

"行了，就这些吧，借什么，我赔点儿也赔得起，我马上去取香！"

巫婆收了钱，在手绢里仔细包了，揣在兜里，在村长媳妇的千恩万谢声中走了。

不一会儿巫婆就拿来了带颜色的香和纸，一起烧了，香燃的火焰老高。

晚上十点左右，村长高烧好了许多，人也说起梦话来。说的是什么，村长的老婆听不清，好像是"狗日的小日本儿"，又好像是"可怜的闺女"啥的……

三天过去了，村长的烧退了，起来喝了点儿稀粥。

当天晚上，村里的会计来看村长，给村长说了一件村里发生的天大的事，说，小琴死了，在河水里冲出来的，身上一丝不挂，下体有淤血。小琴妈李小兰去炮楼前骂鬼子，用砖头砸炮楼，也被鬼子乱枪打死了。

村长一怔坐起来了，去厕所撒了尿，人也变得正常了。他问会计："张志雄在哪里，让他来见我。"说完又问老婆，"咱家的钱呢，快给我拿来，我要办大事。"

村长老婆支支吾吾："给……给……给你看病花了。"

"都花了？"

"都花了！"

"你个败家的娘儿们，我死不了，小鬼子一天不走，我他妈的就死不了！"村长大声说。

张志雄来了，村长上气不接下气地问："你，你……你知道小琴是怎么死的吗？"

"有人说是游泳时淹死的，有人说是小日本儿祸害死的。我正要调查这事呢，村长，你怎么认为？"

"是我害死的！"

听村长这么一说，张志雄眼睛都要瞪出来了："不会吧？她可是你侄女家的宝贝女儿啊！"

"我不是人啊，我不是人啊！"

张志雄一听，一把揪起村长。

还没有等张志雄说话，村长掰着他的手："你先放放，听我说完。那天侄女让我去炮楼找人，我找到了，但是我没有能力救她，也没有告诉她娘啊！生生让娘俩就这么死了，我还是人吗？"

"到底怎么回事？"张志雄放下村长问。

村长把情况一五一十地说了。

张志雄蹲下身子抓着自己的头发："哎呀，你怎么不早告诉我们啊！可，你也是没有办法啊！看，让这小鬼子欺负的。他奶奶的，我这就去找小鬼子算账。"张志雄拔出王八盒子就走。

"回来，当天我谁也没有告诉，就怕你们去跟小鬼子拼命，闹个救人不成，全军覆没。"

"那就这么白白让小鬼子欺负了？小琴前几天还去我家给她嫂子送捻捻转儿了，可怜的孩子啊！"张志雄心疼地揪自己的头发。

"从长计议吧。哎，你那挑担儿不是九支队的吗？能不能让他帮忙，把小鬼子的炮楼给他端了？"村长思忖着说。

"行啊，村长同意的话，我这就去找他来，咱们一起商量商量。"

"行，他们现在在哪里？"

"据说，赵庄村遭到鬼子'扫荡'，他到疃村一带驻扎了。具体在哪儿我也不知道。"

"那，快去打听打听，请他们来，今晚咱就商量商量！不报这个仇，我憋得慌。"

赵银山这几天正憋得很呢，自从小鬼子"扫荡"赵庄村并在村子里修筑炮楼以后，定南县委出于保存有生力量考虑，让赵银山他们在疃村村北榆树林子里建了个临时驻地，也就是挖了二十几个大大的地窖子，队伍就在这里暂时驻扎下来，后来他们把地窖子与地道接通，这样无论是撤退，还是联络就方便了许多。忙时帮助农民种地，闲时练兵。

这天，赵银山正在地下指挥所里郁闷着呢，姐夫赵志雄就风尘仆仆地来了，到屋子里一屁股坐下，喘着粗气说："狗日的小日本把小琴糟蹋死了，还杀死了小琴的娘小兰，小兰是村长的侄女。村长让俺搬救兵来了，让你帮助俺们端了鬼子的炮楼。"

"你具体说说，到底是谁家的孩子死了？"赵银山打断姐夫的话问。

张志雄把事情的经过说了一遍后，赵银山气得把拳头狠狠地打在一个生铁锅盖上，只见盖子"嘭"的一声四分五裂。看姐夫张志雄一片片地收拾锅盖子残片，赵银山问："姐夫，你村炮楼有多少日军，多少伪军，你们侦察过吗？"

"侦察过，大概有一个排的兵力，加上做饭的，有五十来人。"

"具体位置在哪里？"

"哎呀，我也说不清，不行，今晚咱们去看看？村长让俺请你，他在家准备酒菜呢！"

"酒菜就免。咱们今天先搞清鬼子的情况再说。这次就从李顾村炮楼开始，以后我们就主打炮楼了。一定要让小鬼子死在他的王八窝里。"

两人正要起身去营房点人过河去李顾村。刘夏花笑呵呵地走了过来："什么事让你俩这么高兴啊？给俺说说，俺好搜集素材投稿啊！"

"怎么能不高兴呢，过去我们是等着鬼子上门来打我们，我们才打的防御战。从今天开始我们要主动出击打攻击战了。"

"那，让我今晚跟你们去吧！"

"你不行，一个女孩子家家的，再说你们还没有结婚，也不方便。"张志雄戏谑着说刘夏花。

"没有结婚怕什么，你这大姐夫就是封建脑袋瓜儿。我是妇救会队长，我有权利参与战斗。再说了，你们算是战前侦察，也不是战斗，对吧，赵队长大哥？嘿嘿！"刘夏花用手指头点了赵银山的鼻头一下，算是征求赵银山的意见。

"去就去呗，但是，看到鬼子拿着枪出来不许吓得大叫。"赵银山用中指也点了刘夏花的鼻子一下说。

"我怕什么，我见过鬼子，鬼子有一次袭击我们编辑部，我们几个女孩子在山上的草丛里藏着，远远地看到鬼子把我们的草房点着了。当时我们就想下去用大石头砸死狗鬼子。"刘夏花说完甩了一下小辫儿，昂起了头。

"神气什么，还远远地看着，让你下去杀个鬼子试试？"

"试试就试试，没有什么了不起的。他们小鬼子欺负我们中国女孩子还不算，还杀掉，还光着身子扔到河里，那还算是人做的事吗？谁见了鬼子也会杀。"刘夏花说到后半句，声音沙哑，眼圈儿也红起来。

"行了，让你去得了，不过要是真打起来，你可要注意保护自己。一会儿走的时候，你带上一把盒子枪。"赵银山拍拍腰间的枪。

当晚，夜空星光闪闪。李顾村北沙河岸边，依依杨柳似一排卫士，守护着从它身旁静静流淌着的河水。

夜深了，赵银山带着由十名精干队员组成的临时侦察小队，在李村长的引领下和张志雄、刘夏花一起埋伏在沙河岸边，远远观望着距河堤不远的炮楼。

炮楼坐北朝南，北面是沙河大堤，为防水，大堤年年加固，高约两丈，大堤的顶部宽可并行两辆马车。大堤的南边是百米宽的杨柳树林，树林边就是鬼子的炮楼。也许是怕树林里藏人，鬼子在修建炮楼时砍伐了部分杨柳树，由沙河大堤到鬼子炮楼就像一个天然通道似的。炮楼南面高高砖墙围成了一个院儿，借着月光从大堤上望下去，能隐隐约约看到围墙里有一排小平房，也能看到鬼子炮楼里的明亮灯光。借着灯光赵银山发现，每过一袋烟的工夫就有一队鬼子兵在围墙根巡逻而过。

"好狡猾的鬼子啊，这么森严壁垒，我们怎么接近？"赵青担心地自言自语。

"这炮楼比河道还低，我觉得站在堤上能看到炮楼的楼顶了。"刘夏花小声地说。

赵银山一拍脑门儿："对，很低。哈哈，有了，我们这次来个邪的！走，回去，我们商量商量。"

刘夏花知道，银山哥一定有了成熟的方案，他一般是这样的。

大家跟着李村长来到他家，刚进家门，李村长就急着问："赵队长，你有了高招儿了？"

"你们河堤上的水闸还能用吗？"

"能啊，去年还灌溉着呢，鬼子来后，人们没有心思种地，也就靠天吃饭了，谁还启动闸口啊！"村长拿了几个大碗给人们去倒水。赵银山看到，一个破碗里的水通过豁口向外流着。

"那就有了，树林子那里好像不是沙土地吧？"

"上好的胶泥土，人们冬天烧煤火经常用这里的土和煤泥，所以，这个地带才那么低的。"

"哈哈，那就好办了。"

"怎么办？"

赵银山凑近了村长的耳朵说了几句悄悄话，村长听后，乐了。

当天，距离鬼子据点最近的、已经没有人住的、李小兰家的大门前突然有了很多的花圈，李小兰家的亲戚们在这里烧纸痛哭，然后堆了一车土封死了大门，这里保持着绝户后封门的风俗习惯。可接下来的日子里，这李小兰家院子里的夜晚成了最为忙碌的时刻。一筐筐土从地下挖出来堆满了院子，土上覆盖了玉米秸子和杂草。

半月过去了，小鬼子变本加厉干坏事，接二连三骚扰百姓，明目张胆地把大姑娘小媳妇往炮楼抢，还抢粮食布匹，闹得周围村落的人灾难重重。

半个多月里，李小兰家的地下可就有了两个地道，一条是通往河套的，挖到了闸口下，一条通往了鬼子的炮楼。

这天，村长钻到地洞深处，一边丈量一边说："我测算着快到炮楼下了，大家一定小声一些，改用小挖勺儿挖土吧。"

按照他做的标记，大家又小心地挖了一天一宿，村长撑着灯钻进地洞对人们说："一定到炮楼下了，这样吧，大家再干一天一宿，把这里挖成一个深约两丈的大坑。大家不要害怕塌下来，这里，据地面炮楼的地基大概有一丈厚的胶泥土，能承受住。太薄了，炮楼容易压下来；太厚了，不顶事，这样正好。"

留下几个壮劳力干着，赵银山和李村长一起上了洞。上来后，赵银山拍拍身上的土问村长："老伯，那要是放水泡地基，几天就可以使炮楼塌陷下来？"

"要是放足水的话，不出三天准保行。"

"真的能行？"

"一定能行，即便是不用水泡地基，时间长了也会让炮楼慢慢塌陷下来的。"村长胸有成竹地说。

"好，李村长，就这么办了，咱们今天晚上就把水道改过来。"赵银山说。

"行，我已经让人在水闸的螺丝上浇了鬼子油，打开闸，这洞估计一晚上就能灌满了。"

赵银山与李村长同时"哈哈"大笑。

当天晚上，顺利地开启了闸门，赵银山他们试了试，不能开得太大，有声音。于是，开了有一半的闸口，水缓缓放了一个晚上，早晨五点，天刚蒙蒙亮，大家才发现水已经漫到了洞口。第二天晚上，赵银山又要放水时，看到洞口部分黏土塌陷。虽然这样，赵银山依然让人往洞里放了一宿的水。直到洞口完全塌下才作罢。

第三天晚上，赵银山组织了近百人的游击队员，荷枪实弹地匍匐在炮楼周围的树丛里，静静地等待着好消息。

一直等到凌晨三点，大家正恹恹欲睡时，鬼子炮楼里似乎乱了起来，隐约看到，炮楼整体倾斜。趁着炮楼里狂乱的时候，赵银山命令游击队员分三组，抬着三根大木头向炮楼围墙撞去。

围墙顷刻间轰然倒塌，鬼子据点高架瞭望木楼上的机枪随即响了，两条狼狗嗷嗷叫着扑向围墙的缺口。赵银山马上让战士们卧倒，从机枪手手中搬过机枪，只一梭子就干哑了木楼上的机枪。战士们也麻利地干掉了两只军犬。

这时，大家惊讶地看到，炮楼在灰尘里急速塌陷。随即听到炮楼里惊恐的喊叫声、谩骂声、枪声、盆器倾倒声连成一片。有几个鬼子爬上来，站在楼顶胡乱地叫唤着。

赵银山见状大喊一声"打"，机枪、长枪、短枪一齐开火，废墟中的鬼子登时没有了声响。隐约看到，大地上没有了高矗的炮楼，仅仅剩下了一大堆冒烟的烂砖。等战士们跑过来时，才看到一条深沟通往了炮楼，一股股浑浊的水喷泉似的四外冒着。

过了一个时辰，火把点起了。大家围着塌陷的地方仔细地搜索，看到有个鬼子尸体从水中漂浮出来，下面传来一声小鬼子含混不清的喊叫声，片刻，整个大地就安静下来了。

张志雄和几个胆子大的战士，登上了废墟。张志雄居然扛出一挺机枪来，不一会儿几个战士找到了几把长枪和一把手枪。这时，看到有这多好东西，战士们纷纷往废墟上跳。没有想到，这废墟又开始摇动歪斜起来，一个战士扑通掉下水去。

大家正为战士着急的时候，只见他落汤鸡似的从浑水里翻上来，手里还抓着一个伪军的脖领子一起上来了。

赵银山一看这样，马上命令："大家远离这里，各班查看人数，收队！"

正说着，战士和伪军被拉上来。

战士没有什么事，只见伪军翻着白眼吐着浑水。赵银山命令三个战士们把伪军倒提起来，伪军才哇哇地吐脏水。

从水中出来的战士大口喘了一会儿粗气，开始叙述惊魂一刻："我掉下去后，这个家伙死死地抓住了我。我以为是鬼呢，原来，他刚他妈的从一个破窗户里憋着气钻出来，真命大。"

这时，吐了水的伪军也慢慢清醒过来，趴在他吐出的浑水里哭。

张志雄上去一看，才认出是从小和自己一起长大的李叫儿。张志雄气愤地一把揪起他来："是他妈你啊，让你跟我干，你不！看，差点儿死个球！"

"雄哥饶命啊，饶命啊！以后我跟你干……跟你干！"李叫儿把头"咚咚"地磕在地上，磕得地上形成一个小水窝。

"行了，你跟俺，俺还不要了呢，让你死还是活，村长说了算。你先给俺老实说这破炮楼里有多少鬼子，多少伪军？"

"我说，共三层，一层、二层各有两个班的鬼子。三层除了五个皇军……不，五个鬼子外，其余都是我们几个弟兄值班，有八个人。"李叫儿哆嗦着说。

"这么说这下面一共是五十三个人？"

李叫儿思索了一下问："你们打的时候，有巡逻的吗？"

"没有，只是外面的木楼岗哨上有两个鬼子机枪手。"

"那，这下面除了我就是四十八人。"

"还少四个呢！"

"三个鬼子随小队长去县城开会，昨夜没回来。"

"他妈的，便宜他了！"赵银山停了一会儿，继续问道，"那你怎么没有在第一层？"

"三层的一个鬼子班长喝酒喝晕了，要喝水，让我送上去。我放下水正要走到楼梯窗口，炮楼就往下塌了，我就破窗钻出来了。"

"其他鬼子和伪军也喝酒了？"

"喝了，他们抢了刘兔子家的熏兔子，趁着小队长不在就猛喝酒，也让我们喝。"

"哪个刘兔子？"

"村东刘一枪，就是那个打猎的，弟兄们都叫他刘兔子，有时日伪军也这么叫。他熏好的三十只野兔儿都让我们抢了。"

战士们围了一圈儿听他说完，都大笑起来，有一个战士说："这回，这鬼子成了淹兔子了！"

打扫战场的一排战士发现了围墙下平房里的一个暗室，里面满是枪支弹药，足可以配备一个加强连。

赵银山让参与战斗的一百零五个战士，每人扛了一支新的三八大盖还没有分完，看还有十来箱子弹，于是，村长马上派人找了两辆马车，竟装了满满两车。

这时，朝霞从云层中钻出来，罩满了东方的天空。晖光把农家的房顶染成了红色。好奇的人们纷纷打开门闩，吱呀着开门，他们不知道凌晨为啥响起密集的枪声，都缩头缩脑地躲在自家门口，想一看究竟。

看到游击队员们气势昂扬地从村北口走来，大家也胆子大起来，都纷纷出来欢迎战士们。顿时，街头热闹起来，得到消息的人们，纷纷跑到村外，看昔日威风的炮楼已经消失了，小树林里显得格外安静祥和，大家都喜上眉梢，又纷纷跑进家，把自家好吃的拿给战士们吃。

赵银山和李村长、张志雄一起走在队伍前面，看李村长兴奋地给村民打招呼，赵银山严肃地说："据点拔掉了，不，是淹掉了，哈哈。鬼子大队部知道后一定不会善罢甘休，你得让群众们躲一躲，有亲戚的先去亲戚家，等消停了再回来。"

"我知道了，一会儿就通知下去。"

赵银山拉过姐夫张志雄："缴获的这些枪给你们自卫队一半，我再给你们留下这挺机枪和几箱子子弹。你们不要轻举妄动，要注意保存实力，组织任何行动最好去找我商量商量。"

张志雄一边点头说"好，行"，一边摸着机枪笑。

来到村长家的门口，赵银山让战士们停下来。

"银山，你们这是？你们不吃饭就走吗？"张志雄赶上前说。

"是啊，早准备好了饭菜，吃了再走吧！"李村长也挽留着。

"不吃了，打扰你们家好几天了。我们那里据点上的鬼子听说这里的炮楼被端，一定也会出动的，我得回去保护领导。"赵银山说着就要带着部队走。

"那你们等等，让队员们边吃边走。"村长说完急速向家里走去。

村长的家里，有几个妇女正在把烙好的葱花饼切成四角。村长进屋后马上说："不要切了，整个卷上一块肉焖子，一棵大葱，快!"

大家齐动手，不一会儿就弄好了烙饼裹肉葱。

穿红戴绿的妇女们一路飘香地送出来，把暖暖的、酥酥的油饼递给了战士们。战士们狼吞虎咽地吃起来，脸上洋溢着幸福的微笑。

最高兴的还是赵银山，他看着刘夏花直笑，笑得夏花愣愣的。夏花也不搭理她，自顾自地忙着写战地日记，生怕漏掉一个细节。是啊，这场战役她全员参与，也太戏剧性了吧？死了那么多鬼子，自卫队没有一个受伤的，跟闹着玩似的。

分了枪，告别了李村长和群众，战士们吃着、走着、笑着，七嘴八舌地回忆着这几天的经历，不一会儿就过河来到了疃村驻地。

其实，李村长不知道，赵银山真是担心定南县委的安全了。

自从赵银山驻扎在疃村后，定南县委也搬到了这里。赵银山及其第九大队由定南县委直接管理。

刚到村公所门口，看到县委赵书记正焦急地在门口走来走去，见赵银山和战士一个不少地圆圈回来，赵书记急忙问："晚上李顾村方向枪声不够激烈，怎么样，你想的歪招数成功了吗？"

“哈哈，一个鬼子也没有。”赵银山摊开手说。

“怎么，鬼子得到消息跑掉了?”赵书记严肃起来。

“哈哈，我是说一个鬼子也没有俘虏。”

“全炸死了，还是淹死了?”

“赵书记真聪明，这两样都有，应该算是全淹死了吧。”

“哎呀！你就别卖关子了，快详细地汇报战况！也不说派人来通报一下。”

“他这人说话前言不搭后语，还是我给赵书记汇报吧!”刘夏花翻开战地笔记本。

“好啊，还是咱们的刘大记者机灵，你说吧。”赵书记说完又对身边长得像小男孩子似的一个女文书说:“小文，记着。”

小文马上到刘夏花身旁，随手捡了一块砖，扫了一下上面的土，坐下，垫着膝盖准备速记。

刘夏花用近似文学语言描述了战斗经过，像说书似的，把赵书记听得眉开眼笑。听完，赵书记高声对着外面蓝蓝的天空:“奇啊，神奇！神气！小文，写好了稿子，马上向上级汇报。”说完又紧紧握住赵银山的手掂着说:“你小子，一定能戴上军区奖励的大红花。”

“红花不红花没有事，我想有一个夏花就够了!”

“你小子，话里有话? 莫不是想娶媳妇了吧? 哈哈哈!”

还没有等赵银山说话，刘夏花红着脸急着接过话:“他早就磨叽呢，我说等打完仗再说。”

“哈哈，明白了，你两口子唱双簧呢? 分明是让我批准呗? 我批，批准了! 哈哈，咱定南县双喜临门啊。哈哈! 我去给参战的战士们讲几句，鼓鼓士气，然后让战士们吃饭，休息去吧!”

赵书记说完笑着，背着双手，摇着头哼着曲儿走出定南县委大院。

来到队伍前，赵书记首先欢迎战士们凯旋，并强调说大家辛苦了，让大家好好休息，每人奖发小米一袋，全体休整，也许更艰巨的任务马上就到来。

第 16 回

望废墟惊杀日伪军　趁空虚炸毁敌炮楼

再说，城里的日军联队长新美二郎很快听说了李顾村炮楼塌陷事件，带着一个中队的日军和岳春田的特务队，共计一百二十余人，全副武装地开着三辆卡车来到了李顾村。附近的号庄、赵庄、市庄等据点的日军小队长听说新美二郎亲自来到李顾村，也赶来献殷勤凑热闹，顺便看看情况。赵庄村据点来李顾村的日伪军最多，大概有一个排，还带着一挺机枪。一时间李顾炮楼废墟处成了战地实物展览馆。他们望着这巨大的坟墓，胆战心惊，无所适从。

新美二郎气急败坏地发了一通火，一会儿又让岳春田带领他的特务队去村里抓壮年劳力，他要把这些天皇烈士的肉身挖出来。但是岳春田只抓来了十几个村民，大多年过六旬。新美二郎看了看这些人，无奈地摇摇头，又大声斥责着，让年迈的村民们带着水盆和柳罐斗子去塌陷的炮楼里舀水。

在舀水的时候，新美二郎发现水源源不断地从一个塌陷处流出来。伪军和几个村民舀了一天才使得废墟露出了不到三尺。他急了，让人从炮楼周围挖开一条引水沟。这胶泥土掺水后黏性很大，很难挖掘。

有一个叫水子的汉子身患感冒还被鬼子抓来挖土，他稍微慢了一些，一个龇牙咧嘴的日军就用枪托狠狠地戳他头。他瞪着眼正要反抗，一个村民制止了他，示意他忍着点儿。

但是，他渐渐体力不支，不一会就趴在泥水里晕过去了。一个日军小队长以为他是故意的，骂骂咧咧地端着枪就向他的后背刺去。一条血柱从他的后背喷出来，整个人挣扎了一下就死去了。

人们激愤了，纷纷拿着铁锹镐头冲向日军小队长。

本来就窝着一肚子火的新美二郎一看这阵势，抬手一枪就撂倒了冲在最前的一个人。随即，疯狗似的指挥机枪向前面的人射击，顿时倒下三个人，后面的村民一看这情况，纷纷本能地停下来。

新美二郎看人们安静下来，他站上一高坡，操着生硬的汉语大声吼着说："你们大大的坏了坏了的，眼看我天皇武士蒙难，还不快快干活，闹事的，死了死了的。"

大家谁也不说话，站在原地不动，无言地抗拒着。有几个胆子大的村民掉着眼泪把村民的尸体抬到了树荫处。

这时，驻守炮楼的日军小队长和他的三个卫兵骑着三轮摩托回来了。日军小队长看到他的炮楼已经荡然无存，看到联队长亲自带队来处理，他惶恐地跪在地上。

新美二郎一把揪起他："你的，干什么去了，为什么还活着？你的士兵哪里去了?"

鬼子小队长惶恐无言，只是自己抽自己嘴巴子。其他三个卫兵也跪在地上学着小队长抽起了嘴巴子。新美二郎又突然揪起一个卫兵问："你的实讲，昨晚，什么的干活。"

卫兵哆哆嗦嗦地讲述了这一夜他们的去向。

原来，淫性成瘾的小队长根本不是去开什么会，他听说县城来了几个漂亮的日本本土慰安妇，就偷偷进城淫乐了一个晚上，卫兵们也参与了。

新美二郎听说卫兵也参与了，气得掏出王八盒子一个个毙了。又抓起小队长，用王八盒子点着他的天灵盖儿："你的良心大大的坏了，你是日本天皇的罪人，我不会让你死的，你要接受大和民族的审判。"

新美二郎说完，吩咐士兵把小队长绑了，让他跪在炮楼废墟前不停地磕头。

看水舀出的不少，东面已经露出了残砖烂瓦，新美二郎让四个伪军刨开砖瓦堆，查看情况。

一会儿，两个伪军拉出了一具尸体，尸体已经泡得四肢发白浮肿了；又有两个伪军抬出了一具尸体，也不算尸体了，头扁得已经分辨不出模样，下肢也被砖头砸得只剩下筋皮连着，臭味儿熏天。

新美二郎要自己下去，岳春田劝道："太君，里面已经塌陷，没有了进出的通道，而且还在冒水，随时都有全部塌下去的可能，再说，这味道，会有疫病的。"

这时，两个日军士兵报告，发现了倒栽在草丛里的士兵尸体。新美二郎跑过去查看，发现身中数枪。他料定本次炮楼塌陷是游击队故意而为。

循着废墟里水洞指示的流向，新美二郎带领着几个工兵，发现了水闸和水闸下的水道，这更进一步证实了他的判断："游击队的，大大的厉害，狡猾至极，残忍至极！"

说到这里，新美二郎搬起身边的机枪，哇哇叫着，冲着天上猛扫。他下令，所有的人用铁锹把炮楼就地掩埋，在掩埋前有个翻译官和新美二郎耳语几句，几个日军把刚枪毙的三个卫兵放进了旁边的另一个沙坑埋了，把瞭望楼上的两个日军尸体还有废墟里抬出的尸体装上了大袋子，抬上了卡车。做好了这些事，新美二郎下令填土……

正在这时，跪在废墟前的炮楼驻军小队长突然站起来，以兔子般的速度冲向了废墟，头重重地撞在了砖瓦上。他为自己找到了一个很好的归宿。

新美二郎大笑三声说："耻辱、败类，死不足惜，去吧！"于是，指挥士兵，把还在动弹的日军小队长活埋在废墟里。

天黑了下来，黑得伸手不见五指，一个大大的坟茔逐渐成形，远远看去，像一个大肚子恶魔。新美二郎让几个士兵伐倒一棵大柳树，截下一段，把一面劈下来露出白色木质，他亲自手写了日本文字的碑文：天皇卫士之灵位。显然不包括死去的伪军。伪军算是做了陪葬，到死也没有留下个姓名牌位。

新美二郎做完这些，望了望漆黑的夜色，长叹一声，开始吆喝他的兵。他要借着夜色带着附近过来的那些日伪军，大规模地在村里"搜剿"一番。

折腾了几个时辰，他只抓到十六个不愿意撤退的老人。他想审讯，但是遇到的不是聋子就是哑巴，要不就是半语子。见审问不出什么，也没有找到什么有价值的线索，气急败坏的他下令烧了十几家的房子。大火静静地烧着，村子死一般地静，他感觉到了可怕，他觉得那支神秘的、能巧妙毁掉炮楼、淹死守军的部队，随时就会出现。他正要组织撤离，借着火光他看到了岳春田，狰狞着脸说："你的人，留下，装成买卖人，弄清楚是哪支队伍干的。"岳春田虽然一万个不同意，但他很害怕这个新美二郎的淫威，还是"嗨、嗨"打着立正。

看看天色将明，新美二郎大叫着："我还会回来的！"然后匆匆上车离去。也不管其他村子来的日伪军，这些日伪军只好各管各，往自己的老巢撤回。

岳春田哪里敢在村里调查呀，他带着一队人在树林里躲了两天就赶回了县城。他只向新美二郎汇报了一件事，那就是他听来的，说沙河以南各村正挖地道。新美二郎得到这个消息，还大大地奖励了岳春田，给了他几盒大烟膏子。

也就在新美二郎兔死狐悲埋大坟、面对一个空村子耍威风的时候，赵银山得到赵庄村刘村长的情报，说赵庄村据点的鬼子大部分去了李顾村，还带走了一挺机枪，看赵银山是不是抓住有利时机偷袭日军赵庄村的据点。赵银山正与定南县委赵书记别棍儿（一种游戏，画一个三角线路图，博弈人各占长棍儿、短棍儿，分别站位，把对方逼得走投无路为胜），听到来人汇报的情况，赵书记把别的棍儿一下子掰断："这就叫战机，我看，可以干一仗。"赵银山也喜出望外，听了赵书记的表态，他立刻表示要组织人马偷袭赵庄村据点。

"打是肯定要打的，商议一下作战方案，做到万无一失为好。越是大胜之后，越要沉下心来做事啊！"赵书记反而慢条斯理起来。

"事不宜迟，我们只有马上行动才能在敌人人去楼空的时候取胜。"赵银山很着急。

"你知道鬼子炮楼还有多少人马？知道还有几挺机枪吗？贸然前去只能是造成我们战士的过多伤亡。"赵书记敲着桌子。

"那怎么办？"

赵书记不回答赵银山的疑问，转身对自己的警卫喊："程山虎，你骑马去赵庄村，想办法同村长取得联系，闹清现在炮楼里的情况。一个小时能回来吗？"

程山虎一边系着带盒子枪的腰带一边头也不回地回话："足够了！"说完纵身跃马，话说间，马蹄声就远去了。

看卫兵程山虎骑马飞奔而去，赵书记小声说："不差这一小时，你说呢？来，继续别棍儿，这次你输定了。"

"真输了吗？"刘夏花人还没有进来，话声清清楚楚地先进来了。

"你陪书记别棍儿吧，我反正没有心思了！早想着这一天呢！杀了俺的亲人，占了俺的地盘儿，弄得老子有家难回。"赵银山挪开了屁股，下了炕。

刘夏花上了炕，看了看小桌子上的布局，也不说话，只是走棍儿，三下五除二就逼得赵书记没有了路数。

"哈哈，你这姑娘，真行，你没有半路偷我的兵吧。我看看，看你是怎么搞的鬼。"赵书记下炕离开小桌子，但眼睛还在桌子上看路数。

刘夏花可就憋不住"扑哧"笑了，摊开手掌："看，你这兵在我手心里攥着呢。"

"嘿嘿，你这什么战术，我怎么没有看见！"赵书记拍拍愣在一旁的赵银山说，"你看看，你这捣鬼的媳妇。心眼儿比你多一倍。"

"嘻嘻！我这叫半路截杀，偷兵逮将战术。"刘夏花说着站在一旁傻笑。

"有了，赵书记，哈哈！俺媳妇一说话就能说出个战略战术来。"

赵银山兴奋地把刘夏花抱住了。

刘夏花挣脱着："瞎说，我怎么说出战术了？"

"你知道吗？水淹炮楼的主意也是你说出来的。"

"我说什么了？"

"那天，咱们趴大堤上侦察情况，你面对大堤下的炮楼说'这炮楼比河道还低呢，我觉得站在堤上能看到炮楼的楼顶了'，你知道吗？就是你这句话启发了我水淹炮楼的想法。嘿嘿！刚才你又说了句'半路截杀，偷兵逮将'，根据赵庄村炮楼的大小，我估计超不过一个排，再多了，那小楼里能盛得下吗，一个排我就不怕。赵书记，去李顾村的那个排若是返回就留给你半路截杀了！"赵银山说完又想搂刘夏花，刘夏花笑着跑出了院子。

刘夏花急忙钻进自己的小屋，拿出笔和纸。她要把这几天来发生的事做个翔实的记录。

赵书记见刘夏花走了，对赵银山挤眼说："家有贤妻，一辈子福气！这么说，她不但是贤妻，还算是你的政委呢，嘿嘿！"

"不过是她随意说出的话，赶巧而已，也算是对我作战思路的一个启示吧。"

赵书记没有再回话，转身叫道："警卫员！"

"到！"一个高个子小伙子应声来到屋里。

"快去叫侦察排排长刘长胜来！"

"不用叫，来了！我就知道你快要叫我了！"刘长胜笑呵呵地进屋来。

"严肃点儿，你怎么知道。给你个任务，你亲自带上两个战士去李顾村侦察情况，看日军什么时候结束挖掘尸体的活儿。给你半晌儿工夫能行吗？"

"三里地，再加上迂回着找隐蔽地儿，能行！"

"快去，还找隐蔽地儿，就你会算计。"

刘长胜笑着走了。赵银山看他边走边往烟袋锅子里拧烟，小声问：

"他能行吗?"

"什么叫'能行吗',你们那次打龟二雄一,就是他侦察的准确情报。他那次去八里店和内线联系,还装作翻译官在八里店炮楼淡定地睡了一觉呢。"赵书记自豪地说。

不一会儿,去赵庄村侦察的程山虎回来了,端着一瓢水,来到屋子里,喝了一口说:"赵书记,打听好了,炮楼里还剩下日军十六人,伪军十人,日伪军共二十六人。一挺机枪,估计是坏的,村长说,曾问过一个伪军,说这挺机枪天天在楼上的哨口放着,上面都是黑乎乎的尘土,就没见响过。"

"还有其他情况吗?"

"对了,炮楼里这几天有了探照灯,楼口有一个小发电机,平时不用,听说李顾村炮楼已毁,他们才用上的,亮得很;还有,上午不知道从哪里抓进炮楼两个女孩儿,估计现在还在里面。"程山虎补充道。

"该杀的小鬼子,为非作歹,今天就是他们的死期。赵书记,不要等了,我要为我姑奶奶报仇,为乡亲们报仇!"赵银山边说边往屋外走。

这时,刘长胜领着张志雄和他的十几个自卫队战士来了。

赵银山马上拉过张志雄:"姐夫,快说说鬼子炮楼的情况!"

"鬼子来后,我和几个队员一直藏在马拐子家,躲在房顶上的草垛里观察。他家距离李顾村炮楼处最近,鬼子的活动看得真真的,鬼子现在抓了十几个村民舀水,估计是想把水舀干救人。这死鬼子还能变成活王八?他能在水里活一天?"张志雄一口气就说了这么多。

"太好了,你不用管他什么死王八活王八的,走,跟着俺打仗过瘾去!"

赵银山支队长带领一排、二排、三排的战士立刻出发,往东向着赵庄村鬼子据点前进。

张志雄和他的十几个队员紧随其后。士兵们好像去看戏似的,一点儿也没有大战来临时的那种紧张气氛。

这时，夜色渐浓，没有一颗星，也没有一丝风，只有急行军的沙沙声。

队伍很快来到了赵庄村村口，北沙河河畔的炮楼鬼影似的高高矗立着。出现在大家视野里的是炮楼上高高的观察哨和哨口上显眼的膏药旗。

一片麦子地，微微地泛着麦浪。今年的庄稼长势良好，苗稀了一些，但是麦穗比往年大了许多。

"注意脚下麦地！兵荒马乱的日子，老百姓种地不容易。大家尽量在淋沟（浇地的小地沟）里走。"赵银山小声提醒。

近百人猫着腰，蹚着麦子接近了炮楼西面的一片柳树丛。

这柳树丛虽然在建炮楼时遭鬼子砍伐一次，但是到了初夏，柳树丛又郁郁葱葱地长起来，密密麻麻的枝条齐刷刷地长着，显得更茂盛，更隐蔽。

探照灯照过来，亮得如同白天。战士们马上匍匐在柳丛里，借着探照灯灯光闪过去的当儿，战士们迅速编扎了柳枝帽，戴在头上。

也就在探照灯过去的几分钟里，在夜色的掩护下，战士们闪到了敌据点的土墙下。这时，一只狗闷声闷气地惊叫起来，继而东一声、西一声的狗叫应和。炮楼里鬼子开启了院子里的大灯，整个院子照得通亮。

副队长赵刘群抬起枪口要瞄准大灯，赵银山迅速按下他的枪口，随手把握好的匕首一甩，大灯突然熄灭。鬼子的三八大盖这时也应声茫无目标地响起来。

赵银山下令："打！"顿时，机枪响起，火光染红了大地。在哨口的几个鬼子应声倒地。

鬼子的机枪果然没有响，但是三八大盖的威力也是很大的。对峙着打了不到一个时辰，赵银山感觉不能这么打，万一日军来援兵就坏了。需要速战速决才是，赵银山立刻吩咐让二排、三排的战士同时用长枪和机枪压住炮楼哨口上的火力。

但是，这时，赵副队长爬过来："机枪没有子弹了，怎么办？"

正在大家进退两难之际，刘村长和十几个村民抬着四口大锅过来了。赵银山迅速组织人迎了上去，赵银山握住刘村长的手："刘大伯真是及时雨啊，谢谢，谢谢！"

"不谢，我们应该的！快，看看这铁玩意儿能不能帮上忙。"

正说着，赵银山看到，一排两个班的战士已经六个人一组地顶起了三口大铁锅。他迅速背起一口大锅，几个战士跟进，旋风般地冲进了院子，迅速接近了炮楼。这时，楼上突然扔下几个手雷，赵银山看到，有一个大锅突然扣下，又很快顶起。他大喊一声："不前进就会死啊！同志们，冲啊！"借着灯光，赵银山看到，有几个战士手上、腿上都流着血，但大家还是坚持着高高地顶着锅冲进了炮楼。

进了炮楼，赵银山发现，里面有几个伪军蜷缩在一个角落，挤拥着，整体像得了羊痫风似的瑟瑟发抖。他们身边放着几个打开盖子的手榴弹。

赵银山一看这样，哭笑不得地说："你们他妈的还是兵吗？看你们这尿样！"说话间，战士们下了伪军的枪。赵银山突然发现一个伪军看了一眼天花板，马上命令刚进来的战士卧倒。战士们还没有完全趴下，忽听一声枪响，一个小战士应声而倒，原来是天花板上有一个射击口。战士们齐向这个射击口开枪。立刻，一滴黏黏的血水从上面滴下来，滴到了赵银山的脸上。

赵银山马上跃上楼梯，拉响一个手榴弹向楼上投去，随着一声炸响，二楼的鬼子没有了动静；又投进了一颗，炸响后，浓烟顺着楼梯滚滚而上，赵银山迅速带领战士们冒着浓烟向三楼冲。还没有到三楼平台，一颗手雷突然滚了下来，从赵银山的胯下向楼下的战士们滚去。一个战士眼尖顺势踢了一脚。手雷几乎就是在他的脚下响的，战士的右腿被炸得血肉模糊，滚倒在一旁，嗷嗷大叫。

赵银山马上退了下来，用手势提示战士们躲到一旁。这时手雷还在一颗颗扔下来，又一颗颗炸响。这二楼的木楼梯就坍塌下来。

赵银山他们三十多个人被困在一楼出口处。

第一个负伤的战士刚被救护兵包扎好了，搀扶了起来。踢手雷的战士又被炸伤了腿。赵银山马上吩咐人用绑腿带子给他勒住，但是血还是不住地往外渗出，战士不再叫疼，咬牙坚持着，大汗就淌下来。

楼上疯了的鬼子还在往外胡乱地打枪，土墙外的战士不能接近炮楼，赵银山队长急得热汗横流。

这时，赵银山看到，一个个蘑菇状的黑影出现在据点的大院里。子弹打在蘑菇上，火星横飞。走近了，赵金山才发现是刘村长带领着十多个村民们过来了，他们头上全顶着铸铁锅，每个人腰里都捆着一捆柴火。

"你们这是干吗？还冒死送来这柴火？"

"烧，烧死狗日的！""还有这一大布袋辣椒面儿，熏死小日本儿。"村民们纷纷解开了身上的柴火。这人多力量大，柴火几乎堆满了炮楼的一楼。赵银山对外面大喊："集中火力，往楼上的哨口打！"

顿时，子弹覆盖了炮楼楼顶，压得楼上的鬼子哑了枪声。

在这当儿，赵银山先让两个战士顶着铁锅背走了两位伤员，然后又让村民及其他战士们押着伪军撤退。

看人们消失在围墙外，村长点燃了柴火。很快，大火顺着楼梯向上猛蹿，刘村长又撒上了辣椒面儿，战士们一起跃出炮楼，躲藏在炮楼射击的死角处。这炮楼就像一个大烟囱，把浓烟和呛人的辣椒粉末一起吸上了三楼。烟火在每层楼的哨口里往外蹿。

有跑到楼顶天台的，上去一个就让战士们打死一个，很多鬼子不敢站出来了。

过了一个时辰，炮楼上没有了枪声，战士们也停止了射击。只看到浓浓的黑烟和蹿出来的火星，偶尔能听到此起彼伏的干咳声。

不一会儿，大家借着微弱的火光看到楼上打出了白旗。但，楼里接连几声枪响，白旗从楼上掉了下来。又一声枪响后，炮楼里没有了动静。大家看到，浓烟还在各个窗口往外冒，继而是火舌从窗口蹿出。

"嘿嘿，有枪声，保不准是小鬼子自裁了吧！他奶奶的，想投降，还是想自杀？"刘村长嘟哝了一句，就要站起身。

赵银山马上拉住刘村长："一会儿再进入！"

"没事儿了！"

"有事，一是里面还有呛人的辣椒味儿和烟火，二是万一鬼子耍什么阴招呢。"说完又问，"赵副队长，还有几颗手榴弹？"

"多呢！"

"给我几颗！"

"干吗？"

"冲上二楼，往三楼扔几颗手榴弹再上去。"

"你歇会儿，我去，扔手榴弹，我扔得比你远！"赵副队长说完，拿起四颗手榴弹"腾"地蹿出去。

来到炮楼，赵副队长正要在断裂的楼梯口攀越上二楼，一声枪响，子弹从赵刘群的眼前划过，他闻到了一股头发的焦煳味儿。一个鬼子正趴在三楼楼梯上向他射击。

说时迟那时快，赵副队长甩手将一颗手榴弹投了上去，随着爆炸声，鬼子的尸体掉下两具。气得赵副队长跃上了二楼，几个闪转腾挪，他就把手榴弹准确地扔上了三楼，这颗手榴弹刚炸响，硝烟还没有完全散去。一个伪军就喊了起来："不要打了，不要打了，皇军要投降，皇军要投降。"

这时，战士们听到枪响，全都拥了过来。

有几个勇敢的战士上了三楼，把三个鬼子、一个伪军押到二楼。

赵银山见一个伪军在其中，揪住他的脖领子问："刚才炮楼响枪是怎么了？到底怎么回事？"

"一个鬼子想投降，一个不让，抬手打死了要投降的鬼子。投降的鬼子的一个亲戚打死了那个不让投降的鬼子。"

"你说的屁，绕口令似的。你说，里面到底有几个鬼子？"

"我是跟着鬼子撤到楼顶的，鬼子一共十六个，被你们打死十一个，他们自己打自己，死两个，投降三个。"

其他战士听这个伪军说的话像说快板书似的，都笑起来。

清理战场的战士把日军的尸体一个个抬下炮楼，就地在炮楼下的渗水坑里埋了。把枪支弹药装了一马车。赵银山看到两个战士抬着一挺锈迹斑斑的机枪，他拉了拉枪栓，几乎拉不动。他笑了笑说："这小鬼子真他妈的不想活了，这么好的机枪不知道修理。"

赵银山在人群中寻找，却不见了刘村长，就问："刘村长呢?"

一个战士说："在炮楼里呢，他带着几个人拆炮楼的地基呢，要推倒炮楼。"

"哈哈，你以为鬼子炮楼是泥捏的啊，推倒? 我去看看，看怎么推倒?"

赵银山来到楼下，看刘村长正在拆炮楼底座上的大青砖，他拿起一块砖问："这能行吗?"

还没有等村长回话，一个村民抢着说："能行，这炮楼我来垒过，就四个吃劲儿的暗柱子，拆出来，放几颗手榴弹，一块儿拉响，准保塌了。"

"好，就按你说的办。快好了是吧，我看那边有两个洞。"

"挖下这几块砖就行了。"

"那好，我去把缴获的手雷和手榴弹收集到一起。"

"不用多少，有三十颗就够了，三个柱子，一个柱子放上十颗。"

"用那么多啊? 行，我看看有那么多吗?"

一会儿，战士们凑了二十九颗。

柱子都挖出来了，赵银山让刘村长带领村民撤离，他和赵青一起开始捆绑手榴弹。捆绑完毕，固定好，把拉绳拧成一股儿，分别拴在三根绳子上，迅速撤离。

这时，战士报告说，发现了楼外厨房暗储藏室的大米，足有一马车。

赵银山喜出望外，命令战士们装了车。等马车远离了这里，他一声令下，轰隆三声。整个炮楼摇晃几下，轰然倒塌，变成了一堆瓦砾。大家欢呼起来。

这时，天刚麻麻亮，西方传来了激烈的枪声，赵银山大笑着："哈哈，那是赵书记率领的县大队截击了回返赵庄炮楼的鬼子。这些鬼子不知道，他们的老窝已没有了，还回来干吗?"

后来，对这次联合作战，刘夏花写了题为《军民众心一合力，巧端鬼子俩炮楼》的抗战纪实文章。邓总编看了文章后，深深被这抓住时机巧灭敌的战例和文章蕴含的真情所打动，很快登载在中共晋察冀省委机关报《抗敌报》上。

定南县这次巧端鬼子俩炮楼的壮举，还惊动了晋察冀抗日司令部聂司令，他来电报赞赏此次联合行动指挥有方。命令三分区司令员陈漫远和政委王平召开大会，推广定南县抗日斗争经验，在今后的对敌作战中，一定发挥聪明才智，以最小的代价打好端炮楼攻坚战。

赵银山成了名人，刘夏花也成了有名的战地记者。

此次战斗后不久，赵银山所领导的第九支队，改编为八路军抗日先锋队。赵银山为队长，赵刘群为政委，隶属晋察冀三分区直接领导，在定南县一带组织抗日斗争。和赵银山一起来的战友赵青、卢明、薛大伟分别被任命为一连、二连、三连的连长。

按照游击战的部署，赵银山又带领他的抗日先锋队重新回到了赵庄村，开始了修筑围村固地工事、制造土地雷等活动。

赵银山和刘夏花两人在战斗之余，经常回家做饭吃饭，看到昔日热闹的家，现在没有了姑奶奶，没有了妹妹，赵银山和刘夏花很伤心。

入夏，军区召开了一次抗日作战经验交流暨表彰会。赵银山的哥哥赵金山、弟弟赵铁山也在大会上交流游击战的经验。哥仨长得很像，成了记者们追逐采访的对象，各大报纸纷纷出现了标题为《三山双河打游击》《料敌塔下英雄出》等报道。

日军也得到了这些战报，新美二郎气得口吐鲜血，发誓要消灭这三支"与大日本帝国为敌"的兄弟抗日武装。

有一天，他叫来杜秋生喝茶，谈起"三山"他说："杜桑，你的说说三山这三兄弟怎么这么胆大妄为？"

"太君，你要俺说真话，还是假话？"杜秋生端详着新美二郎。

"当然说真的，假话的不要！"

杜秋生喝了一口水说："要我说，不光是他们三兄弟啊！以后还会更多。你管理下的士兵，无缘无故杀了那么多手无寸铁的百姓，哪家活着的孩子也会大起胆子，像亲兄弟一样联合起来找你们报仇的！"

新美二郎也喝了口水："杜桑，你说得也有道理。可是，皇军建立大东亚新秩序，就是为了让百姓过上好日子啊！是这些兄弟们不理解。"

"以后你就理解了，我还忙着画图，失陪了！"杜秋生逃瘟疫似的出门来，长舒一口气，吐了口唾沫，扬长而去。

杜秋生出了日军联队部，骑着自行车急匆匆地往书店赶，刚走进一窄巷子，迎面来了一位压低草帽的汉子。时值初夏，戴草帽的人还不算多。杜秋生不免多看了汉子一眼。他这一看不要紧，发现汉子正目光炯炯地紧盯着自己。还没有等杜秋生说话，汉子一把拉住他闪进一家小院。杜秋生刚要摸枪，这个汉子却麻利地按住了他的手："别动，自己人。"杜秋生不再反抗，顺从地随着汉子来到这家带厦间的屋子，只见一个人面带微笑地迎上来。杜秋生定睛一看，嗔怒道："原来是赵队长啊，那次你和你夫人动员俺做内线后，俺可送出不少的情报啊！我哪里做得不对了，以至于采用这样的方式请俺来？"

"杜大哥，刚才小弟失礼了，我是第一游击大队第五大队的，俺叫岳春喜，队长让我专程请您的，怕您不来，在大街上打起来，进而暴露目标，才这样做的。"岳春喜说着，礼貌地扶杜秋生坐在一把宽大的椅子上。

赵金山握住杜秋生的手说："老杜，我们现在属于晋察冀三分区直接管理，分区布置了新的战斗任务。俺早就想见见您，可您不出炮楼，我们也没有办法啊！"说完，拉着杜秋生入座。

"哦，俺多次听到赵队长打鬼子的事迹，佩服……佩服！鬼子对你可是惧怕三分啊！只是队部里看得紧，近期没敢私自出来。"杜秋生说完，微笑着同赵金山一起坐在椅子上。

"情况紧急，我们也是出此下策，请你不要见怪。你及时为抗日游击大队提供情报，我们才取得了一个个胜利。今天俺是想与您商量成立敌后武工队的事情。"

"敌后武工队？"

"是啊，武工队同其他地方武装不同，它既是战斗队，又是宣传队和工作队。主要通过散发宣传品、围碉喊话、召开伪军家属和伪乡保甲长座谈会，讲解抗战形势，晓以民族大义，瓦解伪组织，镇压铁杆汉奸，摧毁和改造伪政权。"

"这很好，需要俺做什么，明说即是。"

"需要您出主意、想办法，更需要您的情报啊。现在分区急于了解的是各地炮楼的军力部署情况、汉奸的情况。如果有可能的话，搞一张定州城最新布防图。"赵金山压低声音说。

"好，以后谁与俺联系，在什么地方？"

"由这位岳春喜同志与你联系好吗？"

岳春喜摘下草帽说："杜大哥，刚才多有得罪，以后还望多多关照。"

"没有关系，只要能早日打跑鬼子，俺能安安生生地、有尊严地在城里开个书店，读读书、写写字就好了。"

"对了，秋生同志，定北县党委通过了你的入党申请，让我通知您，从今天开始您就是一名中国共产党预备党员了，预备期一年。"赵金山说完再一次握住杜秋生的手。

杜秋生握着赵金山的手，一时不知道说什么好，"哦哦"了两声，眼眶里噙满了泪水。

"好了，秋生同志，以后你和岳春喜就见面多了，他是个很能干的小同志。这样吧，接头地点就在你的书店，你看怎样？"

"好啊，我建议每个礼拜六上午刚开张的时候，我把情报放到最后一排书架的上方，那上面有个破书盒子，情报就放盒子下。"

"好，您想得可真周到，就按你说的办。"岳春喜握上了杜秋生的手。

杜秋生边端详岳春喜边说："小岳，提醒你一下，不要剃掉后脑勺上的两个旋向不一致的发旋啊，不然的话，俺可就不认你了，哈哈!"

三人同时大笑，赵金山说："辛苦你了，客套话就不多说了，免得时间长了，让敌人发现。"

三人即握手告别，匆匆而去。

以后的日子里，戴着一副新眼镜的岳春喜经常来书店"买书"，谨慎小心地取走杜秋生放到盒子下的重要情报。杜秋生亲自画的定北县、定南县炮楼分布图、城内布防图、叛徒汉奸名单、鬼子"扫荡"情报等均及时送到了定北县委。尤其是他冒着生命危险搞到的一张日军冀中作战地图，为晋察冀军区对敌大规模作战提供了重要参考。

一天，杜秋生征得龟二雄一的准许去定南县的贾村看望父母。他穿便装、骑单车，一路上车铃叮叮，车轮飞快。他如此着急，是想顺便见到一个人，就是赵金山介绍给他的、自己的亲弟弟、定南县抗日英雄赵银山。想起能为家乡抗日组织做些贡献，他兴奋不已。路上，他如鱼儿回到久违的池塘般畅快地骑车，还几次大撒把挺直了身子骑车飞奔。来到一片蜂飞蝶舞的小枣林，看四外没有人，他迅速拐弯，钻到长着歪脖子椿树的壕坑旁。稍等片刻，一身农民打扮的赵银山背着草筐走出壕坑，微笑着与杜秋生接上了暗号。

寒暄几句，赵银山打了个呼哨，张志雄及二十来个战士跃出壕坑，兴奋地把杜秋生及他的车一起抬进了壕坑内，算作欢迎仪式。

一个战士把大红枣、炸豌豆放在一个旧蜂箱上，周围铺上草垫，大家围拢在一起。

杜秋生和大家一边吃着，一边畅谈抗日形势，研究今后的任务和行动计划。杜秋生还给大家讲了怎样看地图，他亲手将一幅印在布上的标有日军卡口岗哨的交通图送给赵银山，说："在敌人疯狂大'扫荡'形势下，有你们这样一支小队伍保卫乡亲们是很可贵的。你们要集中与分散相结合，摸清鬼子岗哨情况，注意保存力量。还要让老百姓经常看到你们在活动，让群众知道，共产党还在，义勇军还在！"

"让老百姓知道共产党还在，义勇军还在！"这神圣的使命让赵银山、张志雄和战士们热血沸腾，更感到了肩上担子的分量。

大家正说得斗志昂扬，负责警卫的一个队员气喘吁吁地跑来："赵队长，有很多鬼鬼祟祟的人沿树林边麦地走来，看我发现了他们，很快躲进了一片土坏坑。"

"是鬼子还是伪军？"赵银山说着拔出了枪，大家也几乎是同时拉开了枪栓。

"全戴着羊肚头巾，弄不清是什么人，反正我感觉不是好人。"

张志雄挺身而出，对赵银山说："老乡戴头巾的还不多，一定是鬼子。我先带人去阻击敌人，你保护杜老弟要紧。"说着，不由分说，带着他的战士往东北方向率先冲出壕坑。赵银山与几个战士则领着杜秋生向西南方枣林深处跑去。

跑了不远，身后激烈的枪声响起。杜秋生停下来说："一定是张志雄与敌人干上了。赵队长，咱得回去，多一个人是一个人的事，不能因为保护我，牺牲了同志们。"说着，拔出枪就往回跑，赵银山纵身抱住他说："你不能去，有什么闪失，我怎么向组织交代？不行，把你送到安全地带后我再回来。姐夫的武器是我给他的，性能不错，能抵挡一阵子。再说，你也不能暴露啊！"

杜秋生推开赵银山说："那好，你先回去支援，我一个人在这儿藏着，没事儿。"

这时，枪声更为激烈，赵银山说："那好，我留下一个人照顾您，你们在这片树林里不要动，我很快就回。"赵银山说完，带着战士们向着枪响的方向跑去。

看赵银山没了踪影，杜秋生开始做小战士的工作，什么"凡事以大局为重"，什么"晚上敌人看不清面容"，等等，但是，无论他怎么说，小战士就是不让杜秋生挪动半步。

杜秋生看做工作不顶事，于是趁小战士不注意，来了个刚学的"反手擒拿术"，将小战士推倒在地，自己飞身朝响枪的地方跑去。

这时，正赶上一队鬼子围了上来，杜秋生看到，勇猛的赵银山带领战士们占领了一处制高点，鬼子的包围很快被打下去。正当赵银山站上一块凸起的石头上指挥时，杜秋生猛然发现左前方有一个鬼子正趴在小土岗上聚精会神地朝着赵银山瞄准。说时迟，那时快，杜秋生抬手一枪，解决了这个鬼子。

赵银山听到枪响，又看到滚下土岗子的鬼子，全明白了。他急速跑过来，拉起杜秋生，又对追上来的小战士大喊："快撤！"

赵银山知道，不远就是姐夫家，他家有新挖的地道。钻进地道，再想办法神出鬼没地一个个干掉鬼子。可是，还没有到姐夫家，鬼子就撵了上来。一个小战士说："先到我家避一避吧，我家也有地道。"

很快，他们钻进小战士家东配房里柳编粮囤下的地道，可进来后，赵银山才发现这只不过是一个简单的地洞，虽然很宽敞，但还没有连通。想回返吧，已经来不及了，听到了鬼子进院的声音。大家大气不敢出。不一会儿，又听到了清晰的拆粮囤的声音。鬼子发现了这个洞口，大家就这样被敌人堵在了地洞内。但是，敌人只是喊叫，一时还不敢贸然进洞，杜秋生说："需要赶快想办法，不然，敌人向洞内灌烟灌水，那咱们就全完了。"

这时，小战士哭着说："我以为通到邻居家了呢，谁知还是这个老样子。爹和娘去看望生病的姥姥去了，也许就耽搁挖洞了。"

杜秋生问小战士："你爹爹说快挖通了，是吧？"

"是，爹爹昨晚吃饭时还说，明儿上午就和伯伯家通了。"

杜秋生一听这话，马上与赵银山耳语两句，赵银山小声对洞口处的几个战士说："你们几个把住洞口，鬼子进来一个，干掉一个。其他人四处找一找，看有没有其他出口，说着抄起地上的一把铁锹就铲，大家有的用火镩捅，有的用木头棒子顶。很快，赵银山铲到一块松软的泥土，捅开了一个拳头大的洞。杜秋生立刻夺下赵银山的铁锹，循着软土向上挖，很快塌下了一大块土，不一会儿，一个能容人钻出的洞口出现在人们面前。赵银山立马拉起杜秋生就往外钻，队员们在后面跟着，很快钻到了邻居家的院门旁边，拨开洞口盖着的草捆子，就清楚地看到了集结在隔壁院子里的鬼子，赵银山回身对洞里的战士们说："钻出去后，右手方向是鬼子，左手方向可以撤退，有手榴弹的全扔给鬼子，轻装撤退!"说完，纵身一跃冲出去甩出手榴弹，三个有手榴弹的人学着赵银山，同样给了敌人致命一击。没等敌人反应过来，赵银山已带杜秋生及一部分战士冲出村庄，脱离了险境。

赵银山清点人马，这才发现，少了姐夫张志雄和他的五个战士。赵银山心想，先把杜秋生同志送到安全地带再说，他与杜秋生带着战士们一路小跑，撤退到了定南县县大队驻地。县委情报分站站长兼锄奸科干事马隆很快组织起近三十人的队伍在赵银山带领下截击敌人。

来到李顾村，敌人已经撤退。来到张志雄家，赵银山老远就听姐夫正大声闹着要去找赵银山，去找鬼子算账，还哭着念叨牺牲的战士。赵银山来到内屋，见大姐刘春花满头是汗地在一旁摁着、劝说着。赵银山听包扎的医生说，弹片穿透了一根小腿骨和旁边的韧带，要静养三个月，不然会落下残疾。赵银山看到姐夫缠着白布的腿渗出了鲜血，便安抚了姐夫几句，张志雄认出是赵银山来，努力地瞪了瞪眼睛，想说什么，还没有说出来，就昏睡过去。

赵银山向队员了解，才知道了个大概。原来，在赵银山带领战士们往村子里撤退时，张志雄带着的几个人也被小队鬼子撵上了，边打边往村子里跑，打算跑到一家后，再以土墙为掩体，近距离让敌人尝尝自制手榴弹的威力。刚跑到一家，敌人就包围上来。张志雄赶紧命令两个战士趴在墙上压制敌人，然后，自己带四个战士向大门口突围。但是，第一次突围失败了，被鬼子密集的子弹压了回来，所幸没有伤亡。这时，鬼子的歪把子机枪响了，趴在墙头上的一个战士中弹牺牲。

张志雄急了，用力投了颗手榴弹，大喊一声："冲啊！"率先冲出院子。敌人的火力紧跟着扫过来，又有两个战士中枪倒下。轰隆一声，一股强大的力量将张志雄掀倒，他的左腿被炸开了一道口子。两个战士马上投给鬼子两颗手榴弹，趁着鬼子卧倒的当儿，冲过来架起张志雄就跑。越过几道儿时常常玩耍的矮土墙，拐过几条熟悉的街道，他们胜利突围。

赵银山听完队员的介绍，对刘春花大姐说："让姐夫好好养着，我已经派几个人去找牺牲的战士了，一定要厚葬。"

很晚赵银山才回到定南县县大队，杜秋生说："赵队长，我决定不回老家了，连夜骑车去李顾村鬼子特务队，他们的队长经常去城里联队部开会，我认识他。我去问问，看看袭击咱们的是哪一部分的。"

"特务队？"赵银山查问。

"是啊，自从你们水淹炮楼后，鬼子没有了据点，就抢了一家独院儿，专门派了一支特务队在这里值守，我马上去，调查一下近期鬼子在咱们这一带还有什么活动。"

"好，你的车子找回来了。但是，你还是不要一个人去了，我派马车送你。"

"不用，这样目标大。你记着，明天早上，在李顾村村南绕村小河旁的那个小油坊处的榆树林里咱们见一面，我把了解的情况告诉给你。"杜秋生说完，跨上车走了。

很快，杜秋生骑着二八日产自行车来到李顾村特务队。特务队队长见龟二雄一的翻译官回老家时专门来看自己，便好生款待。杜秋生了解到，这里的特务队刚领了任务，说要在麦收农忙季节在全县开始夏季"清剿"活动，并伺机抢夺粮食。当天袭扰赵银山的就是这支特务队的侦察小队，他们是在侦察情况时，偶然遇见战士们的。

早上和赵银山在小树林见面时，杜秋生把这些情况详细地告诉了赵银山，他建议："你们要加快土地雷生产，威力大一些。要以在村周边埋设地雷为防御手段，让农民安心地夏收夏播。"

交代完，杜秋生走了，他要快速骑车回城，他要把这些情况同时报告给赵金山队长派的交通员岳春喜。

麦收前，定北县和定南县联合召开"夏季御敌献计献策会"，参加会议的有各抗日游击队的队长、政委或副队长共计四十余人。

会上，赵金山、赵银山和赵铁山再次见面，三兄弟拣着高兴的家事说，赵金山先说了妻子甄续男怀孕六个月的事；赵银山说，准备在麦收后和夏花结婚；赵铁山说村子里的妇救会主任给介绍了个对象，是村里最漂亮的一个女孩子。

哥儿仨正说得起劲儿，没有想到有一个记者发现了他们，招呼一声，一帮记者呼啦围了上来，纷纷问这问那。

定北县的宣传委员徐盛笑呵呵地过来解围。

会上，定北县请来的地雷制造专家的讲座让大家斗志昂扬。大家针对如何造地雷讨论得很热烈，都纷纷表示要试验地雷，争取在麦收防卫时使用。会上，赵铁山介绍了他们造地雷的经验，大家纷纷表示了赞赏。

会后，哥儿仨又开了个小会，两个哥哥让弟弟赵铁山介绍造地雷最拿手的经验。赵铁山说："我知道的就是会上讲的那些，你们要是想制造的话，我可以给你们联系造地雷的师傅现场指导。"

"这还有师傅啊，看看就会，我在队伍里参加过三天的学习，你不知道吧？"赵银山兴奋地说，"我们早就造着呢，但是缺少原材料。我想，造就造威力大的。"

"威力大的需要加雄黄，我们这里稀缺。"赵铁山摊开手。

"雄黄好找，东北就有，我以前在金矿发现的。"哥哥赵金山突然想起产生毒药的雄黄了。

"还能找到雄黄？"赵银山急忙问。

"我在那儿的时候，给鬼子制造了砷中毒事件。后来鬼子人心惶惶，疏于防范，我带一支东北军游击队偷袭了金矿，炸毁了矿井。"赵金山很投入地说。

"矿井毁了，还能找到雄黄吗?"赵铁山问。

"这是附生物，都被当作废品丢弃在山沟里了，听说东北有人专门提取这玩意儿。"

"那行，那我们雇车去拉。应该是装火车运才快，这么远，火车被鬼子把持着，能行吗?"赵银山问哥哥。

"好了，咱们不讨论这个了，等我找人问问，这事我负责得了。"赵金山说。

赵银山长叹一口气:"姑奶奶死了，咱父亲和刘妈妈一定很伤心的。他俩在你那儿住半年了，也该回来了。"

"行，天天嚷着回来呢，怕他二老不安全。现在你们端了炮楼，回来也行。"赵金山说。

三人告别，纷纷上马，马蹄嗒嗒，三人各奔西东。

回去后没有几天，赵金山开始雇当地的石匠，开采石头，造石头雷。小山沟天天叮叮当当地响。

赵银山回去后，动员人们捐献废铁，重新把刘妈妈家铸造铜器的器具进行了改造。不久，又接到哥哥赵金山派人送来的一马车雄黄，这造地雷就开始了。

赵老三回到了村里，村长亲自带人列队欢迎他。但是，当村长提到三姑被鬼子残害时，他哭着跑到百家坟地，趴在坟头上磕响头，哭得几度抽搐昏厥。当天，赵老三按照礼数祭奠了三姑。以后的日子里，赵老三整理了行囊，和刘晓翠一起参与到"打鬼子保家乡，报仇雪恨上战场"的八路军抗日队伍里，为赵银山领导的抗日先锋队做了很多的后勤事务。同时，老俩也参与了铸造地雷的任务。

由于模子小，铸造出来的小铁雷精致无比。铸铁质地细密，炸起来杀伤力不小，这小地雷很快就投入了战场。

说话就到了麦收时节，麦子长势良好，麦浪滚滚，麦香阵阵。村民喜上眉梢。为了顺利收麦，村民们和赵银山的游击队员一起在村口路边埋上了地雷。

6 月 9 日深夜，月光朦胧，村民们趁着夜色连夜割麦。

今年的麦子算是丰收。往年丈把远才割一把，今年一镰刀下去一把还攥不过来。

赵银山带领十几个战士不到两个时辰就割完了村长家租种的三亩麦子。

正要转移到别人家，忽然放哨的战士急速跑来："村口发现二十几个鬼鬼祟祟的日伪军。"

赵银山哈哈一笑："二十几个日伪军还敢来咱村，太小看咱们了。"

话音未落，只听轰隆一声响，村北口出现了冲天火光，继而有了噼噼啪啪的枪响。

这时，赵副队长带领赵青、卢明、薛大伟三个连长急匆匆地赶来，卢明首先请战："赵队长，我带二连的一个先锋排去看看。"

"等等，房顶上的哨兵还没回来。我就不信了，鬼子还能穿过咱的地雷阵？"赵银山很是自信。

赵银山的话音刚落，紧接着就是持续三声爆炸，爆炸过后没有了枪响。

"我说是吧？走，卢明带上你们排的人，咱看看去。"赵银山说完，快速向爆炸点跑去。

来到村北口，值班班长正带领战士们打扫战场，地上横七竖八地躺着鬼子和伪军的尸体，有三个负伤的伪军疼得嗷嗷叫，一个受伤的鬼子被五花大绑起来。

"哈哈，怎么样，这土飞机威力不小吧？"

值班班长跑过来打了个敬礼："队长，太过瘾了，鬼子走进地雷阵东闯西突，就没有出来。几个连环爆炸，日伪军成了飞鬼，鬼子死九个，伪军死七个，伤三个，我们就没有顾得上开枪。"

"他们活该倒霉，咱这里第一次用这玩意儿就被他们赶上了。"赵银山说完马上喊来卢明，"卢连长，你亲自带你的人重新打扫战场。一边查看情况，一边看看地雷爆炸的威力，检查检查哪颗没有爆炸，看哪里需要改进。"

卢明带着战士们去了，赵银山捧起一个没有炸响的小地雷："这个怎么还囫囵着，里面也没有炸药了。"

"也许是在爆炸的过程中其他的地雷把它炸飞，没有来得及响就被磕得倒了药。"参与制作地雷的一个小战士抢着说。

这时，卢明回来了，手里提着一把日本军刀，急忙来到赵银山跟前："赵队长，我觉得这个刀的主人跑了！"

"怎么这么说？"

"使用这种军刀的至少是小队长以上的军官，可这鬼子尸体里没有穿小队长军服的。并且死亡的鬼子是八个，不是九个。其中一个炸成了两段，天黑，他们以为是两个人。还有，发现一个没有药的铁地雷。"

"他妈的，还跑了一个。"

"我去追！"卢明说着就要转身。

赵银山马上拉住卢明："不用了，让鬼子报信去吧，鬼子知道我们有了地雷也好。日伪军不敢贸然来犯，我们才能安安生生地收麦。"

果真如赵银山所料。深夜来赵庄村的是北沙河对岸阜才据点的日伪军。他们接到城内指挥部的命令，奉命来村里侦察。

为了万无一失，阜才据点的日军小队长小林大行亲自带队。没承想，他们刚摸进村就遭遇了地雷爆炸，他凭着曾做过扫雷队队员的经验，起出了几颗雷，倒出了里面的药粉。他大着胆子，滚着出了地雷阵，骑马逃回了据点。他把这情况迅速报告给城里的日军联队部。

新美二郎立刻下达命令，要求各据点先调查周边地雷布置情况，不要肆意出动，免得不必要伤亡。另外，看能不能抢回受伤的士兵。

再说，受伤的鬼子和伪军共计四人，被赵银山安排在自家疗伤。等伤好了，再交给县里处置。

起初，几个受伤的日伪军疼得龇牙咧嘴，大呼小叫，赵老三只是给他们点儿吃的，没有药物治疗他们的伤口。日伪军嚷得烦人，赵老三恼怒地走进牲口棚，教训这几个日伪军，还说谁再喊疼就杀。

有一天，县里派来了几个战地医生为俘虏疗伤。医生到的时候，看赵老三正没好气地教训受伤的伪军，推搡着，不给他们水喝。说这些没有人味儿的人杀了三姑。医生和一同来的游击队员押走了这几个俘虏，准备在县医院疗伤后送军分区处置。

新型的地雷让定南县和定北县在麦收期间消停了许多，人们过了一个好麦收。

过了麦收，还茬儿的青苗还没有长全，赵银山接到一个战报，说晋察冀军民于黄土岭与日本名将阿部规秀部展开激战，英勇的抗日军民凭着不怕死的精神英勇作战，重创了阿部规秀部，并击毙了这位日本名将，所谓的名将之花命丧太行山。

阿部中将死后，被激怒了的日军集中两万兵力向晋察冀军区发动疯狂进攻。三分区所辖地为日军"扫荡"重点。

1939 年 12 月 16 日，赵金山妻子甄续男顺利产下一个八斤重的男婴，赵金山兴奋之余摆宴席，请所有战士共享喜事。宴会上李顺受赵队长之命，给孩子起名为赵金男。

酒菜上来了，战士们抢着吃肉。还没有开始喝酒，赵金山接到三分区参谋长唐子安的命令，要求他亲自带一个加强连去清风店附近阻击援高阳之敌。

赵金山马上命令："大口吃菜，停止喝酒。等凯旋以后，让大家一醉方休！"

战士们狼吞虎咽一番，抹去了嘴上的浮油，列队出发。

这时，天色微黑，阴云四合，朔风骤起，天降大雪。赵金山认为正可以冒雪埋雷。于是，他带全体战士和各村民兵，在清风店西口鬼子必经之路上埋下连环雷、滚地雷、炮筒雷等各式地雷。

所有的雷都埋好后，赵金山吩咐战士们用秫秸扫去了脚印，大家匍匐在路旁不远处的排水沟里，互相用沟里的雪将对方埋了个严实，战士们就在这寒冷的雪沟一动不动地等鬼子到来。

刚趴下还不觉得冷，过了一会儿，大家冻得"哆嗦"起来。有人想活动活动，身上的雪就滚落下来。

赵金山让大家小声传令："想要活命，不要活动！"

大家把这"八字令"一个接一个传了下去。

天上的雪还在大片大片地下。路上的雪飘落到沟里，似乎有意掩藏战士们。

正当战士们冻得无可奈何之际，远处传来了马蹄声。大家发现，远处，日军列队浩浩荡荡地过来了。

越来越近了，匍匐在路旁的战士们甚至听到了日伪军马靴踩雪的咯吱声，没有一个人说话。战士们埋下头，看到的是出气儿吹跑的雪，听到的是喘息声。

近在咫尺了，还听不到队长的命令。

待所有的鬼子进入了地雷区，赵金山一声枪响，雪夜的宁静瞬间被打破。负责拉雷的战士拉响了地雷，一时间路面像倾覆了似的，整个路基上的土随着轰隆隆的连响飞上了天，又齐刷刷地翻到排水沟里。战士们拱掉身上的飞雪和浮土，端着枪一阵猛打，不到半袋烟的工夫，大地恢复了宁静。

赵金山以为鬼子全被炸死了。没有想到，后面，一部分狡猾的鬼子借着硝烟迅速撤退到一个大大的壕沟里，很快支好了机枪。

猛烈的炮火覆盖了赵金山的阵地，战士们倒下一大片。好个赵金山，接过机枪手手里的机枪，站上路面，迎着敌军的子弹推进式狂扫起来，其他两个机枪手也学着赵金山扫射，瞬间打哑了敌人的机枪。瞅这当儿，排长岳春喜组织手榴弹队跃身而出，迅速把百余颗手榴弹投射到敌军阵地。

这下子敌人可就吃不消了，鬼子小队长马上组织十几个人撤退，一溜烟儿地跑过了铁道，向附近的据点方向逃窜。

看到鬼子跑了，赵金山下达了停止追击令。吩咐马上打扫战场，迅速撤离。

这次战斗炸死炸伤日伪军共计一百六十余人，日军少将一人，翻译官一人。赵金山部队伤十二人，死八人。

这时，雪还在不停地下，雪花静静地飘。

赵金山组织战士们押着受伤的日伪军俘虏迅速撤退。

赵金山不知道，这次阻击战的意义非同小可，阻止了援助高阳的日军，使得在高阳的日军组织的联合作战惨败。

驻定县日军的连连失利，尤其是两座炮楼被毁以及这次阻击战斗，惊动了小野贤三郎司令官。他狠狠训斥了新美二郎，使得新美二郎很是恼火。

新美二郎决定把所有城内的日伪军、特务队、宪兵队等共计四百余人，强化训练三天。他要亲率大军对定南县管辖的区域进行拉网式"扫荡"，完成三项任务：一是重建被游击队破坏的据点，个别地方，据点与据点之间要形成交叉火力，以巩固势力范围；二是"清剿"抗日武装，以稳定军心；三是抢夺入仓的小麦，以补充军粮。

新美二郎野心勃勃地扬言，要打开一条纵贯南北的"共荣通道"。

这天夜里八点左右，新美二郎带领日伪军悄悄从南城门出发，浩浩荡荡地向南挺进，直奔定无路方向。

这支踏上定无路的"扫荡"队，是一支装备精良的队伍。前有一辆装甲车开道，紧接着就是三十辆的摩托队，再后是四十人的骑兵队，接下来有两辆满载武器弹药的卡车，每辆车车顶上有两挺重机枪，两挺轻机枪，每辆车上都配备迫击炮，后面徒步行军的是配有新型三八大盖的日伪军，共计四百余人。

敌人到了朱古村，住在这里的特务队队长早在村口迎接。他按照暗号闪了三下手电筒，然后，鬼鬼祟祟地来到装甲车旁。等新美二郎肥猪似的身躯顶着装甲车车盖子钻出来，特务队队长马上把游击队员名单双手递过来，新美二郎笑着竖起大拇指："你的，大大的有功，头前带路。"

特务队队长说:"小心,前面有交通沟,"说完,带领着一个小队的鬼子偷偷摸摸地进了村。不一会儿,村里有了急促的狗叫声。

不一会儿,在黑灯瞎火中迷失方向的日伪军就把装甲车滑进了交通沟,反复发动,想跃出交通沟。震耳欲聋的马达声响起,村子里家家都有了动静。自卫队员们刚刚拿起枪往外走,鬼子的特务队就拥进了各家的小院儿。就这样,村子里三分之二的自卫队员被敌人逮捕。

自卫队员们被鬼子赶进了一处洼地,洼地四周都有机枪。自卫队员们被鬼子用绳索串成了一串儿后,疯狂的杀戮就开始了。四十五名自卫队员惨死在敌人密集的枪弹中,有人的胸膛被打成了筛子。

杀掉这些自卫队员后,车队如入无人之境地继续推进。

车到叮咛村,新美二郎听说这个村子大多人家都送子女参加八路军游击队时。他下令挨家挨户搜捕所有的人。但是,大多人家都是人去房空。其实,人们是听到了枪声才纷纷躲进了旷野的地窖子里。这是敌人没有料到的。恼羞成怒的鬼子杀害了几个老人后点燃了所有的房屋,继续跋扈前行。

这时,驻守叮咛村据点的一个日军小队长角大黑给新美二郎报告了一个刚刚得到的情报,说发现一个妇救会主任藏匿在自瞳村。

新美二郎一听,眉毛倒竖,嘴眼歪斜,沙哑着嗓子说:"大大的猖狂,一个小女孩子,敢与皇军为敌。"他立刻派伪警备大队长韩木随同角大黑前去秘密抓捕。

鬼子特务队要抓捕的这个小女孩儿叫何排,1925 年出生,近同村人。幼年丧父,和母亲一起艰难度日,生活困苦。

十三岁那年的春天,何排和邻居家的大妮去村北的大田里挖野菜,刚挖了半篮子了,只听小树林里有女孩儿喊"救命"的声音。她俩登上一个高土坡顺声音看去,一队小鬼子正拉着两个穿红衣服的女孩子往树林里走。一会儿,树林里就传出撕心裂肺的叫喊声和小鬼子的淫笑声。何排和大妮看到,几个小鬼子正脱女孩子的衣服。她们气愤急了,马上放下篮子,快跑着去村里。何排拉着大妮:"咱们快去告诉大人们，去救她们。"可是，她们没有找到一个大人，邻居王奶奶颤悠悠地出来说："大人们让伪军押着去十字街开会去了。"

何排着急得要死，拿了把锄头就往野外跑，边跑边说："锛死小鬼子，锛死小鬼子！"

可是，当她俩来到小树林时，发现鬼子已经走了。女孩子的衣服这儿一件哪儿一件地扔得到处都是。在一个土坡后的干草堆上，何排看到了两个女孩儿光着身子的尸体平躺在那里。定睛看去，她惊呆了，这两个女孩儿都是她们最好的朋友——王奶奶的孙女王盼弟和邻居何三哥家的二女儿何晓花。

何排大哭起来，边哭边找来她们的衣服，一一给她们穿上，她知道哪件是谁的衣服，因为，天天在一起，她太熟悉她们了。大妮在一旁呆呆地站着，沙哑着嗓子哭着看着何排为两个死去的朋友穿衣服。

穿好衣服了，何排拉过大妮，两个小女孩儿抱头大哭，哭得累了就趴在草地上。

晌午了，家里的大人们找到了她们。顿时，田野里哭声一片。

更让何排伤心的是，王盼弟的奶奶看到孙女的惨死，哭得一口气没有喘过来，当天就死去了。

村里的人都来了，来送别这不幸的祖孙三人，到来的人没有不哭的。

何排哭着送别好朋友，在好友下葬的一刻，她哑着嗓子喊："我一定会为你们报仇的，我一定会为你们杀鬼子报仇的！"

从此，她积极参加村里组织的抗日救亡运动，张贴抗日宣传标语，与大人们一起为游击队征收粮食，收集妇女们做好的布鞋，并随大人们一起送到游击队手中。

1939 年，小小的她被选为村妇救会委员，当年又被推举为妇救会主任。她们的村子距日伪炮台仅一公里，但她仍毫不畏惧地组织本村妇女做军鞋，编草帽，护理伤员，拥军优属，开展抗日工作。

前几天，她隐蔽在自瞳村姐姐家做军鞋，被汉奸发现，报告给炮楼里的鬼子。

……………

拂晓，日军小队长角大黑、伪警备大队长韩木带领日伪军三十多人悄悄来到自瞳村，在何排姐姐家搜出了她。

三十多人把小姑娘何排五花大绑地绑到村口，逼问谁是党员、干部。何排一身凛然正气，威武不屈，大声说："俺村只有我一人是党员（敌人不知道她当时还不是党员）干部，要杀便杀，废什么话！"说完，头转向乡亲们，微笑着。

伪警备大队长韩木揉了揉他的红鼻子，靠近何排，小声说："小姑娘，你还小，又这么漂亮，犯不上现在就这么死了。死后埋到地底下，又冷，满身爬虫咬，多惨啊！"

何排怒视他一下，把头侧向一边，不再说话。韩木皮笑肉不笑地躬身看着何排："小姑娘，你要是说出来，我保你坐飞机去日本帝国学习，吃大虾，住洋楼，睡榻榻米，享受荣华富贵。"

他还没有说完，何排吐了他满脸的唾沫，接着骂道："你个狗汉奸，帮着侵略中国的日本人欺负我一个小女孩儿，你家也有孩子吧，你做缺德的事就不怕断子绝孙？"

日军小队长角大黑不耐烦了，喝令日伪军严刑拷打何排。

他看着被打得死去活来的何排说："我就不信一个小女孩子能承受大日本皇军的酷刑。"

随后，坐老虎凳，在鼻腔灌辣椒粉，用滚烫的油泼双腿。何排始终坚贞不屈，咬着牙，没有喊一声疼。她一直对敌人横眉冷对、破口大骂。

敌人最终兽性大发，日军小队长角大黑吩咐所有的日伪军每人扎她一刀。还补充说，谁也不要先刺中要害。

残暴的日伪军的兽行开始了，敌人每扎一刀，英雄的何排小姑娘就喊一声："中国共产党万岁！"

村民们愤怒了，要解救这个可怜的孩子。

敌人的机枪响了，只一梭子子弹，就倒下了十几个村民。

村保长哆嗦着身子站出来："乡亲们哪！大家都停下来吧，不要再死人了啊！"

兽行继续，但何排总是怒目圆睁。最后端着刺刀的几个伪军吓得全身哆嗦，不敢往前了。

何排壮烈牺牲了，眼睛瞪得大大的，身下一摊血。日军小队长角大黑吓得退到角落里大口地喘气，离何排近的几个日伪军跟头趔趄地往后退着，有两个绊倒在地。

敌人走了，一个勇敢的姐姐上前把何排解下来，脱下自己的衣服包裹了她，几个大婶过去为她合眼，为她梳妆。一个刚回村的民兵队长，听说鬼子残害何排姑娘后刚刚离去，他给爹爹交代了两句，迅速地跑向了村外，他要告诉南边村里的自卫队员这里发生的事，时刻准备着截击敌人。

何排这位年仅十六岁的少女，给乡亲们留下的深刻印象是——面对敌人是咬牙切齿的仇恨，对乡亲是昂头挺胸的微笑。

…………

再说，日军小队长角大黑和伪警备大队长韩木回到叮咛村，把事情经过说给了新美二郎，想得到奖赏。没有想到新美二郎少佐每人赏给了他们一个响亮的耳光。见他们怔怔的，新美二郎说："你们的，三十多人杀死一个小女孩子，还让她大义赴死。你们的，大大的亏了。她的死，会换来很多这样人的生，你们的不了解支那人的脾气。他们会以牙还牙的！"

新美二郎算说对了。敌人刚出叮咛村，就踏响了自卫队埋设的地雷，日军小队长角大黑在这次爆炸中被炸瞎了左眼，炸伤了左腿，被送回县城治疗，得到报应。

鬼子的先锋队学精了，开始让装甲车开路。

自卫队自制的地雷不断爆炸，但是威力小，装甲车损伤不大，有的只是铁皮乌黑了一些。

地雷的爆炸，也引起了鬼子的恐慌。他们不敢向前，三排扫雷手向前推进，起出了很多的石头雷。

新美二郎用军刀拨弄着面前这些石头疙瘩，哈哈大笑："这也叫武器？如果是，也是圣战中遇到的最劣质的武器。"他说着，用刺刀挑出了里面的黑色炸药，把石头雷扔向了路边。

鬼子的大部队继续前行。

车到杨村，有一家豆腐坊灯火通明，这是伙计在给村里人制作豆腐。做豆腐是临近年关时人们的生活习俗。做豆腐的人脸上洋溢着微笑。但是，他们不知道，等待他们的是一场灭顶之灾。

新美二郎见小屋有灯光，怀疑是有人聚集抵抗。他吩咐让两个炮手架好两门60迫击炮，同时发射。

咣咣的两发炮弹在豆腐坊爆炸，十几个无辜的村民遭遇了飞来横祸。

一个晚上新美二郎就"扫荡"了三个村子。到天明，敌人来到了沙河岸。这里河道宽约千米。仅有一木桩土桥，桥面已经塌陷得不成样子。

新美二郎下令就地休息，伙头兵埋锅造饭，工兵加固桥面。

这支军队中很多人是日军野战部队抽调来的人，训练有素。不一会儿工夫，河岸上升起几柱黑烟，一会儿，空气中就有了米饭香。工兵把厚厚的木板从卡车上卸下来，把桥面上塌陷的部分重新铺设好。

新美二郎的蓄意很明了，他一路只顾有目标地烧杀，没有抢掠，没有恋战，他就是想直扑李顾村、赵庄村，一解夺炮楼之恨。

定南县委早就接到了情报，知道敌人要来"扫荡"，早早组织群众撤离了。

第 17 回

反"扫荡"联合战失利　众军民血洒沙河岸

当日军在沙河岸埋锅造饭、在沙河上铺路搭桥的时候，定南县召开了战前紧急会议。会议上赵书记宣布了这次反"扫荡"的战略战术，即三打战法"打联合战，打游击战，打偷袭战"并一一进行了解读与部署。

一会儿，大家纷纷交来各自的部署方案，赵书记一一审看，一一指导。

号庄和良庄村青年抗日救国会主任、四区第四中心村党支部书记、游击组指导员刘维计等，先后上交了作战方案。赵书记详细看了后，说："你们的游击战法都很好，就是要注意两点：一是战马要进行战前训练；二是骑兵要配备战刀和手榴弹。"

刘主任信心满满地走了。七区区委宣传委员，湖村书记王田长等交来了地道战的作战方案。赵书记看后提醒："地道要能进能出，一旦有鬼子发现一个洞口，要能迅速转移并封堵地道，把伤亡降到最低。"

情报分站站长、冀中回民抗战建国总工会定南县分会锄奸科干事马隆标来了，他交了近期认定的几个汉奸的名单。赵书记嘱咐："汉奸一旦认定，证据确凿，就要快速除掉，不然会后患无穷的。"

接下来，赵书记与反"扫荡"指挥部成员一致认为，这次战役，必须有联合意识，应联合高棚、邢邑、丁村、市庄、油味、留春、号庄等七个地方的抗日武装增援李顾村和赵庄村。

随后，指挥部派游击队员在各个阻击点藏好了弹药，开通了联村地道，公布了地道阻击战的方案。

这是一场军民联合的有充分准备的反"扫荡"战前部署。

县委共收到来自十个村造的五花八门的地雷四千余枚。埋设在齐堡桥头及路旁交通沟一千余枚。在通往李顾村的路上每隔几公里就不规则埋设包括手拉雷、脚踏雷、震雷，还有丝线防拆雷等组合而成的地雷阵。

其实，这些雷布设得很艰难，都是老百姓们拿着钢钎在冰雪地上凿出来的雷坑，埋设完毕后，又覆盖上冰雪。有的绳雷上的冰雪重新凝成了冰，为了防止拉绳冻住，群众们想了个很智慧的法子，就是把拉绳穿在特制的铁管子、竹管子里，形成了顺利的拉绳通道。

一切都准备好了，战士们开始匍匐在雪地里等待着敌人的到来，人人都有"来一个消灭一个"的压倒性斗志。

再说，吃饱喝足了的日军，在新美二郎的指挥下起程。过了沙河桥，前方是一条窄窄的引桥。几个小队长挥着战刀哇哇叫着敦促日伪军前进。可是，令新美二郎万万没有想到的是，他的装甲车刚刚过河就轧上了地雷，炸得装甲车差点儿侧翻进排水沟。新美二郎马上命令部队暂缓推进，工兵一字排开拆除地雷。战战兢兢的工兵发现雷区很不规则，自发雷和拉绳雷交叉埋设。工兵刚刚进入雷区，绳雷就拉响了，两个工兵被炸飞。还没有排雷就死了两个工兵，让新美二郎大为恼火。

新美二郎下车亲自查看地雷的拉绳走向，绳子从哪里拉过来的，他也一时闹不清楚。可他发现公路的两侧都有残破的小管子，里面还有棉麻线。他大彻大悟似的哈哈大笑，正当他要拉着一个小管子寻找源头的时候，埋设在路旁的触发雷响了，他本能地卧倒。但这个雷只是把他掀回了路中央，炸得他满脸是黑，没有伤了他。他气急败坏地下令炮手向路两旁覆盖炮弹。瞬间炮声轰隆，雷声阵阵。远处隐藏在树丛雪臼里的游击战士有的就被炸飞了，鲜血染红了白雪。看有人，新美二郎又下令机枪手疯狂扫射，此处负责拉雷的十几个战士只有一名幸免于难，狂奔着回了设在李顾村村口的指挥部报告情况。

绳雷失去了作用，但是触发雷还多的是，不时有排雷的鬼子被炸死。走了不到两个时辰，鬼子扫雷手仅剩下四个，扫雷更是艰难，大多的雷都冻住了，他们起雷的时候不敢使用钢钎撬，用匕首慢慢划拉冰冻土，所以起雷的速度大大降低。

虽然有装甲车，但是新美二郎还是不敢在冰冻的旷野另辟道路的，他怕进了陷阱。

他想出了一个无可奈何的办法，让步兵炮手覆盖式轰炸路面，一时间，六门小钢炮发射的炮弹把公路炸得像刚铺设的新土路。就这样一路炸着，装甲车就轰隆隆地开到了李顾村附近。

邢邑、高棚、市庄、油村等地调来的游击队员和张志雄带领的自卫队员趴在村边筑起的土包掩体，阻击来犯之敌。

虽然有二百余人，但六成是新兵，所以，这次战斗仍然是一场敌强我弱的战斗。

战斗一开始，战士们打得很顽强，针对敌人的装甲车，他们设置了火墙，在街头堆放了大量的秸秆浇泼上油，熊熊大火暂时阻止了敌人的进攻。但是，随着火焰渐弱，再加上敌人猛烈的炮弹狂轰滥炸，很快，这第一道防线就残破不堪了，有几个战士负了重伤。但是顽强的战士们还是勇敢地还击，僵持了半个小时左右，新美二郎也许感觉不能总是这样，需主动进攻。他下令架好迫击炮，一发发炮弹撕裂着空气飞向了村口战士们的掩体。

战士们只好在张志雄队长的带领下，由阵地战改为巷战。小鬼子可就气焰嚣张地追进了村子。游击队员们借着熟悉的地形，绕着弯儿神出鬼没地截击鬼子，开始了藏猫儿似的游击战术。出来几个队员，引走一队鬼子，你引我打，你追我藏，说不定哪里响一枪就有一个鬼子倒地毙命。

根据战前的安排，一部分战士向村子深处跑去，一部分战士迅速躲进了土袋子掩护下的地道，看时机夹击鬼子。地道口连通了街边的十几户人家，每户人家的墙上都有射击口，射击口外边遮掩了秸秆。

日军凭着优良的武器，无所顾忌地追着游击队员向村子中心地带跑去，但是追着追着就不见了踪影，等他们瞎撞胡找时，身后却响起了枪声。枪声和手榴弹的爆炸声此起彼伏，鬼子死伤无数。

新美二郎带领着大股部队，追得更狂。看游击队员跑得无踪无影，他哈哈哈大笑着，边摇头边重复着一句话："中国游击队的，不堪一击，不堪一击！"

他刚刚仰起头，帽子就被打飞了，他吓得滚倒在地，趴在地上声音沙哑地发号施令。在他的号令下，大队伍齐刷刷地集体卧倒，还没有等他们爬起来，几个手榴弹不知从哪里飞了出来，在队伍里爆炸。

新美二郎急了，命令装甲车向民房开炮，一时间炮弹嗖嗖，爆炸连连，墙倒屋倾，滚滚尘烟腾空飞起。

看前面出现了许多斜斜的巷子，狡猾的新美二郎让伪军头前开路，所有的伪军都缩头缩脑不敢往前。一挺机枪架设在伪军队伍的后面，黑洞洞的枪口对着伪军。伪军在中队长王胖儿吆三喝四下被迫前行。突然两个端着轻机枪的游击队员在鬼子身后蹿出来，复仇的子弹截断了鬼子前行的路。很快鬼子就倒下七八个。等鬼子反应过来，这两个战士已经翻越一家的高墙，躲进地道，无踪影了。

新美二郎气得哇哇大叫，把指挥刀拼命地砍向了一棵手腕粗的椿树，椿树被拦腰砍断。他气急败坏地指挥着装甲车向游击队员跑去方向发炮。但是，炮弹爆炸处，只看到腾起的尘烟。

这时，王胖儿折返回来说："太君，不能再这么走了，应该分头包围村庄，搜寻八路，挖地三尺，看他们在哪里躲藏。"

"大大的正确！"新美二郎说完指着王胖儿说，"王桑，你的南面的继续前行。"王胖儿走了。他又喊来特务队队长岳春田："岳桑，你的配合王桑穿街走巷，挨家挨户搜捕游击队地干活！"

岳春田得令，立马带队追上王胖儿。王胖儿后退几步对岳春田说："他妈的小鬼子就是让咱们头前送命，你他妈的也长点儿良心吧，不然你堂弟岳春喜也会宰了你的。"

岳春田哆嗦了一下，急忙说："是……是，可皇军那里咱们怎么交差？"

"我不管你怎么交差，咱们得对得住自己的良心，你没有看到刚才那两个端着冲锋枪的游击队员吗？他放过咱们专打咱身后的鬼子，他俩要是先冲着咱俩一突突，咱俩还能他妈在这里说话吗？你这没有耳子的尿壶，早他妈的见你祖宗去了。"王胖儿此时似乎良心发现了。

"我听懂了王队长的意思，咱见了中国人，枪口也抬高点儿，是吗？"岳春田坏笑着。

"你他妈还说见了中国人，你自己不是吗？那，是不是你自己看着办，我没有说！"王胖儿说完，带着他的伪军独自走了。岳春田愣愣地站在原地吐了一口唾沫："他妈的，做了多少坏事了，这个时候还说我，他奶奶的狗心换成人心了？"

这时，特务队副队长马旺上前："我觉得王队长说得有道理。"

"你他妈的教育老子来了？快，带着一部分人去村北挨家挨户搜，我去村南。"

王胖儿刚走进一个巷子，半截砖头就劈面盖了下来，亏他躲闪得快，不然他的脑袋就开了花。砖头是如炕坯一样的大青砖，青砖蹦到了一个伪军的腿上，疼得伪军像受伤的野狗一样嗷嗷叫着拐着腿跑向了一旁。

几个伪军机械地向房檐处开枪，王胖儿踢着一个伪军的屁股："你他妈的怎么傻呆着，放啊！"

在他的嚎叫下，所有的伪军朝着这家的房子开枪，一时间房上的泥皮开了花，砖石尘土散落了整个小巷。

看没有动静，王胖儿喝令停止打枪。他胆战心惊地走在队伍前面，东瞧瞧西瞧瞧，生怕蹿出一个游击战士给他一枪。看走了几步远了，他边端着枪猫着腰走边小声念叨："八路爷爷，我们不打你们，你们也不要打我们啊！"

其他的伪军也声音颤颤地学着王队长喊。

王胖儿回头骂道："你们他妈的喊什么，这么大声音，让皇军听见，命就他妈的没了，我自己喊就行！"

于是，他过一个巷口就喊几声。虽然声音不大，但在这清晨，躲藏在地道里的游击队员听得真真的。他们几乎要笑出声来。

果真没有打他们的，放他们一马过去。也许游击队员是想借此省下几颗子弹。

周围静悄悄的，没有一丝声音。

一小队缩头缩脑的鬼子进了小巷，突然机枪大作，手榴弹炸响。鬼子们被这突如其来的强大火力吓蒙了，有的抱头瞎撞，有的慌不择路，掉进了临街的深粪坑，有的被炸得缺胳膊少腿，有的被炸得埋入土墙。顷刻间，进小巷的一小队鬼子全都毙命。等新美二郎带人赶过来，这里的尸体已经堵了巷子口。他下令包围这个区域，挖地三尺，也要找出游击队员，为天皇士兵报仇。

这是市庄村来的游击队员打的一次漂亮仗。他们共计六人躲藏在村民李全家的地道里，看鬼子进了巷子，他们扔光了所有的手榴弹，打光了所有的子弹，看巷子里没有了动静，他们又重新躲进地道里。其实，这是个错误的决定，他们没有了弹药，是应该跑的。李全家的地道还没有和其他人家的地道挖通，虽然里面比较宽敞，但是，这是个长有近百米的死洞。

新美二郎迅速带人包围了这个四周是街道的，只有四户人家的区域。日军简单清理完同类的尸体，开始挨家挨户地毯式搜查，他们挖开所有值得怀疑的土地。很快把六个没了弹药的游击队员从地道里搜出来。

新美二郎下令把他们五花大绑了，押到大街上。这时其他队的小鬼子也搜出了不少的人，里面有很多的青壮年，分明也有游击队员。

新美二郎让王胖儿点数，王胖儿点了一遍说："大概是一百七十二人。"

"什么大概，再点数儿，到底是多少？"

王胖儿抓出其中一个识数儿的伪军，在他屁股上踢了一脚："你他妈的帮老子点。"

伪军点了起来，他点到一百七十二后还有一个没有点，他看了看王队长冲着鬼子喊："对，是一百七十二人。"

新美二郎让特务队队长岳春田对大家训话，问问队伍里谁是游击队员。

岳春田走上碾盘，碾盘挂霜，滑了他一下。他双手按在了冰冷的碾盘上，碾盘几乎粘住了手。他双手在口边哈了一下，大声喊："父老乡亲们，只要你们一人说出一个游击队员，就可以回家了。交代出一个洞口也可以，这么冷的天气，不让你们吃喝，一晚上，你们保准会被冻死。"

没有人说话，十字街一片宁静。不知谁家的狗叫了两声。

岳春田抓出一个小伙子问："你他妈的说，谁是游击队员，洞口在哪里？要是不说，你就是游击队员，今天就是你的忌日！"

"我就是游击队员，怎么了？你他娘的不是人揍的。你不配和我说话！"小伙子挺着胸膛义正词严。

"你还敢骂老子，老子毙了你！"岳春田拔出盒子枪。

这时，只见游击队员反手夺过岳春田的枪，正要扣动扳机，新美二郎抬手就是一枪，可怜这个英勇的游击队员重重地摔在一个老太太身旁，大大的眼睛转动了一下就不动了。

老太太蹲下身子，为这个孩子合上了双眼，顺手抓下自己的蓝色头巾盖在孩子的脸上。

这个小伙子是油村的游击队员，他叫陈有粮。父母给他起名字希望他有口饭吃就行了，可惜他今年只有十七岁就没命了。

被捆绑的六个战士被激怒了，大家七嘴八舌地推搡着骂着鬼子。

新美二郎走到一个满脸胡子的游击队员面前，狠狠地拧着他的耳朵问："刚刚你骂我什么？"

"骂你王八日的，你们一家都是王八日的！"他说完挣了挣捆绑自己的绳子。

这句话激怒了新美二郎，他不容战士再说第二句话，一刀下去就砍下了这个战士的头。

在场的很多女人都放声大哭。

被他砍头的这个游击队员叫李力明，结婚还不到一个月，新婚妻子是一个漂亮女孩儿，她正巴望着自己的新婚丈夫回家。然而，她还不知道，自己丈夫已经和他阴阳两隔，她再也见不到自己的新婚丈夫了。

一个十几岁的小女孩儿被一个小鬼子拽出来了，三四个小鬼子苍蝇似的疯狂而上。其中一个小鬼子用含糊的中国话说："你的，小花姑娘大漂亮。你的，说出队伍里谁是八路，就可以走了。"

翻译官把脸凑到小女孩子眼前，把刚才小鬼子说的话清楚地说了一遍。他刚说完，小女孩子就朝他脸上吐了一口唾沫。

一个鬼子上去撕下了小女孩儿的上衣，小女孩子瞪了瞪绝望的眼睛，向老乡群里望了望，大哭起来。

"住手！"随着大喝一声，从人群中走出一个小伙子，"不要侮辱小妹妹，队伍里就我一个是游击队员，有什么事冲我说吧！"

这个小伙子生得天庭饱满、地阁方圆，五大三粗的身形，把新美二郎吓了一跳，他本能地摸了摸腰间的佩刀。两个鬼子反捆了他的双手，押着他走到了新美二郎身边。新美二郎端详着这个游击队员问："你的，大大的聪明，你的说，队伍里除你之外没有其他游击队员了？"

"是，我说的是真的。"

"你的是哪个村的？"

"就是这个村的，怎么了？"

"你的，和这个村的人说话不一样？"

新美二郎说完突然拔出军刀用刀尖点着这个战士的下巴颏儿说："你的，说实话，不说的，这刀就进去了，你的明白？"

这个游击队员的确不是李顾村的，他是南边十五公里远的邢邑的。邢邑人和李顾人说话在语速、语调及声音的长短上有一些区别，这小鬼子也能听出来。

他叫成刚，和他的名字一样，天生一个刚直的性格。他眼睛大大地瞪着，牙咬着，就是不说一句话。新美二郎的刀尖划破了他的皮肤，往里推去，他咬着牙忍着，血流了下来，他愤怒地瞪着眼睛。血继续流着，染红了他破袄飞扬着的棉絮。不一会儿，棉絮不在飞扬，血浸透了，一滴滴往下滴，棉絮一角冻僵了，垂挂在胸前。人们看到，好汉把头一仰，突然吐出一口鲜血，吐了新美二郎满脸。还没有等新美二郎反应过来，他大笑一声，身子往前一扑，声音突然停止，血喷涌而出，新美二郎的刺刀刺穿了成刚的脖颈，他痉挛着挣扎几下，整个人就瘫软下来。

人们被敌人的暴行激怒了，再次要与鬼子拼命。有几个小伙子和鬼子扭打在一起，有一个游击队员随手拿起半截破砖来，向鬼子头上砸去。

看着这些面对刺刀英勇无畏的游击队员，新美二郎恼怒的五官错位。瞬间，他暴跳如雷，灭绝人性地下令机枪手开火，一梭子子弹打出去，村民的队伍倒下一大片。这时，王胖儿走来手搭听筒状对新美二郎耳语说："太君，您不是让我负责重建这村的炮楼吗？村里就这么点儿男人。而且，我知道，里面还有几个瓦匠。还是先留下这些刁民干活儿吧，等干完活儿再……"他做了一个杀头的手势。

新美二郎似乎听懂了王胖儿的话，摆手停止了射击，吩咐把男人绑了，把女人放了。

夜幕降临了，大肆施暴的鬼子们又冷又饿。

新美二郎让特务队抓来几个妇女为他们做饭，他们监督着做饭的全程，大米用他们自己带来的，白菜用的是农民菜窖里的。小李豆腐坊成了临时厨房，用的是他家熬豆腐脑的大锅。鬼子的食盐在过沙河时进水化完了，他们让李婶儿去找盐，李婶儿就是邢邑游击队员成刚舍己救下的那个小女孩子的娘。她不想给小鬼子做饭，但看到明晃晃的刺刀和瑟瑟发抖的孩子，她还是去了。李婶儿在小李家厨房里找出一罐子盐来，刚要端走，忽然看到旁边还有一大罐儿白白的粉末儿。李婶儿闻了闻，知道是煮猪蹄儿时，为了熟得快使用的芒硝。民间有一两芒硝三趟茅房之说，也就是说芒硝吃多了会闹肚子拉稀。

李婶儿暗自苦笑，忽然心生一计，她要治治这些杀人不眨眼的小鬼子。她立刻把芒硝全部倒进盐罐子里搅和搅和端出厨房。

三大锅白菜炒好了，李婶儿每个锅里舀了三大勺子"盐"倒了进去。监督做饭的鬼子示意让李婶儿尝尝盐，李婶儿抓了一把塞进嘴里，舀水喝下，鬼子笑了，向李婶儿伸出大拇指。

白菜帮子冻了，不好软，但今天的白菜炒得格外软。鬼子也饿了，也不管味道怎样，吃得是狼吞虎咽。

鬼子还让李婶儿为新美二郎炒了大葱鸡蛋，鸡蛋炒的黄澄澄的，很嫩很嫩。新美二郎吃完了一大碗的鸡蛋和一大盘子炒白菜。

晚上，鬼子们按照班队分散住在了李顾村各家。为了取暖，他们在各家院落点燃了大火。一时间村子乌烟瘴气，他们没有让做饭的几个妇女走，也没有伤害她们，把她们集中在一间屋子里。看守她们的伪军说："皇军说，你们做的饭好吃，明天早上继续做。"

李婶儿笑了，好吧，小鬼子，今天晚上治不死你，明天早上咱继续。

几个妇女刚靠在一起取暖打盹儿，李婶儿肚子就开始咕噜了，她很想去厕所，但是有伪军哨兵看着她们，她不好意思。看她实在憋不住了，一个上了岁数的大娘出去对伪军说："往一边站站，你姑奶奶想去茅房。"

伪军往一边站了站，李婶儿忙忙去茅房，刚进去，只听"哗"的一声，像倾倒了一大盆的喂猪泔水。

这时，伪军的肚子也似乎有了动静，小声说："姑奶奶，你还不好啊，我也想去。"

"等等，这是女茅房，你他妈的去猪圈墙上蹲去！"李婶儿骂道。

伪军蹲在了猪圈墙上，不一会儿又有几个伪军也蹲了上来，像排队夜宿的野鸭，一个个撅着喷粪的腚。

鬼子居住的地方更热闹了。鬼子们用手紧紧捂着屁股，一趟趟地往外跑，来不及去茅房的就地解决，闹得到处臭烘烘的。

新美二郎和其他卫兵一样，更是跑茅房跑得肠子都要出来了。

整个日军居住区域臭气熏天。

被绑着的几个壮劳力和六个游击队员没有人给他们送饭，他们虽然饿，但安然无恙。看鬼子肚子疼得哇哇乱叫，一趟趟去茅房，他们就知道，是有人在饭菜里做了文章。

趁着鬼子拉肚子顾不上他们的当儿，他们互相帮忙解开了捆绑的绳索，借着夜色溜之大吉。

一口气跑到村东河边，班长刘壮壮说："咱们去报告县大队，让县大队收拾这帮拉空了肚子的日伪军吧。"

于是，六个人决定蹚水过河去报告。正要过河，遇到了带队回来侦察情况的抗日自卫队队长张志雄和他的战友们。

张志雄问刘壮壮："村子里怎么样？"

"张大哥，快带人去收拾这帮小鬼子吧，他们也许是吃了巴豆，正集体拉稀呢？"刘壮壮着急地说。

张志雄一把拉过刘壮壮问："你具体说说，到底怎么回事？"

刘壮壮把自己看到的情况一五一十地说了说。

张志雄马上问："你们还能打吗？"

"能……能。"六个人抢着回答。

"那好……小六儿，你带我们去，我派一个人去县大队报告情况。"张志雄决心要趁着鬼子疲惫之时狠狠地给鬼子一下子。

他们走街串巷，来到了街中心。张志雄知道，鬼子的指挥官一定住在这里。果真，刚转过一个路口，他就看到有两个鬼子撅着屁股拉稀，抱着肚子嗷嗷叫。趁着夜色张志雄和一个战士一步跨过去，快刀割断了鬼子的喉咙，又以同样的方法杀掉了门口的守卫，然后，偷偷靠近了高墙砖房的院落。

这是地主家的一个四合院儿，鬼子来后，地主不知跑到了哪里，空置了院落。院子有一亩大，今晚的院子人满为患，住着新美二郎和他的卫兵小队，共计百余人。

等他们麻利地爬上房顶，才真真看到了壮观的一幕。院子里黑压压地蹲着叽里咕噜叫着拉稀的鬼子，臭气熏天。

张志雄乐了，大喊一声："打!"

顷刻间，手榴弹一个接一个地砸向了院子。院子顿时陷入火海。

但是张志雄没有想到，鬼子在南房顶上布置了一挺机枪，枪口对准了院子。

南房顶是尖顶房，鬼子在南坡趴着，不容易发现。

见有人偷袭，鬼子的机枪开火，爬上房的十几个人立刻被击中了多半儿，纷纷中弹掉了下去。

在院子外的十几个游击队员，不知道发生了什么事儿，刚要砸门时，院子的大门忽然开了，十几个鬼子端着歪把子机枪一阵儿猛扫，这些人跑掉的不多，大多身中数枪而死。

张志雄凭着熟悉地形，带着六个队员，蹿着房檐逃跑了。可怜他的二十多个自卫队员和六位刚出虎口的市庄村自卫队员英勇牺牲。

他带着六个队员，拼命地跑到了北河岸，发现有鬼子的多辆三轮摩托车放在堤下，有五个小鬼子看守。他给几个队员招手示意，悄悄地摸上去，三下五除二就解决了这些鬼子。他们把车上留下的枪支弹药，背在身上，打开了一辆摩托车，用小鬼子的军服蘸了油，点燃了，迅速离去。刚走出不远，随着一声一声闷闷的爆炸，鬼子的三轮摩托车四分五裂，火光照彻了村北的大半个天空。

他们沿着沙河跑回了定南县委。

定南县委的赵书记，正为如何进行第二次沙河阻击战布置任务，听说张志雄去李顾村袭击鬼子，知道他们一定凶多吉少。正待组织游击队员增援他们时，卫兵说张志雄逃回来，只剩下七个人。赵书记听了，一屁股坐在了椅子上。

张志雄进来，赵书记还没开口，他却号啕大哭起来。赵书记不耐烦地说："去，去去，去禁闭室哭去。什么时候不哭了，再来见我。"

两个卫兵把张志雄拉走了。

这次张志雄的奇袭，炸死了敌人两个小队长，一个翻译官，一个发报员。被激怒的新美二郎下令忍着肚子疼，连夜对李顾村实行"三光"，他们疯狂地杀掉了所有能找到的人，烧光了所有的房屋。能抢的都抢了，光是爱收藏的李效白家珍藏的定瓷文物就装了满满一马车。李婵儿由于跑厕所多了，昏死过去，鬼子以为她死了，所以她幸免于难。

得到消息，赵书记眼眶都红了。

他清楚地知道，鬼子很快就会杀过沙河，来河东沙河圈儿"扫荡"。

他马上下令，炸掉通往沙河圈儿的木桥，沿河岸遍布地雷。通知在沙河岸布置防御任务的赵银山支好他的小钢炮，再调拨一半儿赵庄的人马来沙河岸阻击鬼子过河。

人们都走后，赵书记对侦察员刘长胜说："速带你的人分段侦察敌情，一个小时一报。"

刘长胜走后，赵书记对县大队队长方响说："该启用我们通往沙河岸的地道了，阻击鬼子的仗是不好打的，鬼子武器精良，轻重机枪、小钢炮很多，赵队长的炮弹也许不多了。"

"你的意思是打不了就跑地道？"方响风趣地问。

"对啊，还是不能和鬼子硬拼，我们作战宗旨你忘记了吗？打游击战！打游击战！"赵书记反复强调着。

两人研究了作战方案，方响听了最后定的方案后，连连称奇。

随着一声爆炸，连接沙河圈和李顾村的唯一的木桥轰然坍塌，这座桥于清宣统三年（1911年），也就是辛亥革命那年由一个乡绅花钱修建，后又重修多次，是座老桥，桥墩还保留着原来的防水防腐银杏木桥墩。可惜随着一声爆炸，这座大桥的残肢断臂随着滚滚的河水南流而去。

新美二郎听到了村东的爆炸声，他就知道，他再次失算了，他应该派人保护好这座桥。当然，他带来的工兵是有搭桥经验和能力的，但这都需要时间。他怕完不成按照既定计划"扫荡"赵庄村的任务，他更担心城内的安危，那里有他的夫人和两个孩子。

果真，他带着他的大部队来到沙河岸时，看到的是打着漩涡的沙河水，看到的是河对岸修筑工事的跑东跑西的军民。

他马上下令开炮，当第一发炮弹发射出，他就觉得是浪费了，他知道，这次配备的轻型迫击炮最大射程为四百米左右。看着只能打到河岸，且大多炮弹失准，稀稀落落地打在沙滩上，炸出一个个小沙坑来。

新美二郎下令停止炮击，就地宿营。

夕阳把西方的天际染得血红，把大柳树的影子投射在水面上，水里就像浮潜着一个个扬着长发的巨大恶魔。

一会儿，天就黑了下来。

赵银山借着对岸时隐时现的马灯光亮，按照一排一灯的猜测，估算着日军的兵力。

新美二郎看不清东河岸的情况，他吩咐工兵架起了木质瞭望楼。他刚刚站上去，一发炮弹就在楼下爆炸，吓得他连滚带爬地下来卧倒，木楼随即燃烧起来。又一发炮弹发射过来，这发炮弹落在水中。

新美二郎知道，对面的游击队使用的一定是缴获的日式迫击炮，这是二代型的。这种炮有一个毛病就是，第一发炮弹射程较远，随着炮筒发热，炮筒就会胀大，没有了发力，射程就越来越近，直到不能使用。后来日本的兵工厂改进了这种炮，改用60毫米和82毫米迫击炮代替了。

县大队的队员们不知道这种情况啊。一发发炮弹落在了水里，炮弹打得似乎越来越近。

而鬼子的炮弹却一颗颗打来，落在阵地上。

但是，县大队的队员们也没有伤亡。县大队号召人们听声音躲炮弹：炮弹带着声音飞来，他们就闻声而动，迅速躲进地窖子里。地窖子连接着岸上人家的地道。

双方就这么僵持着。

过了一会儿，双方隔着河岸吃饭，游击队员吃的粉条儿炒白菜白馒头，鬼子吃的肉罐头。鬼子在上风头，肉罐头里浓浓的香料香味儿飘过了河岸，香得游击队员们直咽口水。但是日本鬼子吃不上热乎的东西，大多的鬼子吃完罐头喝凉水，不一会儿就集体举着火把再一次拉肚子。借着火把光亮，游击队员能看到一个个鬼子蹲在光秃秃的沙滩上，露着光光的屁股拉稀，都哈哈大笑起来！

晚上了，这冬天的河水似乎也忍不住寒冷要睡去了，没有了波涛，静静地流淌。

午夜，一小队穿着黑色橡胶裤的鬼子悄悄下了河，每个人扛着一个大木板。到河中间了，游击队的哨兵才发现，可怜这个哨兵刚喊了一句，河里的鬼子就残忍地开了枪。

紧接着，刚铺设的木板上，匍匐着的鬼子机枪手开了火，子弹哒哒地射了过来。

听到枪声，方响队长马上组织还击，手榴弹的威力瞬间破坏了鬼子的人体浮桥。鬼子装甲车上的炮弹响了，大威力的炮弹射来，在游击队员中爆炸，机枪手中弹倒地。方响亲自端起机枪向河中扫射，鬼子倒下去几个。

看鬼子不往前冲了，方响停止了扫射。鬼子也没有了动静，河中又恢复安静。

天越来越黑，看不清河面情况。方响只好过一会儿让战士在河里扔一个火把，但是瞬间亮光又随水淹没。

新美二郎使用的望远镜是他的德国同学送给他的，有夜视功能。所以，他能及时掌握我东岸游击队的情况。

借着望远镜，他把方响的作战意图闹了个大概，他想借着夜色强行过河。晚上九点刚过，敌人的炮弹就在县大队的阵地上开了花，掩体不顶事了，他们只好撤进了地道。

没有了阻力，鬼子的浮桥可就铺设好了，许多鬼子跑着就过了河，但是装甲车和汽车却没能过来。徒步过来的鬼子当然踩响了县大队布设的地雷阵，死伤了几个鬼子。

有一个小个子鬼子在一棵柳树下方便，刚直起腰就触发了赵银山他们研制的小吊雷，脑袋被炸了个粉碎。

新美二郎看着这颗莫名其妙爆头的士兵，惊恐得说不出话来。

这时，天就明了，新美二郎让各小队点了点人马，才知道，自出城"扫荡"以来，他的士兵共死亡八十六人，伪军死亡二十余人，还有二百多人的队伍让他对"扫荡"沙河圈仍然充满了信心。但是他又一次想错了。

正当新美二郎组织他的人马雄赳赳地开进时，遭到了埋伏在村口地道里的县大队二小队的伏击，机枪、手榴弹在小巷子里起到了决定性作用。鬼子先头的一个小队二十几个人伤亡过半儿。新美二郎亲自摇着膏药旗指挥先锋队撤退，没承想，刚躲进小巷子里的鬼子又踩响了地雷，一阵山崩地裂的爆炸，又丢下了几具尸体。等新美二郎再次组织反击时，却找不到了人影。他们像无头苍蝇似的东突西奔，没有作战目标，气得哇哇大叫。

醒悟了的新美二郎，迅速命令他的人马撤出了村庄。休整片刻，他又重新组织了包围，地毯式搜索合围，但是，合围的成果只找到几个躲在墙根处的老人。

可是，正当他们在一处小院休息时，院墙突然开了一个大口子，十几条土枪一齐开火。火舌裹挟着铁砂射向了扎堆儿的鬼子，许多鬼子登时身中数弹。这种土枪是打兔子专用枪，虽然经过了改进，但用来打鬼子，致死率不大，可杀伤率还是不小的。一枪筒子开火，所有的铁砂都射入鬼子群里，立刻引起一阵鬼哭狼嚎。这十几条枪同时开火，鬼子可就遭了殃。有捂着眼转圈叫的，有揉着胸口喊的，有拍屁股上着火棉絮的。在腾起的烟雾中，一切都乱了套，鬼子胡乱地放枪，就有误伤自己人的了。打架的，骂人的，叫喊的，像进了卖猪的集市。还没有等鬼子反应过来，八路军战士们就提着枪、猫着腰跑得没了踪影。

　　新美二郎好不容易才稳定了队伍，一查看，有一人死亡，十五人受伤。受伤不可怕，可怕的是士气大大减弱。八路军游击队员的神出鬼没，打得他们晕头转向，打得他们哭喊叫嚷。他们再恼怒，武器再精良也找不到复仇的对象。日军队伍一时也就不敢再往前推进。

　　看看前面狭窄的街道和幽深的小巷，新美二郎觉得似乎有许多的天兵神将藏身在那里，随时就有可能取了他的性命去。

　　看看来路，工兵们还在湍急的河中搭桥，装甲车和重武器还滞留在河的对岸。新美二郎觉得不能再这么打了，应该回去想个万全之策。他斟酌再三，决定取消本次"扫荡"，暂且撤回城里。

　　这样，鬼子又迅速撤到了河对岸。

　　刚才，是方响的游击队员们在地道里猫着，一会儿出来几个突击队员偷袭敌人。等敌人组织力量反扑，他们又没有了踪影。后来，他们通过传声筒和瞭望哨得知鬼子已经撤退，这才招呼队员们出了地道。

　　来到河岸，方响看到鬼子的队伍急速消失在对岸的树林里。他把这情况火速报告给定南县委。

　　赵书记接到情报马上召开了县委扩大会议，会上赵书记分析了这次反"扫荡"取得的战果，肯定了游击战和地道战的巨大作用，还安排了"实现地道联网连片"的具体任务。

同样，新美二郎回去后也向他的上级报告了沙河南地道战的可怕。当然，得到的结果是他被骂了个狗血喷头。

第二天，小野贤三郎前来巡查军情。窝了一肚子气的新美二郎再次向小野贤三郎司令官建议，再组织人马直接"扫荡"李顾村以东地区，坚决粉碎这里的地道战。

小野贤三郎司令官阴沉着脸走到新美二郎面前，狠狠地给了他一个耳光："你的，还想让我大日本士兵玉碎于沙河圈内？"

"为大日本帝国玉碎是光荣的，这次要是'清剿'地道分子不成功，我就剖腹谢罪！"

"你的，不需要谢罪。只要你能弄清楚地道的分布情况，就算是胜利。"

"哈伊！一定完成任务！"

"你连夜带特务队的人一起去，这次的任务不是作战，是要联系当地的人，抓一个顶用的人回来。"

当天夜里，一小队荷枪实弹的日本特务队分乘八辆三轮摩托车轰隆隆地出了南城门，他们以很快的速度沿定无路向沙河以南前进。

这时，也有一队骑兵向定深路上飞驰而来，也即将接近南城门。领头的是一位英姿飒爽的人，他就是冀中军区聂司令员警卫营的营长，名字叫勇士。两年前他曾经去过赵金山的游击队。他这次是受刚刚驻扎在邢邑的聂司令员委派，来县城了解情况的。他要把传说中的雄伟的南城门一带认真观察一番。他接受此次任务，很是兴奋。他想，万一哪天要来个"攻城战"，自己先搞到了第一手情报，岂不是立功一件？

这样，正待他信心满怀策马而来的时候，在定无路和定深路交叉路口，差点儿和新美二郎带领的特务队遭遇。他首先发现了大开着灯的摩托车队一溜烟地快速出城而来。

于是，他立刻吩咐同志们赶紧下马，大家麻利地把马牵到了路旁的草丛里。

没有想到车队去了东侧的岔路，轰隆隆地开走了。

骁勇善战的勇士同志是个有情况就要搞清楚的人，他暗暗招呼了一下，翻身上马和战友们一起追着摩托车声音飞奔而去。

一直追到了李顾村，车队停在了北沙河畔的树林里。借着摩托车灯光勇队长远远看到，这队人马很快换了装束，一身农民打扮地往东快跑，不一会儿就消失在暗夜里。留下了四个小鬼子荷枪实弹地看守着摩托车。他眉头一皱计上心来，他要抄这帮鬼子的后路。

他悄悄地给侦察员们说明了自己的意思，大家会意，猫着腰走进了庄稼地，悄悄地接近了摩托车，看到几个小鬼子坐在摩托车上抱着枪打盹儿，几个战士率先跃身而出，也几乎是同时，训练有素的战士把四把匕首同时插入了敌人的心脏。

大家麻利地卸下敌人的枪弹和军需品，迅速点燃了摩托车，朗声笑着，策马扬长而去。走了老远才听到几声闷响，大家知道，是摩托车油箱爆燃的声音。

勇士也清楚地知道，靠自己带着的这些人的战斗力阻击日军是不行的。还是要马上去邢邑村，那里有聂司令员，还有十七团的战友们。找到他们，再回来堵截日军也不迟。

再说，这化装后的新美二郎，很快领着特务队接近了疃村，他们通过疃村北炮楼中的伪军小队长马小陈，找到了曾当过民兵队长的大金牙家。不由分说把他从姘头小柳丝被窝里掏出来，押着往回返，回到了小树林，他们看到的是摩托车的铁架子和烧焦了的四具尸体，新美二郎冲天嚎叫一阵，打了几枪。在护堤的一个小屋旁搜出了一艘小船，渡过北沙河，就近赶往了沙河北岸的解村炮楼。

再说，勇士同志到了邢邑村。他不管不顾地就往聂司令的屋子里闯，卫兵挡住了他："勇营长，聂司令员正和杨同志说话呢，你是不是通报一下？"

"通报什么，我有急事！"说着闯进了屋里。

"早就听见你的大嗓门了，你一定有什么要紧的事，不然你不会这么没有礼貌的。"聂司令员说。

"鬼子特务队，从李顾村穿过，往东而去。一定有要事，你给我一个排的人，我去截击他们，一定给你打个大胜仗。"勇士快速回话。

"哈哈，给我打个胜仗？我让你干什么去了？完成我交给的任务了？"

勇营长语塞了，抓了抓头皮："侦察县城情况，但遇到这紧急情况，我只好尾随鬼子，烧了摩托，消灭了四个鬼子，我就又回来了。"

"好，早有人报告给我了。嘿嘿，你小子，这点儿事干得还不错。但是，你还是得回去完成你的任务，至于截击鬼子，我自有安排。"

后来，新美二郎遭到沿途自卫队的一路截击，丢盔卸甲地逃回城里，这都是八路军邢邑临时支部的巧妙安排。

第 18 回

甄续男大意陷虎口　费周折赵队长换妻

1941 年的春天，赵金山到晋察冀军区抗大三分校学习。学习期间，分校党支部马书记给大家先讲了"皖南事变"的经过，马书记讲：1 月 4 日，新四军军部及所属的支队九千多人由云岭出发北移。6日，行至皖南泾县茂林时，遭到国民党军八万多人的伏击。新四军激战七昼夜，弹尽粮绝，除约两千人突围外，大部分被俘或牺牲，军长叶挺被俘。

马书记还说，这就是蒋介石的所谓"攘外必先安内"政策，这老蒋不叫真抗战。这几句话使大家深深为国家的命运担忧，都感觉到了抗战的艰巨。

学习期间，赵金山还学习了《关于今后华中战略任务的指示》重要文件，赵金山的思想发生了很大的转变。他还听说了八路军山东纵队为粉碎敌之"囚笼政策"，进行反"扫荡"战役的情况，精神很受鼓舞。

一天早晨，赵金山正在门前洗漱，一个卫兵慌慌张张地前来报告："赵金山同志，校长让你过去一下。"

"哦，什么事？我去。"赵金山身子打了个激灵。

来到校长门前："报告，学生赵金山来到。"

"请坐吧，金山哪，你家里出了点儿事。"校长不紧不慢地说，

"你爱人甄续男在为部队买菜过程中被城里的鬼子抓走了。首长考虑你熟悉地形，让你回去组织人员设法营救。"

"什么?"赵金山还没有等校长说完就腾地站了起来。

"你也不要着急，一个八路军指挥官越是在这样的情况下越要冷静才是。我认为，这营救一事，只能智取，不能强攻。和其他事情不一样，营救计划一定要考虑周全才可以实施，才能保证弟妹的安全。"

赵金山写了请假条，请假一周，回部队营救妻子甄续男。马书记派自己的卫兵小李送赵金山回部队。

赵金山和卫兵小李一路策马，急速前行。他一路思索，想也想不透，一向做事细心的妻子怎么会落入鬼子之手啊! 况且，家里还有孩子呢。

策马转过一个弯，赵金山看到，远处的一片树林子里走出一队鬼子兵来。

这是一条直直的路，所以，赵金山他们不能前行，也不能后退了。赵金山察看四周，见路旁有一个打麦场，这麦场的新旧麦秸垛大概有四五堆，高高地不规则地分布在麦场四周，赵金山嘿嘿一笑，马上带小李隐藏在麦秸垛后。

赵金山让马趴卧在麦秸垛后，开始抚摸安慰。小李也照做了，像赵队长一样安慰着自己的这匹老马，示意他们一定保持安静。马也算是久经沙场，在这个关键时刻，和人一样，大气不敢出。

不一会儿，一队鬼子就来到了麦场边，叽里呱啦地不知道说的是什么。也许是鬼子走了一夜，累了，他们要在麦场里休息了。

两个小鬼子先绕着一个个麦秸堆察看是否安全。小李见鬼子快到隐蔽的麦秸堆附近了，他要纵身出击，被赵金山按住了。没有想到，小鬼子快到隐蔽着赵金山和小李的麦堆前时没有转圈，嘟囔着，转身回去了。

等一切归于平静，赵金山借着麦秸堆旁的一个豁口往外观察，看到小鬼子背对着他们靠在麦秸堆上，有的已经开始打起了呼噜。

借着这个当儿，赵金山大胆地观察了鬼子，大概是一个班，十来个人的样子，武器配备新式三八大盖，每人后腰有两颗威力极大的方型手雷，一把匕首，背上是叠得整齐的方块行军毯。

正观察着，小李爬过来小声说："赵队长，这鬼子什么时候能走啊，我觉得我的马快坚持不住了，我的这老马爱放屁打嗝儿，平时顶多能坚持两个时辰。这马早该换，我申请了好几次了，马书记就是不给换。你快想想办法，要打就打，不打的话，我们就逃离这里吧！"

小李还没有说完，赵金山马上捂住了他的嘴。赵金山看到，又有两个鬼子朝着他们隐藏的地方走过来。

赵金山按下小李的头，耳语道："鬼子又过来了，没有带枪，也许是想方便。我们瞅时机干掉他俩，你行吗?"

"你行，我就行！"说完和赵金山一起匍匐下来。也几乎是同时，他和赵金山拔出了锋利的匕首。赵金山看了看小李，佩服地抚摸了他的头一下，小李镇定地吐了吐舌头。

这时，两个小鬼子已经在他们的麦秸堆前背对着他们褪下了裤子。还没有等小鬼子撒出尿来，两人悄悄跃出，麻利地割向了鬼子的脖颈，然后又迅速地把小鬼子拖到了麦秸后。两人分别从他们的腰间解下了两颗威力巨大的手雷。

没有什么命令，没有什么暗示，两人配合默契地爬向了鬼子休息的麦秸堆。

爬到麦秸堆上后，赵金山又按了按小李的头。他探头再次观察，他看到距离自己十步远的麦秸上躺着两个鬼子，呼噜山响。其余的六个人鬼子把枪靠在一起，六人背靠着背围成了一圈儿，也都睡得很香甜。

赵金山伸出两个手指头，给小李使了个眼色，两人慢慢爬着靠近两个鬼子，没有腾跃起来，两人同时一个翻滚就要了鬼子的命。也许是这次有了响动，围靠着的一个鬼子惊坐起来，靠在一起的鬼子突然塌了，几个警惕性高的鬼子要站起来。说时迟那时快，赵金山和小李同时磕响了手雷，迅速准确地甩了出去，两颗手雷很快炸响，一股烟火腾向空中，几个鬼子的尸体翻转一旁。还没等硝烟散去，他们看到，还有活着的，他们又麻利地各自投出了一颗手雷。

硝烟弥散时，他们看到，有四个鬼子已经一动不动，一个鬼子双脚踢腾着在地上转圈折腾。一个鬼子居然晃晃悠悠地站了起来。

不容鬼子醒过神来，赵金山和小李一个鲤鱼打挺，跃起身来，同时出手，干掉了这两个负伤的鬼子。

这时，赵金山才看清楚，刚才晃悠的鬼子是个小队长，还是个有了战功的小队长，他胸前有黄色的奖牌，腰间有名贵的佩刀。

这时，麦秸堆燃烧起来。赵金山和小李同时上去，用枪托灭了火。

赵金山和小李一边打扫战场，一边哈哈哈哈地大笑。赵金山说："小李啊，你看，这小队长在中间，其他人靠着围起他来睡觉，还真他妈的会享福。那最早去见阎王的一定是外围放哨的卫兵了，这第二次见阎王的一定是二道卫兵了，哈哈，不称职的卫兵。"

"真过瘾，还没有遇到过这么痛快的事，跟着赵队长打鬼子真过瘾！"

"小李啊，你也真行啊，怪不得马书记让你在他身边呢。"

两人说笑着，赵金山突然想起了自己的妻子，他脑子里闪出妻子被小鬼子打得遍体鳞伤的情景。于是，他利索地把八条好一些的三八大盖捆绑在马身上，又弄下了几颗手雷，然后与小李一起策马绕小路往驻地赶。

再说甄续男蒙难。原来，那天傍晚，甄续男把孩子交给苗苗姑娘看护，带领几个游击队员去城里买菜，想顺带着摸摸情况。买了一车的青菜，要走，甄续男突然肚子疼，想去茅房，她走进一户人家。这时，甄续男不知道，他们的这次行动让鬼子的一个密探得到了消息。鬼子的一个小队悄悄尾随他们，然后包围了她的游击队员。机警的游击队员们及时发现了情况，以菜车为掩体同鬼子对射起来。但是，这菜车哪能做掩体啊，菜叶子乱飞，短短的几分钟，几个游击队员就在鬼子强大的火力下牺牲了。甄续男听到枪响，急忙从老百姓家出来，见到了队员惨死的一幕。她没有多想，举枪就打，几个鬼子应声倒地。其他鬼子发现了与他们对射的是个女人后，"花姑娘八路，花姑娘八路"地叫着蜂拥而上，很快包围了这个小院儿。

看鬼子越来越多，甄续男扔出了自己随身携带的一颗手榴弹。借着手榴弹爆炸的当儿，甄续男麻利地跃上这家的土墙逃离。不巧，刚跃上土墙，还没有走几步，多年失修的土墙就突然坍塌，她整个人被土埋了半截，她想钻出来，可是谈何容易啊。这个时候，醒过神来的鬼子一拥而上按住了甄续男。

被五花大绑地押解到中队部，一个伪军认出了她，并报告给新美二郎。新美二郎很是高兴，他不想立刻处死甄续男，他很想知道赵金山部队的藏匿地点。

他先是好言相劝，甄续男不吃这一套。然后，鬼子残忍地使用了各种刑具，水鞭子抽打，她咬牙坚持。老虎凳上身，她没有说一个字。烧红的烙铁烫上胳膊时，甄续男疼得昏死过去。

看他们的刑讯没有效果，新美二郎想出了一个自以为得意的招数，他们传信给赵金山说，你老婆在我们手中，你要是投降就放了你老婆，否则就杀了她。

这样，军分区得知了消息，让赵金山解救妻子，赵金山奉命回来。没有想到，半路上顺带着消灭了一小队鬼子。

带着战利品心急如焚地往驻地赶，他心疼妻子，更可怜嗷嗷待哺的孩子，自己不能没有妻子，孩子不能没有亲娘。他想，一定想个两全其美的办法，进城营救妻子。

来到驻地，李政委正和大家研究营救方案，见赵金山回来，李政委马上说："我们通过内线了解到了新美二郎住处。"

"了解他的住处干吗，我只要知道孩子他娘关押在什么地方就行了。"赵金山说完，夺过李政委的烟袋子，自己拧了半锅子烟，用手狠狠压实了，要点燃，点了几次都没有点着。于是，懊恼地把烟袋锅子撇在了桌子上。

李政委拾起烟锅子，装好一锅子烟，点燃了吧嗒几口，交给赵金山："你要冷静，听我把话说完。有一处日本人参与经营的大烟馆，恰好与新美二郎家是一墙之隔。据说，新美二郎很喜欢他的妻子。"

赵金山听到这里，接过话茬儿："我明白了，把他妻子偷出来?"

"哈哈，还是咱赵队长聪明，这样的事情我在张家口支队作战时也遇到过，只能智取，不能强攻;强攻的话，大嫂的命就没了。"

"好，这事，只可胜，不可败。我去吧，别人去我不放心哪。"赵金山抢着说。

"不行，你一定会很着急的，看刚才你坐也不是、站也不是的劲儿。这种状态是不能顺利完成任务的。"李顺政委说出了自己的担忧。

"嗨!没有问题，这样的事只有我办，不要争了，就这么定了。"赵金山说着就要走。

"等等，侦察的马上就回来了，了解了情况再说。"

话刚说完，负责侦察的原六班班长现六排排长孙会山，风尘仆仆地走进了屋子，舀了一瓢水，咕咚咚灌了一口说："赵队长，我们通过内线了解到新美二郎去华北野战军司令部开会去了，估计今天回不来，今晚是很好的机会。"

根据孙排长汇报的情况，赵金山和李顺一起研究了"暗夜掏人计划"，一切布置停当后，厨房就上了饭菜，赵金山狼吞虎咽地吃着，也不说话。

当天晚上，下起了蒙蒙细雨，城内十字大街笼罩在伸手不见五指的夜色里，高高的料敌塔像一个威严的勇士在黑夜里矗立着。赵金山和岳春喜一起装作大烟客来到了料敌塔东巷的大烟馆，到了大烟馆，他们包下了靠东面的一间宽敞的带套间的烟房，要了足够一晚上两人用的烟膏子并先付了钱。吩咐伙计说："我们自个儿过瘾，不用待在这儿伺候!"

等伙计走了后,他们两人把大烟膏子往旁边一扔,就开始行动。用匕首把墙一点点划开,然后先掏出土坯来,再掏出了一个个大青砖,不到三个时辰,一个能容一人爬出的大窟窿就掏了出来。两人又如法炮制,将对面人家的墙壁也掏了个大洞。

两人这才看到,这里是一个厅堂,厅堂里挂一天皇画像,画像下是一个放在刀架上的军刀,他料定,这是新美二郎的佩刀。又悄悄地来到一个布置豪华的套间,借着闪过来的探照灯微弱的光亮,看见一个日本夫人穿着和服睡在榻榻米上,大张着腿,睡得跟死人一样。赵金山看到这样,给岳春喜使了个眼色,岳春喜还算是机灵,蹿上去将一个丝巾塞进了日本夫人的嘴里,赵金山瞬间把这个手脚滑腻的日本娘儿们捆绑起来,直到这时,她才大醒,瞪着惊恐的眼睛扭动着蛇一样的身子。岳春喜不管三七二十一,一下子就把这个娇小女人背在了身上,走到挖好的洞口,岳春喜拉着,赵金山推着,把这个日本女人弄出了烟馆。临走,赵金山看见桌子上一个方盒子,打开一看是一个趴睡着的小瓷孩儿,赵金山想起了赵铁山家丢失的那个瓷孩儿枕,提起来就走。钻出来,赵金山看到烟馆大厅的跑堂伙计也睡得死死的,根本就没有发现他们。

出了城,上了马,赵金山想问问这个夫人是不是新美二郎的夫人。于是说:"岳排长,你先隐蔽在这里,我去去就来。"

还没等岳春喜说话,赵金山就跑得不见了踪影,不到两个时辰,赵金山带一个人来,这个人不是别人,正是有名的日本通、地图专家杜秋生。

杜秋生近来为游击队做了很多事,他一边做着翻译官,一边侦察敌情,及时给赵金山报信,那次鬼子偷袭赵庄村就是他报告给赵金山的。赵金山才连夜通知的定南县大队。

赵金山请他来是让他去看看这个日本妇人是不是新美二郎的媳妇。

杜秋生说:"没有问题赵大哥,我认识这个女人。为了救赵队长的夫人，这我可以去做，但，她认出我怎么办？我岂不就暴露了？"

赵金山猛然一怔，心想，怎么忽略了这个，觉得老杜说得在理。但他一转念又说："这样吧，为了认准人，我去找个灯，或者火柴，你在暗处看看不就得了。"

但是，他走了几个地方，每家都是大门紧闭，还有狗叫，没有找到灯火。

赵金山怕夜长梦多，于是对老杜说："这样吧，你凑近一些看。"

杜秋生凑近了看，天黑，他看了两次，走到一边对赵金山说："大哥，我觉得还是很像的。"

赵金山看老杜不确定，马上强调："必须弄准，这么着，你问她几句话，顺便问问你嫂子关哪里。我把她的脸盖上。你说话的时候，尽量把声音说古怪些。"

杜秋生听赵金山说完，笑笑说："嘿嘿，好！那就按赵队长说的办吧。"

杜秋生按照赵金山交代的话，用日语问了三句，第一句"你是谁？"，第二句"新美二郎去了哪里？"，第三句"刚抓的女游击队队员关在什么地方？"。

这个日本娘儿们前两句回答得很好，她也许是为了活命，老老实实地回答了杜秋生的问话。她的确是新美二郎的夫人，新美二郎的确是去华北野战军司令部开会。最后一个问题，她居然用流利的中国话回答了个"不知道"。

听声音，杜秋生断定是新美二郎的夫人，他说，这个女人说中国话时后音儿轻得很。谢过杜秋生，赵金山又拿出一封信："既然她是新美二郎的夫人，那就还得麻烦你，想办法把这封信交到新美二郎手里。"

杜秋生满口答应，说保证完成任务。临走前，赵金山让他看了看意外得到的定瓷孩儿枕。杜秋生借着微光，抚摸着定瓷孩儿枕说："我认定这就是传说中的定瓷孩儿枕，这后面还有字样，一定是宋代的了。

你知道吗大哥，这东西叫文物，比这个日本娘儿们还值钱。"

杜秋生走了，赵金山把这个宝贝儿挎上肩。他立马和岳春喜把新美二郎的夫人带到了唐河沿岸的一个模子坟里。这种坟是当地一个财主按照胶东一代的模子坟样式修建的，打算死了后使用，日本鬼子来了后，他们举家逃到了贵州的大山里，这模子坟就没有人管了。

这种坟由石块垒砌而成，墓壁由底渐渐向上收小，做成了一个圆圆的穹隆顶。由于地主喜欢宽敞的大房，所以这坟修的容积较大，高三米、口径两米左右。这修建的很牢固的石模子坟就成了游击队员一个秘密的掩体。早有十几个游击队员燃着马灯守候在这里了，见赵队长他们带来了一个日本娘儿们，大家都想先睹为快。

岳春喜摆摆手："一个杀人魔王的媳妇，有什么可看的。大家注意警戒啊！"说完把这个娇小女人的蒙眼黑布扯了下来。

一个战士提着马灯好奇地过来看，大家也挤着上来先睹为快。定睛看时，只见这女人生得娇小玲珑，柳眉杏眼，椭圆脸。

看大家看她，这女人装作一副受气的模样，嘤嘤地哭泣起来了。

"你哭什么啊，我们也没怎么样你。你要是识相的话，配合着把我们队长的女人换出来，我们丝毫不伤你，你要是耍花招，我们可就不客气了。"岳春喜说得很仔细。

"你说了这么多，这他妈的日本娘儿们能听懂吗?"游击队员马强子说。

还没有等岳春喜说话，她就说话了："我——我，我能听得懂，我配合你们就是了！"

一宿无话，大家谁也没有睡意。

也许是吓的，新美二郎的夫人一个晚上方便了两次，还得有人远远地跟着，弄得这几个大老爷们哭笑不得。

第一次是岳春喜负责的，他把丝巾重新堵上了新美二郎夫人的嘴。由于坟口较高，岳春喜让一个战士去坟外面帮忙拉，然后，自己开始往模子坟的坟口上送。岳春喜是让她坐在肩上才摸到坟口的。

第二次是赵奎负责的，他由于担心弟妹的安危，所以，也没好气地完成了这事。他是甩开双臂把这个娇小的女人抛出去的。

赵金山看他这样，觉得不太好，他在学习期间曾学习过八路军对待俘虏的政策。他知道，不虐待俘虏是军人素质。何况人家还是个女人。

等赵奎带着新美二郎的夫人回来，赵金山大声道："不能这样对待她，八路军的政策是不许虐待俘虏的。"

"但是，弟妹在鬼子那里不知道怎么样呢，鬼子能好好对她？"赵奎不服气地说。

"鬼子是鬼子，我们可是八路军游击队员。"赵金山说完摸了摸赵奎硬实的臂膀。

"你们不要嚷了，我能换回您夫人的，只要您不伤害我。"新美二郎的夫人舌头打着战说。这个日本俏夫人还真怕死了。

第二天，天刚蒙蒙亮，日军军营就炸开了窝，新美二郎的夫人被抢走了，这还了得！卫兵们推搡着看了现场，烟馆的伙计们早跑了，带走所有的家当，只是在包间留着个大大的洞。这个消息很快就报告给了新美二郎，不到晌午，他就心急火燎地赶了回来。

新美二郎在宪兵队长的引领下，一一察看了现场。他首先发现刚得到的宝贝定瓷孩儿枕不见了，他懊丧地坐在一边。他去了打坐休息的堂屋，一个大洞透过一束刺眼的光。客厅有凌乱的带着白灰的布鞋印。夫人房间除了卧榻乱一些外，没有丢失其他财物，他正看着，突然发现书写台上有一封信。

他马上吩咐杜秋生念信，杜秋生连看也没有看就说道："你要是放我媳妇，我就放你媳妇；你要是杀我媳妇，我就杀你媳妇；你要换，咱就换。"

新美二郎听完后，气得挥刀就要砍书桌，旁边一个翻译官制止了他："这是新弄来的紫檀书桌，贵贵的。"新美二郎狡猾地从嘴角挤出一丝苦笑，转身对杜秋生说："杜桑，你想办法通知赵金山，我同意交换。"

"我，我，哪里知道赵金山在什么地方？"

"想办法，想办法！你让岳春田回他老家去，他老家的人一定和游击队有联系。告诉他，完不成任务，死啦死啦的！"新美二郎挥了挥手里的军刀。

杜秋生早就知道岳春田这个人，添油加醋地告知了新美二郎给他的任务。

岳春田得令后，心神出窍地往家走。走出西城门，他嘟嘟囔囔地骂道："这他妈的什么事啊，小鬼子根本就没有拿我的命当回事。不去送信就杀头，送去了，游击队还能饶过我这个杀过人的汉奸？怎么他妈的也是死，还不如去跳河，跳河里去，凭着这点儿水性，漂到下游，也许还有个活命。"

可是，他刚走了不到三里地，一小队人就吆喝着追上来，他拼命地跑，跑到了唐河边，正要跳，一个绳索把他套了回来。

这个用绳索阻拦他跳河的正是水上游击队队长赵奎。赵奎正带领一个排在唐河套练习水上作战。他因解救赵铁山及乡亲们，算是有了战功，已经批准为排长。

刚把他按到一个坏坑里，下了他的王八盒子。一小队巡逻的鬼子就上来了，赵奎已经有很多天没有打鬼子了，这几天正痒痒着呢。看大家拉开了枪栓，他马上下令"开打"，随着他的声音，他的二十八个队员可就开了火。这些人没有打过大仗，好在这手里的枪好使，又冷不丁地给敌人以迎头痛击，吓得小鬼子抱头鼠窜，丢盔卸甲地往回逃跑。

赵奎也没有命令追击，怕鬼子有埋伏。捡了几条鬼子留下的枪就回了临时藏身地。

回到临时藏身地模子坟，赵奎一把抓过这个汉奸模样的人，严肃地问："你是哪路的坏蛋？干什么去？"

"告诉军爷，俺是伪军，不过是混口饭吃，俺可没有打死过自己人。"

"谁他妈的是你自己人，你一个中国人，不打鬼子，反而当了汉奸、狗奴才。留你何用，快，别让我再见到这个没耳子的尿壶。"

赵奎下了执行令。

两个战士推搡着岳春田就往河滩上走。

吓得岳春田裆部立刻稀里哗啦起来。他马上想起了自己身上的信，于是梗起脖子："我叫岳春田，我——我是冒死来给你们送信的。两军交战不斩来使！"

"什么信，拿来看看。"

赵奎一看，和救嫂子有关。于是收起信，命令几个弟兄好好看管这个特务，自己策马找到了金山大哥。赵金山看完信，脸上立刻出现了笑容。看到新美二郎同意交换媳妇，赵金山哈哈大笑。

赵金山听说是岳春田带信来的，气就不打一处来。本计划除掉岳春田，但是，怕出什么意外，还是压压火儿，让赵奎放了岳春田，让他去传信。

岳春田兔子似的跑了两个来回，商量好了交换的地点和条件。

地点设在南城门外的一个小树林。先决条件是：双方不能打枪。

这天上午，新美二郎带着一小队鬼子徒步来到了南城门外的小树林。他四外张望，见近处没有什么动静，于是大声地对身边的岳春田说："狡猾的支那人，都什么时候了还不来。"岳春田吐吐舌头，也没有敢说什么。

他话音未落，只见小树林西边的坡地处有一小队骑兵快马加鞭而来，新美二郎正要下令阻击时，只见那个马奔出的坡地上已经架设了几个小钢炮。他又定睛一看，头前的马身上有人，原来是他的妻子横躺在马背上。

游击队骑兵在距小树林百米开外站定，刚站稳，赵金山就看见妻子甄续男耷拉着脑袋趴在马背上。他扯起大嗓门嚷起来："鬼二郎，俺媳妇怎么了？你要先放了俺媳妇，俺才能放你的媳妇过去！"

新美二郎让杜秋生翻译了赵金山说的话。听了这话，新美二郎也大声说出了他自己的意思，翻译官喊："皇军说了，让你放明白一些，不要耍花招！"

"只要你先把俺媳妇放过来，我立马放人。"

杜秋生把这话翻译给新美二郎。新美二郎听后和杜秋生耳语几句，杜秋生立刻说："皇军说了，一起放人。"

赵金山看到，甄续男被放下马来，站稳了身子，踉踉跄跄地往这边走来。赵金山也放了新美二郎的夫人，新美二郎的夫人小跑着就过去了。而甄续男却在中途栽倒在地，赵金山马上和战士们一起奔过去，扶起已被打得遍体鳞伤的甄续男。赵金山这个气啊，他快速地拔出枪来，就要开枪。赵奎马上拉住赵金山说："不能这么干老弟，鬼子一定有防备，咱们会吃亏的。快走！"

赵金山快速地把枪插进腰间，把妻子抱上马背，策马绝尘而去。

刚跑出不远，一发迫击炮炮弹就在他们身后爆炸，紧接着又飞来几发炮弹，都在身后爆炸了。

他们很快跑到了射程之外。随后，树林高地的迫击炮也响了起来，吓得新美二郎仓皇逃窜。

新美二郎为什么先发炮呢，他接到妻子，看人好好的，他才猛然想起自己吃亏了，忘记索回定瓷孩儿枕了。

带回妻子后，新美二郎气愤不过，让岳春田再次捎信，索要定瓷孩儿枕。岳春田哪里还敢露面，他托了一个村长办这事，信儿是捎成了，还说可以出重武器交换。但是，赵金山也同时得到杜秋生的来信说："此乃国宝，倍需珍藏，万不可随意失去，辱没祖宗！"

赵金山把这封信自己抄写一遍，派人送给了新美二郎。气得新美二郎暴跳如雷，他发誓一定要抢回此物。

第二天，赵金山派卫生队照顾妻子，告别归队，继续去县委组织的学习班学习。

上午，识字课刚下课，三分区政委王平、副政委李祥把赵金山叫了去。

两政委首先向赵金山祝贺，祝贺他的妻子获救。然后，两人你一言我一语地批评了赵金山这次营救妻子之事的鲁莽。赵金山开始不服，最后认识到了事情的严重性，承认了错误：首先是这样的做法应该事先向上级汇报。再就是不能把敌人过高地估计，万一新美二郎狗急跳墙下毒手怎么办？后来，赵金山在党的生活会上做了检讨，看他认识很到位，大家也就没有过多追究他的"换妻"一事。

1942年春，赵金山调到定唐大队当副队长，驻地是蔡庄，从此，他的部队所有人结束了在大山庙里驻扎的历史。

在搬家的时候，路过弟弟赵铁山的驻地，赵金山把失而复得的定瓷孩儿枕交还给了弟弟赵铁山，并对他说明了这国宝的价值，让他好好保管，不能再让小鬼子抢走。

赵铁山回到了养父家里，让养父把这件宝贝藏进了炕洞。

这天，三分区政委王平建议，让赵金山收编赵铁山的抗日游击队。赵金山感觉这是好事，一来弟弟赵铁山的队伍有了着落，二来自己还可以照看着弟弟。

赵金山决定亲自去通知弟弟。于是选了一个阳光明媚的早晨带岳春喜的一连，前往唐河沿岸去找弟弟赵铁山的部队。

甄续男想跟着一起去，赵金山劝说："你和政委分别带领两个排在家练枪吧。大仗也许马上就来，不练好兵，白浪费子弹不顶事！"

甄续男边走边嘟哝："每次都不让俺去，快憋死了。"

唐河河水清澈，缓缓东流，河岸杨柳依依，小鸟唧啾。一湾一湾的水中，优哉游哉地游动着很多的小鱼儿，有小鲤鱼、小鲫鱼，还有小虾米。看着战士们纷纷下河捕鱼捞虾，打闹嬉戏，赵金山脸上露出了久违的微笑。

"偷着笑了？有什么好事？"连长岳春喜笑着问。

"你看啊，这些战士们多快乐！要是没有鬼子来犯，这些男子汉们也许正忙着娶媳妇呢！可恶的小鬼子！"

"谁不说哩！都耽误俺生儿子了，不然俺早就是两个孩子的爹了，哈哈！"岳春喜把手里的小石子投向了河水中，石子打着水漂滑向远方，滑向了对岸上的柳树丛。

岳春喜追望着石子落处，向柳树丛看去，这一看不要紧，他发现有一群人正猫着腰向这里行动。

"是伪军，他妈的，敢偷袭你爷爷啊！"岳春喜话刚说完，一梭子子弹扫了过去。

随着赵金山命令"卧倒"的声音，全连的战士各自滚落到了自己附近能做掩体的沙坑里。也几乎是同时，伪军的枪就响了。

"大家不要慌，听声音这帮人没有什么战斗力。听我的，机枪手占领制高点，投弹手马上去伪军后边的树林，岳春喜跟我来！"赵金山麻利地布置兵力。

刚布置完一会儿，机枪手就在附近的制高点上开了火。赵金山正找岳春喜时，岳春喜带领的突击手已经在伪军的右侧开了火，几乎是同时，手榴弹在伪军的队伍里开了花。赵金山的卫队长徐明杨示意卫队的几个人，马上把赵队长硬拉到了一个大大的沙坑里。

"拉我干什么？我这个人，出去打才过瘾。"赵金山举着枪大喊。

这卫队是八路军三分区政委王平有意安排的。卫队的队长徐明杨曾经是王平的警卫员。徐明杨深深记得政委王平对自己说的话："你的任务是保证赵队长的安全，不能让他猛打猛冲了。他的任务是指挥，而不是亲自作战。"

今天的任务，赵金山队长本不应该亲自来。但是，他说早想弟弟了，这事必须亲自去。还说怕弟弟不听别人的。所以，今天的王平按照司令部保卫级别，实施了第一次战地保卫任务。

战斗刚刚开始，伪军就吃不住劲儿了，这里一阵猛打，那里的伪军却没有了动静。一会儿，一根柳树棍儿挑着一个白衬衣出现在硝烟里。

战士们冲过去，很快下了伪军的枪。

赵金山看到，十几个伪军浑身是土地围在一起，举着手哆嗦着。

"你们排长呢，谁是排长？"赵金山大声嚷着，一一看了个仔细，没有发现穿深色服装当官的。

"我们排长在那儿趴着，响第一颗手榴弹的时候他就倒下了，也许死了。"一个小个子伪军颤声说。

赵金山手持盒子枪，走到一个匍匐着的伪军前，翻转他笨重的身子，观察了一番，发现他还有气儿，马上问："你叫什么名字？"

"孙……三……福。"伪军排长有气无力地说。

"还三福，你要是不说实话，一个福都没有了，说，你们执行什么任务？"赵金山继续问。

"摸清……赵铁山……"说到这里，孙三福踢腾了几下，闭上了眼睛。

赵金山一听是关于弟弟的事，急了，提着孙三福的领口子焦急地问："你快说，你说啊！"

"好了，赵队长，咱甭问他了，他完事了。"岳春喜说完转身抓住刚才说话的那个班长说："你说，你们要去干什么？"

"我们不知道，只是听孙排长说，去摸情况。"

"摸情况干吗？"岳春喜继续问。

"这我就不知道了！皇军好像是要大规模'围剿'。"

"你他妈还皇军，皇军是你爹啊！"岳春喜大声骂道。

"春喜，文明点儿。"赵金山提醒岳春喜。

"我就是着急，你说这鬼子要'围剿'咱弟弟，能不着急吗？"

"不要着急，既然鬼子让伪军摸情况，那一定是掌握情况了再'围剿'。咱们现在的关键任务是找到铁山弟的队伍。"赵金山说完重新布置任务，"岳排长，安排几个人做伪军的工作，想跟着咱们的给一个银圆，不想跟着咱们的，枪支没收，让他立马滚蛋。剩下的去唐河岸，在岸的北面一公里内成搜索队形找铁山的部队，快！"

岳春喜布置完毕和赵金山一起迅速消失在小柳树林里。

快晌午了，还没有赵铁山部队的踪影。赵金山坐在河堤上焦急地对卫队长徐明杨说："都怪我，我就没有时间照顾弟弟，连弟弟在哪儿都不知道。游击队各自为战，这肯定是不行的。"

正说着，先头去坂村的人回来报告："找到线索了，在老乡家找到一个伤员，说是赵铁山部队的。前几天去城内偷袭敌人死两个，伤两个，部队放下伤员就往西走了。"

"往西走了？那不远就是大山了，说不定去大山里躲避了，走。"赵金山焦急地对大家说，"成跑步队形，能跑多快就跑多快。"说完，自己率先跑起来。

跑了半后晌儿，面前是一条浅浅的小河，河水下的鹅卵石清晰可见，不一会儿就看到山了。

大家累得要死，又饥又渴。赵金山喊来岳春喜："到前面小树林吃点儿东西再跑吧，这里也有水。"

战士们到了树林儿，哪里还能吃饭啊，一个个躺在地上喘粗气。

卫队长徐明杨提醒赵金山："这可不行，需要布置岗哨。"

"这事，你安排。"

徐明杨远近布置了几个岗哨，让大家三五成群地靠在一起，这才命令大家吃自带的干粮。玉米面饼子和白萝卜咸菜。也许是饿坏了，大家吃得是津津有味儿，谁也不说话。

刚吃完，一个站岗的卫兵前来向徐明杨报告："报告徐队长，有一个人要见咱们的头儿。"

"带武器吗？"

"没有枪，腰里别着把匕首。"

"我去看看。"

徐明杨跑过去，见一个高个子男孩子模样的人威风地站在一个土坡上张望，立刻喊："喂，下来，你瞎看什么！"

见有人嚷他，他跑下来："你就是头儿？"

"不像吗？"

"我见你们大领导。"

"你得跟我说你是谁才行，大领导能随便见吗？"

"你们是游击队，我们也是游击队，怎么不能随便见？"

"你是游击队？说说，是哪个游击队，你们队长叫什么？"

"我们队长叫赵铁山，没有听说过吧？"

"哈哈，可找到你们了，走，我带你去。"

徐明杨说着连拉带拽地把这个人带到了赵金山面前。

"这个人说是铁山部队的。"

赵金山只看了一眼这个人，就高兴不起来。初步印象就觉得这个人有问题。他又反复打量这个人，这哪像游击队员，倒是像个小地痞。于是，他大声问："你是赵铁山部队的？"

"有什么不对吗？"这个人说完双手拍打了一下自己的上衣。他不拍打还好，他这一拍打，赵金山可就皱起了眉头。

"把他捆起来！"赵金山大声说，"你他妈这么干净！"

距离最近的徐明杨一听，麻利地对这个人来了个反剪，迅速用口袋里的裹腿带子绑上了他的手腕儿。

"说吧，你到底是干什么的？"

"赵铁山部队的，你们这么对待自己的同志？"

"那你说，铁山在哪里？"

"我也不知道，我们刚和鬼子打了一仗，回来时，走散了。"

"那你找我们干什么？"

"我是来搬救兵的。"

"详细说说。"

"我是铁山部队的联络员，本来我头儿让我去送信给他大哥赵金山，但是，我还没有走，部队就和鬼子遭遇了。我就和部队失散了。刚才我听到有兵过来就藏在了草丛里，偶尔听到你们卫兵谈话，知道你们也要找赵铁山，才出来见你们的。"

赵金山专心地看着这个人，看着他手舞足蹈地说了一大通，说完了，赵金山没有答话，只是静静地盯着这个人。

"你不要这么看我好不好，你是大领导吗？"

"是啊，我问你几个问题，你要快速回答。"

"你问吧。"

"你叫什么名字？"

这个人迟疑了一下："王陈兵。"

"你爹是谁？你娘叫什么？"

"我爹叫陈青梁，不对，叫王青梁。"

"你娘呢？"

"我娘……我娘，死了。"

"这个人是他妈假的，送他回老家吧！"赵金山很有把握地说。

"走，我帮你找一个好去处。"岳春喜提起这个人就走。

"等等，你们不相信我，总得相信我手里的信吧？"

"等等，让他把信拿出来。"赵金山说。

"在哪儿？"

"右下衣角，撕开就是。"

岳春喜按照他说的，果真找到了信。

赵金山打开，只见一个从本子上撕下来的白纸上写了两行字。

哥：见信如面。

  接到秘密情报，鬼子要"围剿"我的自卫队。我们计划躲进嘉山脚下。但见一路有特务跟踪。恐有不测，望哥速派人解救。嘉山南沟小树林见。

弟赵铁山

即日

"赵队长，你看着像铁山弟弟的字吗？"岳春喜问赵金山。

"我哪里知道，斗大的字不识一箩筐，对字形更是没研究。"

"哎呀！你就是赵队长啊，长得很像我们队长。"这个人抓住时机上前讨好。

"少废话，你到底叫什么？我们凭什么相信你的信是真的？"岳春喜说。

"我叫王陈兵啊，你们不相信我也没有办法，反正我们队长有什么倒霉，不关我的事，信儿我算是送到了。"王陈兵委屈地要掉泪。

赵金山听这个人说，弟弟长的和自己很像，就觉得这里面有问题。弟弟不是亲弟弟，怎么会像呢？但是，他还是觉得要去看看，到底这个人葫芦里卖的是什么药。于是说："你这信我看不出什么，你和我们一起去。要是有假，我先宰了你。"说完果断地下了命令，"走，去嘉山！"

"这能行吗？我看这人邪乎。"岳春喜担忧地对赵金山耳语。

"那叫什么来着……宁信其有，要不，我们去哪里找？再说，还有他跟着咱们呢。要是有情况，先枪毙他。"赵金山说着率先跑起来，后面的战士也跟着跑起来。

岳春喜只好押着这个人，一起随着队伍跑。

一时间，尘土飞扬，兵器叮当。天快黑的时候，部队赶到了嘉山脚下。

远远看去，光秃秃的大山像一堆干牛粪，毫无生机。南山沟就像一张牛嘴，外窄里阔，黑洞洞的。小小的溪流就像牛嘴里的涎水，浑浊地流着。

赵金山打了个冷战，这里静静的，哪里有什么部队啊！

岳春喜拖了拖手里的绳子对王陈兵说："在哪儿呢？这里哪有？"

"也许是藏起来了，你让人们一起喊喊？"王陈兵说。

岳春喜看了看赵队长，赵队长没有反对。岳春喜才大声说："听我的号令，大家一起喊赵铁山，一、二，喊！"

大家齐声喊起来，喊了一遍，没有动静；喊了三遍，还是没有动静。

正当岳春喜又要组织喊的时候，突然听到"曰——曰——"的两声。

赵金山瞥了一眼天空，只见炮弹像冰雹一样砸来。他大喊："不好，卧倒！"

大家刚趴下，两发炮弹就在身旁爆炸，紧接着就是三颗、四颗……数不清的炮弹带着裂帛刺空之声呼啸而来，在人群里爆炸。

队伍里很快倒下一大片。

赵金山马上大喊："大家不要慌，跟着我翻滚到树林里去。"

战士们跟着赵金山翻滚，不一会儿，大部分战士都滚到了树林里。

"他妈的，上当了，送信的那个人呢？"赵金山问。

"第一发炮弹打过来的时候，他就倒下了，也许被炸死了吧。"不知谁说了这么一句。赵金山听后，立刻大喊："快，沿着山沟，往山上爬。要不，一会儿小鬼子的步兵上来占领制高点，咱可就吃大亏了。"

战士们纷纷往山上逃命似的爬，果然，爬到半山腰，山下就拥出黑压压的一群小鬼子。刹那间，子弹的火光交织成网，罩向游击队刚才战斗过的阵地。

战士们各自在半山腰随意找了掩体开了枪。看机枪手在找支点，赵金山夺过机枪，麻利地抱在胸前，一扣扳机，可就哒哒地开了火。其他战士也朝着敌人猛烈开火，鬼子的火力算是被压了下去。

也就在这个时候，敌人的榴弹炮又响了起来，密集的炮弹压得战士们抬不起头来。岳春喜见这样，抢过赵金山的机枪，往山下冲过了一个陡坡，找好一处位置狠狠地扫射起来。

鬼子的追兵暂时不敢往上冲了，但是鬼子的榴弹炮、迫击炮却接二连三地打过来。

赵金山拍拍身上的土，对卫兵队长徐明杨说："照这样下去，我们会吃大亏的。要是能干掉鬼子的榴弹炮就好了。"

"我去吧！可是，你呢，谁保护你赵队长？"

"甭管我，可你去，山下的鬼子那么多，下山的路就这两条，都在一个面上，你怎么过去？"

"我自有办法，我带两个人，有手榴弹就行！"

"岳春喜，手榴弹！"

"赵队长——手榴弹只有两颗了！"

"这怎么行，你们不用下去了，下去就是送死。"

正在这时，赵金山忽然觉得炮弹少了，继而停了，山脚下却响起了密集的枪声。

"同志们，战友救我们来了！打！"

这时，山下的汉阳造枪声、手榴弹声连成一片。

山上的战士们陡然士气高昂，赵金山抓紧时机大喊："冲啊！"战士们随即呐喊声震天地冲下山去。

小鬼子见腹背受敌，从侧翼突围出去，狼狈逃窜。

第 19 回

小专家课上谈火药　大敌特桥下施阴招

两支队伍会合，大家欢声雷动。

赶来增援赵金山的不是别人，正是弟弟赵铁山带领的抗日自卫队，他们胸前佩戴的白色标志很是显眼。

火把点起来了，战士们开始打扫战场。

赵金山和赵铁山见面，兄弟俩紧紧抱在一起，赵铁山激动地流下了热泪。

"三山子，你怎么知道是我们？"

"起初不知道是你们，反正知道山下是小鬼子，有鬼子就打呗！打近了，借着炮弹的火光才看到你们。哈哈！"

"我们是被号称你的联络员的一个家伙带到这儿的，说你们被鬼子追着，我是来解救你的！"

"联络员？他长的什么样？"

"不高，尖下巴，说话娘娘腔。"

"一定是他！"

"谁？"

"是不是叫王兵？"

"哦！狡猾的家伙，想起来了，他说他叫王陈兵，中间加了个字。"

"真是他？这小子，甭让我看到他，看到，一定千刀万剐他。"

"怎么了，你认识这个人？"

"他的确是我的联络员，有一次去执行任务，不知怎么了，他闯到了料敌塔下的新美公园。看到'东亚共荣'塔塔基座上恭维'大东亚共荣'的话，他就踢了石碑一脚，被看塔的特务发现了，当下就被捕了。"

没有等弟弟说完，赵金山插话说："按说是有正义感的人，你们没有去解救啊？"

"我们想解救，可找了很多次都没有找到关押他的位置。后来就没了他的消息。"

"如果真的是他，那他就是叛变了？"

"一定是！"

"他妈的，叛变了就成疯狗了，咬起主人来了。老子差点儿死在这孙子之手！"赵金山气得骂得更厉害了。

"这事，我一定好好查查，一定给大哥一个交代。"

"好了，不说这个了。我这次来是传达定北县委命令，让你的人马去县大队集合的。"

"为什么？"

"上级领导说，抗战形势紧张，各游击队武装不能再无组织地单干了。我的人编入了三分区，现在叫定唐大队。"

"哥，那就是正规部队了？行，只是我们需要整顿一下，你看我们这穿得破乎乎的、乱乎乎的，去了给你丢人。"

"行了，咱们得快走，边走边说。"

这时，战士们打扫完了战场，两帮人马分别站成了三路纵队。

这次战斗，游击队员牺牲四人，伤十六人，伤到腿的居多。小鬼子死二十四人，有一个负伤的小鬼子被石头砸断了腿，成了唯一的俘虏。

赵金山命令就地掩埋了尸体，游击队战士埋在了半山腰一处小丛林中，立了木牌。日军的尸体埋在了山沟。

一切停当，赵金山命令这支近三百人的队伍，火速向驻地进发。

一路上，游击队伤员大多咬牙坚持着，没有喊疼的。

小鬼子俘虏却哇哇地大叫。

这时，岳春喜跑来对赵金山说："队长，这鬼子俘虏喊得我脑仁子疼。不行，给他一枪算了，免得暴露行军目标。"

"是啊，也真他妈的烦，这要是过去，我早崩他了。现在，不行！八路军不能虐待俘虏！"赵金山说完，把双枪插在了腰间。

"你去告诉他，不要让他叫了，回去给他治疗。"

"嘿嘿！我怎么告诉他，我也不会他们的鸟语。"

"那就让他闭嘴！"

"嘿嘿！得令！"

岳春喜过去，把自己的裹腿布解下来堵住了小鬼子的嘴。队伍里瞬间安静下来，部队在柳树丛中摸黑快速穿行。

这时，赵铁山的马队过来了，队长下马给赵铁山敬了个礼："大部队马上就过来了，请队长指示！"

"快，告诉杨副队长，让咱们的部队快速赶到县大队部。"赵铁山说完，示意马队丢下了两匹马，他牵过马来说："哥哥，骑这匹马吧！"

赵金山拍了拍战马厚实的背，快速骑上去。见赵铁山也熟练地骑在马背上，赵金山愣了起来，马上问："铁山啊，你的部队平时在哪里，有多少人？"

"原先在唐河岸，后来和志东村的杨杰带领的自卫队会合，后来鬼子经常去村里追捕我们，我们就去了西大洋扎营。现在有八百九十人。"赵铁山自豪地说。

"铁山小弟，你可真行，那你们的部队叫什么名字？"赵金山小声问。

"我们也不知道什么番号，就叫了个'定北游击队'，你看行吗？"

"哈哈，什么行吗？一定行，敌人知道了一定害怕，以为你们一定是大部队。"赵金山表扬弟弟。

很快，赵金山带领着铁山弟弟的部队赶到了县大队。

唐县山脚下，定唐县大队队部里灯火通明，接到通知来这里的有曲阳两个游击队、新乐县三个游击队、行唐县三个游击队的队长和副队长。

赵金山和弟弟铁山来到会议室，晋察冀军区的部分领导已经来了，大会很快召开。会上，三分区司令员陈漫远和政委王平分别讲了话，肯定了各游击队在抗战中发挥的重要作用，重点强调了在武器装备薄弱情况下，各自为战的危害。令赵铁山兴奋的是王平政委肯定了"定北游击队"的成绩，并宣布了军分区的决定。

王平政委说，军分区决定，由赵铁山负责建立晋察冀军区第三分区第一支队，赵铁山任游击队长。同时曲阳的两个游击队、新乐的三个小游击队、行唐的三个游击队一并划归第一支队。

会上布置了新的战斗任务。

政委王平指示："各战区要以积极的态度对敌作战，要以围、攻、袭等手段，拔除行唐、曲阳、完县西边山区三十余个敌伪碉堡。三个月后还来这里汇报各队的战绩，由司令员给各路英雄颁奖！"

会上，大家还讨论了作战方案，会议气氛很热烈。会后，赵铁山的战士们穿上了统一服装，有一部分人配备了新的枪支。

会后，赵铁山找到哥哥说："金山哥，我的部队成了大杂烩了，四家联合而成，需要重新进行编制和领导配备，我可不会做这事，你帮帮我吧。"

赵金山说："什么帮不帮的，都是为了打鬼子，我也是在李凯的指导下完成编制的。"

"李凯？我见过，他做过青救会主任是吧？"

"对，他现在是大队政治指导员，很精明能干的，过后我叫上他，咱们一起对你的人进行编制。"

后来的几天，赵金山帮着弟弟对他的第一支队进行了编制调整。

以后的日子里，各路人马对沿太行山山脉的行唐、曲阳、完县等地的敌伪碉堡展开了连续的"拔堡行动"。

这系列行动用的炸药很多，很快，炸药包的重要原材料黑色炸药缺乏了，他们就找来专家自己炼制。

这天，在县大队部里，举办了一个制药专家讲座，邀请各小队长参加。

制药专家是从北平过来的小女孩子。据说是定南县人，大学毕业的学生，学得一口流利的日语，刚毕业就投入了抗日。据她自己说曾在一个兵工厂工作过。

赵金山来得晚，一进门，看到一个漂亮的小女孩儿在讲课，他就有了好奇心。

只听到小女孩子讲："当前，咱们制作炸药包的火药主要是黑火药，其成分是用硫黄粉和木炭粉以及硝酸钾按照化学计量数'一硫二硝三木炭'的比例混合制成的。"

赵金山听到这里，小声问弟弟："铁山，你能听懂吗？我听不懂，她讲这个有什么用啊？"

"我制作过火药，他讲得很好。"

赵金山耐心听，小姑娘继续说天书："三样药，最佳比例则应该为硝酸钾 74.64%，硫黄 11.85%，木炭 13.51%，以重量为比例计算。"

小姑娘说完，把羊角辫儿一甩，在黑板上写了这样一行字：

$$2KNO_3 + S + 3C = K_2S + N_2 + 3CO_2$$

大家纷纷议论起来："这是什么啊，讲这个有用吗？"

小姑娘继续说："这是三种物质反应的化学方程式，按照这个方程式的变化，三种物质将产生大量的白色气体，而若是在封闭的空间内，产生的气体就会膨胀爆炸。所以，炸药包做得越是紧实越有爆炸威力。"

"哦，明白了！"赵银山说。

"你明白什么啊，我越来越不明白了，我走了。"

赵金山说完，真的走了。

三分区政委王平走了过来，正好遇到赵金山溜出来。赵金山见到王平，想回去已经来不及了，于是来了个先下手为强："她讲的都是大道理，讲这有什么用啊！耽误时间，还不如去和鬼子真刀真枪地干一场。"

"哎，你说得不对啊，不长知识怎么能长技能啊！我们就是因为军事技能落后才让小鬼子欺负的。回去，回去，继续听！"王平开始推赵金山回去。

赵金山无奈，只好硬着头皮回屋听。他可算听出了一个感兴趣的话："目前，我们稀缺的成分就是硝。没有矿业硝，我们可以用土硝。"

"谁知道土硝怎么找？"

赵金山旁边一个队长小声磨叽："这老师一定是累了，让别人说。"

"我知道！"赵铁山的一个老班长举起手来说，"土硝，就是火硝，这种硝在平原上多伴生于盐土。常在老房子的墙根，低洼地黑色泛白的土里面就有，茅厕里也有。用水沥了，晒水就能晒出结晶体。老师，是不是拉撒的时候，顺便让我们去茅子里弄土啊？"

大家都笑了，赵铁山马上替自己的战士给老师道歉："对不起，老师！"

"没有关系，他说得也许对。这种东西燃烧的气体不能多闻，也不能吃，会中毒的。"小姑娘说。

下课了，小姑娘留下了赵铁山，说是想与他探讨什么。两人谈得很投机，小姑娘还问到了赵铁山的身世，两人的身子挨得很近，赵铁山有了异样的感觉。

在军分区的安排下，一支队的所有人员要在小姑娘的带领下去刮土硝。

赵铁山成了拉土队长，每天分派自己的士兵把含硝的土从很远的地方拉回来，然后放在一个个吊起来的柳编的放有稻草的筐子里，挖上坑，浇上水，就看到水一点点渗透下来，滴落到下面的大盆里。然后再把这些水上锅熬，有的用大小的盘子舀一些这样的咸水在太阳底下晒，晒出的细颗粒是盐，晒出的长颗粒带尖刺的就是土硝。

　　有一天，赵铁山问小姑娘："这天天淋土、熬水能得到什么啊？"

　　"嘻嘻！着急了呀！得到的是造炸药的特殊材料，是一种无色透明六角斜方形的柱状晶体，或为白色晶状粉末，质脆易断，无味，易溶于水，微溶于酒精，水溶液呈中性反应，易熔融，烧时有爆炸性。你的，明白？"小姑娘说完，自顾自地刮着盘子里的小盐粒。

　　"我的，不明白，我们只管打仗算了。按说，这样的事就是你们爆破专家和造弹专家的事。"赵铁山声音低低地一边说着一边把白色颗粒弄得到处都是。

　　其实，赵铁山对这刮土的事烦恼透了。这窝在家里不打仗，干起这样的窝囊活儿来了。好在天天有个小姑娘在自己周围转，说这说那，笑呵呵的，也算不寂寞。

　　"嘻嘻！赵队长大哥，你把硝盐刮出来就不管了啊，快，放进我兜兜里来。"小姑娘把布兜口撑得大大的。

　　赵铁山用大勺子挖了一勺子细盐，没好气地放进小老师张开的布兜里。

　　"嘻嘻，噘着嘴，能拴住一只山羊。走，看看咱们的成果去。"

　　小姑娘老师说着就往院子里跑。

　　"哎——哎——老师！等等！"

　　小姑娘停下来，等赵铁山。

　　"天天'哎哎'的，我有名字的呀。"

　　"你叫什么？"

　　"刘青梅，好听吗？"

　　"青梅啊，哈哈，青梅，哈哈！"

"咋了?"

"嘿嘿,青梅,你还不如叫酸杏呢。"

"我才说你笑什么呢,看我怎么治你。"刘青梅说完,抓了一把细盐就追赵铁山,赵铁山很快就躲进了麦秸垛的后面,刘青梅找不到了就喊:"赵队长,赵铁山——"

没有动静。不一会儿,赵铁山突然抱着一抱麦秸盖向了刘青梅,撒得她满身是麦秸的碎末。又扎又痒的,小刘老师觉得受欺负了,突然嘤嘤地哭了。

赵铁山不好意思地过来:"行了,我是逗你玩儿的,这也值得哭啊?"

"就哭,你欺负俺。"

"我的嘴里也有了,你看。"

"是吗?你嘴里也有了,我看看,让我看看!"

赵铁山张开嘴让刘青梅看,没有想到,这刘青梅将一把硝盐塞到了铁山的嘴里。苦涩得舌头都拉不动了,赵铁山难受得也要哭了。

看着赵铁山蹲在一旁吐盐水儿,刘青梅笑了,笑弯了腰。

正待刘青梅看赵铁山吐的当儿,赵铁山却一下子扳倒了她,两人顺势倒在了麦秸上。

双眼相对时,赵铁山看到了一双含情的眼。刘青梅在赵铁山的怀里,慌张了一下,然后,柔柔地眯上了眼。

这时,集合号响起来,赵铁山觉得,这响的真不是时候,气得他狠狠地捶了身旁的麦秸一拳。

刘青梅一把推开赵铁山,翻身坐起,嬉笑着,跑了,丢下一个赵铁山愣在了那里。

赵铁山随后来到大队部,看刘青梅老师已经手托了一个玉米面包子,哈着气吃起来。

铁山也不理她,没好气地对伙房师傅说:"今天开饭怎么早了一刻钟?"

大师傅看赵铁山脸色不对，也没有答话，赶紧躲开了。

赵铁山没趣地自己去伙房打饭，默默地吃起来。

刘青梅端着饭碗过来了，看四周没有人，悄悄靠近赵铁山："生气了，这也值得生气？以后日子长着呢。"

"长什么，说不定哪会儿就光荣了。"

"不许你这么说，真讨厌，不在你这儿了！"刘青梅说着，笑了笑，走开了。

刘青梅虽然走了，但是，赵铁山心里却乐开了花。

他觉得，从此，自己的安危就有一个贴心的军中女孩儿牵挂了。有一种从来没有过的幸福感爬上眉头又袭上心头。

刚吃过饭，分区的通信员常建匆匆过来："领导指示，晚上贵支队做好战斗准备，要去悟村西执行一项特别的任务。"

"哦，你是姓常吧，我想起来了，你是岗村的，我见过你，你不是在分区冲锋剧社吗？"

"是，在剧社没有意思，我申请出来了。领导说，就给我半年的时间。我马上要走了，还要通知其他支队。"通信员常建说着就要走。

"等等，离黑还早着呢，给俺说说，让我们干什么？能透露点儿吗？"赵铁山知道，这通知里有"执行任务"四个字一般就是秘密行动。

"到时候你就知道了，其实，让你们领炸药包的时候，你就该知道让你干什么了？呵呵！"这个小常"呵呵"着就走了。

"你个机灵鬼儿，算是老乡，俺知道了。不就是炸碉堡吗？俺早就知道。"赵铁山一个人嘟哝着。

这时，刘青梅蹦蹦跳跳着走来："自己一个人嘟哝什么呢？什么秘密任务？"

赵铁山头也没有抬："你不要管，军事机密。"

刘青梅眯缝着眼睛，靠近赵铁山，用纤细的手胳肢起赵铁山来，赵铁山闹了个大红脸。刘青梅拉着赵铁山坐在一块石头上，头就靠了过来。

"给我说说什么任务吧，我也想去。"

"咳，没有什么，就是去悟村西炸桥头堡的事。"

"哦，要打大仗了，作为指挥官，一定要学会沉着冷静。我帮你静下心来吧，我需要了解了解你。我们女孩子认识一个人不容易。"刘青梅说着，又往赵铁山怀里靠了靠。

"了解什么？"

"对了，听说你的家乡产定瓷，你家有吗？"

"什么叫产定瓷啊，我们这里早就是定瓷的生产地。听一个文化人说，我的家乡就是五大官窑定窑遗址所在地。其实，我感觉，我祖上是烧造瓷器的。"赵铁山思考着说。

"嘻嘻，你就瞎说吧你，你感觉就是啊，烧造瓷器的？嘻嘻！不信，你家若是造瓷器的，你早就是富家公子哥儿了！"刘青梅仰躺在铁山怀里用小手拨弄着他的小胡子说。

"你不信，以后我让你看一件东西，你就信了。"

"你还能有啥东西？"刘青梅边说边爬起来，不小心触碰了一下赵铁山的大腿，刘青梅明显感觉到，那里的肌肉在哆嗦。

见刘青梅不信任地要走，赵铁山就急了："我家珍藏着宋朝定瓷孩儿枕，不信哪天我带你到养父家看看？"

"嘻嘻，我才不去呢，咱们俩啥也不是，你把一个大姑娘领进村，让人们看。那岂不是羞死我了？"刘青梅说着，跑向了自己的宿舍。

赵铁山追过来，刘青梅已经反锁了门，赵铁山只好悻悻而去。

不一会儿，刘青梅的门开了，只见她着一身黑色的装束，消失在小树林深处。

赵铁山让大家准备好了晚间作战的装备，在指挥室闲坐着等待出发的命令。这时，只听一个气喘吁吁的声音："报，报告，爆炸专家刘青梅前来报到。"刘青梅说着给赵铁山来了个标准的敬礼。

"你不要闹了，马上就出发了，我去布置战斗任务。"

"我闹什么，首长批准了我的请示，我要现场指挥你们的爆破。"

"你拉倒吧，你讲课还行。去指挥打仗？不行，我不带你去。"

"你敢违抗首长的命令？"

"首长没有给我说，我就不允许你去。"

这时，小常跑过来，对赵铁山耳语了几句。待赵铁山转过身，刘青梅顽皮地吐了吐舌头。

赵铁山见她这样，马上佯怒道："说了，也不领你去！"说完，正步跑向指挥室。

过了不大一会儿，他出来喊："青梅老师，快，归队。"

"让我回去啊？"

"归队，你听不懂中国话啊？"赵铁山说完也不等刘青梅回复，马上跑到通信兵小常那儿嚷，"全体集合，马上出发。你一会儿全程负责小刘老师的安全。"

刘青梅一怔，接着又笑着说："嘻嘻，我说是吧？有人管你。我归队，马上归队。"说着，跑着去部队集合。

集合完毕，赵铁山安排任务："爆破组去准备炸药包和手榴弹，其他人检查自己的武器装备。"

见人们领任务走了，他问刘青梅："你的装备呢？"

"我没有装备，和你一起指挥。"

"这可不行，跑散了谁保护你，你需要装备。"

"给我一颗手榴弹就行，要是被小鬼子包围了，一拉就得了。"刘青梅说完，脸红了一下，倔强地甩了一下羊角辫。

赵铁山被她随意说的话震撼了，他看了看这个娇小可爱的小姑娘，感觉她不同一般女孩子，好像有一股什么力量附着在她的身上。

队伍出发了，浩浩荡荡地向唐河套进发。

赵铁山把青梅安排到拉弹药的马车上，自己骑马追上了队伍。来到新组建起来的骑兵排，他要看看这支年轻队伍的气势。

可是，不一会儿，他又跑回来，在拉弹药的马车后默默地跟行。

按照指示，部队需要快走才能赶到唐河大桥。所以，赵铁山队长下达了急行军的命令。

唐河大桥属于唐河道悟村大桥，是通往晋察冀军区总部的交通要道。日军侵入这里后，在这所大桥两个桥头修筑了碉堡，用以遏制军民的通行。今天的任务就是要炸掉两个桥头堡，通畅交通枢纽。

赵铁山默默地走，脑海里总是回响首长说的那些话："铁山啊，在平原上炸碉堡可是很难的，需要机智勇敢，两者缺一不可啊！"王平政委也说："铁山啊，你的任务中还隐藏着一个任务就是，既要炸掉桥头的明暗碉堡，还得保护好大桥。"

正想着，通信员小常骑马过来报告："前头部队已经接近了唐河。"

"先顺河分散隐蔽，等待后继部队到达，统一行动。"赵铁山说完，自己策马跟了上去。

这时，天已经黑下来，夜空出现了一轮残月。部队赶到隐蔽地时，出现了云遮月，夜似乎黢黑起来了。

赵铁山决定，先让侦察兵前去查明情况再作打算。

侦察小队在班长刘琦带领下，很快消失在夜色里。赵铁山吩咐大家藏身路边的排水沟，以防夜间巡河的日伪军发现。

侦察小队出去好长时间了，没有任何动静。

河畔的夜晚没有了人为制造的声响，有的是河水流动发出的有规律的哗哗声，有的是不知名的虫子低鸣，有的是猫头鹰突然发出的叫声，这叫声，在这样的夜晚，显得极为瘆人。

赵铁山正焦虑着，突然，"轰隆"一声巨响，桥头处冒出一团火焰。紧随着，"嗒嗒嗒"声响起，桥头喷出了无数的火舌。

不一会儿，有四个人抬着一个受伤的战士回来了。

还没等赵铁山问话，班长刘琦拍拍身上的泥土说："他妈的，要不怎么说叫鬼呢！真是狡猾，明暗碉堡附近的河岸上有铁丝网，靠近大桥的河堤处有绊丝，人刚一上去就触发绊丝了。都是小细铁丝，密密麻麻的，触动哪个都有手雷爆炸，可惜我那三个兄弟了。"

刘琦班长说完孩子似的抽泣起来。

铁山急忙问："哭什么，三个战士牺牲了，你们班其他人呢?"

"哦，有两个人钻过去了。我留下他们在岸边隐蔽着，把炸药包和手榴弹全递给了他们。"

"这就对了，先不要悲伤，这还不是悲伤的时候。你过来，我们商量对策。"赵铁山说完，一把拉过刘琦班长，"擦擦你的眼泪，赶快说说那里的地形，还有鬼子的火力布置。"

"引桥就一个车道宽，桥头桥面上是一个圆圆的碉堡。看那射击口，似乎有一挺重机枪和一挺轻机枪，还有四个小火力射口。桥墩那儿有一个暗堡，能看出火力，就是一挺机枪在那里。"刘琦说完，从身上摘下一个破水壶，胡乱地"咕嘟"了几口水。

"刘琦班长不愧为爆破班班长，这么一会儿，就弄清楚了这么多火力点。"刘青梅老师以佩服的口气说。

"是啊，这就足够了，我们今天赢定了。"赵铁山拍了一掌面前的沙岗，腾起一股尘烟。他揉了揉眼睛，接着布置任务："一、二连注意，你们以柳树丛作掩护，沿着引桥的右侧匍匐前进;三连、四连你们沿着左侧跑步前进，接近桥头后卧倒，等待炮声响起，你们就分别组织爆破手对桥上桥下的碉堡实施爆破。"

"是!"六个连长信心满怀地分别带着自己的人走了。

赵铁山转过身来对马车夫说："拉炸药的马车卸车，四匹马拴好，戴上兜嘴，等待命令。"看到迫击炮班班长过来，他说："迫击炮炮手测算距离，咱炮弹不多，争取一炮准确击中桥头堡。"

不一会儿，侦察兵来报："四个连的战士已接近了桥头，埋伏在距桥头二十米的丛林中。"

看一切就绪，赵铁山命令："向桥头堡开火! 开火!"

三门迫击炮同时开火，随着三声炮响，桥头处火焰滚滚，鬼子的机枪声大作。

过了一会儿，看敌人的火力弱了，赵铁山觉得，爆破班也该有动静了。但是，等了大概有一个时辰，除偶尔有鬼子从碉堡里打出的冷枪外，其他就没有动静了。

"刘琦，马上去看看，怎么回事?"

刘琦三滚四爬地来到桥下，看到这里的连长们，正急得团团转。

原来，狡猾的敌人连夜在桥下碉堡周围挖上了暗沟，用乱树枝覆盖了，黑灯瞎火的，战士们掉进去的不少，去往桥头的行进速度暂时缓了下来。

借着火光，刘琦看到，自己的两个士兵已经接近了暗堡。他马上猫着腰跑过去，只见两个士兵已经爬到了暗堡下面的火力点死角，正在支炸药包。由于他们带来的柳树枝太柔软，根本支不起来。炸药包若放在基础部分爆炸不起作用，因为基础太大了，为了防水，碉堡是建在一个大石头平台上的。

这时，一队鬼子从桥面上冲了出来，发现了桥下有人，想对桥下的战士下手。

正在这时，两发炮弹在桥头爆炸。三个鬼子随着爆炸，尸体腾空翻起，掉下了桥头，鬼子的尸体差点儿砸中桥下的一个战士。

这个战士就是牛三坏，他踢了踢眼前鬼子的尸体，小声说："小鬼子，临死还想害老子一把啊，你烧死了我爹娘，我让你死无全尸。"

牛三坏说完，又转身对同伴刘三儿说："刘三儿，来，帮我一下!"

他们两人把鬼子的三具尸体挤在一起竖起来，一人来高，正好可以放炸药包，把三个炸药包摆放在鬼子尸体的顶上。

放好了，牛三坏等待爆破的命令，他看了看四围，发现有几支三八大盖掉在了周围。于是，又对刘三儿说："用鬼子尸体垫起来爆破，感觉不是滋味，还是用三八大盖支起炸药包来吧。"

说完，他一个个地捡起沙土上的枪，往碉堡周围扔。一会儿，三支三八大盖换下鬼子的尸体。正在牛三坏用绑腿布捆绑炸药包的当儿，一个鬼子从暗堡里钻出头来，抬手一枪就撂倒了牛三坏。刘三儿气极了，也不管不顾了，滚过去就点燃了导火索，一声震天动地的爆炸，碉堡土崩瓦解。

刘三儿在火光里抱起牛三坏："牛哥啊，你看看，再给俺牛一牛好吗？咱把敌人的碉堡炸塌了。"说着，他背起牛三坏，哑着嗓子，"咱完成任务了，该回家了。"很快消失在树丛里。

引桥上的暗堡炸掉了，可是，桥面上的鬼子借助桥头碉堡的火力蜂拥而出，狠狠地压制了桥下三个连的兵力，他们没有办法向桥头冲锋。

这时，正赶上游击队的迫击炮没有了炮弹。眼看战士们上去一帮人，就被鬼子打下来。赵铁山那个急啊。他把脚下的沙土都踩出水来了。

"赵队长，我想起了书上的一个战法，不知道好使不？"刘青梅眯眼观察着队长。

"说说看？"

"土坦克战法，把咱们的四辆马车做成土坦克吧。"青梅歪着羊角辫。

"怎么做？"

"照我说的做，让战士们把裤子脱下来装沙子。"

见赵铁山不下命令，刘青梅又摇着他的胳膊："快，也只有这样了，快下命令吧！"

赵铁山能听出她话里带着焦急，他马上甩开小刘的手："我明白了！"

然后，站上一个小土坡喊："警卫排，你们所有的人都把裤子脱下来装成沙袋儿，完了，码放在四辆马车上。"

"行，照大队长说的办？快脱！"警卫排长说着率先行动。

不一会儿，战士们在小刘老师和赵铁山的指挥下，做好了四辆土坦克。

前辕和两车帮子上盖上了五六层蘸了水的沙裤，车底的板子掀掉了，框框里站两个人，一个人是机枪手，一个人是手榴弹投弹手。后面四人负责推车往前走，另两个人抱着炸药在后面紧跟着。还安排了两个负责供给弹药的，都跟在了最后。

他们把这笨重的土坦克推上了引桥，碉堡里的机枪立刻疯狂地扫射过来。

只听到"噗噗！"的声音，子弹打在潮湿的沙裤上，敌人的机枪失去了威力。丝毫阻止不了"坦克"前进。就这样，两辆车并排推进，车上两挺机枪突突着，手榴弹也及时扔了出去。很快攻到了碉堡前。趁着手榴弹爆炸后的烟雾，两个具有丰富经验的爆破手，马上抱着炸药包滚出身来，在碉堡上迅速放好。土坦克和参战人员飞速回撤。耳听"轰隆"一声，碉堡四分五裂。

打掉了桥头堡，桥面上的小鬼子四散溃逃，桥下的战士们上了桥面，乘胜追击。

这时，桥西的鬼子迅速通过桥面冲了过来，子弹劈头盖脸地扫。很快，有几个游击队战士中弹倒下了。

赵铁山立刻命令，把前面坏了的一个土坦克推到路下，给后面的两辆土坦克车让路。

路让出来了。可是，没有想到，后面的一辆土坦克车由于停留的时间长了，陷到了泥水里，四个战士推啊，怎么也推不动。

眼看前边桥上的战士倒下了很多。这时，刘青梅也顾不了许多了，异常勇敢地上前推车。她边推边大喊着："同志们，加油！快推啊，加油啊！"

上了路面的土坦克势不可当，发挥了巨大的威力，借助"突突"着的两挺机枪在桥面上推进，后面抱炸药包的战士也帮着呐喊。

冲过来的鬼子很快就被打了回去。

赵铁山大喊："快，往射击孔扔手榴弹，摧毁碉堡里的火力。"

土坦克里的投弹手麻利地把手榴弹准确地投到了碉堡射击孔。在射击口接连爆炸的手榴弹显示了极强的威力。

赵铁山看到,这手榴弹虽然没有让碉堡开花,但是,碉堡里的机枪被炸哑了,没有了声响。

战士们蜂拥着跃上桥面,向对岸冲去。刚到桥中间,刘青梅大喊:"桥下有暗堡。"

副队长李凯大喊:"同志们,快!卧倒!"

话还没有说完,桥下暗堡里冒出了浓烟,紧接着一声巨响,西桥面半边飞上了天,上了桥面的战士有的随着爆炸跌到了河里。

爆炸声过后,阵地上没有了枪炮声。

战斗算是结束了,桥头堡炸了,但是西边半个桥面也坍塌了,代价太惨重了。战士们哭喊着,四处寻找着落水同伴,落水的战友被一个个救起。副队长李凯说:"点起火把打扫战场吧,小鬼子埋藏了炸药,是早有预谋的。说不定会有大部队'围剿'我们,我们需要马上撤离。"

打扫战场时,一个小个子战士,他麻利地翻过一个伪军的尸体,这个大个子伪军活了,重重的身子朝小战士压了过来。

两人在沙滩上滚打起来。刘青梅首先发现了他们,她马上跑下来救援。两人滚的看不出谁是谁,只能仔细端详,她终于看清伪军。

然而,她身上没有其他武器,只在腰里别着一颗手榴弹。她迅速抽出手榴弹,当伪军滚上来时,她照准伪军的脑袋狠狠地砸了下去。

这一下子伪军松了手。小战士马上推开大个子伪军,站起来转身说:"谢谢你,青梅姐。"

刘青梅感觉有什么不对,于是问:"哎,你怎么知道我叫青梅?你是哪里的?"

小伙子边整理衣服边回答:"我是三儿,我该管你叫姐。"小伙子说完,转身就跑。

"哎——你叫什么名字?"

"刘三儿。"

刘三儿,一个熟悉的名字。想起来了,资料上说刘青梅三叔家有个刘三儿当兵。

这里需要交代了,这个刘青梅其实是个假的刘青梅。原本大学生刘青梅来晋察冀军区报到,负责普及爆破专业知识,途中被日本特务跟踪。但是,刚过保定,机警的刘青梅就发现了跟踪的特务,她英勇地与特务搏斗,最后壮烈牺牲。鬼子的特务队搜得她的介绍信和一个笔记本,还有笔记本里的一张照片。鬼子的特务队队长把这个情况迅速报告给新美二郎,新美二郎一看刘青梅的照片,可就有了个坏主意,他马上想到了宪兵队干事山由美子,曾受过间谍训练。两人长得太像了,简直一个人似的。他决定让善说中文的山由美子代替刘青梅来军区报到,伺机获取军区情报。

临行前,山由美子详细了解了刘青梅的情况,研究了她写的日记。其中有一段日记,她记得很清楚:那年还小,三叔家的刘三儿与我一起玩,还记得他一边吸溜着进出鼻孔的黄鼻涕,一边给我讲了"麦子和韭菜的区别",还让我明白了"马和骡子都长得啥样",也知道了"母鸡在窝里下蛋的模样"。还有那紫红的桑葚、黄色的夏杏,还有那暖暖的红薯育苗土炕,以及红薯身上拱出的带汗珠儿的尖尖红嫩芽。

…………

对,这个流鼻涕的家伙就是刘青梅日记里的那个刘三儿,沙哑的嗓音和爱抽动鼻子的动作让山由美子确信不疑。

她为自己初次来到这里就为大日本帝国做出了贡献而窃喜。其实,赵铁山给她说的两件事,她都是很感兴趣的,她的任务就是获取游击队重要情报,以求得圣战的胜利。

她听到赵铁山的今晚行动任务和定瓷孩儿枕的收藏地后,即迅速取出藏在野外一个树洞里的那把手枪,冒着夜色把这个消息传给了曾与她有过一夜之欢的新美二郎少佐。

这样,狡猾的鬼子才在暗堡里埋藏了很多的炸药,给游击队以毁灭性的打击。她思考着，得意着。她感觉，这时，也许她提供的第二个情报正在实施，也许定瓷孩儿枕已经到手了，她心里想哼唱日本舞曲。想到这里，她把自己吓了一跳。因为她清楚，特务人员最忌讳的是得意忘形。

这个刘三儿，这么快就跑得无影无踪了？山由美子找寻着，她认为刘三儿的出现更能增加她身份的真实性。

第 20 回

拔堡逐寇青梅负伤　舍生忘死赵奎断臂

这时，部队已经打扫完战场，意外缴获了一门迫击炮和几颗炮弹，战士们看了看，倒是能用，不知道怎么放在桥下了。

各班开始集合点名了。赵铁山很想知道游击队员伤亡情况，马上传令负责战地抢救任务的一连长齐成成来报告。齐成成还没有到来，赵铁山对刘青梅说："这个齐成成原在国民党军中当兵，回来探家，是他的娘动员他加入游击队的，很有学问的一个人。"

齐连长跑步过来报告："这次战斗，我游击队员共有二十四人牺牲，十六人负伤。"赵铁山眉头一皱："把名单马上交给我！"又接着问，"小鬼子呢？"

"现场共留有日军尸体十四人，没有伤者。我想，按照惯例，伤者也许是被日军救走了。留下的武器仅几支残破的三八大盖和一门迫击炮，外加十发炮弹。"

这时，一个负伤的日军用不太流利的中文大声嚷："我要立功！"刘青梅马上过来用日语问他："你想立什么功？要是你能说出有价值的情报，可以考虑治好你的伤，安全送你回日本。"

这个鬼子兵想了想："有一个电话线通到指挥部，听说你们到来，临时掐断了一百米。"

刘青梅听完暗自得意，她顺手给了鬼子兵一块糖作为奖赏，鬼子兵感激地作揖致谢。

她把这个鬼子说的话对赵铁山说了，赵铁山想了想说："鬼话不能相信，鬼子一般临死之言也不善，有时会像毒蛇一样咬人的。"

　　这个鬼子似乎听懂了赵铁山的话，他说："我可以带路。"

　　这时，刘三儿挤过来："让我去吧，青梅姐。小时候我常雪夜追兔子，有经验。"

　　"好，头前带路，走!"

　　"你认识他? 他怎么叫你姐?"赵铁山追问刘青梅。

　　"他是我三叔家的刘三儿。"

　　"你三叔? 你老家是沙河南? 你怎么说话不是那里的口音?"赵铁山问。

　　"哎呀，回去再给你细说，打仗要紧。"

　　不一会儿，在桥下往北百米处，负伤的小鬼子找到了电话线。赵铁山让小鬼子顺着电话线往前带路，可是走了不远，鬼子就倒下了，全身抽搐。

　　赵铁山用油灯照了照他，见他还在挣扎。于是说："抬他上担架，我们非找到指挥部不可，哪怕是一个空房子。"

　　"我寻着电话线找吧，这比雪夜找兔子可容易得多。"刘三儿抓起电话线就走，战士们紧跟着往前走，走了不远，忽听一声冲天的爆炸，战士们倒下一大片。

　　刘青梅远远看到，刘三儿被强大的爆炸冲击波抬了起来，又重重地摔下。

　　"刘三儿! 刘三儿! 三儿，弟! 弟弟啊!"刘青梅第一个冲了过去。

　　赵铁山也跑过去，夺过刚燃起的火把细瞧，见刚才还活脱脱的一个男孩子，现在已经是双腿缺失，肠子外露，眼大大地睁着，死了……不远处还有一个负伤的战士疼得在地上打滚儿。

　　刘青梅看了一眼刘三儿，就趴在一旁哭起来。她哭刚刚还活生生的"堂弟"，现在却一动不动了。

　　赵铁山眼里也噙满了泪水，他一边整理着刘三儿的半个残腿，一边说："好兄弟，哥给你找全，让你有个全尸。"他说着，合上刘三儿的眼，然后，又把外露的肠子送回到他的肚子里。

做完这一切，赵铁山吩咐警卫战士："他是英雄，刚才就是他炸掉了一个桥头堡。给他买口上好的棺材，找个好地方厚葬了吧。"

这时，只听一声声惨叫。原来，担架上的小鬼子趁乱要逃跑，但是，他跑了两步远就栽倒了。战士们发现后，一哄而上，几个枪托就砸上了这个小鬼子的头。等赵银山和刘青梅赶过来制止时，小鬼子的头已经砸得不成样子，一命呜呼了。

"谁干的？没有记住刚学的八路军纪律吗？"赵铁山问。

刘青梅也过来说："他的指路让我的堂弟死了，固然该死。但是，他已经是俘虏了，就该按照对待俘虏的纪律办，谁第一个下手的？"

"我……我……我……"几个战士争抢着说。

一个战士站出来："是我，该杀该剐我顶着，我们只知道优待俘虏了，你看我们惨死的弟兄，负重伤的还有我的堂弟呢！"

他刚说完，只听远处"嗒嗒嗒"几声枪响。一个战士跑来报告说，发现了从指挥部逃跑的鬼子，侦察排的战士们全力追赶去了。

赵铁山马上问："有多少鬼子？"

"大概有二十几个人，好像有一个小队长。"

赵铁山思考了一下，对李凯副队长说："骑兵排、警卫班跟我追击敌人，李副队长带领战士们回阵地吧。"

"还是我去吧，你已经两天没睡觉了吧？"

"我去，我喜欢打截击战，说不定能捞到一条大鱼。"赵铁山说完，已经跨上马。

"我也去！"刘青梅大声说。

"你是老师，快回去备课吧，明天还听你讲课呢。"

"不让我去，我就不讲课了！"刘青梅带着哭腔说。

见争执不下，李凯副队长跃上马踱步到赵铁山处，小声说："带她去吧，不跟着你去，她也不放心。"

"你小子，也学会这个了啊！"赵铁山说完，大声说，"来，上马吧，让你也看看我是怎么追兔子的。"

　　刘青梅麻利地骑上马，马长嘶一声，前腿跃起，奔驰起来。一会儿，刘青梅就同赵铁山并驾齐驱起来，同骑兵排一起消失在黑夜里。

　　枪响处是一片沙岗，沙岗连着沙岗，晚上看来，像起伏连绵的山丘。近了，赵铁山看到，最高的沙岗叫莫测岭，实如其名，黑绿色的松柏树高低错落，把这个沙岗遮掩得深不可测。树影摇动起来，忽明忽暗，似乎那里有许多鬼魅在游荡。

　　原来，在赵铁山他们为死去的战友整理遗容时，侦察排的战士们在排长的带领下顺着电话线成搜索队形追去，正赶上鬼子临时指挥所撤离。

　　鬼子狼狈逃窜，他们乘胜追击，一直追到了沙岗下，鬼子借着沙岗地势居高临下顽抗。

　　赵铁山见已经有一个战士负伤。显然，这样僵持下去不行，于是果断命令迫击炮开火，把鬼子赶下沙岗再说。

　　借着火光，迫击炮手确定了发射角度，随后炮弹在沙岗上咣咣爆炸。

　　赵铁山看到，有几个小鬼子衣服燃着，滚下沙岗，其他的鬼子也胡乱地无目标地打枪，边打边往沙岗下面出溜。

　　这正合了赵铁山的意，他命令骑兵悄悄向这个沙岗包抄过去。

　　惊慌失措的鬼子们刚下沙岗就遭到了骑兵兜圈砍杀。晕了头的鬼子步兵又往沙岗上退，可是哪里能退得回去啊。随着刀光剑影，一个个鬼子的尸体，像散垛了的麦个子，滚得到处都是。

　　鬼子还在往后退，一个小队长挥着指挥刀压阵，他气急败坏地砍杀了一个退下来的士兵。看这阵势，其他的日本兵硬着头皮冲下来。

　　这时，骑兵排已经对小鬼子形成包围之势，一圈圈地围着敌人绕。尘土飞扬，喊杀声四起。这样，大部分的鬼子就放下了枪举起了手。战士们借着火光在观看，鬼子小队长还在一小土坡上声嘶力竭地叫喊，神经病似的唱着独角戏。

火把点起来了，刘青梅在赵铁山的右侧看到了她同类发神经的一幕。

这时，只听一声枪响，刘青梅应声落马。

骑兵战士的枪响了，一个鬼子从沙岗上滚下来，子弹就是这个没有撤下来的鬼子射出的。

赵铁山急忙下马抱起了刘青梅。借着火光，赵铁山发现，她的左肩部在流血。

赵铁山见刘青梅手摸索着自己的腰际，那里有一个小布袋子。赵铁山知道，那是一个战地急救袋。

刘青梅分明是让赵铁山给她包扎，但嘴里还没有说出话，她就昏迷过去。

赵铁山马上脱下自己的上衣，铺在地上说："大家背过身去吧，我得给她包扎。"说完，他撕开刘青梅的上衣，看到她雪白皮肤上的枪眼儿，他心跳加速，他还是第一次这么近距离地触摸女孩儿的身体。

顾不得多想，他把药棉敷上去，斜十字交叉着打上了绷带，又笨拙地为刘青梅穿衣服。一开始，他感觉她的身体瘫软得很，穿得很艰难，后来又似乎感觉到了她的配合。

一切收拾停当，赵铁山先把刘青梅抱上了自己的马背，然后，飞身上马紧紧抱着这个软软的身体。

他扬鞭跃马，带卫兵队率先撤离了这里。赵铁山的马跑得飞快，首先奔驰到一树林旁，突然蹿出一队伪军来。赵铁山马上往腰间摸枪，但是枪柄被刘青梅的腰带卡得死死的。他摸到了腰间的梅花针皮套。于是，当机立断，顺手甩出一撮子梅花针去。为首的伪军小队长和他身旁的一个卫兵最先中针，疼得抱头翻滚。

这时，赵铁山的卫兵队跟来，一阵乱枪响，十几个妄图袭击赵铁山的伪军见了阎王。

战士们点起火把查看中针的两个人。伪军队长双眼中针，胸部中弹，已经死了。他身旁的卫兵左脸颊处中了两针，缩作一团哆嗦着。一个战士一把提起这个人，赵铁山一看，认识。原来是叛变了的、嘉山之战为鬼子带路的王兵。

一看这个人，赵铁山气不打一处来，用手枪点着他的头说："你这个叛徒，我平日待你不薄，你还不如个狗！"

"铁山哥饶命，我也是被逼无奈啊，我家里还有老母亲呢，我不想死啊！"说着抱住了铁山的腿。

"你不想死，别人就得死，你叛变还不到一个月就祸害死了十几个弟兄，你还有什么话说，我没有时间给你磨牙了！"

这时，抱着铁山腿的王兵不知道从哪里取出一把匕首来，二话不说就往赵铁山腿上扎。

卫兵王强看得真真的，抬手一枪结果了这个无耻的叛徒。

"罪有应得！"赵铁山说着飞身上马，带着战士们快马而去。

小队很快和大部队会合。看人员情况，铁山知道，本次战斗得不偿失，伤亡很大。伤员抬过来，个个疼得龇牙咧嘴。担架过一个，他查看一个，心就像干吃了三头生蒜一般辣疼。

刘青梅的伤势不太严重，子弹打在了肩胛骨旁，没有造成大的伤害，战地医生为她进行了清创包扎。

正当赵铁山的游击队在唐河西段夺碉堡的当儿，赵金山带领游击大队也在唐河东段铁路桥一带展开了巧炸公路桥头堡的战斗。

7 月的唐河，河水浩荡。深水区，船儿频渡；浅水处，鱼虾成群；芦苇长蕊飘飘，草丛雏鸟唧唧，好一派繁茂景象。

黑龙泉一带，赵金山正带领战士们为老百姓抢收稻谷，今年的稻谷长得出奇地好，丰收的喜悦挂上了农民的脸。

好久没有这么高兴了，政委李顺提议，大家唱唱当年苏轼大人在这里唱响的"秧歌调"吧。

李顺说："赵队长，你在这一带生活，也会哼唱，你就率先给大家唱一个呗。"

"好吧!"赵金山也不推辞,把稻个子往地上一戳就唱起来:

国之根本乃稷民,
食要果腹啊,
咿呀哎。
衣能遮体呀,
咿呀咳!
定国安邦稳民心。
誓为民生多尽力,
与民同乐享天年。
咿呀哎——

群众们听了连连叫好,看人们很有兴致,赵金山提议让李顺唱一个,说李政委是文化人儿,唱的一定好得很。

李顺也不推辞,把镰刀在稻个子上一插就唱起来:

好一派稻田风光清凉地,
叹长水滚滚漾漾人未知。
虽不比西湖激滟水波绿,
也好似人间胜景水域奇。
望远方天蓝水阔心神怡,
立河畔双学士不再憋屈。
咿儿呀儿哎——

两位游击队大领导唱的秧歌调,带出了游击队员的快乐情绪,很多人顺着调子哼唱起来。

李顺趁着大家情绪高涨的时刻,站上马车:"同志们,你们想,要是没有鬼子,我们该多么幸福啊!可是,小鬼子偏不让我们过好日子。

434

你们看，远处岸边每隔五百米就有小鬼子的暗堡一个。唐河东桥桥头堡高过三丈，黑洞洞的枪口像吃人的大嘴，时刻就要吞噬过往的人们。你们说，我们怎么办?"

"炸掉它，一个也不留!"

"连同小鬼子炸上天!"

"炸到唐河里，喂王八!"

战士们你一言我一语地说着。

李顺摆了摆手继续说："大家算是说对了，为了恢复安静祥和的家园环境，尽快把小鬼子赶出中国。今晚我们就行动，炸掉小鬼子的碉堡。大家说，好不好?"

"好——好——好!"

黑龙泉稻田里，有一股保家卫国的情绪在升腾，有一种驱魔杀敌的斗志在昂扬!

…………

晚上，升上中天的月亮仅露出了半边的脸。一队荷枪实弹的战士匍匐在芦苇丛中，他们暗暗祈祷着：雾气再浓一些，月色赶快暗下来。

他们就是临时组成的爆破队，每个人身旁都有一个炸药包，他们把炮捻紧贴着肚子，生怕露水打湿了，他们耐心等待着出发的命令。

一会儿，一团浓云遮住了月光，雾气升腾起来，探照灯的灯光模糊在浓浓的雾气里。爆破队临时指挥赵奎，征得弟弟赵金山同意，下达了出击指令。

分散伏卧在唐河一千米河岸的二百名突击队员，一一传送着"接近目标，接近目标"的命令。

他们要对高高堤岸上的两个暗堡同时实施爆破。

先头的突击手快速出击，周边的铁丝网剪了几个豁口，爆破手迅速接近了敌人的暗堡。

黑暗中，赵奎看到距离自己最近的那个战士，正悄悄靠近碉堡。眼看就到了，这时，赵奎看到，这个战士一拌就栽倒了。与此同时，后面的战士立刻大喊："不好，地雷！"

话还没有说完，地雷就响了，栽倒的战士被炸飞起来。紧接着碉堡里的机枪嗒嗒地响起来。眨眼的工夫，两个战士就牺牲了。而敌人还在疯狂地扫射，子弹覆盖了两座碉堡的中间地带，形成了交叉火力，火光照亮了整个天空。

另一处的爆破手一看这形势，马上滚下了堤坝。

爆破暂时受阻，赵奎快速爬向赵金山，赵金山急忙说："看来，只有强攻了，用上咱们仅有的两发迫击炮弹吧！"

"那顶用吗？再说，不一定能炸准。"赵奎担心地说。

"不管炸准炸不准，炮弹响的空当儿，一定要接近暗堡，伺机爆破。"

"好，就这么办！"

不一会儿，两发炮弹划破了夜空，一一在碉堡处爆炸。随着爆炸声，远处，岳春喜爆破班实施的爆破成功，接连几声爆炸后，冲天的火柱升起，碉堡坍塌。

赵奎爆破班的战士，也许是慌张，点燃的炸药包滚落到了堤坝下，轰隆一声，堤坝顶端炸了个口子，碉堡却安然无恙，碉堡里喷射的火舌更猛了。

赵奎急了，抱起一个炸药包冲了上去。战士们要追回他时，他已接近了暗堡，一颗子弹击中了他，他踉跄了一下，随即又爬起来，点着了导火索，瞄准了一个射击口塞了过去。

但是，由于射击口比炸药包略小一些，炸药包的一个角进去了，其他还有一大半儿露在外面，赵奎不管三七二十一，使劲儿往里塞。

距离不远的赵金山马上大喊："赵兄撒手，要爆炸了，快撤！"

赵奎刚抬起手，一声巨响，火光中，赵奎身体像炮弹一样直飞了起来。暗堡也在火光中塌陷下去。

赵金山大声叫喊着"大哥，大哥"，朝着暗堡跑去，战士们也呼喊着拥向前。

一堆瓦砾旁，堆着一堆尸体。

拨拉开鬼子的尸体，赵奎身子蠕动着，他想站起来，可又仆倒下去。赵金山看到，他的右胳膊肘以下没有了，血从断臂处狂喷着。

赵金山马上撕下自己的衬衣袖子，胡乱地在赵奎的胳膊上扎着，哭着喊道："大哥的胳膊完了……嘿！大哥的胳膊完了。"

这时，赵奎努力地睁开眼，有气无力地说道："好了，金山……咱们马上撤吧，鬼子说话就来了！"

"撤——"赵金山拉长声音，下达了撤退的命令。

部队有序地撤退到唐河以北的奇连村一带。战士们刚站定，突然，沟壑里蹿出一队"叽里呱啦"的小鬼子来。

人们还没有明白怎么回事，机枪子弹劈头盖脸地扫射过来，队伍里立刻倒下一大片。赵金山马上组织反击，可惜，为时已晚。战士们遭遇突发状况，蒙头胡乱射击。几个新战士扭头就跑，轻机枪手也慌乱地找不到支撑点。赵金山一看这情况，夺过机枪迎着鬼子，横扫起来。他是那么视死如归，他是那么勇往直前。岳春喜也跑来了，抱着一挺机枪猛扫。鬼子队伍里倒下一大片。

趁鬼子突然遭到猛击而不知所措的当儿，赵金山组织队伍抄小路绕过鬼子阵地，撤进了西边的一片树林。赵金山一边撤一边吩咐岳春喜在小树林点清人马。

岳春喜迅速让跑过来的战士站队，等最后一个跑过来，开始集合队伍报数儿点名。完了，他难受地报告："报告队长，缺十二人，也许有的没有牺牲，被鬼子俘虏了。"

"那，弟兄们性命难保了。"一个战士说。

这时，只听到几声稀稀拉拉的枪声响起，大家谁也没有作声。大家都清楚，敌人对负伤的战士下手了。

赵奎在担架上醒过来，气得想滚下担架来去跟鬼子拼命。赵金山一把按住了他。见鬼子没有追来的迹象，赵金山命令气喘吁吁的战士们稍作休息。

岳春喜走到一棵树下，嘟哝着："鬼子怎么知道在那儿伏击我们，一定有汉奸通风报信。"

赵金山接话："也不一定全是汉奸报的信儿。鬼子的碉堡里都有电话线，一个电话就通知给鬼子联队了，联队还不派人阻击我们？看来，汉奸不汉奸的，这鬼子的电话线要先清除掉了。"

"对！对！把这个任务交给我们排吧！"排长岳春喜说。

"回去后再商量，这不是简单的事儿，需要联合行动才行。"赵金山严肃地说。

部队回到了驻地，赵金山马上和政委李顺商量了对策。李顺政委说："今晚后半夜就行动，捣毁敌人的电话线。"

"为什么今晚行动？"

"我们就在唐河沿岸行动，敌人以为，我们不会再出去了，我们恰恰就杀个回马枪，出其不意攻其不备。不捣毁敌人的通信线路，我们没有办法再执行炸碉堡的任务。"李顺政委严肃地说。

"好，你安排吧！"

返回驻地后，驻地医生为赵奎处理伤口。先清创，唯一的一支麻药用上了，到结扎创面皮肤了，麻药药效没有了。豆大的汗珠子从赵奎脸上淌下来，他咬得牙咯咯响。一个小护士把一段儿小棍子让他咬着，可小棍子刚放进去就被他咬断了。

缝好了，赵奎也虚脱过去。

部队官兵休整了一天。这天傍晚，李顺政委带领二排的战士，带着剪子、钳子和刚打制的脚蹬子出发。临走，赵金山说："应该联合行动，你带队去破坏唐河北线，我带队划船去破坏唐河南线，让敌人没有办法互相支援。"

"那好，你带三排吧！"

赵金山要走，甄续男出来："我和你一起去吧，这在家的日子，憋死俺了！"

"不行，孩子谁管？"

"有苗苗姑娘呢，孩子平时就喜欢找她，没有事儿。"

"那行，带上四排，咱们把电话线剪得远一些，让敌人短时间内无法修补。"赵金山抚摸了一下妻子的头。

甄续男招集人马去了，赵金山看着妻子的背影，开心地笑了。

旷野安静如常，一队队战士悄悄接近了电线杆。赵金山早就了解到，护卫唐河大堤段电话线路的鬼子有一个排，每隔两个时辰巡逻一次，如果想顺利地完成剪线任务，必须在很短的时间内悄无声息地消灭鬼子巡逻兵才行。

赵金山挑选了几个身手矫健、练过武功的战士随岳春喜一起去完成消灭巡逻兵的任务。其他人剪电线，挖电线杆儿，并负责藏起来。

过了河，第一个电线杆儿挖倒了，战士们七手八脚地把电线剪下来。两个战士抬起电线杆儿就跑，放到很远的排水沟里埋起来。

甄续男副队长指挥战士们把电线像卷风筝线一样卷成了大拐子，说以后为自己的部队安装电话。

任务进展得很顺利，不一会儿就破坏掉四五根电线杆儿，大概有近千米。正在这时，负责阻击鬼子巡逻小队的岳春喜带领二十来个战士跑了过来，说道："十个鬼子无一逃跑，大部分一刀毙命，有几个是被大家七手八脚按住，掐死的。"

赵金山伸出大拇指，以示表扬。

战士们正干得起劲儿时，远处城里方向，轰隆隆地有了机器声。突然出现了一辆新型巡逻小坦克，大灯照着旷野。赵金山他们很快被发现了，敌人的炮弹机枪一起响起，大地被炮火映得如同白昼。

躲是没处躲了，大家只好就地卧倒，赵金山第一个感觉就是，要滚到装甲车的大灯照射范围之外。

于是大喊："快，往两旁沟里滚！"

随着他的喊声，大家很快就消失在各自最近的排水沟里。甄续男动作慢了一些，子弹就在他面前打起了尘土，尘土片刻间落满了她的全身。

随后，赵金山听到"啊哦"了几声。赵金山认定妻子负伤了，他顾不上许多，从沟里一跃而出，径直蹿到妻子旁。

来到妻子身旁，赵金山看到，甄续男已经蜷着身子，痛苦地抽搐着。

赵金山借着火光，查看了妻子的伤势，原来是肩膀处挂了彩。弹片削去了一片儿肉皮，血渗了出来。

这时，甄续男推开赵金山说："管我干吗，快想办法干掉这个讨厌的笨家伙。"

"怎么干？"

"刚才我就看到了，在咱们不远处就是村东的壕坑，你忘记了？村民为了腾出挖地道的院落，都把自家的柴火全放到壕坑里了呀。"甄续男大声地说。

"那又怎样？"

"壕坑柴草满满的了，把这小屎壳郎引进坑里，用火攻。"

"呵呵，你真能！"赵金山说着转身对同志们说："过来几个，咱们把这铁家伙引到壕坑去。"

大家一听，都知道什么意思。于是，有几个人纵身一跃就出了路旁沟，端着枪就朝着小坦克车射击，边射击边往壕坑方向撤退。赵金山快速跑向壕坑，点燃了坑沿儿的稻草，烟气升腾起来。他笑了笑，抓起一挺轻机枪，猫着身子跑到了坑对面的一个土岗子下。很快，机枪喷着火舌，子弹在铁疙瘩上面擦出很多的火花。

敌人恼怒了，全速向机枪处开来。但是，失算的小乌龟壳，刚跑了几十步远就一头栽进了壕坑。这壕坑里都是柴火，虽然满满的了，但是，哪里支撑住这铁家伙啊。小坦克越动陷得越深，不一会儿，连炮筒子都要淹没了。赵金山看时机已到，马上大声吩咐战士们扔手榴弹，一个个手榴弹下去，柴火就爆燃起来。

这自制的手榴弹杀伤力虽然不大，但是点燃柴火倒是很管用。大家看到，很快，敌人这耀武扬威的小坦克就沉没在一片火海中。

大家正要起来欢呼，赵金山马上喊："快，卧倒！"

话音未落，一排子弹就射了出来。

赵金山知道，这是敌人的最后挣扎，也说明小坦克处于了倾覆并混乱状态才往上射的。他吩咐战士们："再给他下几个糖丸儿。"

"已经没有手榴弹了！"一个战士小声说。

这时，李顺政委听到枪声，带着他的卫兵小分队过河支援。他们也赶上了痛快打乌龟壳的一战，李顺政委马上吩咐战士们扔手榴弹。

几枚手榴弹再一次在火坑中爆炸，助燃了火势。

这时，赵金山马上拉了身旁一个战士一把："危险，躲远一点儿！卧倒！"

战士们快速向后撤去，刚撤了几步。大家就看到了从未见过的景象：巨大的爆炸声接连响起的时候，一个火球喷了出来，火球迅速升起，散作喇叭状的烟火就撒下来。继而就只听到呼呼的燃烧声，小坦克就没有了形，一股焦臭味儿冒出来，人们立马跑了很远。

停下来时，李顺政委绕壕坑转了一圈儿，大声宣布："同志们，刚才是坦克的油箱和炮弹爆炸的声音，敌人的小坦克解体了！小鬼子和他的乌龟壳一起上西天了！"

大家欢呼起来！

没有想到，这耀武扬威的家伙遇到火就成了纸老虎，不一会儿就完蛋了。

这时，甄续男也忍着疼跑过来，她分明观看到了这壮观的一幕。借着火光，赵金山发现，妻子的脸红红的，煞是好看。

想起这主意还是妻子出的，他不由自主地抱了抱妻子，抱得妻子龇牙咧嘴的，甄续男推开他，小声说："看把你乐的！行了，还有战士们呢。回家再说。"

赵金山知道，这么大动静，今晚不能再破坏电线了。他和李政委商量了一番后，马上下命令："同志们，马上撤！今晚不能再干了，鬼子很快会过来收废铁的。"

队伍成急行军状态，很快远离了小鬼子的火葬场。

赵金山一边小跑，一边对妻子说："真过瘾，这就叫搂草打兔子，一举两得呀！"

甄续男"哎呀"了一声说："你这哪是搂草打兔子呀，还不如叫搂草打金龟。"

赵金山看到妻子身子趔趄了一下，他才想起妻子挂彩了。他马上搂过妻子就要往身上背。

这时，一个通信兵策马而来，跳下马报告前方情况："不好了，没有回去的路了，唐河改道了。北边的路都成了河。"通信兵说完，见赵队长半背着甄副队长，于是牵马过来说，"快，甄队长上马！"

甄续男摆摆手："你还是再去探探路，看我们走哪条路回驻地。"

"也行，河水决堤，鬼子一时半会儿也来不了，我们在这里稍微休整一下，派两个人一起去探路。"李顺政委表示赞同。

"行，快去！"赵金山说完把外套披在妻子的身上，自己只穿一件半褂儿。

两个侦察的战士走了，其他战士们背靠背蜷缩在一起，有的打瞌睡，有的围在一起兴奋地说着刚才的战事。

不一会儿，两个战士回来了报告说，唐河发了大水，河水漫过了河堤。回驻地只能绕道，去西边不远的唐河桥过河。但桥上有一小队伪军把守，戒备森严，好像有什么大事似的。

赵金山、甄续男和李顺政委带着班长们蹲下来，合计了一下行动方案。李顺政委站起来提醒大家："同志们，大家精神一些，摆在我们面前的是，唐河水决堤改道，一片汪洋，我们没有了退路。目前，我们只有强行通过西边的唐河桥，绕道回驻地。"

赵金山接过话茬儿："桥上即使有伪军把守，我们也必须强行通过，大家有信心吗？"

大家齐声回答："有！"

由于是第一次破坏电线，赵金山是想让领导集体和战士们来一次新尝试，所以，今晚来的都是李顺政委和赵金山队长选出来的精兵强将，大家也和鬼子打了十几次了，对付几个伪军是不在话下的。

这样，这个五六十人的队伍向唐河桥悄悄摸来。

摸到桥头，赵金山对李顺政委耳语："咱先来软的，喊喊话，看什么状况！"

"还是我来吧，干这个，我知道怎么说，你退后！"

李顺政委隐蔽好身子，大声喊起来："喂，伪军弟兄们，你们被包围了，谁也不要动！动一动，你就没命了！"

静静的夜里突然来了这么一嗓子，巡逻的十几个伪军可就吓傻了，有一个伪军开了一枪，子弹从李顺政委头上"嗖"地划过。

赵金山一看，差点儿打伤政委，急了，拔出双枪，冲着枪响的地方左一枪，右一枪，只听那边啊的一声，一个黑影倒了下去。

敌人那边马上有了声音："你们他妈是哪一部分的，上来就干掉我们一个！"

"是你们先开的枪！"

"咱们谁也不开枪了……请问，你们是哪一部分的？"

"抗日游击大队第一支队！"

"久仰大名，一定是赵队长的队伍了，那你们过来吧！"

"知道俺是谁就行，你们可不许耍花招。不然，倒霉的是你们！"

听了赵队长的话，伪军那边不说话了。过了一会儿，有了整队的声音。

又过了一袋烟的工夫，一个伪军挑着一个白褂子跑过来，打了个立正说道："我城西的王三强，队长让我给你们送信儿，让你们麻利点儿，快快过去吧，一会儿皇军来了，就不好弄了。"

赵金山一听就明白怎么回事了。马上招呼队伍，让大家做好战斗准备，快速冲上大堤，上了引桥。

上了引桥，赵金山看到桥上的十几个伪军把枪背在身后，整齐地列队在桥头，行注目礼。

伪军小队长跑到赵金山面前鞠躬说："不知道是神枪手赵队长过来，那家伙没有经我允许就开了枪。他也该死，怎么能向英雄们开枪呢！"

"你这就做对了。就是嘛，我们刚割了电线，炸了坦克，谁知道这发了大水，故此借道。你也算是为抗日立了大功，我们会给你记在账上的。告诉你们的人，要知道自己的祖宗在哪块土里埋着。少做缺德的事，要保护父老乡亲。"

伪军队长一边"是、是"着，一边示意伪军们给游击队让道儿。

赵金山把两块银圆拍在伪军小队长手里："给你死去的人办理后事吧！"说着就走，走了几步回来问，"兄弟，你叫什么名字？"

"俺叫马大炮，你就记住赵村的大炮就行。谢谢赵队长，你可真是一个义气人啊！"

顺利地过了河，赵金山和李政委带领战士们往营地赶，赵金山看到，妻子胳膊上还在流血，人已经虚弱得很了。

李顺政委也看到了，马上冲着赵金山嚷："快！需要马上送甄副队长包扎，你骑马快带她先走吧。"

赵金山点点头，迅速把妻子拉上自己的马，随着几个警卫员，加鞭狂奔。

就在两场战斗打响的时候，一队鬼子兵在伪军的带领下，鬼鬼祟祟地去了赵铁山的养父家，几个日本兵合力踹开了老人家的大门。

铁山的养父披着衣服出来怒喝："你们是什么人，还砸坏了我的家门。我一个老头子，招你们惹你们了？"

"你的，老实交代，定瓷孩儿枕在哪里？"

"什么枕不枕的，不知道！"老人仰着头说。

几个小鬼子用刺刀拨开老人，要往屋里闯。老人借势让过前两个鬼子，迅速从后面伸进来的枪上摘下了两把刺刀，以迅雷不及掩耳之势刺入了前面两个鬼子的后背，这两个狂妄的家伙登时毙命。几乎同时，后面三把刺刀同时刺入了老人的胸膛。

鬼子地毯式搜索，终于在炕洞中搜出了定瓷孩儿枕，立刻回城，交给了新美二郎。

　　新美二郎抱着定瓷孩儿枕，左看右看，爱惜地用白绸擦拭。宝物失而复得，他兴奋得让人准备了几碟小菜，自斟自酌地喝起了阜平枣酒，一会儿就喝得眼眶血红、鼻涕横流。他半躺着，迷迷糊糊地念叨起了提供定瓷孩儿枕消息的那个小美人儿。

　　岳春田看新美二郎这么高兴，他就悄悄带了几个伪军去了南城门办喜事的一家。这家正雇了著名吹歌队演奏助兴。

　　这个吹歌队是子位村的，吹歌队队长是丁小歌。也就是赵金山的爹爹赵老三当年和刘晓翠结婚时雇的那帮吹歌队。如今，他们声名大振。经常来城里吹歌献艺，想多挣点儿养家糊口的钱粮。正当他以唢呐为领起乐，带着十六名乐手一一演奏拿手曲子的时候，岳春田带着伪军来了，耀武扬威地坐在最前排，像模像样地看吹歌表演。一会儿，岳春田就蛮横地打断了吹歌表演，强词夺理说《八仙庆寿》不适合在婚礼上吹，说吹歌队是骗人钱财的吹歌队。打翻了乐器柜，推倒了点心桌，扬言要惩办"骗人队"。办喜事的人家无论怎么说，岳春田都没有个软话。指挥伪军，强行把吹歌班所有的人、所有的乐器都带走了。

　　新美二郎正要在歌舞厅看军妓们歌舞，听岳春田报告说，带来了吹歌队助兴，新美二郎很是高兴。他早就听说这里的吹歌艺人很神奇，说什么能鼻孔吹唢呐，说什么能耍着把戏演奏，神人了？我倒是要看看。

　　他吩咐军妓们分列两旁，观看表演。他摇摇晃晃地站起来，一一查看队员，他要看看这是一支怎样神奇的吹歌队。他用刚吃过猪蹄的手摸摸这个人的脸蛋儿，摸摸那个人的脸蛋儿，喷着满嘴的臭气，看这口腔里是怎么发出美妙的声响的。听岳春田说，站在最右边的这个浓眉大眼的人会用鼻孔吹唢呐。他"嘿嘿"笑笑，下令让他立刻摆好阵势，上前演奏。

这个人叫丁世伟。去年的一天早上，他的父亲背着粪筐去野外拾粪，被鬼子刺中身亡。邻居说，是路过的一队小鬼子骑兵干的，见他跑，追上去就刺。也就一眨眼的工夫，人就没了。他早就窝着一肚子火，发誓要找到这队骑兵为父亲报仇。他发明了连环绊马索，经常放在父亲死去的那条小路上。但，一年来，这帮小鬼子就没有出现过。

这时，让他伺候小鬼子，他是万万不干的。无论岳春田怎么说，他就是不吹奏。新美二郎拿着唢呐转了一圈，每一个人都嗤之以鼻，没有一个人愿意为他吹奏。他突然转过身来，把唢呐狠狠地插向了丁世伟的鼻孔。血从他的鼻孔流出来，丁世伟夺过唢呐摔向了墙角。

丧心病狂的新美二郎大发淫威，脸憋得通红说："你的，吹歌队的太狡猾了，大日本皇军来为你们建立大东亚共荣新秩序，吹歌一曲都不行，死啦死啦的。"

队长丁小歌害怕鬼子对丁世伟下毒手，于是主动上前说："我替他吹吧，我什么都会！"

岳春田也低头哈腰地建议让吹歌队的队长先试试。新美二郎坐在藤椅上，晃荡着二郎腿，眯起了眼睛，算是默许。岳春田马上嚣张地说："皇军都同意了，你还他妈的磨蹭什么？我看都不想活了。"

丁小歌吹完一段，军妓们鼓掌欢迎。丁小歌还要接着吹时，新美二郎突然睁大眼睛，打断了丁小歌的演奏，指着丁世伟说："八嘎呀路，你的用鼻腔吹。"丁世伟把头扭向一边，还是不理这个茬儿。

新美二郎狡黠地笑笑，对翻译官说了一大串叽里咕噜的话，翻译官皮笑肉不笑地翻译说："你个不识抬举的货，皇军让你用鼻子吹。你就吹奏一曲。"说完，夺下丁小歌手中的唢呐，塞给了丁世伟。丁世伟气得火冒三丈，不但没有吹。反而把唢呐在椅子上猛摔起来，摔扁了，扔向新美二郎。新美二郎躲过，招呼一声，四个小鬼子进来。

丁世伟挺起身与四个小鬼子对打起来。前两个回合，练过武功的丁世伟并没有吃亏，小鬼子个个被打得鼻青脸肿。这时，一队荷枪实弹的鬼子拥进屋来，包围了丁世伟。

新美二郎示意小鬼子们站一边，不要动。他抄起战刀，气急败坏地砍过来。丁世伟和刚才四个小鬼子对打，消耗了不少体力。这时空手对刀，他渐渐体力不支。丁小歌他们见丁世伟凶多吉少，都拥向前要来帮丁世伟，但被外围的小鬼子用枪托打着逼到了墙角。这时，大家回头一看，丁世伟已被新美二郎砍掉了一条左胳膊。他没有哼一声，任由鲜血喷涌，他右手拿起自己的胳膊拼命地甩向新美二郎，弄得新美二郎一脸鲜血。气急败坏的新美二郎一刀刺来，正中了丁世伟心窝。丁世伟瞪着大眼死去。

吹歌队的队员们疯了似的要与新美二郎拼命，无奈鬼子人多势众。很快把吹歌队的人全部五花大绑，囚禁到了宪兵队。

以后的几天里，吹歌队员受尽了折磨。但是，他们就是不去为新美二郎演奏。后来其中一个队员的家人通过伪县公署的人说情，并交纳了处罚金，上交了家里的部分乐器，大家方才被放出来。而且，小鬼子还有另外的规定，不准许他们再到城内聚众演奏。

赵金山接到杜秋生的情报，说鬼子的特务机关掌握了抗日队伍的很多信息，鬼子扬言要对自卫队、游击队和八路军、武工队进行有针对性的大规模"清剿"。赵金山及时把这个情报报告给军分区，军分区让赵金山的游击队以练兵为主，采用昼伏夜出策略，伺机对特务汉奸进行抓捕、对鬼子进行奇袭。还托人带话儿说，以后，没有大任务，赵金山和李顺不准亲自行动。还说，鉴于情报接连泄露，让游击队筛查队伍里所有的人，看有没有特务潜伏在队伍里。

赵金山也是个闲不住的人，遇到战事心里就痒痒。这天晚上，他把自己的火炕烧得旺旺的，然后，叫上李政委，叫上几个岳春喜连队当上排长的，有一排长陈秋粮，二排长杨蛋儿，三排长王槐子，四排长刘勤兵，五排长孙会山，六排长刘冬立。九个人盘腿上了他的炕。炕上有一大箩筐炒花生，有一簸箕阜平大红枣。大家吃着花生、红枣，以茶水当酒，碰杯闲聊。

岳春喜主动说起了岳春田："唉！我的家族因为有了这个败类才遭

447

难的。"

李顺政委接过话儿说："你也许不知道，岳家所有和抗日队伍有关系的人，都让岳春田搜捕去了。包括他的小姨、姨夫等，都被鬼子杀死了。"

赵金山听了这些，就坐不住了，从炕上出溜下来，使劲儿地拧他的烟袋锅子。好大一会儿也不说话，吧嗒着抽烟，闹得屋子里呛人得很。

"行了，别抽了，呛死人了，有什么话你就说吧。"李顺政委皱着眉头说。

赵队长干咳了几下，刚想说什么。这时，通信兵送来一封信。李顺政委接过看了看，在方桌上一拍："又是这个岳春田，他真不想活了。"

赵队长马上磕掉烟灰问："咋了?"

"放咱们过桥的一个班伪军，全部被鬼子枪杀了，是特务队长岳春田报告的。前几天丁村的吹歌队一人被杀，多人遭受酷刑，是岳春田带人抓去的。"李顺政委说完把手里的几粒花生狠狠地摔在了大炕上。

第 21 回

巧计炸毁唐河大桥　诱捕处决特务汉奸

听说鬼子枪杀了放游击队过河的伪军，赵金山很是气愤；得知唐河西桥岗位不再设伪军岗，全是一水儿的日军，赵金山更是气愤，他心想，这不是断了我们去城里的路了吗？

岳春喜主动请缨，要去活捉岳春田，为死去的亲人和众乡亲报仇。他气愤地说："该为我们这个家族清理门户了！"

李顺政委抓住岳春喜的手："现在还顾不上他，我们当下最关键的是杀杀敌人的嚣张气焰，给鬼子一个狠狠的打击。"

赵金山接过话儿："是啊，就拿这守桥的鬼子下手，李政委，我想今晚就行动，先派侦察排的人去摸摸情况。"

"好，我去把侦察排排长王祥贵叫过来，我们商议一下。"

王祥贵是城内中心街塔胡同人，他曾和岳春喜一起去日军川崎联队长家成功偷得日本和服，成就了赵金山和妻子化装"大闹县城"的佳话。后多次作战表现突出，被赵金山提拔为侦察排排长。

王祥贵来了，依然是紧身衣打扮。他来后也不管其他排长们的脸色，抓了一把花生就吃，边吃边说："好吃，好吃！赵队长、李政委，有什么好事就吩咐吧，我们那帮弟兄们都快憋崩了。"

李顺政委拍了一下王祥贵的肚子："哈哈，你小子又胖了啊！也没有什么艰巨任务，就是去唐河大桥侦察一下，看日军有多少人守桥，看沿途是否有护桥的日军驻扎。"

王祥贵领任务走了，排长们又你一言我一语地开始了讨论，可以看出，大家斗志昂扬。

凌晨五点，王祥贵侦察回来了。他急匆匆地来到支队部。

其他人走了，只有赵金山还在屋子里走来走去，屋子里被他的烟锅子闹得乌烟瘴气。

王祥贵干咳了几声，刚要说话，赵金山马上说："来……来，去东屋吧，看这里让俺搞的，你这个气管炎还能说出话来？"

两人去了东屋，王祥贵把大桥上的情况详细地向赵队长作了汇报，完了还说："我们回来的时候，有个意外的收获。"

"什么收获？"

"我们逮住了清风据点的伪军队长赵万明。"

"赵万明？"

"对，就是川崎鬼子误杀的那个假你——赵尽善家的儿子。他偷偷摸摸地去与靳千红幽会，半路上让我们撞见的。"

"哦，想起来了，听说这个赵万明牢骚满腹，怎么还当了伪军队长？"

"谁知道呢，也许没有更好的选择，鬼子选上了他。"

"你去把他带来，我来审问他。"

"这你还亲自审问啊，我们问问得了。"

"我问吧，他也许对我们有用。"

王祥贵去带赵万明了，赵金山笑了笑，心里立刻有了审问方案。

不一会儿，赵万明就来了。赵金山一看，他长得根本不像伪军，脸上没有玩世不恭之态不说，还有点儿正气在。

赵金山大着嗓门说："你就是赵万明啊，你长得精神，名字叫得光明，你人走得咋这么黑暗啊？"

赵万明哆嗦了一下子，抹了抹带着白饭粒子的嘴巴，诡辩道："官爷爷饶命，我也是没有办法啊，混口饭吃呗！兵荒马乱的，你们不也一样吗？"

"混饭吃？你都跟着杀你爹的鬼子混了。你觉得你的祖上能饶过你吗？你觉得从今以后，你这张破嘴还能吃白米饭吗？"赵金山说着"腾"地站起来喊："来人，把这个汉奸拉出去，我懒得给他这样的孬种费舌头。"

应声进来两个荷枪实弹的大汉，架起赵万明就走。

赵万明立刻软了双腿傻了眼，他跪在地上急不可耐地大喊："官爷爷饶命，官爷爷饶命！我立功赎罪……立功赎罪！我知道一个重要情报！"

赵金山一听，他要交代事。于是对两个警卫兵使了个眼色，两个人又把他重重地摔在地上，厉声道："说！说出来也许我们赵队长会饶你小子不死。"

赵万明听了这话，马上抬起头来端详赵金山，哆嗦着问："赵队长？你就是赵金山队长？"

"行了，你说吧，我会看你立功的大小定你的罪。"赵金山口气缓和了一些。

"我说，我说，我们接到上边的通知，过两天，我们就去参与守护唐河大桥的任务。这个任务，我给你们说啊！我打听清楚了……说这里要过一个日军的中队，带着很多辎重。还说是去涞源一带，参与日军的一个什么联合作战。"

"这消息准确吗？"

"千真万确，昨晚我的那个相好靳千红也这么说。她说，那晚，龟一胜男少佐告诉她，过唐河的日军中队有他一个同学，这个同学要把抢来的一个翡翠镯子带给他，作为纪念。龟一胜男说要把这个漂亮的镯子送给靳千红。妈的，龟一胜男。"

"你为什么骂龟一胜男？"赵金山装作不知地问。

"这个龟一胜男去了南城门城防部任职，我父亲就是在他现在的办公室被川崎老鬼子当作你杀死的。他还他妈……还他妈霸占着我的女人。"赵万明说着就狠抓自己的头皮，断了的头发顺着他的手指纷纷落地。

"你要把你知道的，全部告诉我们。也许我们会找机会，给你报仇的。"

"谢谢赵队长，我还知道一件事。"

"什么事？"赵金山给赵万明倒了一杯水问。

赵万明端起杯子喝了一口说："日军在嘉山下的小张村一农户家存放了很多的炸药，据说是炸山石修碉堡用的，就一小队鬼子看守着。这炸药也许对你们有用。"

"好了，你可以下去休息了。你还得在这里留一天，等我们调查清楚，你说的是真的，才能放你走，这样，你也算立功了。以后不能再死心塌地地为杀你爹的鬼子干事，知道不？"赵金山说完，吩咐警卫战士把赵万明押走了。

赵万明走了。一宿没有合眼的赵金山兴奋异常。他想出了系列作战计划，他马上吩咐叫李政委来。

李政委来了，他们两人头顶着头在院子里说悄悄话，边说边用小棍儿在地上画着，院子里一会儿就画满了，他俩似乎要画出一个土作战地图来。

当天晚上，赵队长嘱咐岳春喜一番，让他选精干人员立刻出发，执行一项特殊任务。

岳春喜带领一小队游击队员乘船悄悄过了唐河，徒步直奔小张村。村子里很静、很黑，偶尔传来断断续续报平安的梆子声。村东的小树林里，不知什么鸟呼啦着飞向黑黑的树林深处。

岳春喜太熟悉这里的地形了，他们在嘉山山神庙住了几乎两年，天天出入周边的村庄，调查情况，发动群众，种植庄稼。

岳春喜来到村口一家矮墙下，他看出来了，这是张大伯家，他的两个儿子都参加了八路军，在大部队里打鬼子。老人想儿子，每当见面时，常把岳春喜叫成他家儿子的名字。岳春喜也就叫他爹爹。岳春喜翻身进了院子，"呜呜"了两声，老大伯就开了门说："听声音就知道是你来了，快进屋！"老伯一把将他拉了进去。

进屋后，老大伯担忧地说："你们怎么这么晚来了，还闹出动静。不远的刘财主家就住着小鬼子，你们不要命了？"

"我们就是奔着鬼子来的。我还想向你打听呢，你知道这帮鬼子为什么住在咱村吗？"

"临时住呗，也许过几天就走了。"

"哪里啊，他们要在这里开采石头，他们还弄来了很多的炸药，我们今天就是搞他的炸药来了。"

"那你们可得小心啊！鬼子有一挺机枪在临街的东厢房上，你们可要小心哪！"

"知道了，老爹爹，你提供的情况太有用了，我们会神不知鬼不觉地干掉机枪手和其他鬼子，你就听我们的喜讯吧！"

岳春喜这十个人，个个是飞檐走壁、骁勇善战的高手。他把从老伯家得来的消息给大家一说，大家心里就有了谱。

来到刘财主家正前方的山坡上，借着微弱的灯光，他们看到财主家东房上果真有一挺机枪，有两个机枪手稳坐在旁边，身子前仰后倾的，好像在默默划拳喝酒。

有四个鬼子站成一队在院子里来回走动，透过财主家的玻璃窗，他们看到，小屋子里有四个鬼子在炕上围着一张桌子。因为远，看不清，一个战士说，我看着好像是在玩骨牌。

小张村的村西是鬼子新盖的一个炮楼，岳春喜望了望说："这炮楼距离这里大概有千余步，不算远，所以，我们只有智取，不能强攻。大家还是等等再做打算。"

等了两个时辰，岳春喜看到房顶上的一个小鬼子四仰八叉地躺下了，一个鬼子靠着机枪打盹儿。院子里四个巡逻的，也围在一个白色的石头桌子旁坐了下来。屋子里暗了灯光，显然是屋里的已经睡了。

看到这里，岳春喜问："谁去搞掉机关枪？"

有两个人站出来，岳春喜建议："你们要使用套狗法，同时甩出两条绳索，先把鬼子勒下来，再搞机枪。"

负责搞机关枪的两个战士走了。岳春喜继续布置道："王大货、王二平、刘强、李大风从小墙头大鹏展翅跃下，必须一招制服院里的鬼子。剩下的几个跟着我负责消灭屋里的鬼子。完事后，大家都到屋里找炸药。记住不到万不得已千万不要开火，免得引爆炸药。"

刚布置完，岳春喜看到，搞机关枪的两个战士已经顺利地上了房顶，正一步步接近目标，准备下手。

四个负责消灭院中巡逻兵的战士已经上了墙头。岳春喜和其他三个战士也身轻如燕地攀上了正房。岳春喜扒着房檐听，正房里鼾声如雷，不时还有鬼子叽里呱啦的梦话声。

几乎同时，"嗖嗖"儿声，机枪手被绳子套拽下来。随即和院里的鬼子同时享受了透心凉。几个完成任务的战士，已经站到了正房门口。

看时机一到，岳春喜与两个战士使了一下眼色，三个人同时来了个鹞子翻身，三双脚可就踹向了亮着微光马灯的那扇窗户。窗框子窗棂子硬生生地砸在了大炕上，砸在熟睡的鬼子身上，另一个战士也跃进屋来。

还没有等鬼子醒过神儿来，岳春喜随即跳了进来，四把锐利的尖刀透过窗棂刺入了鬼子的胸膛。

这十个小鬼子万万没有想到，在这样的夜晚，在距离炮楼很近的地方，他们会一命呜呼。

看一切恢复平静，岳春喜点亮了鬼子挂在墙上的马灯。

大家看到，这是三间两头的屋子。穿过堂屋，东屋门上着锁，撬开了锁子，里面整体码放着一堆的十字包裹。岳春喜高兴了，他知道，这就是鬼子藏匿的炸药包。数了数，正好是十包，岳春喜掂量了一下，包裹虽小，但是分量不轻，夹在腋下一手抱着正好。见岳连长抱起了炸药包，大家也纷纷夹起炸药包就走。

顺利起获了鬼子的炸药，背了缴获的枪，一路小跑着连夜往驻地赶，路过铁路，正赶上远处一列火车开来，岳春喜麻利地把一个炸药包放在铁轨上，点着，滚下铁轨。火车被炸停的当儿，岳春喜已带领战士们走进了通往驻地的那片小树林。驻地伙房早给他们准备好了疙瘩姜汤。他们高兴地端起碗来，才发现每人碗里有两个荷包蛋。大家有说有笑地吃完，赵金山就来了。看了看码放整齐的炸药包，哈哈大笑着表扬了这几个英雄。吩咐他们去睡觉，说晚上还有更美的活儿等着他们。

　　十个人高兴地睡觉去了。赵金山也顾不上吃饭，召集李政委、甄副队长，还有几个连长开会。这时，哨兵才报告说火车被炸，赵金山把岳春喜叫醒，问明了情况，对炸火车一事既没批评，也没表扬。

　　李政委先来到指挥部，看赵金山那兴奋样儿，李政委说："你个赵队长，肚子里一定有东西了，先给我们倒倒呗？"

　　赵金山小声地把晚上炸平汉公路桥的思路向李政委说了。李政委笑了笑："呵呵，亏你想得出，这样的笨法子能行？万一敌人发觉怎么办？"

　　"咱们采用声东击西战术，一队穿衣服的草人在西面乘船过河，故意闹出大动静，一队水性好的真人在桥东面凫水推着竹排去桥下炸桥。"

　　"这样好，为了万无一失，还得有打阻击战的，万一鬼子兵增援怎么办？"

　　"好，一会儿大家来了你就按照咱们商量的方案布置，你说的比俺说得好。"赵金山说完随手就拧烟袋锅子。李顺政委马上制止："你就先忍一会儿，你的旱烟叶子也太呛人了，烟气腾腾的，大家来了还怎么开会！"

　　"好，我就知道，你又要说我了。"赵金山说完顺从地把烟袋子撇在了一边，又不舍地看了看。

　　这时，大家衣着整齐地来了，知道有新任务了，个个是精神抖擞。

会上，李顺政委把和赵金山研究的作战方案向大家公布，大家都说此法甚妙。不一会儿就安排好了各项事宜。赵金山宣布："上午各准备各的，各路的任务都是互相牵连着的，每路只许成功不许失败。"

说完了，赵金山又转身对伙食班班长陈老魏说："老陈，至少有半月不见肉了吧，今天伙房可要做好吃的，大食堂做大肉粉条杂烩菜另加大白面馒头吧！回民食堂炖牛肉炸油香，让大家吃好，晚上好打大仗，说好了，不许上酒！"

当天晚上，阴云密布，星月隐形。黑沉沉的夜幕里，列队在堤坝上的游击队员，互相看不到对方的鼻子。

赵金山对李顺政委说："天助我也！"

"这也叫天道公正，帮助我们绝杀小鬼子。"

不一会儿，桥西边很远的河里亮起了星星点点的火把，隐约看到"衣衫整齐"的游击队员站立船头，好像一大队人马在过河。

很快，桥上的鬼子发现了他们，先是一阵机枪扫射，但距离遥远，根本起不了多大作用，船依然前行。

桥头乱了起来，一大队鬼子吵嚷着向引桥跑去，去截杀过河的游击队员。鬼子很快消失在夜色里。

不一会儿，北面出现了稀稀拉拉的枪声。

守卫桥头的鬼子小队长就坐不住了，他又派一小队赶去增援。

也几乎是同时，桥东的游击队员，在高大桥、杨蛋儿、王槐子三位排长的带领下，立凫（一种高难度的游水动作，为站着的泳姿）在水里，推着五个装着炸药包的大竹排靠近了唐河大桥。

这唐河大桥是土木结构，也就是木桩支撑木板，木板上覆盖灰土造就的。桥的高度不大，再加上这几年连年发水，接近两岸处，水面和桥面的距离也就是半人来高，河中心地带最高处不过一人来高。

按照今天的作战方案，同时炸桥的两端，使大桥整体坍塌，这样，鬼子重修起来有一定难度。

是这么想的，也是这么做的，但是船在接近桥下的一刹那，鬼子

456

的探照灯突然亮起来。五只竹排立刻暴露在白光下。至少有四挺机枪同时响起，子弹嗖嗖地射向了战士们。

赵金山一看，急得给了自己一拳，为什么没有想到这探照灯呢？

其实，负责侦察的士兵也没有发现这些探照灯。没有发现就没有在会上提出，所以大家就忽略了此事。他们不知道，这探照灯也是刚刚安装好的，发电机运来得晚了，才没有及时亮起。看到战事来了，鬼子加快连接了导线，恰在这个时候就亮了。

不管三七二十一，赵金山一边吩咐机枪掩护，一边几个腾跃，可就接近了桥头。双枪同时射击，探照灯登时熄灭了。但是，敌人知道桥下有人，机枪仍然不停地往桥下扫射。

许多战士中弹落入水中，急得李政委在堤坝下来回走动，一时想不出应对方法。

这时，战士们也拼了命了，冒着枪林弹雨急速推着竹排往前走。很快，有几个竹排已经到了桥下，其中一个竹排在鬼子强大的火力下，在水中爆炸。同时，先到的战士们把竹排贴着桥墩固定好，立刻引燃了竹排上的炸药。

一时间，火光冲天，地动山摇，整个大桥，连同喷着火舌的两个桥头堡摇晃了几下塌入水中。

水花四溅，尘烟四起。

这时候，去西面截击游击队船只的鬼子发现他们截击的不过是穿着衣服的草人而已，才感觉上当。正待返回时，又发现，他们的老巢已经土崩瓦解。

鬼子小队长气得哇哇大叫，命令炮兵支好迫击炮向对岸发射。

这种炮威力巨大，但是由于距离远，精准度不高，战士们辨别来炮的声音躲避着。

李顺政委马上组织战士们撤离，但是赵金山却带着一部分人往桥头方向奔去。

李顺政委知道，赵队长是要找回那些还没有上岸的几个战士。但，李顺政委感觉赵队长冒着鬼子的炮火去水中救战友，是不冷静的，这也太危险了。

正不知所措的当儿，高大桥、王槐子二位排长跑了过来，李顺政委马上带领战士冲了过去，支援赵金山。

高大桥边跑边问："怎么没有看到杨蛋儿排长啊?"

"我刚问了问同去的几个战士，他们说，火光中看到杨蛋儿向岸边游去了，还以为他上来了呢。"王槐子边跑边大声地回答。

这时，借着火光，他们两人看到，赵金山带领战士们已经把四位游击队员的尸体抬到了大堤上，正组织往回撤。

高大桥上前问："杨排长有吗?"

不知谁喊了一句："杨排长胸部中弹，牺牲了，前头那个就是。"

这时，鬼子停止了炮击。赵金山迅速组织全体战士撤离。

漆黑的夜像一块巨大的黑色大幕把人们包裹在幕后，每个人的眼前都是模糊一片，战士们抬着六具尸体默默地往驻地走，星星点点的战火越来越远，而悲哀却逐渐加重。桥虽然炸塌了，但谁也没有胜利的喜悦，谁也不说话，只听到沙沙的脚步声和哽哽咽咽的哭泣声。

岳春喜心里更不是滋味儿，他为家里出了个败类而惭愧，更为战友的死而惋惜。他心里有了一个诱捕计划。他要亲手把家族这个败类岳春田抓住，交给人民审判。

…………

这天，是岳春喜父母和妹妹的忌日。岳春喜让匠人在家中院子里扎了很多的纸人纸马。家乡有个风俗，凡是暴死之人，忌日这天，为了使故去之人魂灵能够平安，再不怕那妖魔鬼怪兴风作浪，就请工匠制作大量的纸人纸马，在早晨和纸钱一起烧掉。这样，忌日的前一天，岳春喜家里、院落里都是忙着扎纸人、纸马的人。你来我往的，像办大事似的。岳春喜还派人在城里买了很多的鞭炮，有人问这是要干吗?买炮的人逢人便说，是我们连长岳春喜祭奠父母和妹子亡灵用。到时候，还要唱大戏表示追悼。

纸人纸马很快糊好了，当晚，岳春喜独自一人在屋子里看守。

对于岳春喜的举动，岳春田早就听说了，他命令他的眼线过一个小时报一次岳春喜家的情况。黄昏时分，眼线说，岳春喜没有带其他的游击队员，只是自己在家里忙前忙后，雇了很多的糊纸扎的人，糊得满院子都是。

过了一会儿，眼线又来报，说纸扎糊好了，人们都走了，这时只有岳春喜一人在家。

岳春田嘿嘿阴笑了几声，马上叫来特务队的警卫队长孙彪子说："孙队长，哥今天高兴，弄两个小菜来，咱俩喝两盅。"

孙彪子派人弄酒菜去了，他一边忙着收拾桌凳一边献媚地说："你近期运气可真好啊岳队长，提供吹歌队有功，军部让一个军妓陪了你一晚，这可是特务队史无前例的美事儿。还有你提供'唐河伪军私放游击队过河情报'有功，新美二郎把抄没的西关王财主家的一坛子银圆都给了你，大家都眼红了，你也该庆贺庆贺了。"

"是啊，是啊，早就想请弟兄们喝酒，这不是忙嘛。"

孙彪子一边洗酒盅一边絮絮叨叨："银圆是好东西，你可以置买一块土地，将来养老用，想干吗干吗，不行，嘿嘿，讨两个小老婆，想用哪个就用哪个。"

岳春田也不说话，只是"嘿嘿"地笑。

孙彪子突然"嘿嘿"淫笑一声，说道："大哥，我觉得，你这个堂弟岳春喜一定会找你报仇的，你为什么不来个一箭双雕，铲除隐患，独占岳家田园呢?"

岳春田白了孙彪子一眼，仍然不说话，但是他清楚地知道孙彪子话里的意思，那就是悄悄逮了岳春喜，然后借日本鬼子的刀杀掉他。一是自己可以独占祖宗留下的这两块宅基地；二是又立了一大功，说不定又得到一些赏钱。他想到这里，心里一阵狂喜。他马上拉过孙彪子："孙老弟，今天哥好好敬你几杯，你可不要认尿啊!"

这时，酒菜来了，孙彪子满酒。两人你一杯我一杯地喝起来，孙彪子看岳春田高兴，就继续恭维："大哥，你升官发财的机会到了，也许你家祖坟上正冒青烟呢。"

听了这话，岳春田手里的酒杯一下子摔到地上，吓得孙彪子哆嗦了一下。只见岳春田一把鼻涕一把泪地说："你小子说话不考虑，我岳春田还配提祖宗吗？将来百年之后能不能进祖坟还是另一回事呢！奶奶可是我害死的，大伯大娘还有堂妹，都是我害死的，还有我的其他乡亲们……"

他不说了，怔怔地看着孙彪子。

孙彪子倒了一杯酒，苦笑了一下说："他妈的，这事还是怨岳春喜，他不撬皇军的铁轨，他配合皇军建立大东亚共荣圈，还怎么会害死你奶奶？所以，岳春喜必须死。他不死，你将来也活不安生，说不定什么时候，他发达了，带一大队人抓了你去，你这个人人恨之入骨的大汉奸不照样也是个死吗？"

岳春田把桌子上的菜一划拉说："他奶奶的，一不做二不休，集合弟兄们，行动！"

孙彪子得令，马上吹响了口哨，他们要召集特务队，骑着自行车把岳春喜掏出来。孙彪子也有他的打算，他挑起这次两虎之斗，说不定岳春田就让岳春喜给弄死了。这下一步就该是自己被提拔了，这叫鸠占鹊巢。

三十多人的队伍集合完毕，大家吵吵闹闹，有的揉着眼睛，有的打着哈欠，有的干脆埋怨起来，说这大黑天的不在家好好待着又要去干吗？

岳春田想，这样的态度，去人多了也不顶用，还不如挑选几个精兵强将，神不知鬼不觉地把岳春喜抓出来给皇军一交，自己就大功告成享清福了。

于是，他点了十个人。也没有说干什么去，率先骑车冲出特务队，后面的十个人也歪歪扭扭地斜挎着大盒子枪紧跟着。这帮特务耀武扬威，一路响着铃声，吓得城内大街上卖跑儿肉的、卖花生的、卖糖果儿的都往两旁闪，有的连灯罩子都摔了。说话就出了西城门，这帮特务自行车的铃铛也不响了，神不知鬼不觉地消失在夜色里。

岳春喜家里，大门虚掩着，因为大神说，晚上不能关院门，需要赶车的小鬼来看看，认认车辆，第二天烧的时候才顶事。

十个骑车的特务在岳春田的带领下，悄悄接近了院落，等他们猫一样地把车子放好。岳春田留下两个把守门的，其余的八个人，对岳春喜家三面实施了包围，只留下自己家的那个院墙没安排人。过了一会儿听里面没有动静，看到岳队长有了进的手势，一个个手按矮墙就翻身进了院落（这种守门翻墙的招数是特务抓人的惯用伎俩。从正门进怕人越墙而逃。先在外围派人蹲守，再越墙抓捕，即使被抓之人从正门跑出，也能抓到）。

可是，刚进院落，就有人"哎呀"了几声。翻过墙的岳春田跑来查看，原来，有三个越墙而进的特务双脚都落在了尖儿朝上的三齿镐上。岳春田帮着两个人拔下了三齿镐齿儿，一个还傻乎乎地抱着脚不敢拔，三齿镐就那么在他的脚下摇摆着。岳春田推了他一下，狠狠地拔了下来，血立刻喷了出来。岳春田每人抚摸了一下，然后，像犬类驯养师一样，分别捂了捂他们的嘴，示意他们不要出声。

也就在他紧张地做这些事儿的当儿，门外那两个把守门的特务很快倒了下去，身子悄悄地被拖拽到阴暗处。

岳春田这时一心想捉拿岳春喜，他带着其余的五个特务，迅速接近了院子的正屋。他右手握枪，左手抹了一口唾沫，捅开了窗户纸，他贴眼看到了一个正在熟睡的人。他慢慢抬起握枪的手，还没有开枪，他却突然倒地，满地乱滚起来。其他四个人不知道什么情况，一边拉着岳春田撤离，一边向屋子里乱射。

这时，特务武三君看到西墙上趴着一个人偷偷地张望，双手握着什么，他以为有人要阻击他们，抬手就是一枪。岳春田一看，那边是自家的院子，他气愤地踢了武三君一脚："你他妈的，谁让你瞎开枪的，那边是我家，那人像是我爹。"

这时，只听"嗒嗒"几声枪响，四个人应声倒下，剩下岳春田捂着眼睛在满地乱滚。靠墙抱腿"哎呀"的三个特务刚想站起来反抗，突然从院里不远的柴火堆里、从纸箱子里、从一大堆的纸人纸马后面闪出十几个荷枪实弹的壮汉。只几下子就制服了这三个特务，并迅速地把他们五花大绑了。这时，黑暗的屋子里跑出两个人来，迅速制服了岳春田，把他五花大绑了。这两个人不是别人，一个是岳春喜，一个是赵铁山，正是赵铁山甩出的梅花针刺伤了岳春田的双眼，他才满地乱滚的。

这时，天亮了，胆大的几个村民出来看情况。

他们看到岳春喜的人马押着满脸是血的岳春田，就明白了怎么回事。一个老大爷上来给了岳春田一个耳光，说道："你个禽兽不如的东西，你祸害了我的孙女，逼得她上吊自杀了！自杀了呀！"说完撕扯岳春田。

一个大婶跑了过来，一把揪住岳春田："我的孩子呢，你把她带到哪儿了？都十天了呀！你还我的闺女！"

岳春喜知道，这是村西的耿大婶，她的女儿小秀很漂亮，岳春喜小时候还和她一起玩过捉迷藏。

岳春喜拉开大婶说："大婶，小秀和我一起长大，我一定会解救她的。等把这坏家伙押回去后，审问清楚，小秀会很快回来的。"

大婶千恩万谢几乎要下跪，岳春喜急忙让战士们搀扶起来。

岳春喜又拉开老大爷："大爷，我们会给你报仇的，你先放手，让我们先走。"

刘大爷松开手，躲在一边抹眼泪。岳春喜狠狠拧了拧岳春田说："我还不知道，你这个岳春田，你这个大特务，办了这么多坏事！"

这时，岳春喜家的东邻居岳子明大爷跑来了："等等！等等！"

岳春喜示意战士们停下来，然后急忙说："岳大爷，你有什么事？"

"春喜啊，你们弄死这个畜生吧，他连他的亲爹都枪崩。他爹趴在

462

墙上看了一下就一头栽下来，刚刚咽气啊，临死肚子气得鼓鼓的。他崩了他的亲爹啊！"

乡亲们呼啦上来，撕扯着岳春田的头发。岳春田听说自己的亲爹死了，就明白了。他跪在地上，朝着自己家的方向磕头。乡亲们开始你一拳我一脚对岳春田开始了"众罚"。岳春田木头人一样，不说话，只是仰着头让愤怒的老乡们扇耳光，整个死猪不怕开水烫的样子。

岳春喜拉开乡亲们，紧了紧捆绑岳春田的绳子，站上土坡喊："婶子大娘们，叔叔伯伯们，这个岳春田罪大恶极，他的一切罪行，我们会审问清楚，他会得到应有的惩罚。请大家让一让！"

乡亲们闪开一条路，有几个大妹子抬来了一个大包袱，其中一个羞答答地说："岳大哥，你是好样的，这是咱村妇救会组织大家做的鞋，正要送给你们。你们来了，就带走吧！"

人群里响起了掌声！

岳春喜谢过众乡亲，命令战士们带着俘虏快速撤离。

岳春田和几个特务蒙着眼睛被带到驻地，赵金山让李顺政委负责组织人审问。晌午的时候，岳春田和他的几个铁杆汉奸交代了一切罪行，每个人可以说是罪大恶极。

从特务们口中得知了小秀的下落，这让岳春喜很是痛心。大婶儿家的小秀被小鬼子轮奸致死，埋到了西关铁道沟里。

李顺政委总结了审问记录，总结出岳春田的特务队两年里的几大罪状：常以征粮为名去百姓家搜刮，见宝贝就拿；常以"清剿"抗日分子为名抓年轻妇女或女孩儿供日军玩乐，共抓二十三人，有十六人被折磨死，三人疯了，四人下落不明；三次跟随日本鬼子"扫荡"，特务队共打死抗日自卫队员及群众十二名；强奸妇女二十多人；抓捕村干部九人，其中七人被日本鬼子杀死。这些罪状写满了三大张草纸！

鉴于岳春田的罪状，抗日军分区决定判处特务岳春田死刑，立即执行。

第二天，村长马龙来找赵金山，说村民要求把岳春田押到村里执行死刑，以解民恨民愤。

赵金山请示了军分区，军分区觉得应该杀一杀特务汉奸的威风，很快答应了这件事。马村长很高兴地回村组织群众去了。赵金山说："也是该好好给坏人一个警醒了，让人们知道为鬼子干事、祸害乡亲，迟早会得到应有的下场。但是，这几天村自卫队要提高警惕，特务队那帮人一定不会善罢甘休。"

赵金山还让村长带回了二十支缴获的三八大盖、三箱子弹和两箱手榴弹。

马村长谢过，也没有吃饭，带着枪支弹药匆匆赶回了村里。回村后，马村长很快召集村自卫队做了防御工作，还让一部分群众转移到了山里。

果不出赵金山所料，当晚，岳春田的特务队为找寻他们的队长，"扫荡"了村庄，见不到人，他们就抢东西，烧房屋，闹得整个村庄鸡飞狗跳，火光冲天。等到特务队走进十字街，突然枪声大作，自卫队给予了这帮特务猛烈打击。张牙舞爪的特务们以为没有人敢惹他们，遇到这情况他们所有的人都蒙了。有的竟忘记了自己手里还有枪，只顾得喊爹叫娘地抱头鼠窜。在村自卫队强大的火力下，特务队丢下两具尸体逃回了城里。

第二天，岳春喜带领一个排的兵力押着岳春田来到村里。战士们个个荷枪实弹，走在前面的四个战士扛的都是机关枪，很是威武。

村民们早已等候在村口，他们都想看看这个罪恶滔天的狗特务怎么个死法。

这是个谷子飘香的季节，男人们大多手持弯弯的镰刀，女人们手里握着掐谷穗的锋利刀片。

人们看到，这个该杀的岳春田，眯缝着一只老鼠眼，被五花大绑地押送过来。

岳春田这个人平时骄横惯了，这时候在众乡亲面前装的也是满不在乎。其实，他虽然高昂着头，但他睁开眼的那个眼珠子像是假的一样，没有了一点儿光泽。见人们愤怒的目光，听到人们的骂声，他低下了罪恶的头。他偷偷斜睨着这些既熟悉又陌生的人们，目光在人们脸上搜索。他也许在想，如果能找到一个可以为他说好话的人，或可以免死。

然而，他看到的都是愤怒，没有一个同情的眼神儿。

人们看到，岳春田的表情和心思随着不同人的来到而变化着。他的邻居发小花花来了，她是个爱笑的姑娘，今天眼瞪得很大很大！他的一个儿时的玩伴成儿来了，说话大姑娘似的，这个时候也是怒目圆睁。老人们呢？哦！耿大婶，小秀的妈妈，这个可怜的母亲瞪着哭肿了的眼睛在步步接近。见到小秀母亲的岳春田像刚从野外冰窟里出来的丧家狗，哆嗦着身体，他站不住了。一旁的游击队员提了一下他的脖领子。

只见岳春田被游击队员架着，像喝醉了的幽灵似的，趔趔趄趄地走出村子，走上了土山岗。

很快，上来几个小伙子，把他绑在一棵枯树上。

这时，不知谁大喊了一声："禽兽不如的东西，不能让他好死！不得好死的狗汉奸，大家上呀！"愤怒的人们突然冲破了阻挡，狂呼着拥了过来。

等战士们明白人们要做什么，想制止，已经来不及了。

人们挥舞镰刀，你割一刀，我剜一刀，轮番解恨。

挤不上去的耿大婶儿坐在沙滩上号啕大哭着："小秀啊，好人们给你报仇了呀！坏人该死啊。你看看啊！千刀万剐的，挨千刀的汉奸呀！"

在人们愤怒的情绪下，刀锋变得异常犀利。岳春田得到应有下场。

后来，赵金山对岳春田特务队里的人一一进行了清算，顽抗到底的死路一条，想立功赎罪的就押回驻地交代情况。

其中有一个特务交代的情况引起了赵金山的注意，说一个长得很漂亮的日本宪兵队女干事，最近失踪了，不知道是回国了，还是调到其他连队了。

赵金山把这个消息马上告诉给侦察连。

············

赵铁山认为炸毁唐河碉堡的任务完成得不好。于是，主动向军区做了检讨。军区决定，让赵铁山挂职反省两个礼拜。两个礼拜后，在赵金山指导下，去唐河北帮助各村筹建自卫队武装，组建妇救会、青救会、儿童团等组织，与其他村庄的抗日组织一起投入到轰轰烈烈的抗日斗争中。

这天，赵铁山买了五个烧饼、二斤小驴肉，在四个卫兵的陪同下，欢欢喜喜要去看望养父。刚进村，村长就带着两个自卫队员，急急忙忙地迎上来。看村长和其他队员一脸的严肃，赵铁山问："村长，这是怎么了，怎么这么严肃？"

村长眼圈儿红红地说："你父亲被鬼子杀害了！"

赵铁山全身一震，拉近了村长问："你说什么？"

"山子啊，你父亲被几个日本人杀死了。是乱刀刺死的，死得很惨呀。当天派出找你的人，没有联系到你，说你在执行特殊任务。没有办法，按照乡俗，入土为安，俺就做主安葬了他。买的是一副好棺材。"村长说完了把鼻涕。

"一个孤苦伶仃的老人，小鬼子为什么对他下如此毒手？"赵铁山说着，伸手握了握腰里的盒子枪。

"听你们胡同的老周说，小鬼子在你家抢了一个方方的包袱跑了。"村长小声说。

这句话虽然村长说得声音小，但是在赵铁山听来，无疑是晴空霹雳。他颓然坐在了身旁一个碾盘上，眼泪簌簌而落。他知道，这事分明是自己造成的了。谁让自己把这定瓷孩儿枕藏到养父家的啊！谁让自己没有提醒养父，注意小鬼子啊！谁让自己拿走了养父的枪啊，养父当年可是以一当十的军中好汉啊！

说什么也晚了，恩重似海的养父就这么走了。那个慈祥的、有学问的老人永远也回不来了。他想起了养父对自己的好：刚来养父家，

466

自己身体不好，是养父炒了小米面做成糊糊喂自己啊！从很小的时候，养父就一个字一个字地教自己学文化，什么《三字经》《千字文》《弟子规》养父都是先讲一句，就教自己背一句啊！后来，养母身体不好，是养父每天变花样给自己做好吃的。自己总是有半夜肚子疼的毛病，不知有多少次，都是养父躬着身子背着自己去找的医生；那年自己不小心用镰刀割破了手，是养父小跑着去买刀伤药。回来的时候还绊了一跤，把肩膀也摔脱了臼，从此就落了个胳膊疼的毛病。当年组织义勇军时，是养父拿出了准备养老的一罐子钱，现在自己腰里别着的枪还是养父给的呢……

他拉着村长，一把鼻涕一把泪地哭喊着。村长派马车拉他来到养父的坟前。

赵铁山在养父的坟上磕头不止，磕得是沙土飞扬。几个战士呆立在一旁不知所措。村长费了好大的劲儿才把他拉起来。看着赵铁山磕出血了的额头，赵村长一边用袖头子擦着一边爱惜地说："看，都出血了。人死不能复生，还是省着你的脑袋瓜子，想个好办法，找到那帮图财害命的小鬼子，为你爹爹报仇，为死去的乡亲们报仇吧！"

赵村长这番话算是说到了点子上，赵铁山擦掉眼泪，说道："赵村长，俺听您的！您给俺打听一下那天来的都是哪儿的鬼子兵，好吗？"

"这好办，我找一个伪军内线打听打听。"

两人正说着，一队骑兵飞马来报，让赵铁山火速回驻地，有重要军事任务。

火速来到驻地，赵铁山边"报告"边跨进了会议室。大哥赵金山正在和军区侦察连于连长谈话。见赵铁山急匆匆进来，于连长马上迎上前："赵副队长，你来得正好。军区侦察科通过内线了解到你的父亲被杀害的情况，首长让我代表军区对您表示慰问。军区还了解到，鬼子从你家抢走了国宝级文物一件……"

赵铁山连忙把于连长拉到椅子上落座，问："国宝级？你说的是那个定瓷孩儿枕吗？"

"对，就是你家的传家宝，文物全称叫宋代定瓷白釉孩儿枕。你把你知道的有关情况介绍一下，我们好研究追回方案。"

"我也不知道是什么宝贝。我娘说是爷爷的爷爷传下来的，谁也不要动柜里隔板下的方包袱。打我记事起，母亲就没有打开过盒子。我也是在失而复得后，在送往养父家时才看了一眼。"

"你好好想想，也许还有其他线索。"

"对了，母亲没有打开过盒子，但是，打开过一次包袱。那次，爹按照一张祖传的什么图，从院子的西墙角挖出来，晚上点着灯在盒子上裱糊了一层绸缎布，好像还塞进去一封信。"

"行啊，赵副队长！这条很重要啊！"于连长再次握住了赵铁山的手。

"于连长，让我火速回来，就是问这两句话啊？问完了？那我回去了。"赵铁山说着站起身来。

"你不用回去了，这叫临时起用。也不光是问这两句话，上级交给我们一个特别的任务，这个任务就是找回被抢走的文物。"

"查明了小鬼子文物存放在哪儿，我晚上带几个人去夺回来，不就得了！"赵铁山拍着胸脯说。

赵金山把铁山弟拽到自己跟前："你看，你就是这么急性子不考虑事。据一个内线同志的确切情报，小鬼子明天晚上要派一个特务队，押送这个宝贝到西关车站，直接押上火车，转运到东北后再运到日本国内。"赵金山说完，从一个小簸箕里抓了一把炒黄豆，给于连长和弟弟铁山各分了一半。自己也抓了几颗扔进了嘴里，咯嘣咯嘣地嚼起来，似乎在显示钢牙的厉害。

"运到日本国内干吗？作枕头硬，当摆设还行！"赵铁山抓着头皮。

于连长接过话："你是不知啊，这个宝贝价值连城啊！大宋时，咱定窑是五大官窑之一。当时定瓷孩儿枕第一窑就烧好了两个，一个献给了朝廷，一个被烧造地定州一大户人家收藏。小鬼子研究定瓷的人把献给朝廷的孩儿枕在东北溥仪的伪满国皇宫找到了。他们的专家一看，此乃宝物啊。这样，小鬼子按图索骥，才派专家到咱们这里找另一个。我估计你家的这个传家宝早就有人惦记了。国宝、国宝，老祖宗传下来的宝贝，不能让小鬼子得了。"

"好，我知道了，都是我的失误，才使得这么贵重的国宝丢失了。大哥，于连长，你们说怎么干吧，这次我一定不会再失误了。"

这时，军区又派了一位五大官窑研究专家刘教授前来报到，亲自指导夺宝行动。刘教授落座后，拍着手里的一本厚书说："书中记载，这日本天皇喜欢收藏咱定瓷。所以，关东军总司令要把这两个定瓷孩儿枕运到日本国内送给天皇。据说，日本天皇还要把这两件宝贝存放在日本京都国立博物馆。我留学的时候，去过这个博物馆，是典型的欧洲巴洛克式建筑，馆藏文物很多，称得上世界著名博物馆。大家知道这件宝贝的重要性了吧？所以，我们既要全力以赴夺回国宝定瓷白釉孩儿枕，还要保证此国宝级文物的安全，不要打碎了。"

于连长拿过刘教授手中的《四大名窑系列丛书·定窑》一书，翻了翻，立刻表示："刘教授说得对。我也不走了，与你们一起完成这个艰巨的任务，这打仗的同时，还不能打碎国宝瓷器，这个仗难打啊！咱们赶快商量一下对策吧。"

四人围坐在一起，在桌子上勾勾画画，商量到很晚才上了大炕，和衣而睡……

第二天，天刚蒙蒙亮，赵金山就让小号手吹响了集合号。他要挑选精兵强将，准备执行晚间的任务。

很快，二百人的特别行动队组织完毕，里面有会擒拿的、会飞檐走壁的，还有枪法好的十几个人。于连长还叫了几个人跟他去临时练枪法。

傍晚时分，战士们饱饱地吃了顿晚饭，各自整理好了装束。每人身后背着一柄南关铁匠铺刚刚送来的特制大片刀，大刀后的红色缨穗子迎风飘摆。士兵们威风凛凛地站在院前的广场上，静静地等待着出发的命令。

会议室里，几个人还在研究作战方案，按照刘教授的话那叫"运筹帷幄，决胜千里"。

过了一会儿，内线杜秋生送来鸡毛信，上书："孩儿"上车，改为寨西店火车站。

了解到这个情况，大家又聚在一起商量起来。

夜色深浓，城里的店铺卷了幌幡，关门闭户。黑色岁月，人们都图个平安，往日繁华的大街上也少了人走动。

这时，一辆满载鬼子兵的卡车轰鸣着开出了南城门，迅速转上大道向西疾驶。

卡车就要接近平汉铁路了，铁路上巡逻车的探照灯光时隐时现。

车刚过一片酸枣丛，正前方突然出现了一辆侧翻的马车，一大堆的木头散落在路中央。三个人在忙着一根一根装木头。

鬼子停下车，一个小个子小队长挥舞着指挥刀"呀呀"叫个不停。

藏在道旁水沟里的赵金山队长看到下来的几个鬼子兵没有提包裹的，就跃起身来，猛喊一声："打!"噼啪几声枪响，几个鬼子兵应声倒地。

汽车顶上的机枪手可就开了火，火舌在漆黑的夜里照亮了一大片。

按照预先的安排，装作运木头的战士马上滚到了沟里。

"叭!"一声清脆的枪响，神枪手干掉了车顶上抱枪瞎扫射的机枪手。

路上暂时安静了下来。

片刻，枪声又零零散散地响起来。小鬼子有趴在地上射击的，有在车槽子里射击的，都是没有目标地胡乱放枪。战士们隐藏在沟里的、庄稼地里的都瞪眼观察着，二十个神枪手瞪大眼睛趴在一高坡上，观察着火力点。赵铁山也在其中，看大家都屏气静心地瞄准，赵铁山悄声命令："听我的口令，瞄准了打! 一二——三! 打!"

枪声顺序响起，这连续狙击的招数，让小鬼子那边几乎是哑了火。几个神枪手也依次下坡来。赵铁山带着大家，猫着腰来到了赵金山队长隐蔽的交通沟里。

赵金山静静地观察了一番，指着汽车对铁山说："看那车槽子，最多能盛三十人。我估算着第一次鬼子死了大概有五人，你们的狙击至少干掉十几个，鬼子伤亡过半了。这里距铁路比较近，等护路的鬼子援兵过来，可就麻烦了，速战速决是上策。咱先把鬼子逼下车来再说。"

"行！大哥，按照你说的办，我去组织爆破手！"

不一会儿，只听汽车附近"扑通！扑通！"两声闷响。顿时火光冲天，烟雾弥漫。

这是个喷火放烟、不爆炸的特殊爆破筒。小鬼子见大火包围了汽车，马上纷纷跳下车来。等最后一个小鬼子下来时，赵金山命令"开火"，但是，密集的子弹只是在小鬼子头顶上划过，却没有打倒一个。见火力很猛，鬼子小队长带领残余的十几个鬼子，急忙向庄稼地里撤退。

赵金山随即带领二百来名战士，对这片高粱地形成了包围。随着包围圈越来越小，日军队伍里突然喊出中国话来："狡猾的支那人，你们不要太得意了。不准再往前走一步！你们不是要夺回文物吗？再往前走一步，我们就砸碎这包袱。"

赵金山听完这话，示意身边的人喊话："小鬼子，你们被包围了！交出包袱，饶你们不死！"刚喊完，包围圈西边率先响起了枪声，小鬼子开始往东边跑。

看跑到了预定位置了，赵金山吩咐："给地下喊话，马上出洞。"

不一会儿，围作一团的小鬼子身旁突然翻出几个大盖子，小鬼子还没有明白怎么回事，二十几个"地龙"在于连长的带领下腾跃而出。只几招就让大部分的小鬼子毙命。提着小包袱的小鬼子被一个战士紧紧地抱住，另一个战士麻利地夺下了包袱。

光杆司令了的鬼子小队长转着圈儿，挥舞着战刀，急躁地砍倒了一片高粱。

　　火把点起来了，战士们看着这个跳来跳去的怪物，"哈哈"大笑起来。这个小队长，被刚才爆炸的浓烟熏得满脸是黑，真的就像是恶鬼在张牙舞爪。

　　赵金山看了看到手的包裹，"哈哈"大笑两声。他突然来了兴致，要和鬼子小队长比比刀法。他从一个战士身后抽出一把大片刀来，掂了掂分量，舞动了几下，突然发力欺身向鬼子小队长挺进。鬼子小队长也不示弱，困兽犹斗般地大叫着挥刀砍来。只几个回合，赵金山的大片刀就被齐刷刷地砍掉了刀尖。

　　看自己的家伙不好使，赵金山不再犹豫了。一个扫堂腿就撂倒了小鬼子，一个老鹰扑小鸡就把残刀推向了鬼子小队长的脖颈……

　　看到这痛快的格斗，战士们欢呼起来。

　　赵金山撇下自己的大刀片，捡起了小鬼子的指挥刀，他借着光亮捋着刀刃说："这日本钢刀就是厉害，削了俺的刀尖儿。以后，它就是俺的了。"

　　这时，只听赵铁山大喊："金山大哥，不好了，到手的宝贝是假的！"

　　定瓷研究专家刘教授单手提着定瓷孩儿枕，大踏步过来："你看，这啥活儿，粗糙得很。连一般的民间瓷窑烧造器都赶不上，这就是个最次的当代赝品。"

　　赵铁山着急地补充道："我查看了，夹层里也没我娘裱糊进的黄缎子信。"

　　"哈哈，没有关系。那叫什么来着？魔高一尺，道高一丈嘛。狗日的小鬼子再狡猾，还能逃过我赵金山的火眼金睛？大家不要着急，再等等看！"赵金山说完就开始拧烟袋锅子。

　　赵金山刚点着吧嗒了两口，眯眼享受时，侦察班班长来报："赵队长，按照您的指示，我们设了埋伏圈，果真逮住了趁乱要逃的一个小

472

鬼子。看，我们带来了什么?"

定瓷专家刘教授急忙拿了一个火把，前来仔细查看这个包袱：打开外包装，里面是一个精致的檀木盒子，专家小心倒出一层木屑，一个外表圆润光滑、闪着白光的"瓷小孩儿"在冲着大家顽皮地笑着。

赵铁山征得专家的同意，拆开盒子的外包装夹层，里面有一黄色缎子小绢包，打开绢包，里面是一封清秀小楷字迹的信。

几个火把照在这里，赵铁山用颤抖的双手抚平书信念道：

吾儿及后代子嗣贤孙：

此物为北宋定窑瓷国宝。乃为父觅得传家藏宝图后于旧宅挖掘。本想献给国博馆收藏，但观军阀混战，无以安心托付之人。吾儿切记，此国宝，不可据为己有。切记！切记！

父：赵观国

民国十三年书

还没有念完，赵铁山已经是热泪涟涟，他跪下来，叩拜了传家宝，并拱手把这封信交给了刘教授。刘教授弯腰搀扶起赵铁山："放心吧，孩子，军区派我来就是要征得你的同意，对此国宝进行妥善保管。我们一定满足你父亲的遗愿，把这国宝交给国家的可信之人。"

这时，一辆黑色汽车驶来，于连长和赵金山队长等一一握手，然后，带上两个战士，护送刘教授快速离去。

第 22 回

杜秋生智绘地道图　小村巷痛打落水狗

夺宝之战大获全胜，赵金山带着队伍，唱着"我的家在东北松花江上"回到驻地。平汉铁路上日本国内派来的接货人迟迟不见送货来，又听到接连不断的枪声。就组织日军铁道巡逻队，前来查看情况，他们看到的是道路及庄稼地里的日军尸体和废弃了的地道口。巡逻队向新美二郎汇报宝物丢失、押送小队全军覆没的消息，当他听到夺宝的游击队员是"从地道里飞出来"的时，气得他抽出战刀砍下了办公桌的一角。

游击队的地道战着实让他头疼不已。在新美二郎看来，一次次"清剿"，简直就是一个个噩梦。那些神兵，神出鬼没的。每次出去都有大批军人玉碎。照这么下去，这战争没法儿打了。也的确，他的大威力迫击炮、他的装甲车、他的轻重机枪在地道战中威力大减。他把这些情况写成了一个战事研究报告，上交给了驻华北野战军司令部。

这天晚上，县城侵华日军联队部里，新美二郎来回踱着步，抓耳挠腮地拿拿这个卷宗、摸摸那个卷宗。他身旁是十几个小队长，个个低头哈腰，大气不敢出。

过了半个时辰，他猛抬头问："杜秋生的哪里去了？"

一个小队长回话："刚刚还在，我去找。"

不一会儿，杜秋生急匆匆地来到："皇军有何吩咐，尽管说！"

"你的，今晚，绘制地道图，明天早上给我！"

"哎呀，这——我没有见过一条地道，怎么绘制？再说，我可以绘制地上图，不会绘制地下图啊？"杜秋生说到这里，看了看新美二郎，小声重复道，"不能绘制，不能绘制！"

新美二郎也不说话，只见他猛然抄起桌子上的砚台一下子摔在地下。砚台摔了个粉碎，里面刚磨的石墨溅了他满脸满身。远远看去，他似变作了一个黑脸厉鬼，铁青着脸颊，龇着白牙。

见新美二郎发火，一个鬼子卫队长唰地拔出佩刀架在了杜秋生的脖子上。杜秋生也没有说话，反而眯着眼睛，像静等着杀头似的。

这时，新美二郎走过来，"噼啪"给了这个卫队长一记耳光："八嘎，杜桑是我的朋友，你不可以这样对他！"

鬼子卫队长收刀立正，喊着"哈衣"站向一旁。

新美二郎打发走了这几个小队长，从桌子上拿来一摞子纸说："你的没错。这是我们掌握的几个重点村的地道分布情况汇报。我刚才看了一下，这地道走向还是有规律可循的，你好好研究一下。尤其是这个疃村，你要好好地看看。杜桑，你的大大的聪明，绘制地图的人，你能想象出地道的走向。在我这书房干活儿，赶快绘制吧，非你莫属，会有大大的赏钱的。"

新美二郎说完走出了书房，去了东厢房，不一会儿，东厢房传出悠扬的日本艳舞曲。

杜秋生知道，这个新美二郎又在和军妓们鬼混了。

他颓然坐下，心中茫然无主。他把头埋得很低，双手抓着散乱的头发，头皮屑像初冬雪片似的纷纷落下。想到自己做这事的后果，他精神恍惚起来，他突然感觉自己像是个"无心行者"进入了一个魔兽世界，进也不是，退也不是。

他踉跄着站起身来，走到了书桌旁。他手握铅笔看着洁白的纸，心里打起了鼓：绘制地道图？地道是隐蔽的地下巷道。是聪明的家乡父老为了躲避鬼子的骚扰、伺机袭击鬼子而挖的地下通道。隐蔽得很，如不亲自参与挖地道，怎能绘制呢？

但是，翻看新美二郎提供给他的地道情报，他整个身心惊悸起来。惊悸之余他感觉这鬼子的特务队情报科不是吃干饭的，他们获得了很多村的地道口及地道走向信息，定南县各村地道设施资料尤其多。看到这里，他深为父老乡亲担忧，如果这图是真的话，这老百姓躲进地道与进地狱又有何区别？他似乎看到了地道里满是了乡亲们的尸体。

他要完成任务，他要按照这些资料绘制出地道的走向图来。但是他清楚地知道，这走向图绘制个大概就行了，资料上标明的绘制，没有标明的也就不能按照正确的巷道原理去绘制了。不然的话岂不成了罪人？他一边飞速勾勒着地图线，一边想着对策，他要想办法把这紧急情况告诉联络员，通知泄露地道秘密的几个村马上修改地道口，并要考虑到万一被敌人发现地道口，如何封堵或者逃生。

他写了一封简短的信，放进一个预先制作好的油皮小袋里。看了看外面戒备森严的联队部门口，他眉头立刻堆起了肉疙瘩。背着双手踱来踱去，一会儿，聪明的老杜计上心来。他一下子把铅笔全摔在地上，然后又捡起来，用小刀削了削，放到桌子上。他快步走出房门，对守门的鬼子聊几句，又递上了一包烟，鬼子伸出大拇指，"嘿嘿"着放他出门。趁着夜色，他飞速隐身在了塔胡同里。走了百来步，转过一道弯，这里有一棵千年古槐，槐树下有一方石桌，石桌的一条腿坏了，下面是几块垒起来的大青砖支撑着。杜秋生摸索到了一条砖缝，把牛皮纸袋塞了进去。这一切完成后，他去不远的小杂货店敲门，敲了很久，门才开了一条缝。他买了一把铅笔，急匆匆地往回赶。

不一会儿，一个颤悠悠的老汉坐在了石桌旁系鞋带，停留了一会儿，取走了那牛皮纸袋。

这人就是著名的交通员石大海，人们都戏称他为"老师（石）"。他也的确在沙河圈里做过老师，鬼子来后，村里的十几个孩子有的寄养到了山里的亲戚家，有的干脆就窝在家里，怕出什么意外。所以，石大海这个五大三粗的汉子就弃文从戎，当了抗日自卫军的交通员。天生面容老相的他蓄胡子后，别人就闹不清他的年龄了，其实他才三十六岁。

　　杜秋生回到联队部，正好赶上新美二郎出门遛弯儿，新美二郎警惕地问这问那，杜秋生把早已准备好的台词一股脑儿说出来。

　　今天他的日语讲得尤其流利。他的意思是说，铅笔掉到了地下，外面好好的，其实里面断成了一小节一小节的，没有办法用了。才去不远的杂货店买了一把儿，为连夜奋战备用。

　　新美二郎去书房看了几眼，说是看绘制情况，其实是验证杜秋生所说，他拿起那支铅笔，用小刀削一段儿，铅芯就掉下一截。那些资料他也查看了，看没有什么缺损，也就放心地笑笑，走了。

　　杜秋生通宵绘制地道分布图，他不知道，自己绘制的是第二次世界大战期间第一张带有等深线的地道图……

　　老石取了杜秋生的情报，快速分发给各区交通员。

　　当晚，定南县和定北县的好多村都接到了情报，在村干部领导下，自卫队员和群众一起连夜修改了地道口，进行了巧妙的封堵，加强了安全措施。

　　早晨，新美二郎的书房废纸与铅笔屑满地，墙角处还有一堆纸灰。

　　杜秋生连打了两个哈欠，看了看绘制的地道分布图，又看了看新美二郎提供给他的情报资料，他笑了。这图绘制得简直叫大大地完美。看着自己的杰作，杜秋生小声地自言自语道："他妈的新美二郎，老子累得要死，你要是不给赏钱，那以后老子就不伺候了。"

　　他刚说完，新美二郎就来了。杜秋生给他看了一张张地道分布图，用铅笔指点着让他看了图上估算的地道走向，新美二郎"呦西"连连。拿起各重点村提供的资料，皱了皱眉头，忽然神经病似的哼起了小曲儿。然后，双手托着分布图以欣赏的眼神边详查边嘟哝："嘿嘿，比例尺正好，等高线和等深线也画上了，哈哈！"他满意地笑了，露出了他的黄板牙。

　　新美二郎围着地图转圈跳了几个舞步，转头看向杜秋生，见他揉着眼睛，笑了笑说："杜桑，你的，眼睛红红的。"杜秋生也没有说话，伸出了双手。新美二郎一时不知道是怎么回事，等过了一会儿，他才哈哈大笑了几声，用汉语说："嘿嘿，你的，狡猾狡猾的，赏钱大大的!"

说完和杜秋生一起大笑起来。两人笑得前仰后合，格外开心。但是，这笑中的含义却不同啊!

吃过早饭，新美二郎立刻组织人马，他要看看，按照情报绘制的图好使不好使。他要找一个离城最近的朱古村做"清剿"地道的试验。

这时，军事顾问保坂虎雄走了过来："报告联队长，我认为，这次查地道可以先让龟二雄一少佐去，让新来的地道专家和杜桑跟着。等熟知情况，您再带大部队一举灭之。"保坂虎雄说完做了一个握拳的动作。新美二郎点头称是。

料敌塔下的广场上已经站了很多日伪军，这帮"扫荡"大军是个大杂烩，其组成为龟二雄一的南城中队，还有特务岳春田遗留的二狗子特务队，再加上伪军小队的一个排，这二百来人的队伍迈着正步出了南城门。

岳春田被愤怒的军民处死后，他的职位被伪军中队长王胖儿接任。王胖儿曾在"扫荡"李顾村时立功，这是新美二郎在翻看日军战地日志时，偶然发现这人可以一用，才破格提拔为特务队队长。

大白天的，这帮新美二郎看好的"精锐"，杀气腾腾直奔朱古村，他们这次的任务是：按图索骥，寻找地道口。

深秋，城南的孟良河水清澈见底，一群群小鱼儿时而于水深处顺波逐流，时而于水浅区逆流嬉戏。半边澈水半边荷，一队寒鸭卧清波。有一只小渔船系着一条破布拧成的缆绳，静静地泊在河湾里，在这怡人的早晨，主人哪里去了？也许正在火炕上睡回笼觉吧！也许正躲在地道加固藏身之所，劳动之余再抽锅子旱烟吧。

村口土岗子上有个儿童哨岗，上面的消息树已经倒伏在北向。

四处静得可怕，龟二雄一带领这帮日伪军闯入似乎还在沉睡的小乡村，找寻了几条街道，没有发现一个人。龟二雄一下令挨家挨户地巡查，于是，这些鬼子们每到一家都是破门而入，不放过一个可疑之处。

折腾了近一个小时，还是没有发现人，甚至连家禽家畜都没发现，侵略者们恼怒起来，点燃了几间破草房。龟二雄一铺开图看了看，立刻带人直奔村东头。因为按照杜秋生绘制的地道分布图，那里有两个地道口，一个在三棵大榆树下的碾盘下，一个在朱姓人家牲口棚的马槽下。

在特务队的带领下，他们首先找到了三棵大榆树，也发现了那个大大的碾盘。碾盘上有一个闪着亮光的石碾滚。

龟二雄一看到这碾滚吓了一跳，他往后躲了一步，拉过王胖儿问："这什么地干活？"

王胖儿回答："这就是个磨碎粮食的碾子。"说完，用手沾了点浮面放进嘴里，"刚碾了黍稷面的。"

龟二雄一似乎没有听懂，又拉过杜秋生问："杜桑，你的，具体说说。"

"这是用来为谷物脱皮，将粮食碾碎的石碾。"见龟二雄一皱眉，杜秋生想出了一计，他要有意拖延时间。近期他偷看了不少的抗日文章，他恨透了这帮残忍的日军。他想了想，又开始用日语耐心地给他介绍起来，他想，我多占用鬼子的时间，群众也许就少一些灾难。

"这就叫碾子，你看，它有五个构件儿，由碾台、碾盘、碾滚和碾架组成。碾盘中心有竖轴，连接碾架，架中装碾滚子，大多用来碾碎干粮食的，如麦子、玉米、生红薯干。有时候也可以脱皮，如碾谷子、稻子、黍子、稷子等。"

看到榆树的西边还有个石磨，杜秋生把龟二雄一带到石磨边说："你看，这是石磨，这种工具不同于石碾，石磨是由两个扁圆柱形的石磨扇和一个磨盘组成，有一圈凹槽和一个突出的出口。要过年了，人们就把浸泡的大豆磨成浆做豆腐，磨好的糊糊顺着出口流到下面的盆或罐中，然后上锅点浆，上压块，就成了昨天你吃到的那种豆腐。"

听到这里，龟二雄一大笑着："哈哈，是砖路豆腐，还是豆腐西施?"

"哈哈，太君真有学问。还懂得我县的特产和中华典故。"见龟二雄一没有要走的意思，杜秋生继续着自己的话，"青黄不接的时候，还用它磨捻捻转儿，也就是把有麦芒的大麦脱皮后在上面磨，于是就出来形似城内中药店里的冬虫夏草一般的小东西。吃的时候拌上葱姜蒜，泼一些辣椒油，吃起来香甜可口!"

杜秋生说到这里，停住了。他咽了口唾液，他被自己的话带入了儿时回忆，他想起儿时娘制作的捻捻转儿清香，那是最美的童年味道。家家虽不富足，但也是过着无忧无虑、夜不闭户的日子，那是多么祥和幸福啊!他想娘了，他已经三年不回家了，还不知道在这兵荒马乱的日子里，娘是怎么过的。

龟二雄一听着杜秋生的讲解，围着石磨转了一圈，用戴白手套的胖手抚摸了几下子青色石磨，他突然发现了远处那些静静站立的兵将，才想起了自己的任务。他狰狞着面孔下令："撬开这石磨，挖开地道口!"说完这些，他猛然推了杜秋生一把，"见鬼去吧，去你的捻捻转儿!"杜秋生趔趄了一下，头几乎碰到了石磨上。他迅速躲在了一旁，呆立着，他委屈得很。自己绘制地图一宿的辛苦不说，我这翻译官也应该是"官"啊，你不能当着士兵的面这么对我。他心里又增添了对龟二雄一的恨，你不拿我当人，我他妈的就把你当鬼，走着瞧。

不过，杜秋生这种沮丧情绪一会儿就烟消云散了。他看到伪军们费好大的劲儿才挪开石磨。洞口倒是找到了，龟二雄一让几个伪军进洞查看，却发现走了不远就通向了附近的一口废井，井里有几具腐烂的小动物的尸体，臭气熏天。四外看看，地道再没有其他可寻找之处，也没有找到一个人。不用说人，连人行走过的痕迹也没有。几个临时找来的所谓日本巷道专家查看一番，也没有找到什么有价值的痕迹。

杜秋生感觉，自己的情报也许起了作用，乡亲们用自己的智慧封堵了地道口，并消除了使用的痕迹，还弄了几只腐烂的死猫烂狗扔到废井，太聪明了。

杜秋生顿然感觉，虽然自己站在一大群日伪军队伍里，但可以说自己的抗日不是孤军作战，有战友的配合，消息才如此畅通；有群众们的相信，有大家的智慧，可以说打败小日本指日可待！想到这里，他露出了胜利的笑脸。

这时，龟二雄一走了过来，拍着杜秋生的肩膀问："杜桑，你傻傻地笑什么呢？你的说，这是怎么回事？"

"我也不知道，反正我画的方位是正确的，至于地道是什么样子的，我可不能预先知道，我也没有长着千里眼，也没有钻到地底下去侦察！"杜秋生说完，把头歪向一旁，也不正眼看龟二雄一。

龟二雄一感觉到了杜秋生的不高兴，但是，他的话不无道理。再说，杜桑是大佐信赖的人，也不好得罪。于是嘿嘿笑着走来弯腰息气，故作姿态地道歉："杜桑生我的气了吗？推你一把就不高兴？谁让你不站稳的！"

杜秋生何等聪明，既表现自己的态度，又得把话拿回来："哪里，哪里！我是为皇军没有战果而懊丧呢！"

"那就好，那你带路，我们去朱姓人家的牲口棚。"

这时，已是太阳西斜，饥肠辘辘的日军，在杜秋生的带领下来到了朱家胡同。

这个三米见宽的小胡同有五十步长，高高的土墙头上满是枯死状态的青苔。过水的地面残留着雨后漂浮物，树叶乱草堆了满地，这里，好像没有人走动过似的。

二百来人三路纵队地走进这个长胡同，正好容纳下。小胡同的尽头是两扇木板大门，一把插销式横铁锁很快被杜秋生的丁字钥匙打开。在打开的同时，杜秋生发现了一个秘密，他发觉这锁刚刚有人开过，他感觉到了什么。于是，开锁后，他快步闪到了院子影壁后。还没有完全站定，胡同里就传来了连续的"轰隆"声。小小胡同顿时浓烟四起，随即是树倒墙倾，鬼哭狼嚎。

聪明的杜秋生知道，这一定是自卫队埋的地雷响了，附近一定有自己人埋伏着。

果不其然，小胡同突然枪声大作，密集的枪声压过了哭喊声。

杜秋生看了看身边脸色惨白不知所措的龟二雄一，他抄起了地上的半块青砖。但是，他转念一想，自己没有接到要杀死龟二雄一的命令。再说，杀龟二雄一的话，自己身份也许就暴露了。他还是忍了忍，拉起龟二雄一就跑，他的几个卫兵这时也钻了过来，几个人簇拥着龟二雄一，一起往老朱家的后院撤退。

老朱是这个村的小地主，前院有东西配房和一个牲口棚。配房是短工长工的住处，棚是养牲口的地方。几个牲口槽子一字排开，可以看出这家曾经的富裕。

后院儿也有正房和配房，配房是大老婆、二老婆的住处，绕过正房是一个后门。

他们在杜秋生的引导下来到后门。几个日本兵砸毁了木门扇，架扶着龟二雄一仓皇逃窜。

这时，王胖儿带领十来个人也跟着跑了出来，紧接着是陆陆续续的日伪军丢盔卸甲地逃出来。个个脸上黑乎乎，龇牙咧嘴的，像刚刚从十八层地狱出来的恶鬼。

杜秋生边跑边偷着乐。他来时还提心吊胆，他怕自己画的图能给日军起上作用，让躲在地道里的乡亲们蒙难，自己岂不是帮助了敌人。再说，自己二姨家就是这个村的，记得小的时候每逢过年都在这里过。姨夫会制作糖葫芦，卖不出去的糖葫芦，可以随便吃。有的还粘上了芝麻，那甜香，每每想起来都回味无穷。

杜秋生边走边回味，他心想，没有听说这个村有这样力量强大的地方武装啊！

他是没有听说。刚才给鬼子以痛击的是甄副队长带领的加强连。

原来，定北县委接到城里交通员的情报，说鬼子要"扫荡"朱古村，很可能去老朱家。县委赵书记早就知道甄续男家是这个村的，就与赵金山商量此事，赵金山很熟悉这里的地形，他一下子就想出这个伏击战的打法。

甄续男副队长得知鬼子要"扫荡"自己的老家，新仇旧恨一起袭上心头。她也很想亲自带人完成这个任务，于是她找到了李顺政委请战。

李顺政委说："据可靠情报，日伪军将近二百人，他们这次按照地图确定了两个地道口，一个是街头石碾，一个是朱财主家的牲口棚。这次参与'扫荡'的鬼子人数呢，说多不多，说少不少，你打算怎么取胜？"

"我小时候和金山哥曾到朱财主家讨过饭。我老家胡同很多，有的胡同很深。所以，我们只能打小巷伏击战。我们可以用地雷炸鬼子，用墙做掩体布设暗枪口，借地道打击鬼子。"甄续男说着就握紧了拳头。

"和我想到一块儿了，这事你和赵队长再合计一下，我们上次几个队员扒火车弄了几筐洋手雷，体积比较小，但威力很大，正好给你们这次任务派上用场。"

两人正说着，赵金山来了，甄续男快速地说了自己的想法。赵金山立刻沉下脸说："你行吗？"

"什么叫我行吗？俺也不是没有打过大仗，看你说的！就你行？"

"不行，我还是不放心，一个加强连交给你，你给我弄丢了，那可个个都是英雄啊！"

甄续男听他这么说，急得眼圈都红了。

过了一会儿，她果断地说："俺就去，俺要在自己的家乡给俺妹妹报仇。要是完不成任务，你可以枪毙俺！"

李顺政委见她主意已决，急忙走过来说："她是在这个村长大的，地形熟悉。刚才，她向我说了她的作战计划，甄队长也是有战斗经历的，我看行。"

“那让岳春喜跟你去，我还放心一些!”

“好，得令，照办!”

甄续男得令后即刻带队出发，来到村里后，她首先组织群众转移。然后让岳春喜带人布雷、设置射击孔。在朱家胡同口正对刘星哥家的墙里侧架设了一挺隐蔽起来的轻机枪。甄续男看了看，正好对准了小胡同。她笑了笑，拍了拍机枪手硬朗的肩膀：“到时候，你一突突，那小鬼子绝对倒下一大片，过瘾吧你!”

战士们隐蔽在胡同两侧的人家里，通过高墙上的暗藏弹孔射击，有的趴在房顶上射击。这一切都准备好后，战士们一动不动地埋伏着等，焦心地等啊等。过了中午，鬼子才叽里呱啦地来到。

耀武扬威的日伪军觉得这个村空无一人，他们万万没有想到遇到了地动山摇般的猛烈打击，晕了头的这二百来名日伪军，在小小的胡同里互相推搡踩压，哪里还来得及还击呀，没有来得及拉开枪栓就死伤一大半儿。中间的一部分日伪军合力推倒土墙，胡乱找了个豁口，抱头鼠窜。

不一会儿，从朱古村回城的道路上，三五一撮地都是惨败的日伪军，有的负伤互相搀扶，跟跟跄跄地走着。回过神儿来的龟二雄一觉得这可不行，必须组织起来，不然会被一一吃掉的。他停下来，召集收纳着残兵败将，追击炮手不见了，好在他的重机枪手和几个士兵抬着机枪跑了出来。

看到重机枪还在，他心里觉得有了底儿。他马上指挥残兵败将占领了一个小土坡，把机枪架设在土坡上。

甄续男带领着战士们在村子里搜寻跑散落单了的鬼子，岳春喜是见一个毙一个。甄续男也学着瞄准，点豆似的给落单的鬼子以好果子吃。

听村外枪声乍起，她跟岳春喜交代几声，开始组织一部分战士们追击鬼子。刚追出村外，就看到有一堆日伪军占领了小土丘。见他们追出来，机枪就嗒嗒地响了起来。甄续男看着距离很远，但她忽略了重机枪的射程，子弹嗖嗖地覆盖过来。有个战士被击中，鲜血登时从胸口流了出来，卫生员跑过来包扎，但已经没有了作用。

甄队长一看急了，马上沙哑着嗓子组织战士隐蔽。这时，岳春喜闻讯赶了过来，他要组织所有的战士打冲锋，被甄续男制止了。她看看扛在战士肩上的轻机枪，无奈地摇摇头。

这时，岳春喜说："我绕到村北头，接近鬼子，再找机会出击。"

"不行，村北是一片空地，你过去，鬼子就会发现你，不吃亏才怪呢！"

"那怎么办，就这么窝囊在这儿吗？"岳春喜急得满脸青筋。

"刘连长呢？"

"我让他带领二十几个战士在村子里搜索跑散了的小鬼子。"

这个刘连长就是刘笑，定北县委的那个通信员，后来部队改组后，他主动请缨，到赵金山的部队当了个连长。

正说话间，随着两声炮响，鬼子占领的土岗子上浓烟四起，重机枪声戛然而止。大批的鬼子纷纷撤下土岗子，蜂拥着向大路上跑去。

原来，刘笑在搜索残余日伪军过程中，发现了一门鬼子丢弃的迫击炮。他刚要带着炮往村北撤离，就发现了土岗子上顽固抵抗的日伪军。刘笑在县委曾学习过使用迫击炮，这时候正派上用场。他笑了，吩咐战士们迅速支起迫击炮筒子，找好仰角，测好距离，发射了一炮。还真准，不偏不倚地打哑了鬼子的机枪。接着又发射一炮，打得偏了一些，但是也摧毁了日伪军土岗子阵地。

这时，甄续男和岳春喜带领战士们冲出来，在后面一枪撂倒一个地射杀撤退下来的鬼子，不一会儿就和刘笑带领的战士们会合。

岳春喜要追，甄副队长看鬼子已经往进城方向跑远了，她干咳了一声，吐了吐嘴里的沙子说："再追就离城里太近了，鬼子要是出动城南的一个中队，那岂不是把咱包饺子了吗？我们今天算是大胜，还是先打扫战场，捡了可用枪支，快快撤离吧！"

为了不给乡亲们带来恐惧，大家听从甄副队长的命令，在村北壕坑掩埋了四十一具日伪军尸体。找到四十支可以使用的三八大盖，五支短枪，十四箱子弹。

这次战斗，自卫队员战死一人，轻伤十一人，算是以最小的代价，取得了最大胜利。傍晚，战士们为烈士在村西岭岗子上选了块墓地，为他举行了一个简单的追悼仪式，安葬了。

风清气爽，夕阳如血。战士们排好队，唱着小曲儿，撤离了朱古村，抄小路往驻地赶去。回返的路上，甄副队长听说赵金山带领战士们抢了火车，并炸毁了车头。她把这个胜利的消息告诉战士们时，战士们掌声雷动，有的战士翻起了跟头。

1942 年，是抗战最艰难的一年，抗战形势逐渐恶化。日军调动了大量的军队进入华北地区。

刚过年，日军大江部队就进驻了定南县邢村，他们招募民工开始修建炮台。成村长天天被鬼子押着在村里抓民工。日军还在他家的四合院成立了县联办事处和"剿共"司令部，并在此指挥四周据点的日伪军屠杀共产党员、抗日战士和人民群众。

成村长这个大院，军区聂司令员在 1939 年至 1940 年间曾在这里住过，后来贺龙、杨成武也在这个大院指挥过反"扫荡"战斗。英勇的十七团团部也曾设在这里。

周围群众基础是很好的，也可以说，这里的人民是用革命思想武装头脑的人民。白天，他们为躲藏在地道里的冀中九分区的九个抗日战士送饭。晚上，战士们出来了解敌情，找机会给鬼子以打击。战士们在这里坚持了一个多月，后来迫于敌强我弱的形势，他们选择一个阴雨天，悄悄撤出了村子。

炮楼建成了，新来的鬼子要在这里长期驻扎，所以，不再对周围村明火执仗地烧杀抢掠。但是，大街上却经常出现身穿便衣、头扎毛巾、伪装成八路军的人。与八路军相处过的村民，大多能看出了破绽，单说这罗圈腿般的走路姿势，天天在街上晃荡，就能认定是日本特务。

这天晚上，漆黑的庄稼道上来了一位戴着白毛巾的人，他就是区小队的吕黑班长，他刚一进村，就遇上了这帮特务。

三个人围住了他，问："俺们是十七团的，来你们村拿炮楼来了，请问炮楼在村哪头？"

吕班长向前仔细查看这帮人，突然闻到了一股洋香皂味儿，他顿然明白了，机智地说："俺不是本村的，俺领着你们去找个当地苦力头问问，俺领你们去。"

他往前走着，遇到一堵高墙。突然一个旱地拔葱，身轻如燕地翻过了墙，跑了。

几个特务眼睁睁地看着人影消失，也不敢翻墙去追，气得嘟哝着日本话往前面的巷子走去。

正走着，遇到村子里有名的实在人宋林，他一听说要去拿炮楼，高兴地说："俺就盼着这一天呢，俺带你们去。"

共产党员陈楼正在临街的茅子里解手，他从缝隙里就看到这帮人不正经，他蹲着不敢动，想躲躲灾。一个伪军也要解手，进了茅子。立刻一手提着裤子，一手把他提了出来。他拐着腿，哆嗦着："俺这腿不行，俺去找个顶事的带你们去。"他还没有说完，这帮人就堵上了他的嘴。

这时，村民陈驴儿刚出门，就被特务抓住了，其中一个大个子嚷："快快地找绳子来，我们端炮楼用。"当陈驴儿拿出绳子来时，这帮人却用他的绳子捆上了他和陈楼、宋林。他们采用这样的招数，先后把十九个老老实实的村里人捆绑到了炮楼里，关进了小黑屋。

共产党员陈楼和其他党员约定，宁可牺牲自己，也不交代其他党员，不暴露村子的任何秘密。

夜，已经黑得伸手不见五指，不时传来鬼子换岗的叽里呱啦声。

小黑屋里的人，开始了互救行动，他们用嘴互相解开绑绳，互相鼓励着伺机逃走。正准备逃跑的时候，鬼子来检查，发现了这事。枪托、扁担劈面打来，片刻，几个人身上伤痕累累。

第二天，日本鬼子开始了更残酷的审讯。先是审问宋林，宋林只是摇头，一句话都不说。鬼子就把他吊起来灌凉水，灌了满满一大桶。宋林憋得满脸通红，敌人问什么，他除了喷敌人一口带血的水之外，还是一句话也不说。敌人就把他放下来，用脚踩，水喷泉似的从嘴里挤了出来，宋林仍然说不知道。敌人又灌水，然后上去了四个人用杠子压。血混合着水一同从嘴里喷了出来，英勇的宋林昏迷过去。

也不知道过了多久，宋林被冷水泼醒，他侧脸看到，良庄黄同的儿子被鬼子打得嘴唇撕裂，满脸满身是血，还大骂着日本鬼子。

这时，一个鬼子上前把他的耳朵割了下来，几个鬼子在空中扔过来扔过去，玩够了还用刺刀挑着让所有的人看。

宋林大骂了一声："王八羔子小鬼子，不得好死！"

几个鬼子上来，七手八脚就把他吊上了房梁，灭绝人性的鬼子们用点燃的香头在宋林的身上烫着圆圈，宋林露着血牙，大吼："你们就是杀了我，我也不告诉你们。"他再次昏迷过去。

当晚，更大规模的屠杀就开始了，鬼子把抓来的这十九人拉到炮楼西面的一个大坑边，要活埋这些人，宋林一看这样，就大喊一声："大伙儿快跑啊！"他说完，挣断了绳索，跑了，鬼子开枪打他，但终因天黑，只伤了他的小腿，他逃脱了……

宋林跑到姨家养伤，养伤三天后就说去大坑边看看弟兄们怎么样了。他的姨夫见他这样，就自己去看了。回来告诉他说，那个地方起了个大土丘，听人说，那十八个人都被活埋了。

由于土丘坟距离炮楼比较近，宋林一直没有敢告诉十八位烈士的家属，怕他们去抢尸体，再遭祸端。

邢村这次事件，让军民又一次埋下对敌人的仇恨的种子，他们聚集在区小队驻地开会商量对策，个个发誓要给鬼子以打击。

1942 年 4 月 12 日，定南县区小队在李响带领下，化装袭击合庄敌碉堡，俘虏伪军三十四名。反"扫荡"中，定南七分区最早产生了武工队。为了以小股精干力量打击敌人，武工队在区委指示下成立。

赵书记把组建武工队的任务交给了赵银山，他的沙河抗日义勇军第九支队划归区大队领导。

5月13日，由于抗战形势所迫，沙河南岸西村枣树林里建立起了第一支武工队。队长兼党支部书记赵银山，指导员赵刘群，副支书张志雄。

武工队的成员主要是从分区敌工科、锄奸科、民运科和警卫连侦察排、战斗团中挑选的，配备长、短枪，初成立时二十一人。后又增添了搞敌工、情报工作的男女干部，扩大成若干分队。

其间，刘夏花去报社参加了日语集训，回来做了武工队的翻译，负责情报事宜，为情报队队长。

他们全部便装，隐蔽活动，托关系分别安插到县城、据点、碉堡等敌人内部去。任务是保护群众利益，保护抗日力量，侦察敌情，掌握伪组织情况，锄奸反特，瓦解敌伪军，时机成熟再袭击敌人。有时还负责征集粮食，宣传贯彻党的抗日政策。

武工队的活动给敌人很大震动，使之提心吊胆、昼夜不安。以后各分区发展了许多武工队，对残酷环境下坚持抗日斗争起了重要作用。

这天，刘夏花奉军区之命来赵金山游击大队协助工作。公开身份是战地记者兼翻译，其实是发现隐藏的敌特，净化抗日队伍。

赵金山感觉，那次炸碉堡赵铁山失利，家中国宝被盗，养父被杀，还有近期几份军区来信莫名其妙地丢失等，都让人感觉队伍里有内奸存在。他于是向军区打了报告，军区才决定派刘夏花来此协助工作。

报到的当晚，赵金山、赵铁山哥儿俩为刘夏花设了个家宴。经哥哥金山允许，赵铁山邀请了刚刚枪伤康复的刘青梅。刘夏花特邀了嫂嫂甄续男。甄续男因为要带孩子，所以让小苗姑娘一同前往，小苗姑娘说一人抱不动孩子，就约了李顺政委前来协助。这家宴成了大宴会。

宴会上，甄续男讲了在朱古村带领游击队员打鬼子的经过，讲得很投入。赵铁山津津有味地听，刘青梅也主动问这问那。一开始大家是乐呵呵地吃菜、喝酒、闲谈。过了一会儿，有高度政治敏锐性的刘夏花看出了破绽，她发现刘青梅很关心朱古村作战部署话题，感觉她很想知道这次战斗背后的一系列事。甄续男兴致勃勃地还想深层次说战事，被刘夏花巧言制止了。

刘青梅也似乎看出了什么，不问了，默默地吃了一会儿菜，就去逗孩子玩儿。不一会儿，赵铁山也出去找刘青梅了。

刘夏花在金山哥的要求下，围绕着抗战大好形势，讲了很多，大家听了，备受鼓舞。

刘夏花着意观察了刘青梅几天，她感觉刘青梅总是躲着自己。晚上常常一个人在小河边溜达，有一次她刚走过一个小土丘，沟里就上来一个背粪筐的老农，在小土丘旁滞留了一会儿走了，等刘夏花跟上去时，发现这个老农不见了踪影。刘夏花想一个老农怎么跑得这么快？她很怀疑这事，于是，决定向赵金山汇报一下。

她来到会议室，正好赵金山和李顺政委都在，她就把自己近几天来的观察和判断详细地说了一遍，完了她说："我建议对这个刘青梅做全方位跟踪观察，我有个想法，让铁山弟完成这个任务。"

李顺政委笑了笑："不愧为情报专家啊，这么快就有靶子和方案了？你也看出来了，这个刘青梅很喜欢铁山弟的。把这项任务交给他，你觉得能行？"

赵金山接过政委的话："把咱们的怀疑直接告诉他，他就会在接近刘青梅的同时，了解她的详细行踪。我相信铁山弟，在重要关头他知道哪儿轻哪儿重。"

"是啊，我觉得这个刘青梅不简单，日语比我学得好多了。要是没有什么问题，嘿嘿，我还愿意与她做妯娌呢；可要是有问题，不光是铁山弟，就连我们整个大部队都要遭殃了。"刘夏花说完，双手拄头，若有所思。

这时，赵铁山进屋来，李顺政委对赵金山说："赵队长，你弟弟铁山队长来了，你给他说新任务吧！"

可是，当赵金山把任务给赵铁山说时，他急了，一脚踢倒凳子：

490

"人家就一个单纯的小姑娘，能是敌特吗？告诉你们吧，她亲自说……说等胜利后一定嫁给我。"

看赵铁山说这话，刘夏花温柔地靠近赵铁山，拍了一下他的肩："铁山弟，她要嫁给你，你更应该详细了解她了。不了解，怎么能托付终身呢？"

随后，刘夏花把自己的观察和怀疑对铁山弟说了。赵铁山才喃喃有话："请军区领导放心吧，我知道哪儿轻哪儿重，相信我，我能完成任务。"

可是，接下来的一个月时间里，刘青梅似乎过得很平静，晚上也不出去溜达了。

这天，大队部召开了一个地雷战座谈会。鉴于有造地雷的计划，所以，让爆破专家刘青梅列席参加。

会上，赵金山宣布了地雷战的大致时间和地点。赵金山、赵铁山和刘夏花都观察到：刘青梅听得很认真，记得很仔细。

当晚，一个人影从刘青梅的后窗跳下。霎时，三条人影紧随而去。凌晨三点，三个人才回到了驻地。赵金山队长、李顺政委与刘夏花早在院子里等着了。刘夏花看了看满脸是汗的赵铁山，问："查清了吗，她去了哪里？"

"我们三人跟踪她，她去了城内新美二郎军部。回来的时候，负责护卫她回返的日本兵发现了我们，我们干掉了日本兵。有个战士抓住了刘青梅的领口，要活捉她时，她来了个金蝉脱壳，而后胡乱地开了枪，差点儿伤了我的人。"赵铁山说着，走向门口，茫然地望着。

这时，甄续男来了，扭了扭赵铁山通红的脸蛋儿："我说什么来着，这岁月，找上门来的，越漂亮的女孩儿越得注意。"

"过来说说，还金蝉脱壳？衣服呢？"赵金山大声问。

"带回来了。"赵铁山说着就要喊侦察的战士。还没有开口，一个战士拿着一件灰白格子上衣来了："我们把她的领子撕开了，左边是一张小金色卡，右边是一小包白色粉末。"

刘夏花马上拿过小卡，端详一番，然后翻译卡上的日文：宪兵队一级勇士山由美子。

翻译完，她马上把战士手里的药包打掉了。药包散落在一蚂蚁窝旁，顿时，刚才还秩序搬家的蚂蚁们，很快死了一堆。

"看见了吧，这就是日本特务。一旦限于绝境，立刻咬破领角，中毒身死。我调查了解到，你们那次炸桥时先带路，后来又不明不白死去的那个鬼子，也是她下毒致死的。"刘夏花说。

赵铁山颓然坐在地下，脸色惨白，汗如雨下。过了一会儿他大声喊着"美人蛇""害人精"，疯狂地跑了出去。

从此，他不愿意让人提起"刘青梅"或"山由美子"这个女人。

…………

第 23 回

灭绝人性释放毒气　奋勇还击军民喋血

这天晚上，新美二郎军部里热闹得很，怒目圆睁的佐藤浩二在和浪里浪气的山由美子吵架。

杜秋生在场，他是被新美二郎招来画地宫走向图的。聪明的杜秋生能从这一男一女的吵架中，推断出事情的经过：佐藤浩二在西关抢夺当地财主家的文物时，意外在一个瓷瓶内发现了一张藏宝图。有一天，在抗日游击大队暴露后逃回军部的日本特务山由美子去与佐藤浩二幽会。佐藤浩二拿出了这张图让山由美子看，山由美子研究了一会儿，她突然明白了，这是一张料敌塔塔基地宫藏宝图，上面绘制了地宫里的入口指示，塔基地宫的结构，所藏宝贝的名称等。这图令她很吃惊，但是，她看出来后却不动声色，把图撂在一边，浪声说："不知道是什么破图，这穷地方还能有什么宝贝，不看了。早就想你了，开始吧！"佐藤浩二把图夹到了一本线装的《唐诗三百首》里，放到书架上。开始搂抱山由美子，他惊奇地发现，一个绣着缂丝小花儿的红肚兜掉了下来，他立刻来了兴致……

一番温存后，佐藤浩二满意地睡去。山由美子知道新美二郎喜欢文物，她也是想卖个好，立个功，以弥补她出去半年就暴露身份的过失。她趁着佐藤浩二熟睡的当儿，偷拿了塔基地宫图。

早上，佐藤浩二醒来，山由美子走了。他知道，每次山由美子完事后就走。她总是不敢留宿，偷偷返回军部。他也没有注意"藏宝图"，直到傍晚，才发现图不见了。他料定是山由美子偷走了，很是气愤，他随手抄起一枚手雷放进兜里。他想，你山由美子不给，我就自爆在你面前。她料定山由美子舍不得他这个男友。

来到军部，听说山由美子在新美二郎处，他才气呼呼地来到这里。见图已经放在了桌子上，他才弱弱地对新美二郎中将说这图是自己发现的。山由美子当然不让，她早就对新美二郎说是自己搜到手的。为此，两人你一言我一语就吵起架来。

其实，新美二郎于凌晨收到山由美子献上的塔基地宫藏宝图后，兴奋异常，他拥抱着山由美子，拍着她的背，讲述着美梦："定瓷孩儿枕丢失了，是我的过错。挖掘地宫宝物，献给天皇，那你我大功告成，将来回国后咱俩就能吃香的喝辣的享清福了。"两人山呼天皇万岁，滚在了一起。这山由美子一晚侍两男，到第二天上午十点多两人才醒来。

新美二郎顾不上吃山由美子给他端来的早饭，立刻把杜秋生叫到办公室，他要杜秋生根据藏宝图提供的信息，画出地宫里的入口走向图，以便发掘地宫里的文物。

杜秋生看了藏宝图，心里一激灵。他在城里住了这么多年，天天见宝塔，还不知道这宝塔下有这么多的宝贝，这些都是近千年的文物啊！更令他震惊的是，当他说出地宫口是大青石封死了的，谁也进不去时，他听到新美二郎阴毒地笑了几声："嘿嘿！进去进不去，炸药包说了算。杜桑你只管画走向图好了。"

杜秋生脑子立刻就大了。巍巍料敌塔，祖祖辈辈在这里高高地矗立着。你为了几件宝贝就炸掉塔基？那可是基础啊，这样，这塌了一角的料敌塔不就全坍塌了嘛！我一定要阻止他，这贪心不足蛇吞象的小鬼子。豁出命来，也要保护这料敌宝塔啊！不然我就真真成大罪人了。

这时，山由美子懒得吵了，躲到新美二郎的休息室里去了。佐藤浩二追了进去，他猛然发现了枕头下面露出的红肚兜，这不就是山由美子在自己那儿穿着的红肚兜吗？他立刻血脉偾张，提起红肚兜，声音嘶哑地吼叫："你这个淫荡的骗子，还说回国后结婚，还说厮守终生，这，这就是大大的欺骗……"没等佐藤浩二说完，山由美子的枪就抵住了他的胸。佐藤浩二岔声岔气地仰天大笑，他突然掏出一枚手雷来，高举着红肚兜，拉着山由美子来到了客厅。新美二郎立刻大喝："放下!"吓得他机械地把手雷放在了桌子上的藏宝图上。他放下后把山由美子的枪推向一边，说："放下可以，这红肚兜不说清楚，今天咱们就同归于尽!"

新美二郎立刻躲得远远的，哆嗦着吩咐杜秋生："杜桑，快拿手雷。"

杜秋生马上过去，他拿手雷的同时，看到了手雷下面的那张藏宝图。他突然有了一个大胆的决定，他麻利地用图裹上手雷，在桌子上用力磕了一下，大声喊着："这手雷要爆炸了!"就要往外扔的时候，佐藤浩二疯了似的拉着山由美子过来抢图纸。没有想到，就在这时，手雷爆炸了。

小鬼子听到爆炸声，冲进了屋里。他们看到新美二郎满脸是血地在角落里哆嗦着。佐藤浩二、山由美子的尸体也被炸得分不清男女了，杜秋生在一旁静静地躺着。

新美二郎没有死，他的左眼飞进了弹片，日伪军们把他和杜秋生一起送到了日军野战医院。新美二郎走前，坚持着还问了那张图，都说成了碎纸片。他立刻猪脑袋一耷拉，昏死过去。

一天后，最优秀的地图专家、最优秀的地下工作者杜秋生，因抢救无效，英勇牺牲。小鬼子把他的尸体运回了他的老家。等鬼子走后，定南县和定北县的干部们来了，赵银山、赵金山也来了。干部们组织村里的人为他开了一个隆重的追悼会。

以后，日本军部里，再也没有我党的优秀特工杜秋生，再没有了那个乐呵呵的能工巧匠杜秋生。然而，料敌塔依然在，那塔上的风铃，每天都在叮当响着，为这个舍身守塔的抗日英雄追思。

新美二郎昏迷了一周才醒。醒来后，他就找杜桑，护士说，那个中国人死了。新美二郎掉了两滴眼泪，说，杜桑是为了保护我才要把手雷扔出去的，杜桑是大大的勇士。

敌人按图搜查地道的"扫荡"还在继续。

这天，定南县委在良村开会，被日军一个营包围，当敌人搜索村边时，参加会议的人员全部钻进地道。敌人费了半天时间，始终没找到地道口。敌人懊丧地撤走后，同志们便又钻出地道继续开会。

会上，村长提醒大家："这小鬼子还会来的，小鬼子在哪个村栽了，回过头来还祸害哪个村。所以，我们要做好一切准备。"

后来，这个村的地道口，在村长的带领下，全都挪到了村外的庄稼地里。

疃村是城南七十里处的一个村庄，这个村庄位于沙河圈岛状区域的西北部，西面和北面紧靠滔滔的沙河。

1942 年的春天，这个村的人民群众积极响应冀中区党委的号召，在县委的领导下，建造了联村地道。有河水河堤防御，有地道隐藏躲避，很多人坚信这里是易守难攻的地方，有一些冀中抗战部队的失散人员、地方干部甚至附近群众投奔到这里工作；定南县委机关、县大队、县兵工厂、被服厂等后勤机关，从李顾村搬驻疃村，建立了牢固的抗日革命根据地，领导全县人民进行抗日斗争，疃村人民在县委、区委和村党组织的领导下，男女老少齐动员，开挖了联村地道，东通解庄、东城、西城、赵庄，南连南疃、湖村，形成了二十余里的地下交通网，疃村周围修筑了一米多高的土墙；户与户、房与房之间搭起连户桥，房顶上修有三尺多高、一尺多宽的掩体；各村口建有四尺多厚、一丈多高的炮楼。疃村民兵英勇善战，配合八路军十七团、十八团和县大队，连续多次出击敌人，打了一个又一个漂亮的伏击战。十七团的一些连队也常来这里休整；定南县大队把这里作为可靠的根据地，各种会议纷纷在这儿召开，一个红色革命村声名远播。

5 月，住疃村的县大队和村里的群众武装依靠地道战多次打退日伪军进攻，给敌人以严重杀伤，并破坏了敌人在沙河岸修建连线炮楼的计划，疃村成了敌人的眼中钉、肉中刺。

5月26日下午，安国县和定县交界处的一个日军炮楼里灯火通明。日军的一个中队在这里突然集结待命。几个鬼子小队长正在研究刚送来的调兵情报，要求他们快速行动，配合大部队"扫荡"疃村。

同时，赵庄村也接到敌人"扫荡"的情报，定南县召开了赵庄会议，部署反"扫荡"地道保卫战方案。

距离疃村东十多公里的阜才村日军炮楼内，翻译官薛仁伟看到一份铺展在桌子上的文件，上面有"赤筒"和"绿筒"字样，还画着骷髅"红×"危险标识。眼神儿好使的他，偷看了文件的大意，是要这个中队在实施地道毒气灭杀实验之后，完成效果数据的采集任务。他看不下去了，心里一阵悸动，他是八路军刚刚争取过来的人，是一位很能干的敌工人员。聪明的他知道，这小鬼子要用毒气弹了，这是世界上明令禁止的啊！他似乎看到了堆积如山的尸体。他要把这个消息送出去，要解救父老乡亲。

机会来了，一个送菜的老农来到了炮楼下的厨房小院儿。

薛仁伟趁着老农出来的时候，接近了他。他要把这里有情报的菜帮子，交给那个魁梧的菜农，亲手放到他的筐子底部，再嘱托他送出去。

正待他要进小院儿时，只见一帮伪军围住了送菜的老农。听伪军说的意思是，送菜的老农是个哑巴，他偷吃了放在案板上的半碗腥油，几个伪军把他反绑起来训话。薛仁伟翻译官知道是伪军们偷吃了腥油，诬陷老农的，于是走过去，麻利地为哑巴解开捆绑的绳索："他妈的，不就是半碗腥油吗？一会儿我给皇军说，让他走吧，人家都哑巴了，够可怜的！"

哑巴见有人放了他，就委屈地向薛翻译官比画他被绑的经过，比画说腥油不是他吃的。咿咿呀呀地哭，哭着可就坐地上了，意思是不给个说法就不走了。

薛翻译官可傻了眼，这个哑巴还真拧巴，耽误时间，这可怎么完成送情报的任务啊？他急中生智，他看到自己的好弟兄、记录员薛晨在一旁，于是大声说："薛晨，快把他给我弄走，一会儿皇军来了，谁也吃不了兜着走。"说完顺手把那捆菜帮子扔进菜筐，并给薛晨一个"加急"的手势。

薛晨会意，急忙扭送着哑巴出了第一道隔离沟。走了不远，天就黑了下来。转过一个高岗子，他把菜帮子里的信抽出来，他看到了"送疃村"三个字，他立刻把信塞进了自己的鞋帮子里。然后拍拍哑巴，示意他快跑，哑巴心领神会，晃荡着菜筐跑起来。薛晨也跟着跑，他知道，最近的一个联络点就是大定村，一定让大定村的交通员把消息送给定南县委。可往西去大定村至少有十多里路程，还要过大沙河，有船吗？有鬼子的巡逻队吗？薛晨这个急啊！

他一边跑一边思索着薛翻译官交代的任务，一边加紧赶路。

掌灯时分，薛晨跑到了五女村。这时，大路上，突然来了一辆大马车。薛晨向老农言明自己的任务，老农一听是救一个村子人性命的事儿，二话没说，把薛晨拉上车，甩了一鞭子，急速向河岸跑去。

来到河边，老远就听到哗哗的河水声。好不容易赶到渡口，但，这里没有一盏灯，没有一艘船，没一个人影。他不知道，鬼子的先遣队刚刚从这里路过，群众们都吓跑了。赶马车的老农说："这样吧，你是打鬼子的好人。我好事做到底，送你去阜才村吧，那儿有座简易木桥。"

薛晨听了，拍了拍老乡硬朗的后背说："你太好了老乡，等打完这仗，我给您请功。"

"请功不请功吧，俺也没啥用。俺就是盼着早日打跑了小日本，给俺老大小子娶个媳妇。一大家子，过太平幸福日子。"老农说完凭空甩了一鞭子。

鞭子响得放炮似的，吓得薛晨一激灵。

马车顺着一条土路跑出三里地，一束炽白色灯光射了过来。

原来，由于天黑，他们跑进了一座刚修建的炮楼可视范围里。

这老马受到强光的照射，立刻"嘶鸣"着，腾跳着，发疯似的朝着灯光跑去。

左车轱辘碾上了一块大石头，车猛抖了一下，薛晨就被翻下了车，甩进了一个交通沟里。

"嗒嗒嗒，嗒嗒!"鬼子的机枪响起来。薛晨担心好心人的安危，他强忍着左腿的疼，爬上了沟沿。

在探照灯的光束里，他看到马车夫和他的马同时扑倒在地上。

他想冲出去救回马车夫，但是，他的左腿一动就钻心地疼，几乎让他晕过去。这时，一队小鬼子从炮楼里出来，向着马车奔去。

想到自己的任务，薛晨撤回沟里，快速地往西爬去。由于天黑，他误入了一个更深的交通沟，他再一次跌进去……

醒来的时候，天已经蒙蒙亮了。薛晨发现身旁有一位大叔在看着自己，问了问，原来是赵庄村的一个老乡在清晨捡拾畜粪的时候救了他。

他要求见村长。老乡急忙叫来了刘村长和赵老三。

刘村长、赵老三与薛晨相互认识后，薛晨把情报交给了刘村长，让他们火速送到定南县委。告诉县委，敌人要使用毒气弹。

他们不知道，这个凌晨，日军已经对定南县委所在的疃村形成了包围之势。

由于到处是交通沟，送信人一路狂奔。刘村长派去送信的这个人是村子里打野兔队的队长，大家公认的最能跑的刘跑尔。

刘跑尔一路狂奔，刚跑了有三里地，他就听到西边响起了密密麻麻的枪炮声。一时间，人们都出来了，刘跑尔看到，大家不往别处跑，反而朝着枪炮声方向跑。问怎么回事，有的就说，听说疃村有地道，钻进去就不怕枪炮了。有的说，不知道往哪里跑，别人往哪儿跑咱就往哪儿跑呗，反正哪儿也是鬼子。

刘跑尔也不问了，自己撒丫子猫着腰跑起来，跑丢了鞋，就不要了，光着脚丫子更抓地。

赵老三在院子里看了看头顶的太阳，他自言自语："快晌午了，还不回。刘跑尔这小子一定遇上小鬼子了，这可怎么办？"

他在院子里来回走动起来，他担心二山子的安危，他想亲自去找二山子，他向前来询问情况的刘村长说了自己的想法。刘村长看他着急的样儿，只好点头同意。

刚要走，就听到枪炮声像爆豆子似的阵阵传来。

刘村长紧走几步撵上他："你听，都是三八大盖声，鬼子一定很多，你去，不是白送死？"

赵老三也不说话，进屋从炕席子下面拿出缴获的那把枪，站在门口说："多一个人是一个人。再说，我还有点儿功夫，我去看二山子了，回不来，俺的后事你看着给办喽！"

刘村长拉住赵老三："我还是想，你去了，更是银山的累赘，他是保护你还是指挥他的兵？再说，县委昨天派人来说，无论什么情况，让我们在村子里坐镇，不能让乡亲们乱跑乱颠的。"

这么一说，赵老三不走了，但是，他要求村长又增派了两个机灵的战士去送信。战士走后，他挥了挥手中的盒子枪："咱也不能在家憋屈着听炮声玩儿啊！咱到村口看看去！"赵老三和刘村长来到街上，看到人们慌乱地跑东跑西，人人脸上都是绝望的神色。

刘村长急忙站上磨盘高喊："老乡们，听说是鬼子包围了疃村，在没有得到具体情况前，大家回家吧，还是家里安全些。"

一部分人停下来，有的慌张地朝自己家跑去。但是，有的人不听村长的，一部分人开始朝东跑。一部分人哭着朝枪响的西边跑，叫着自家娃儿的名字。赵老三一看，这可不行，他立刻朝天开了一枪，大声喊道："大家不要跑了，听村长说！"

人们停了下来，听从了村长的劝说，纷纷回自己家去。他们不知道，就在这个安静的早晨，最为残酷的事件发生了。

日本陆军第五十九师五十三旅团少将团长上坂胜，集日军一一师团和驻保定的一六三联队主力和石家庄、安平等炮楼里的日伪军千余人，分三路包抄定南县委以及县大队机关所在地疃村。

凌晨三点钟才得到消息的赵书记急忙调来赵银山的武工队，又组织县大队及当地的抗日军民，共计八百余人，组成联合自卫队，开始了疃村保卫战。疃村几乎所有人参战。

在赵书记的亲自指挥下，赵金山和他的武工队带领战士们很快进入了沿村的第一道工事，这时，河北边几个村组织了二百余民兵增援。

河堤上、房顶上、交通沟里、院墙后，趴满了战士们。副队长赵青把最后一箱弹药运到房顶上后，从房顶上一跃爬上了一棵大树的树身，手脚并用，三下两下就上了树顶。他惊讶地看到，日军也在调集兵力。村子的三面是日伪军，黑压压的，一步步向村子缩小着包围圈。

早晨五六点钟，日军的先头部队在村东南角遭到游击队员的截击，枪声首先从这里响起。

这是上坂胜的诡计，他认为东南角是县委机关所在地，所以，不能用迫击炮，要采取集团军做法，集体冲锋，对县委机关干部，他要抓活的。其实，他的算盘打错了，县委机关的人员，早撤退到了村西北一带的临时掩体里。县委大院儿，已经成了赵银山武工队的阵地。

敌人对县委大院儿的包围圈越缩越小，抓活的，敌人不敢用迫击炮。英勇的赵银山带着队伍就埋伏在这里。看到日军的头盔了，他大声喊："同志们，考验我们的时刻到了，瞄准了呀，来者必杀！来者必杀！"

他说完，一甩手枪，头前打着膏药旗耀武扬威的一个日军应声倒下。接着，其他战士也将愤怒的子弹射向了敌人。日军也开了火，顿时，枪声大作，武工队阵地上尘土飞扬，分不清子弹是从哪个方向飞来。日军的一个小队长挥着战刀督战，嗷嗷叫着成队成排地往前冲。

看敌人步步逼近，赵银山吩咐地雷手拉响了预先埋设的地雷。随着一声声巨响，前排几个鬼子应声倒下，但是由于地雷埋得太密集了，威力太大，再加上同志们的掩体大多是沙土墙，一部分墙随着腾起的气浪坍塌，这也是战士们阵地战经验不足、考虑不周。等烟尘散去，战士们的身子可就暴露在鬼子的视线中，密集的子弹射来，拉雷的几个战士全部牺牲。

鬼子借势冲了上来，赵银山一看，急了，马上喊："手榴弹，手榴弹!"手榴弹顷刻间在日伪军队伍里爆炸，冲在前面的敌军倒下一大片。

敌军小队长慌乱地爬起来，叽里呱啦地喊了几声，日军很快撤到了村外的壕沟里。

赵银山见日军退了，马上清点人马，四个战士牺牲了。五个战士轻伤在流血，见他们一把把地往伤口处摁干土，赵银山让他们赶快下去包扎。他们说什么也不去，都说，这点儿小伤不算什么。尤其是小虎子，才十七岁，胳膊肘下掀开了一块皮，肉皮翻着，血流不止，摁了三次土了，还是不管事，疼得汗都流下来了。赵银山一看，急忙解下自己裹腿，给他紧紧包扎了。小虎子苦笑一下，说了声"谢谢"，就昏过去了。

这时，几个老乡担着一筐馒头来了，还有鸡蛋、稀饭，让战士们吃。战士们哪里吃得下啊，都专注地看着小鬼子的动静。见一个大姐抱着一捆儿白布条，赵银山说："大姐，这才是救命的东西。"他说完，马上扯出一个布条，为小虎子重新包扎伤口，大姐也学着为其他三个战士包扎。

大姐看小虎子伤得很重，马上让几个一同来的老乡把他抬了下去。她高声说："这里缺包扎伤口的人，让我留下来。"无论赵银山怎么劝说，她就是不走，说救命要紧。

这时，村西也响起了密集的枪声，隐隐约约能听到擂鼓的声音。赵银山知道，这是县大队跟鬼子干上了，县大队里有一个鼓手，一定是他在擂鼓助阵。

九点来钟，日军组织了第二次大冲锋，而且这次来势凶猛。趴在树上的侦察员报告说日伪军是"梯形"推进，最前面的头上戴着白布，看来是敢死队。最后一排两侧分别有一挺用人体架高的轻机枪。

赵银山纳闷儿了，你好好的迫击炮不用，还来敢死队。

他不知道，鬼子载有毒气弹的装甲车和运输新式迫击炮的车，途经赵庄村、西城村时，遭到了两村自卫队员的联合截击，让他们拖延了半晌的时间。

原来，赵银山的爹爹赵老三和刘村长带领村自卫队员在村口查看的时候，正赶上鬼子的后续部队和运送炮弹的车轰隆隆地从这里经过。

埋伏在交通沟北侧的赵老三，不明白小鬼子匆匆行军的目的，但他清楚地知道，这是朝着二山子打仗的方向开进的。他二话不说就对着装甲车开了一枪，守村的战士们也跟着瞄准了装甲车开枪。像惊了蛤蟆窝，敌人装甲车上的机枪可就嗒嗒嗒地响起来，过了一会儿，小鬼子纷纷蹦跶下车来，成包围状朝着赵老三埋伏的交通沟而来。见情况不好，战士们纷纷往沟里滚。装甲车也转过头来，开足马力追着战士们打。面对这个打不死的铁家伙，战士们一时蒙了头，不知道怎么还击才好。

这时，后面又开来一辆卡车，卡车上的轻机枪也嗒嗒嗒地响起来，几个战士中弹倒下。

赵老三一看，急了，抄起一颗手榴弹就跃出交通沟，刘村长拉了一把也没有拉住。

好个赵老三，几个腾跃就接近了后面的卡车，车顶上的轻机枪还没有来得及调整好角度，赵老三甩出去的手榴弹可就落在了车槽子里了，鬼子们见手榴弹在脚下冒烟滚动，有的吓呆了，大多跳下了车。手榴弹爆炸的当儿，四个鬼子当下被炸得翻下了车。坐在副驾驶上的鬼子小队长向赵老三开了枪。

暗枪难躲，赵老三左胳膊中枪，鲜血染红了衣袖。

赵老三捂着自己的胳膊，回头一看，更气愤了，没想到自己舍命投出的一弹，威力不大，炸下车的四个鬼子有两个忽忽悠悠地站起来，汽车还没事，照样开着走。

这时，日军的重机枪胡乱扫射起来，赵老三几个腾跃就躲到了一家高高的土墙下。三个小鬼子追来，冲着赵老三藏身的土墙就打。见没有什么动静，三个小鬼子上了刺刀，绕过土墙去小院里捉拿赵老三。刚进院，一个小鬼子就挨了当头一棍，立刻毙命。两个鬼子合力刺来，赵老三一个旱地拔葱，上了配房。小鬼子正东张西望地找时，只见赵老三一个大鹏展翅从房上直掼下来，两个小鬼子的头可就撞在一起。其中一个立刻趴着不动了，一个又晃晃悠悠地站起来。赵老三的匕首给了小鬼子一个透心凉，怕趴在地上的小鬼子不死，赵老三又补了一刀。解决了三个鬼子，赵老三在伤口摁了把土，趴在墙上观察外面情况。

刘村长指挥自卫队战士在交通沟的掩护下向鬼子反击。鬼子不敢恋战，把最好的武器都用上了。装甲车上的重机枪响了，密集的子弹压得战士们抬不起头来。刘村长一看这样，马上命令战士们沿着交通沟，向东撤退。

鬼子胡乱地扫射了一会儿，覆盖式地使用了掷弹筒，轰轰隆隆地发了几颗炮弹，见没了动静，也不见什么人影，也不敢恋战，匆匆爬上汽车，向那枪声密集的正西方向驶去。

就在鬼子使用掷弹筒时，藏着赵老三的那堵高墙中炮，轰然倒塌，赵老三几乎被活埋。

鬼子走了，刘村长招呼战士们快去看赵老三。大家看到赵老三下半身被土埋着，在尘土里平躺着，一动不动。刘村长查看了一下，见赵老三没有什么外伤，说："他也许是被震昏过去了。"说完，吩咐战士们抬着他往家里走……

当刘村长第二次派去的两个自卫队战士，抄小路赶到疃村附近时，已经无法向前走了。到处是日军和日军丢下的汽车，他们烧毁了一辆汽车，准备越过一道残破的围墙进入村子报信儿时，村子里的游击队员发现了他们，正要接应他们，两名战士被一小队日军发现，一阵儿乱枪，他们英勇牺牲。这防备毒气弹的重要信息，最终没能及时传送到县大队。

日军的第二次冲锋气焰更是嚣张，他们人多势众，武器精良。但是，他们抵不过英勇善战、视死如归保卫家乡的战士们。

敌人分段突击，他们就分段截击，敌人轮番冲锋，他们就死守猛打。赵银山压家底儿的装备和截获的铁路上的三八大盖还有一些，平时打仗没有舍得用完。这次，终于派上了用场，枪炮一齐上。赵银山亲自端着一挺轻机枪对着日伪军扫射。日军没有料到，在这么个偏僻的小乡村，居然有这么精良的武器和这么英勇的中国军人，他们害怕了。一队日军吓得匍匐在地上打哆嗦，许久都不敢抬头，一个日军中队长只好再次下了停止进攻令。这样，敌人精心组织的第二次冲锋很快被打退。

赵老三在被战士们抬回家的路上醒来，吐了几口鲜血，大家以为他的痨病又犯了，都不敢快步走，慢慢地抬到了家里。

刘晓翠对人们说，没事儿，这是老毛病犯了，歇歇就好了。人们走后，刘晓翠喂了赵老三几口姜糖水，见他喝了，自己便和衣睡下了。到了晚上，赵老三胸子疼起来，疼得他几乎把嘴唇咬破了。他感觉疼的不是劲儿，他推了推躺在身旁就要入睡的老婆："翠儿，我有点儿疼，陪我说说话吧？"

"说什么话，睡一觉就好了，睡吧！"刘晓翠说完又侧转身子打起了呼噜。

赵老三突然感觉胸闷，继而大口喘起气来。

他想，平时也这么疼过。当年搬大石头努伤了的身子，一到阴天的时候疼起来和这感觉有点儿像，那时在院子里运运气就好了。

觉得越来越喘不过气来，他悄悄下了土炕，忍着剧痛，蹑手蹑脚地来到院子里。

小院里练功的石礅还在，他盘坐在上面，开始运气。刚运了几下，他就大叫一声，口喷鲜血。整个身子半躺着顺着石头出溜在地上。

赵老三大大的眼睛瞪着，头努力地朝向响枪的西方，就这么瞪着眼一直到了天明。

刘晓翠醒了，他摸摸身边，没有了老伴儿。他急忙出去，看到了赵老三仰卧在地上。嘴里嘟哝着："死老头子，负伤了还闲不住，不养着，早早起来干啥？"

见没有动静，刘晓翠急忙过去。当她要拉起赵老三时，才发现他的手已经冰凉，没有了呼吸。她的赵老三不知什么时候……走了。

刘晓翠愣怔了一会儿，突然号啕大哭。哭声惊飞了宿在梢门筒里的麻雀，它们惊恐地飞走了。哭声惊动了左邻右舍，他们急忙赶过来了。

不一会儿，村里就来了很多人。刘晓翠声音沙哑地拍打着地面哭起来。人们七手八脚地把赵老三放在一张从正房卸下的门板上。有人开始问刘晓翠有没有装裹，刘晓翠说，他平时没病没痛的，壮得跟牛似的，也没有准备。管事的人开始吩咐人去寿衣店买。

等买回来，人们开始为赵老三穿衣服，这时人们才看到，赵老三胸部有骨头凸出。原来，赵老三是被倾倒的土墙砸坏了肋骨，骨头碴子刺破了内脏，人是被血灌了膛才死的。

村长回忆着，证实了这一点。村长大哭了几声自己的好友老哥，站起身，让前来的人，先集体行跪拜礼。然后，这才开始吩咐人支灵棚。

刘晓翠悲伤地开始唱着哭，大家都能听得出，她大多说的是赵老三的不幸和自己的命苦。

远在战场八九里外的赵庄村全村沉浸在悲痛之中，赵老三和另外三个队员的牺牲使全村村民及自卫队战士很是悲痛。赵家的灵棚支得很大，但是，灵棚前没有儿女们的跪拜，只有刘晓翠沙哑的哭喊。她哭骂小日本的可恨，哭诉自己的身世，哭没有顾及赵老三最后想说几句话的要求，自己睡得跟死猪似的，哭喊赵老三就这么不管不顾地走了。

全村来吊唁的人都跟着抹眼泪。都在念叨着：三个男孩儿能回来一个就好了，打幡缺人啊！他们深知，他的孩子们是一时半会儿回不来的，他们是部队的人啊！

村民们也知道，西边在打大仗，他那三个虎一样的儿，更是回不来啊！

正当村民为赵银山的爹爹下葬的当儿，赵银山正在组织第三次大的反"合围"，疃村守卫战一刻都没有停。快中午了，日军运送枪械的车也到了，上坂胜见日军死伤很多，于是立刻上了迫击炮，轰隆隆的炮声，把整个沙河圈儿震得地动树摇。

敌人的第三次冲锋更是猛烈，鬼子似乎要把所有的炮弹倾泻在村子里，村南大部分的房屋被炸塌了，炮弹点燃了家里能点着的东西，又宽又深的护村沟里燃烧着军民用来阻击鬼子装甲车的柴火，整个村庄上空烟雾弥漫，空气中怪味阵阵，呛得人喘不过气来。

灰蒙蒙的白日已经偏西。趁着日军吃饭的当儿，赵银山的武工队和区大队会合，定南县委的赵书记也来了。听赵书记说，所有的老的、小的，还有妇女们都钻进了地道里，乡亲们暂时安全了，留在上面的沙河儿女都是要誓死保卫村庄的。

村长紧吧嗒了几口烟，磕掉烟斗里将熄的烟灰："我感觉，地道虽好，但都是有口儿的。一旦让日伪军进村，后果不堪设想！"

赵银山接话："赵书记，我觉得也是，我们一定要守住村口。但是，我们弹药不多了，我想从鬼子手里去夺武器。"

赵书记说："周围游击队很快就援助咱们来了，告诉战士们要坚持，即便是夺武器，也最好等到天黑再做打算。我们的当务之急，是需要集中武器、弹药，来个反冲锋，猛烈地打他一下子。趁着日军慌乱的当儿，才能抢夺弹药啊，你觉得行吗？"

"只能这样了，但我的那些好家伙什儿早已没了弹药。眼下只有少量的自制手榴弹和缴获的三八大盖。如果不从鬼子手里夺取武器弹药，那只有以死报效乡亲父老了。"赵银山说出了自己的顾虑。

"这会儿谈牺牲早了点儿！"赵书记说，"我们要活着，我们还要想办法保护好躲在地道里的村民。"

"是啊！地道里还有邻村的村民，都是冲着咱们来的。可不能让鬼子来村里祸害，地道口一旦被发现，老乡们可就遭殃了啊！"

在这个当儿，日军的几个中队长也聚在一起商量着对策。他们遇到的对手是硬骨头，不怕牺牲。那奋勇冲杀的作战势头，让他们胆战心惊。虽然有那么多迫击炮轰击，很多掩体变成了一片焦土，但日军始终没能进得村子。

上坂胜从战车里出来，看着硝烟弥漫的村庄，把战刀狠狠地掼在地上。他不相信，在华北大地顺利推进的天皇士兵，怎么会在这小小的村庄败得这么惨。三次冲锋，死伤二百余人，居然没能进村。

他叫来组织冲锋的三个中队长，让他们在榆树下站成一排，每人赏了三个响亮的耳光："大日本帝国的耻辱！小小的村庄，你们再不进入，死啦死啦的！"

村子里，赵银山和赵书记还有几个自卫队队长也商量着对策。这时，侦察员回来说，鬼子在调兵遣将，所有的兵力武器在向村西集结。

"赵书记，敌人是要集中优势兵力撕破口子进村的。我们的弹药不多了，你还是带领县委的同志们撤离吧！"赵银山不无担忧地说。

赵书记想了想说："县委其他同志可以走，我枪打得还可以，我和你们战斗在一起！"

"不行，你必须走。这样，我们才能毫无牵挂地与小鬼子拼命。"赵银山说完，让几个战士强行把赵书记拉上早准备好的马车。一队战士护送赵书记及定南县委的其他同志从北面撤离了村庄。赵书记在车上喊："我去组织其他村所有民兵增援。"

撤离前，刘夏花不知什么时候回来了，她跑过来，什么话也没有说，跟赵银山来了个拥抱，含泪离去。

看县里人马走了，赵银山带着武工队与县大队抗日先锋队队长赵青、爆炸部部长卢伟、副部长薛大卫会合，这三个人都是他带回来的战友、铁哥们儿。赵银山看到，打过大仗的这几个人脸上也显露出少有的焦急。因为，他们都知道，就在这个关键的时候，弹药不多了。

检查了所有的武器弹药，每人只有五六颗子弹。还有一挺机枪，一箱机枪子弹，一箱子手榴弹。

赵银山给大家交代了突围抢枪弹，然后再杀回来的作战方案，边说边给投弹远的二十多个战士每人发了一颗手榴弹，让大家听命令同时甩出。手榴弹炸响时，他招呼大家上了刺刀，率先端着枪往外冲。

冲在前面的小鬼子以为要拼刺刀，纷纷退了子弹，上了刺刀，嗷嗷叫着要和队员们拼命。看着远处黑压压的鬼子，赵银山哪里是要和他们拼啊！

他大喊："开枪！开枪！"大家很珍惜子弹，瞄准了打，冲在前面的小鬼子很快被全部打死。

一部分队员开始捡拾枪支弹药，但是，鬼子的迫击炮响起来，赵银山看到，一部分战士倒下了，一部分日军的尸体也被炸飞起来。他只好组织战士们重新撤回村子里。

没有抢到多少子弹，却牺牲了不少战友，赵银山既焦虑又绝望。

这时，鬼子慢慢逼近了村子，赵银山打完了最后一发子弹。见已有些战士背起了枪跑进了村子，赵银山起身，一边跑一边喊："喂！快跑啊！跑进小街里找地道躲起来，不要让鬼子发现啊！"

战士们纷纷跑向了小街道里，按照事先安排，找了一个就近的洞口，钻进了地道。

这样，日军很快缩紧了包围圈，用迫机炮狂轰滥炸了一会儿，大摇大摆地进了村。一时间，村东口、南口、西口，全都是列队而进的日伪军。如入无人之境，肆无忌惮地开始了烧杀抢掠。

日军开始按照宪兵队送来的新地道图找寻村里有口（水井、地道）的地方。有的火炕地道口和马槽子地道口，在敌人轰炸的时候，被炸开。发现一处，打开一处，机枪就架在了洞口处，出来一个杀一个，很多人绝望地又回到地道里，向地道深处传递着外面可怕的死亡信息。

在村西南大堤上作战棚里的上坂胜，听到村里传来的战报，朗声大笑，边笑边嘟哝着："嘿嘿！让可恶的、愚蠢的支那人做试验品，尝尝我大日本帝国新武器的滋味儿吧！"

他来回踱步，冲天放了几枪，狰狞着面孔，下达了使用绿筒、赤筒的命令。

一小队戴着防毒面具的日本兵得令，携带着特殊装备进入了村子。紧接着，上坂胜又派出第二支携带相机和检测器械的士兵跟随，他们执行的是一项战事之外的特别任务。

再说，赵银山带着几个战士钻进地道时，里面异常安静。人们各自找地方蹲下来，等待着外面自卫队员打退鬼子的好消息，他们大气儿不敢出。也许很多人有一个共同的祈愿，那就是祈求老天，洞口不被发现，保佑父老乡亲平平安安。见游击队战士也进来了，大家就想知道外面的情况。可还没有问，洞口就掉下了几个死人。

正在大家惊恐万状之际，洞里开始有了难闻的气味。起初人们以为谁家在洞里做饭炒辣椒。但是，一会儿，人们感觉不只是辣椒，还有更难闻的气味，这气味到底是什么，大家谁也不知道，都说从来没有闻到过。气味越来越浓，空气就像一个个魔爪捂住了每一个鼻孔和嘴巴，让人喘不过气儿来。洞里有人嚷起来："鬼子放臭气了！""难受啊！""跑啊！"到处锅碗瓢盆噼啪作响，到处大人孩子在哭爹喊娘。

人们没有目的地乱跑，越是听到哪儿人多越是往哪里躲藏。狂喊声、辱骂声、呵斥声、呻吟声不断传来……

赵银山捂着鼻子、猫着腰，跑过来跑过去组织人们有序撤离。他看到，每个洞的深处都挤成了人疙瘩，挤不动的硬挤，出现人群互相踩踏现象。赵银山和同志们大声嚷也不起作用。

赵银山捂着鼻子，带领几个战士找到一个通道，好不容易喊过一部分人，他就带着这些人从村长李民家的地道钻出来，想在这里寻找别的出路。

地道口是一炕洞，炕洞的洞口露出一个布角，拉出来是一个布袋，里面有几颗手榴弹，再里面是几支子弹上了膛的长枪。

赵银山知道，这是组织群众进地道的同志藏在这里的，准备应对发现洞口的敌人。

他们刚拿好手榴弹和枪，准备带群众们出屋子的时候，荷枪实弹的日伪军就进院了。

赵银山还没有等日伪军反应过来就开了枪，爆破部部长薛大卫也一枪一个地瞄准日军打。其他三人每人扔出一颗手榴弹。赵银山守门，其他人各守一扇窗户，和敌人干上了。听到这里有枪声，其他日军也往这里聚集。赵银山他们第二次把手榴弹扔出去把子弹打光后，大批敌人叽里呱啦地拥进了院子，前面几个小鬼子持有榴弹枪。

赵银山说："我们返回地道吧，就是死也要和父老乡亲死在一起，决不能死在鬼子的屠刀下。"

刚要钻进地道，一颗子弹射中了薛大卫的头，他一下子栽倒在地上，登时没有了气儿。

赵银山随手捡了一块儿黑布巾把薛大卫部长的脸盖上，含泪重回地道。这时，洞里几乎没声音了，脸色铁青的死人，口吐白沫的半死不活的人，人压着人。他们三人找了一处人少的地道往前爬，本能地找寻有亮光的出路。

赵青在前面，赵银山在中间，卢伟在后。

赵青岁数最大，他爬了一会儿就出不来气了，低声说："你们走吧，别管我了。"

卢伟回应："赵部长，爬呀！"

爬到了一盏微弱的马灯下，又听赵青声音低低地重复说："你们走吧，你们走吧！"

赵银山爬了不远，就听见背后闷闷地响了一枪。

赵银山艰难地爬回去，借着灯光看时，见赵青鼻子嘴里在流血。赵银山知道，他是在灯下找到了一把牺牲同志丢下的手枪，他实在难受，又怕连累大家，才往嘴里开了枪的。

呼吸急促的赵银山和卢伟继续往前爬。很快，赵银山感觉头疼难忍，大喊一声，昏了过去。

不一会儿，赵银山被一股冷水浇醒，原来是卢伟靠着洞壁在用一瓶子水浇他。

赵银山不管不顾地抓起瓶子，猛喝了几口，待他说让卢伟喝时，见卢伟的手已经僵住了。

原来，卢伟已经死了，但是他的手还在稳稳地握着瓶子，给赵队长脸上浇水。

"小伟啊！你用一瓶子水浇醒了我，你却没有舍得喝一滴啊！"无论赵银山怎么呼喊，卢伟最终没有醒来，赵银山一摸，他的身子瘫软了。

他借着微光向身后看了看，横七竖八的都是尸体，佝偻的不成样子，身旁几个也都是面部扭曲的死人。他估摸了一下，从钻洞到昏迷，也就爬了三十步远的样子，让他感觉似乎爬了很多年，这臭气可真毒啊。

这时，赵银山隐隐约约听见前方头顶上有响声。继而出现了一个亮点儿，他感觉是鬼子在上面刨洞，他们要找洞里活着的人；也许是同志们，在营救。

也许是本能，赵银山扯了一条布缠在鼻子上，挣扎着往光亮处的洞口爬。不一会儿，洞口开了。狰狞笑脸的日军出现在赵银山面前。很快，敌人从刨开的洞口把赵银山拽了上去，赵银山闭着眼睛不说话，咕嘟着唾液。敌人以为他要死了，就把他放在一个柴火堆旁。听日军的大皮靴走远了，他睁开眼睛，看自己在打麦场里，旁边就是麦秸堆，赵银山艰难地把自己一点点埋进了麦秸堆。

赵银山在麦秸堆里淌鼻涕、流眼泪，大口大口地喘气，胸口憋闷得要死。他拼命地撕扯着上衣，撕烂了胸前的衣服，抓破了胸口。他只觉得口渴得要命，没有力气吸气儿。

一会儿，透过麦秸的缝隙，他隐约看到青年自卫队队长李祥，正趴在一个小鬼子脚下喘着粗气。从洞里出来的男人女人，也都大口喘气，吭哧吭哧的。个个敞胸露怀，胸前血淋淋的，有的还在不停地乱抓。这时，赵银山看见李祥爬到了一个水桶边。守在水桶边的鬼子一脚把桶踢翻了，他捧着地上泥水就喝。

这时，他听到李祥用半句子日语半句中文与一个矮个子小鬼子说话："我的良民的干活。我的米西米西，肚子疼。"鬼子问："你的良民？"他点头："太君，我的良民的干活，我一代一代的良民的干活。我在东北林个（瓦工）的干活。我的工头叫依哈拉撒。"鬼子回应："我的明白。你别跑，你跟着我。"随后，小鬼子从兜里掏出一个小瓶，好像在给他药，他手哆嗦得很，第一次没有接住，第二次接了两片，鬼子又递给他一碗水，让他喝了，李祥就开始吐，吐的是一塌糊涂。

这时，鬼子把人们往一个院子里赶，李祥也被带了过去。

鬼子似乎忘记了还有一个赵银山，等鬼子走了，胆子大的赵银山从柴堆里出来。他虽然头晕目眩，身体酸软。但是，他脑子还算清楚，他很快爬到刚才鬼子给李祥药的地方，手划拉着地面找。还好，他找到了掉下的那两片药，便迅速吃了下去。一会儿，他想吐，但是已经一天一夜没有吃东西了，干呕了几下也没有吐出来。

这时，不远的地方腾起一片火焰。赵银山想爬上墙头看看，找一找逃跑的路。这时，他发现了一个水壶，是行军壶，打开盖子，摇了摇，喝了几口水。水刚刚进肚子，他就狂吐起来。为了不发出声音，他捂着嘴巴，还是出了声音。他又把嘴巴抵在尘土里，他狂吐了几口黄乎乎的酸水。

一会儿，他感觉清醒了许多，重新爬上墙头。他发现了更令他难受的场面。

原来，鬼子正在折磨那些从地道里钻出的大难不死的乡亲们。这个大院内接连发生着凄惨的事：一处点了一堆柴火，鬼子把上岁数的人活活推到了火堆里，这几个可怜的人在火中蹦跳起来，凄惨地叫着、折腾着，一会儿就倒下自燃起来。小鬼子又把几个青壮年反绑在树上，牵出大狼狗，他们指谁，狗爪子就搭谁肩上，从上往下撕咬，肉皮扯得一条条下来。青壮年们哭喊着，扭曲着脸、瞪着眼睛死去。

赵银山习惯地摸腰间，他想找到枪，他想与鬼子拼命，可是，他没有找到。他试了试胳膊，感觉没有一丝能起身的力气。

赵银山看到院子有一个黑黑的洞口，一个鬼子用枪逼着活着的人进洞拿枪。他看到一个姓李的女老师抱着不大点儿的孩子，鬼子让她把孩子放下，进洞取枪。她照办了，一会儿，她果真拎一把枪出来。她放下枪要孩子，鬼子不给，还叫她进洞去。但是，过了好长时间，她也没有出来。鬼子生气了，一下子把她的孩子扔进大火炭里，孩子在火里快爬了几下就焚燃了。

赵银山猛地起了起身子，想出去拼死算了。无奈，头疼如裂，身如棉花。他痛苦地流着眼泪，他再一次昏迷过去。迷迷糊糊睡了一宿，第二天天亮，他醒来，听了听，没有一点儿响声。他连滚带爬地去村口河边喝了几口水，又吃了一个嫩棒子，才觉得有了点儿力气。

他猛然发现一个女人衣衫不整地趴在河边的树趟子里，他定睛一看，原来是鬼子逼着捡枪的那个女老师，他走过去半惊半喜地问："你不是进地洞里了吗？我没看到你出来呀。"

"嗐，甭提了。我往洞里找枪，黑洞洞的看不清楚，我找不到回去的路。我不知道自己为什么胆子那么大，扒拉着那些死人，迷迷糊糊地往里走，这才发现了一个洞口，我就咬着牙，心里叨念着我的儿，出来了。"

赵银山压低声音："你真命大，可是你的孩子……"赵银山说了半截，马上捂住自己的嘴。

"是啊，是啊！我的孩子……孩子怎么了，啊哈哈哈！……啊哈哈哈！"

这个女人，这个母亲，这个老师，怪笑着，疯了似的抓住赵银山的胳膊。赵银山没有回答，他不知道怎么回答。

她开始趴在赵银山的肩膀哭，一会儿，哭不出声音了。她脸上的泪珠却一颗颗地无声地往下掉，砸得浮土一个个小坑。一会儿，她不掉泪了，坐在地上，喃喃地自言自语："都怪娘啊！……死了死吧，这个孩子生的不是时候啊！"

赵银山感觉浑身无力，他跪扶着身子，也面对着女老师坐下来，头脑昏沉沉的，好像没有了思想，他不知道如何劝慰这个刚刚失去孩子的可怜女人。

女老师端详了赵银山一会儿："想起来了，你是赵队长吧？在俺村的街头招兵买马，我还听过你的抗日宣传。"

赵银山看到，女老师眼里放出一丝希望的光。

"你说说，这讨厌的日本人什么时候才能滚回老家去，什么时候啊？"

赵银山没有回答女老师的话，自顾自地往村子西街方向走去，他觉得自己无脸再给这个老师说话。

女老师看着走远的赵银山，大声喊："我往南街，找找我的儿。我还会去找你们，我要参加游击队——"

赵银山不知道怎么回答她。赵银山知道，他亲眼看到的，那个被鬼子扔进火里的，而自己只能眼睁睁地看着被烧死却无能为力救的小孩子，就是女老师的儿啊！

赵银山跌跌撞撞地到了村西，那里曾经是他的战场。村里静得很，没有一丝风，血腥味、焦煳味，还有不知名的怪味灌满了街筒子。

在村口，他发现了平时爱说爱笑的李老么大叔，只见他的右半边脸红肿得如半块儿大皮球扣着。问他，他断断续续地说了经过：原来，在村西，日军捉住了一部分逃出来的人，先是分成青壮年和老弱残两部分。人们还没有站好队，鬼子就用机枪冲着人群猛扫，人一排一排倒下。青壮年们一看就开始跑，李老么也随着这部分人一起跑到了村北口，但还是被那里的日军给堵住了，两挺机枪对着跑出来的人乱扫。李老么右腮帮子下中了一弹，他倒在地上不敢动，装死，就这样捡了一条命。

赵银山拍了拍李老么大叔身上的灰尘，告诉他：去小树林旁的小河里喝水，千万不要喝井里的水了。

看李老么走远，赵银山头晕晕的，他前走走后退退的，身子摇摆不定。

他看到有汉白玉栏杆的那口井，这是村里最大的一口井，他想起了这里往日的热闹情景：绿树成荫的夏日，人们三五成群地在这里乘凉。有说评书的，有耍玩意儿的，渴了就在这里摇辘轳打水喝，累了就靠着汉白玉栏杆休息。

可，这里的人怎么都倒了呀？人压人，井口成了人堆。

他把这些全身冰凉的人一个个摆正，才看清，最下面的是老钟伯伯，他说的书最好听了。他身旁是他的宝贝孙女，大睁着恐怖的眼死去的。

赵银山合上了她的眼，喃喃地说："小妹妹，你算是去天堂了，那里没有鬼。"

他往大井里看了一眼，他的心猛然哆嗦了一下，他看到，里面的尸体，横七竖八的，几乎就把井填满了。

走了几步，他看到了更为心酸的一幕，一个老人抱着自己的孙子倒在血泊里，赵银山知道，这是一枪穿透了老人和孩子，双双惨死在一起的。

又走了几步，他看到村南壕坑里漂着很多尸体。有几具尸体的头就悬在坑边，像是在探头喝水的样子，就那么流着口水死了。

老槐叔家的西墙根有村子里最大最隐蔽的地道口，可是，这里也塞满了人，死尸把地道口塞得紧紧的，几双黑黑的手高高地伸着。李兰婶儿家的牲口棚地道口也是最隐蔽的，别说地道口了，整个院子都是嘴眼歪斜痛苦而死的乡亲。

第 24 回

捧一抔黄土埋亲人　擦一把眼泪又行军

赵银山不忍心再看了，他要走，去找部队，找同志们。人多了才能做打算，才能掩埋死难的乡亲，才能报仇雪恨。

他穿过一条小巷，刚到巷口，只听有婴儿呜呜的哭声。他奔过去一看，只见一个小男孩儿，嘴巴拱着死去娘的乳房，低声地哭着。他饿啊，他不知道娘已经死去了。

赵银山跟跟跄跄地抱起这个小孩儿，给他的娘盖了盖裸露的上身，艰难地往村口走。

刚走到村口，武工队的三个队员，急速跑到赵银山面前。他们一看队长还活着，都激动地上前抱了，失声痛哭。孩子这时，也见到了救星似的，大哭起来。

怕鬼子还返回，一个武工队员接过孩子，其他两个搀扶着赵银山出了村，出了村的赵队长可就一头栽倒了。三个队员轮换着背着队长开始蹚水渡河，很快就来到了留春村。

家在村口的自卫队队长边雷雷一看是赵队长，马上吩咐战士们把他抬上了炕，为他洗脸，为他热敷胸口。

边队长媳妇接过低声哭泣的孩子，吩咐一个正在哺乳期的年轻媳妇，抱到屋里去，让可怜的孩子先吃几口。孩子进屋后，立刻就停止了哭声。

不一会儿，赵银山醒来，强忍着干呕，吃了边队长媳妇做的疙瘩姜汤。休息了一会儿，赵银山的脸才算有了点儿血色。

边队长打听情况，三个武工队队员，开始沉痛地诉说乡亲们蒙难情况。

一会儿，赵银山也有了点儿力气，把自己的经历和见到的情况一一说了。自卫队员听后，个个义愤填膺，决心为死去的乡亲报仇，让小鬼子偿还血债。

过了半晌，村口站岗的自卫队员又收留了几个逃过来的人。

其中一个大难不死的民兵叫王新槐，他哭诉了自己的经历：

"我们村里的民兵，负责埋地雷。那天早晨，村东来的鬼子走到村口的时候，我们拉响了地雷，鬼子死的不多，伤的不少。后来鬼子进了村口，我们几个民兵就往村里的小巷子跑。乡亲们纷纷钻进地道，我们也钻进村西口大堤的地道。

"我在地道里往北爬的时候，碰见我娘。我娘告诉我，我哥哥、姐姐、弟弟、妹妹都在地道里，但不知道走到哪儿了。说是黑洞洞的，走散了，让我去找。

"正说着，鬼子放了毒，我娘拉着我捂着鼻子憋着气儿爬出了地道。我把我娘藏进王然哥家的南屋，那儿有个洞口。等我也准备藏进去时，却被进院的鬼子发现，被抓住了。

"后来，鬼子把我们赶进一个小菜园里。一个像哑巴一样的鬼子，嘴里含着个蛋似的对我说话。亏了我当时没有被吓傻，明白了是叫我进洞找枪。

"我捏着鼻子进去了，往北走，呛得出不来气。晕晕乎乎，口渴得要冒烟儿。看到洞里有个人，叫王章，正在用一个破茶缸子接自己的尿喝，我也接了他的尿喝，臊气的我喝了一口就吐了。他娘的小鬼子。

"我刚要往外走的时候，他栽倒了。我看了看他，见他踢腾了几下就没有了动静。我坚持着，跟着人们爬到一个洞口。我看到上去的人，被鬼子一个个攥死了，有仨人掉回洞里，都是胸口喷着血死的。

"看这样，我就又退回到洞里，捂着鼻子找别的洞口。等我从隔壁张清成家的红薯窖爬出来时，天就黑了，也不知道花了多少工夫，也不知道爬了几家的墙头，我还是逃出来了。可，我那亲人们，呜呜，一定全死在里面了……呜呜！"

王新槐说着说着，哭了两声，头一歪昏了过去，大家急忙给他掐人中，好长时间他才缓过气儿来。

赵银山听到这里，腾地从炕上出溜下来："咱们不能在这里躲着，咱们要出去，也许很多人从地道里出来没有死，等着我们去救呢！大家跟我走！"

说完，赵银山率先走了出去，身子趔趄了一下。正这时，边大嫂领一个男孩子来见赵银山。看孩子满身是土，赵银山问他从哪里来，他说也是从疃村来的。

边大嫂给孩子盛了碗汤面，他狼吞虎咽地吃完后，主动讲了逃生的经过：

"我叫李胜，今年十七岁了。前日儿，听枪声从东边传过来，枪声很急。我们全家八口人准备一块儿跑。后来，我爹说，不能在一块儿跑，分着也许能有个活的。也没经我娘同意，我爹带我姐和二弟就往村北跑了，我娘带我和两个妹妹钻了地道。地道里很黑，我们大气儿不敢出地往里跑，跑了不远，就蹲下来，不敢说一句话。一会儿，地道里开始有了呛人的味儿，没有闻过这怪味儿，我觉得味儿越来越重。人们开始东倒西歪地跑，乱极了。

"八岁的大妹妹拉着我说：'哥哥，我走不了了。'话刚说完，她就倒在地上不出气儿了。我娘一看不成，再待在洞里都得死，她就捂着鼻子，抱着妹妹，领着我出了地道。一上来，看见一个小院里，鬼子正打村里人，我们就又回到洞里。

"刚进洞，听到洞口有两个人向洞里轮流喊话：出来吧，出来吧，没事了！出来吧，再不出来呛死你们！喊声刚停，我看到，柴火就盖上了洞口，点着了，烟气冒了进来。我娘就带我们往另一个洞爬。二妹倒下了，我娘喊了几声见没有动静了，也顾不上她了。娘把自己的毛巾撕开，每人给了一块，我和小妹捂上了嘴巴鼻子，继续往外爬，终于爬出来了。

"刚爬出来，我娘就被鬼子开枪打中了脑门儿，一下子就栽倒了。娘死得惨啊，头皮都崩飞了。呜呜！我娘临死前还歪脖子看了看我和妹妹，她是不放心我们啊！可怜我的妹妹也被鬼子用刺刀捅了。

"我气得蹿出来，抓起一块砖砸倒了一个鬼子，趁小鬼子抱着头叫的当儿，我就连滚带爬地拼命跑，跑到一个小桃园里，藏到了一棵大树后的柴草堆里。瞎鬼子没有看见我，嚷嚷着跑到东边去了，我才翻墙跑了出来。

"路上，到处是尸体。男男女女的尸体堵住了门口，堵住了街上的小道儿。老张家、老徐家胡同口井里的死尸都填满了。"

孩子几乎是一口气说完的，鼻涕和泪水混合着，抹满了两个紫红的脸蛋儿。

赵银山马上过去，搀扶着他躺了，见他口唇青紫、浑身哆嗦，抚摸了一下他的头和双眼，安排他睡下。赵银山带着战士们出了边大嫂家的门，直奔疃村而来。他担心县大队是否突围，担心县大队所有干部及未婚妻的安危。

路过一片青纱帐，赵银山听到了动静，他示意战士们马上卧倒。他刚趴下，一小队人就钻了出来。赵银山看清楚了，是县大队赵光政委。

两个大男人相见，先是愣怔了一下，然后抱头痛哭，几个战士也三三两两拥着哭起来。

赵光政委慢慢推开赵银山："银山，咱不哭了，省着力气还跟鬼子继续干。"

"是，赵政委，你是怎么出来的？"

"嗨！甭提了，俺被鬼子抓住后，半死不活地躺在一个土墙下。清醒了，踢腾了一下脚，就觉得脚下面好像有块木板，起身动了动木板，感觉下面是地道口。俺就趁鬼子不注意，扒开柴堆，用匕首撬开木板，顺着一个没有被破坏的联村通道跑了出来。"

这时，县大队指导员贾中、秘书范浩也走了过来："俺们和赵政委一样，我们八人钻进联村地道后，从南临村一家地道里爬了出来的。这家门口有两个小鬼子在撬罐头吃东西，我们干掉了他们。"

"咱县大队其他人呢，都这么完了？都牺牲了？还有支援咱们的其他战士呢？"赵银山带着哭腔问。他掐着自己的眉头，他感觉头疼欲裂。

大家都沉默了，都同时望了望死寂了的村子。

这时，天黑了下来，村口黑乎乎的，没有一丝亮光。

赵银山知道，村口是一个戏台，往日这里热闹得很，有时灯火亮堂，两台大戏同时演起来，红红绿绿地动，赛戏赛艺，一方唱罢一方登场。

其实，赵银山不知道，县大队还有人活了下来，范申队长从南临村东南约三百米外的大庙内的地道转移出后，顺沙河大堤撤往湖村一带；中队长马中波带领一个小队在疃村和解庄村之间用刺刀把平行的一个地道掏透，这才转移出来。

赵银山走到疃村北口的时候，有几个黑影出来，赵银山马上命令战士们隐蔽。走近了才看到是几个人正在用小拉车拉尸体。

不是别人，正是返回来的范申队长和马中波队长。

赵银山问范队长："你哥范栋范队长呢？"

"我正要找他，遇到了同志们，就一起干开了，不能让死去的乡亲们整晚躺在大街上呀！"

"是啊，但是，我们还是先找找，看哪里还有活着的人。"

范队长一听，马上说："赵队长说得很对，拉完这一车，咱们先找活着的人。"

火把点起来了，战士们在赵银山的带领下，挨家挨户地打开记忆中的洞口，搜索着活着的人，他们看到的都是被毒气熏死的人。找到磨豆腐的老坤家，豆腐棚里出来一个人，颤悠悠地顶着一个破帽子探出头来。当赵银山把他拉出来时，他突然跑起来，遇到人就打、踢、咬，然后"哈哈"大笑着跑向了黑夜，寂静的村子里只有他的笑声在回荡。

又推开了一家的门，大家看到一个小姑娘赤身裸体地死在炕上，肠子流了出来，头发一绺一绺地掉在身旁，面目扭曲着。她是被强奸后杀死的。赵金山马上拿了一条露着棉絮的被子为她裹了，吩咐战士们先行埋了。

走到挨着豆腐坊的牲口棚，这里的地道口大开着，洞口旁有三具尸体，都是被枪杀的。

赵银山的手哆嗦着指着洞口："这是那个主地道口，大家把乡亲们的尸体挪挪，我们去里面看看吧。"

赵银山让大家找了几盏煤油灯，点着。又在豆腐坊找了几块豆腐包布，把豆腐包布撕下一块，叠了几层，蘸水湿透了围在嘴上。然后，示意大家也这么做。

战士们也学着赵银山戴上了"口罩"。先挪开洞口的尸体，大家随着赵银山往洞里爬。爬了不远，洞里明显地闷热起来，难闻的气味阵阵扑来，有人开始干咳呕吐。见赵银山还在往里钻，大家也忍着继续往里走。刚开始洞里还没有尸体，等走了大概百步远，发现地道内到处是装着粮食还有干粮的坛坛罐罐，还有被褥、棉鞋、炕席挤得满满的。尸体也多起来，后来就一个挨一个，一个压一个，直到把地道塞满了。挪开二十多具有些瘫软的尸体，大家发现了几条枪。后来就看到了握着枪死去的几个战士，接下来的都是自卫队员们的尸体。

这时，一个队员压低身子走过来说："赵队长，这里温度高，我闻着像是有拔坟的味儿。"

赵银山也不说话，继续往前走。

在一堆堆尸体中，赵队长找到了范栋队长，他是握着双拳、瞪着大眼半蹲着死去的，脸已经变得青紫。

赵银山合上范队长的眼，喃喃地说："范哥啊，范哥！你一定是进入地道后，想撤也撤不出去，就这么困死了？"

正查看着，一个队员慌慌张张地钻进地道："赵队长，外面忽雷打闪地下起了大雨。"

赵银山也不回话，眼泪簌簌往下掉，同志们也无不落泪，赵银山去掉当口罩的破布，抹了一把鼻涕："范队长，你安息吧，我们一定为你和乡亲们报仇！"

大家也齐声说："我们一定报仇，报仇啊！"

赵银山转身往进口处看了一眼，见泥水已经顺着破口处灌下来。马上吩咐说："咱们抬着范队长先出去吧，这地道一段段被掘开破坏，雨一浇灌也许就要塌陷了。"

大家搭人梯才把范队长沉重的尸体抬出了地道。

外面雨下得很大，大家冒着雨抬着范队长去了河东沙圈子上的义勇军烈士墓地。赵队长派人找了几块门板，砌在挖好的墓穴内算作棺材。安放了范队长，用泥土填好了坟，大家鞠躬默哀。

之后，不舍地冒雨离开这里。

雨下得很大，像老天开了个口子，往人们身上浇。在赵银山队长的带领下，大家一直往北跑，他决定先带仅存的战士们撤离疃村，仍去往留春自卫队队长边雷雷家休整。

冒雨撑船来到留春，赵银山在边雷雷家坐下不到一袋烟的工夫，一个自卫队员来报告说定南县委撤出来的所有领导在十里地远的杨村驻了下来。

赵银山一听，干洗了一把脸说："嘿嘿！县委赵书记真英明，杨村群众基础好，在这个关键时期就应该投奔这样的地方。真好啊！有县委在就有人带领咱们报仇雪恨啊！"

赵政委手遮前额，接着说："是啊，前几年，保定育德中学回乡来的两位共产党员联合父老乡亲，开始了反压迫、反剥削的斗争。他们宣传革命思想、发展共产党员。还建立了第一个党支部——杨村党支部呢。这里的群众很积极啊！"

赵银山见赵政委这么说，就急不可耐地说："那咱们等雨停了，去找他们吧，大家一起商量商量对策。"

"不急，过几天再说呗！"赵政委看着赵银山的脸。

赵银山凑近赵政委的脸，紧盯着他的眼："您有深意?"

"有啊，你不是已经说出来了嘛！夏花也许正想你呢，这大难不死的，马上报个平安吧！"

还没有等赵银山说话，只听边雷雷队长说："那，我带人去联系一下吧。"

赵政委说："我正琢磨呢，一定去。好，你带几个人冒雨去杨村，找到县委同志们，汇报这里的情况，看怎么办，他们也许比我们还急。"

"不急，大家都累得够呛，先休息一下吧！"赵银山的话刚说完，大家像得令似的，纷纷卧倒小睡。是啊，都两天没有合眼了，太累了。

雨下个不停，三天了，一会儿大一会儿小。老天似乎为死难的乡亲们搭了一个巨大的水做的灵棚，淅淅沥沥的雨似乎是在哽哽咽咽地哭啼，为那些死难的乡亲们。

沙河水暴涨，浑浊的河水怒浪滚滚，似乎在为死者代言——报仇！报仇!! 报仇啊!!!

第五天，雨终于停了，赵银山和赵政委一起来到河边查看如何过河去疃村。他们看到河水还是一浪追一浪的，大堤上拴着的小船不知道什么时候给冲跑了。

这时，自卫队长边雷雷急匆匆地赶来，说一个老乡来报告：这两天，疃村腐气熏天，返回村子的村民待不下去，就又往别的村逃难。

赵政委马上对赵银山说："应马上请示县委，看地道里的尸体怎么办，不然会出大事的。"

"行，边队长，你赶紧找几匹马，咱们一起去杨村。"赵银山说完拉起赵政委就走。

赵政委闪身抱拳："你去就行了，你的意见就是我的意见。我在家里组织劳力，准备过河船只及工具，等你们回来。"

赵银山和边雷雷带几个自卫队员快马加鞭来到杨村。远远看到，村东南的小土岗子上站着几个小人。

他一边拍着马屁股，一边对边雷雷喊："看，那里还有儿童团消息树呢！"

还没有说完，只见消息树倒了，街口突然伸出个大木头来，两人马上勒紧了缰绳，差一点儿绊个人仰马翻。

闪出几个手持红缨枪的孩子来，尖声问话："你们从哪里来，到哪里去？"

"哈哈，我们从柳树村（留春）来，到杨树村（杨村）去！"赵银山打着哈哈回话。

"严肃点儿，这里是抗日儿童团，我是团长，你放老实点儿！"

赵银山听呆了，想急着进去，却在这里和这个小孩子"啰嗦"起来。正待不知如何办之际，从村里跑出一个自卫队员，上前敬礼，说："赵队长，咱们赵书记请你们快过去呢！"

小儿童团长眯着眼睛，冲着赵银山伸了伸舌头，赵银山也冲他伸了伸舌头，上马绝尘而去。

赵银山三人跟着自卫队员来到县委临时指挥部大院，赵书记步履沉重地走出屋子迎接他们三人。

见赵银山眉头紧蹙，赵书记马上拉着赵银山："来，来……来，三位屋里坐。"

这时，刘夏花也从西厢房里走出来，小夫妻见面，也没有说什么，愣怔了一下，相拥而泣。

哭了一会儿，赵银山轻轻推开刘夏花："妹妹，好了，我这不是好好的嘛！这儿还有急事和赵书记商量哩。"

警卫员小李已经在屋子里沏了壶柳叶茶，赵书记、边雷雷已落座等着赵银山进屋。

等赵银山进屋来，赵书记亲自端过茶水，开门见山地问："老乡们怎么样了，伤亡多大？"

赵银山接过茶水，抿了一口说："逃出来后，我们回村组织了救援。但是，地道里的温度很高，已经出现了腐败气味。这几天一直下雨，洞口塌陷，怕塌方，没有再派人进洞。具体情况还不知，自卫队员跑出我们十一人，其他进洞的军民凶多吉少。"

"近几天村子里气味儿很大是吗？"

"是啊，我们正是为这事来的，请领导定夺。"

"按说应该把乡亲们好好安葬，可是，人怎么能进得去呢？再说，时间长了会出传染病疫情的。按照国际卫生条例也应该妥善处理的。"赵书记严肃地说。

这时，一个自卫队员过来报告说："报告赵书记，我们在大路上抓住几个往沙河南赶的外国人，说是国际救援组织的。"

"人呢？在哪里？"

"在街口呢，没有让他们过来，怕暴露咱的驻地。"

"请他们过来吧！"

不一会儿，一个二十来岁的中国女孩儿领着两男两女四个外国人走进驻地。女孩儿是位翻译，她说，他们四个是加拿大战地记者，继承白求恩同志的遗愿来支援中国的抗日战争。想去唐县采访和白求恩一起工作过的人。听说我们这里日军制造了违反国际公约的毒气惨案，才来到这里，想实地采访纪实。请放行。

赵书记一听，马上说："行啊，我们都是亲历者，都参与了家乡守卫战，他们几个战后还参与了地道救援。但是啊，由于日本鬼子违反国际公约施放毒气，地道里死难乡亲的尸体已经开始高度腐败，现在村子里已经不能进人了！"

当小女孩儿把赵书记的话翻译给四个外国朋友时，外国朋友都惊得瞪大了眼睛。大个子大胡子男人对着翻译说了一大通话，说完指示小女孩儿马上翻译。

小女孩儿翻译得很少，大家看出了她的急切。只见她转身对赵书记说："他们对于灭绝人性的事很震惊，为死难者表示哀悼。现在唯一的做法是马上把每个地道口深层封堵，不然马上会传染很多厉害的疾病，一旦传染起来，甚至会比毒气危害还大。"

赵书记也顾不得跟外国朋友说话，马上给赵银山布置任务："惨案已经过去六七天了，县委这几天三次接到关于惨案地的汇报，你们头来我们还接到了省委的指示，领导们也一致认为应该尽快掩埋地道口，就让父老乡亲们快快安息吧！赶快回村组织人力，一定要在最短的时间内完成掩埋尸体的任务。不要忘记替我给父老乡亲们烧送魂纸啊！是我没有保护好他们啊！"赵书记说完，眼泪扑簌簌掉落。

接到命令的赵银山也没有来得及给未婚妻刘夏花告别，匆匆赶回留春村。

赵银山刚到留春村，村里的义勇军队员就来了，大家拿着铁锹、镐头等工具纷纷前来，要求去为死难乡亲们办理后事，不一会儿有近百名青壮年人过来了。

赵银山让边队长的妻子给大家每人扯了一块做豆腐的纱布，蘸了水，装在口袋里备用。一个老人运来了自家烧制的五坛子山药干酒，打开一坛子，让每人喝了半碗，然后嘱咐道："赵队长，进村后，一定要记住，每人含一口酒，先在每个洞口喷酒，再做打算。"

赵银山一一听了个仔细，他带领人们快速撑船过河，向疃村赶去。

来到村口，一股难闻的气味扑鼻而来。赵银山吩咐大家用白布围住鼻子，他一一检查后，才吩咐大家找寻洞口。

大家含着眼泪，哽咽着，一声声呼唤着自己熟悉的村民的名字，把一个个暴露了的洞口填埋上了。

来到村里，难闻的气味更大了，大家依照老人的说法，掩埋了一个个地道口。

来到村南，大家看到了一个大大的洞口呼呼地泛着白气。

赵银山马上吩咐大家打开酒坛子，向洞口猛洒烈酒。然后，大家集中力量，迅速掩埋这个洞口。等完全掩埋，踏实，赵银山嘱咐大家还要填土成坟。趁着大家忙着添坟的当儿，赵银山让人从不远的一家棺材铺里，抬出一块棺材板，竖在了坟旁。又从那儿拿来香和纸以及写挽联的笔墨，上书：五·二七，死难乡亲之墓；左下书：不孝儿赵银山。

见赵银山写自己的名字，会写字的同志们纷纷写上自己的名字，不会写字的把围在鼻子上的白布撕下一条缠上了额头，跪在坟前，算作守孝，大坟前跪满了头戴白布条的孝子。

大家一一点了烧纸，熊熊燃烧的香火把战士们的脸映得通红，这些铁骨铮铮的汉子们脸上挂满了浑浊的泪珠。

但是，大家谁都没有哭出声来，都在心里憋着。他们憋着的也许不是哭声，也许是烈火，这烈火一旦喷发，就会燃遍整个中国，乃至全世界。

夕阳落山，村子里静寂得令人害怕。平时热闹的村子，没有了一点儿声响。难闻的气味儿还在四处飘散着，猫头鹰从树杈间扑棱飞起，飞向黑洞洞的原野。

赵银山把手一挥，指示大家迅速撤离，大家连夜回到了留春驻地。

烟气腾腾的边家小院儿，有很多人在忙碌着。边队长的妻子和五个妇女同志已经给大家准备好了新衣服，让大家去帐篷里洗澡、换衣服。换好衣服，饭就做好了，每人一大碗疙瘩姜汤，外加一个荷包蛋。

大家吸溜着疙瘩姜汤，称赞着嫂子的暖心暖意。有的刚喝完一碗，边嫂子就又端来，慈母一般。这时，一个大妹子提来一篮子熟鸡蛋，一个个地给人们分。大家还没有来得及吃。一个战士的妹妹就哭着来找哥哥，说，十四岁的小妹被四个骑大马的人抓走了。

大家一听，都迅速站起来。

赵银山边递给小妹妹一个鸡蛋，边问："小妹妹，不要哭，给哥哥说清楚，是什么样的马，什么样的人抢走你小妹的？"

"没有看清人的模样，反正黑大马高高的，跑得飞快。"

"往哪个方向跑了？"

"邻居家的王生哥哥追了老远，他说是顺着大路往城里跑去了。"

这时，一个高个子队员报告："我知道他们去哪里了！"

"快说说，你怎么知道？"

"我姐夫说叮咛村日军据点就有这么四匹高头大马，经常出来骚扰村民。一定是他们。"

"王八蛋，不让我们过一天安生日子。"一个队员说着，踢了身旁的土堆一脚，尘土飞起老高。

赵银山立刻做出安排："每个战士的妹妹都是我们的亲妹妹。一定要马上行动！咱们这么着，一会儿，天黑下来时，边队长、杨青、赵虎、杨柳尔随我一起去叮咛村，解救小妹妹。"

天黑下来。五个人收拾停当，每人背一支三八大盖，一柄大刀。边队长又从马棚里选了五匹强壮的马，五人翻身上马，消逝在夜色里。

来到叮咛村，赵银山先找到了自卫队队长杨建礼，杨队长热情欢迎他们到来。拴好了马，反插了门，杨队长端出一盘炒北瓜子，让大家边嗑边谈。

从杨队长言谈话语里赵银山了解到，这叮咛据点建立很早，算是大据点。敌人为固守据点，修筑了两丈多高的围墙。墙上还插满了酸枣圪针；墙外挖了深沟，沟里还引来了壕坑里的臭水。

据点里养了一条大狼狗，一有动静就"汪汪"地叫个不停。

每天晚上只开北门，门外的沟上有一个吊桥，有伪军轮流打更放哨。

赵银山听到这里，问："晚上只有伪军放哨吗？"

"没有特殊情况，每天只有几个伪军背着枪懒洋洋地在门口溜达。"

赵银山听到这里，拍了一掌杨队长宽厚的肩膀："这就好办了，今晚咱就行动，任务有两个：一个是解救小妹妹，二是能顺带着把马弄到手也行。"

杨队长接过话："今晚行动有个有利条件，我一个堂弟福子做了伪军。他是我们争取过来的内线，今晚值班。"

"那太好了。"赵银山站起来伸出手掌说，"今晚必胜!"

大家也伸出手压在赵银山的手上重复着："今晚必胜!"借着灯光可以看到，每个人的脸上都洋溢着兴奋的神情。

午夜将近，六条大汉出现在据点西北角的深沟边，他们就是临时组成的深夜·"行动队"。

由于杨队长熟悉地形，他就头前带路。大家很快游过了深沟，来到了墙根下，赵银山吩咐一个战士躬身搭背，他一个跃步就站了上去，很麻利地拔下了墙顶上的几根酸枣圪针，其他几个战士也学着搭人梯拔圪针。

就在这时，赵银山发现一条狗溜达过来，还没有等狗叫出声来，赵银山将事先抹了香油的一块肉扔了过去，狗闻到香味儿，叼起肉就跑了。

这时，西边的几个人不小心蹬下一块砖来，滚到了河沟里。不知怎么地，正在放声大叫的几只青蛙立刻停止了叫声，顿时一片死寂。

探照灯灯光立马射过来，战士们马上趴伏在墙上。

赵银山小声说"不好"，于是赶快学了几声哇叫。一时间蛙声又起，大家这才松了口气。

战士们在杨队长和赵银山的带领下，很快越过围墙来到一个水塘边，远远看到几个人在水塘里扑腾着游泳，赵银山让杨队长发暗号，杨队长学了三声清脆的蛙叫，接着水塘那边也回了三声。

一个人走了过来："杨哥，你们来得正好，鬼子抢了一个女孩儿，说是明天慰安要来这里巡查的日军中队长，刚为他们的得手庆祝了一番，喝了酒，这会儿没有动静了，也许都晕了。我去给你们牵马。"

杨队长对福子说："救人要紧，先救那女孩儿再说其他。"

"不知道关在哪儿，等我问问!"福子转身对正穿衣服的伪军说，"你们过来!"

仨游泳的伪军都是被日军强抓来的，早就对日军的所作所为恨之

530

入骨，他们一听福子说抗日自卫队员要来救女孩儿，要来套走马，都表示可以配合行动。听到喊他们，马上猫着腰过来。

赵银山小声说："今晚是你们几个立功赎罪的机会。请如实说话，你们谁知道那女孩儿关在哪儿？"

一个小个子伪军上前："报告领导，就关在炮楼一楼的小值班室。"

"好，那里有几个鬼子把守？"

一个大个子伪军把小个子推到一旁抢着说："平时两个，今天不知道有没有，鬼子们都喝了酒。"

赵银山立刻做出决定："边队长和杨队长负责套马走，我负责解救女孩儿。"

赵银山说着就猫腰接近了炮楼，这时探照灯闪了过来，赵银山和两个队员马上躲到了一个大石头后面。灯影一过，他麻利地蹿到了炮楼口。两个鬼子兵正烂醉如泥地坐在柴草上打呼噜。好个赵银山，手起刀落结果了这两个还在做美梦的鬼子。小女孩儿被反绑着堵着嘴，衣衫不整地在墙角打着瞌睡，听到动静，见有人进来，她本能地往墙角躲，恨不得一下子钻进墙里。

"不要害怕，我们是来救你的。"

没有等孩子说话，赵银山一下子就背上孩子，跑出了炮楼。

这时，边队长和杨队长他们也牵着马往大门口走，赵银山一看，就三匹，马上问："怎么少了一匹？"

福子说："跑到后院一匹，我怕探照灯看见，没有敢追。"

这时，站岗的伪军已经打开栅栏门，放人们出去。

为了不使福子他们受牵连，赵银山吩咐同志们瞄准鬼子的探照灯放了一枪，探照灯立刻熄灭。福子他们也追着打了几枪，一边放枪一边喊："八路军来了！八路军来了！"

等鬼子反应过来，游击队员早已消失在茫茫黑夜中。

回到村里，把小女孩儿交给孩子的妈妈，小女孩儿的爷爷端出几碗酒和几盘子早已经备好的菜，要给赵银山他们喝两盅以表示谢意。

他们几个也饿了，就没有再推辞，大家喝了一盅儿酒，开始吃饭。

赵银山突然愣怔了一下，他感觉老大爷端酒杯的动作，太像爹爹了。

他想爹爹了，也许爹爹正为自己是生是死着急呢。他想，不只是自己，还需要让幸存的战士都回去看一看。

他胡乱吃了几口，开始召集战士们，他说："大家回家看看，三天后有意参加我赵银山自卫队的，还在这儿集合。"

大家纷纷表示会回来的，有几个表示还会带同村的伙伴来重组队伍，一起打小鬼子报仇。

赵银山是提着一大包烧饼来到家里的。可是，本想给爹爹一个惊喜的赵银山遇到的是大门紧锁。

他敲了三次大门，门也没有人来开。这时，刘村长闻讯赶来："山子啊，你不要敲了，家里出事了？"

赵银山望着满嘴燎泡的村长问："刘叔叔快说，出什么事了？"

"你爹爹他——"刘村长抹起了眼泪。

"刘叔叔，到底怎么了啊？"

"你爹爹被狗日的小鬼子打死了。"

赵银山身子趔趄了一下，靠着大门蹲了下来。他脑海里立刻全是爹爹的影像：他想起了小时候爹爹手把手教自己武功的情景；他想起了爹爹和刘妈妈结婚时的笑容；他想起了最后见爹爹的一面，是在村口，说好了不送的。但是，当赵金山徒步走出村子的时候，他遇到了背着粪筐、拿着小粪叉的爹爹，站在村口，冲着自己憨笑……

见赵银山呆坐着默默地掉眼泪。刘村长立刻上前搀起他说："今天是你爹头七，你刘妈妈去给他上坟，他还说要顺带着给你烧一刀纸。村子里传言说，当兵的都被毒死了，我们派人查看，走了半截，有人说，全村一个人也没有，味道太大，去的人就又回来了。你活着回来了，你小子，真命大啊，我的好娃啊！"

赵银山一听，马上拉起刘村长就走，边走边问："我爹爹的坟在哪儿？"

"在村南的菜地里，我陪你去吧！"

刘村长随着银山，过大街走小巷地出了村，朝着村南百家坟方向走去。路上刘村长讲了赵老三大哥带领大家截击小鬼子，英勇牺牲的经过。

两人边走边说地来到坟地，见一个人已经歪倒在坟茔旁。眼尖的赵银山一眼就看出是刘妈妈。

赵银山和刘村长立马扶起刘妈妈，呼唤、掐人中。好一阵子，刘晓翠才苏醒过来。见赵银山站在自己面前，刘晓翠又惊又喜地说："我的儿啊，人们说你没了，你们父子都没了，我活着还有什么意思啊！老天爷啊！你还算有眼啊，让我家的二山子活了！夏花也活着？"

刘妈妈自从为赵老三办完后事后，一直情绪低落，经常说着说着话就昏厥过去。刘村长说："你妈妈也许是悲伤过度，咱还是赶快给你爹爹烧个纸，磕个头，陪她回去歇息吧！"

赵银山马上点着了纸，双膝下跪，双手扶地，给爹爹重重地磕了四个响头，坟前磕出了几个土窝窝。

赵银山站起身来，这个坚强的男儿强忍着哭，在父亲坟前默哀了好长时间。突然声音洪亮地说："爹爹啊！不孝儿回来了，没有保护好你，是我没本事啊！"

他说完，啪地给了自己一个耳光，他的脸颊立刻红起来。待他又要打时，手疾眼快的刘村长立马握住了他的手腕，说："你爹爹可不希望你这样，你要化悲痛为力量，重新组建队伍。带领活着的热血男儿们与小鬼子干到底，直到把他们打回老家去！"

这时，刘晓翠似乎清醒了许多，擦了擦眼角浑浊的泪痕说："儿，走啊！咱娘俩不陪他了，咱留着力气打鬼子，让他图安生吧！娘给你做饭去！"

三人互相搀扶着，向着那熟悉的村庄走去。

走了不远，赵银山回头看了看埋葬爹的地方：一柱孤烟下，是那座孤独的坟茔。坟茔南边，是滚滚流淌的沙河，腾起了白白的水雾。

赵银山的眼里再一次噙满了泪水，他感到眼眶子生疼。怎么能不疼呢，这几天里，好像把体内的泪水流干了。

刘村长见赵银山眼睛红红的，低头走路。于是打破沉默："银山啊，过几天有时间去给你哥哥、弟弟送个信儿吧！要不他们会埋怨你的。当天，我们就想给你们兄弟送信儿，可小鬼子包围着河套，派了好几次人，都出不去。"

"是啊，不知道大山哥怎么样了，定北县管到唐县一带了，他们也许要改编，一定忙得很啊！"赵银山慢慢地说。

刘晓翠急忙接话："方便时再去送信儿吧，你爹爹不会嫌儿女们的。夏花怎么样？"

"她随县委撤退的，过几天再让她回来。"

三人都不说话了，无言地往村里走。村子里少有人出来，人们都在家躲灾难，大街小巷静得很……

赵金山正干什么呢？银山算是说对了。

这1942年是最艰苦的一年，百团大战的胜利，使得气急败坏的日军在定北县一带疯狂作孽，"铁壁合围"，拉网"扫荡"。

日本鬼子制造疃村惨案以后，又在沙河流域和唐河流域的部分村庄制造了一个又一个惨案。

为了进一步打破敌人分割封锁抗日军民的计划，上级决定撤销定北县和望都县的建制，组建定唐、新望和望定三个县。赵村、砖路两区与望都的拔茄、黄金峪区组成定唐县；清风店、留早区与望都的贾村、白陀区组成望定县。定唐县、望定县分别安排了协助组建的领导。从此定北地区的抗日战争进入联县斗争阶段。

望定县成立于抗日战争最艰苦的岁月，其形势与其他地方一样，变得尤其恶劣。但是，新任县委赵书记克服困难，带领广大抗日干部、民兵活动在高就、孙村一带。他们声东击西，神出鬼没，不断打击敌人,开辟了望定县抗日革命根据地。

这天,望定县委在高就村召开紧急会议,商量应对敌人大规模"扫荡"事宜,会议安排了一天的日程。

高就村历年风调雨顺,物产丰富。今年的庄稼长势良好,绿浪翻滚,蜂飞蝶舞。

中午吃完饭,赵书记吩咐大家稍作休息,下午两点继续讨论。

住在村东头的张申、安群、张雪三人大摇大摆地剔着牙往家走。刚走过西街转过街口,几个彪形大汉挡住了他们的去路。还没有等他们反应过来,就被捂着嘴拽进了金大拿家。

金大拿是当地有名的地主,日军占领县城并扩大战区后,他做了村里的维持会长,表面上是在维持村子秩序,为老百姓服务,其实,他早就按照他的"识时务者为俊杰"的歪理论投靠了日军,做了日军忠实的帮凶。

三个人被拉进他家的正堂屋,一个穿着黄衣服的翻译开始说话:"你们的被大日本著名特务队逮捕,对你们的情况特务队了如指掌,请不要让我们费事,把你们知道的统统说出来吧!"

张申上前一步说:"长官,我们不知道什么啊!"

他话没有说完,后面有个特务就给了一脚,他头着地弄了个嘴啃泥,嘴巴上立刻血肉模糊。

安群、张雪两人一见,立刻上来劝说道:"干吗打人啊?你们问什么我们说就得了呗!"

这时,从内屋里走出一个日本女特务,她指着一旁的大汉:"你的,不要粗鲁,对大英雄要客气一些,我们大日本帝国建立大东亚共荣圈还得用这些人才呢!"

说完,从桌子底下的箱子里拿出三个红筒筒来,满脸堆笑地说:"你们的,大大的好人,皇军没有别的礼物,只有钱,每人五十块银圆,怎样?够你们花半辈子了。"说着递过来。

安群伸了伸手,要接,张雪挡住了他的手,对日本女特务说:"你想知道什么情况?"

"有人向我们报告,定唐县委在这里开会,你们只要告诉我,会议地点在哪儿就行了,其他的事情不需要你们做。你们还可以回去继续当你们的游击队员。"

三个人诡异地笑了笑,把银圆揣在了怀里……

下午的会开了一会儿,县委干事刘启兵发现少了三个人,可是,他不想打断赵书记的讲话,等赵书记讲完,已经到了下午四时。

正在会议照常进行的当儿,只听一声枪响,门口站岗的游击队员倒下了。一时间,开会的王家大院周围的房上、巷子里布满了敌人。日伪军四十余人对大院形成了包围。翻译官在一处矮墙后露着半截身子,头探伸着大喊:"赵县长,投降吧,皇军已经包围你们了!"

赵县长顺声一枪撩倒了他,他的身子翻进了墙内。顿时,对面的房顶上、墙头上枪声大作。对着开会的堂屋猛烈射击,整个窗户被打烂了。一个手榴弹扔过来,在窗户上爆炸,窗户纸燃烧起来。屋子里立刻充满了呛人的烟味儿,开会的八名同志被迫躲到了墙角。

赵县长说:"我们还是得冲出去,不能在这里让鬼子包了饺子。"

"大家准备好,我喊'一二三'大家给我冲!"

赵县长喊完,率先向外冲去,刚冲到院子里,一排子弹射来,他身中数弹,壮烈牺牲。

三区的王书记,组织委员马干事等几名同志,被蜂拥而上的日伪军扑倒,顽强搏斗,负伤被捕。

他们一路对押送他们的日伪军手抓脚踢,日伪军只好把他们押到了望都的薛庄炮台。当晚,敌人对他们严刑拷打,他们始终是闭口不谈。第二天,几个人被残忍杀害后弃尸荒野。

他们被杀的当晚,赵金山接到命令,立刻组成特别行动小队配合望定县抓捕出卖同志的三个汉奸。禁不住金钱利诱,立场不坚定的张申、安群、张雪三人,正怀揣着敌人给他们的钱在一个小饭店吃喝,即被赵金山派去的侦察人员抓捕。审问后立刻枪决了。他们的钱还没有捂热就得到了应有的下场。

　　赵金山于当晚接到弟弟赵银山送来的信,得知父亲牺牲,便去骑兵营点了几个人,骑马前往家乡祭奠父亲。路过赵铁山的驻地,他告诉了弟弟。赵铁山自是悲痛至极,发誓以后要多消灭日本鬼子,为父亲报仇。也点了几个骁勇的战士,骑马随自己一起回家。

　　刚要出发,赵奎来了。赵金山才想起,赵奎是必须要去的。于是说:"奎哥,爹爹在惨案发生的当天,被日本鬼子杀死了。刚知道消息,咱们一起去家里吧!"

　　赵奎怔了怔,单臂一抓马鞍子,上了马。撅着屁股,单手调整好马鞍子,他掉下了几滴眼泪,急忙用袖子擦了,又看看其他几个人。

　　这时,赵金山卫兵队长赶来,送来一封信,信中指示:鉴于目前抗日形势,赵金山、赵银山、赵铁山兄弟三人领导的自卫军游击队,三日后全部到晋察冀军区集训,准备迎接更大的联合反"扫荡"任务。

　　赵金山见哥哥、弟弟看着他,他立马说:"军人以服从命令为天职,这次我们要告别平原,在大山里去集训了。给爹爹烧纸后,咱就带银山一起过来吧。"

　　三人共挑选了十八位勇士,短枪匕首,长袍大褂儿,白褡裢黑皮靴。化装成马贩子,骑马来到沙河岸边。刚要过河,就看到了一队队日伪军跑步上了大道。他们策马俯身,隐蔽在青纱帐里。不一会儿,又过来一队人马,尘土飞扬地往西而去。

　　赵铁山前几天去军区开会知道,敌人新的"铁壁合围"及第五次"治安强化"开始了。记得在会上,晋察冀军区向全体抗日战士提出"到敌后之敌后去"的口号。

　　在青纱帐里待了一上午,人和马大气儿不敢出,可憋坏了赵金山、赵铁山、赵奎以及骑兵连这些喜欢战场驰骋杀敌的汉子们。

　　从青纱帐出来,在一条宽敞的庄稼道跃马扬鞭走了不到十里,他们突然发现在一条河堤旁,在林荫树下,隐蔽着一个篱笆小院。小院儿里，有三个简易窝棚，窝棚内传出琅琅读书声。

一打听才知道，这里是县立第二高小的临时学习地。

赵金山想去讨口水喝，借此参观参观这所学校。他吩咐战士们拴好马，自己先来到学校门口。校门内侧一棵老槐树的树杈上，有一个手持红缨枪的孩子蹲在上面。赵金山知道这是儿童团的值班员。见一队骑兵过来，他从树上下来，很警惕也很惊恐地平端着红缨枪怒视着，大家看到，红缨枪抖得很厉害。

赵金山客气地对他说明来意，他像模像样地思索了一会儿说："那也得让我们校长同意才行。你等等，我去找校长。"

不一会儿，小孩子领着校长出来。赵金山看到，校长是位四十来岁的女士，穿着洗得掉了色的粗布红蓝格子半褂儿，人长得俊俏干净，眉清目秀。得知来的人是抗日三山中的"金山""铁山"，校长高兴得不知道说什么好。她领着勇士们来到一片小树林，示意战士们拴了战马，又吩咐几个孩子取水。不一会儿，两个大孩子抬着一桶水，水里漂着三个葫芦瓢。校长亲自舀了一瓢清凉的水递给赵金山说："早就按照《抗战报》的战地报道，给学生们讲过'平原三山''料敌塔下斗敌'等抗日的故事，没有想到，今天见到了故事的主人公。"她激动不已，话也多起来。从她滔滔不绝的话里，赵金山知道了学校的大致情况。

原来，近期，定南县的抗日政权广泛发动群众，在有条件的村庄，逐渐恢复了学校。意在一边教学知识，一边进行抗日宣传，还能保护孩子。

但是，随着敌人的"扫荡"日益增多，学校的教学条件越来越艰苦。有的学校成了移动学校，在青纱帐里平一块地儿，支起一面帐篷，就权作教室。

见这些战士听得很仔细，校长可就打开了话匣子："抗战形势越来越严峻，为防敌人晚上突袭学校，教师们每晚要到青纱帐挖好的地窖里去睡觉。跳蚤、虱子成群，被褥也潮湿，白天上课也顾不上晾晒，女教师们得病的很多。"

当进一步问及教师们的生活状况时，校长说："没有钱，连晚上备课都是几个人共用一盏油灯。本村的人当教师的大多是白尽义务不挣钱。外村来的，给点儿粮食，给点儿布什么的。"

这时，一个学生来喝水，小孩子长得聪明伶俐。喝了水，学生羡慕地看看骑兵们，蹦跳着走了。校长望着孩子的背影继续对赵金山说："学生生活也十分艰苦，去年冬天，敌人封锁村庄后，没有煤炭，冬天学生就利用课间的时间在院子里阳光下蹦蹦跳跳，增加体温。背书，背戏词，排练节目也是在院子里阳光下。有的同学脚冻肿了，穿不上鞋，也不叫苦。家离学校远的，每天带上几块红薯干粮咸菜，算是午饭。有时候，连热水也喝不上。"

赵金山听了这些，深深为校长的艰苦办学所感动。他当即掏出了自己平时积攒的军饷五块银圆给了校长，让她换一些生活必需品。

校长立刻组织了三十六名学生、五名教师列队欢送赵金山一行，还临时请赵金山讲了一个打鬼子的故事，赵金山讲的仍是料敌塔下发生的故事，学生们听了，掌声不断。

飞马来到留春，找到赵银山。先把上级的信件交给他，看完信件，赵银山很兴奋，他表示接受整编，决心在军队好好学习，学好了再重新组建抗日武装，为家乡父老乡亲报仇雪恨。让赵银山带上刘夏花，一起回到家里，为死去的爹爹和妹妹冬花烧了纸。在坟上，赵奎按照儿子的礼节为爹爹烧纸磕头。四个儿子披麻戴孝举行了个简单的祭奠仪式，算作尽孝。

刘夏花给哭哭啼啼的娘放下了一些银圆，告诉娘说，形势紧急，大家要回城去找大部队，依依含泪告别。

刚走出村，遇到了刘村长。见刘村长急急忙忙地闷头走路，赵银山问："怎么了刘村长，有事？"

"哎呀，正好你们几位英雄在，刚有个确切情报说，泄露疃村地道口机密的汉奸大金牙就藏在湖村，我刚想回去组织自卫队去抓呢，怕没有胜算。我看你们武器很棒，是不是晚些走，除掉这个害人精啊！"

赵金山一听，边拧着烟锅子边说："好啊！这个害人精，早应该千刀万剐，对死难的军民有个交代。我们去湖村，干掉他再走，你等着好消息吧！"赵金山说完咬上没有点烟的烟杆儿，扬鞭策马而去。

刘村长望着这几个远去的背影，大声喊："在村西头——他的亲戚家——你们要小心啊——"

快到晌午了，几个人打听着来到铁杆汉奸大金牙的三姨家。他姨夫说，这个东西早该收拾收拾了，他还祸害过我家二闺女。告诉你们，他早上就去了炮楼，一会儿回来，在炮楼南边的马家酒铺过生日。

弟兄四个合计了一会儿，一条周密的诱捕计划就出来了。由赵奎带大家守住村口，他们三人稍作装扮，由赵铁山挎着一篮子鸡蛋，赵银山提着一条子肉、两瓶子酒，大摇大摆地进了马家酒铺。进了门，赵金山就拱手施礼："恭贺队长长寿，城里的皇军念你是功臣，派我们给你贺寿来了。"

大金牙高兴地起身迎接，吩咐两个随从找座儿。说时迟那时快，赵金山迅速接近他，用枪抵住他的后腰，大声说："我们有话跟你说，跟我们走一趟吧！"赵银山和赵铁山也制服了他身旁的两个人。刚要出门，赵金山看到门后面有一个大帆布袋子里面装了几颗手榴弹，他把大金牙交给赵银山押着，自己扛上手榴弹跟在了后面。三个英雄押着三个孬种来到村口，与赵奎、刘夏花带领的十几个人会合，急速撤离了村子。看离炮楼远了，赵银山把大金牙的两眼一蒙，手脚一捆，拉着他，小跑着来到沙河堤附近的一个大沙坑旁。

问了问他姓什么，叫什么，家是哪里。完了问他知不知道为什么抓他，大金牙把脑袋摇得拨浪鼓似的。赵金山开始讲话："你这个叛徒，你泄露机密，残害乡亲，我们代表众乡亲判处你死刑，你还有什么话说。"直到这时，大金牙才低下了头，承认罪行，并祈求好汉不要为难他的老娘。

沙坑已经挖好了，人们七手八脚地把这个大汉奸活埋了。

另外的两个伪军见大事不妙，俯身扬了把沙子，趁人们擦眼之际，转身就跑。哪里跑得了，几个战士一起抬枪，结果了他们。

铲除了这三个罪大恶极的汉奸，大家不约而同地呼出一口恶气。

在沙河岸，赵金山、赵铁山、赵奎一起与赵银山、刘夏花告别，相约在军区见。

正要策马启程，刘村长派人给赵银山送来消息，说定南县委组织各村来疃村开祭奠大会，特约几位战斗英雄参加。

几个人策马来到村口，这里已经在填埋的主洞口大墓前摆满了花圈，人们已经站好了队形。见几位英雄来，县委赵书记拿着一篇祭文过来，说是刘夏花同志写的，一会儿让她读给大家。然后，转身站到队伍前，提醒大家安静，并特意邀请三位英雄站到前排，赵金山摆手说"不妥"，赵银山见大哥不好意思，立刻把两个哥哥和一个弟弟及随行的战士带到队伍左侧成两路纵队站好。

祭奠仪式开始，首先按照习俗，祭了果供，上了纸钱，点了香火。然后，刘夏花开始声泪俱下地念祭文：

疃村英烈祭——沉痛悼念在"五·二七"疃村保卫战中英勇牺牲的革命先烈及乡亲们

安定之州，毓秀钟灵。千年昌兴，万代繁盛。时逢国势于颓颓，遭外夷之觊觎。日寇仗坚船利炮以凌侵，巨魔作恶小鬼乱窜，以至华夏满目疮痍、生灵涂炭、民不聊生。

东瀛天皇，封豕长蛇。狼子野心，先派重兵占东北全境。再寻隙滋事于卢沟桥，亡我之心清晰显明。猪突狼奔、兵燹频仍，所到之处，施"三光"政策极豺狼行径。

静静沙河，碧波闪闪，千百年来，宗祖安泰。村尚淳朴，养人民之聪颖；祖上积德，蓄良田之丰盈；尊老爱幼，兴历代幸福家庭。沙河圈儿内，安然祥和、其乐融融。

事变之后，日军袭扰，沙河两岸，鸡鸣狗跳。炮楼撅立于良田美池，兵痞浪荡于大街小巷。父老姐妹露天遭凌辱，平民百姓无辜遭杀戮。

"秉正气以生生来英勇，为人民而死死的光荣"，定南县委，保家为民信誓旦旦；疃村人民，家国情怀服膺拳拳。沙河圈人啊，地无南北之分，人无村落之别，众志成城挖地道，日夜奋战铸村堡。灭巨寇于暗处，杀小鬼于无形。

风卷黄沙，星月无光。夜幕低垂，大地漆黑。马蹄声声汽车隆隆，来了魔鬼上坂胜，带着二千日伪兵。赵庄村、县大队，灯火通明，赵书记赵队长，彻夜分析知敌情。三道防线筑起铜墙铁壁，村口房顶地道中，乡亲同心筑铁城。武工队无比神勇打头阵，赵书记一马当先喊冲锋，战士们不怕枪林弹雨往前冲。子弟兵的身后有父老乡亲们啊，鸡蛋馒头送不停。前排倒下后排上，胳膊掉了摁把土，腿脚炸飞勒根绳。英勇的自卫队员赤膊战斗，大喊：地道有爷爷奶奶爹和娘，有妻子儿女弟和妹，不能放进众豺狼，拼死也要保家乡啊！日军七进七出，自卫军七战七胜，战火把整个村子染得通红通红。

终因弹尽粮绝、终因敌强我弱，日军大炮逞能，炸开了地洞，开始了残酷的屠村行径。违反国际规定，灭绝人性，残忍使用丹筒绿筒，毒气弹让英雄怒目圆睁死、老人抱孙倒在血泊中。婴儿抚着逝去妈妈乳，吮吸哭喊叫不停。村头这口大水井，全被尸身满填平。乌鸦声声凄惨叫，全村死寂无人踪，真是啊，叫天天不应，叫地地不灵。大雨如注为民哭、河水呜咽唤英雄。

擦干眼泪，缅怀英烈，于洞口建冢；祭告英雄，望金瓯一统。忠骨安眠兮，不朽英灵；碑塔恒立兮，翠柏棵棵万代青。祭奠之时热泪流，多少孩儿叫父母，多少父母唤儿听。魂兮魂兮若鉴临，伏惟尚飨把果供；灵托日月永常在，肝胆照人万古情！

刘夏花念完，即大哭不止，全体人员号啕大哭。刘夏花站上高台，带头大喊："打倒日本帝国主义！""把小日本赶出中国去！"人们跟着一声连一声地呼喊。

祭奠仪式进行到这里，有几个后生开始站到了赵银山带来的队伍里，紧接着，所有村里开会的民兵代表都站了过来，大家握着赵银山的手，纷纷说："赵大哥，带我们走吧，我们去打鬼子！"赵银山的泪"啪嚓嚓"地流个不停，他定了定神，用袖子擦了把眼泪，他才看清，站到队伍的足有30人。

赵银山走到队伍前面，大声地说："谢谢乡亲们了，如此信任俺们，俺赵银山给你们鞠躬了！"

开会的队伍里响起热烈的掌声。赵书记说："既然人们愿意跟着你去参军，那你就带他们去吧，只有消灭了敌人的有生力量，小股鬼子才不敢再出动，我们这村里才太平。"

六个村里带来的马车赶了过来，要送这些人去参军。30个民兵战士跳上车，在赵金山兄弟们的带领下迅速出了村，往县城赶。

刚到平汉铁路附近，天就黑了。正准备过铁路时，与李顺政委带着执行任务的侦察一连相遇。

李顺政委策马过来："你们可回来了，刚才接到通知，让我们截击一辆新调来的火车头。"

"火车头跟鸡头一样，看着好看，吃着不香。那上面才几个鬼子，截击它干吗？"赵铁山问。

赵金山策马与李顺政委并驾，问："自然是要炸掉这台新火车头了，是吗，李政委？"

"还是队长聪明。"李顺说完，又摸摸赵金山背上硬邦邦的包裹问，"这是准备好了手榴弹？"

"还是政委聪明。俺顺手缴获的叛徒的。"赵金山学着李顺政委的口气。

这时，火车高速碾轧铁轨的声音从远处传来。赵金山马上提醒大家卧倒，听命令出击。

很快，一个车头叮叮当当地快速驶来，赵金山大喊一声"打"，几十支各式各样的枪同时开火，在车头上打出诡异的火花。趁着火车头慢下来的当儿，赵金山大喊一声："停，快停止射击!"说时迟那时快，趁着大家停止射击的当儿，赵金山纵身一跃上了车头，一手扒着把手，一手可就摘下了装有十颗手榴弹的帆布袋儿，连续拉响了四颗手榴弹，又稍等片刻，把帆布袋儿整体丢进了火车驾驶室。

他迅速跃下，翻转了几次身子。刚一个鲤鱼打挺站稳，火车头就爆炸了，一时间，火光四射，继而大火冲天，巨大的爆炸声一声接一声地响起。持续了大概三四分钟的时间，黑夜顿时安静下来。

大家点起火把去看时，发现这能快跑多拉的铁机器，已经成了一堆铁垃圾，瘫卧在了铁轨上。

赵金山看着废铁问李顺政委："李大聪明，这十个手榴弹就这么大威力?"

李顺政委说："赵大好汉有所不知啊，情报上说，也许随车运了几箱子迫击炮弹。这样说来，不是也许，是真的了。迫击炮弹也炸了呗!"

两人说完，同时"哈哈"大笑。战士们也跟着笑起来。大家哼着小曲儿，策马回到驻地。

一晚上的时间，大家默默打点行囊。看着这刚修缮好的驻地营房，甄续男几次落泪。

第二天凌晨，赵金山就带着人马到晋察冀军区报到。

在军区，他们参加了"疃村阻击战"总结会，会上肯定了疃村阻击战所体现出的精神特质。军区首长说的话，三兄弟听得是热泪盈眶，都记在了心里：

首长说，疃村保卫战就党员带头冲锋来说，符合"听党话、跟党走"的共产党员品质。人民会坚信，只有共产党的正确领导，才能取得胜利。

从阻击战过程中党员义不容辞保护百姓来说，具有"国家兴亡，匹夫有责"担当精神。这种精神也是时刻准备着为祖国献身，这种精神，必将光照千秋。

会议期间，三兄弟成为军区最亮丽的风景，成为记者们追逐采访的对象。

此后，他们在军区开始了高级研修政治学习和正规军训。在集训期间，赵银山和刘夏花成婚，赵铁山与本村老齐家的姑娘成婚，李顺与小苗姑娘成婚。在军区首长的主持下，举办了一个简单的集体婚礼，在集训队里办了一个乐融融的婚宴。

集训结束，军区成立铁道支队，由赵金山任队长，赵银山、赵铁山、甄续男任副队长，赵奎任主管后勤部的副部长，张志雄做了侦察排排长，李顺调往军分区另有任用。疃村守卫战中幸存的战士，大部分留在铁道支队，任连、排干部。

以后的日子里，铁道支队奉三分区领导指示，主要在山区活动。以围、攻、袭种种手段，拔除了行唐、曲阳、完县等西部太行山区的三十余个敌伪碉堡。1944 年 3 月，赵金山率五名侦察员回乡侦察敌情，顺便在火车站从鬼子手中夺了一挺重机枪，还带着这挺重机枪在当天夜里偷袭了料敌塔下的日军联队部，打死了独眼的新美二郎。军区政治部《子弟兵报》介绍了他夺枪后勇闯日军联部的事迹，并配发了照片。军区还把夺枪经过作为游击战术上了教材。

铁道支队在军分区的领导下，实施了联合作战，在西部山区，取得了一个又一个战果。晋察冀军区在定唐河河滩上召开了群英大会，会上，赵金山、赵银山、赵铁山被推举为抗日英雄。各抗战报纷纷进行了报道，"三山"抗日故事在华北平原广为传颂。